BLT
Mit der Welt
auf Buchfühlung

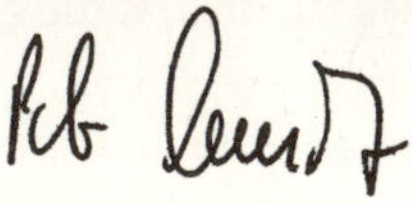

»Peter Dempf kann wunderbar erzählen«, schreibt die *Augsburger Allgemeine Zeitung*. Der mit mehreren Literaturpreisen ausgezeichnete Autor historischer Romane studierte Germanistik und Geschichte. Neben seiner Arbeit als Lehrer und Romanautor schreibt er Rundfunkbeiträge und Drehbücher. Peter Dempf, geboren 1959 in Augsburg, lebt auch heute noch mit seiner Familie in der Nähe dieser Stadt. Zahlreiche seiner Stoffe, wie auch *Das Amulett der Fuggerin*, haben dort ihren Ursprung. Zuletzt erschien von ihm der Roman *Die Sterndeuterin* (editionLübbe, 2006).

Früher träumte ich insgeheim davon,
ich könnte einmal alles zusammenfügen,
einen Schlussstrich ziehen unter alles.
Um am Ende sagen zu können:
So war es, so ging es zu, dies ist die ganze Geschichte.

Doch das wäre wider besseres Wissen.
Wider besseres Wissen ist andererseits eine gute Art,
nicht aufzugeben.
Wüssten wir es besser, gäben wir auf.

PER OLOV ENQUIST

Peter Dempf

Das Amulett der Fuggerin

Historischer Roman

Mit Illustrationen von
Jan Balaz

BLT

BLT
Band 92273

1.+2. Auflage: Januar 2008
3. Auflage: Mai 2008

Vollständige Taschenbuchausgabe
der in der editonLübbe erschienenen Hardcoverausgabe

BLT und editionLübbe in der Verlagsgruppe Lübbe

Ein Projekt der AVA international GmbH
Autoren- und Verlagsagentur Herrsching
Umschlaggestaltung: Gisela Kullowatz
Titelbild: © Artothek/Sandro Botticelli,
Weibliches Idealbildnis, Städelsches Kunstinstitut, Frankfurt
Autorenfoto: © pro event, A. Biesenbach
Satz: Kremerdruck GmbH, Lindlar
Druck und Verarbeitung: GGP Media GmbH, Pößneck
Printed in Germany
ISBN 978-3-404-92273-4

Elsternkind

(1479 – 1497)

Man hofft ja immer auf ein Wunder.
Hoffte man nicht, wäre man wohl kein Mensch.
Und eine Art Mensch ist man wohl doch.

PER OLOV ENQUIST

PROLOG 1479 Für die Rose war es bereits zu kalt. Die Hüllblätter rollten sich an den Rändern und färbten braun ein. In ihnen geborgen lag die Knospe, blutrot und frisch. Mit der Hand schützte die Wehmutter die zarte, unfertige Blüte vor der wütenden Wetterfrau. Anna Gabriela hielt sie sich vor die Nase und roch darin den scheidenden Sommer und das Blut der Geburt, zu der sie gerufen wurde.

Böen fuhren in die Gassen. Blitze zuckten dazwischen, und doppelter, dreifacher Donner rollte die alte Via Claudia hinauf. Der Vollmond verbarg sich hinter regenschweren Wolken, nur gelegentlich riss der Nachthimmel auf und gewährte einen Blick auf sein fahles Antlitz.

Er zog, der Frauenmond, der Kindermond.

An solchen Tagen drängten die Kinder aus den Leibern der Frauen, als werfe das Unwetter nicht nur Regen und Sturmböen, sondern Menschenleiber auf die Erde.

Anna Gabriela Brunnerin humpelte mit ihren siebzig Jahren so schnell sie konnte zum Rathaus hinauf. Sie kämpfte gegen die Böen, die sie beinahe umwarfen und ihr die Luft zum Atmen nahmen. Ihr schwaches Bein machte ihr Sorgen. Zwischendurch musste sie stehen bleiben und Luft holen. Ihr Körper war für die Strapazen zu alt und zu gebrechlich. Schließlich hatte sie sich selbst vor ein paar Jahren aufs Altenteil geschickt und der Tochter Johanna die Aufgaben der Wehmutter übertragen. Nur bei besonderen Fällen holte Johanna ihren Rat ein.

Die Artztin lag in den Wehen. Seit eineinhalb Tagen schon, aber es wollte nicht vorwärts gehen. Johanna war bei ihr geblieben, hatte ihr beigestanden – und eben nach Anna Gabriela geschickt, weil sie glaubte, Mutter und Kind könnten Schaden nehmen. Anna Gabriela blickte hinauf in den unruhigen Himmel. Der Herrgott würde ihr und der Mutter helfen, der Herrgott und die Natur. Halb Augsburg hatte sie ans Licht der Welt gezerrt, Knaben und Mädchen schreien hören und ebenso viel zusammen mit ihren blutjungen Müttern sterben sehen, aber die Artztin war ein kräftiges Weib, gesund im Fleisch und mit einem Willen begabt, wie sie ihn selten bei den Patrizierinnen gesehen hatte.

Anna Gabriela keuchte vorwärts. Ihren Stock hatte sie zu Hause gelassen und dafür die Rose aus ihrem Garten mitgenommen. Einer Eingebung hatte sie nachgegeben, dem verrückten Gedanken eines Augenblicks, als sie zum Gartentor hinaus war.

Die Böe traf sie unglücklich auf der Seite ihres schwachen Fußes. Sie glitt aus, schlug hin. Ihre Finger schlossen sich um die Blüte.

Aus dem ersten Regenschleier preschte ein Pferd heran, ein Fuchs, stoppte kurz vor ihr. Ein junger Kerl sprang aus dem Sattel, beugte sich über sie, half ihr auf. »Brunnerin! Wehmutter!«, rief er. »Habt Ihr Euch verletzt?«

Anna Gabriela schüttelte den Kopf. Das Kleid war verdreckt, ein Strumpf zerrissen, aber die Rose heil.

Sie musterte den jungen Mann, der knapp zwanzig Lenze zählen durfte.

»Ich kenn dich, Bub!« Die Brunnerin kniff die Augen zusammen und sah dem Jungen ins Gesicht. »Solche wassergrauen Augen hat nur einer besessen.«

Der junge Kerl erwiderte nichts, ließ sich mustern. Die Augen blickten so leblos, dass sie Angst davor bekam. »Du bist der jüngste Fugger, nicht? Der Jakob.«

Jakob Fugger lächelte mit schmalen Lippen.

»Wohin unterwegs, Mutter?«
Anna Gabriela hörte nicht hin. Sie öffnete ihre Finger, betrachtete die Knospe. Die Rose hatte tatsächlich keinen Schaden genommen. Energisch winkte sie den Fugger heran, der sich zu seinem Pferd umgedreht hatte. »Leih mir deinen Arm, Jüngelchen. Es geht in deine Richtung zum Haus am Rohr. Die Artztin liegt in den Wehen. Es steht nicht gut um sie und das Kind.«
Der Fugger nickte. »Die Artztin«, murmelte er. Er schob seine Seidenkappe zurecht, die ihm beim Sprung vom Pferd verrutscht war. Während er der Alten den rechten Arm anbot, griff er mit der linken Hand nach den Zügeln seines Pferdes.
»Woher kommt ihr, Weber? Von jenseits der Alpen?«
Ernst sah der junge Fugger Anna Gabriela an, die schmerzhaft das Gesicht verzog, wenn sie auf ihrem schwachen Bein auftrat. »Aus Venedig. Gerade rechtzeitig, bevor das Unwetter losbricht.«
»Ein Bengel warst, als sie dich nach Herrieden ins Kloster geschickt haben, die Brüder. Als wenn du ein Mönch hättest werden können. Und jetzt bist du ein Herr. Man sieht's dir an.«
»Du hast mich erkannt, Brunnerin«, nickte der junge Fugger. Er betrachtete die Stadt, als wäre ihm alles fremd. Für einen Augenblick wusste die Alte nicht, wer wen lenkte. Erst als ihr Bein wieder wegbrach und nur der feste Griff des Jungen sie vor einem Sturz bewahrte, spürte sie, dass er es war, der sie führte.
»Siehst du die Rose, Fugger? Es wird ein Mädchen bei der Artztin. Das fühlt man als Wehmutter. Deshalb die letzte Rose vor dem Winter.« Sie schnaufte. »Der Vater hofft so auf einen Jungen. Er wird sich in das Mädle finden müssen!«
Der Regen hatte wieder aufgehört, und für wenige Augenblicke wärmte eine Luft, als hätte der Frühling einen Finger in die Kälte gehalten. Überrascht sah die Wehmutter hoch. Tiefschwere Wolken rasten über Augsburg weg, so dass ihr schwindlig wurde. Plötzlich riss eine Lücke auf und gab die Sicht nach Süden

frei. Wie sauber gewischt wirkte der Himmel zwischen den Wolkenfetzen. Anna Gabriela deutete mit der Hand hinauf. »Jesusmaria!«, flüsterte sie und bekreuzigte sich.
Fugger folgte ihrem ausgestreckten Arm mit seinem Blick. Zwischen den schwarzen Rändern der Wolken, inmitten eines Sternenmeeres stand ein Schweifstern, ein Komet.
Als würde der Stern ihren Blick magisch festhalten, starrten die beiden ihn an. Der Fingerzeig des Herrn. Anna Gabriela spürte, wie sich ihr die Haare auf den Armen aufstellten, wie die Kälte plötzlich aus dem Inneren ihres Körpers nach außen kroch. Ihre Stimme versagte. Sie brachte nur ein mühsames Krächzen zustande. Und sie fühlte, dass es dem jungen Fugger neben ihr ebenso erging. Der Arm der Alten zitterte, dann verschwand das Bild so schnell, wie es erschienen war. Gewölk bedeckte die Stelle wieder, Graupel rauschte nieder. Die weißen Körner tanzten auf den Steinen.
»Maria und Joseph«, murmelte die Wehmutter. »Das gibt ein Unglück. Ein Unglück!«
Der junge Fugger lenkte ihren Weg unter eine Traufe. Hier waren sie vor den Böen sicher.
»Brunnerin!«, mahnte er die Alte, griff unter seine Regenschaube. Er nahm ein Goldstück aus einer Tasche seines Wamses und ließ es auf seiner Handfläche tanzen. »Behaltet es für Euch. Ihr habt den Stern niemals gesehen. Habt Ihr verstanden? Niemals. Es gibt genug abergläubisches Pack in der Stadt. Der Wind böt stark heute. Wir könnten uns ebenso gut getäuscht haben.«
Er drückte ihr das Goldstück in die Hand. Die Brunnerin hätte es gern in den Mund genommen und drauf gebissen, um seine Echtheit zu überprüfen, aber sie hatte keinen einzigen Zahn mehr im Mund. Sie steckte die Münze dennoch hinein und ließ sie in einer Backentasche verschwinden.
»Ich weiß, was ich weiß«, sagte sie herausfordernd und hielt ihm die Rose entgegen.

KAPITEL 1 »Endlich!« Der Stoßseufzer entwich der Brust ihrer Tochter, als die Brunnerin das Geburtszimmer betrat. Es stank nach Blut, Urin und Kot und dem süßlichen Duft des Fruchtwassers. Die Alte sog den Geruch ein, der sie beinahe ein ganzes Leben hindurch begleitet hatte. Es roch nach Tod. Ein rascher Blick auf die Gebärende zeigte ihr, dass sie nicht lange zögern durfte. Das Kind musste auf diese Welt, tot oder lebendig. In beiden Fällen konnte sie für das Leben der Mutter nur mehr beten.

»Zeig mir das Wasser«, herrschte sie Johanna an, die vor der groben Art ihrer Mutter zurückwich. Als sie ihr die Schüssel mit dem Fruchtwasser zeigte, tauchte Anna Gabriela den Zipfel eines weißen Tuches hinein, faltete es auf und hielt es gegen eine Kerze. Neben Blutschlieren zeigte das Tuch eine grünliche Färbung.

Das Fruchtwasser der Gebärenden war verdorben. Die schwarze Galle hatte bereits die Gebärmutter überschwemmt. Die Brunnerin gab für das Kind keinen Pfifferling mehr. Ohne den Gedanken laut auszusprechen, drehte sie sich zu ihrer Tochter um und zuckte mit den Schultern. Dann krempelte sie ihre Ärmel bis über die Ellenbogen hoch, schmierte ihre Arme mit Rindertalg ein und trat ans Bett.

»Artztin, hört Ihr mich?«

Die junge Frau öffnete die Augen. Ihr Gesicht war wie ausgeschwemmt. Es enthielt keine Konturen mehr, sondern nur noch die Spuren einer grenzenlosen Erschöpfung und eine Blässe zum Tode hin. Sie lächelte, als sie die Brunnerin vor sich sah.

»Brunnerin! Wehmutter!«, flüsterte die Artztin leise. »Holt mir das Kind. Es soll leben – und lasst mich verderben. Ich kann nicht mehr.«

»Es wird etwas wehtun«, entgegnete die Brunnerin energisch. »Und vom Sterben haben wir noch nicht gesprochen. Alles zu seiner Zeit. Ich habe Euch eine Rose mitgebracht. Für Euer Mädchen.«

Die Hände der Brunnerin glitten währenddessen den prallen Leib entlang. Die Artztin bäumte sich unter einer Wehe, warf den Kopf hin und her, hatte aber keine Kraft mehr zu schreien. Ein lang gezogenes Wimmern füllte den Raum. Geschickt griff die Alte zu, drückte, tastete, bohrte ihre Finger zwischen Gebärmutter und Leib. Zuletzt stieß sie ihre Hand in das Geschlecht der Artztin, um den Geburtsfortgang zu überprüfen. Was sie spürte, ließ sie erschrecken. Als die Schmerzen nachließen und die Artztin schnell und heftig nach Luft schnappte, forderte die Alte einen Strick. Ihre Tochter nickte und griff in einen Sack, der in unmittelbarer Nähe des Bettes lag. Ein kurzes Hanfseil kam zum Vorschein, speckig und dunkel, weil es bei unzähligen Geburten Dienst getan hatte. Langsam schmierte Johanna das Seil mit Rindertalg ein.

»Wir werden dein Kind holen, Artztin«, sagte Anna Gabriela so zuversichtlich, dass der werdenden Mutter ein Lächeln über die Lippen lief, ohne dass sie die Augen öffnete. »Es hat sich eine eigene Art gesucht, in diese Welt zu treten.«

»Es bringt mich um!«, flüsterte die Artztin.

Die nächste Wehe kündigte sich an. Blitzschnell nahm die Alte den Hanfstrick, der auf einer Seite eine Schlinge aufwies. Während die Artztin sich bäumte, schob sie die Schlinge mit der Hand in die Geburtsöffnung und schlang sie um das Bein, das sich dort aus dem Muttermund schob. Die Artztin schrie.

Ihre Stimme kreißte schrill, höher, immer höher, und brach gurgelnd ab.
Die Brunnerin hatte selbst neun Kinder geboren und kannte den Schmerz. Was sie der Artztin jetzt zufügen musste, hielten nur kräftige Naturen aus. Das Kind kam mit den Beinen voran, genauer mit einem Bein voran und steckte tief in der Geburtsöffnung. Wo sich das andere Bein befand, konnte die Brunnerin nur vermuten, glaubte aber, dass es genau dieses Bein war, das die Geburt so hässlich verzögerte.
Aus dem Unterleib der Artztin ragte der Strick, den sich jetzt die Brunner-Tochter um das Handgelenk wickelte, während die Alte mit beiden Beinen auf das Bett kniete, um sich von oben auf den Bauch werfen zu können.
Die Wehmutter betrachtete die Augen der Artztin. Schmerzstillenden Tee brauchte sie nicht mehr zu geben, auch keine Blätter, die Krämpfe linderten. Die geweiteten Pupillen zeigten ihr deutlich, dass Johanna alles versucht hatte.
Wieder deutete sich eine Wehe an. Die Brunnerin wartete, bis sich das Gesicht der Gebärenden verzerrte, dann nickte sie. Im gleichen Augenblick begann ihre Tochter das Seil zu spannen und vorsichtig zu ziehen. Die Brunnerin legte sich auf den Oberbauch, fuhr mit den Händen die Seiten der Artztin entlang und drückte, schob, presste. Die Artztin schrie, als würden sie ihr bei lebendigem Leib die Gliedmaßen ausreißen. Anna Gabriela hoffte, dass dem Kind eben diese Prozedur erspart bleiben würde und es zumindest in einem Stück kam. Johanna nickte. Tatsächlich erschien in der Scheide der Fuß des Kindes, blau verschwollen.
Die nächsten Minuten vergingen im Flug. Der Fortschritt der Geburt hatte die Wehen wieder geweckt. Sie durchliefen in schneller Folge den Körper der Artztin. Das Bein erschien ganz, der Strick wurde überflüssig. Johanna nahm jetzt die Position der Wehmutter ein und drückte gegen den Bauch, während die Alte mit ihren schmalen Händen das zweite Bein

suchte, das steil aufgestellt erst mit dem Oberkörper kam. Am schwierigsten war das Köpfchen, das die Alte mit geschickter Drehung der Schultern aus der Öffnung zog. Ein Schwall grüner Flüssigkeit quoll heraus. Übler Duft füllte den Raum. Blut schoss hinterher.

Anna Gabriela interessierte das alles nicht mehr. Ein Mädchen – wie sie es vorhergesagt hatte. Das Körperchen gänzlich blau, die Lippen geschlossen. Sie nahm die Kleine, nabelte sie ab, hielt sie kopfunter und gab ihr einen Klaps auf den Po, aber sie rührte sich nicht, wollte nicht schreien. Innerlich betete Anna Gabriela, dass der Dämon am Himmel keine Macht über das Wesen bekam, dass es nicht an seinem Schweif hängen blieb auf seinem Weg vom Himmel herab auf diese Erde. Sie legte das leblose Kind auf den mit weißen Tüchern bedeckten Tisch neben dem Bett. Am Kopfende lag die Rose. Das Beinchen, an dem der Strick noch hing, schien länger zu sein. Anna Gabriela strich die Hüften entlang, um zu sehen, ob es ausgerenkt war. Es bestand kaum Hoffnung. Das Kind war tot.

»Eine Schönheit wärst du nicht gerade geworden, kleine Artztin«, flüsterte sie mehr zu sich und musterte die spitze Nase und das verquollene Gesicht. Trotzdem rubbelte sie den winzigen Körper ab, säuberte ihn von Blut und Talg, knetete ihn durch. Irgendetwas sagte ihr, dass sie nicht aufhören sollte, es zu versuchen. Sie bewegte die Beinchen, drückte sie bis über den Kopf, um sie in das Hüftgelenk einspringen zu lassen, und plötzlich schrie das kleine Wesen, schrie es erbärmlich in die Kälte dieser Welt hinein, schrie mit der Verzweiflung, die wusste, dass es den Mutterschoß für immer verlassen hatte und nie würde dorthin zurückkehren können.

»Es ist ein Mädchen«, sagte die Alte, als sie sich zur Artztin umwandte und ihr das Kind auf die Brust legte. »Ein starkes Kind. Wenn auch etwas eigenwillig.« Diese lächelte mit geschlossenen Augen. Der Zug des Todes um ihre Nasenspitze war verschwunden.

»Das darf es sein«, flüsterte sie kaum hörbar.
»Ein Mädchen?« Die Stimme gehörte dem Hausherrn, der beim ersten Schrei des Kindes das Zimmer betreten hatte. »Nur ein Mädchen?«
Wilhelm Artzt war ein breitschultriger Mann mit Vollbart und weit auseinander stehenden Augen. Sein fülliger Leib zeugte von seinem Gewicht bei den Entscheidungen der Stadt. Trotz der Wärme im Raum trug er ein Wams mit Pelzbesatz und wollene Strumpfhosen unter einem bodenlangen Hausmantel. Er dunstete einen Weingeruch aus, der mit dem Geruch des faulen Fruchtwassers mithalten konnte.
»Seid froh!«, blaffte ihn die Wehmutter an. »Ein Junge hätte Eurer Frau das Leben gekostet.«
»Mein Gott, mein Gott«, rief Wilhelm Artzt, als er seine Frau sah, die wie eine Leiche zwischen den Laken steckte, bleich und still.
Johanna hatte die Kleine bereits gewickelt, die blutigen Laken weggepackt und in einen Sack gestopft und frische Tücher ausgelegt. Sie warteten auf die Nachgeburt.
Johanna trug die Kleine zu ihrem Vater, deckte die Windel auf, damit er sehen konnte, dass es sich um ein Mädchen handelte. Wilhelm Artzt fluchte leise, aber Anna Gabriela, die das vorausgesehen hatte, berührte ihn am Arm.
»Ich habe ihr eine Rose mitgebracht, aus dem Garten. Es ist die letzte vor dem Winter.«
Sie ging zum Tisch hinüber, auf den sie die Kleine zuvor gebettet hatte, und nahm die Rose. In der Wärme des Zimmers war sie vertrocknet. Die abgestorbenen Hüllblätter bröselten ab. Anna Gabriela sah auf die welke Blume und musste schlucken.
»Wie soll die Kleine heißen?«, fragte sie und räusperte sich.
»Sibylla!«, hauchte es vom Bett her. Die Mutter lächelte schwach.
Sie wird die Männer locken, dachte Anna Gabriela für sich, räusperte sich wieder. Selbst wenn sie keine Stadtschönheit

wird. Womöglich wächst sich die Nase aus, und das verlängerte Bein wird sich geben …

»Dann will ich dir, Sibylla Artzt, diese Rose schenken. Du wirst aufblühen und duften wie diese Blume.« Die Wehmutter stockte, weil das letzte dürre Deckblatt auf die Windel gefallen war und eine trockene Knospe freigelegt hatte. »Aber …«, setzte sie an, konnte jedoch nicht weitersprechen.

Wilhelm Artzt stand vor dem Wickelbündel, das Johanna auf dem Arm hielt, die Hände hinter dem Rücken verschränkt, als bereite ihm die Berührung Unbehagen.

»Was aber, Brunnerin? Wenn ihr schon Prophezeiungen aussprecht, dann will ich die ganze Wahrheit wissen. Verhext mir das Kind nicht. Artzt ist Artzt, ob Mann oder Frau«, drängte er mit bedrohlich tiefer Stimme.

»Ja«, krächzte die Alte und zögerte. »Aber … sie wird, einmal gebrochen, früh verdorren.«

Es war still im Raum. Nur das schwere Atmen der Mutter und das saugende Suchen des Neugeborenen waren zu hören.

»Ihr findet Euer Geld draußen, Wehmutter«, presste Wilhelm Artzt zwischen den Zähnen hervor.

Die Artztin begann erneut zu stöhnen.

»Das ist nichts mehr für euch Mannsbilder«, brummte die Wehmutter. »Das Kind habt Ihr gesehen. Jetzt schleicht Euch.« Sie schob den Mann mit aller Kraft zur Tür. Verständnislos blickte er auf seine Frau, die sich erneut unter Krämpfen wand. Dann drehte er auf dem Fuß um und verließ wortlos das Zimmer.

»Wir müssen die Nachgeburt beschauen!«, flüsterte die Alte ihrer Tochter zu, als sie die Artztin wieder aufdeckte und gleichmäßig, aber kräftig an der Nabelschnur zog. »Heute steht kein Glück über der Stadt.«

KAPITEL 2 Jakob Fugger führte das Pferd die letzte Strecke bis vor das Haus am Rohr. Er musste sich zügeln, denn seit Venedig brannte er darauf, den Bruder zu treffen und ihm seine neue Idee vorzustellen. Sie gärte in ihm und hatte sich auf dem Weg hierher wie ein Bibersee hinter seiner Stirn gestaut. Der Damm musste endlich brechen dürfen, sonst würde er verrückt werden.

»Nur alles mit Bedacht und Überlegung«, zwang er sich flüsternd.

Bevor er ans Tor schlug, rückte er seine Kappe zurecht, strich den Mantel sauber und blickte die Giebelfront hinauf. Er verbot sich den Gedanken sofort, der sich ihm aufdrängte. Denn er verglich die weiten Kanäle Venedigs mit den engen Gassen in Augsburg, die weitläufigen Palazzi am Rialto mit den schmalen und geduckten Häusern seiner Heimatstadt und zog einen Vergleich zwischen Wohnen und Denken.

Ein Donner rollte den Weinmarkt hinunter und auf ihn zu. Von Südwesten her türmten sich Wolken gegen die Stadtmauer, in denen Blitze zuhauf zuckten, einer am anderen in rascher Folge, so dass es beinahe taghell herleuchtete, was das Wolkengebirge noch höher in den Himmel wachsen ließ. Fasziniert blickte Jakob in das Geblitz. Selbst darin unterschieden sich die Städte. So gewaltig hatte sich in den letzten beiden Jahren im Veneto kein Gewitter aufgebaut. Der Herrgott zeigte sich seinen Venezianern gewogen und bestrafte gelegentlich mit Überschwemmungen, nicht aber mit dem Blitzhammer der Voralpen. Die Lichtreflexe wirbelten durch die Wolken, zuckten hier auf und da, sprangen vor und zurück, als suchten sie eine Form, bis sie sich in einem gewaltigen Strahl entluden, der außerhalb der Stadt in einen Baum oder ein Haus fuhr und ohrenbetäubend krachte. Einen Lidschlag lang zeichnete der Lichtfinger eine Haspel ans Firmament, einen Stiel und drei Zacken, die zur Erde hinabfuhren. Ohne die Augen zu schließen, starrte Jakob in dieses Zeichen, das ebenso rasch verschwand, wie es an den Himmel gerissen worden war. Die Haspel, das Fuggerzeichen, golden auf schwarzem Grund. Unter diesem Zeichen waren er und seine Brüder groß geworden, unter diesem Zeichen hatte er in Venedig gearbeitet.

Jakob riss sich vom Schauspiel des Himmels los und wandte sich dem Tor zu. Schräg über dem Eingang hing das neue Wappen der Fugger von der Lilie. Er lächelte dünn, als er das Holzschild entdeckte. Er schlug mit der Faust gegen das Tor.

Es dauerte eine Weile, bis man ihn hörte, bis der Riegel entfernt und geöffnet wurde. Ohne zu zögern, schob er sich an dem alten Matthias vorbei ins Innere.

»Herr, was begehrt Ihr?«, fragte der Diener erschrocken, weil ihm bewusst wurde, dass er die Frage zuvor hätte stellen sollen, durch das Türlein hindurch, bevor er den ganzen Flügel öffnete.

»Kennst mich nimmer, Mattheis?«, fragte Jakob, ohne sich weiter um den Alten zu kümmern. Er nahm den Mantelsack von der Kruppe des Tieres, gab dem Pferd einen Klaps auf den Schenkel. Schnaubend trabte es in eine dunklere Ecke. Jakob blickte hinauf in die Stuben. Licht drang von dort hinunter in den Innenhof. Ein wehmütiges Gefühl überkam ihn. Hier hatte er den jungen Maximilian getroffen, den Herzog, von hier war er nach Herrieden abgefahren und ebenso nach Venedig, hier hatte er die Mutter begrüßt, als die Brüder ihn zurückbeordert hatten – und hier traf er wieder ein, nachdem er seine Lehr- und Gesellenzeit in Venedig abgeschlossen hatte. An diesem schmalen Hof haftete ein Stück seiner persönlichen Geschichte. Er atmete einen Atemzug lang tiefer, schluckte, bis er sich wieder in der Gewalt hatte, seinen Mantel raffte und dem Eingang zulief, ohne auf das verstörte Meckern des Dieners zu achten, der ihn nicht erkannte, sich jedoch nicht getraute, ihn aufzuhalten.

»Ulrich«, rief er die Treppen hinauf. »Mutter!« Er nahm zwei Stufen auf einmal, bis er die Tür aufstoßen konnte und mitten in der Stube stand. Verschreckt blickte die Familie auf. Die Mutter und Veronika Lauginger saßen eng beieinander und spendeten sich Trost vor dem Donnergrollen. In der Ecke brannte eine Kerze. Ulrich, der Bruder, war aus der Schreibstube heruntergekommen, um den Frauen Gesellschaft zu leisten, und beugte sich über ein Bündel Papiere. Er drehte sich ebenfalls um, stand auf, um den Fremdling zu begrüßen. Jakob ließ seinen Mantelsack fallen, breitete die Arme aus und ging auf Ulrich zu.

»Ulrich! Bruder!« Jakob schloss den Ältesten in die Arme, der zögernd seinen Druck erwiderte, bis er begriff, wen er da im Arm hielt.

»Jakob, du?« Ulrich strahlte.

»Bevor die Pässe gänzlich eingeschneit waren, bin ich drüber. Es ist schön, wieder hier zu sein.« Jakob sprach leise. Selbst ihm fiel der welsche Tonfall auf, den sein breites Augsburgerisch angenommen hatte. »Es friert mich schon jetzt.«

Die Mutter war aufgestanden. Sie zitterte vor Freude, nahm ihn in den Arm, ließ nicht mehr los, bis sich Jakob gewaltsam befreite.

»Ihr müsst mir Luft zum Atmen lassen, Mutter.«

Der Schwägerin reichte er die Hand, küsste sie verschämt auf die Wange. Sie knickste vor ihm. Ein fesches Frauenzimmer hatte sich der Bruder mit Veronika Lauginger in Haus geholt, eine tüchtige Hausfrau würde sie werden, eine ebenso liebevolle Ehefrau. Die Mutter griff nach seiner Hand, hielt sie, streichelte sie, und Jakob wagte nicht, sie ihr zu entziehen, obwohl das Drücken und Halten ihm nicht behagte.

»Du bist ohne Kutsche gekommen?«, fragte Ulrich. Der ältere Bruder empfand offenbar ähnlich: Wiedersehen umgab sich mit lästigen Ritualen. Man sollte das weibische Gefühlsduseln sein lassen und zu den Geschäften kommen.

Jakob zuckte mit den Schultern.

»Sie musste in Meran zurückbleiben. Unmöglich, sie über die verschneiten Pässe zu bringen. Ich habe ein Pferd genommen.«

»So hast du …«

Die Enttäuschung stand Ulrich ins Gesicht geschrieben. Keine Waren, keine Münzen, keine Metalle – ein halbes Jahr verfloss unnütz, während der Wagen in Meran herumstand und das Gespann Logisgeld kostete.

Die Frauen hatten das Mienenspiel der Brüder mit Unbehagen verfolgt. Schließlich feierte man eine Rückkehr wie die von Jakob. »Ich lasse Most aus dem Keller holen, Ulrich«, lenkte die Mutter ein. »Jakob wird hungrig sein. Wir wollen etwas essen.«

Jakob machte eine Handbewegung. »Geht schon einmal voraus. Ulrich und ich haben noch etwas zu bereden.«

Er wartete kaum ab, dass die Frauen den Raum verlassen hatten, da griff er schon nach seinem Mantelsack, den er einfach hatte fallen lassen, nachdem er die Stube betreten hatte. Er wollte nicht länger warten mit dem, was er dem Bruder mitgebracht hatte. Rasch schnürte er das wasserdichte Öltuch auf und zog ein Buch heraus, hielt es Ulrich hin.

»Ulrich, wenn du das hier siehst, machst du dir keine Gedanken mehr über den Wagen in Meran.«

Der Bruder betrachtete den schlichten Ledereinband, schlug das Buch auf, blätterte unschlüssig darin und sah Jakob schließlich verständnislos an. Jakob musterte das Gesicht des Bruders voller Erwartung.

»Was soll das, Jakob? Erzähl mir nicht, die Zahlenkolonnen darin könnten den Verlust des Wagens über den Winter ausgleichen.«

Jakob, der bis zu diesem Zeitpunkt eine innere Unruhe und Anspannung gefühlt hatte, wurde gänzlich ruhig. Da war es wieder, das Denken, wie er es bereits in Venedig mehrfach an sich erlebt hatte: kühl und überlegt, klar und frei von Furcht. Wenn der Bruder nicht erkannte, welchen Schatz er in Händen hielt, würde es die Augsburger Kaufmannschaft ebenfalls nicht erkennen. Neuerungen standen die etwas trägen, aber soliden

Kaufherren ohnehin skeptisch gegenüber. Das musste sich in Verdienst ummünzen lassen.

»Mehr als das«, antwortete er. »Es ist eine neue Buchführung, Bruder.«

Ulrich hob beide Augenbrauen und schüttelte den Kopf. »Deshalb hast du eine gute Fuhre stehen lassen?«

Jetzt glühte der Ehrgeiz in Jakob auf. Verspotten lassen brauchte er sich nicht. Er nahm Ulrich den Band aus der Hand, legte ihn auf den Tisch, mitten in die Papiere des Bruders, der dagegen protestieren wollte, aber durch Jakobs energisches Auftreten eingeschüchtert wurde. Jakob schlug den Band auf und blätterte auf die aktuelle Seite.

»Hör mir zu, Ulrich. Dann wirst du verstehen«, sagte er bestimmt und ließ den Finger über die Zahlen gleiten. »Für jeden Wareneingang gibt es einen doppelten Kontovermerk. Nicht nur bei Wareneingang, sondern auch einen beim Geldausgang. Hier. Die letztmonatigen Eingänge im Fondaco zu Venedig, dem Warenlager der ausländischen Kaufleute: ein Zentner Kupfer, zu sechs Gulden den Zentner, dann dreißig Mark zwölflötiges Silber, zwölf Barren Barchent, ebenso viel feste Leinwand und noch einmal so viel Tuch. Hier vermerkt und hier«, Jakob deutete mit flüchtigen Bewegungen auf andere Zahlengruppen, »als Ausgaben. Dafür sind Gelder eingegangen. Der Verkauf von Segelleinwand an Venedig, Tuche für Rom, für Sizilien. Kupfer an den König, natürlich Silber für die Münze in Rom. Wieder notiert. Hier als Ausgang und hier als Einnahme. Schwierig wird es, wenn die Ballen geöffnet werden und die Ware verteilt wird. Was ist noch vorhanden? Was ist weg? Wie wird rotes und schwarzes Schlepptuch gehandelt? Was erbringen Taft, Samt, Damast, Bombasin? Wie soll das von Augsburg aus kontrolliert werden? Kein Problem, Ulrich. Schau, die Zahlen dort und dort und dort.« Wieder flogen die Finger über das Blatt. »Der aufgeteilte Ballen in einzelne Ellen umgerechnet, hier abgezogen, weil er nicht mehr ganz im Lager steht, und hier aufgerechnet. So behält man den Überblick, Bruder.«

Ulrich hatte sich abgewandt. Überließ dem Jüngeren die Erklärung, blickte hinaus in den Hof. Jakob wusste, dass Ulrich ihm zuhörte, dass er aufmerksam war. »Vertrau keinem Schreiber. Teile die Hauptbücher auf. So gewinnt keiner einen Überblick über die Geschäfte. Nur hier«, Jakob tippte auf sein Kontobuch, »führen alle Zahlen zusammen. Wir wissen Bescheid. Jederzeit.«

Ulrich besaß eine vorsichtige Natur, war kein eigentlich kaufmännischer Charakter, der auf Risiko abstellte, sondern solide Geschäfte bevorzugte. Das hatte Jakob in Venedig erfahren. Man musste ihn also mit etwas überzeugen, was ihn beeindruckte. Diesen Trumpf spielte er ganz zum Schluss aus. Innerlich vibrierte Jakob noch vor Begeisterung für das neue System, das er den Venezianer Kaufherren abgeschaut hatte, das er sich mehr heimlich erworben hatte und sich viele Gulden hatte kosten lassen, nachdem er dessen Vorteil erkannt hatte.

Er trat neben Ulrich und sah durch das Fenster hinaus in den Herbststurm.

»Ulrich, sag, wie viel Vermögen können wir sofort in Silber anlegen?«

Überrascht blickte der Bruder ihn von der Seite her an. Aber auf Jakobs schmalen Lippen spielte kein Lächeln. Er meinte es ernst.

»Wir sitzen gerade über der Jahresrechnung, dein Bruder Georg und ich. Aber Georg musste nach Nürnberg, die Unterlagen einholen. Ich erwarte ihn erst am Sonnabend zurück.«

Jetzt musste Jakob doch lächeln. Er presste die Lippen aufeinander, so dass nur ein schmaler, kaum sichtbarer Mundspalt zurückblieb.

»Heißt das, ihr beide könnt nicht sagen, ob die Gesellschaft Fugger dieses Jahr mit Gewinn abschließt?«

»Jakob, du weißt, was Brauch ist. Niemand kann es sagen, solange er den Jahresabschluss nicht kennt.«
Jakob verschränkte die Arme vor der Brust. Sein Blick folgte einem Tropfen, der innen an der blasigen Scheibe hinabrann.
»Niemand wollte es bislang wissen, Ulrich. Das ist ein Unterschied.« Er nahm den Bruder am Arm, führte ihn vor das Kontobuch, zeigte auf eine Zahl. »Das hat der Fondaco bis zum Monatsletzten dieses Jahres an Gewinn abgeworfen. Wenn ich den Schnitt der letzten elf Monate aus den Saldi errechne, Ulrich«, Jakob blätterte zurück und zeigte dem staunenden Bruder die Zahlen, »kann ich zumindest auf den zwölften Monat schließen und weiß, wie viel wir umgesetzt haben und was an Gewinn herauskommen wird. Natürlich muss alles wie bislang im Einzelnen geprüft werden – aber ich habe eine schnelle Übersicht. Mein System der Berechnung verschafft uns einen Vorsprung. Während andere Kaufherren noch rechnen, wissen wir, wie viel Geld wir ohne Sorge investieren können.«
Jetzt war Ulrich elektrisiert.
»Botenausgaben, Fuhrwerker, Mietkosten, Bewachung, die Beträge sofort herausgenommen«, flüsterte er, während er blätterte. »Und alles in arabischen Ziffern.«
»Sie rechnen sich schneller, Ulrich.«
Ulrich blätterte die Seiten um, addierte stumm und sah wie gebannt auf die in roter Tinte ausgewiesenen Saldi am Ende der Doppelseite, verglich Betrag mit Übertrag und rechnete abermals im Kopf nach. Endlich stützte er sich mit beiden Händen auf der Tischplatte ab, schüttelte das Haupt mehrmals.
»Jakob, das ist Zauberei. Ich habe dich nicht nach Venedig geschickt, um Alchemie zu erlernen!«
Jetzt lachte Jakob laut auf und klopfte dem Älteren auf die Schulter.
»Die neue Buchführung, Ulrich, setzt uns in Vorteil gegenüber allen Kaufherren dieser Stadt. Wir wissen immer, wie es um

unsere Lager und unser Geld steht. Das ist keine Alchemie, das ist das Denken einer neuen Zeit.«
Die Tür öffnete sich, und ein Lakai erschien, um sie zum Essen zu rufen. Jakob nickte. Der Same war gesät. Er sah es in den Augen des Bruders. Jetzt musste das Korn nur aufgehen und Frucht bringen. Dafür würde er sorgen. Ein wenig lächelte er in sich hinein, unauffällig. Die neuen Bücher, die neue Art, die Konten zu führen, waren erst der Anfang. Als ahnte Ulrich, was ihn erwartete, legte er dem jüngeren Bruder den freien Arm um die Schulter und drückte ihn an sich.
»Jakob, du machst mir Angst.«

KAPITEL 3 Anna saß über der Stopfwäsche. Mit dem Fuß stieß sie die Wiege an. Sibylla schlief, den Daumen im Mund. Ihre Augen rollten unter den Lidern, und manchmal fing sie heftig an zu nuckeln. Anna blickte dann über den Wiegenrand und dachte mit Vergnügen daran, wie sich das Mädchen an ihrer Brust festsaugte und trank.
Sie saß gern im Kinderzimmer. Das Holz der getäfelten Wände war hell. Die Stoffbahnen, die um Tür und Fenster hingen, wirkten wie Lichtflecken, freundlich und heimelig. Sonnenstrahlen streuten durch die blasigen Scheiben in den Raum und wärmten kräftig, so dass Anna das Fenster geöffnet hatte. Sie wollte mit der Kleinen heute noch auf den Markt, die erste Wärme genießen. Sibylla würde das sicher gefallen, vor allem jetzt, da sie zu laufen begann, ihre Welt mit ersten unsicheren Schritten erkundete. Aber zuerst mussten die Löcher in den Windeln gestopft und die in den Kinderjoppen geflickt werden. Woher sie nur immer kamen, wunderte sie sich. Schließlich lag Sibylla die meiste Zeit im Bett und schlief.
Anna seufzte. Einerseits war sie froh darüber, eine Anstellung als Amme gefunden zu haben, andererseits würde sie lieber bei sich zu Hause sitzen und ihr eigenes Kind stillen. Der Herr-

gott hatte ihr zwar Milch gegeben, nicht aber das Glück eigener Kinder. Die waren allesamt nach der Geburt gestorben. Drei in Folge.

Anna wollte sich nicht grämen. Der Herrgott gab's, der Herrgott nahm's. Daran durfte man nicht rühren. Froh war sie, im Haus der Familie Artzt untergekommen zu sein. Die Hausfrau schien sie zu mögen – und die kleine Sibylla trank sich groß an ihr. Sie gedieh und streckte sich.

Anna sah von der Nadel auf, weil Sibylla im Bett maunzte. Sie blickte über den Korbrand, aber das Mädchen schlief tief, die Ärmchen an die Brust gezogen.

Als Amme und Magd hatte sie ihr Auskommen, besser als Karl, der Vater ihrer toten Kinder, der die Tage auf den Baustellen mit Handlangertätigkeiten oder in den Schankstuben verbrachte.

Anna nahm eine der Windeln, hielt sie gegen das Licht, machte die dünnste Stelle aus und legte den Stopfpilz darunter. Sie summte eine Melodie, die seit einiger Zeit auf den Straßen gesungen wurde und ein Lied begleitete, das von der Hinrichtung des Bürgermeisters Schwarz handelte, dem Freund der Armen. Von den Patriziern war er in eine Falle gelockt und schließlich hingerichtet worden. Ein mutiger Mann, der dem Rat und damit den feisten Wänsten der Kaufherren und des Adels die Stirn geboten hatte. Einer der ihren, ein Zunftbürgermeister, der die einfachen Leute wohl verstand.

Sie räusperte sich, summte die Melodie zuerst nur, dann versank sie ganz in ihr Lied und sang schließlich leise vor sich hin:

»... erzählen, wie er in alten Zeiten,
von den gefangen genommenen Leuten,
denen er für Gulden rot,
geholfen hat aus ihrer Not,
einen Schatz erpresset hat,
gegen den Augspurger Hohen Rat.

Das war nicht recht das Amt geführt,
wie es dem Heiligen Geist gebührt.
Deshalb und weil die großen Herren,
sich gegen Neuerungen sperren,
haben sie ihn hingericht,
am Galgen wie es ihre Pflicht.
Seither spukt unser Bürgermeister
nachts durch die Gossen wie die Geister ...«

Sie summte wieder und wiederholte die eine Strophe, die spöttisch das Unrecht brandmarkte, das an diesem Mann begangen worden war.

»Was singst du?«, herrschte sie eine Stimme von hinten an.

Anna fuhr erschrocken auf, stieß sich dabei die Nadel in den Finger.

»Ihr habt mich erschreckt, Herr!«

Wilhelm Artzt war ins Zimmer getreten. Er schloss lautstark das Fenster.

»Ich habe gefragt, was du da gesummt hast?«

Anna stotterte, als sie dem Hausherrn eingestand, dass sie das Lied über die Hinrichtung des Augsburger Zunftbürgermeisters gesungen hatte. Ihr Finger blutete, und sie steckte ihn in den Mund.

Wilhelm Artzt, der in seiner Fülle den Kaufmannsspross verkörperte, der mit den bedeutendsten Männern Augsburgs verwandt war, lief im Gesicht rot an, schnaufte mehrmals, als müsse er sich aufpumpen, und schrie sie endlich an, was ihr einfalle, seiner Tochter Gossenlieder vorzuplärren und solch unanständige dazu? Man könne ihr Schandlied bis hinaus auf den Weinmarkt hören. Schließlich hätten sie einen Ruf zu verlieren. In der Familie habe man ein Mitglied der Mehrer der Gesellschaft.

Anna kannte das Lamento zur Genüge und sprach innerlich mit: Der Onkel besaß einen Sitz in der Herrenstube, war Zwölfer der Zunft der Kaufleute, würde irgendwann zum Inhaber des Stadtpflegersamts, hatte Reichsambitionen. Die Nichte war nicht irgendeine Partie, sie war die beste Partie, die er sich zukünftig für Augsburg vorstellen konnte. Das dürfe man sich nicht durch lästerliche Lieder verbauen lassen, schon gar nicht von einer, die im Haus nur geduldet sei, weil sie Milch habe.

Anna hielt den Kopf gesenkt, ließ das Donnerwetter über sich ergehen. Der Stich pochte schmerzhaft. In ihr regte sich Widerspruch. Weder musste sie sich dem Hausherrn gegenüber rechtfertigen noch brauchte sie sich alles gefallen zu lassen. Die Hausherrin würde ihr helfen.

»Dann säugt Euer Bankert allein!«, fauchte sie, warf ihre Stopfarbeit in den Korb neben der Wiege und stand auf. Sie spielte mit dem Feuer. Wilhelm Artzt war bekannt als Mann, der nicht lange fackelte und selbst schnell Hand anlegte, wenn es galt, einen Lakaien hinauszuwerfen. Trotzdem durfte sie diesen Ton nicht dulden. Auch sie war freie Bürgerin dieser Stadt wie die Familie Artzt.

Sibylla muckte, rief zaghaft nach ihr. Anna rührte sich nicht.

»Ihr habt die Kleine aufgeweckt mit Eurem Geschrei!«, kommentierte sie das Rütteln und Schütteln der Wiege, die langsam dringlicheren Bitten der Kleinen, die in einem kaum verständlichen Kauderwelsch immer lauter hinausposaunt wurden.

»Beruhigt sie!«, fuhr Wilhelm Artzt Anna an.

Anna griff in die Wiege, nahm die noch schlafwarme Sibylla heraus – und drückte sie dem überraschten Vater in den Arm.

»Sie muss gewickelt und gefüttert werden. Aber Ihr könnt das ja übernehmen, Herr«, gelang es ihr zu sagen, ruhig und ohne Bitterkeit in der Stimme. Allein das Gesicht Wilhelm Artzts entschädigte Anna für die Demütigung von eben.

»Was soll ich damit?«

Wilhelm Artzt sah bestürzt das Kind an und dann die Kindsfrau. Anna ließ Wilhelm Artzt stehen und lief aus der Kinderstube.

»Anna, so hilf mir doch!«, rief er. Anna stolzierte mit hoch erhobenem Haupt den Flur entlang. Sibylla, die gefüttert und gewickelt werden wollte, schrie ihr nach.

»Anna! Bitte!«

Die Stimme des Hausherrn, die eben so gebieterisch und hart geklungen hatte, säuselte geradezu. Das Kind weit von sich gestreckt, lief er ihr nach. Sibylla schrie aus Leibeskräften. Ihr Gesicht war puterrot angelaufen, Tränen perlten aus den Augenschlitzen. Anna jubilierte innerlich. Sibylla war ein Schatz.

»Anna!«, stöhnte Wilhelm Artzt und drückte ihr die kleine Sibylla in den Arm. »Ich wusste nicht, dass sie so ein kleiner Teufel sein kann.«

Jetzt hatte Anna endgültig die Oberhand gewonnen.

»Versündigt Euch nicht, Artzt«, säuselte sie scheinheilig und süffisant, um im nächsten Moment mit schneidender Stimme hinzuzusetzen: »Die Herrin wird es nicht gerne hören, wenn Ihr ihren Augenstern einen Teufel nennt. Auch wenn es nur ein kleiner ist.«

Anna drückte die Kleine an ihren Busen, die sofort verstummt war, nachdem sie ihre Wärme und den Herzschlag gefühlt hatte. Hoch erhobenen Hauptes rauschte sie an Wilhelm Artzt vorüber, ohne ihn eines Blickes zu würdigen. Als Anna Sibylla trinken ließ und danach auf der Wickelkommode säuberte und trocken legte, spürte sie, wie ihre Hände zitterten. Jetzt musste sie erst einmal ins Freie, musste durchatmen. Das Mädchen strampelte und strahlte sie an mit Augen so schön wie der Frühling draußen.

Anna zog die kleine Artztin warm an, band sich ein Tragetuch um den Rücken, setzte Sibylla auf ihre Hüfte und summte trotzig das Schwarz-Lied.

Draußen empfing sie ein warmer Tag. Die Bürger auf der Straße lachten sich gegenseitig an. Die Gosse war zwar noch feucht und glitschig, und in den Ecken lagen Schneereste, aber alles folgte den behaglichen Lüften nach draußen. Eine Katze begrüßte sie, als Anna mit Sibylla im Hüfttuch aus der Haustür trat. Die weißgefleckte Schönheit trabte aus der Einfahrt auf sie zu, dehnte sich mit Würde zu einem Buckel, und sah zu ihnen hoch, als wollte sie fragen, wohin es gehe. Anna lenkte ihre Schritte zum Brotmarkt hin, sie wollte einen Laib kaufen und beim Lebzelter einen Pfefferkuchen für Sibylla mitnehmen. Den hatte sie verdient. Die Katze federte mit leichtem, flüchtigem Schritt vor ihnen her, als gehörten sie seit jeher zusammen.

Immer wieder blieb Anna stehen und erklärte der staunenden Sibylla die Menschen und die Dinge. Sie ließ Sibylla an den Gewürzsäcken riechen und mit Erlaubnis des Salzsieders ein wenig bitteres Steinsalz schmecken.

Beim Stand des Lebzelters hielt Anna an. Die Katze, die bislang ruhig gewesen war, fauchte entschieden, wollte sie vom Karren des Lebzelters weglocken, lief weiter, blickte zu ihnen zurück, kehrte um und verschwand schließlich mit hoch aufgestelltem Schwanz zwischen den Passanten.

Der Holzkarren des Lebzelters war über die ganze Länge des Brotmarkts hin zu riechen. Kuchen fanden sich dort auf der schräg gestellten Ladefläche und weißes Brot mit eingebackenen Rosinen, Butterlaibchen, Spezereien und die feinen Lebzelter, für die der Bäckermeister berühmt war, geschnitten zu kleinen Ecken. An den Stangen des Segeldaches hingen Zuckerkringel. Es roch nach Bienenwachs und Honig. Anna hätte Stunden vor dem Wagen verbringen und die Düfte einatmen können, wenn nicht der Lebzelter selbst gewesen wäre, ein kleiner Mann mit speckigen Haaren, Läusen in den Augenbrauen und einem fettigen Grinsen im Gesicht, mit dem er sie von oben bis unten musterte, bis sie rot wurde. Was ihn interessierte, wollte er nicht verbergen. Dennoch konnte sie sich nicht beklagen. Er gab sich freundlich und beschäftigte sich geradezu liebevoll mit Sibylla.

»Kommt mich die Prinzessin wieder besuchen?«, begrüßte er die Kleine.

Sibylla, die bislang die Erklärungen Annas aufgesaugt hatte, turnte unruhig in ihrem Hüfttuch. Anna fragte scherzhaft, was sie denn habe, aber das Mädchen deutete auf die kleinen braunen Ecken und rief in einem fort: »Haben! Haben! Haben! …«

Der Lebzelter kannte das Spiel. Obwohl Anna sein anbiederndes und süßliches Gehabe nicht mochte, hatte Sibylla ihren Narren an dem Mann gefressen. »Da … haben«, forderte sie, »Da. Da. Da. Haben.« Sie bettelte und bat und bettelte, bis Anna lachend nachgab und ihr der Lebzelter ein Körbchen mit ausgesuchten Leckereien reichte.

Anna blickte über den Brotmarkt hinweg. Die Karren mit ihren an Segel erinnernden Regendächern standen aufgereiht wie die Stadtschergen vor dem Rathaus. Durch den Stoff hindurch schien das Licht fleckig und warf dunkle Schatten.

Anna schloss die Augen, hörte auf die Geräusche. Die Bäcker schrien ihre Ware aus. Die Stimmen der Händler und Käufer mischten sich zu einem beständigen Summen. Kutschen und Karren ratterten über das Kieselpflaster.

Anna mochte diesen geschäftigen Lärm, doch Sibylla störte sie in ihrem Genuss. Das Mädchen strampelte und zerrte an ihrem Ärmel. Sie wollte auf den Boden, wollte laufen.

Anna öffnete die Augen. Sibylla hatte die Katze entdeckt, die unter einem der Karren hervorlugte. Sie hob die Kleine aus dem Hüfttuch, stellte sie auf die Erde und beobachtete, wie sie zum Nachbarkarren hinüberwackelte.

Anna freute sich an den tapsigen Bewegungen des Kindes und war unversehens vom Anblick einer Gestalt gefangen genommen, die ihr vom Rathaus entgegenkam. Der junge Mann trug eine Seidenkappe, die mit Goldbrokat durchstickt war. Sein Wams, sein Hemd, die Schuhe und Strümpfe, alles an ihm atmete Ferne und Weltläufigkeit. Selbstbewusst und sicher schritt er einher. Sein asketischer Kopf mit der beginnenden Falte am Mund faszinierte Anna. Er lief neben einem wohlbeleibten Herrn her, der beinahe noch prächtiger gewandet war.

Sie achteten nicht auf die Passanten, waren in ein Gespräch vertieft. Der Ältere lauschte den Ausführungen des Jüngeren gespannt, nickte zwischendurch oder schüttelte den Kopf.
»Die Gebrüder Fugger!«, flüsterte es in ihrem Rücken. »Georg und Jakob. Der Mönch aus Herrieden.« Der Lebzelter lachte.
»Ich kenne die beiden Männer!«, versuchte Anna sich den Lebzelter vom Hals zu halten.
Den jungen Fugger konnte sich Anna durchaus in einer Mönchskutte vorstellen. Er wirkte so konzentriert, so bei sich, wie kein anderer Mensch auf diesem Platz, das Kind ausgenommen, das jetzt bei der Katze anlangte und sie streichelte.
»Vorsichtige Kaufleute mit Maß und Ziel«, flüsterte der Lebzelter hinter Anna wieder. Sie roch seinen süßlichen Atem. »Man munkelt, dass viertausend Webstühle in Augsburg für sie arbeiten. In den letzten Jahren sollen sie sich auf den Metallhandel eingelassen haben. Innsbruck, Schwaz, Venedig. Sie blähen sich. Aber alles mit Maß und Ziel.«
Verärgert über das Zischeln in ihrem Rücken drehte sich Anna um. »Bitte, Lebzelter, verschont mich mit Euren Ausführungen.«
Der Lebzelter verbeugte sich devot, lächelte, während Anna mit ihrem Blick den beiden Fuggern folgte, die es nicht eilig zu haben schienen und ebenfalls die Sonne genossen. Jedenfalls hielt der Jüngste seine Nase häufig ins Licht und wich gezielt dem Schatten aus, den die Karrensegel auf den Platz warfen. So nahe kamen sie am Lebzelter vorüber, dass Anna Bruchstücke ihres Gesprächs vernehmen konnte. Der Ältere blieb, vom Duft angelockt, sogar stehen und ließ sich einige der Lebkuchen aushändigen, die er sofort verspeiste.
»Die Mitsprache im Unternehmen muss auf uns Brüder beschränkt werden, Georg! Die Entscheidungen fallen quälend langsam, solange jedes Familienmitglied mitreden darf«, drängte der Jüngere, während Georg mit vollem Mund einwarf, man dürfe die Schwestern nicht einfach enterben.

»Wer spricht von enterben? Sie müssen nur ihren Geldanteil in der Unternehmung lassen, und sie bekommen eine Leibrente und eine Mitgift ausbezahlt, die sie an der Firma beteiligt. Wir können es uns nicht leisten, dass durch Heirat Vermögen aus der Firma abfließt. Oder noch schlimmer, Schwäger in Geschäfte hineinreden, von denen sie nichts verstehen.« Jakob nahm Georg am Arm und zog ihn vom Karren des Lebzelters fort. »Ulrich muss zustimmen, sonst wird die Unternehmung ...«

Mehr hörte Anna nicht. Die beiden entfernten sich. Jetzt erst wurde sich Anna bewusst, dass sie zwar dem Gespräch der Brüder gelauscht, nicht aber auf Sibylla geachtet hatte. Das Mädchen hatte die Katze verlassen und sich an das Hosenbein des jungen Fuggers gehängt. Mit ihm lief sie mit.

»Sibylla!«, rief Anna sie, doch das Mädchen steckte nur den Finger in den Mund und stolperte mit den Männern weiter, bis Jakob Fugger auf das Anhängsel aufmerksam wurde.

Der junge Fugger verhielt seinen Schritt und beugte sich lächelnd zu Sibylla hinab. Die Kleine stampfte mit dem Fuß auf und schüttelte den Kopf. Jakob Fugger nahm sie auf den Arm und sah sich nach Anna um, die nach der Kleinen gerufen hatte. Sibylla strampelte, schlug mit den Fäustchen um sich, aber dem Fugger schien das alles nichts auszumachen. Mit einem schmalen Lächeln ging er auf Anna zu, die wie versteinert stand und dem Schauspiel folgte.

»Ist das Euer Mädchen, Magd?«, fragte er.

Anna fiel nichts anderes ein, als zu verneinen, ihres sei es nicht. Jakob sah sie erstaunt an, drehte sich bereits wieder weg und suchte nach der dazugehörigen Mutter, bis Anna begriff, wie die Frage gemeint war.

»Doch. Natürlich. Ich bin die Amme, die Ziehfrau!«, bellte sie ihm hinterher, und Jakob Fugger machte auf dem Absatz kehrt.

»Na dann. Ein kräftiges Stimmchen. Eine lebhafte Person!«, sagte er und drückte ihr das Kind in den Arm.

Auf Sibyllas Gesicht prangte ein blutiger Kratzer, der schräg über die Stirn und das Auge lief. Die Katze hatte ihre Krallen spielen lassen.

»Man sollte sich nie mit Stärkeren anlegen«, spottete Jakob gutmütig und streichelte Sibylla über die Wange. »Hier.« Er bot Sibylla einen Lebkuchen an, den er aus dem Körbchen seines Bruders nahm. »Für den Schreck und den Schmerz!«

Kurz sah es so aus, als würde Sibylla danach greifen, aber mit einer schnellen Bewegung schlug sie dem Fugger den Lebzelter aus der Hand. Etwas pikiert betrachtete der Sibylla, die mit schiefem Gesicht schmollte, dann lachte er.

Anna versank in Grund und Boden, entschuldigte sich, verstrickte sich in Abbitten und Verzeihungen, bis der Fugger abwinkte. Er hatte nur Augen für das Kind.

»Zorniges Mädchen«, sagte er. »Wer dich einmal zähmen soll, muss ein ganzer Kerl sein!«

KAPITEL 4 Die Tür zur Schreibstube wurde aufgestoßen und krachte gegen die Täfelung.

»Georg?«

Jakob drehte unwirsch den Kopf. Ulrich ließ die Feder fallen und stieß vor Schreck ein Tintenfass um.

»Wo ist Georg?«, keifte Regina Imhof mit schriller Stimme.

Hinter ihr stolperte der Schreiber und Kanzlist Monhart herein und verzog das Gesicht. Er hob bedauernd die Schultern. So viel gebündelte schlechte Laune vermochte niemand aufzuhalten.

»Regina!«, beschwichtigte Ulrich und trat auf Regina Imhof zu. Aus dem Mund Ulrichs klang gedämpft der Vorwurf, sie solle sich nächstens anmelden, wenn sie das Kontor betreten wolle.

Jakob sah sich um, ging zum Sichtpult und schloss die beiden Kontobücher, die dort aufgeschlagen lagen, dann sammelte er ruhig eine Reihe von Blättern ein, als hätte er dies ohnehin vorgehabt, steckte sie in eine Mappe und rollte zwei Zeichnungen auf, die mit Nadeln am wandhohen Schrank befestigt gewesen waren.

»Ist es nicht genug, dass er ständig nach Nürnberg unterwegs ist? Muss er zuerst Euch berichten, statt seine Verlobte zu begrüßen? Ich sitze und gräme mich, während er nur das Geschäft im Kopf hat.«

Regina Imhof war eine hübsche Frau, der die Erregung gut zu Gesicht stand. Sie rötete ihre Wangen. Ihr dunkles, offen getragenes Haar zähmte sie mit einem weinroten Band, das ihrer hellen Haut schmeichelte. Wie ein zorniger Engel stand sie im Raum. Ihre Blicke funkelten und suchten das Kontor ab und spähten in jede Ritze der Täfelung. Jakob hätte sich nicht gewundert, wenn sie sogar in die Hocke gegangen wäre, um Georg auf dem Boden und unter den Schreibpulten zu suchen.

Ulrich fasste Regina am Arm und führte sie aus der Schreibstube.

»Georg ist nicht hier. Vermutlich ist er zu Mutter in die Stube hinunter.«

Regina Imhof ließ sich nicht hinters Licht führen und blieb einfach stehen.

»Von dort komme ich. Die Fuggerin sagte mir, er sei im Kontor …«

»… wo er nicht anzutreffen ist, wie Euch mein Bruder mitgeteilt hat!« Jakob war den beiden gefolgt.

»Vielleicht ist er auch im Lager unten«, sagte Ulrich beschwichtigend. »Ich weiß es im Augenblick wirklich nicht, Regina. Aber wir schicken ihn zu Euch, wenn wir ihn sehen!« Damit drängte er Regina und den Kanzlisten energisch hinaus. Das Schloss schnappte ein.

Die Ruhe kehrte zurück, die Jakob genoss und nötig hatte, doch in seinem Inneren wütete ein Sturm.

Jakob atmete den Duft von Tinte und Papier ein, der im Raum lag. Mit bedächtigen Schritten ging er zur Rückseite des Zimmers, dorthin, wo der wandhohe Aktenschrank, der die halbe Front einnahm, vor einem der Fenster endete. Dass dieser Schrank auch von der anderen Seite begangen werden konnte, sah man von der Tür aus nur auf den zweiten Blick. Jakob umrundete ihn. Dahinter stand Georg, blass und verunsichert, eine Akte unter dem Arm. »Ich habe dir gesagt, Jakob, dass ich mich bei Regina melden muss.«

Jakob sah ihn aus schmalen Augen an. »Sollte deine Verlobte noch einmal unangemeldet dieses Kontor betreten, Georg, dann sorge ich höchstpersönlich dafür, dass man sie mit der Peitsche wieder daraus entfernt.« Jakob sprach so leise, dass Georg den Kopf vorbeugen musste, um ihn verstehen zu können. »Die Pläne der Salzburger und Tiroler Silbergewerke hingen aus. Die Kontobücher lagen offen herum. Was denkt sie sich eigentlich?«

Georg hob beschwichtigend die Hände. »Sie versteht ohnehin nichts davon. Was soll sie weitertragen?«

Jakob rollte mit den Augen. »Ihr begreift nichts. Der Vorsprung an Informationen ist reines Gold wert, Georg. Sie braucht sich nur Gedanken darüber zu machen, was sie gesehen hat, nur zufällig eine Zahl aufschnappen, die in den Büchern zu sehen ist, sie mit Namen verbinden und ausplaudern. Auf einem Ball. Während eines Kränzchens. Regina Imhof sagt es Barbara Meutinger, diese erzählt es Anna Hofstätter weiter, und die trägt es einer der Welserfrauen zu, die es im Bett wiederum ihrem Gatten flüstert, und der zählt eins und eins zusammen, und schon ist Tirol verloren.«

Georg trat hinter dem Schrank hervor, blätterte unschlüssig die Akte auf und zu, die er gesucht hatte.

»Du malst den Teufel an die Wand, Jakob. Wer vermutet die Fugger in Salzburg bei den Silbergewerken? Niemand. Dass wir nach Tirol ausschauen, ist für viele undenkbar. Wir sind und bleiben Weber in den Augen der Augsburger. Keine Metallkaufherren.«

Ulrich trat ans Fenster und blickte hinaus. Kopfschüttelnd beobachtete er die offensichtlich immer noch rasende Regina Imhof, wie sie ihr Temperament unten im Hof an anderen abreagierte.

»Georg, Georg. Jakob hat Recht. Bereits der geringste Verdacht zerstört die schönsten Pläne. Das Köpfchen dieser Imhof ist brillant. Sie wusste sehr genau, dass du im Raum warst. Sie konnte nur nicht herausfinden, wo du dich versteckt hattest.«

»Ich habe mich nicht versteckt«, maulte Georg, warf die Akte auf den Tisch und begann die Tintenlache auf Ulrichs Schreibtisch mit einem Löschblatt zu beseitigen. Alle drei beobachteten sie, wie das fasrige Blatt die Tintenschwärze rasch aufsaugte. Zurück blieb ein hässlicher Fleck auf der Nussbaumplatte.

»Das musst du ihr erklären«, grinste Ulrich ihn an und trat vom Fenster zurück. »Ich habe gebeten, niemanden mehr vorzulassen. Unter keinen Umständen. Setz dich.«

Georg folgte der Aufforderung. Darauf hatte Jakob gewartet. Er entrollte wieder die Karten der Salzburger und Schwazer Silbergewerke, schlug das Spekulationsbuch auf, in dem er erste Rechnungen angestellt hatte.

»Ulrich. Georg«, begann er und fixierte seine Brüder genau. Von seiner inneren Erregung versuchte er nichts nach außen dringen zu lassen. Es genügte, dass ihm beinahe schwindlig wurde von den Gedanken, die er hegte. Er fühlte, dass vom Erfolg dieser Besprechung mehr abhing als nur der Bestand der Fugger'schen Firma oder die Leitung des Unternehmens. Ihm schwebte ein Schritt vor, der über alles hinausging, was in Augsburg bislang gewagt worden war. Selbst ihre Verwandten, die Fugger vom Reh, die sich mit Spekulationen in Tirol weit aus dem Fenster gelehnt hatten, waren dagegen Eintagsfliegen.

»Wir sind Weber, Brüder, und könnten es bleiben. Damit wäre ein gutes Auskommen erreicht, aber kein Wachstum möglich«, begann er. Dann berichtete er von der Münze in Innsbruck, von deren Gold- und Silberschmelze, vom Prägehaus, das immer rascher den Geldbedarf des Herzogs decken musste. Es wurde vom Onkel betrieben. Und der konnte mitbestimmen, wie stark die Silbermünzen mit Kupfer verschnitten wurden. Damit nehme er direkten Einfluss auf den Münzwert. Man habe dorthin beste Verbindungen – und die Möglichkeit, über Silber- und Kupferlieferungen einen guten Gewinnschnitt zu erzielen.

»Wenn wir Silber dorthin liefern, was wir bislang nicht tun«, warf Ulrich ein. »Warum reden wir über ungelegte Eier?«

Jakob und Georg sahen sich kurz an, dann fuhr Jakob fort. Die Salzburger Gewerke hätten wenig eigenes Kapital und seien hoch verschuldet. Man könne, so Jakob, durch Kredite helfen und sich wie nebenbei die Oberhoheit über das Salzburger Silber sichern.

»Was uns alle Firmen auf den Hals hetzen würde, die denselben Gedanken haben. Und ich kenne einige Augsburger Familien, die im Silbergeschäft arbeiten.«

Ulrich stand auf und ging wieder ans Fenster, um nach draußen zu sehen.

Man müsse, so Jakob, nur weiterdenken. Wenn die Gebrüder erst mit Silber handelten, stünden ihnen ganz andere Möglichkeiten zur Verfügung. Beispielsweise eigene Handelsplätze im Fondaco dei Tedeschi. Sie bekämen Zugang zur venezianischen Warenbörse. Man müsste nur handeln, im Tirol Geld einsetzen und bei der Signoria in Venedig einen Antrag stellen …

»Jakob. Wir sind Tuch-Kaufleute. Sollten wir nicht über Geschäfte sprechen, die uns betreffen? Was ist mit der Wolle für das Augsburger Verlagsgeschäft?«

»Ulrich, Bruder!« Jakob stellte sich neben ihn. »Die Verlagsweberei ernährt uns. Das könnte so bleiben. Aber«, er deutete mit dem Finger auf seine Nase, »ich rieche es geradezu, dass mehr in uns steckt, in dir, Ulrich, und in dir, Georg. Wir müssen aus

Augsburg heraus.« Jakob richtete sich auf, ließ eine Weile verstreichen, in der er sich umsah, als ginge ihn diese enge Stube, von der aus das nicht unbeträchtliche Unternehmen der Familie geleitet wurde, nichts mehr an. Dann fiel ein Satz wie ein Hieb, unter dem Ulrich zuckte: »Der Antrag bei der Signoria in Venedig auf einen Platz für unsere Unternehmung im Fondaco dei Tedeschi ist bereits eingereicht. Von einem Fugger. Von mir.«

Ulrich fuhr herum und musterte Jakob genau. Jakob wusste, was Ulrich dachte: Bislang war der kleine Bruder nicht aufgefallen. Seine Einkünfte waren bescheiden, obwohl sie stetig stiegen. Seine Steuer an die Stadt blieb gering. Neuerungen hatte er eingeführt, seit er aus Venedig zurück war, deren Ergebnisse sich sehen lassen konnten. Dennoch war er im dritten Glied geblieben, hinter Georg und ihm, Ulrich.

»Warum habe ich davon nichts erfahren? Ich leite die Firma, Jakob! Ich bin der Regierer der Firma Ulrich Fugger und Brüder.«

Jakob legte die Hände auf den Rücken, trat an den Tisch mit den Kontobüchern.

»Dort stehen die Aktionen fein säuberlich notiert. Botenzahlungen, Kreditgewährungen an die Salzburger Gewerke, heimliche Beteiligungen, Schmiergelder …«

»Jakob!«, fuhr Ulrich dazwischen. Er redete leise und bestimmt. »Ich habe einen Namen zu verlieren. Mein Wort ist ein Wort der Ehre. Wer mir traut, der kann versichert sein, dass ich meine Zusagen halte. Geschäfte, die von der Firma Ulrich Fugger getätigt werden, sind solide und ehrlich. Niemals würde ich das Ansehen der Firma preisgeben.«

»Kaufmann sein«, warf Jakob ein, »heißt auch, ein Risiko zu tragen. Das wirst du nicht bestreiten, Ulrich.«

Bedächtig wiegte Ulrich den Kopf und strich sich den Bart. Nein, das könne er nicht bestreiten. Es sei allerdings ein Unterschied, ob man bewusst das Risiko suche und mit ihm spiele. Auf die Dauer könne man damit nur verlieren. Und das von Jakob angedachte Silber-Geschäft sei ein solch unwägbares Risiko.

Jakob blickte Ulrich lange an. Seit der Bruder verheiratet war, verhielt er sich noch bedächtiger. Seine Bereitschaft, auf Risiko zu spekulieren, war ihm gänzlich abhanden gekommen. Er musste zu Entscheidungen gezwungen werden, man musste ihn treiben – und er, Jakob, hielt den Schlüssel dazu in der Hand.

»Die Firma Ulrich Fugger hat die Salzburger Gewerke übernommen. Ich habe ihnen zusammen mit Georg Kredite gewährt.«

Der Satz platzte wie ein Kanonenschuss in die Runde. Ulrich erstarrte.

»Kredite? Gewährt? Ohne mein Wissen? Sollen wir uns verschulden wie die Fugger vom Reh bei Herzog Sigmund von Tirol? Nie und nimmer werden die Reh auch nur einen Heller wiedersehen.«

Das habe er bedacht, konterte Jakob. Er ließe keine Kredite zu ohne Sicherheiten.

Ulrich schlug mit der Faust auf den Tisch. Das leere Tintenfass hüpfte auf der Platte, sprang auf den Boden und zerplatzte in tausend Scherben. Mit dem Fuß stieß Jakob sie beiseite. Wie Raubtiere begannen die Brüder sich zu umkreisen.

»Sicherheiten? Bei den Salzburger Gewerken? Welche Sicherheiten hätten die zu bieten? Sie sind bettelarm.«

»Ihre Sicherheiten«, sagte Jakob ruhig und suchte Georgs Augen, »sind die Gruben selbst. Wir nehmen nur Anteile an den Gruben. Nichts sonst. Dafür fließt Geld.«

Jakob hörte Georg heftig ausatmen. Jetzt war die Wahrheit auf dem Tisch. Zumindest die halbe Wahrheit.

»Du bist übergeschnappt!« Ulrich fuhr unwirsch mit den Händen durch die Luft, bis er den rechten Satz, die beste Erwiderung gefunden hatte. In einem fort schüttelte er den Kopf, als

könne er das alles nicht fassen. »Ein Weber fordert Land. Du bist nicht ganz gescheit, Jakob. Die Gruben gehören dem Herzog. Er wird den Teufel tun und einem Nichtadligen Landrecht für die Erzausbeutung erteilen.«
»Ich will kein Land, ich will die Pacht.«
Ulrich setzte sich. Er wirkte blass. Doch Jakob ließ nicht locker.
»Ulrich, wir sind eine kleine Augsburger Unternehmung, aber wir dürfen nicht darauf hoffen, dass wir mit der Ausweitung des Tuchhandels unsere Gewinne vergrößern. Dazu müssten die Umsätze ins ... ins Unermessliche wachsen. Das ist nicht zu erwarten, Ulrich. Große Gewinnspannen bei Einzelwaren werden uns reich machen. Und Gelegenheiten wie diese. In der Übernahme der Silbergewerke im Salzburger Land steckt eine unglaubliche Phantasie. Doch nur eine gemeinsame Kraftanstrengung aller Brüder kann diesen Schritt bewältigen. Keinem von uns allein, auch mir nicht, wird es gelingen.«
Ulrich schüttelte den Kopf. Sein frühzeitig erbleichtes Haar war zwar buschig und stand voll, aber es ließ seinen Träger älter erscheinen, als er war.
»Nicht mit mir, nicht mit meinem Namen.«
Jakob lächelte dünn. Sein Bruder dachte zu langsam. Eben hatte er ihm erklärt, auf welchen Prinzipien er seine Strategien gründete – und jetzt sah Ulrich wieder schwarz. Jakob ging zum Spekulationsbuch. Darin hatte er zu erwartende Gewinne durchgerechnet. Er schlug die entsprechenden Seiten auf und legte es Ulrich vor, der zuerst nur einen zerstreuten Blick darauf warf, dann jedoch an den Ziffern hängen blieb und Jakob überrascht ansah. Der nickte ihm zu. Die Zahlen sprachen für sich.
»Das ist aber nicht alles!«, preschte Georg jetzt vor. Bislang hatte er sich aus dem Schlagabtausch der beiden herausgehalten. »Jakob hat etwas Unglaubliches geplant, Ulrich. Das ist wirklich unvorstellbar.«

Ulrich Fugger ließ seinen Blick von Georg zu Jakob schweifen und von Jakob zurück zu Georg.
»Dann bin ich überflüssig geworden!«, seufzte er resigniert.
Jetzt war es Jakob, der auf den Bruder zuging und ihm die Hand auf die Schulter legte. So stand er, den Blick auf den Wandschrank gerichtet, auf dessen Schubladen die Orte verzeichnet waren, mit denen die Fugger Handel trieben. Die Hälfte der Laden lag verwaist. Solange mit Kalkschrift kein Name darauf verzeichnet stand, konnte man sicher sein, darin nur leere Papierbögen zu finden. Ihn trieb die Vision, dass sich einst von den Dutzenden von Schubladen eine Landkarte der europäischen Städte ablesen ließ. Allesamt miteinander und untereinander verbunden durch den Namen Fugger.
»Du bist nicht überflüssig, Ulrich. Im Gegenteil, du bist mein größter Trumpf«, schmeichelte er dem Bruder und fand, dass diese Übertreibung diesmal sogar der Wahrheit entsprach. »Deine Verbindungen, dein Name, dein Ruf in aller Welt. Es gibt keine bessere Empfehlung als die, das Wort Ulrich Fuggers zu besitzen. Außerdem, wessen Bildnis sollten die Gulden sonst tragen, wenn wir Bergwerker werden?«

KAPITEL 5

Anna konnte zusehen, wie sich Sibylla zu einer Schönheit auswuchs. Allen Schmähungen Wilhelm Artzts zum Trotz, der noch immer einem Jungen nachtrauerte, verwandelte sich das Kind in einen Augenschmaus. Ihre dunklen Augen musterten jeden durchdringend, und wer genau hinsah, bemerkte bereits bei der Sechsjährigen eine gewisse Schärfe im Blick. Die Haut fühlte sich fein und glatt an wie Samt und schimmerte hell. Dunkelblonde Haare, die einen Stich ins Purpurne besaßen, umrahmten das Gesicht und fielen in Wellen über den Rücken. Jeder drehte sich nach dem Mädchen um, wenn es an der Hand der Amme durch die Straßen ging, und langsam wusste ganz Augsburg, welches Juwel sich im Hause Artzt heranbildete. Nur eines störte Anna ein wenig – der kleine Mund Sibyllas schien sich nie zu schließen. Immerfort plapperte und schnatterte sie, sang sie ein Liedchen, summte vor sich hin und lachte und redete, dass es eine Last war.

»Anna?«

Sie saßen im Garten des Artzt'schen Anwesens im Schatten. Die Sommersonne brütete über den Obstbäumen. Anna hatte ein wenig Gartenarbeit übernommen, bückte sich gerade über ein Beet und jätete das Unkraut, das besser zu gedeihen schien als die Rüben.

»Anna!«

»Ja, Kind?«

Sie richtete sich auf und suchte Sibylla. Die sprang hinter einem Schmetterling her, der über die Wiese gaukelte.

»Was ist das für ein Schmetterling?«

»Ich weiß es nicht, Sibylla. Ich bin kein gelehrter Mann. Wie würdest du ihn nennen?«

»Safranfalter, weil er so gelb ist. Mutter nimmt Safran für den Kuchen. Backe, backe, Kuchen, der Bäcker hat gerufen ...«, sang sie und hopste hinter dem Falter her, bis dieser sich über die Mauer in den hinteren Garten rettete.

»Jetzt ist er weg, Anna. Anna?«

Anna stemmte ihre Hände in die Hüften. Sie musste lächeln. Woher das Kind nur all die Fragen nahm?

»Ja, Sibylla?«

»Können wir auch fliegen? Wie der Schmetterling? Wenn ich mit den Armen schlage ...«

Schon tobte sie zwischen dem Obstgehölz hin und her, schlug mit den Armen, sprang in die Höhe, versuchte tatsächlich Schwungkraft zu holen und stellte sich plötzlich mitten in die Sonne, schloss die Augen und breitete die Arme aus, als schwebte sie in Gedanken wie ein Schmetterling durch den warmen Sommeratem. Sanft schwang sie die Arme in der lauen Luft. Anna, die ihr neugierig zusah, glaubte sie segeln zu sehen. Dann wieder rannte das Mädchen los, drehte sich, hüpfte, tanzte und ließ sich schließlich ohne Übergang einfach vor Erschöpfung fallen.

Anna ging zu ihr hin und betrachtete sich Sibylla von oben, die die Hände übers Gesicht geschlagen hatte und durch die Fingerritzen in den Himmel spähte.

»Dort oben fliegen die Schwalben, schau. Kann man eigentlich in die Sonne sehen?«

»Um Himmels willen, Kind. Du machst dir die Augen dabei kaputt. Man wird blind davon.«

»Was ist über dem Himmel, Anna? Geht es dort weiter? Warum ist der Himmel am Tag blau und in der Nacht so durchsichtig, dass man die Sterne sehen kann? Und warum sieht man sie am Tag nicht? Was macht eigentlich die Blätter grün? Wie kommen die Wolken an den Himmel? Und …«

Anna lachte. Sie nahm einfach eine Hand der Kleinen und zog sie hoch.

»Du musst aufstehen. Wenn der Herr Vater dich so sieht …«

»… dann schimpft er dich und nicht mich. Warum ist das so? Kannst du eigentlich pfeifen, Anna? Der Konrad Rehlinger, der kann pfeifen. Er saß letztens auf der Mauer dort und hat gepfiffen.«

»Für Mädchen schickt sich das nicht!«

»Warum nicht? Wenn Jungen pfeifen können, können Mädchen das bestimmt auch.«

Sofort begann Sibylla die Lippen zu schürzen und Luft durch die gespitzte Öffnung zu blasen. Es funktionierte nicht recht.

»Sibylla! Du sollst nicht pfeifen.«

»Warum darf ich nicht?«

»Du fragst mir noch ein Loch in den Bauch!«

»Wirklich?« Sibylla begann Anna am Bauch zu kitzeln, die das bereits vorhergesehen hatte und lachend nach dem Mädchen griff. Sibylla sauste davon, Anna lief ihr nach, versuchte sie zu erhaschen. So sprangen sie hintereinander her und lachten und scherzten, bis eine scharfe Stimme Anna in die Gegenwart zurückholte.

»Anna!«

Anna reagierte sofort. »Herrin? Ich komme.«

Sie strich ihr Kleid glatt, während sie auf Sibyllas Mutter zulief. Die Artztin war eine schmale Frau mit einem energischen Blick. Auch sie war hellhäutig mit ins Rötliche spielenden Haaren, mehr noch als bei der Tochter, die vom dunklen Vater ein Erbteil mitbekommen hatte. Schmale Hände, schmale Fesseln, ein schmales Gesicht und eine Taille, die gar keine mehr war, dabei eine Haut, als wären Teile davon durchsichtig, so stand sie am Rand des Gartens im Schatten und erwartete sie. Anna stellte sich das zierliche Wesen der Artztin beim Beilager mit ihrem Gatten vor. Dort musste die schmale Frau gänzlich unter ihrem Mann verschwinden. Sie hatte diesem Trumm von Mannsbild nichts entgegenzusetzen, außer ihrem Willen. Der jedoch war eisern. Mit argwöhnischem Blick verfolgte sie Sibyllas Entwicklung, achtete darauf, dass der Übermut des neugierigen Wildfangs nicht ins Kraut schoss.

Anna knickste vor der Artztin, stand atemlos vor Eile und dem Übermut, mit dem sie Sibylla hinterhergejagt war.

»Sie lacht so schön«, sagte die Artztin, die ihre Tochter beobachtete, wie sie vor einer Heckenrose stand und den Hummeln nachblickte, die sich dort versammelten.

»Ja, wunderschön. Sie wird die Männer einmal damit bezaubern«, bestätigte Anna.

Sibylla Artztin sah Anna kurz an.

»Sie soll die Männer nicht bezaubern. Sie soll eine gute Partie machen. Die Stadt ist voller lediger Männer, die eine glänzende Zukunft vor sich haben. Einer davon muss ihr ins Netz gehen.«

Anna beobachtete, wie die Mutter die körperlichen Vorzüge der Sechsjährigen abschätzte. Sibylla würde sich zu einer Per-

son entwickeln, die sowohl die Zartheit der Mutter als auch das Feste des Vaters vereinte.
Der Blick der Artztin heftete sich wieder auf Anna. Sie hatte die Stirn gerunzelt.
»Du musst das Fragen unterbinden. Mädchen fragen nicht, hörst du. Fragen machen hässlich – Fragen machen unglücklich. Wenn Sibylla Fragen stellt, wird keiner der jungen Kerle sie nehmen. Sie schätzen es, wenn man sich als Maid fügt. Sorg also dafür, dass sie ihr Zwitschern lässt, die Nachtigall.«
Anna nickte. Knickste wieder.
»Ich werde versuchen, ihr das Fragen zu verbieten.«
»Hab ich mich falsch ausgedrückt?«, fauchte die Artztin. »Du sollst es nicht versuchen, sondern tun.«
Damit drehte sie sich um und ging zurück ins Haus. Anna stand da, verblüfft und ein wenig verunsichert. Wie sollte man einer Sechsjährigen das Fragen verbieten? Sobald sie aus diesem Alter war, das wusste doch jeder, verlor sich die brennende Neugierde ohnehin. Und wenn sie erst im Heiratsalter war, dann verschloss Schüchternheit die Lippen, bis sich der Rechte fand.
»Sibylla«, rief sie das Mädchen herbei, das angetanzt kam, mit wirbelnden Armen, ein Schmetterlingsjuwel, das dem Boden verbunden blieb, und nahm sie bei der Hand. Anna führte sie in den hinteren Garten. Dort stand unter einer hohen Kirsche eine Bank. Anna forderte das Mädchen mit einem Schlag der flachen Hand auf die Bank auf, sich neben sie zu setzen.
»Sibylla, deine Mutter will, dass du weniger fragst«, begann Anna zögernd. Sie wusste einfach nicht, wie sie es anders sagen sollte.
»Aber ich frage doch nicht!«, kam die prompte Reaktion. »Oder frage ich wirklich zu viel? Fragen andere Kinder weniger, Anna?«
Anna seufzte.
»Nein, Kind. Sie fragen wie du, fragen wie ein Wasserfall. Fra-

gen, die man braucht, um sich durch die Welt zu schlagen. Jede Frage, auf die man eine Antwort erhält, lässt uns ein wenig erwachsener werden. Nur solange wir nicht fragen, bleiben wir Kinder.«

Sibylla sprang auf und lief den Schattenflecken nach, die von den Blättern unter die Bäume gestreut wurden und die jetzt in einem leichten Wind tanzten.

»Wenn du so bist, mag ich dich gar nicht mehr, Anna«, rief sie ihrer Amme zu und drehte sich mit ausgebreiteten Armen wie ein Kreisel, bis ihr schwindlig wurde und sie niedertaumelte.

»Anna! Warum wird mir schwindlig, wenn ich mich drehe?«

KAPITEL 6 Die Buden säumten links und rechts die Straße. Sibylla zog Anna von einer Herrlichkeit zur nächsten. Hier flatterten bunte Bänder im Wind, dort leuchteten von Hand kolorierte Stiche aus der Auslage. Der Duft von frisch Gebackenem stieg ihnen in die Nase, Biergeruch vom Ausschank und das scharfe Aroma eines Bratochsen. Ein Tandler bot seine Kurzwaren feil, Nähgarn, Nadeln, Knöpfe, während ein Tucherer stumm erlesene Ware aus Italien auslegte, zu Preisen, die Anna den Atem stocken ließen. Bürgersfrauen mit tief in die Stirn gezogenen Hauben, die ihre Haare an der Seite zu Zopfschnecken geflochten und aufgerollt hatten, wühlten in den Stoffen, während ihre Männer unschlüssig daneben standen und heimlich mitrechneten, was sie der Geschmack der Ehefrau wieder kosten würde. Augsburg war reich geworden und zeigte es.

Anna reckte den Hals, weil sie sehen wollte, wer sich auf dem Tanzboden drehte. Auch Sibylla spitzte neugierig, wenn die jungen Burschen die Beine warfen und die Röcke der Dirnen flogen. Das Stampfen des Takts hörte man über den gesamten Kirchplatz hinweg. In der Luft des späten Abends lag ein Prickeln, das belebte.

Sibylla genoss das Treiben, blieb vor einem Gaukler stehen, der mit Fackeln jonglierte, die in der Dämmerung des Sommerabends Funken sprühten. Die Fackeln wirbelten, so dass man nicht mehr sehen konnte, ob er sie mit den Händen noch berührte, oder ob sie sich in ihren Bewegungen verselbstständigt hatten. Wie Sternschnuppen, die rasch übers Firmament ziehen, spiegelten sich die glühenden Punkte in Sibyllas Augen.

Ein Schwertschlucker lenkte Sibyllas Aufmerksamkeit ab. Mit offenem Mund folgte sie dem Arm des Mannes und musste selbst schlucken, als sie sah, wohin er das Schwert steckte. Tief in den Schlund, bis die Scheide ganz darin verschwand.

»Am liebsten würde ich jetzt vorspringen und ihm den Bauch kitzeln«, flüsterte Sibylla Anna ins Ohr, die sich zu ihr niederbeugte.

Anna erschrak. »Untersteh dich. Das würde ihn umbringen.« Sie reagierte schärfer, als sie gewollt hatte.

Sibylla senkte den Blick. »Entschuldige. Mir gehen immer so Gedanken durch den Kopf.«

»Und stolpern dir schneller über die Lippen als gut tut«, tadelte Anna, legte jedoch beruhigend ihre Hand auf Sibyllas Schulter. Sibylla berührte sie mit der Wange.

Die Menge klatschte, und Sibylla wartete auf die Münzenkappe, die umging. Ihre Mutter hatte ihnen Geld mitgegeben, damit sie sich vergnügen konnten, bis nach Sonnenuntergang.

Das dunkle Rollen der Kegel lockte sie an. Eine Gruppe Männer stand um eine Bahn aus Holzbohlen, auf der eine ebenso hölzerne Kugel rollte und mit Krachen unter die neun Kegel fuhr. Am Ende saß ein Junge auf einem Schragen über den Kegeln, der die Zahl der stehen Gebliebenen ausrief, was von den Spielern am anderen Ende mit Murren oder Johlen quittiert wurde. Wenn abgeräumt war, stellte der Junge die Kegel wieder auf die vorgezeichneten Plätze. Anna schaute gern zu, und selbst Sibylla verfolgte mit roten Wangen und glänzenden Augen die Kugeln, die mehr oder weniger Kegel niederwarfen.

Anna genoss die Blicke der Männer, die sich auf ihre Haare richteten, die sie wieder offen trug, seit Karl verschwunden war, und von dort über ihr Mieder abwärts zu ihren Hüften und Waden schweiften. Ihr war, als würden die begehrlichen Blicke sie berühren und streicheln, sie tat aber unbeteiligt und sah über die Männer hinweg. Sie fühlte ein Feuer in ihrem Schoß, das sie erröten ließ. Vor allem ein junger Kerl hatte es ihr angetan, groß, kräftig, mit starken Waden und schmaler Hüfte. Er stakste seit der ersten Bude hinter ihr her, weil sie sich nach ihm umgedreht hatte, als sie auf den Kirchweihplatz getreten waren.

Rasch langweilten Sibylla die krachenden Kegel, und sie zog Anna mit sich fort. Als würde er an der Angelrute hängen, spähte ihr der Kerl hinterher und schlich ihr nach.

Ein Karussell teilte den Strom der Leiber. Zwei gekreuzte Balken drehten sich um eine Mittelstange, stark wie ein Baumstamm. Ein Esel mit einem Tuch über den Augen lief im Kreis und trieb so die Sitze am äußeren Ende der Balken an. Am Mittelbalken waren Kerzenhalter befestigt, in denen armdicke Kerzen brannten und ein diffuses Licht verbreiteten, das flackernde Schatten warf. An den Halteseilen hingen Glöckchen. Hell bimmelten sie, wenn die Insassen schaukelten und die Sitze schwankten. Die Mädchen und Burschen lachten und scherzten dabei und kreischten laut.

Wie ein Magnet zog dieses Wunderding Sibylla an.

»Ich möchte …«, flüsterte sie nur. »So schön!«

Als der Esel hielt, packte Anna Sibylla und setzte sie energisch auf einen der frei werdenden Sitze. Sie zahlte und bat den Schausteller, langsamer zu fahren und auf die Kleine zu achten. Sibylla saß ganz starr, als erwarte sie jeden Augenblick Ungeheuerliches. Der Esel ruckte an, die Glöckchen schellten, die Fahrt begann. Anna sah, dass Sibylla die Augen geschlossen hielt, ganz Konzentration auf die Bewegung.

»Wie wär's mit uns beiden?«, flüsterte eine Stimme in Annas

Nacken, und eine Hand fuhr über ihren Arm. Sie fühlte, dass der junge Kerl nicht schwer zu arbeiten brauchte, denn seinen Händen fehlten die Schwielen der Handwerker. Sie roch durch den Kirchweihduft hindurch einen scharfen Geruch nach Terpentinöl und einen matten nach Druckerschwärze. Vermutlich stammte er aus einer der vielen Augsburger Offizinen, die seit kurzer Zeit wie Pilze aus dem Boden schossen und Flugblätter wie Herbstlaub verteilten.

»Nimm deine Hände weg!«, sagte sie, doch ihre Stimme klang so milde, dass sich der Kerl hinter ihr bestätigt fühlte und die Hand abwärts gleiten ließ, ihren Unterarm entlang, die Hüfte hinauf, weiter den Rücken aufwärts, bis sie in ihrem Nacken anlangte.

Sibylla fuhr an ihnen vorbei, stumm, in sich selbst versunken, als lausche sie ihren Gefühlen nach, die sie beim Kreisen überkamen.

Immer mehr junges Volk drängte heran. Der junge Kerl drückte sich enger an Anna, seine Hand wurde drängender, fuhr ihren Hintern entlang, griff die Gesäßbacken hinunter, so dass ihr ganz warm wurde.

Es pfiff. Anna sah den jungen Rehlinger auf der anderen Seite, winkte ihm. Mit Konrad spielte Sibylla am liebsten. Er war musikalisch, zupfte die Laute und sang mit einer warmen Stimme, der sie selbst gerne zuhörte. Das Mädchen war ganz vernarrt in ihn, und obgleich der Junge erheblich älter war, schien er sie unter seine Fittiche genommen zu haben.

Auch Sibylla hatte den jungen Rehlinger jetzt entdeckt. Wieder pfiff es, diesmal war es Sibylla, die ihm antwortete. Die Unsitte des Pfeifens hatte Anna ihr nicht austreiben können.

Die Hand des jungen Kerls, der seitlich neben ihr stand, griff ihr in den Schoß, ließ die Finger spielen.

»Komm, geh'n wir in den Garten hinter dem …«

Anna hätte dem Drängen gern nachgegeben. Sie stellte sich breitbeiniger hin, so dass die Hand des Druckers keine Mühe hatte. Aber er war grob, drückte, statt zu streicheln, presste, wo sie eine sanfte Berührung erwartete und roch zudem faulig aus dem Mund. So schnell wie ihre Erregung gekommen war, verflog sie wieder. Im Schutz der Menge drängte er sich näher an sie heran, griff ihr ans Mieder, schloss seine Hand so fest um eine Brust, dass sie beinahe aufgeschrien hätte.

»Kannst du nicht aufpassen. Du tust mir weh!«, fauchte sie ihn an. Diesmal meinte Anna es ernst.

»Oha, eine Rührmichnichtan!«, konterte der Kerl, ließ aber los, da sich andere nach ihnen umdrehten.

»Schleich dich. Ich brauch dich nicht«, forderte Anna.

Brummend zog der Kerl, der bereits ein Abenteuer gewittert hatte, davon.

Anna hatte einige Augenblick nicht auf Sibylla geachtet, weil sie zu sehr mit ihrem zu groben Liebhaber beschäftigt gewesen war. Als sie wieder auf die Karussellschaukeln blickte, war Sibylla verschwunden. Zuerst glaubte sie es nicht. Als jedoch die vierte Schaukel an ihr vorübergezogen war und darauf ein anderes Mädchen saß, wurde Anna bange. Nichts. Wie vom Herbstwind weggeblasen. Wo war Sibylla hin?

Sie schaute um sich. Schalt sich eine mannstolle Närrin, lief auf und ab und begann schließlich nach Sibylla zu rufen, in der Hoffnung, sie würde sie hören und antworten. Sie wusste, dass Sibylla flüchtig war wie ein Nebelstreif – und trotzdem war sie unaufmerksam gewesen.

»Habt Ihr Euer Vögelchen wieder fliegen lassen?«

Die Frage traf sie direkt von vorn. Vor lauter Ausspähen hatte sie kein Auge mehr für die Vorübergehenden. Vor ihr stand, schmal und im Gesicht fein gezeichnet, mit einem dünnlippigen Mund, einer Seidenkappe auf dem Kopf und einem schwarzen Kleid aus Damast, Jakob Fugger. In seinen Augen lag ein Schalk, der nicht so recht zu ihm passen wollte.

»Wie meint Ihr das?«, fragte sie schnell, schielte an ihm vorbei in die Menge und ließ den Blick schweifen.

»Es ist so recht für keinen Käfig gemacht«, lachte er.

»Sibylla hat auf dem Karussell gesessen«, verteidigte sich Anna. »Sie kann nicht alleine absteigen. Jemand muss ihr geholfen haben.«

»Ihr solltet ein güldenes Kettchen schmieden und es ihr um die Fesseln legen«, spottete er.

»Hilfe ist mehr wert als Geschwätz und Klatschsucht«, maulte Anna, die an ihm vorbei wollte.

Der Fugger hielt sie kurz am Arm fest.

»Ihr sucht am falschen Ort, Anna«, betonte Jakob Fugger. »Ihr müsst Euch überlegen, wo der Wildfang hin will, vom Karussell einmal abgesehen.«

Der junge Fugger gab sich unbefangen, versuchte sogar etwas wie ein Lächeln, obwohl in seinem asketischen Gesicht die Freude nur selten zu Gast zu sein schien. Seine schmalen Lippen zogen sich unmerklich auseinander.

Natürlich, dachte Anna, der Lebzelter.

»Sie ist zum Lebzelter. Ich hoffe es zumindest.«

»Dann solltet Ihr Euch beeilen«, unkte Fugger. »So eine Kirchweih ist ein fataler Ort für Sternschnuppen, wie die Eure eine ist. Sie verglühen rasch.«

Jakob drehte sich wortlos um und ging fort. Anna hob die Ellenbogen, um sich einen Weg durch die Menge zur Bude des Lebzelters zu bahnen.

»Sibylla«, rief Anna, aber niemand antwortete. Das Mädchen fand sich nicht vor der Auslage, nicht neben der Bude. Plötzlich fiel ihr Blick wieder auf den jungen Rehlinger, der mit einem Honigkuchen in der Hand an ihr vorüberging.

»Konrad!«, rief sie ihm nach und versuchte, seinen Arm zu erhaschen.

Konrad Rehlinger drehte sich um und sah sie mit dunkelbraunen Augen an. »Meint Ihr mich?«

»Habt Ihr«, sie räusperte sich, »Sibylla gesehen?«

»Eben erst.«

»Wo? Konrad. Sagt schon!«
»Beim Lebzelter. Sie bettelte um Honigkuchen. Er lockte mit den Schnitträndern.« Konrad grinste breit. »Danach wollte er sie nach Hause bringen.«
Anna wurde himmelangst. Der Lebzelter war kein Umgang für Sibylla, wenn auch nur ein Teil davon stimmte, was die Leute über den Kerl und seine Vorliebe für junge Mädchen sagten. Sie drehte sich augenblicklich um und begann loszulaufen.
»Sie ist ein außerordentliches Mädchen«, rief ihr Konrad Rehlinger hinterher. »Sie hat gehandelt wie eine Große.«
Anna raffte ihren Rock und hastete vorwärts, stieß gegen Passanten, die ihr Schimpfwörter hinterherriefen oder über ihre Eile lachten. Sie fühlte, wie sich ihre Angst um Sibylla langsam im Magen ausbreitete, als hätte sie warmes Brot gegessen, das jetzt quoll und ihren Bauch füllte. Es war, als müsse sie sich durch einen gärenden Teig kämpfen, der mit jedem Schritt weiter aufging und ihre Bewegungsfreiheit einschränkte. Ihr fiel das Atmen schwer. Plötzlich erschienen ihr die Wege in Augsburg zu weit, die Gassen zu eng, die Luft zu stickig. Alles um sie her verlangsamte sich. Ihr Blick verengte sich, als sehe sie durch einen Flur, der am Ende immer schmaler wurde. Sie fühlte ihre Beine einknicken, hielt sich an einer Stange fest, versuchte noch ein paar Schritte zu gehen und stolperte. Sie schnappte nach Luft, fühlte, wie sich ihr Blick verengte. Schließlich setzte sie sich auf eine Heugarbe, die als Schutz vor den eisernen Radreifen der Karren herumlag, und atmete tief ein. Ihr Blick fixierte einen Punkt am Ende eines langen Ganges. Da tauchten zwei Gestalten auf, die sie kannte: ein vornehm in eine mit Pelz besetzte Schaube gekleideter Mann mit Seidenkappe und an dessen Hand ein kleines Mädchen, das zufrieden an einem Honigkuchen knabberte.

KAPITEL 7 Von der Balustrade aus schweifte Jakobs Blick über die Gäste seines Bruders Georg. Das Tanzhaus quoll über vor Menschen. Wer in Augsburg etwas galt, hatte sich zur Hochzeit von Georg und Regina eingefunden. Das hatte man sich nicht nehmen lassen, obwohl der Rat dem Bruder mit einem Strafgeld gedroht hatte, weil sich solch eine Hochzeitspracht nicht gehörte. Trotzdem standen sie unter den Gästen, die Mitglieder des kleinen und des großen Rats, die Patrizier, die Zunftmeister. Jakob genoss die Stimmung. Musik spielte im Hintergrund. Auf der Tanzfläche drehten sich die Kinder, darunter in einem weißen Kleid Sibylla Artzt, die ihm sofort aufgefallen war. Mit ihren kupferfarbenen Haaren glich sie ein wenig einem Erzengel. Ihre Mähne flog, ihr Kleid wehte. Ein Sturmwind. Jakob fühlte, wie ihm dieses Bündel von Gefühlen gut tat.

Dahinter standen Gruppen von Patriziern, die sich in ihren dunklen Schauben wie Krähen ausnahmen. Sie disputierten, geizten mit Bewegungen, schüttelten immer wieder die Köpfe und sahen sich um, als befürchteten sie, man könne sie belauschen.

»Sie reden über dich, Jakob«, sagte Ulrich, der langsam die Treppe hochgestiegen war und sich jetzt neben ihn stellte.

Jakob räusperte sich.

»Sie mögen es nicht, dass ich in ihre Pfründe einbreche«, sagte er. Seine Stimme klang kalt.

»Nur unsere Feinde sind der Hochzeit ferngeblieben.« Ulrich lachte trocken. »Baumgartner ist nach Salzburg gereist. Wollte ein Zeichen setzen. Auch die Gossembrot fehlen. Die Brüder können es nicht verwinden, dass du ihnen ins Tiroler Metallgeschäft spuckst. Unter den Augsburgern hast du dir damit keine Freunde gemacht.«

Jakob zuckte nur mit den Schultern und nippte an seinem Becher.

»Sie lassen sich ein schönes Fest entgehen. Dumm genug. Es

hat noch niemals getaugt, Privates mit Geschäftlichem zu vermischen.«

»Sie lasten dir an, dass du über unseren Mittelsmann Hans Suiter Herzog Sigmund zum Schritt gegen Venedig gedrängt hast.«

Jakob nahm den Blick nicht von den Gästen, als er antwortete. »Den Herzog dazu zu überreden, die Bleiminen von Primör zu beschlagnahmen und damit der Expansion Venedigs Einhalt zu gebieten, hätte ihnen erst einmal einfallen müssen. Kein Blei, kein Geld, keine Waffen, keine Eroberungen. Eine leichte Rechnung, die selbst der Herzog verstand.«

Jakob lächelte den Damen huldvoll zu, wenn er bemerkte, dass sie ihn neugierig musterten, oder hob leicht den Becher, wenn ihn der Blick eines Kaufmanns traf. Alle nickten sie freundlich, wenn sie zu ihm hinaufsahen. Heute heiratete Georg, doch Jakob Fugger glänzte als Stratege.

Sie ahnten erst, dass die Familie Fugger in seinem Namen die Finger im Salzburger Silbergeschäft hatte, dass die Fugger in seinem Namen in der Auseinandersetzung zwischen Venedig und Herzog Sigmund von Tirol kräftig die Karten mischten, dass die Fugger in seinem Namen Kredite gewährten, dass die Fugger in seinem Namen bereits weitreichende Verbindungen geknüpft hatten. Doch langsam sprach es sich herum und schürte die Furcht, weil niemand wusste, woher die Familie das viele Geld nahm.

»Was trinkst du, Jakob? Ich dachte, du verabscheust Wein oder gar Bier. Hat sich der angehende Mönch doch nicht durchsetzen können?«

Ulrich spottete. Jakob fühlte sich nicht provoziert, schenkte dem älteren Bruder jedoch die Aufmerksamkeit, die er durch diese Stichelei einforderte.

»Den Schein aufrechtzuerhalten ist das Spiel des Lebens, Ulrich. Darin muss der Kaufmann eine gewisse Kunstfertigkeit erlangen.« Beide lachten sie. »Alle glauben, ich hätte mich den

Hochzeitsgebräuchen gefügt. Aber in jeder Täuschung liegt eine gewisse Ehrlichkeit. Ich trinke Wasser. Mit Apfelmost vermischt, damit es ein wenig Farbe bekommt und einem säuerlichen Wein ähnelt.«

Ulrich lachte schallend, so dass es kurz ruhig wurde im Saal und alle Gäste zu den beiden Brüdern auf der Balustrade schauten. Jakob ließ sich nicht beirren, ignorierte die Blicke und das Stirnrunzeln. Sie hatten in Wirklichkeit keine Ahnung. Er spekulierte mit ganz anderen Dingen. Niemand von den angeblich so weitsichtigen Kaufleuten unter ihm wusste, warum er Herzog Maximilian zur Königswahl gratuliert hatte, ahnte von seinen Verbindungen zu Kanzler Waldner und dem Reichsfiskal Kellerer, den Männern mit Einfluss in der unmittelbaren Umgebung des Herzogs. Zwischen ihnen wurden bereits jetzt Pläne besprochen, was mit Tirol geschehen sollte. Sie konnten sich nicht denken, dass er mit Silber aus dem Tirol die Söldner Maximilians finanzierte und sich so auf den großen Schlag gegen seine Augsburger Konkurrenten vorbereitete. Sie dachten nur in Jahren, er in Jahrzehnten. Maximilian wollte Tirol, weil es reich war und ihn finanziell unabhängig machte. Jakob lieferte ihm das Herzogtum auf dem silbernen Tablett, gab finanzielle Unterstützung und machte den jungen Herzog so gleichzeitig von sich abhängig.

»Wo ist Veronika? Ich habe sie heute noch nicht gesehen«, fragte Jakob nach.

»Veronika ist mit der kleinen Ursula beschäftigt. Sie hat Blähungen und schläft nicht durch. Außerdem will sie die Amme nicht akzeptieren.«

Jakob, froh, dem leidigen Thema Silbergewerke entronnen zu sein, zeigte verstohlen auf die Tanzfläche. Dort hatten sich Zweiergruppen gebildet, die Bauerntänze nachahmten und zur Musik stampften und walzten. Inmitten der wildesten Kreisler tobte Sibylla Artzt, deren Wangen vor Anstrengung ebenso kupfern glühten wie ihr Haar.

»Die Kleine ist wie eine Sturmböe. Wo sie hineinfährt, bahnt sie sich ihren eigenen Weg und legt alles nieder, was stört. Ich beobachte sie schon eine ganze Zeit.«

»Da hat sie etwas mit einem meiner Brüder gemeinsam«, konterte Ulrich und stieß Jakob in die Seite. »Aber die Dirn ist vergeben, schau, wie sie den Rehlinger-Sohn anhimmelt. Wenn ich nicht wüsste, dass sie erst sieben und ans Heiraten nicht zu denken ist, hätte ich gesagt, die Kleine ist verliebt.«

Nachdenklich nippte Jakob an seinem Wasser und betrachtete das ungleiche Paar. Sibylla hielt die Hände des zehn Jahre älteren Rehlingers und wirbelte mit ihm im Kreis herum. Dabei ließ sie ihn nicht aus den Augen.

»Lass uns hinuntergehen. Die Gäste reden bereits. Außerdem«, Ulrich sah ihn von der Seite her erwartungsvoll an, »will jeder hier im Saal wissen, wen der interessanteste Junggeselle der Stadt zum Tanz auffordern wird. Die Jungfern drängen sich förmlich danach, deine Hand zu ergreifen.«

Jakob nickte nur flüchtig. Er wusste um seine Attraktivität bei den Damen der Augsburger Gesellschaft, die im heiratsfähigen Alter waren. Wenn er allerdings in ihre Gesichter sah, dann war er versucht davonzulaufen. Daraus sahen ihm keine Frauen entgegen, sondern Deckvieh und Milchkühe. Gerade so viel an Verstand wurde ihnen zugebilligt, dass sie wussten, was in der Hochzeitsnacht zu geschehen hatte. Dafür brauchte er keine Ehefrau.

Dennoch würde er sich irgendwann für eine Gattin entscheiden müssen. Er würde sich jedoch ein Weib auswählen, das ihn in Augsburg unangreifbar machen würde. Die Tochter aus einem Ratsgeschlecht, zumindest aus der Reihe der Mehrer. Seinem neuen Stand musste sie genügen und die Augsburger blenden. Solche Gedanken schossen ihm durch den Kopf, während er sich unter die Gäste mischte, sich die Jungfern betrachtete, die von ihren Müttern für diesen Anlass herausgeputzt wie auf einem Sklaven- oder Viehmarkt Aufstellung nahmen. Dass man ihre Euter nicht betatschte und ihren Bauch auf seine Gebärfreude hin begutachtete, war alles. Nein, nein und nochmals nein. Weder brauchte er jetzt eine solche Verbindung, noch wollte er in nächster Zeit eine. Sie hinderte ihn nur an der Ausführung seiner Pläne.

Lächelnd ging er durch die Reihen. Es war für ihn ein mühsames Spiel, die Menschen anzusprechen, sich ein Gespräch auszudenken, über das Wetter zu plaudern, über die Stadtregierung zu schimpfen und über König und Papst, das Wetter und die Geschäfte zu schwadronieren. Jakob empfand es geradezu als Erleichterung, als Musik einsetzte und er sich eine Dame für einen Schreittanz auswählen musste. Natürlich setzte er mit dieser Wahl ein gutes Dutzend junger Mädchen zurück. Natürlich verprellte er ebenso viele Mütter, die den Abend nichts mehr mit ihm reden würden. Kurz würde seine Entscheidung sein, schmerzhaft für viele der Mädchen, aber er konnte sich dann wenigstens auf eine Person einstellen. Gerade wollte sich Jakob umdrehen, sich aus einer Gruppe junger Küken seine Dame wählen, als ihn jemand am Ärmel zupfte.

»Nimm mich!«, krähte der rötlichblonde Wildfang neben ihm. Er strahlte ihn an. Bereits in diesem zarten Alter konnte man die Mandelaugen erahnen, die dereinst den Männern die Seele rauben würden.

Jakob huschte ein Schatten des Vergnügens übers Gesicht. Sofort erkannte er die Gelegenheit, die ihm dieses junge Gemüse bot. Er würde die ganze Augsburger Damenwelt gegen sich aufbringen – und es würde ihm eine diebische Freude bereiten.

Er verbeugte sich vor der jungen Dame, hielt seine Hand hin, und diese legte die ihre darauf.

»Sibylla Artzt. Wie alt seid Ihr?«

»Zehn«, kam die prompte Antwort. Die feurigen Augen der jungen Artztin richteten sich auf Jakob, als könne sie keiner Fliege etwas zuleide tun – und als läge ihr jeder Gedanke an eine Lüge fern. Sie wirkte in Jakobs Augen ungewöhnlich reif und erwachsen, obwohl sie noch ein rechtes Kind war mit all seinen verqueren Träumen.

»Schwindeln wir da nicht etwas?«

»Nur ein wenig«, lachte Sibylla und griff nach Jakobs Hand, als sie Aufstellung nahmen. Der umschloss die Hand Sibyllas fest, beinahe verschwand sie in der seinen.

»Wenn ich mich recht erinnere, dann können es nicht mehr als sieben Jahre sein, mein junges Fräulein«, tadelte er.

»Ihr müsst Euch irren, Fugger«, widersprach sie und zog Jakob, der willig folgte, hinter den anderen her auf die Tanzfläche. Jakob fühlte, wie ihn die Blicke der Damen in seinem Rücken förmlich erdolchten. Wären dies allesamt echte Pfeile gewesen, er wäre wie der Heilige Sebastian einen grausigen Märtyrertod gestorben.

»Weißt du eigentlich, mein kleines Fräulein Artzt, was du damit anrichtest, wenn ich mit dir tanze?«

Sie stellten sich in Position. Jakob senkte seinen Arm so weit ab, dass Sibylla seine Hand bequem greifen konnte. Offensichtlich war sie bestens mit diesem Tanz vertraut, denn als die Musik begann, wirbelte Sibylla ebenso geschickt wie Jakob durch den Saal des Tanzhauses. Ihre Beine kreuzten sich, sie hüpfte auf den Fußballen, sprang doppelt, einfach, als hätte sie nie anderes getrieben. Sibylla drehte sich, schritt zierlich um Jakob herum, der ihr mit den Augen folgte. Nur die Herrendrehungen ließen die beiden aus.

»Wie bist du auf die Idee gekommen, mich aufzufordern?«, wollte Jakob wissen.

»Ich war Euch etwas schuldig, weil Ihr mich auf der Kirchweih von diesem Lebzelter weggeholt habt. Er roch so fürchterlich. Außerdem ...« Sibylla stockte und sah ihn aus den unergründlichen Tiefen ihrer Augen an.

»Was wolltest du sagen?« Jakob kam langsam außer Atem. Zum Tanzen fand er einfach zu wenig Gelegenheit.

»... außerdem muss ich üben.«

Jakob sah das Mädchen überrascht an. Sie wirkte so zierlich und schwach, und doch steckte hinter dieser schönen Larve ein unberechenbares, womöglich sogar kluges Köpfchen.
»Wofür?«, fragte Jakob nach.
»Für unsere Hochzeit, Fugger«, stellte sie so schlicht fest, dass Jakob beinahe über seine eigenen Beine gestolpert wäre. Sie legte dabei den Kopf zur Seite, damit sie ihn besser sehen konnte.
»Ach ja«, brachte Jakob heraus. »Geht das nicht etwas ... schnell?«
»Warum? Wenn ich alt genug bin, werde ich Euch heiraten, Fugger.«
Sibylla klang überzeugend. Am liebsten hätte Jakob laut herausgelacht und die kleine Artztin den Schnepfen der Augsburger Gesellschaft, die sich wie Hühner auf der Stange am Rand der Tanzfläche versammelt hatten und ihm nachblickten, sehnsuchtsvoll, gierig, herrschsüchtig, als seine zukünftige Braut präsentiert. Dieses Mädchen hatte ausreichend Schneid gezeigt, ihn sich zu angeln. Er fühlte ein Lachen in sich aufsteigen, bezähmte sich jedoch. Er wollte sie nicht verletzen.
»Ich glaube es wohl. Allerdings solltest du wissen, dass ich nicht mehr taufrisch bin, wenn du ins Heiratsalter kommst.«
Sibylla schien einen Augenblick zu überlegen, während sie an seiner Hand eine Drehung vollführte und dabei ihren Arm mit einer Anmut ausstellte, die Jakob entzückte.
»Ihr entkommt mir nicht!«, antwortete der Wildfang. Die Musiker ließen die letzten Akkorde ausklingen und verstummten. Jakob verbeugte sich vor Sibylla, so dass er mit ihr auf Augenhöhe war. Sibylla dankte mit gekonntem Knicks und legte den Kopf wieder schräg. »Aber wenn Ihr mir doch zu hässlich seid«, flüsterte sie, bevor sie sich wieder aufrichteten, »nehme ich mir den Konrad Rehlinger.«
Sie wartete nicht, bis Jakob sie von der Tanzfläche brachte, sondern stürmte davon und ließ ihn allein zurück. Jakob schüttelte den Kopf. Was in diesen Kinderköpfen nur immer vorging.

KAPITEL 8 »Glaubst du, der junge Rehlinger ist ein guter Umgang für Sibylla?«
Die Artztin betrachtete interessiert ihre Stickerei.
Anna hörte das Unbehagen aus der Stimme ihrer Herrin heraus. Zwar war auch sie als Sibyllas Amme nicht gerade glücklich über das Interesse des Jungen, der zehn Jahre älter war als ihr Schützling. Doch er machte dem Mädchen nicht den Hof, sondern spielte mit ihr, weil sie Nachbarn waren. Sie konnte an seiner Anwesenheit im Haus keinen Anstoß nehmen. Nein, sie würde der Artztin diesmal widersprechen. Anna hob ihren Blick von ihrer Stopfarbeit.
»Die Rehlinger sind ein altes Geschlecht und erfolgreiche Kaufleute. Konrad hat eine gute Erziehung genossen. Und Sibylla schadet es nicht, wenn sie ein wenig den Umgang mit Männern erlernt.«
Sibylla Artzt schnaubte durch die Nase. »Männer!«, wiederholte sie. »Ein Rotzbengel ist der junge Rehlinger. Immer noch. Nichts als Unsinn im Kopf.«
»Und goldene Finger an den Händen, weil er wundervoll die Laute zupft.«
»Ich glaube gar, Anna, du hast dich in den Bengel verschaut. Ich sollte mich besser fragen, ob er nicht für dich gefährlich ist.«
Sie lachten beide gezwungen.
Ein Schrei ließ sie auffahren. Wildes Klatschen folgte.
»Was ist das?« Die Artztin fuhr hoch. Die Stickerei glitt zu Boden, während sie ans Fenster eilte. »Ist der Kleinen etwas geschehen?«
»Man darf sie keinen Augenblick aus den Augen lassen. Ein Wildfang wie er im Buche steht!« Anna trat neben die Artztin und blickte hinaus in den Garten. Zwei Elstern flatterten aufgeregt durch den Garten und wurden von Sibylla gescheucht und immer wieder aufgejagt, wenn sie sich niederließen. Die Vögel zeigten keinerlei Angst, als wüssten sie, dass ihnen die junge Hausherrin nicht gefährlich werden konnte. Sibylla jauchzte

und drehte sich und verfolgte die Vögel von einem Ende des Gartens zum anderen.
Anna hörte die Artztin murmeln, dass zu ihrer Jugendzeit solche Verrücktheiten nicht gestattet worden wären. Dennoch schritt ihre Herrin nicht ein. Sibylla bewegte sich wie ein Engel zwischen den Beeten und Sträuchern. Ihre Haare funkelten wie ein Karneol in der Sonne.
Doch plötzlich schien Sibylla alles Interesse an den Tieren verloren zu haben. Sie hockte sich hin, zeichnete Figuren in das Gras und schielte nur ab und zu hinauf zu den Elstern.
»Was macht sie?« Die Artztin wunderte sich.
Anna ahnte, was Sibylla vorhatte. Als einer der Vögel sich vom Traufenrand abstieß und in einer Rosenhecke verschwand, renkte sich Sibylla beinahe den Hals aus, weil sie versuchte, ihn möglichst lange mit den Augen zu verfolgen. Erst als sie sich sicher war, wohin die Elster verschwunden war, erhob sich Sibylla und griff nach einem Stecken, der für die beiden Frauen unsichtbar neben einem der Beete gelegen hatte.
»Sie wird doch nicht …?«
Auch die Artztin schien verstanden zu haben, was Sibylla plante.
Selbst die Vögel hatten längst begriffen, was geschehen würde, und schackerten nervös, als das Mädchen sich einer Heckenrose näherte und mit einem Stecken darin herumstocherte. Sibylla förderte bald ein kugelförmiges Etwas aus Lehm und Erde zutage.
»Sie plündert ein Elsternnest!«, rief die Artztin und wollte schon zur Tür hinaus, um Sibylla zu maßregeln.
»Elstern haben mehrere Nester. Ich glaube nicht, dass Sibylla etwas darin findet. Die Alten wären sonst aufgeregter, wenn es ihre Bruthöhle wäre.«
Die Vögel zeterten und schlugen hart mit den Flügeln. Aus der Hecke stob das zweite Tier, und bald verschwanden sie im dichten Blätterdach.

»Seht Ihr, Herrin, die Vögel verschwinden den Baum hinauf.« Kaum hatte Anna auf die Buche gedeutet, deren dichtes Laubwerk die Vögel verbarg, sprang Sibylla bereits dort hinüber, starrte gespannt durch die Äste hinauf in die Krone und begann behutsam die kräftigen Äste hinaufzuklettern.
»Das geht zu weit«, riefen die beiden Frauen gleichzeitig.
Sie machten kehrt und rannten die Treppe hinab und durch das Herrenzimmer.
Anna sprang noch vor der Artztin in den Garten hinaus und versuchte Sibylla daran zu hindern, höher zu klettern. Bis sie unter der Buche stand, war die Kleine von unten bereits nicht mehr zu sehen.
»Sibylla!«, rief sie ins Blätterdach hinauf. Frisches Laub rieselte herab. »Sibylla! Ich will nicht, dass du hinaufsteigst. Komm sofort herunter.«
»Glei-eich!«, antwortete es aus dem Astgewirr über ihr.
»Sofort! Du brichst dir noch das Genick!«, keuchte die Artztin, die außer Atem an der Buche anlangte.
»Ich komme!«, hörten die beiden Frauen das Kind rufen, dann war es wieder still, bis plötzlich die Elstern aufgeregt zu keckern begannen, als würden sie sich das Eindringen des Menschenkindes in ihre Welt verbeten. Die Vögel flogen auf. Ihr Flügelschlagen rauschte in den Blättern. Sibylla schrie kurz. Dann hörte Anna einen Gegenstand durch die Zweige brechen.
»Um Himmels willen!«, rief sie, weil sie glaubte, Sibylla habe den Halt verloren und falle jetzt aus der Höhe des Laubdaches herab, aber nur ein ballgroßer Gegenstand prallte schwerfällig von Ast zu Ast, bis er von Ästchen und Blättern begleitet auf den Boden schlug.
Anna und die Artztin sprangen beiseite, um nicht von dem merkwürdigen Ball getroffen zu werden. Aus dem Geknäul aus Lehm, Dornengestrüpp und Blättern vernahmen sie ein klägliches Piepsen.
»Sie hat das Elsternnest aus dem Baum geschlagen!«

Die Frauen standen wie erstarrt und wagten nicht, sich dem Nest zu nähern. Die Jungvögel fiepten herzzerreißend darin.

»Ich komme«, rief es von oben. Es dauerte eine Weile, bis Sibylla zwischen Ästen und Blattwerk zu sehen war. Sie kletterte vorsichtig. Ihr Gesicht war verdreckt. Sie blutete aus einer Stirnwunde. Ihr Kleid war schwarz und am Gesäß zerrissen. Als sie auf den Boden sprang, eilte die Artztin auf sie zu und drückte sie an sich.

»Wer hat dir gezeigt, wie man das macht?«, fragte sie. Der Zorn über den ungewöhnlichen Ausflug der Tochter wurde von der Erleichterung überdeckt, sie wieder in die Arme schließen zu können.

»Ich habe Konrad zugesehen.«

Sie machte sich von ihrer verblüfften Mutter los und suchte das Nest unterm Baum. Mit einer geübten Handbewegung riss sie es auseinander, schüttelte Eier und Küken heraus. Die Elstern, die sich in der Nähe auf dem Boden niederließen, schimpften und gebärdeten sich wie wild. Sie stoben hoch, ließen sich fallen, jagten über die Gruppe weg, keckerten, getrauten sich aber nicht näher heran. Sibylla schenkte ihnen keinen Blick, sondern durchwühlte die haarige Nestmulde, stach sich am Dorngeflecht darin und zog schließlich mit einem Triumphgeschrei ein goldenes Kettchen mit einem Anhänger hervor und hielt es hoch. Sie drehte sich mit einem Blick, in dem sich Glück und Sieg mischten, zu den beiden Frauen um und schwenkte das Kettchen, an dem eine antike Goldmünze baumelte. Sie zeigte den Kopf eines Imperators.

Anna sah auf die drei Küken auf dem kalten Rasen, die unterschiedlich reif waren und einmal nackt, ein andermal mit Federflaum hilflos mit den Flügelstummeln schlugen. Zwei Eier waren zerbrochen, und ihr Leben sickerte ins Erdreich.

Als Sibylla auf Anna zuging, um ihr den Fund zu zeigen, fiel ihr Blick auf das jüngste der drei Küken, das reglos am Boden lag. Es hatte den Sturz nicht überlebt. Anna gab es einen Stich ins Herz. Sibylla ließ das Amulett fallen, starrte auf die Tiere, blass wie eine Eierschale. Dann stürzten ihr Tränen aus den Augen.

Das Amulett hatte sich in einer Schleife ihres Kleides verfangen, pendelte vor dem Schoß hin und her und schlug gegen ihre Schenkel.

»Das wollte ich nicht«, schluchzte sie. »Ich wollte es wirklich nicht.«

KAPITEL 9 Sibylla schlich sich die Häuserwände entlang in die Lechstadt hinunter. Ihr Herz klopfte bis zum Halse. Eigentlich hatte Anna sie zur Strafe, dass sie das Nest geplündert hatte, in ihr Zimmer verbannt, wo sie bis zum Abend bleiben sollte. Aber Sibylla dachte gar nicht daran, brav im Haus zu bleiben. Heimlich war sie entwischt. Das Amulett fest umklammert, war sie ziellos durch die Gassen gelaufen, als sie zufällig auf den Lebzelter traf, der einem Mädchen, das sicher nicht älter war als sie, Waffelbruch schenkte. Kurz waren sich ihre Blicke begegnet: die schwarzen Augen des Mädchens und ihre hellen. An der Hand hatte der Lebzelter es gehalten und war mit ihm an Sibylla vorbei hinunter in die Lechstadt gegangen, wo er seine Backstube hatte. Fröhlich scherzend, aber mit einem Glitzern in den Augen, das ihr nicht entgangen war. Sibylla war eine Gänsehaut über den Rücken gelaufen. Es hatte ihr keine Ruhe gelassen – sie musste wissen, was geschah. Wie von selbst hatten sich ihre Füße in Bewegung gesetzt und waren den beiden gefolgt.

Den Lebzelter und das Mädchen im Blick bückte sie sich unter den Fenstern, von denen aus die Gassen überwacht wurden. Sibylla durfte hier nicht sein. Niemand, der hier nicht wohnte oder arbeitete, hatte im Lechviertel etwas verloren. Allein durch ihre Kleidung fiel sie auf und konnte jederzeit zu ihrem Vater zurückgeschickt werden – und der hatte dann eine Strafe

zu zahlen. Abgesehen von dem, was ihr blühen würde, wenn er erfuhr, dass sie Anna entwischt war.
Die Handwerker musterten sie argwöhnisch aus ihren Toreinfahrten heraus. Die schmalbrüstigen Häuser besaßen kleine Erkervorsprünge, in denen die Fenster lagen. An den Seiten, die gerade so schmal waren wie eine Hand breit, saßen Fensterlöcher. Durch sie überwachten vor allem die Großmütter die Wege.
Sibylla wollte jetzt nicht darüber nachdenken, was alles geschehen konnte. Es war ein Eintauchen in eine andere Welt. Gerüche umgaben sie, die sie von der Oberstadt her nicht kannte. Der Gestank gärender Farben, der faulige Geruch verwesender Hautreste aus den Gerbereien, die einem die Luft zum Atmen stahlen, Kot, Gewürze, Urin und Duftwässer mischten sich ineinander und ergaben mit dem brackigen Geruch abgestandenen Wassers einen Odem, der einen an den Abstieg in die Hölle glauben ließ. Dasselbe galt für die Ohren. In der Lechvorstadt hämmerte, schlegelte, brummte, plätscherte, wummerte und jaulte es unablässig. Sibyllas Ohren klangen von diesem Lärm. Sie folgte dem Lebzelter in das Wirrwarr aus Gestank und Geräuschen. Unablässig redete der Bäckermeister auf das Mädchen ein, ohne es dabei von der Hand zu lassen. Er deutete nach links und nach rechts, griff in seine Tasche, angelte von dort Lebkuchenbruch heraus, reichte ihn dem Mädchen und zog es weiter mit sich.
Das Mädchen an seiner Hand war dunkelhäutig. Es stammte nicht aus einer der reicheren Familien, ja nicht einmal aus einem der Handwerkerhäuser der Oberstadt. Vielmehr gehörte es zu den Tagelöhnern, Bettlern oder zum durchziehenden Volk, das Augsburgs Gassen bevölkerte. Im Gesicht und an den Händen starrte es vor Schmutz. Seine Haare standen wirr vom Kopf ab, als hätte es noch nie einen Kamm gesehen. Das Kleid war lange nicht gewaschen. Es lief barfuß. Seine Augen, die dunkel in seinem Gesicht brannten, hatten die Verfolgerin längst aus-

gemacht. Neugierig sah das Mädchen sich immer wieder nach Sibylla um, musterte sie eher teilnahmslos und ging dann mit dem Lebzelter weiter.

Der Lebzelter selbst bemerkte Sibylla nicht. Zwar blickte auch er um sich, aber er grüßte die Menschen auf der Straße und verhielt sich recht normal.

Sibylla brannte darauf zu erfahren, was der Lebzelter mit dem Mädchen vorhatte. Dass er sie nur mit Lebkuchen voll stopfen wollte, konnte sie nicht glauben. Dazu war er viel zu geizig und auf seinen Vorteil bedacht.

Je näher sie der Backstube kamen, desto häufiger musterte der Lebzelter die Umgebung, als wolle er nicht mit dem Mädchen zusammen gesehen werden. Einmal nahm er sogar einen Umweg in Kauf, weil ihm eine Gruppe streitender Handwerker entgegenkam.

Schließlich standen sie vor der Backstube. Mit der rechten Hand fingerte der Lebzelter seinen Schlüssel vom Gürtel, schloss auf. Mit der linken hielt er das Mädchen, das nach einem Blick in die dunkle Stube den Kopf schüttelte und heftig widersprach. Doch der Lebzelter zog es mit einem kräftigen Ruck ins Innere. Es schrie.

Sibylla blieb das Herz stehen. Der Lebzelter hatte dem Mädchen wehgetan. Sibylla schluckte, ihr Hals fühlte sich rau und trocken an. Auf leisen Sohlen schlich sie sich bis zur Tür, legte ein Ohr daran, lauschte. Aus dem Inneren vernahm sie ein Klatschen wie von Händen auf Fleisch. Schlug er die Kleine? Es gab kein Geschrei, kein Geheule. Nur das Schlagen von Türen, das Tappen von Schritten. Dann drang das Wimmern des Mädchens an ihr Ohr. Gedämpft, als sei das Kind tief unten in einem Erdloch gefangen gesetzt worden. Sibylla versuchte sich auszumalen, was geschehen war, aber ihr Denken verweigerte sich. Sie konnte es sich nicht vorstellen. Nur ein Bild schälte sich aus dem Dunkel ihrer Phantasie: wie das Mädchen mit seinen kleinen Fäusten gegen eine Tür aus Eichenbohlen hämmerte. Sollte sie zurücklaufen und Anna benachrichtigen? Ihr beichten, dass sie ausgerissen und ins Lechviertel hinuntergestiegen war, um dem Lebzelter und einem fremden Mädchen nachzuschleichen?

»Lockt Euch der Lebzelter derart, dass Ihr nicht mehr von ihm loskommt, Jungfer Artzt?«

Der Schreck fuhr ihr in die Glieder, aber einen Moment später atmete sie erleichtert auf. Sie hätte sich nicht umzudrehen brauchen, um die Stimme zu erkennen, tat es aber, weil sie sich ertappt fühlte.

»Der Geruch der süßen Lebzelter zieht durch jede Ritze, Konrad«, versuchte sie umständlich ihre Haltung, ihre Anwesenheit, kurz die Tatsache zu begründen, dass sie vor dem Tor kauerte. Konrad betrachtete sie mit einem Blick, der ihr das Blut ins Gesicht jagte.

»Und da musst du dein Näschen in den Türspalt stecken?«

»Hast du dich hierher verlaufen?«, gab sie ihm seine Stichelei zurück.

Konrad Rehlinger lachte laut auf. Sibylla runzelte die Stirn und legte einen Finger auf die Lippen. Konrad verstummte und sah sie durchdringend an. Dann musterte er die Hausfront der Backstube vor ihm. Sein Blick senkte sich, als sehe er das Gebäude nicht, als konzentriere er sich auf sein Gehör. Auch Sibylla lauschte. Wenn man wusste, worauf zu achten war, konnte man das regelmäßige Rufen und Klopfen der Kleinen hören. Doch es verflog zart und wolkig.

»Die Rehlinger besitzen hier Lagerräume, Sibylla. Ich darf hier sein, du nicht. Komm, wir gehen zurück. Ein hübsches Amulett trägst du da.«

Er bot ihr seine Hand, und Sibylla nahm sie, obwohl sie sich immer noch nicht recht von dem Wimmern losreißen konnte. Ob der junge Rehlinger es ebenfalls gehört hatte? Sibylla sah an sich herab und spürte das schwere Metall, das Anna ihr heute Morgen trotz Schimpfen und Fluchen auf eine Kette gefädelt hatte.

»Ein … Erbstück«, log sie und versuchte es unter die Kleidung schlüpfen zu lassen. Jedoch war die Kette dafür zu lang. Konrad betrachtete den Anhänger, als kenne er ihn oder wisse zumindest, woher er stamme.

»Es kleidet dich ungemein, meine kleine Dame«, sagte er, dann sah er auf den Weg. Konrad und Sibylla gingen eine Zeit schweigend nebeneinander her. Sie fühlte, wie seine Hand in der ihren warm und feucht wurde. Er hielt sie mit einer zärtlichen Geste. Jederzeit hätte sie ihm die Hand entziehen können, wenn sie gewollt hätte.

Plötzlich brach er das stille Einverständnis. »Was verschweigst du mir, Sibylla? Du hast nicht zufällig vor der Backstube des Lebzelters gestanden!«

»Ich verschweige nichts. Wo genau sind denn Eure Lagerräume?« Sibylla stellte die Gegenfrage mit Unschuldsmiene.

Seine Finger strichen unruhig über die ihren, als überlege er, einfach loszulassen, weil sie ihm ausgewichen war. Dann drückte er doch zu und hielt sie fester als zuvor. Er wechselte das Thema. »Ich habe gehört, du machst im Lesen gute Fortschritte. Bessere jedenfalls als Anna.«

Sie sahen einander an und fielen beide in ein prustendes Lachen, das die frostige Stimmung sofort wegwischte.

»Sie wird es nie lernen«, kicherte Sibylla. Insgeheim fragte sie sich, woher er das wusste. Spionierte er ihr nach? »Ihr beobachtet mich doch nicht heimlich?«

»Heimlich? Nein. Doch ich habe etwas für euch beide, Sibylla. Eine *niuwe Zeitung*, Vater hatte sie zum Feuerholz gelegt. Ich dachte, vielleicht ist das Blatt in deinen Händen besser aufgehoben.«

Konrad entnahm seinem Wams die Zeitung, die sorgfältig auf Quartformat zusammengelegt worden war. Er faltete sie auseinander. Neugierig beobachtete Sibylla Konrads Finger. Sie waren schmal, hell und gingen mit dem Papier um, als sei es kostbares Geschmeide. Sie überlegte, wie sich diese Hände auf ihrer Haut anfühlen mochten, und erneut schoss ihr das Blut ins Gesicht. Gut, dass Konrad mit dem Flugblatt beschäftigt war und sie nicht ansah.

Der Bogen teilte sich in zwei Bereiche, einmal den oberen Teil, der von einem handkolorierten Holzschnitt eingenommen wurde, und in den unteren, der einen zweispaltigen Text beherbergte.

»Es ist die Geschichte des Zunftbürgermeisters Ulrich Schwarz«, flüsterte er, als wäre es ein Geheimnis.

Sibylla betrachtete sich das Bild. Der mächtige runde Kopf des Bürgermeisters wirkte leblos. Die Augen hielt er geschlossen. Das Haar fiel ihm strähnig an beiden Seiten herab. Er war offensichtlich tot. Ein Konterfei des Hingerichteten. Um seinen Mund spielte eine Bitterkeit, die Sibylla traf. Selbst im Tod hatte er sich mit dem Schicksal nicht ausgesöhnt.

Sibylla sah auf die dunklen Buchstaben, die die Geschichte der Hinrichtung beschrieben.

»Er hat sogar seine Tochter auf dem Gewissen. Sie ist im eigenen Garten in eine Falle gestolpert, die er seinem Mitregenten und Bürgermeister gestellt hatte, und jämmerlich darin umgekommen«, sagte Konrad und presste die Lippen zusammen.

»Erzähl!«, drängte Sibylla.

Konrad schüttelte den Kopf. »Wenn du älter bist!«

Sibylla schmollte und erinnerte sich an ein Lied über den Zunftbürgermeister, das Anna ihr immer vorgesungen hatte, als sie noch klein gewesen war. Jedes Mal, wenn ihr Vater mitbekam, dass Sibylla die Melodie nachpfiff, war er fuchsteufelswild geworden.

Sie griff nach dem Flugblatt, das Konrad ihr hinhielt. Anna würde sich gruseln und sie selbst auch. Solche Geschichten konnte man sich nicht ausdenken. Solche Geschichten geschahen. Und das ganze Geheimnis dahinter würde sie Konrad noch entlocken.

»Gehört es wirklich mir?«

»Aber ja doch. Wenn du mir versprichst, dich von diesem Lebzelter fern zu halten.«
Überrascht sah Sibylla Konrad ins Gesicht. Es lagen besorgte Falten über seiner Stirn, und sein Blick wirkte unstet.
»Warum? Ist er ein schlechter Mensch?«
Konrad Rehlinger schwieg lange, bis sie den Anstieg zur Oberstadt erreicht hatten. Die wenigen Schritte hinauf in die Kaufmannsstadt nahmen Sibylla den Atem, selbst Konrad schnaufte lautstark. Das Atmen fiel Sibylla in der Oberstadt wieder leichter. Das Unerträgliche des Straßenkots, der dampfigen Nässe und der krankmachenden Dünste blieb in der Unterstadt zurück. Die Kaufmannsstadt glänzte regelrecht.
»Das verstehst du nicht«, wischte er Sibyllas Frage beiseite.
»Was soll ich nicht verstehen?«, maulte sie sofort. »Ich verstehe alles!«
»Es ist nur ...« Konrad zögerte. »Er ist eigenartig. Junge Mädchen wie du sollten sich nicht in seiner Nähe aufhalten. Aber was rede ich? Du weißt ohnehin ...« Er sprach nicht weiter, sondern deutete hinüber zum Eingang des Artzt'schen Anwesens. Dort reckte sich Anna den Hals nach ihr aus.
»Wenn sie so weitermacht, dann wird sie irgendwann zum ersten Stock hereinsehen können. Man glaubt ja, ihr Hals wachse«, lachte Konrad mit kaum wahrnehmbaren Luftstößen aus der Brust. »Lauf hinüber. Und vergiss nicht, halte dich von diesem Lebzelter fern.«
Sibylla ließ Konrad Rehlingers Hand nur ungern los. Sie trennten sich beinahe gewaltsam. Erst als die Hände einander verlassen hatten, rief sie die Amme, die ihre Arme zum Himmel reckte. Das Flugblatt steckte sie unter ihr Brusttuch. Auf halbem Weg blieb sie stehen und sah zurück, aber der junge Rehlinger war bereits weitergegangen.

KAPITEL 10 Sibylla schreckte auf. Der Schrei gellte in ihren Ohren nach. Im Zimmer war es hell. Der Vollmond stand wie eine kalte Sonne am Himmel und breitete sein weißes Licht über die Stadt. Sibylla stand auf und trat ans Fenster. Der Mond blendete sie so stark, dass sie ihre Augen zu engen Schlitzen zusammenpressen musste, bis sie sich an das Gleißen gewöhnt hatten. Ein Gefühl der Schuld überschwemmte sie, und sie schnappte nach Luft wie eine Ertrinkende.

Was hatte sie geträumt? Ein dunkles Verlies stand ihr vor Augen, in dem sie umhergetappt war, die Hände von sich gestreckt, um nicht anzustoßen, bis sie auf etwas Weiches, Feuchtes getroffen war. Einen Körper. Sie hatte es sofort gewusst. Leblos hing er da. Sie hatte ihn angesprochen, jedoch keine Antwort erhalten. Langsam war sie zurückgewichen, langsam hatte sich das Grauen in ihrem Inneren zur Gewissheit verfestigt, dass dieser leblose Körper niemand anderem gehörte als dem dunkeläugigen Mädchen, dass die klebrige Feuchtigkeit nichts anderes war als ihr Blut ... und dann hatte sie geschrien, weil sie nichts gesehen hatte, weil sie allein gewesen war, weil die Angst sie gepackt hielt; hatte sich zurückgeschrien in die Wirklichkeit.

Jetzt stand sie am Fenster und sah hinaus in die Lichtfülle der Nacht. Weit entfernt erscholl der Ruf des Wächters. Ihre Sicht reichte auf den Weinmarkt und über die Unterstadt hinweg ins freie Feld hinaus. Mondlicht flutete über die Landschaft wie flüssiges Silber und zeichnete dunkle Schattenflecken wie Schriftzeichen auf die Landschaft. Sibylla bemühte sich, einige davon zu entziffern, doch musste sie aufgeben. Es war die Schrift der Waldgeister, nicht die der Menschen.

»Anna!«, flüsterte sie zuerst und hoffte, ihre Amme habe die Tür zu ihrem Zimmer nur angelehnt. »Anna!« Sibylla schlich zur Verbindungstür. Sie war geschlossen. Vorsichtig drückte sie die Klinke, öffnete. Annas Nachtgeruch strömte ihr entgegen. »Anna? Bist du wach?«

Eine schlaftrunkene Stimme antwortete ihr. Sibylla ging ins

Zimmer, das völlig abgedunkelt war. Anna hatte schwere Vorhänge vor die Fenster gezogen. Doch Sibylla kannte sich aus. Den Weg zu Annas Bett fand sie blind.

Die Amme empfing sie mit ausgestrecktem Arm. Sibylla kroch unter die Decke, drängte sich an den warmen Körper.

»Warum kannst du nicht schlafen? Ist es zu hell draußen?«, fragte Anna nahe an ihrem Ohr.

Sibylla kuschelte sich ganz in die Wärme.

»Ich habe Angst, Anna!«, sagte sie, während sie fühlte, wie die Müdigkeit wieder in ihr hochkroch.

»Wovor hast du Angst, Kind?«

»Mich ängstigt, was dem Mädchen passiert.«

Plötzlich änderte sich Annas Stimme. Sie hörte sich wacher an.

»Von welchem Mädchen redest du, Sibylla? Was ist das für eine Geschichte?«

Am liebsten wäre Sibylla wieder eingeschlafen. Doch Anna richtete sich auf, stützte sich auf einen Arm und streichelte ihr mit der Hand übers Haar. Kühle Luft strich ihr den Rücken hinab.

Als müsse sie sich die Wörter dafür blind aus der Dunkelheit klauben, erzählte sie Anna von ihrem Abenteuer in der Unterstadt, vom Lebzelter und dem Mädchen, das vor Schmutz gestarrt hatte.

Anna blieb die ganze Zeit stumm, nur ihr Arm umfing sie und drückte sie sanft an sich, als wolle sie verhindern, dass sie aus dem Bett falle.

Als sich Sibylla die Seele leer geredet hatte, sank Anna in die Kissen zurück und deckte Sibylla wieder zu.

»Ich werde etwas unternehmen, Kind. Morgen. Jetzt lass uns schlafen. Das Mädchen …« Sie beendete ihren Satz nicht, und Sibylla konnte auch nicht erraten, was sie hatte sagen wollen. Dennoch beunruhigte sie dieser halb zu Ende gesprochene Satz. Wenn Anna nichts unternahm, musste sie etwas tun. Sie war schuld.

Sibylla wartete, bis ihr regelmäßiges Atmen anzeigte, dass Anna wieder schlief. Vorsichtig stahl sie sich aus deren Arm, huschte zu sich ins Zimmer. Dort stand sie eine ganze Weile nur im Hemd, fröstelnd, bis sie sicher war, Anna würde ihr Fehlen nicht bemerken.

Dann raffte sie ihr Hemd, warf sich das Kleid über, öffnete die Tür und stieg die Treppen hinab. Unten standen Holzpantinen des Gesindes vor der Tür. Sie nahm ein Paar, öffnete die Haustür und schlüpfte hinaus. Draußen empfing sie Stille. Sie musste mehrmals durchatmen, bis sie den Mut fand, die Holzpantinen anzuziehen und loszulaufen. Der Platz schluckte das Klappern der Schuhe, aber die Gassen der Unterstadt warfen ihr Echo zurück. Das Mondlicht zog scharfe Schattenrisse. Sie bewegte sich auf der dunklen Seite der Gassen, versuchte mit ihrem Blick die Dunkelheit zu durchdringen. Obwohl eine gespenstische Stille herrschte, glaubte sie überall Nachtwesen zu hören. Dort hockte eine riesige Katze auf der Mauer, peitschte mit ihrem Schwanz und stellte sich als Strohsack mit Strick heraus, als sie näher kam. An die nächste Hausecke gelehnt, atmete ein buckliger Mensch und entpuppte sich als ein leeres Fass auf einem Tisch, über ihr hingen fiepende Fledermäuse kopfüber an den Seilen, lachten über ihre Furcht und waren doch nur nasse Wäschestücke.

Das Mondlicht erleichterte ihr die Orientierung. Bald bog sie in die Gasse ein, die zum Backhaus des Lebzelters führte. Dort verlangsamte sie ihre Schritte, horchte, zog die Holzpantinen aus und schlich barfuß zum Tor. Das lag im Mondschatten. Sibylla hockte sich auf ihre Fersen, presste ein Ohr gegen die Holzbohlen und horchte. Zuerst vernahm sie nichts, bis ein schwaches Schluchzen aus der Tiefe des Hauses heraufklang. Stammte es von diesem Mädchen, oder narrte sie das Wasser, das ganz in der Nähe vorüberfloss und schmatzte und schlurfte?

Ein spitzer Schrei ließ sie zusammenzucken. Er hatte sie unerwartet getroffen. Er klang gedämpft, als müsse er sich aus tiefster Tiefe heraufarbeiten. Sibylla fühlte, wie schwer sie atmete. Sie musste immer wieder länger ihren Atem anhalten, damit sie horchen konnte, ohne dass die Nebengeräusche sie störten. Das Kreischen wiederholte sich, gipfelte auf zu regelmäßigen Höhen, die ihr ins Gedärm fuhren. Was ging dort drinnen vor? In ihrer Phantasie begann sie das Tor zu öffnen und den Innenhof zu betreten, der eng war und niedrig wie viele dieser Handwerkerhöfe. Sie schlich sich zur Tür des Hauses, zog sie auf, folgte dem Wimmern des Mädchens. Linkerhand ging es in die Wohnstube hinein, rechterhand eine steile Treppe hinauf in den ersten Stock. Die Schlafgeräusche der Familie des Lebzelters drangen von dort oben herunter. Sie wunderte sich, dass ein Mensch wie der Lebkuchenbäcker eine Frau hatte, Kinder. Geradeaus lief der Gang auf eine zweite Tür zu, hinter der sich ein kleiner Garten verbarg. Rechts davon, direkt unter der Treppe, hing ein Gewicht, das zu einer Bodentür gehörte. Sie öffnete die Bodentür, indem sie einfach am Gewicht zog. Die Klappe hob sich schwerelos. Das Wimmern wurde lauter. Eine steile Leiter führte hinab ins Dunkel des Kellers, ein Kienspan blakte in einem Halter vor sich hin, leuchtete die Sprossen hinab. Ein Geruch nach Feuchtigkeit und Rauch und Wasser füllte den Raum. Tatsächlich bedeckte eine Handbreit Grundwasser den Boden des Kellers. Sibylla nahm den Kienspan und leuchtete den Raum aus. In ihrem Rücken, direkt hinter der Leiter, öffnete sich eine zweite Tür zu einem Holzverschlag. Das Wimmern kam von dort. Ein Klatschen. Ein Keuchen. Unterdrückte Schreie. Spitze Schreie. Schreie. Ihre Phantasie versagte. Sie konnte sich nicht vorstellen, was dort geschah, konnte die Tür nicht öffnen und ärgerte sich, wollte ganz in den Keller hinab, aber das Wasser war so kalt …

Ein Geräusch riss sie aus ihrem Wachtraum. Sie war nicht mehr allein in der Gasse. Sibylla fühlte es sofort. Sie löste sich vom Holz, lauschte angestrengt in die Dunkelheit. Man konnte sie nicht entdeckt haben, denn die Tür zum Backhaus des Lebzelters lag im Dunklen. Sie selbst sah niemanden, fühlte aber, dass in ihrer Nähe ein menschliches Wesen lauerte, das nur darauf wartete, ob sie sich zu erkennen gab, um zuzugreifen. Die Bedrohung, die aus der Finsternis auf sie zukroch, spürte sie körperlich. Eine Furcht drängte sich an sie heran, die sie beinahe erstickte. Sibylla versuchte langsam zu atmen, ruhig, mit offenem Mund, um kein Geräusch zu machen. So hockte sie lange, bis ihre Beine einzuschlafen begannen. Sie musste sich bewegen, sonst fehlte ihr womöglich die Kraft davonzulaufen. Unendlich langsam erhob sie sich, versuchte das Rascheln des Kleides zu vermeiden, das Schlagen der Holzpantinen, die sie merkwürdigerweise noch immer in der Hand hielt. Wenn sie nur gewusst hätte, ob dort in der Nacht wirklich jemand auf sie lauerte oder ob sie sich alles nur einbildete, wie sie sich eingebildet hatte, ins Haus des Lebzelters einzudringen. Unabsichtlich stießen die Pantinen zusammen und gaben ein kaum wahrnehmbares Klacken von sich. Plötzlich bewegte sich auf ihrer Seite der Gasse etwas. Sie hörte schnelle Schritte, ein Schaben, das von Kleidung herrühren konnte, ein Patschen. Aus dem Dunkel vor ihr, zwei Häuserreihen weit entfernt, schnellte ein Arm, der sofort wieder im Mondschatten verschwand. Sibylla hörte ein Kreischen, erschrak darüber, bis sie endlich begriff, dass es aus ihrem eigenen Mund kam. Dann warf sie ihre Pantinen in die Richtung, in der sie das Wesen vermutete, das auf sie zulief, und rannte mit klatschenden Füßen die Gasse entlang. Sie wusste, dass sie unmöglich entkommen konnte, wenn ihr auch ein verhaltener Fluch signalisierte, dass die Holzpantinen ihre Wirkung nicht verfehlt hatten. Der Unbekannte war darüber gestolpert. Dass es ein Mann war, entnahm sie der Stimme.

Die Gasse wurde lebendig. Ihr Schrei hatte die Menschen aufgeweckt. Läden wurden aufgestoßen, über den Fensterbrüstungen erschienen Köpfe, die in die Gasse hinabblickten. Sibylla hörte Rufe, die sie nicht verstand, sah die Menschen über ihr nur schemenhaft. Sie versuchte im Schatten zu bleiben, hörte aber hinter sich bereits den keuchenden Atem des Fremden. Bald würde sie seinen Arm auf ihrer Schulter fühlen. Sie schrie, ohne dass es ihr wirklich bewusst war. Sie hörte nur das gellende Kreischen, das von ihr stammen musste.

Jeden Augenblick erwartete sie, dass ihre Beine nachgaben, dass sie zu Boden geworfen wurde. Tatsächlich wurde die Hatz durch einen Ruck beendet – allerdings nicht von hinten, wie sie erwartet hatte. Ein Arm griff von der Seite nach ihr, riss sie zu Boden, schleifte sie beiseite. Eine Hand schloss sich um ihren Mund. Dann schlug eine Tür zu, und sie lag in völliger Dunkelheit. Sibylla bekam keine Luft mehr. Die Hand presste sich zu stark auf ihre Lippen. Sie versuchte sich zu wehren, aber die Arme hielten sie eisern umschlungen. Sie strampelte noch, dann gab sie auf. Sie roch Gemüseduft, der den Händen des Wesens entströmte, bemerkte, dass die Geräusche sich entfernten, und strudelte hinab in eine grundlose Schwärze. Sie ließ los und fiel.

KAPITEL 11 »Ihr haltet Euch gern im Hintergrund, Fugger.« Herzog Maximilian hatte sein Pferd gezügelt. Auch der Tross hielt inne, und Jakob ritt an die Seite der Majestät. Sie standen über Imst und sahen auf das Inntal hinunter. Die Gipfel lagen im Schnee, und Nebelschleier legten sich um die Häupter der Berge. Sie wirkten wie kleine Kronen. Unter ihnen leuchteten die grünen Matten. Innsbruck sah zu ihnen herauf, trutzig und anmutig zugleich. »Hier kann ich so atmen, wie ich es will. Die Berge zeigen mir Demut und sind mir trotzdem nah, die Luft ist frisch und dennoch widerspenstig. Ganz anders als in Italien oder in Brabant. Das Land ist wild. Ursprünglich. Es will gezähmt und geliebt werden. Wer es hasst, wird es verlieren.« Am Talanfang fielen Wolken ein, graue Schlieren, die sich verdichteten. Sie würden Feuchtigkeit bringen.

»Ein hartes Stück Arbeit, Majestät«, antwortete Jakob und versuchte das Land mit Maximilians Augen zu sehen. Ihm gelang es nicht. Jakob wusste, dass sich das Land nicht selbst ernähren konnte. Es wäre leer und unfruchtbar, wenn es nicht Silber abwerfen würde.

Jede Mark Silber, die dem Stein abgerungen wurde, gab den Menschen im Land zu essen. Dafür bezahlten sie mit Kahlschlag und Abraumhalden. Ohne den Bergbau würden die Dörfer in den Talkesseln jämmerlich zugrunde gehen und die Menschen darin verhungern.

Jede gewonnene Mark Silber vergrößerte auch sein eigenes Vermögen, und Jakob sah darin keinen Frevel. Ob Herzog Sigmund oder er das Land zugrunde richteten, blieb sich gleich. Er wunderte sich nur, wie leicht es ihm gefallen war, das Heft in Tirol in die Hand zu nehmen. Die Gier und der Unverstand seiner Bewohner, die nichts von den Zusammenhängen begriffen, führten Tirol an den Abgrund. Er hatte den Berggewerken Kredite gegeben und gleichzeitig die Minen zu Pfand genommen. Eine Grube nach der anderen war ihm so zugefallen. Vor nicht allzu langer Zeit hatte er die Förderleistungen in seinen Abbauten erhöhen lassen. Der Silberstrom zur Münze nach Hall floss jetzt rascher. Die Packpferde gingen nach seinen Anweisungen tatsächlich einen Schritt schneller, und die Münze selbst schlug die neuen Gulden in einem rascheren Takt. Wenn er die Augen schloss, hörte er die Hämmer auf die Stempel krachen, die fertigen Münzen klimpern und in die Säcke fallen. Das bedeutete für die Firma Ulrich Fugger eine Steigerung des Ausstoßes um das Fünfundzwanzigfache. Bei einem Einkauf von fünf Gulden pro Mark Silber und einem Verkauf von acht Gulden an die staatliche Münze, die zum Silber noch Fugger'sches Kupfer mischte und so die Ausstoßmenge weiter erhöhte, war die Auszahlung der Gehälter an die Tiroler Gewerke ein Leichtes. Er machte bereits Gewinne.

»Jetzt gehört es mir, Fugger. Jetzt ist es mein Boden, auf dem ich stehe«, sagte Maximilian, beugte sich vor und tätschelte dem dampfenden Ross den Hals. »Und Euch habe ich es zu verdanken«, fügte er leiser hinzu. »Man hat mir zugetragen, dass Ihr Euch heimlich in die Minen eingekauft habt und die Getreuen Herzog Sigmunds gewogen gemacht habt.«

Jakob lächelte schmal. »Ihr habt Recht: Es ist Euer Land«, bestätigte er versonnen.

Vor seinem inneren Auge sah er noch einmal, wie Herzog Sigmund hier in der Residenz zu Innsbruck, das jetzt im Nebel zu seinen Füßen verschwand, vor die Tiroler Landstände getreten war und um Kredit gebeten hatte. Er erkannte wieder die Verzweiflung im Blick des Herzogs, als Jakob Fugger jegliche Zuwendung verweigerte, schließlich war alles Silber an ihn verpfändet, und neuerliche Kredite hätten neuerliche Pfändungen notwendig gemacht. Die Hände des Herzogs waren jedoch leer. Und auf Treu und Glauben lieh ein Fugger nichts.

In seinem Ohr klang der Tumult nach, der anbrach. Bergwerksbesitzer, Adelige, Beamte fielen über Sigmund her, schimpften ihn einen Räuber und Verbrecher, der das Land in den Ruin getrieben und verkauft habe. Vor allem die hieben mit Worten um sich, die in Fuggers Sold standen.

Als Herzog Sigmund anbot, das Land an den Bayern, an Albrecht IV. zu verkaufen, der für alle Schulden gerade stehen würde, hätten die Tiroler ihren Landesherrn um ein Haar niedergetrampelt. Niemals zu Bayern! Das war die Parole.

Wie zufällig hatte Jakob die Rettung aus dem Ärmel gezogen. Der junge Habsburger Maximilian war anwesend. Am selben Tag unterschrieb Maximilian die Zusage, alle Schulden des Herzogs zu übernehmen, und Herzog Sigmund der Reiche unterzeichnete dafür seinen Herrschaftsverzicht.

Jakob hob den Kopf und sah Maximilian in die Augen. »Solange Ihr die schriftliche Verpflichtung einhaltet und die Schulden Sigmunds von Tirol an meine Firma auf Heller und Pfennig ablöst, wird Tirol blühen«, sagte er.

»Ich höre nur die Sorgen eines Kaufherrn aus diesem Satz«, entgegnete der junge Herzog.

»Sie sind nichtig im Gegensatz zu denen, die Euch aufgebürdet wurden, Majestät. Euch zerrt der Mühlstein eines Reiches am Hals. Euer Vater ist krank. König Ferdinand wird die Last bald ganz auf Eure Schultern legen. Was sind dagegen die kleinen Sorgen eines Kaufmanns um säumige Zahler und faule Kredite?«

Maximilian sah Jakob von der Seite her an. Dann trieb er sein Pferd enger an Fugger heran. »Ihr seid mir seit unserer ersten Begegnung in Augsburg sympathisch, Fugger, das wisst Ihr, und gleichzeitig ein wenig unheimlich. Man munkelt sogar, dass Ihr es wart, der Euren Gegner Baumgartner aus dem Rennen um das Tirol geworfen hat, weil der Kaufmann zu sehr auf den Bayern gesetzt hatte.«

Jakob Fugger blieb ungerührt. Gelassen hielt er seine Zügel. Sein Pferd stand beinahe phlegmatisch vor dem steilen Abfall zum Inntal. Er liebte Pferde, die ihm auf den geringsten Befehl hin gehorchten, sonst aber Ruhe ausstrahlten. Ein Unwetter zog auf sie zu. Dunkle Nebelschwaden versperrten den Blick in die Berge hinein. Die Pferde ihrer Begleiter stampften unruhig.

»Majestät, das Volk redet. Was weiß es schon von den Dingen selbst? Nichts. Was sollte es von der hohen Politik verstehen?«

»Oho. Ihr versteht Euch auf die hohe Politik, Fugger?«

»Ich verstehe etwas vom Kaufen und Verkaufen. Nicht aber von Politik.«

Es war ein Krieg nach seinem Geschmack gewesen. Bis ins Detail ausgeklügelt. Durchgeführt als generalstabsmäßiger Angriff. Behaftet mit einem nicht geringen Risiko. Dennoch unblutig, aber siegreich.

Maximilian richtete sich in seinem Sattel auf. »Jetzt werde ich Euch sagen, was ich von der Kaufmannschaft verstehe. Die

Staatsfinanzen Tirols, Fugger, sind verlottert. Ein Scherbenhaufen. Was auf der Einnahmenseite vorhanden ist, gehört Euch. Ihr versteht, wie man aus dem Dreck des Bergs Gold macht. Als wärt Ihr ein Alchemist. Ähnlich steht es um die Reichsfinanzen. Sie müssen geordnet werden. Dort werdet Ihr mir eine Hilfe sein. Ihr habt die Mittel, das Wissen und Können, die Finanzen wieder flott zu machen. Dieser Mittel werde ich mich bedienen.« Er schlug ihm derb auf den Rücken. »Bedienen, Fugger. Mehr nicht.«

Auf einen leichten Druck der Fersenspitzen hin drehte sich Jakobs Fuchs und löste sich von Herzog Maximilian.

»Ihr seid der Herr«, murmelte er gerade so laut, dass der Herzog ihn noch verstand.

»Ich weiß es nicht recht«, sagte der nachdenklich und riss sich vom Anblick des Inntals los. Er lenkte sein Pferd dem Abstieg zu. »Mir gehört dies Land, so weit das Auge reicht und vieles darüber hinaus. Mir gehört ein Titel, der wie Donnerhall klingt. Aber Fugger, seid ehrlich. Durch diese Welt zieht ein neuer Geist. Das Geld regiert, nicht der Monarch. Ich bin arm wie eine Kirchenmaus. Ihr aber, Ihr habt das Rüstzeug für diese neue Zeit.«

»Ihr unterschätzt Eure Möglichkeiten. Noch gilt Euer Wort.«

Maximilian drehte sich im Sattel um und sah Jakob lange an. Der erwiderte den Blick. Ihm war dieser Herrscher vertraut wie kein anderer in dieser Welt. Sie waren aus demselben Holz geschnitzt, das fühlte er unerbittlich. Sie waren einander zu ähnlich, als dass sie sich ignorieren konnten. Und Jakob wusste, dass Maximilian ihn durchschaute, wie er ihn durchschaute.

»Lorenzo der Prächtige ist tot, Fugger. Mit diesem Mann starb ein König, der König aller Kaufleute. Sein Herrscherstuhl ist frei geworden. Ihr hättet das Format, ihn zu besetzen.«

Jakob Fugger wendete seinen Fuchs ganz und besah sich den Rücken des jungen Herzogs. Sie hatten das Leben vor sich, Zeit für Pläne und Wünsche, wenn auch die Majestät durch den Tod

der geliebten Frau bereits einen Schicksalsschlag erlitten hatte, den Jakob nicht kannte.
»Es wäre ein Griff nach den Sternen, Majestät. Mein Metier ist diese Welt. Hier bin ich zu Hause, hier kann ich schalten und walten.«
»Eure Hand hat danach gezuckt, Fugger«, erwiderte Maximilian. »Ihr seid es gewesen, der die Gerüchte über Herzog Sigmund ausstreuen ließ. Ihr wusstet, dass es den Stolz der Tiroler ins Mark treffen würde, wenn sie zu Bayern gemusst hätten. Diese Furcht habt Ihr ausgenützt, Fugger, schamlos für Eure Zwecke verwendet.«
Jakob musste ein Lächeln unterdrücken. Maximilian lag goldrichtig mit seiner Vermutung.
Die Regenwolken waren herangezogen, und kaum hatte er daran gedacht, dass das Gewitter jeden Moment losbrechen müsste, fuhr auch schon ein Blitz nieder, und Donner rollte über das Tal hinweg, begleitet von einem stürzenden Regen.
»Die Geschäfte eines Kaufmanns sind ein wenig wie das Wetter«, sagte er. »Wer Erfahrung besitzt und den Himmel studiert, kann die Veränderungen dort oben sehr genau voraussehen. Sie müssen nicht immer eintreffen, doch ist es spannend, wie genau die Voraussagen sind.«
Maximilian sah ihn eine Zeit schräg von der Seite her an, als studiere er seine Gedanken. Dann schnalzte der junge Herzog mit der Zunge, und sein Pferd setzte sich in Bewegung. Rasch ritten sie den Weg nach Innsbruck zurück, einer hinter dem anderen. Herzog Maximilian vorneweg, hinter ihm Jakob Fugger und dahinter wieder ein Tross von zehn Reitern, die zum Schutz der Majestät aufgeboten waren. Schwer bewaffnet, mit mürrischen Gesichtern und wachsamen Augen.
Auf halbem Weg drehte sich Maximilian zu Jakob um, überließ dem Pferd die Führung und vertraute auf dessen sicheren Tritt.
»In Ungarn ist König Matthias gestorben, Fugger. Böhmen,

Polen, die Moldauregion und die Walachei sind frei geworden. Wien kann zurückerobert werden, die ungarische Krone soll wieder das Haupt eines Habsburgers zieren. Ich brauche Euch, Fugger.«

Jakob lächelte schmal. Dies war nicht seine Welt. Er dachte nicht dynastisch und in Erbgut. Aber er wusste, dass in allen diesen lapidaren Sätzen und Auseinandersetzungen Phantasie lag, viel Phantasie für einen Kaufmann. Sie verhießen Gewinn, wenn man es geschickt anstellte, oder Untergang, wenn die Verstrickungen zu arg wurden. Ihn kribbelte es in der Hand, als er in die Augen der Majestät sah.

»Die Firma Ulrich Fugger und Gebrüder steht Eurer Majestät zur Verfügung. Wir werden helfen, wo wir können.«

Maximilian lachte, lachte ein herzhaft polterndes Lachen.

»Die Firma Ulrich Fugger? Mein lieber Jakob, bereits im Tirol haben die Beamten des geschiedenen Herzogs dem wahrhaften Regierer die Bedeutung zuerkannt, die er besitzt. Alle Verträge werden auf Jakob Fugger ausgestellt.«

Jakob ließ eine ganze Weile verstreichen, bevor er antwortete. Manche Sachverhalte vertrugen es nicht, dass man ihnen mit Schlagfertigkeit begegnete.

»Ein Irrtum, Majestät. Wer kennt schon die wahren Verhältnisse?«

KAPITEL 12

»Sieht er wenigstens gut aus?«

Anna musterte Sibylla, die im Hemd vor ihr stand. Aus dem langnasigen Wickelkind war eine schöne Jungfer herausgewachsen, mit weißen Brustknospen und struppigem Flachs zwischen den Beinen, die den Kopf so manchen Kerls verdrehte und die vor allem um ihre Wirkung wusste. Sie schüttelte ihre rotfarbenen Haare.

»Du hast den neuen Hauslehrer doch gesehen, Anna. Jetzt erzähl endlich! Ich bin ganz aufgeregt.«

Anna sah sie nachsichtig an. Seit Sibyllas merkwürdigem Verschwinden, das jetzt schon einige Jahre zurücklag, wurde das Mädchen wie eine Nachtigall im goldenen Käfig des Artzt'schen Anwesens gehalten. Sie durfte nur mit Begleitung das Haus verlassen und gierte nur so nach Neuigkeiten oder Gesellschaft. Da kam ihr ein neuer Hauslehrer sehr zustatten.

»Er wird dir gefallen«, sagte Anna bedächtig. »Aber du sollst bei ihm lernen und dich nicht in ihn verlieben. Zum Heiraten gibt es andere. Schlag ihn dir also aus dem Kopf, kleine Nymphe.« Sie öffnete mit einem Messerchen einen Abnäher unter der Brust des Kleides. Langsam wuchs sich Sibylla zu einer Frau aus.

»Wie gefällt dir der Rehlinger, der Konrad?«

Sibylla drehte sich und ließ das Hemd fliegen. Ihre Augen waren geschlossen, so dass sie unsicher schwankte und einen Ausfallschritt machen musste.

»Ein fescher Mann. Den könnte ich mir für dich vorstellen, Jungfer Artzt. Reich, aus einer bekannten Familie. Nur ein Weniges älter als du selbst.«

»Nenn mich nicht immer Jungfer Artzt. Das wirkt so ... so alt.« Sie stampfte energisch mit dem Fuß auf. »Warum müssen Männer älter sein als Frauen, wenn man heiratet?«, hakte Sibylla nach.

»Damit sie ihre Hörner abgestoßen haben, wenn sie in die Ehe kommen. Das schont die Ehefrauen und ...«

»Warum zögerst du, Anna? Was noch? Ich muss dir das, was ich wissen will, ständig aus der Nase ziehen.« Sie schmeichelte Anna. »Sag es, bitte!«

»Die Männer haben sich gefestigt. Sie suchen ihre Abenteuer nicht mehr außerhalb des Ehebetts.«

»In den Hurenbetten! Meinst du das?«

Anna übersah, wie sich Sibyllas Wangen röteten. Sie stand auf, winkte das Mädchen zu sich her und zog Sibylla das Kleid über den Kopf. Anna zupfte an der Büste, strich die Falte glatt, die sie ausgelassen hatte. Es passte genau. Viel größer durfte die Mädchenbrust dieses Jahr jedoch nicht mehr werden, sonst musste sie ein neues Kleid anfertigen.

Sibylla murrte, hatte jedoch verstanden, dass die Amme nicht darüber reden wollte.

»Und wie gefällt dir der junge Fugger?«

Anna sah Sibylla verblüfft an, dann musste sie lachen.

»Der junge Fugger! Sibylla. Das ist nicht dein Ernst. Er ist beinahe doppelt so alt wie du. Jung ist er schon lange nicht mehr.« Sie schüttelte unwirsch den Kopf. »Für ein fesches Ding wie dich ist er nicht der Richtige. Frauen brauchen junge Pferde.«

»Eben hast du etwas anderes gesagt.«

»Dann eben erfahrene Junghengste. Was kann dir Jakob Fugger schon bieten? Wenn du in den besten Jahren bist, ist er ein alter Kerl, gebrechlich und … und …«. Sie getraute sich nicht, es auszusprechen, und wusste im Augenblick nicht, wie sie umschreiben sollte, dass die Manneskraft schwand, während die Frauen endlich frei waren, keine unliebsamen Folgen mehr fürchten mussten und sich deshalb nach jungen Liebhabern umsahen. »Jedenfalls ist der Fugger über dreißig Jahre alt, Kind. In diesem Alter geben andere ihr Epitaph in Auftrag, kaufen Kirchenstühle und Seelenmessen und richten sich aufs Sterben ein.«

Jetzt war es an Sibylla, hellauf zu lachen. Sie sauste auf Anna zu und warf sich in deren Arme.

»Dann wird es Zeit, Anna, dass du ans Sterben denkst!«

»Ich würd mich der Sünde fürchten, damit einen Scherz zu machen, Sibylla«, antwortete die Amme streng, konnte sich jedoch eines Schmunzelns nicht erwehren. »Jetzt lass mich das Kleid fertig bügeln, der Hauslehrer kommt bald.«

Sibylla seufzte, ließ sich das Kleid wieder über den Kopf ziehen. Dabei rutschte das Hemd bis zur Hüfte mit hoch, und zum Vorschein kam ein zierlicher, sehr fraulicher Körper. Sie würde

den Mann glücklich machen, dem sie ihre Hand reichte. Anna gab ihr einen Klaps auf den nackten Po.
»Bedeck dich!«
Sibylla streifte sich das Hemd über die Schenkel, setzte sich vor das Bügelbrett. Die Falten waren gerade unter dem Dampf des Eisens, als plötzlich Sibyllas Mutter in der Tür erschien. Der Hauslehrer warte bereits, mahnte sie. Sibylla solle sich fertig machen. Einen missbilligenden Blick warf sie auf ihre Tochter, die weiter im Hemd im Raum stand.
»Ich musste nur noch die ausgelassenen Nähte bügeln, Herrin«, beruhigte Anna und half Sibylla in ihr Kleid. Während Anna ihr den Hüftgürtel schnürte, zog Sibylla sich den Ausschnitt tiefer und prüfte nach, ob genügend von ihrer Brust zu sehen war. Anna bemerkte die Korrekturen, gewährte aber stillschweigend die Koketterie, nachdem ohnehin kaum etwas zu sehen war. Junge Mädchen sollten ihre Wirkung auf Männer ruhig ein wenig ausprobieren dürfen. Sie hielt nichts davon, sie völlig unvorbereitet ins Ehebett zu schicken.
Ohne sich zu bedanken, sprang Sibylla fort und ließ eine Anna zurück, die sich wehmütig an ihre eigene Jugend erinnert fühlte. Damals war sie ebenso erwartungsfroh und voller innerer Erregung zum Tanzboden gesprungen, um den Männern zu gefallen. Anna seufzte und machte sich hinter Sibylla her auf den Weg. Allein lassen durfte sie das junge Gemüse nicht. Sonst knospten womöglich die ersten Triebe, und die Pflanze schoss ins Kraut.
Anna kam gerade rechtzeitig, um zu beobachten, dass Sibylla wie versteinert auf der Schwelle zum Musikzimmer stand und der Laute lauschte, die der neue Hauslehrer angestimmt hatte. Sie hatte den Kopf leicht gehoben, die Brust herausgestreckt. Die ganze Gestalt strahlte. Der Musikus hatte sie noch nicht bemerkt, denn er spielte gedankenverloren weiter. Er stimmte und prüfte die Laute von Sibyllas Mutter. Erst als Anna Sibylla von hinten anstubste und in den Raum hineindrängte, dreh-

te sich der junge Mann um. Hastig sprang er auf. Notenblätter flatterten durch die Luft, ein Notenpult polterte zu Boden, und eine Tasche fiel um, aus der weitere Blätter auf das Parkett rutschten.
Sibylla hob ihre Hand zum Mund und kicherte.
»Ich … ich … äh … ich bin … äh … candidatus Julius Lapsus. Ihr äh … Euer …«
»Hoffentlich stellt Ihr Euch beim Unterricht geschickter an als bei der Begrüßung.« Sibyllas Mutter war zur gegenüberliegenden Tür eingetreten, besah sich das Ungeschick und hob die Brauen. Ihre Stimme klang schneidend. Trotz ihres zierlichen Wuchses wirkte sie groß, unnahbar und streng. Sibyllas Körper sackte regelrecht in sich zusammen, wurde unscheinbar neben dem der Mutter. Als verberge sich die Sonne, die sie eben noch beschienen hatte, hinter Wolken. »Kind, das ist Julius Sturzer. Kandidat der Theologie in Prag. Er wird den Sommer über in Augsburg wohnen und dir beibringen, was ein Mädchen wissen muss. Kandidat Sturzer, Ihr könnt beginnen – wenn Ihr das hier aufgeräumt habt. Anna wird Euch dabei helfen.« Dabei wedelte die Artztin mit der Hand über das Chaos hinweg, das der Kandidat hinterlassen hatte.
»Ja … äh … danke …«, murmelte er hinter der Hausherrin her, die sich umgedreht hatte und durch die Tür verschwand.
Auf der Schwelle hielt die Artztin kurz inne, als müsse sie überlegen. Mehr zu ihrer Tochter gewandt als zum Studenten ließ sie fallen, dass der Schwerpunkt des Unterrichts vor allem auf der Musik und auf den Benimmregeln sowie dem Tanz liegen solle. »Rhetorik wird der Kandidat vermutlich nicht unterrichten«, ergänzte sie spitz mit einem Blick auf den am Boden herumkriechenden Scholar.
Sobald die Tür zuschlug, prustete Sibylla los, und selbst Anna konnte sich nicht mehr halten.
»Macht Ihr das immer so, Julius Lapsus?«, kicherte Sibylla und musste sich in einen der Sessel setzen.

»Ent... äh ... entschuldigt. Aber ... aber ... man sagte mir ... sagte mir nicht, ... äh ... dass ich ein ...«
Sofort verstummte Sibyllas Gekicher. Ihre Augen verengten sich zu Schlitzen.
»... Mädchen unterrichten soll. Wolltet Ihr das sagen, Kandidat Sturzer? Meint Ihr, ein Mädchen solle sich nicht bilden? Seid Ihr dieser Überzeugung? Sagt etwas, meinetwegen stottert, wenn es denn sein muss. Doch glaubt nicht, nur weil ich eine junge Frau bin, hätte ich nicht das Zeug dazu, das zu lernen, was Ihr mich lehren könntet.«
Ihre Haare flammten feurig um den Kopf. Der Kandidat wich erschrocken vor so viel Kraft und Selbstbewusstsein zurück, seine Noten an die Brust gedrückt.
»Ja, ... äh ... dann.« Er nahm die Laute auf und reichte sie ihr. Seine eigene stand auf der anderen Seite des Sessels. »Beginnen wir mit der ersten Lektion, wie Euer Vater und ... äh ... Eure Mutter dies wünschten. Die Dame Musica ist die Grundlage jeglichen Lernens.«
Er lächelte verlegen, stellte sich neben Sibylla und zeigte ihr die richtige Haltung des Instruments. Dabei führte er ihr die Hand, hob ihren Arm, drückte das Instrument gegen ihre Brust und gewann mit fortschreitendem Unterricht an Sicherheit.
Mit Unbehagen sah Anna, wie Sibyllas Wangen anfingen, vor Aufregung zu glühen. Anna konnte es ihr nicht verdenken. Auch sie hätte den Jungen zweimal angesehen. Seine dunklen Locken, die er unter einer Mütze versteckte, fielen ihm ungezügelt über Stirn und Nacken. Seine schlanke Gestalt bewegte sich katzenartig, seine Bewegungen flossen regelrecht ineinander. Anna wartete oft auf, wenn im Haus hohe Gäste verköstigt wurden, aber eine solche Eleganz der Bewegungen hatte sie noch nie beobachtet. Als würde er tanzen. Das musste Sibylla die Röte ins Gesicht schießen lassen. Wie gut, dass sie keine Gedanken lesen konnte.
Dem jungen Scholaren schien es nicht anders zu gehen. Seine

Berührungen hier und Korrekturen dort waren ein gefährliches Spiel, das ihm jedoch Vergnügen zu bereiten schien. Zwar versuchten sich die beiden nicht in die Augen zu sehen, sie unterhielten sich dennoch angeregt in der Sprache der Körper. Anna schwankte zwischen ihrer Pflicht, dagegen einzuschreiten, und dem Wunsch, den beiden Kindern ihre unschuldigen Erfahrungen zu lassen. Sie hatte keineswegs Angst um Sibylla, sondern vielmehr um den eher tölpelhaften Scholaren. Es war schließlich nicht der erste Hauslehrer, den ihre kleine Hexe verschlissen hatte.

Anna ließ sich im Hintergrund auf ein Sofabänkchen nieder.

Sibylla machte es den Hauslehrern nicht leicht. Seit sie vor zwei Jahren von der Jenna, einer stadtweit bekannten Hübschlerin am helllichten Tag zurückgebracht worden war, wurde sie zu Hause unterrichtet. Der Hausherr und seine Gattin hatten damals von den frühen Morgenstunden, als sie das Fehlen des Mädchens bemerkt hatten, bis in den Nachmittag nach Sibylla suchen lassen. Die Aufregung hatte sich nur langsam gelegt, als die Jenna mit ihr an der Hand am Artzt'schen Anwesen aufgetaucht war.

Seither durfte Sibylla die Lateinschule nicht mehr besuchen, denn der Kerl, der sie bedroht hatte, konnte sie ausgespäht haben und womöglich noch irgendwo in der Stadt lauern. Entkommen war sie ihm nur, weil die Jenna sie von der Gasse in ihr Haus gezerrt und beschützt hatte. Andernfalls wäre sie dem Kerl in die Hände gefallen, den Sibylla niemals hatte beschreiben können. Anna vermutete, dass sie ihn nicht beschreiben wollte. Die Amme hatte eine dunkle Ahnung, wer hinter dem mysteriösen Ereignis gesteckt haben könnte.

Warum ausgerechnet die Hübschlerin Sibylla damals geholfen hatte und warum sie das Mädchen nicht sofort, sondern erst viele Stunden später nach Hause gebracht hatte – darüber schwieg sich Sibylla aus. Oder sie wusste es tatsächlich nicht.

Die Jenna hatte erzählt, sie hätte Sibylla von der Straße in die

Sicherheit ihres eigenen Hauses gezogen, nachdem sie vom Fenster aus gesehen hätte, wie die Kleine in panischer Angst die Gasse entlanggerannt wäre. Sie hätte dann die weinende Sibylla in ihr eigenes Bett gelegt, wo sie vor Erschöpfung eingeschlafen und erst am Nachmittag wieder aufgewacht wäre. Sibylla erzählte eine andere Geschichte, wenn sie von den Albträumen jener Nacht heimgesucht wurde. Seither jedenfalls hatte Anna das Mädchen auf Schritt und Tritt überwachen müssen. Sie durfte nur aus dem Haus, wenn es unbedingt nötig war, und langweilte sich grässlich. Dass sie sich an den Hauslehrern schadlos hielt, verwunderte Anna nicht.

Der Lautenunterricht endete. Sibylla erhielt Noten und die Aufgabe, ein Stück einzuüben. Die beiden setzten sich an einen Tisch, einander gegenüber. Auf ein Blatt Papier zeichnete der Scholar die Umrisse des Heiligen Römischen Reiches, trug darauf die Lage der wichtigsten Städte ein und ergänzte Flüsse sowie Nebenflüsse, Gebirgszüge, Seen und das Meer.

Anna war sich nicht sicher, ob Sibylla hörte, was der Scholar sagte. Sie wusste jedoch, dass der Klang seiner Stimme wirkte. Aus der Art und Weise, wie sich die beiden über den Tisch hin anhimmelten, schloss Anna, dass sie keine der Stunden versäumen durfte. Als Sibylla einen Flusslauf mit dem Finger nachzeichnete und dabei wie zufällig die Hand des Scholaren berührte, der wiederum vorgab, eben dort, wo Sibyllas Hand liege, sei eine bedeutende Stadt gegründet worden, griff Anna ein.

»Schluss für heute!«, rief sie und trat an den Tisch. Sie klatschte in die Hände und trieb die beiden auseinander. »Bevor ihr einander mit Blicken auffresst, lasst uns das Wichtigste auf den nächsten Tag verschieben. Es werden Zeiten kommen, in denen ihr euch langweilen werdet.«

Als sie in das Gesicht des Scholaren blickte, der eifrig fragte, wann er morgen wiederkommen dürfe, wusste sie, dass es zu spät war. Anna komplimentierte den Scholaren hinaus und

wandte sich dann Sibylla zu. Sie lehnte noch an der Durchgangstür, durch die Julius Lapsus entschwunden war.
»Schlag ihn dir aus dem Kopf, kleines Mädchen!«, begann sie.
»Ich bin kein kleines Mädchen mehr, Anna«, widersprach Sibylla energisch und bleckte die Zähne. »Es war gemein von dir, ihn wegzuschicken.«
Anna seufzte. »Ich musste ihn vor dir schützen, Sibylla. Das weißt du!«

KAPITEL 13 »Maximilian! Er hat es tatsächlich gewagt!« Jakob Fugger war die Erregung an den verpressten Lippen anzusehen, als er das Kontor betrat. Er gab die *niuwe Zeitung*, die Nachricht, die ihm ein Bote aus Innsbruck eben erst gereicht hatte, an seinen Bruder Georg weiter. »Ich lasse Ulrich holen. Wir sollten uns wappnen.«
Georg war aufgestanden und überflog rasch das Papier im Stehen. Es roch nach Pferd und Leder. Im Eiltempo wurden die Botschaften von speziellen Reitern in ihren Diensten zugestellt. Sie erhielten Nachrichten aus Rom, Venedig, Warschau; Innsbruck, Antwerpen – von überall. Schneller, sicherer und früher als jeder andere Kaufmann.
»Die Stafetten sind ihr Geld wert«, murmelte Georg nur. »Die Familie Vöhlin aus Memmingen, die Augsburger Gossembrot-Brüder und sogar unser Erzrivale Baumgartner.« Er schüttelte den Kopf. »Maximilian geht sie alle um Kredite an.«
Jakob öffnete die Tür und bat Monhart, den Bruder zu holen.
»Statt sich mit unserer großzügigen Unterstützung zufrieden zu geben, fällt er uns in den Rücken.« Jakob lachte hohl und bitter. »Maximilian will sich unabhängig machen, Georg. Will weg von unserem Geld. Als König fürchtet er die Abhängigkeit von den Fugger-Krediten. Sie engen ihn ein. Um Tirol zu kaufen, hat er uns benötigt, jetzt will er uns loswerden, indem er sich mit unseren Konkurrenten verbündet. Doch man wech-

selt seine Bank nicht, wie man die Schuhe wechselt. Das müssen wir Maximilian zu verstehen geben.« Jakob durchmaß mit erhobenem Kopf die Länge des Kontors. »Bevor Ulrich zu uns stößt, sollten wir über unser Vorgehen beraten. Ulrich ist zu zögerlich.« Jakob fühlte die Erregung, die die Botschaft in ihm ausgelöst hatte. Wie ein Prickeln und Kitzeln, das die Seiten entlang zog. Eine Flut von Gedanken bestürmte seinen Kopf. »Wir sollten Maximilian eine Lektion erteilen!«

Georg wurde blass.

»Dem König? Jakob. Wir dürfen die Kuh nicht reizen, an deren Euter wir hängen. Er benötigt uns, und wir benötigen ihn wie der Fisch das Wasser.«

Jakob schüttelte energisch den Kopf.

»Maximilian vermag nichts ohne uns. Er kann nichts und ist nichts. Das müssen wir ihm zeigen.« Seine Stimme klang hart.

»Maximilian ist unser Herr.«

Ein kaltes Lächeln zuckte um Jakobs Mund. Herren – Diener. Er war niemandes Diener und kannte nur einen einzigen Herrn: sich selbst.

»Nicht nur Ulrich – auch du bist zu furchtsam, zu zögerlich. Fast glaube ich, ihr seid keine Fugger. Wir haben auf unseren Vorteil zu sehen, und es ist mir herzlich egal, ob dabei ein König unter die Räder kommt oder ein Papst, solange es kein Fugger ist. Das Einzige, was ich fürchte, ist das Schicksal unserer Verwandten, der Fugger vom Reh. So wie ihre Unternehmung scheiterte, wird die Firma, in der ich etwas zu sagen habe, nicht enden.«

»Und wie soll eine Firma reagieren, in der ich etwas zu sagen habe?«

Ulrich hatte das Kontor betreten und den letzten Satz offenbar mitgehört. Jakob drehte sich ruhig zu ihm um.

»Sie soll so reagieren, dass die Antwort eines Fuggers eines Königs würdig ist. Wer das Boot verlässt, muss entweder schwimmen können oder untergehen.«

Ulrich, der sich kurz von Jakob berichten ließ und rasch die

Botschaft überflog, wiegte bedenklich den Kopf. »Wir werden ihm das Geld gewähren müssen. Ein Schnipsen mit dem Finger ...«, begann er vorsichtig.

»... und Maximilian von Gottes Gnaden kann sich nicht einmal mehr seine Huren leisten, die ihn in jeder Stadt erwarten«, fuhr Jakob dazwischen. Er schlug mit der flachen Hand auf den Tisch, so dass das Tintenfass hüpfte und die gespitzten Schreibfedern zu Boden prasselten. »Wer es wagt, den Fuggern in die Suppe zu spucken, soll an seinem eigenen Speichel ersticken. Ich kenne keine andere Obrigkeit als die Sicherheit der Familie und den jährlichen Profit, den meine Einlage in dieser Firma erwirtschaften muss.«

Ulrich spielte nervös mit seinen Fingern. Jakob konnte beinahe fühlen, wie er die Gedanken im Kopf hin und her wälzte. Zudem beschäftigte den Bruder sein, Jakobs, Zornesausbruch, der so untypisch für ihn war. Nur so konnte er den Bruder überzeugen.

»Außerdem«, Jakob beugte sich vor und sah Ulrich ins Gesicht. Der lächelte ihn unsicher an. Aus Ulrichs Blick sprach der biedere Weber, der sein Vater gewesen war. »Außerdem stört er meine Kreise. Keinem Herzog, keinem König ist es erlaubt, die Geschäfte der Familie Fugger zu durchkreuzen. Wir sind die Politik dieses Reiches. Kaisern, Königen, Herzögen wären längst die Hände gebunden, könnten sie uns Kaufherren nicht unentwegt in die Taschen greifen.« Er hielt kurz inne, um Luft zu holen. »Sie glauben, sie leiten uns, dabei werden sie von uns geleitet. Die Könige denken nur an das Land, das sie regieren. Wir Kaufleute denken längst über alle Grenzen hinweg.«

»Kaiser Friedrich ist zum Sterben krank«, mischte sich Georg in das Gespräch ein. »Es geht mit ihm zu Ende. Man weiß nicht, ob er dieses Jahr stirbt oder das nächste oder übernächste.«

»Umso wichtiger ist, dass Maximilian seine Lektion schnell lernt. Was ist seine Politik wert, wenn kein Fugger'sches Geld dahinter steht? Nichts. Wir Kaufleute sind das Reich!«

Jakobs Augen funkelten. In seinem Gesicht zuckte kein Muskel. Seine Gesichtshaut spannte sich an, als wäre sie aus Stein geschnitten.

»Wie willst du ihm Mores beibringen, Bruder?«, fragte Georg leise.

Ebenso leise, beinahe im Flüsterton eröffnete er den Brüdern seinen Plan. Er las ihn aus seinem Inneren ab, hatte selbst so lange keine rechte Vorstellung davon, bis ihm die Idee über die Lippen trat.

»Wir ziehen uns aus dem Silbergeschäft zurück.« Er lachte. »Kündigen an, alles zu Geld zu machen, unsere Unterstützungen für die Bergwerke zu streichen, die Kredite einzufordern. Wir schließen die Gruben, entlassen die Bergleute. Das treibt halb Tirol in den Ruin. Niemand kann den teuren Abbau mehr finanzieren. Und zuletzt – gewähren wir dem König selbst keinen Kredit mehr.«

Ulrich setzte sich, blass im Gesicht.

»Das ist eine Kriegserklärung.«

»Natürlich. Die Waffen bestehen aus blanken Gulden und Silberpfennigen. Nicht die Gossembrot und schon gar der Baumgartner können in der kurzen Zeit so viel Geld aufbringen wie wir Fugger, um Maximilian beizuspringen.«

Ulrich lehnte sich in seinem Sessel zurück. Er wippte, hatte sich wieder erholt, denn die Blässe war aus dem Gesicht gewichen. Die Familie Fugger diktierte die Menge Silber, die in Hall zu Münzen geschlagen wurde, sie diktierte, wie viel Silber nach Venedig ausgeführt wurde, sie diktierte, wie schnell die Gruben ausgeschürft wurden, sie war es, die letztlich die Preise bestimmte und damit die Gewinne.

In ruhigem Ton versuchte Jakob den Brüdern die Zusammenhänge zu erklären. Er schritt durch den Raum, schrieb Blätter voll, holte die Tiroler Karten aus dem Schrank und heftete sie an die Wand mit den Schüben, erläuterte, verdeutlichte und rechnete.

Ulrichs müder Blick zeigte deutlich, dass er diesem Taktieren und Brüten, diesem Halten und Ziehen keine rechte Freude abzugewinnen vermochte.

Doch Georg hatte Feuer gefangen. »Maximilian wird zu Kreuze kriechen müssen bei den Fuggern«, unterbrach ihn Georg. Seine Wangen glühten.

Amüsiert musterte Jakob den Bruder. Er ging zu einem der Schübe, zog ihn auf und holte eine Kladde hervor. Georg nickte. Offensichtlich hatte er denselben Gedanken erwogen.

»Maximilians Reichsführung bezieht Geld von den Fuggern: Andreas von Liechtenstein steht auf unserer Gehaltsliste, ebenso wie Hans Peter Graf zu Moosach, Jörg von Eberstein, Christoph Sigmund von Welsperg. Alles persönliche Berater Maximilians mit Einfluss und Gewicht. Maximilian könnte keinem von ihnen auch nur einen Gulden bezahlen. Sie werden erschrecken, wenn das Fugger'sche Geld nur einen Tag später eintrifft, als sie es die letzten Jahre gewohnt waren. Die Fugger'sche Pünktlichkeit ist sprichwörtlich – und ihr Stocken wird schmerzlich fühlbar werden.«

»Sie werden sich Sorgen machen. Gleichzeitig wird im Fugger'schen Handelshaus niemand zu erreichen oder zu sprechen sein, der auf ihre drängenden Fragen, wo denn die Gulden blieben, eine Antwort weiß!« Georg lachte lauthals.

»Gerüchte werden die Runde machen«, spann Jakob den Faden weiter, »dass die Fugger mit dem Gedanken spielen, sich aus dem Tirol zurückzuziehen.«

»Seine Berater werden Maximilian bedrängen.« Sogar Ulrich spielte mit.

»Maximilian wird sich zurückgesetzt fühlen, weil er plötzlich erkennen muss, dass er der Einzige in seiner Umgebung ist, der keine regelmäßigen Apanagen aus dem Fugger'schen Hause erhalten hat«, ergänzte Jakob schließlich, um der Spekulation ein Ende zu setzen. Er machte eine Pause. Diese Gedanken sollten sich setzen. »Dabei dürfen wir nicht stehen bleiben. Das sind

Sandkastenspiele für kleine Kinder. Mein Ziel …«, endete Jakob seine Ausführungen und zog gleichzeitig seinen letzten Trumpf aus dem Ärmel, »ist ohnehin ein ganz anderes.«

»Ich hätte es mir denken können«, stöhnte Ulrich.

Jakob sah den beiden Brüdern in die Augen. Er presste die Lippen zu schmalen Strichen zusammen. Sie wirkten wie eine Naht, denn die kleinen Risse, die quer zu den Lippen verliefen, teilten sie in feine Sequenzen. Wenn er den Mund öffnete, war zu befürchten, dass sie zerfaserten.

»Maximilian wird es nicht gern sehen, aber er braucht Geld für den Ungarnfeldzug. Wenn er reumütig zu seiner Hausbank zurückkehrt, werden wir uns gnädig erweisen. Wir werden ihm die Gelder leihen – und dafür weitere Minenrechte einhandeln!«

»Minenrechte? Es gibt keine Silberminen mehr, die sich mit denen Tirols messen ließen.«

Jakob Fuggers Lächeln bestand aus einem einfachen Ziehen der Mundwinkel, die seine Lippen noch schmaler erscheinen ließen.

»Ich spreche nicht von Silber. Ich rede von Kupfer. Ungarischem Kupfer. Den größten Kupfervorkommen Europas.«

KAPITEL 14 Sibylla fühlte sich wie auf einem Wochenmarkt, nur dass die Käufer vor ihr saßen und sie selbst die Ware spielte. Verpackt in eine Mischung aus Linnen und Seide, geschmückt mit bunten Bändern.

Sie saß auf einem Stuhl, spielte die Laute und sang dazu, während ihr die Augsburger Junggesellen interessierte Blicke zuwarfen. Dabei musterte sie die Zuhörer.

»Die Augsburgischen Jungfrauen
lassen sich wahrlich beschauen,
sind holdselig von Angesicht
und mit Gebärden wohl abgericht!«

Es war wie der Sklavenmarkt in Venedig, von dem ihr Julius Lapsus, der Scholar, einmal erzählt hatte. Dort sollten die dunkelhäutigen Sklaven, die von arabischen Händlern angeboten wurden, begutachtet werden, wie man Feldfrüchte prüfte und Äpfel drückte.

So ähnlich fühlte sie sich jetzt auch. Sie spürte das kalte Metall ihres Amuletts auf der Haut zwischen ihren Brüsten. Es war wie eine eisige Hand, die sie dort berührte.

Als sie das Lied beendet hatte, klatschten die Zuhörer. Sibylla hörte heraus, dass ihnen der Vortrag unwichtig gewesen war. Die Mütter interessierte nur der Vergleich. Wie schnitt ihre Tochter gegenüber den anderen ab. Die anwesenden Junggesellen interessierten vor allem das Aussehen und die Gesundheit der Mädchen, und die Väter unterhielten sich allein über Mitgift und lukrative Verbindungen. Heimlich natürlich. All das wurde unter den Begriff Tanz gestellt und zum Vergnügen erklärt. Für Sibylla war es die Hölle. Sie hatte das Gefühl, als würden die Blicke sie entkleiden und das Lächeln, das ihr von allen Seiten geschenkt wurde, an Stellen berühren, an die sie nicht einmal denken durfte.

»Ihr seid eine Blume geworden, Sibylla«, sprach Konrad Rehlinger sie an und holte sie aus ihren Überlegungen. »Aber Euer Gesichtsausdruck sagt mir, dass Ihr düsteren Gedanken nachhängt. Das verunstaltet Euer makelloses Antlitz. Ich kann mir wirklich nicht vorstellen, welche Sorgen Euch plagen könnten.«

Sibylla mochte den jungen Rehlinger. Sie fühlte sich ihm, der ihr das Pfeifen beigebracht oder ihr Flugblätter mitgebracht hatte, seltsam vertraut. Bis heute hatte er niemandem verraten, wie er Sibylla damals in der Lechstadt überrascht hatte. Aus dem schlaksigen, hoch aufgeschossenen Bub war ein stattlicher Mann geworden, galant und höflich. Nur sein Spott war genauso beißend wie früher, und in der letzten Zeit hatte er sich zum selben Frauenverächter entwickelt wie alle hier im Saal.

»Nun«, antwortete sie schnippisch, »denkt nach, was mich plagen könnte. Wenn Ihr zu einem Schluss gekommen seid, lasst es mich wissen, Konrad.«

Sie drehte sich um und trug die Laute zum hinteren Musikzimmer. Konrad Rehlinger wich ihr nicht von der Seite.

»Ich könnte es mir denken, Jungfer Artzt.«

»So«, sagte sie, ohne ihn anzusehen. Sie raffte ihren Rock und trippelte zum Nebenraum. »Denken könnt Ihr also auch. Ich gratuliere.«

»Euer spitzes Mundwerk ist berühmt, Jungfer Artzt. Man spricht darüber.«

»Besser, als darüber zu schweigen. Wollt Ihr mir jetzt erzählen, was Eure Denkanstrengung ergeben hat? Es interessiert mich.«

Als sie die Tür aufziehen wollte, schnitt ihr Konrad Rehlinger den Weg ab und lehnte sich mit seinem ganzen Gewicht dagegen.

»Ich weiß, woher Euer Medaillon stammt, Sibylla.«

Sie griff unwillkürlich mit der Hand nach dem Amulett. Seit sie den Anhänger mit dem Kettchen aus dem Elsternnest geholt hatte, hing er um ihren Hals.

Er sah sie an, lächelte spöttisch, pfiff ein kleines Motiv, das für Sibylla und ihn Erkennungsmelodie gewesen war, wenn er auf der Mauer im Garten auf sie gewartet hatte, und wandte sich wieder dem Saal zu, ohne sich weiter um sie zu kümmern. Er mischte sich unter die Gäste, redete mit diesem, klopfte jenem auf die Schultern, lachte mit einem dritten. Sibyllas Herz machte einen Sprung vor Aufregung. Sie folgte Konrad mit den Augen. Er war nicht so eintönig wie die anderen Laffen. Er redete nicht über das Geschäft, über das Geld, das die Väter verdienten oder ausgaben, nicht über die Unterhaltungen in der Herrenstube oder die Versammlungen der Mehrer des Rats. Sie musste lächeln, denn sie wusste genau, dass Konrad sie nur hatte neugierig machen wollen, damit sie ihn irgendwann an

diesem Nachmittag wieder ansprach. Er kannte ihren Hunger nach Neuigkeiten.
Sibylla öffnete die Tür und betrat den Raum, der an den Festsaal grenzte. Sie stellte die Laute neben einen Tisch in der Raummitte. Sie mochte über den Rehlinger lachen, sein Gesicht ging ihr nicht aus dem Kopf.
Sie strich ihr Kleid glatt, fuhr mit der Hand über ihre Brüste. Ein Geräusch ließ sie herumfahren. Hinter ihr stand Konrad. Ihre Knie zitterten. Sie musste sich am Tisch festhalten und rang nach Luft. Ein Schluckauf befiel sie, so hatte sie sich erschreckt.
»Kon-rad«, hickste sie und hielt dabei die Hand vor den Mund. »Was tut – Ihr hier? Wo kommt Ihr her?«
»Durch die Tapetentür dort!«, sagte Konrad und deutete auf einen halb verborgenen Eingang hinter einem Regal, der offen stand. »Ich wollte Euch das Ergebnis meiner Überlegungen mitteilen, Sibylla.«
Er trat so nahe an sie heran, dass ihre Brustspitzen sein Wams berührten. Er war einen guten Kopf größer als sie und blickte von oben auf sie herab. Sibylla musste den Kopf in den Nacken legen und sah in seine Nasenlöcher, sah die Härchen dort, hörte, wie er durch die Nase einatmete.
»W-as wollt Ihr? Lasst m-ich durch.«
Plötzlich hatte er ihre Hand in der seinen, führte sie zum Mund.
»Ihr seid so schön, Sibylla«, hauchte er. Seine Stimme zitterte. Sibylla fuhr es heiß in die Wangen. Sie waren allein. Niemand draußen vermisste sie. Unwillkürlich maß sie die Entfernung zur Tür.
»Ihr w-agt viel, Kon-rad.« Sie verfluchte ihren lästigen Schluckauf.
»Nur so viel, wie Ihr mir gewährt«, flüsterte er und zog Sibylla an der Hand in eine Ecke neben der Tür. Dort stand ein Kachelofen, der im Sommer nicht angeheizt wurde. Dahinter waren sie bei-

nahe vor allen Blicken verborgen. Sibylla ließ sich willig mitziehen. Sie wollte wissen, was Konrad von ihr wollte. Seine Hände begannen zu wandern, strichen ihr übers Haar, über die Schultern, die Seiten hinab. Ihr Schluckauf besserte sich ein wenig. Konrads Lippen legten sich auf ihren Hals. Sie spürte seine Zunge, die feuchte Schneckenspuren darauf hinterließ. Es kitzelte. Sibylla musste lachen, zuckte zurück. Ihr Schluckauf war vorüber.
»Ihr habt in Italien einiges gelernt«, entfuhr es ihr. Sogleich bedauerte sie ihre Lust am Spott, denn Konrad sah sie mit Augen an, die sie verzehrten.
»Mehr als Ihr Euch vorstellen könnt«, flüsterte er und senkte seinen Mund auf ihren Hals herab. Langsam wich er auf ihren Brustansatz aus und tastete sich von dort vorsichtig tiefer, begann mit seiner rechten Hand ihre Brust nach oben zu schieben. Sie spürte seine Lippen auf ihrer Haut. Sibylla fühlte ein angenehmes Kribbeln.
»Ich sollte zurück in den Festsaal, Konrad«, flüsterte sie und wollte sich von ihm losmachen.
»Sie vermissen Euch nicht«, hauchte er nur und küsste sie auf eine Brust. Seine Hand wanderte weiter, strich über ihren Bauch, glitt hinab zwischen ihre Beine. Nur der Stoff des Rocks verhinderte, dass er weiter vordrang. Sibylla war die Berührung angenehm und erschreckend. Nicht einmal sie selbst durfte sich hier berühren, hatten Anna und ihre Mutter ihr eingebläut. Nur am Wochenende, wenn sie sich säuberte oder wenn ihre Tage einsetzten, durfte sie sich mit einem Tuch dort waschen. Und jetzt berührte sie Konrad – und sie empfand es als angenehm. Ein Prickeln ging davon aus, ein Kitzeln, so dass ihr ganz schwindlig wurde.
»Was macht Ihr?«, flüsterte sie und lehnte ihren Kopf gegen seine Schulter, weil sie nicht wollte, dass er seine Hand dort wegnahm. Sie versuchte sogar mit den Beinen nicht so eng zu stehen. So konnte er tiefer greifen. Ein unterdrücktes Stöhnen entfuhr ihrem Mund.

»Sibylla!«
Sie schreckte aus einem Traum. Konrad fuhr hoch und schlug sich den Kopf an den Kacheln des Ofens. Ein mattes Knirschen blieb Sibylla im Ohr. Sie stieß Konrad zurück.
»Was macht Ihr da?«, fauchte sie ihn geistesgegenwärtig an, bevor er zu sich kam. Sie stürzte aus der Lücke und lief ihrer Mutter in die Arme.
»Ma-ma, Ma-ma!«, stotterte sie. »Er hat … ich weiß nicht … so plötzlich …«
Die Artztin drückte ihre Tochter an sich. Sibylla ließ sich in ihre Arme fallen, seufzte, als wäre die Mutter in letzter Sekunde erschienen, um sie zu retten. Sibylla fühlte den Stoff ihres Kleides noch zwischen den Beinen. Konrad Rehlinger hatte ihn so weit dazwischengeschoben, dass die Schenkel ihn hielten.
»Konrad!«, keuchte die Artztin. »Ihr solltet Euch etwas schämen. Dass Ihr nicht wieder versucht, Euch meiner Tochter zu nähern. Sonst sehe ich mich gezwungen, Euch von den Stadtschergen holen und in den Turm werfen zu lassen. Kennt Ihr keinen Anstand? Habt Ihr kein Gefühl? Ein …«, hier zögerte sie, und Sibylla registrierte genau, dass die Mutter nicht glaubte, was sie sagte, »… ein anständiges Mädchen so zu … zu … brüskieren! Hinaus!«
Die Artztin drehte sich um und wies mit gestrecktem Arm zur Tür. Konrad verbeugte sich und verließ den Raum in Richtung Tanzsaal. Die Empörung von Sibyllas Mutter war schlecht gespielt.
Kaum war die Tür geschlossen, als die Mutter Sibylla von sich stieß und ihr eine Ohrfeige verpasste. Schwere Damastvorhänge verdunkelten das Zimmer und verbargen die Mienen. Sibylla stiegen die Tränen in die Augen, und ihre Wange brannte, als hätten die fünf Finger ein Feuer entzündet. In diesem Augenblick hasste sie ihre Mutter. Konrads Geruch lag noch in der Luft. Sibylla vermied es, die Artztin anzublicken, und sah stur zur Seite. Plötzlich huschte ein Schatten zur Tapetentür beim

Regal herein und verharrte. Im Halbdunkel konnte sie Konrads Silhouette erkennen. Sibylla kämpfte mit sich, um nicht loszuheulen. Dieser Demütigung würde sie sich nicht aussetzen.
Die Artztin sagte nichts, musterte Sibylla nur vom Scheitel bis zur Sohle und blieb bei der Falte im Schritt stehen. Ihre Mundwinkel zuckten nach unten. Auf dem Rand ihrer Haube zeigten sich Schweißperlen. Mit einem Handgriff nahm sie den Stoff des Rockes und zog ihn glatt. Sibylla senkte den Kopf. Es war das Beste, nichts zu sagen. Sie sah an sich hinunter, wo eben noch die Falte zwischen ihren Beinen geklafft hatte. Das Pochen, das Konrads Hand dort ausgelöst hatte, war noch nicht abgeebbt. Sie hatte sogar das Gefühl, als würde es sich verstärken, je länger sie so stand und die Beine zusammenpresste.
»Wenn deine Unschuld dahin ist, werden sie dich in die Gosse werfen zu dem Lebzelter und all dem Gesindel, das die Reichstage in die Stadt spült. Überleg dir, ob du für jeden zu haben sein willst oder für den einen, der dir ein Leben in sorglosem Reichtum gewährt.« Die Artztin drehte sich um und verließ das Zimmer durch den nächsten Ausgang. Auf der Schwelle befahl sie ihr: »Du gehst zurück in den Tanzsaal, lächelst ein wenig, und dann wird dir unwohl werden. Selbst vom jungen Rehlinger wirst du dich verabschieden. Ich erwarte dich zu Hause.«
Die Tür schlug zu. Sibylla stand etwas unschlüssig. »Eure Mutter hat Temperament!«, lachte es aus der Ecke des Zimmers. »Ihr solltet vorsichtiger sein. Mütter können richtig aufbrausen.«
Konrad Rehlinger trat aus der Tapetentür neben dem Regal.
»Was wollt Ihr schon wieder, Ihr Unhold?« Auch Sibylla lachte leise.
Langsam schlenderte er auf sie zu. Sibylla blieb, wo sie war. Sein Blick bannte sie regelrecht, seine Augen glänzten. Und diesmal fand sie nicht nur Feuer darin, sondern noch etwas, was sie nicht recht einzuordnen wusste. So hatte sie noch kein Mann angesehen.
In den Saal würde sie nicht mehr zurückkehren. Ihre Wange

glühte. Jeder würde die Finger der Mutter darauf sehen, alle würden wissen, dass etwas Unschickliches geschehen war.
Konrad Rehlinger hob ihr Kinn mit der Hand an, drehte ihren Kopf zur Seite, um die Wange zu betrachten. Dann küsste er sie sanft und trat so dicht an Sibylla heran, dass sie glaubte, sie müsse nach hinten kippen. Aber Konrad Rehlinger nahm sie in den Arm und drückte sie an sich. Ihr Atem beschleunigte sich. Ein wunderbar wohliges Gefühl breitete sich aus. Seine Hände berührten sie diesmal zart wie Schmetterlingsflügel.
»Ihr wolltet mir sagen, woher Ihr das Amulett kennt«, flüsterte sie ihm ins Ohr und schloss die Augen.
»Später«, antwortete Konrad Rehlinger.

KAPITEL 15

»Öffnet das Tor! Sonst brechen wir es auf! Wir wollen den Fugger!«
Fäuste wummerten gegen die Eichenbohlen. Stimmen grölten.
Jakob war sofort hellwach. Kurz musste er sich orientieren. Er lag in Gastein in der Herberge. Rasch sprang Jakob aus dem Bett, schlüpfte in Hose und Wams und gürtete sich Messer und Degen um. Durch das schmale Fenster unterm Dach drang matter Mondschein. Dem Gestirn nach zu urteilen, musste es den frühen Morgenstunden entgegengehen. Im Haus unten polterte es weiter gegen die Tür, bis der Hausherr Freilicher den ungebetenen nächtlichen Gästen missmutig entgegenbrummte.
»Was wollt ihr, Männer? Geht nach Hause! Schlaft euch aus, bevor ihr wieder in den Berg müsst. Und jetzt lasst uns in Ruh.«
»Nichts lassen wir, Freilicher. Wir wollen den Fugger, den Hund!«
»Lasst's den Herrn schlafen, in Gottes Namen!«
»Er lässt uns nicht schlafen. Raus mit ihm!«
Jakob lauschte dem Gespräch eine Weile. Die Hochstimmung, mit der er eingeschlafen war, war verflogen. Die Männer unten

wollten ihn. Er trat ans Fenster, öffnete vorsichtig die Läden und spähte nach unten. Er konnte in der Dunkelheit nur das schwere Atmen der Männer vernehmen, jedoch nichts erkennen.

»Dort, dort ist er. Am Fenster!«, heulte eine Stimme auf. »An den Baum mit ihm!«

Jakob trat ins Zimmer zurück. Keinen Augenblick zu früh, denn ein Stein sauste durch das Fenster und schlug gegen die Wand. Jetzt war draußen kein Halten mehr. Holz splitterte. Die Männer hatten die Tür eingeschlagen. Schwere Schuhe polterten in die Stube. Jakob schätzte die Gruppe auf fünf Männer, vielleicht sechs.

Rasch schlüpfte er aus dem Zimmer. Auf dem Flur herrschte die Finsternis der Hölle. Wenn er sich richtig erinnerte, dann lagen rechts von ihm je zwei weitere Zimmer links und rechts des Gangs, der jedoch blind endete. Nur die eine Treppe führte hinab in die Stube, den Schankraum und hinaus.

»Licht«, grölte es von unten. »Bring Licht, Freilicher!«

Jakob hörte die Beschwichtigungen des Wirts, wusste jedoch, dass sich Männer in dieser Stimmung von nichts und niemandem aufhalten ließen. Seine Zunge lag wie in Stein zwischen den Zähnen, weil er durch den offenen Mund atmete. Schnell und unregelmäßig. Er hatte Angst. Zum ersten Mal in seinem Leben hatte er wirklich Angst.

Bevor er auch nur einen Gedanken fassen konnte, stürmten die Männer die Treppe hinauf. In ihrer Eile löschten sie das Licht der Kerze, die der Vorderste in Händen gehalten hatte. Sie fluchten, weil die plötzliche Dunkelheit sie überraschte. Jakob drückte sich in die Türöffnung gegenüber. Die Männer standen jetzt keine Handbreit von ihm entfernt. Er roch Metall, Leder, das Fett, mit dem sie sich die Haare glätteten. Sie hatten Hämmer dabei, denn mit einem Schlag zerbrach die Tür vor ihm, und die Männer stürmten in das Zimmer, in dem er eben noch gelegen hatte.

Jakob nutzte den Augenblick und huschte zum Treppenabsatz und wollte nach unten. Auf halber Treppe hielt er inne.

»Wohin so eilig, Fugger? Wolltet Ihr das Haus so schnell verlassen, wie Ihr das Silber aus dem Tirol schafft?«

Im schalen Licht einer zweiten Kerze stand am Fuß der Treppe der Köhler Adi, den Jakob kannte, ein Hauer, der im Berg arbeitete. Er stammte aus dem Ort, aus Gastein. Breitbeinig stand er da, seine Haue in beiden Händen, und grinste ihn mit lückenhaften Zähnen an.

Es gab kein Zurück.

»Was wollt ihr von mir?«, versuchte Jakob zu sagen, doch seine Stimme gehorchte ihm nur schwer. »Man überfällt Menschen nicht mitten in der Nacht und droht ihnen den Galgen an.« Die Worte schepperten wie der Wagen, mit dem die Bergleute das Erzgestein aus der Grube zogen.

»Menschen nicht, da habt Ihr Recht, einen Fugger schon!«, tönte es vom Kopf der Treppe herab. Die Männer hatten sein leeres Zimmer durchsucht und standen ihm jetzt im Rücken. Jakobs Gedanken flogen: Sollte er zum Degen greifen? Sich auf einen Kampf einlassen? Die Hauer waren ihm körperlich überlegen. Einen würde er bezwingen können, womöglich einen zweiten, doch dann würden sie ihn überwältigen.

Langsam stieg er die Treppe hinab, überblickte den Raum. Am Schanktisch kauerte Freilicher, hielt sich die Seite und den Kopf. Als er Fugger ansah, konnte Jakob ein blutunterlaufenes Auge erkennen. Sie hatten ihn geschlagen.

»Ich frage Euch nochmals, Köhler, was Ihr von mir wollt? Meinen Tod? Der wird nichts ändern.«

»Es wäre eine Plage weniger.«

Jakob hatte den Hauer in seiner Bergkluft beinahe erreicht, als dieser den Hammer schwang und vor seinen Füßen in die Treppe krachen ließ. Wäre Jakob nicht im letzten Moment zurückgesprungen, hätte der Mann ihm den Fuß zertrümmert. Gelächter von oben begleitete die Attacke.

Jetzt wurde es Jakob zu bunt. Einschüchtern lassen wollte er sich nicht. Wenn sie den Streit haben wollten, sollten sie ihn bekommen. Ein Fugger verkaufte sich teuer.

»Seid Ihr von allen guten Geistern verlassen, Köhler?«

»Viele gute Geister sind es nicht mehr, die in mir wohnen. Das Geschrei der Kinder hat sie vertrieben. Sie hungern, Fugger. Euretwegen, weil Ihr das Silber aus dem Land schafft und die Lebensmittel und die kleinen Dinge unseres Lebens verteuert.«

Jakob schwieg. Jedes Wort war überflüssig. Er wusste selbst, dass der Mann Recht hatte. Keiner der Bergknappen konnte diese Preise auf Dauer bezahlen und die Gruben weiter betreiben. Hinzu kam die Konkurrenz aus Oberitalien und Schwaz.

»Das ist kein Grund, einen Menschen zu töten.«

»Wenn das keiner ist, dann nennt mir einen«, tönte es forsch von oben herab. Jakob hatte die Männer hinter ihm fast vergessen. Jetzt kamen sie langsam die Treppe herunter. In ihre Hände klatschten die Stiele der Hauen.

»Wenn ihr meint«, keuchte Jakob. »Dann wird zumindest eine von euren Familien ganz in der Gosse landen, weil ihr Ernährer tot ist.«

Mit einer fließenden Bewegung zog er seinen Degen und nahm das Messer in die andere Hand. Mit vorgestreckter Waffe sprang er die letzten Stufen hinab und trieb den Köhler Adi vor sich her. Der trat, vom Widerstand Jakobs überrascht, torkelnd einen Schritt zurück und gab den Weg frei. Jakob schlüpfte durch die Lücke. Nie hätte er erwartet, den Hauer so plump und unbeholfen zu erleben. Zwar hatte er selbst kaum Übung mit der Waffe, doch gegen den Wortführer der Hauer war er geradezu geschmeidig. Die Spitze von Jakobs Degen zielte auf den Hals des Bergmanns. Hoffentlich sah er nicht, wie sehr seine Hand vor Angst zitterte.

Vier Männer polterten die Treppe hinab und versammelten sich um ihn. Jeder hielt in der Hand einen schweren Hammer. Wenn einer von ihnen jetzt einen Schritt vortrat oder das Werkzeug schwang, dann war alles hinfällig, was er in den letzten Jahren versucht hatte aufzubauen. Alles wäre verdorben. Er musste Stärke zeigen, musste diesen Kampf gewinnen. Auch um den Preis eines Lebens.

»Rührt euch nicht von der Stelle!«, fauchte Jakob. »Ein Schritt in meine Richtung, und ich schlage dem Köhler Adi den Hals ab.«

Die Männer, allesamt gestandene Bergleute, die tagtäglich dem Tod mehrmals ins Auge blickten, verhielten sich ruhig. Sie grinsten schief, wollten nicht glauben, dass ihnen die Überraschung nicht gelungen war.

»Und jetzt legt ihr alle eure Hämmer aus der Hand. Sofort!«

Jakob ließ seine Waffe durch die Luft blitzen und ritzte, eher zufällig, dem Hauer vor ihm den Hals, so dass dieser scharf die Luft einzog.

»Tut, was er sagt!«, herrschte der Köhler seine Männer an.

Dann ging alles sehr schnell. Die Männer bückten sich, legten ihre Hämmer auf den Boden. Plötzlich nahm Jakob eine Bewegung wahr, als würde der stiernackige Kerl links von ihm ausrutschen. Kurz zuckte sein Kopf zu ihm, da prellte bereits der Schlag eines Hammers gegen seinen Degen. Der Köhler Adi hatte zugeschlagen, weil Jakob kurz unaufmerksam gewesen war. Gleichzeitig sauste ein Hammer über den Boden, angeschoben vom Fuß des Mannes rechts, und traf sein Bein. Jakob zuckte, knickte ein, und dann waren sie über ihm, die schweren Männer in ihrem speckigen Leder, schlugen auf ihn ein, traten ihn mit Füßen, schlugen ihre Fäuste, die härter waren als ihre Hämmer, gegen Schädel, Wangen, Augen. Jakob sah ein Bild vor seinen Augen, sah sich in einem Kahn sitzen und untergehen, doch noch war er am Leben, noch konnte er schwimmen.

Wild schlug er zurück, hieb mit seinem Messer in die Luft, bis er auf Widerstand stieß, wehrte sich verzweifelt, und plötzlich zogen sich die Männer zurück, ebenso schnell, wie sie auf ihn losgestürzt waren. Vor Jakobs Augen sirrten die Farben, seine Ohren brummten – und doch drang ein Stöhnen, ein Röcheln durch den Lärm und übertönte ihn.

Jakob versuchte sich aufzurichten, schaffte es jedoch nur auf alle viere. Wie ein geprügelter Hund stand er auf Händen und Füßen über einem Körper, der sich wand. Er fühlte in seiner Linken das Messer, das er immer noch umklammert hielt. Langsam löste sich der Schleier vor seinen Augen.

Der Köhler Adi lag vor ihm. Im Arm und am Oberschenkel klafften Schnittwunden, aus denen Blut strömte.

»Ich habe Euch gewarnt!«, stotterte Jakob und versuchte seine Stimme kühl klingen zu lassen, was ihm misslang. Das Gesicht brannte höllisch, und seine Seite fühlte sich an, als wäre eine Herde Pferde darüber galoppiert. »Nehmt ihn mit«, keuchte er und blickte von unten in die entsetzten Gesichter der Hauer. »Ich hatte euch gewarnt!«

Er schluckte und spürte einen metallischen Geschmack im Mund. »Bringt ihn zu einem Chirurgicus. Er soll ihm die Schnitte nähen. Ich komme für die Kosten auf.«

Jakob wusste, dass es für den Köhler den Ruin bedeutete, denn mit diesen Verletzungen konnte er nicht in den Berg, die Schulden würden sich auftürmen, und er würde daran ersticken, weil das Gestein nicht hergab, was er brauchte, um den Ausfall auszugleichen.

Die Männer, ihres Anführers beraubt, sahen sich betreten an. Dann zerrten sie den Köhler unter ihm hervor und beeilten sich, aus der Stube zu kommen. Sie liefen fast, ein ganzer Schwarm schlechten Gewissens.

Jakob ließ den Kopf sinken, schnaufte durch, atmete flach.

Mit leiser Stimme rief er nach dem Wirt. »Bringt mich auf mein Zimmer. Und schickt das Frühstück nach oben. Ich muss mich ausruhen!«

In der Stille seiner Kammer beugte er sich über die Waschschüssel, hielt die Luft an, drückte sein Gesicht ins eisige Wasser und

kühlte die zerschlagenen Stellen. Sein ganzer Kopf glühte. Als er sich mit dem sauberen Leinen abtrocknete, bemerkte er Haspel und Ring auf dem Gewebe, das Fuggerzeichen.
Er legte sich mitsamt der Kleidung aufs Bett, aber an Schlaf war nicht mehr zu denken. Im Fenster flackerte der erste Tag. Die letzten Sterne verblassten.
Jakob sah die Hauer vor sich, wie sie die Hämmer schwangen. Er hatte Glück gehabt, dass die Männer so harmlos gewesen waren.
Im Grunde waren sie regelrechte Schafe, kreuzbrav und ehrlich, nur von der Situation verblendet. Sie erkannten nicht die Notwendigkeiten seines Tuns. Die Gasteiger Stollen würden geschlossen werden. Nicht übers Jahr, doch mehr als zwei Sommer gab er dem Berg nicht mehr. Dann war er erschöpft, dann versiegte das Erz.
Er, der Kaufmann, würde sich zurückziehen, sein Geld an anderer Stelle arbeiten lassen, in Tirol, in Ungarn, würde statt mit Silber mit Kupfer handeln. Die Männer jedoch waren hier geboren, mussten bleiben. Ihre Familien würden verarmen, hungern ... Jakob schloss erschöpft und zerschlagen die Augen. Er verbot sich solche Gedanken. Kaufleute durften nicht an die Menschen denken.

KAPITEL 16 »Wo, Anna?«

Die Büßerglocke wummerte vom Stadtturm herüber.
»Vor dem Wertachbrucker Tor. Dort soll der Lebzelter hingerichtet werden«, sagte Anna leise. Sie wollte nicht, dass sie jemand hörte.
»Hat er das Kuchengewicht unterschritten?«, fragte Sibylla weiter. In ihrer Stimme hockte eine zynische Schärfe. »Hat er zu wenig Pfeffer an die Lebkuchen gegeben? Oder ist er einem der hohen Herren nicht rechtzeitig aus dem Weg gegangen?«
»Du solltest nicht so spotten, Sibylla. Soviel man hört, hat er

wieder ein Mädchen von der Straße geholt«, erwiderte Anna und beobachtete die Reaktion ihres Schützlings aus den Augenwinkeln.

Sibylla warf den Kopf nach hinten, und ihre Haarpracht floss über ihre Schultern. Ein schmerzhaftes Lächeln zuckte um ihre Lippen. »Wieder nur weggesperrt! Nichts weiter?« Sie trat so nahe an Anna heran, dass sich die Brüste der beiden Frauen berührten. »Niemand hat damals etwas unternommen.« In ihrer Stimme lag eine melancholische Traurigkeit.

Anna blickte zu Boden. Es war ein Vorwurf an sie. Den Körper des Mädchens hatte man zwei Wochen später im Holzgatter der Klessingsmühle gefunden.

»Ich werde zur Hinrichtung gehen. Ich muss es sehen«, sagte Sibylla so leise, dass Anna es beinahe überhört hätte.

»Unmöglich, Sibylla. Die Herrin würde es nicht erlauben. Es schickt sich für ...«

»Was sich für mich schickt, bestimme ich. Du sorgst sofort für eine passende Kleidung. Und wenn ich über die Gartenmauer springen und mir die Hinrichtung von der Stadtwehr aus ansehen muss, ich will dabei sein. Einerlei, was die Frau Mutter dazu sagt!«

Sibylla zögerte nicht lange. Eine ungewöhnliche Geschäftigkeit befiel sie. Sie schlüpfte aus ihrem Kleid, stand nur mehr im Hemd vor Anna. »Schnell, bevor seine Zunge blau anläuft, ohne dass ich es gesehen habe.«

Sie spielte mit der Goldmünze um ihren Hals, ließ sie durch die Finger gleiten und wärmte sie an. Als sie fühlte, wie Anna sie dabei beobachtete, steckte Sibylla das Amulett rasch unter ihr Hemd.

»Sibylla!«, stöhnte Anna, holte aber das Staubkleid aus der Truhe und streifte es Sibylla über. »Ich kann nicht glauben, dass es dir Freude bereitet!«

Die Antwort war ein bitteres Lachen. »Es bereitet mir keine Freude. Doch der Rat hat erst reagiert, nachdem die Kleine tot war. Ich hatte es ihnen gesagt, und sie – sie haben mich ausgelacht. Vater und der Onkel – und auch du hast nichts unternommen.« Kurz hielt sie inne und atmete durch. »Es hat wehgetan.« Dann schüttelte sie den Kopf, als wolle sie all die schwarzen Gedanken abstreifen.

Kaum hatte Sibylla ihren Putz angelegt, polterte sie die Treppe hinab und verschwand zur Tür hinaus. Anna hatte Mühe, dem Mädchen zu folgen. Ein Mädchen war sie eigentlich nicht mehr, sondern eine junge Dame, die ins heiratsfähige Alter kam. Sechzehn war sie, mit siebzehn nahmen sich die meisten einen Favoriten und heirateten. Auch für Sibylla gab es aussichtsreiche Bewerber. Sie mussten nur mit Sibyllas Art zurechtkommen. Ihr Handeln und ihr Wesen stimmten nicht immer miteinander überein.

Um den Verstand brachte Anna noch Sibyllas Eigensinn, dem auch die Mutter nichts entgegenzusetzen hatte. Verbot sie der Tochter ein Tanzvergnügen, erschien sie dort. Wollte die Frau Mutter, dass sie eine Gesellschaft besuchte, ließ sich Sibylla entschuldigen. Unwohlsein, Kopfschmerzen, Bauchweh.

Anna holte tief Luft. Mit Tippelschritten jagte Sibylla in Richtung Dom.

Von den Hexenlöchern hinter dem Rathaus führte man den Lebzelter gerade den Perlachberg hinauf und von dort hinaus auf den Richtplatz. Die Menge stand Spalier bei diesem Ereignis.

Anna musste innehalten. Ihr schmerzte die Brust. So viel Rennerei war sie nicht gewohnt. Es schickte sich nicht für eine Artzt-Tochter, wie ein flüchtiges Reh durch die Straßen zu hetzen. Dasselbe galt für die Amme dieser Tochter. Aber Sibylla ließ sich weder durch Zurufe noch durch Flüche bremsen. Anna hustete sich vor Anstrengung die Lunge aus dem Leib.

Die Männer, die um Sibylla balzten wie die Auerhühner, lockte sie einmal mit ihrem Lächeln und stieß sie mit demselben Lächeln wieder von ihrer Schwelle. Es war ein dauerndes Hin und

Her, in dem nur der Rehlinger eine konstante Größe bildete. Ihn, den zehn Jahre Älteren, behandelte sie mit einem unverständlichen Wohlwollen.

Anna jagte ihrem Schützling weiter hinterher, überquerte den Platz vor dem Rathaus und eilte in Richtung Heilig-Kreuz-Kirche hinauf. Kurz vor dem Tor holte sie Sibylla ein. Sie stand am Straßenrand und wartete auf die Prozession. Hier entlang würden die Stadtschergen den Schindkarren schieben, auf dem der Lebzelter angekettet war.

Anna stellte sich auf die Zehenspitzen, um besser sehen zu können. Das Rattern der Räder auf dem Pflaster war bereits zu hören. Viele waren nicht gekommen, aber vor dem Tor stauten sich die Schaulustigen.

Ein Raunen ging durch die Menge. Sibylla stand in der ersten Reihe, den Oberkörper weit vorgebeugt, als wolle sie dem Verurteilten die Brust reichen. In ihrem Gesicht malten die Kiefer. Als der Lebzelter keine fünf Schritte von ihnen entfernt vorüberfuhr, spuckte Sibylla ihn an und rief: »Jedem die Strafe, die er verdient! Die Hölle für dich, Lebzelter!«

Der Delinquent drehte den Kopf und starrte in Sibyllas hassverzerrtes Gesicht. Dann lachte er plötzlich heiser und unflätig, riss an seinen Ketten und hätte sich auf Sibylla gestürzt, wenn nicht die Schergen schnell zur Hand gewesen wären und ihn mit den Piken zurückgetrieben hätten.

»Ich werde lachen, wenn es dich würgt!«, kreischte Sibylla hinter dem Karren her. »Ich!« Sie schlug die Hände vors Gesicht. Ein Weinkrampf schüttelte sie. Anna wurde vom Gefühlsausbruch ihres Schützlings völlig überrascht. Sie legte ihr einen Arm um die Hüfte und drückte ihren Kopf an sich. Sibylla zitterte, doch es flossen keine Tränen.

Plötzlich riss sich das Mädchen los und stürmte hinter der Menge her, die aus dem Tor hinausströmte, dem Schindkarren nach. Hinter ihm schritt bedächtig der Henker, den Strick um die eine Schulter gelegt, eine Stange um die andere.

»Sibylla!«, rief Anna leise. Sie wollte nicht laut schreien, damit nicht weitergetratscht wurde, dass die Tochter Wilhelm Artzts sich an Hinrichtungen ergötzte.
Am Richtplatz stand ein Galgen mit einem Hackklotz. Wenige Schritte daneben ragten mannshohe Stangen in den Himmel, auf die Räder aufgebunden waren. Ein Schwarm Raben erhob sich, als die Menge auf den Platz strömte. Der Karren hielt, und der Lebzelter wurde auf das Blutgerüst geführt.
»Wird man ihn hängen?«, fragte Sibylla tonlos.
»Nein. Sonst hätten sie das Blutgerüst abgeräumt und den Hackklotz weggenommen, auf dem sie Hände abschlagen lassen. Er wird gerädert werden.«
Sibylla schloss kurz die Augen. Sie biss sich mit den Zähnen auf die Lippen.
»Das Mädchen hat gelitten. Lange gelitten«, flüsterte sie. Dann hob und senkte sich ihr Brustkorb. »Man hört, wie die Knochen brechen, nicht, Anna? Man hört es knirschen und knacken.«
»Sibylla! Bitte. Komm weg von hier. Ich halte den Geruch nicht aus, den dieser Platz verströmt. Und all die Vögel, die nur darauf warten, dass sie sich an den Leichnamen satt fressen können. Mich ekelt es davor!«
Sibylla ließ sich zurückfallen, so dass sie leicht in die Arme ihrer Amme sank. Sie ließ den Henker nicht aus den Augen, der dem Lebzelter die Kleider bis auf einen Lendenschurz aus Stoff auszog.
»Sie gehören dem Henker«, kommentierte Anna das Geschehen.
Sibylla begann zu sprechen, ohne den Blick vom Lebzelter zu nehmen, den jetzt zwei Gehilfen links und rechts packten und festhielten, während der Henker eines der Wagenräder von der Stange hob und auf das Blutgerüst legte.
»Die Jenna hat mich in ihr Haus gezerrt. Das stimmt. Doch beschützt hat sie mich nicht, Anna. Im Gegenteil. Als ich aufgewacht bin, lag ich in ihrem Bett, vollkommen …«, Sibylla zö-

gerte, denn die beiden Gehilfen zwangen den Lebzelter nieder, der plötzlich begriffen zu haben schien, dass man ihn nicht hängen, sondern langsam töten wollte.

»Ihr könnt mich doch nicht so verrecken lassen!«, schrie er. »Nicht bei lebendigem Leib! Habt Erbarmen. In Gottes Namen!«

Der Priester, der die Hinrichtung begleitete, trat auf ihn zu, segnete ihn und begann aus der Bibel zu lesen.

»... vollkommen nackt. Sie hatte eine Decke über mich gebreitet, aber ich habe gefühlt, dass ich darunter nichts mehr an hatte. Meine Kleider waren weg. Die Jenna saß an meinem Bett und gab mir zu trinken. ›Damit du etwas schläfst‹, sagte sie und flößte mir ein Mittel ein, das merkwürdig bitter schmeckte. Entweder habe ich zu wenig davon getrunken, oder es wirkte nicht, jedenfalls stand der Lebzelter im Raum, als ich das nächste Mal erwachte. Ich habe seine Stimme gehört.«

Der Lebzelter wurde mit den mitgebrachten Stricken aufs Rad gebunden und dabei so fest verschnürt, dass sein Flehen in ein nicht enden wollendes Gebrüll überging.

Sibyllas Mund zitterte. Anna fühlte, wie sich ihr Körper verkrampfte, wie er sich zusammenzog.

»Ich weiß nicht, was er mit mir gemacht hat. Ich kann mich nur bruchstückhaft erinnern, Anna. Dass er über mir kniete, dass er sich an meinem Gesäß zu schaffen machte, dass er sich an meinen Brüsten rieb ... und diese Stimme, die Stimme.«

Ein Schauer durchlief sie. Der Henker hatte seinen Strick verbraucht. Einer der Gehilfen reichte ihm die Holzstange. Der Priester schlug ein letztes Mal das Kreuz über dem Gefangenen. Dann holte der Scharfrichter aus und schlug auf die Gliedmaßen des Lebzelters ein. Sibylla zuckte zusammen. Sie zitterte. Mit jedem Schlag entfuhr ihr ein Stöhnen. Plötzlich drängte sie sich vom Richtplatz fort. Doch die Menge hielt sie fest. Unerbittlich wollten die Menschen das Leid bis zum letzten Atemzug des Delinquenten auskosten.

»Als ich wieder aufwachte, saß ich angekleidet in einem Stuhl. Mir tat alles weh, Anna. Alles.«
»Sibylla, träumst du das nicht nur? Ich musste nachsehen, das weißt du. Deine Unschuld war dir nicht genommen worden.«
Der Lebzelter, der beim letzten Schlag bewusstlos geworden war, wurde von dem Henker und seinen Gehilfen auf die Stange gehoben. Er blutete kaum, aber die Arme und Beine waren grotesk verdreht. Da er nicht schrie, verließen die Menschen langsam den Platz. In kleinen Gruppen liefen sie der Stadt zu. Sibylla stand da, von den Armen Annas gehalten, und starrte auf das Schauspiel. Die ersten Raben ließen sich auf dem Rad nieder und hieben ihre Schnäbel in die offenen Wunden.
»Lass uns gehen, Sibylla!«, drängte Anna.
Plötzlich riss der Lebzelter die Augen auf. Sein Kopf hing über das Rad hinaus. Sibylla löste sich aus Annas Armen und trat in sein Blickfeld. Sie spuckte ihn an, drehte um und lief davon. Tränenüberströmt. Anna hatte Mühe, ihr zu folgen.
Sibyllas Wangen feuerten vor Erregung, und ihr Hals war bedeckt mit hellroten Flecken.

KAPITEL 17 Der Weg vom Haus am Rohr zum Rindermarkt erschien Jakob quälend lang. Normalerweise taten ihm die wenigen Schritte an der frischen Luft gut. Er ging übers Rathaus, weil er einmal am Tag an der Herrenstube vorbei wollte, dem eigentlichen Zentrum der Macht dieser Stadt. Der Weg war um ein Weniges länger, doch atmete allein die Umgebung der Stube einen Hauch von Bedeutung und Welt, den er ungern entbehrte.
Heute jedoch schleppte er sich daran vorbei, sah nicht einmal hoch. Sie hatten ihm den Weber vorgeworfen, den Neureichen, der auf den Stühlen der Geschlechter keinen Platz fand. Das Fuggerwappen durfte nicht neben dem der Artzt, Gossembrot, Herwart, Rehlinger, Lauginger oder Langenmantel pran-

gen. Die Fugger mussten bleiben, wofür sie seit jeher angesehen wurden: einfache Weber. Der Geruch der Unehrlichkeit, der Geschmack des Emporgekommenseins umgab sie wie ein Fluch. Geld sei nicht alles, hatten sie den Brüdern und ihm bedeutet.

Langsam stieg er die Stufen zum Goldenen Kontor hinauf und traf in der Schreibstube auf die besorgten Gesichter seiner Brüder.

»Kein guter Tag für die Fugger!«, begrüßte ihn Georg, während Ulrich grau im Gesicht in einem Lehnstuhl saß.

»Wir haben Nachricht erhalten. Aus Worms.«

»Vom Reichstag?«, fragte Jakob nach und sah gleichzeitig die aus den Faktoreien eingetroffenen Umsatzmeldungen durch. Obwohl er nach außen unbeteiligt wirkte, loderte in ihm der Zorn. Jakob begehrte auf. Niemals mehr würde er um eine Aufnahme in die städtische Gemeinschaft nachsuchen und sich demütigen lassen. Wenn die Geschlechter der Stadt die Fugger nicht in der Herrenstube sehen wollten, dann sollten sie die Fugger eben in anderen Zusammenhängen kennen lernen. Er wollte ihnen seine Macht einbläuen und diesen überheblichen Patriziern zu verstehen geben, was für ein Fehler diese Ablehnung gewesen war. Die Zeit würde ihm die Gelegenheiten verschaffen, Geld dazu besaß er reichlich.

»Maximilian hat die Einführung eines Gemeinen Pfennigs als Steuer für alle Reichsstände beschlossen.« Jakob sah auf. Mit zusammengekniffenen Augen versuchte er in den Mienen der Brüder zu lesen. Was hatte das zu bedeuten?

Mit einer Handbewegung unterbrach er Georg, der gerade weiterlesen wollte. Der Bruder ließ das Papier mit der Nachricht sinken.

Jakob wollte nicht hören, was da geschrieben stand. Er wollte sich selbst ausmalen, welche Folgen die Nachricht für sie hatte. Für ihn war es ein Spiel, die Gedankengänge der Majestät zu erraten. Maximilian dachte, wie alle Machthaber, ein wenig einschichtig. Jakob schloss die Augen, überlegte: Maximilian fühlte sich frei. Er wollte dem Druck seiner Gläubiger entkommen. Sich endlich einen lange gehegten Wunsch erfüllen und die verpachteten Erzgruben im Tirol selbst ausbeuten. Endlich an Abbau und Handel verdienen und keine Konzession mehr vergeben müssen.

»Er hat die Tiroler Metallverträge gekündigt!«, schloss er das Ergebnis seiner Überlegungen ab.

»Woher weißt du …?«, fragte Georg überrascht.

»Ich denke nach!«

»Wir verlieren mit jedem Tag ungeheure Summen. Ganz zu schweigen vom Verlust unserer Investitionen.« Georgs Stimme klang tonlos. »Es treibt uns in den Ruin.«

Jakob hob beide Arme.

»Langsam, langsam. Bevor wir zu lamentieren beginnen, sollten wir uns überlegen, ob sich die Ereignisse nicht zu unserem Vorteil wenden lassen. In allem Negativen steckt Positives. Ein Glas ist niemals nur halb leer, es ist ebenso halb voll.«

»Jakob!« Die Stimme Ulrichs mischte sich in das Gespräch. Bislang hatte er stumm die Unterhaltung der beiden Jüngeren verfolgt. »Wir wirtschaften wider Gottes Gebot. Du weißt es. Jetzt zahlen wir dafür die gerechte Strafe. Der Herr gibt's, und der Herr nimmt's. Solange wir nicht im Einklang mit der Heiligen Bibel unserem Gewerk nachgehen …«

»Bleib mir mit der Bibel vom Leib. Hier geht es um Macht – und um Geld. Um nichts anderes, Ulrich. Macht und Geld sind demjenigen untertan, der über die besten Konzepte und Durchsetzungsmöglichkeiten verfügt. Ich kann Maximilian verstehen, ich kann sein Verhalten nur nicht akzeptieren. Er ist ein Abenteurer und glaubt, seine eigenen Gesetze dem Handel aufdrängen zu können. Dabei übersieht er, dass längst nicht mehr Könige und Herzöge die Gesetze machen, die auf den Marktplätzen gelten, sondern Kaufherren. Er kann sich nur schwer in diese Vormacht der Unternehmungen fügen. Aber er muss es lernen. Wir werden seine Schulmeister sein. Doch nicht, ohne ihm die Kosten aufzurechnen.«

»Was willst du tun, Jakob?«, fragte Georg.

Jakob nahm seine Schaube vom Wandhaken und warf sie sich über.

»Nachdenken, Bruder. Wir haben Zeit.«

Er verließ das Goldene Kontor, sprang dabei die letzten beiden Stufen hinab. Die Geschlechter und ihre Demütigung hatte er einstweilen hinter sich gelassen. Das war endlich eine Aufgabe für einen Jakob Fugger. Er begann durch die Gassen der Stadt zu streifen, dachte nach, wog ab, rechnete auf.

Der Verzicht auf die Metallverträge bedeutete natürlich die Kündigung aller finanziellen Zuwendungen an den König. Der rechnete dafür mit einem Steuerstrom aus den Beuteln seiner Untertanen, der ihm den eigenen Säckel mit Geld füllte. Hier musste Jakob bereits so laut lachen, dass ihn Passanten ansahen, als sei er nicht bei Trost. Sie trugen ihre Wolle ungern zu Markte, die Schafe des Heiligen Römischen Reiches, insbesondere Deutschlands. Um den Einzug einer solchen Steuer wirklich zum Erfolg zu führen, benötigte man ein gut funktionierendes Netz von Faktoreien und ergebene, das hieß unbestechliche Mitarbeiter. Beides fehlte dem König. Er schien Jakob wie ein trotziges kleines Kind, das seinen Willen durchsetzen will, ohne dass es weiß, wie stark die Erwachsenen wirklich sind.

Diesmal würde er sich dem König verweigern, endgültig verweigern. Kein Pfennig sollte mehr fließen. Jakob sah die Quelle austrocknen, sah, wie sich Hofbeamte und Fürsten plötzlich gegen ihren Herrn wandten, weil die Fugger'schen Gulden ausblieben. Das hatte einen gewissen Reiz. Die eingesparten Gelder sollten nach Ungarn fließen und dort investiert werden.

Jetzt zahlte sich aus, was Jakob von langer Hand eingefädelt hatte. Der König hatte keine Ahnung, dass die Fugger längst ihre Fühler nach Ungarn ausgestreckt und sich inzwischen das Monopol über das ungarische Kupfer gesichert hatten.

Ihre Vermittler waren Mitglieder der Familie Thurzo gewesen. Johann Thurzo, ein Genie der Wasserbautechnik und sein Strohmann, hatte die maroden ungarischen Kupferminen erneuert und ausgebaut. Kein Sterbenswörtchen war in Umlauf gekommen, dass die Firma Fugger ihre Finger im Spiel hatte.
In diese ungarische Unternehmung musste jetzt das frei gewordene Geld fließen, viel Geld. Das Kupfer musste flexibel gehandelt werden: in den Norden nach Hamburg, Warschau, Rostock, Stralsund und in den Süden nach Venedig. Straßen mussten in den Fels geschlagen werden, damit die schweren Wagen die Pässe überqueren konnten, Wege mussten gebaut werden, damit die Kupferladungen an die Ostsee kamen. Im Reich sollte das Kupfer rar werden. Das hätte den Vorteil, nicht mehr auf Maximilian angewiesen zu sein. Fehlendes Kupfer hieß, dass die Münzen mehr Silber enthalten müssten und damit teurer würden. Wieder würde der König verlieren. Maximilian würde sich wundern.
Den Kopf gesenkt, lief Jakob durch die Gassen, ohne auf seinen Weg zu achten. Je fiebriger seine Gedanken in ihm tobten, desto schneller schritt er aus, die Hände auf dem Rücken gekreuzt. Er sollte sich nach Brixen begeben, zum Fürstbischof Melchior von Meckau. Mit dem hatte er das Jahr zuvor bereits ein ernsthaftes Gespräch über Geldanlagen geführt. Melchior von Meckau, der als Geistlicher an das kanonische Zinsgebot gebunden war, hatte ihm durch die Blume Summen zugesagt. Verschwiegen. Gut verzinst. Heimlich. Ein gescheiter Mann und ein reicher dazu. Erzgruben, Ländereien, Juwelen, Bargeld. Seine Beziehungen nach Rom waren legendär. Wie ein Spinnennetz schwebte Jakob das Geflecht der Verbindungen vor, die in den nächsten Jahren geknüpft werden mussten, um den Angriff des Königs abzuwehren. Nicht nur des Königs. Die Wölfe heulten mit dem Mond. Jakobs Konkurrenten würden mitheulen und ihn in die Enge zu treiben versuchen. Wenn ihm das Geschäft mit Melchior von Meckau gelang, brauchte

er sich keine schlaflosen Nächte zu machen. Dann stünde ihm Kapital in unbegrenzter Höhe zur Verfügung, dann würden andere Würdenträger der Kurie mit einlenken und ihn, den Fugger, als verschwiegene Bank benutzen. Zu beiderseitigem Vorteil.

Er musste nach Brixen und nach Rom – und das schleunigst, bevor Maximilian bemerkte, dass der Fugger nicht so wollte, wie er es sich dachte.

Als Jakob den Kopf hob, stand er vor St. Ulrich und Afra, dem schlank in den Himmel ragenden Gotteshaus, für das die Familie seit Jahren spendete. Es erschien ihm wie ein Fingerzeig, wie der Turm in den Himmel stieß. Ein Windstoß fuhr von der Traufe herunter. »Nütze die Zeit!«, schien ihm der Finger, der gesamte Bau zuzurufen.

Jakob wollte sich eben umdrehen und sich zurück zum Kontor begeben, um die Brüder in seine Pläne einzuweihen, als er Sibylla Artzt auf der Schwelle der Kirche stehen sah. Ihr rötliches Haar leuchtete regelrecht, obwohl sie im Schatten stand. Sie wurde von ihrer Amme begleitet, die das Kind nicht aus den Augen ließ. Die Artztin war zu einer Schönheit herangereift. Jakob näherte sich der Gruppe, als ein junger Mann auf die beiden Frauen zueilte. Er war Jakob bereits einige Male in der Nähe der jungen Artztin aufgefallen: Konrad Rehlinger. Galant verbeugte sich der Rehlinger, berührte das Mädchen am Arm und führte sie einige Schritte von der Amme weg. Jakob hörte ihr silbernes Lachen, sah, wie sie die Hand vor den Mund hielt. Eine Bewegung, so federleicht und zart, dass ihr Anblick ihn berührte. Die Amme kehrte den beiden den Rücken zu, betrachtete die Flugblätter, die am Kirchentor angeschlagen hingen, offensichtlich versucht, die Zweisamkeit der beiden jungen Leute zuzulassen, ohne ihr Gewissen zu belasten. Er hätte lachen können, wäre ihm nicht ein Gedanke gekommen, der so absurd schien, dass er sich abrupt umwandte.

Die Demütigung durch die Geschlechter der Stadt stand ihm

wieder vor Augen, als hätte er nie Nachricht aus Worms erhalten. Sie wühlte in Jakob und drückte gegen seinen Magen. Der Rehlinger bemühte sich also um die Elfe der Familie Artzt. Sibylla Artzt war nicht irgendjemand. Der Onkel war Mitglied der Mehrer der Gesellschaft, besaß einen Sitz in der Herrenstube, würde irgendwann zum Inhaber des Stadtpflegeramts, hatte Reichsambitionen. Die Nichte war deshalb die beste Partie, die er sich für Augsburg vorstellen konnte.

Kurz hielt Jakob inne, drehte sich erneut um und beobachtete versonnen die Gruppe. Dann zuckten seine Lippen in einer Art Lächeln. Ein Gedanke öffnete sich vor ihm wie ein weites Tal. Er würde sich selbst um Sibylla bemühen. Nur den Rehlinger musste er ausstechen. Doch er war lange genug in Venedig gewesen, um zu wissen, wie man unliebsame Nebenbuhler in Misskredit brachte. Ob bei Geschäftsfreunden oder bei der Frau, für die man sich interessierte, spielte dabei keine Rolle.

Jakob stieß vor Vergnügen seine Hände in die Taschen seines Wams. Überrascht zog er daraus einen Kupferpfennig hervor, den er wohl darin vergessen hatte. Etwas unschlüssig drehte er ihn zwischen den Fingern.

»Eine Kleinigkeit! Bitte eine Kleinigkeit!«, jammerte ihn vor der Anna-Kirche ein Stadtarmer an. Der Kerl stank erbärmlich, und seine Kleidung war ein einziger Haufen Lumpen. Er blieb kurz vor ihm stehen und sah ihm in die Augen. Das Blau darin strahlte klar und ehrlich. In einem Anflug von Übermut warf Jakob dem Mann den Kupferpfennig in den Schoß.

»Werd glücklich damit!«, sagte er.

Der Bettler griff die Münze, sah dem Fugger nach und rief ihm hinterher. »Möge Euch Euer Spott nicht ins Verderben stürzen.«

Jakob winkte mit der Hand ab und machte sich auf den Weg zurück zum Haus am Rindermarkt. Erst vor der Herrenstube hielt er inne und blickte zur Fensterfront hinauf. Die Läden waren zurückgestoßen, die Fenster geöffnet. Dort hinein brauchte er nicht mehr. Er hatte eine Erwiderung für die Demütigung, die sie ihm angetan hatten, dass sie daran ersticken würden.

KAPITEL 18 »Vorsicht!«, rief Anna ihr zu, doch da donnerte der Fuchs bereits an ihnen vorüber, und von der Straße spritzte Kot auf Sibyllas helles Leinenkleid und in ihre Haare. Zwar hatte der Regen längst nachgelassen, aber der Weg schwamm noch im Wasser, und an manchen Stellen bildeten sich regelrechte Seen auf den Plätzen zwischen den hohen Herrschaftsbauten. Der Regen hatte erst während der Messe eingesetzt und sie daher verschont, aber der Rückweg von St. Ulrich gestaltete sich schwierig. Kaum ein Stück Straße war trocken genug geblieben, um sicher darauf zu gehen. Trotzdem hatten sie es bis hierher geschafft, ohne sich übermäßig zu besudeln. Bis dieser Verrückte wie der Teufel an ihnen vorübergaloppiert war.

Rot vor Wut schrie Sybille dem Reiter nach, er solle sich seiner Tölpelhaftigkeit schämen, aber da zupfte Anna sie bereits am Ärmel und murmelte: »Weißt du, wen du gerade einen Hundsfott genannt hast, Mädchen?«

Noch hallten Sibyllas Schimpfen und der Hufschlag zwischen den Bauten nach, die wie frisch gestrichen aussahen, den Staub der Jahre abgewaschen und wieder kräftig in ihren Farben, als trügen sie ihre Schönheit bewusst und mit unverhohlenem Stolz.

»Es ist mir egal, Anna, und wenn es König Maximilian höchstpersönlich wäre. Er ist und bleibt ein ungehobelter Mensch!«

Als hätte der Reiter das Gespräch gehört, zügelte er sein Pferd, wendete und ritt zu ihnen zurück. Mitte dreißig mochte er sein, mit schmalem Kopf, dünnen Lippen, die aber unter der Schmutzkruste, die ihm anhaftete, kaum zu erkennen waren. Aufrecht hielt er sich auf dem Pferd, den Kopf erhoben, gerade im Rücken, obwohl er schon lange unterwegs gewesen sein musste. Die schlichte Schwärze seiner Kleidung stach vom buntfarbenen Hintergrund der Häuser ab und franste an den Rändern aus. Bis dicht vor Sibylla trieb er sein Tier, dann verbeugte er sich und schwang sich aus dem Sattel.

»Sibylla Artzt? Seid Ihr nicht Sibylla Artzt? Es tut mir aufrichtig Leid, Jungfer, Euch so besudelt zu haben. Wie kann ich das wieder gutmachen?«

Bevor der Reiter die Hand Sibyllas ergreifen konnte, zwängte sich Anna dazwischen.

»Meine Herrin ist nicht in der Stimmung, Euch zu begrüßen, Fugger!«

Damit drehte sie sich um, nahm Sibylla bei den Schultern und schob sie vor sich her in Richtung des Artzt'schen Wohnhauses auf dem Weinmarkt, ohne auf den Schmutz der Straße zu achten, was jetzt ohnehin unnötig geworden war. Beide waren sie von oben bis unten mit dunkelgrauen Spritzern bedeckt.

»Glaubt ja nicht, Fugger, dass ich Euch verzeihe! Ungehobelter Weber!«, rief Sibylla dem Reiter über die Schulter zu, der, wie sie aus dem Augenwinkel heraus beobachten konnte, beim Begriff »Weber« etwas den Kopf beiseite drehte und schmerzlich den Mundwinkel verzog. Dann zuckte er mit den Schultern und schwang sich auf sein Pferd. Doch statt sich zu entfernen, folgte er ihnen.

Über dem Weinmarkt lag die silbrige Blässe des Regenwassers, in dem sich die Fassaden spiegelten. In der Mitte des Platzes, der ein wenig tiefer lag, hatte sich das Wasser zu einem regelrechten Teich gesammelt. Immer hastiger trieb Anna ihre Schutzbefohlene vor sich her, und es sah einen Augenblick so aus, als würden sie beide über das Wasser gleiten.

»Lass dich nicht mit dem ein, Kind. Er ist deiner nicht wert. Außerdem steht er mit dem Teufel im Bunde. Glaub mir, ich spüre so etwas. Die geistlichen Herren wollten den Satansbündler nicht, und seine Zauberkraft dient nun der Firma Fugger. Wie sonst wären sie in so kurzer Zeit zu solchem Reichtum gelangt?

Die ganze Stadt spricht von nichts anderem. Der Rat hadert mit ihm und seinem Erfolg.«

Sibylla musste herzlich über diese Belehrung lachen, und ihr Kichern hüpfte wie ein Kiesel über die Wasserfläche weg und kam ihr auf halbem Weg wieder entgegen. Mit jedem Schritt prüfte sie, ob der Boden unter ihr sie noch trug. Schließlich wollte sie sich ihre Glieder nicht in Schlammlöchern brechen. Kaum jemand wagte sich bei diesem Wetter auf die Straße, die Bürger Augsburgs verkrochen sich, wenn sie nicht gerade vom Kirchgang zurückkamen. Plötzlich knickte Anna ein, stieß einen Fluch aus, der weithin zu hören war, und versank mit dem rechten Bein bis ans Knie in einem sumpfigen Loch.

»Bleibt stehen, Jungfer!«, bellte der Fugger hinter ihr, und jetzt gehorchte Sibylla.

Mit einem kurzen Zügelbefehl trieb er sein Tier an Sibylla Artzt heran, beugte sich zu ihr hinunter und hob sie vor sich auf seinen Sattel.

»Haltet Euch fest, Jungfer!«, flüsterte er jetzt dicht an ihrem Ohr.

»Was wird aus Anna, Fugger?«

Ungerührt sagte Jakob Fugger hinter ihr so laut, dass es die Amme hören musste: »Sie kann schwimmen!«

Hoch spritzte das Wasser auf, als das Pferd den Platz überquerte. In ihrem Rücken haderte Anna lautstark mit ihrem Schicksal.

»Was hat sie über mich erzählt, Jungfer? Ich sah, wie sie unentwegt auf Euch einredete!«

Sibylla, die jetzt die warme Nähe des Fuggers genoss und ihm sein Missgeschick längst verziehen hatte, meint leichthin:

»Nichts weiter. Nur dass Ihr eine schwarze Seele habt, mit dem Teufel im Bunde steht und Eure Magie dazu verwendet, jungen Mädchen wie mir den Kopf zu verdrehen. Außerdem solle ich mich von Euch fern halten, schließlich seid Ihr auch noch ein Mann – und von Euch aufs Pferd gehoben zu werden verderbe meinen Ruf. Ich glaube nicht, dass ich etwas vergessen habe! Und jetzt lasst mich ab, Ihr habt für Eure Untat genug gesühnt.«

»Oh, das kann ich nicht auf einmal wieder gutmachen!«, lachte er laut.

Erst vor dem Haus der Familie Artzt am Rohr zügelte Jakob sein Pferd. Sibylla beugte sich ein letztes Mal zurück, um sich von Jakobs Arm umfangen zu lassen. Sanft ließ er sie am Körper des Pferdes entlang hinuntergleiten. Sie spürte noch dieser Aufmerksamkeit nach, als Annas Ruf sie aus den Gedanken riss.

»Fort mit Euch, Jakob Fugger!« Sibylla lächelte zu ihm empor, »bevor Anna den Exorzisten ruft und das Haus meiner Eltern geräuchert werden muss.«

Wieder lachte der Fugger laut auf, gab dem Fuchs die Sporen und jagte im Galopp davon.

Sibylla blickte ihm nach, bis Anna sie erreicht hatte. Warum hatte Jakob Fugger sich so lange mit ihr abgegeben? Er hatte seinen Ritt unterbrochen, der von einer ungezügelten Eile zeugte. Warum nahm er sich Zeit für sie, wo sein überall verkündetes Motto doch »Nütze die Zeit« lautete? Solange sie auf seinem Ross gesessen hatte, war die Zeit verschwunden gewesen. Sie war außerhalb geblieben und ohne sie beide weitergelaufen.

»Hat er dich unsittlich berührt, der Lüstling, der Weiberheld? Sag, Sibylla, ist er zudringlich geworden? Wollte er dich gar entführen?« Atemlos humpelte Anna heran, über und über mit dem Kot der Straße beschmiert, Gesicht und Hände braun, der Rock vom Schlammwasser durchtränkt. Ihr fehlte ein Schuh, wie Sibylla amüsiert feststellte. »Nur an deinem Namen ist er interessiert. Glaub mir. Der Name Artzt ist hier in Augsburg mehr wert als alles Geld, das er besitzen mag. Was nützt ihm alle Handelsschaft in Venedig, Rom, Breslau und Nürnberg, wenn er in Augsburg ein Weber bleibt?«

Energisch nahm Anna Sibylla am Arm und führte sie zum Tor. Ebenso energisch klopfte sie, bis von drinnen Schritte zu hören waren und die Pforte vom Hausknecht geöffnet wurde. Auch der verzog das Gesicht, als er der beiden ansichtig wurde, und hielt sich mit der Hand die Nase zu, während Anna an ihm vorüberging. Aber diese war um eine Antwort nicht verlegen und versetzte dem Knecht derart schnell und heftig eine Ohrfeige, dass sich ihre Finger auf seiner Wange rot abzeichneten.

»Das ist für dein Grinsen, dämlicher Kerl!«, keifte sie. »Jetzt sag in der Küche Bescheid. Wir brauchen heißes Wasser zum Waschen und frische Kleidung.«

Mit derselben Energie, die sie für die Überquerung des Regenteiches auf dem Weinmarkt aufgebracht hatte, zog sie Sibylla jetzt auf ihr Zimmer und begann, sie und sich selbst zu entkleiden, während zwei Küchenmägde einen Waschzuber herbeitrugen und kurze Zeit später die ersten Kannen mit heißem Wasser eingossen. Mit der Hand prüfte sie die Temperatur des Wassers, bevor sie wortlos Sibyllas Kopf in den Zuber steckte, um ihre Haare zu waschen. Erst als dieser erste Teil beendet war, nahm sie selbst einen Lappen in die Hand und säuberte sich Gesicht und Oberarme. Dann bedeutete sie ihrem Schützling, er solle in den Zuber steigen. Zwar fühlte sich Sibylla in letzter Zeit etwas unwohl, nackt vor der Amme zu stehen, schließlich war sie bereits siebzehn Jahre alt, aber sie kannte nichts anderes, also ließ sie es geschehen.

»Lass es dir gesagt sein, Sibylla. Wenn sich dieser Jakob Fugger für dich interessiert, dann will er nicht dein Geld. Vermutlich nicht einmal deine Schönheit, obwohl er sich darauf etwas einbilden könnte. Deine Eltern sind nicht arm. Ihr Vermögen, das mag ich nicht recht zu beurteilen, mag ihnen einen geruhsamen Lebensabend gewähren, aber für einen Jakob Fugger ist es doch nur eine bescheidene Frucht.«

Mit geschlossenen Augen genoss Sibylla das warme Wasser und die reibenden Hände der Amme auf ihrer Haut. Und wenn der Lappen die Stelle verließ, die er zuvor genässt hatte, fröstelte sie. Die Luft um sie her war kalt, kalt zog es durch die nicht ganz dicht schließenden Fenster vom Innenhof her.

»Du bist so ablehnend, Anna. Erzähl mir, warum er sich für mich interessieren sollte? Schließlich ist er alt, zu alt für mich. Mindestens zehn Jahre älter als ich.«
Anna schnäuzte sich in die Hand und wusch diese im Zuber aus. Dann hüllte sie Sibylla in ein weiches Linnen und half ihr aus dem Zuber. Schließlich begann sie das Mädchen abzutrocknen.
»Zwanzig Jahre älter, Kind. Fast zwanzig Jahre. Für einen Hagestolz wie ihn, den nur seine Bücher und die Zahlen interessieren, keineswegs ein Alter, in dem er nicht mehr an Frauen denkt. Für einen jungen frischen Körper schwärmt so mancher. Doch für den Erhalt einer Dynastie ist ein Frauenbauch ein Frauenbauch. Es zählt, was geboren wird, Sibylla.«
»Du bist so hart!« Kichernd ließ sie sich die rubbelnden Hände auf ihrem Körper gefallen. »Jetzt hör schon auf, Anna. Du reibst mir noch die Haut vom Leib.«
Im selben Augenblick trat eine weitere Magd ins Zimmer, auf dem Arm Unterwäsche, Hemd und ein Kleid, das sie über eine Stuhllehne legte. Sie verbeugte sich kurz vor Anna und verschwand wieder.
»Erzähl doch, warum du den Jakob Fugger so hasst.«
»Haben nicht letztes Jahr die alten Sippen den Aufnahmeantrag der Fugger in die Geschlechterstube abgelehnt? Obwohl die Familie reicher ist als alle Augsburger Geschlechter zusammen? Man mag in der Herrenstube die Emporkömmlinge nicht, die ihr Geld nicht mit rechtem Handel gewonnen haben.«
»Was ist ein rechter Handel?«, warf Sibylla dazwischen und lugte aus dem Tuch, das Anna ihr über den Kopf geworfen hatte.
»Ein gottesfürchtiger Handel, der das Zinsverbot nicht umgeht. Also verhindern sie, dass das Fugger'sche Wappen in der Geschlechterstube aufgehängt werden darf – und sie verwehrten ihm einen Sitz auf den geheiligten Stühlen der Stube.«
»Was den Fugger selbst nicht zu einem schlechten Menschen stempelt!«

Anna verdrehte die Augen, als könne sie das Mädchen nicht verstehen. Während sie ihr die Hose zwischen den Beinen durchsteckte und sie mit einem Hüftgürtel befestigte, versuchte sie Sibylla zu belehren.

»Kind, was dir fehlt, ist der Verstand für solche Dinge. Der Fugger sinnt auf Rache. Eine solche Demütigung kann er nicht ungesühnt lassen. Die Patrizier haben ihn in seine Schranken verwiesen. Das wird er ihnen nicht verzeihen. Einen Platz in der Herrenstube kann er sich aber nicht erkaufen, also muss er auf anderem Gebiet gewinnen, um dorthin zu gelangen. Wenn es einer versteht, seinen Willen auch auf Umwegen durchzusetzen, dann Jakob Fugger. Im Handel wird er sich revanchieren und mit einer Heirat. Begehrt ist er, der Fugger. Er kann sich seine Partie aussuchen. Du, Sibylla, gehörst zu den interessantesten und schönsten Jungfrauen der Stadt. Er wird ein Auge auf dich werfen – oder er ist blind.«

Während dieses Monologs hatte Anna Sibylla die Strümpfe übergezogen, das Unterhemd übergeworfen, ihr ein Brusttuch umgebunden und im Rücken verschnürt und zuletzt ein Hauskleid angezogen. Jetzt hieß sie ihre Schutzbefohlene sich setzen, damit sie ihr die Haare flechten konnte. Feucht ließen sich die feinen Fäden eher bewältigen. Geschickt fasste sie fünf Stränge und hielt sie zwischen den Fingern fest, während sie gemächlich die Haarstränge übereinander legte.

»Du phantasierst zu sehr, Anna. Mir ist er zu alt. Trotzdem mag ich ihn. Er hat meinen Spott nicht ernst genommen. Mit dem kann ich spielen. Aber ein Junger ist mir allemal lieber. Außerdem muss er feurig sein.« Wieder lachte sie, diesmal jedoch verhaltener, und spürte dem Brennen auf ihrer Haut nach, das ihre Amme verursacht hatte. Ob Männerhände ebenso brannten? Sie lehnte sich zurück in Annas Hände, die für einen Moment innehielten und ihren Kopf stützten.

»Du spielst mit dem Feuer, Sibylla.«

»Wenn es brennt und in mir glüht!«

Unsanft schob die Amme Sibyllas Kopf von sich und flocht weiter.

»Setz dich gerade hin. Verwechsel das Pochen zwischen deinen Beinen nicht mit dem Leben. Das Vergnügen daran erlischt rasch, und dann liegt eine Zeit vor dir, die mit einem Gefühl gefüllt werden muss, das nicht Langeweile heißt. Wer unter die Haube kommt, Sibylla, gibt alles auf und ist nur mehr für Haushalt, Mann und Kinder da.«

Trotzig stampfte Sibylla mit dem Fuß auf und entriss ihr das Haar. Strähnen fielen von Annas Fingern, und der letzte Zopf löste sich. Zufrieden bemerkte Sibylla, dass ihre Amme wieder von vorne beginnen musste.

»Du verdirbst mir heute alles, Anna. Ich will das nicht!«

»Verzeih, Sibylla. Aber ich wollte dich nur ...«

»Sei ruhig!«, herrschte Sibylla Anna an.

Anna presste ihre Lippen aufeinander und senkte den Kopf. Sibylla wollte an anderes denken. An den Arm Jakob Fuggers, der sie mit festem Griff im Sattel gehalten hatte. Als hätte sie das Leben berührt, war es in sie gefahren.

KAPITEL 19 »Ihr hier, Fugger? Und in Weibertracht?«

Jakob Fugger lachte Sibylla Artzt an, die sich über seinen Aufzug köstlich zu amüsieren schien. Sie nahm ihn an den Händen, breitete die Arme aus und ließ ihn sich um die eigene Achse drehen. Mit Kennerblick musterte sie seine Verkleidung: eine seidene Haube, Rock und Mieder. Die Strümpfe steckten in weichledernen Frauenschuhen.

»Vorzüglich. Nur Eure Halsfreiheit ist etwas, wie soll ich sagen, haarig!«, kicherte sie und deutete auf den Ausschnitt des Kleids. »Obwohl die Brosche sie zu einem Blickfang macht.«

Sie deutete auf ein Schmuckstück, das mit Juwelen besetzt und in Silber gefasst war. Es stammte aus Venedig. Jakob hatte es einmal verschenken wollen, wäre die dazugehörige Frau nicht am Arm eines anderen gegangen. Jakob schmunzelte, blickte an sich herunter und hob die Rocksäume geziert an.

»Die Fasnacht macht selbst aus ernsten Menschen einen Narren. Ist Eure Welt nicht ebenso verkehrt, Jungfer Artzt, oder habt Ihr nichts mehr zum Anziehen im Haus, so dass Ihr den Schrank des Vaters plündern musstet?«

Sibylla trug wollene Beinlinge, eine schenkelkurze offene Halbschaube, darunter ein gerafftes Hemd, das über der Brust mit einem roten Band geschnürt war und viel Hals und Schultern frei ließ. Den Kopf schmückte ein eckiges Mützchen mit langer Spielhahnfeder, die in allen Farben schillerte. Eine mutige Verkleidung für Fasnacht und für eine Frau, hier in der Weberzunftstube.

»Begleitet mich zum Fenster, Fugger. Draußen zieht der Narrenkönig durch die Stadt.«

»Jungfer Artzt, es ist mir ein Vergnügen. Wenn Ihr mir Euren Arm leiht, schließlich ...«

»Oh, ich vergaß. Ihr seid das schwache Geschlecht für diese Nacht.«

»Und ganz in Eurer Hand.«

Sie traten zusammen zu einem Fenster, das noch ungeöffnet war, während an allen anderen bereits die Damen lehnten. Jakob Fugger stieß die Flügel auf, nahm den Laden heraus und stellte ihn neben sich. Sibylla trat vor ihn und beugte sich über den Sims. Jakob blieb einen Schritt hinter ihr, betrachtete zuerst ihre Silhouette, die sich an den Männerbeinlingen deutlich abzeichnete, und musterte dann den Platz.

Im Schein der Fackeln tollten vor dem Haus Störche auf hohen Stelzen, Bären und Affen, aber auch Männer und Frauen, die auf allen vieren herumkrochen und bellten wie die Hunde. Sibylla zeigte mit dem Finger auf die eine oder andere Person, so auf einen Mann, der auf einem roten Kissen einen Haufen Kot vor sich her trug.

Sie wollte sich vor Ekel abwenden, als aus einer Seitenstraße die Wilde Jagd hervorbrach, ein Mummenschanz von sicherlich zwanzig Narren, die sich Strohröcke umgebunden hatten und Besen sowie Streckscheren in der Hand trugen. Wie ein Unwetter fuhren sie unter die Menge und hieben mit ihren Strohbesen auf die Narren ein oder zwickten sie mit den Scheren aus großer Entfernung, trieben sie im Kreis umher und schrien und grölten und juchzten, dass es ansteckte. Dabei sangen sie ein Lied, in das auch Sibylla und Jakob einstimmten und das in endloser Wiederholung immer wieder aufgegriffen wurde:

»Luschtig sich dia Fasenacht
Wenn mei Muatt'r Küachla bacht,
Wenn se ab'r koine bacht,
Nao pfeif i of dia Fasenacht!«

Begleitet wurde die letzte Zeile von einem ohrenbetäubenden Pfeifkonzert, das wieder in die erste Zeile mündete. Im Gefolge der Wilden Jagd zog eine Prozession auf den Platz hinaus, die Sibylla für einen kurzen Moment den Kopf senken ließ.
»Jakob, schaut!«, murmelte sie.
Sibylla hatte ihn erstmals beim Vornamen genannt, eine Vertrautheit, auf die er nicht gehofft hatte. Jetzt folgte er ihrem verschämten Blick.
»Wollt Ihr Euch das wirklich ansehen, Jungfer?«
Sibylla nickte, und Jakob trat einen kurzen Schritt näher an das Mädchen heran. Er spürte ihre Wärme und zittrige Erregung. Obwohl eine eisige Kälte herrschte, traten aus der Seitenstraße ein gutes Dutzend Männer und Frauen, deren einzige Bekleidung eine schwarze Maske über dem Gesicht war. Ansonsten zeigten sie sich nackend. Sie sprangen pärchenweise im Hüpfschritt durch die Nacht. Brüste und Glieder wippten im Takt zweier Trommeln, die von den beiden letzten Narren geschlagen wurden. Die Gruppe wurde mit einem Johlen empfangen und umringt. Weiber drehten den nackten Satyrn ihre Hintern

zu, lupften ihre Röcke und wackelten mit dem Gesäß, während die so Aufgeforderten aus der Reihe ausbrachen und so taten, als würden sie die geilen Weiber besteigen. Männer näherten sich den bloßen Schönen und griffen ihnen anzüglich an die Brüste und an das Geschlecht, während die Nackten die dicken Penissäcke der Männer kneteten. Immer wieder schossen die Streckscheren aus der Reihe der Umstehenden und griffen nach Gliedern und Brüsten, was mit Gelächter und Gegröle beantwortet wurde.
Sibylla kicherte verhalten. Sie rutschte auf der Fensterbank nach hinten und stieß mit ihrem Gesäß gegen Jakob Fuggers Bein.
»Ihr werdet Euch doch nicht an diesem unzüchtigen Treiben ergötzen, Jakob?«, flüsterte sie und drehte ihren Hintern an seinem Schenkel.
»Ich werde mich hüten, Junker Sibylla«, konterte Jakob. »Schließlich bin ich eine tugendhafte Maid. Ihr versteht das hoffentlich.«
»Ich erwarte es sogar, Jakob!«, versicherte sie ihm. »Jetzt müsst Ihr mit mir tanzen.«
Hinter ihnen hatte Musik eingesetzt. Sibylla nahm Jakobs Hand, küsste sie flüchtig, wie es seine Aufgabe gewesen wäre, hätte er keine Frauenkleider getragen, und führte ihn in die Mitte des Raumes. Hinter ihnen schloss ein Lakai das Fenster und hängte den Laden wieder ein. Jakob legte Sibylla eine Hand auf die Schulter, zog sie an sich, Sibylla griff um seine Hüfte. So schritten sie zur Musik auf und ab, bis Jakob einen kurzen Schlag auf die Schulter verspürte.
»Darf ich Euch ablösen, werter Fugger?«, wurde er angesprochen. Bevor er sich besann, hatte Sibylla den Partner gewechselt, und Jakob stand allein auf der Tanzfläche. Sibylla drehte sich mit einem Mann im Federkleid des Vogelhändlers, das in einem Hut gipfelte, auf den rote Hahnenkämme genäht waren. Es war Konrad Rehlinger, der ihm Sibylla entführt hatte. Jakob

war zu überrascht, als dass er richtig hätte reagieren können. Dazu fehlte ihm einfach die Übung.
Er verließ die Tanzfläche, stellte sich zu den anderen Männern, plauderte mit dem alten Ilsung, dem krummen Meutinger, der sich nur noch auf Stöcken stützend fortbewegen konnte, aber das närrische Treiben nicht missen mochte, ließ sich Scherzfragen nach dem Kindersegen im Hause Fugger gefallen, schließlich tobten bald zehn Kinder um seine Beine, wenn er bei den Brüdern am Rindermarkt zu Mittag speiste. Und er ertrug geduldig die Nachfragen, wann er die Ehe mit der Goldenen Schreibstube auflösen und eine solche mit einer Frau aus Fleisch und Blut eingehen werde.
Jakob lachte mit den Spöttern, als die Tür aufgerissen wurde und ein Bote hereinstürmte. Alle Augen richteten sich auf den nassgeschwitzten und völlig verdreckten Reiter, der eine Depesche unterm Arm trug und auf Jakob zuschritt. Dieser zog die Augenbrauen zusammen. Warum wurde er gerade jetzt gestört? Hätten nicht seine Brüder …
Wortlos übergab ihm der Reiter die Ledertasche. Jakob seufzte, brach das Siegel und entnahm ihr einen einzigen Brief. Er trat an einen Leuchter, entfaltete das Schreiben und hielt es so, dass er es im rechten Licht lesen konnte. Es war eine Mitteilung des Brixener Fürstbischofs Melchior von Meckau, dass er sich entschlossen habe, 20 000 Gulden, die er vom König zurückerhalten habe, in die Fugger'sche Unternehmung zu investieren – und zwar zu den bereits einmal besprochenen Bedingungen. Zwar zöge er sich damit den Zorn des Königs zu, da dieser erwartet hatte, dass er Maximilian das Geld erneut leihen würde, aber das hielte er aus. Wechsel und Vertrag würden die nächsten Tage in Augsburg eintreffen.
Jakob faltete das Papier zusammen und ließ es sinken. Erst jetzt fühlte er die Gänsehaut, die seinen ganzen Körper überzog. Er musste sich zurückhalten, um nicht laut hinauszuschreien. Die Welt war verkehrt, jawohl, aber nicht närrisch. Er hatte die

Idee für seinen nächsten Schritt. Die Augsburger würden ihn kennen lernen. Er würde mit ihnen Schlitten fahren, wie sie es noch nicht erlebt hatten. Ruhig sah er auf, dankte dem Boten, nahm aus seinem Säckel eine Münze und schickte ihn zum Haus am Rindermarkt, damit er dort verköstigt werde.

Die Musik verstummte und holte Jakob wieder in den Kreis der Augsburger zurück. Sibylla wurde von Konrad Rehlinger zu Tisch geführt und nahm neben ihm Platz. Jakob nickte seinen Gesprächspartnern zu, die ihn verstohlen aus den Augenwinkeln heraus beobachtet hatten. Kommentarlos ließ er sie stehen, umrundete den Platz, an dem sich Sibylla und Konrad niedergelassen hatten, und setzte sich auf die andere Seite.

»Ist es gestattet, Junker Artzt?«, fragte er spöttisch. Rehlinger wollte etwas erwidern, und sein säuerlicher Gesichtsausdruck sprach nicht von einer freundlichen Ablehnung, aber Sibylla bedachte ihn mit einem strengen Blick und nahm Jakobs Einladung freudig entgegen.

Jakob setzte sich und verlangte nach Wein und etwas Geflügel.

»Wie laufen die Geschäfte, Fugger?« Rehlinger musste sich sichtlich beherrschen, um ein freundliches Gespräch anzuknüpfen.

Jakob, dem gerade eingeschenkt wurde, ließ seine Lippen schmaler werden und antwortete: »Ich kann nicht genug klagen!«

Sibylla prustete heraus, sprühte ihren Schluck Wein über den Tisch und verschluckte sich, so musste sie lachen. Besorgt klopfte ihr der junge Rehlinger auf den Rücken, weil die Artztin nach Luft schnappte und über und über rot anlief.

»Bitte«, brachte sie endlich heraus, »bitte lasst mich in Ruhe essen, Jakob. Und Ihr, Konrad, wollt Ihr mir das Rückgrat brechen?«

Rehlinger lief rot an vor Verlegenheit. Jakob genoss seinen kleinen Sieg. Erfahrung und Schlagfertigkeit gewann man nicht zu Hause. Die Jahre auf Reisen lohnten sich.

Der Blick, den ihm sein Rivale zuwarf, sprach deutlich. Er solle sich samt seiner Frauenkleider davonmachen. Doch Jakob dachte nicht daran. In ihm war im Gegenteil ein Ehrgeiz eigener Art erwacht.

»Ihr gewährt mir für den nächsten Tanz Eure Hand, Junker Artzt?«, flötete er über den Tisch hinweg und nippte von seinem Roten.

»Verletzt Ihr nicht die Etikette, Fuggerin?«, gab seine Dame zurück. »Seit wann bitten die Weiber um den Tanz?«

Jetzt lachte Rehlinger laut und erhob sich, als die Musik einsetzte.

»Mein Kostüm ist das eines Hahns. So darf ich um die Hand …«

»Wovon träumt Ihr sonst, Rehlinger?«, fuhr Sibylla dazwischen. »Seit wann tanzen Männer mit Männern? Gott bewahre! Ich möchte Euch fragen, meine liebe Fuggerin, ob Ihr mir den nächsten Tanz verweigern wollt?«

»Mitnichten!«, griff Jakob das Spiel auf und raffte die Röcke beim Aufstehen. »Meinem Herren muss ich zu Willen sein.«

Als sie auf der Tanzfläche nebeneinander her schritten, sich dann fassten und eng aneinander gedrückt wiegten und hüpften, wollte Jakob sein Glück kaum fassen.

»Woher habt Ihr das Amulett, das Ihr um Euren Hals tragt, Sibylla?«, fragte er nach einer Weile.

Sie sah an sich hinunter und blickte auf die zwischen ihren Brüsten liegende Münze. Der Kopf eines Königs lugte ihr entgegen.

»Interessiert Euch wirklich die Münze oder das, was von ihr verdeckt wird, Jakob?«, gurrte Sibylla mit einem gefährlichen Unterton.

»Ich würde es nicht wagen, an das Darunter zu denken, obwohl ich gestehen muss …«

»Was?«, fragte Sibylla ein wenig zu rasch. Sie bemerkte selbst, wie unschicklich ihre Zwischenfrage gewesen war, und senkte den Kopf.

»... dass es natürlich die Münze ist, die mich interessiert.«
»Natürlich!«, nickte Sibylla.
Jakob musste zuerst einmal ausatmen. Die Fasnacht überwältigte ihn, der sich kaum um solche Vergnügungen gekümmert hatte. Die anzügliche Rede Sibyllas verschlug ihm beinahe die Sprache.
»Warum wollt Ihr das wissen?«, hakte Sibylla nach.
»Weil ich die Münze zu kennen glaube, Sibylla!«
Sibylla hielt inne. Die Tänzer hinter ihnen kamen aus dem Tritt, stolperten, stießen Jakob und Sibylla an. Das Mädchen nahm Jakob an der Hand und zog ihn hinter sich her von der Tanzfläche.
»Was wisst Ihr von diesem Anhänger? Sagt es mir, ich will es hören.« Ihre Stimme klang plötzlich befehlend, jeder Spott war verklungen. Jakob beobachtete, wie sich Konrad Rehlinger vom Stuhl erhob und zu ihnen hinüberspähte. Er sah seinem Gesicht die Frage regelrecht an: Was hat er sie gefragt, dass sie mit ihm vom Tanzboden stürmt?
»Wir sollten uns etwas Bewegung und frische Luft verschaffen, Sibylla Artzt.« Jakob versuchte die Stimmung Sibyllas auszunutzen. »Ich habe meinen Schlitten unten stehen. Was haltet Ihr von einer kleinen Rockenfahrt? Die Kissen sind mit glühenden Kohlepfannen vorgeheizt. Wollt Ihr?«
»Wenn Ihr mir die Geschichte der Preziose erzählt, Jakob?«
»Ich werde Euch die Geschichten aller Preziosen erzählen.«
»Ich gehe voran, Ihr folgt mir, Jakob«, flüsterte sie. »Die Frau Mutter könnte etwas dagegen haben – und natürlich Konrad. Er wacht wie ein Hofhund über mich.« Sie kicherte.
»Bei dieser Schönheit hat er allen Grund dazu«, flüsterte Jakob und küsste ihr galant die Hand.
»Welch verkehrte Welt«, seufzte Sibylla, »in der die Frauen den Männern den Hof machen.«
Sie sprang davon und huschte die Treppe hinab. Jakob zählte bis dreißig, dann erst folgte er ihr. Das Treppenhaus wurde nur

notdürftig von Kienspänen erleuchtet. Er musste langsam die Treppen hinabsteigen. Es ging zwei Stockwerke abwärts, aber bereits auf dem dritten Absatz öffnete sich oben die Tür zum Tanzsaal, und ein Mann trat hinaus auf die Treppe. Jakob hörte es am starken Schritt und den genagelten Schuhen. Rehlinger folgte ihnen.

Jakob hastete los. Vor dem geschlossenen Tor stieß er mit Sibylla zusammen, die in dessen Schatten gewartet hatte.

»Nicht so eilig, Herr Fugger«, riet sie ihm.

Jakob nahm Sibylla bei der Hand und schlüpfte mit ihr zusammen hinaus auf den Platz. Das Lärmen der Narren umgab sie, bis sie zum Schlitten gelangten. Er besaß zwei Sitzbänke nebeneinander, auf denen Felle ausgelegt waren. Der Diener erkannte den Herrn sofort, schlug die Deckfelle beiseite und half Jakob und Sibylla auf den Bock, zog die Pfannen heraus und stellte sie auf den Kutschenboden, damit die Füße gewärmt wurden. Dann setzte er sich vor sie und schnalzte mit der Zunge. Der Schlitten ruckte an, und Jakob sah noch im Augenwinkel, dass der junge Rehlinger aus dem Tor des Weberzunfthauses trat. Er blickte auf ihre Rücken. Jakob vermutete jedoch, dass er nur zu gut wusste, wen der Fugger an seiner Seite sitzen hatte.

Die Fahrt ging zum Gögginger Tor hinaus. Der Durchgang wurde zur Faschingszeit für die Herren der Stadt als nächtliches Ausgangstor für verschwiegene Schlittenfahrten benutzt. Man zahlte den Wächtern einen Obolus – und sie öffneten die Pforte. Die Zugbrücke blieb ohnehin unten – es regierten schließlich die Narren.

Jakob und Sibylla schwiegen, solange sie sich in der Stadt befanden. Sie saßen eng nebeneinander unter einem Berg von Fellen, bis zum Hals hin eingehüllt. Eine für die Jahreszeit milde Luft umwehte ihre Gesichter. Jakob fühlte die Wärme, die Sibyllas Körper entströmte.

»Die Frau Mutter wird nicht begeistert sein«, versuchte Jakob ein Gespräch. Er stellte fest, dass er in solchen Dingen nicht die nötige Übung besaß, und hielt es für das Beste, Sibylla gegenüber ehrlich zu sein.

»Ihr seid ein merkwürdiger Mann, Jakob«, erwiderte sie. »Könige und Herzöge gehen bei Euch ein und aus. Ihr zwingt den Herren dieses Landes in die Knie, weil Ihr ihm keinen Kredit gewährt, Ihr handelt mit Petersburg ebenso wie mit Rom und streckt Eure Arme so weit übers Land aus, dass man befürchten muss, sie würden Euch die Brust zerreißen – und dann findet Ihr nicht den Mut, mit einer Jungfer zu reden, die mit Euch unter einem Bärenfell sitzt.«

Um sie her taute es. Die Nacht war lau. Der Schnee zeigte dort, wo die Wiesen die Wärme des Tages aufnehmen konnten, bereits dunkle Lücken im Weiß. Es gluckerte und blubberte unterirdisch um sie her. Feenland umgab sie. Verzaubertes Reich.

»König Maximilian ist einfacher auszurechnen als Ihr, Jungfer Artzt. Frauen entscheiden nach anderen Gesetzen.« Jakob machte eine Pause und dachte nach. »Vielleicht nicht nach anderen Gesetzen, aber für sie gelten andere Wichtigkeiten. Ich kenne die Maße und Gewichte nicht, nach denen Frauen ihr Verhalten austarieren. Das ist schwierig. Ich muss es erst lernen.« Er räusperte sich. »Ihr könntet mir dabei helfen.«

»Warum sollte ich Euch helfen? Ihr beherrscht den Umgang mit Frauen sehr gut. Ihr seid noch etwas – vorsichtig, aber gerade das mögen Frauen.«

Sibylla beugte sich zu Jakob hinüber und griff unter der Felldecke an seine Brust. Sie zog seine Brosche ab und hielt sie ins Mondlicht. Der Diamant sammelte die Lichtstrahlen und feuerte sie in einer hellblauen Flamme in die Dunkelheit, als empfange er sein Licht aus einer anderen Welt.

»Es ist ein Wunder.«

»Die Welt ist voller Wunder. Davon ist dieses nur ein geringes. Ein Diamantschleifer aus den Niederlanden hat ihn mit glücklicher Hand bearbeitet. Sein Feuer verdankt er den Facetten. Nur eine kleine Krümmung im Winkel, ein ungleicher Schliff – und der gesamte Stein ist verdorben. Er erblindet. Viel Erfahrung und handwerkliches Können gehören dazu.«

»Wie bei Eurem Beruf, Jakob.«

Die Schellen am Schlitten klingelten. Der Mond warf ein gleißendes Licht über die Flur, und die Wertach glitzerte linkerhand wie ein silberdurchwirkter Schal mit ihren Eisgängen, die sich stauten und auftürmten und das Licht spiegelten.

»Die Natur ist ein unübertroffener Silberschmied. Nur schade, dass man die Schätze, die sie uns zaubert, nicht mitnehmen kann. Ich würde mir dieses Band gern ins Haar flechten.«

»Es würde Euch wundervoll kleiden, Sibylla.«

»Ich glaube, ich würde mich nachts aus der Stadt herausschleichen, nur um mir dieses Schauspiel nicht entgehen zu lassen.«

Jakob schmunzelte.

»Ihr seid eine kleine Elster, Sibylla Artzt. Kann es sein, dass Ihr deshalb dieses Kleinod um Euren Schwanenhals tragt?«

»Was wisst Ihr über das Schmuckstück, die Münze, Jakob? Erzählt!«

Sie rückte näher an ihn heran, griff unter dem Fell seinen Arm und schlang beide Arme darum. Jakob blieb beinahe die Luft weg. Er fühlte ihren Körper, ihre Wärme, ihre Weiblichkeit, die ihn gefangen nahm. Er räusperte sich.

»Wenn Ihr es unbedingt wissen wollt.«

»Unbedingt. Ich liebe Geschichten. Sie geben mir das Gefühl, mit der Vergangenheit in Verbindung zu treten. Es muss wundervoll sein, wenn man älter ist und auf sein Leben zurücksehen darf und in solchen Momenten all die Erinnerungen aufscheinen. Wenn man so voll von Geschichten ist, dass sie aus einem hervorquellen.«

»Zeigt mir das Medaillon, damit ich mich nicht irre. Ich möchte völlig sicher sein.«

Sibylla sah ihn ernst an, dann schlug sie das Bärenfell zur Seite. Sie präsentierte Jakob ihren Ausschnitt, auf dessen Spalte zwischen den beiden Brüsten die Münze lag. Jakob griff nach kurzem Zögern hin und barg das Medaillon. Ihre Haut am Ausschnitt fühlte sich samten an, war mit feinsten Härchen bedeckt und durch die plötzliche Kälte wie angeraut.

Jakob beugte sich zu ihr hinüber, betrachtete den goldenen Anhänger aufmerksam, drehte ihn hin und her, dabei berührte er die Haut wie zufällig. Sibylla zuckte ein wenig bei jedem Streifen seiner Hände.

»Es besteht kein Zweifel.«

»Woran?«, fragte sie ein wenig heiser in der Stimme.

»Wollt Ihr das wirklich wissen, Sibylla Artzt? Die Geschichte ist nicht gerade geeignet, Euch das Amulett vertrauter zu machen. Wo habt Ihr es her? Gekauft?«

»Aus dem Nest einer Elster!«

»Oh«, erwiderte Jakob. »Also doch eine Elster!«

Sibylla knuffte ihn in die Seite.

»Mir ist kalt«, sagte sie und schlug das Fell wieder zurück. Dabei drückte sie seine Hand auf ihre Brust und hielt sie dort fest. »Erzählt schon.«

»Das Kleinod gehörte einst der Tochter des Bürgermeisters Schwarz – Adelheid.«

Sibylla sah ihn mit großen Augen an. Anna und sie hatten das Flugblatt über die Hinrichtung des Zunftbürgermeisters wieder und wieder gelesen. Viel mehr jedoch hatte Sibylla das Schicksal seiner Tochter fasziniert. Adelheid hatte den Vittel-Sohn geliebt, dabei waren die Vittels erbitterte Gegner des Bürgermeisters gewesen. Gegen den Willen der Eltern hatte die Tochter jedoch an ihrer Liebe festgehalten. Sie war dafür gestorben.

»Adelheid trug das Amulett als Zeichen ihrer Verlobung«, fuhr Jakob fort. »Als sie – starb, verschwand es spurlos.«

Sibylla saß starr. Sie drückte Jakobs Hand so stark gegen ihren Busen, dass er befürchtete, sie würde sich selbst Schmerzen zufügen.

Adelheid war auf grausame Art und Weise ums Leben gekommen. Ihr Vater hatte ihren Verlobten suchen lassen, und Adelheid hatte ihn warnen wollen. Doch dazu war es nicht mehr gekommen. Ahnungslos geriet sie in eine Falle, die ihr Vater ersonnen hatte.

»Vielleicht hat sie es sich vom Hals gerissen, als sie untergegangen ist.« Sibyllas Stimme erstarb beinahe. »Vielleicht hat sie das Amulett ins Gras geworfen, weil ihr Geliebter sie verraten hatte? Vielleicht war er es sogar, der sie in diese Falle gelockt…«

»Pst!«, unterbrach Jakob sie und fuhr ihr mit dem Finger über die Lippen. »Es ist lange her. Es ist ein Zeichen der Treue. Allein das zählt.«

Sibylla wandte ihm den Kopf zu und blickte lange in Jakobs Augen. Er hielt ihrem Blick stand. Sie ließ langsam seine Hand los, schluckte hörbar.

»Mich friert. Kehren wir zurück?«, bat sie mit heiserer Stimme.

»Wie Ihr befehlt, Herrin!«, lächelte Jakob. Er hatte gesiegt. »Darf ich Euch diese Brosche zum Zeichen meiner – Hochschätzung – verehren, Jungfer Sibylla?«

Er sah das Glänzen in ihren Augen, das sie tatsächlich mit den Elstern gemein hatte. Jakob ließ den Schlitten wenden und bat den Kutscher, den Gaul etwas zu treiben. Unter dem silbernen Blick des Mondes kehrten sie ins närrische Treiben der Stadt zurück.

»Was wird die Frau Mutter dazu sagen, Jakob?«, fragte Sibylla.

KAPITEL 20

»Die ganze Stadt spricht davon, Sibylla!«

»Die ganze Stadt oder nur du, Konrad?«

Konrad Rehlinger nahm Sibyllas Hände und zog sie zu sich heran. Sie standen auf der hausabgewandten Seite der Mauer im hinteren Garten. Der Efeu, der einen Teil der Ziegelmauer überwucherte, hatte zwischen der Buche und dem Mauerwerk

eine kleine Höhle geschaffen, die Sibylla seit jeher als Unterschlupf aufsuchte.
»Küss mich, damit ich glaube, was du sagst!«, forderte Konrad.
»Wenn du mir ohne Kuss nicht glaubst, bist du der Falsche.«
Sie versuchte sich loszumachen, aber ihre Kraft reichte nicht aus. Konrad zog sie noch näher heran, spitzte die Lippen und forderte den Kuss.
»Was soll das?«, fauchte sie und stieß mit aller Kraft ihre Hände gegen seine Brust.
Betreten ließ Konrad los. Einen derartigen Wutausbruch hatte er nicht erwartet.
Ihre Wangen glühten, ihre Lippen zitterten. Tränen standen ihr in den Augen.
»Tu das nie wieder, hörst du, nie wieder!«
Sibylla wollte sich umdrehen und das grüne Versteck verlassen, aber Konrad hielt sie zurück.
»Ich will dir etwas zeigen, Sibylla. Etwas, was deinen Herrn Fugger in einem anderen Licht erscheinen lässt. Glaub mir.«
»Was kannst du mir schon zeigen?«, konterte sie.
Die Uhr vom Perlach her schlug zur Ratsstunde.
»Die Herren Räte werden ihren Umtrunk halten. Um diese Zeit verlässt Jakob normalerweise das Kontor«, sagte Konrad.
»Und? Er muss ja nicht den ganzen Tag hinter dem Schreibpult stehen. Du tust auch nichts.«
Konrad lächelte schief. Er streckte seine Hand aus, um sie an der Wange zu streicheln, aber sie entzog sich ihm.
»Lass das!«, sagte sie.
Konrad zögerte und senkte den Kopf. Plötzlich änderte sich sein Gesichtsausdruck. Sibylla kannte diese zusammengepressten Lippen, diese zusammengezogenen Brauen und die Faust, zu der sich seine rechte Hand geballt hatte. Sein Entschluss stand fest.
»Komm mit. Wenn wir uns beeilen, treffen wir deinen Jakob noch.«

»Es ist nicht mein Jakob. Er ist mir zu alt!«, versuchte sie zu protestieren, aber Konrad war bereits aus dem Versteck geschlüpft und lief zur Pforte.

Ohne ein Wort sprangen sie den Judenberg hinunter und hasteten den Vorderen Lech entlang, bis sie zum Predigerberg gelangten. Dort hielt Konrad Sibylla zurück.

»Wir müssen warten«, flüsterte er ihr zu.

Es dauerte nicht lange, und Sibylla erkannte Jakob Fugger, der in eine dunkle, bodenlange Schaube gehüllt die Straße hinunterlief. Er hatte seine Seidenkappe mit einem Barett getauscht, an dem eine Feder hing. Wenn sie nicht gewusst hätte, dass sie beide Jakob Fugger suchten, hätte sie ihn in dieser Verkleidung nur auf den zweiten Blick erkannt.

»Wo geht er hin?«, fragte sie und fühlte plötzlich eine Neugierde, die sie unruhig machte.

»Wir folgen ihm«, sagte Konrad nur, nahm Sibylla an der Hand und hastete hinter dem Fugger her, der zielstrebig abbog und durch das Gassengewirr lief. Er schien zu wissen, wohin er wollte, denn er zögerte keinen Augenblick.

Plötzlich schauderte es Sibylla. Sie gelangten in eine Gasse, die sie kannte. Keine hundert Fuß vor ihr befand sich das Haus des Lebzelters. Konrad drückte Sibylla in einen Hauseingang. Von hier aus konnten sie Jakob sehen, wie er am Haus des Lebzelters vorüberlief und am Ende der Gasse an einer Tür klopfte.

Als sie geöffnet wurde, erschrak Sibylla erneut. Es war die Jenna, die ihn empfing. Bevor Jakob eintrat, blickte er suchend die Gasse hinauf und hinunter. Als er sich vergewissert hatte, dass ihn niemand sah, schlüpfte er ins Haus.

Erst jetzt löste sich die Spannung, die Sibylla befallen hatte, sobald sie die Gasse betreten hatten.

»Wer wohnt im Haus des Lebzelters?«, fragte sie Konrad.

»Willst du nicht wissen, in welches Haus dein Fugger gegangen ist?«, fragte der zurück.

»Hör zu, Konrad«, Sibylla packte Konrad am Wams und zog ihn

zu sich hinab, »er ist nicht mein Fugger und wird es nie werden. Wenn du das nicht verstehst, kann ich nichts daran ändern. Also – wer wohnt im Haus des Lebzelters?«

Konrad sah Sibylla betreten an.

»Niemand. Es steht leer.«

Als würde sie von diesem Haus angezogen, ging Sibylla darauf zu, bis sie vor dem Tor zu stehen kam. Sie musste wissen, was sich dahinter befand. Sie musste in dieses Haus hinein, koste es, was es wolle. Ihre Erinnerung an diese eine Nacht wurde in ihr übermächtig.

»Wie lange wird Jakob bei der Jenna liegen?«

Jetzt sah Konrad Sibylla an, als hätte sie ihm erzählt, wo der Schatz des römischen Statthalters der *Augusta vindelicum* vergraben liegt.

»Eine gute halbe Stunde, kaum länger.«

»Dann haben wir Zeit. Mach das Tor auf!«

»Aber …«, wollte Konrad protestieren. Sibylla hatte bereits nach seinem Dolch gegriffen, den er an der Seite trug, und schob ihn in den Spalt zwischen den beiden Torflügeln. Mit aller Kraft hob sie ihn an. Der Riegel löste sich, der Balken innen fiel mit einem hörbaren Schmettern. Sibylla drückte das Tor auf und schlüpfte hindurch. Konrad folgte ihr, leichenblass um die Nase.

»Wenn uns jemand gesehen hat, landen wir in den Hexenlöchern.«

»Unsinn«, antwortete Sibylla, die etwas verwirrt war. Der Hof hinter dem Tordurchgang war nicht eng, sondern weit und beherbergte in der Mitte einen Backofen, der von außen geheizt werden konnte.

Das Haus betrat man rechterhand. Ohne sich um Konrad zu kümmern, öffnete Sibylla die Haustür, die nur angelehnt war, und suchte nach der Kellerfalltür, fand jedoch keine.

»Was suchst du?«, fragte Konrad in ihrem Rücken, und Sibylla fuhr erschrocken herum. Sie hatte ihren Begleiter völlig vergessen gehabt.

»Einen Keller!«

»Die Häuser haben keine Keller«, sagte Konrad und sah die Treppe hoch, die sich in einer engen Spirale in den nächsten Stock hinaufwand. »Der Estrich liegt gerade über der Wasserlinie der Kanäle. Jeder Fuß, den du hier nach unten gräbst, läuft dir voll Wasser.«

»Aber ich …«, wollte Sibylla ihr Erlebnis mit dem Lebzelter berichten, bis ihr bewusst wurde, dass sie dieses Haus heute zum ersten Mal betrat. Die Geschichte mit dem Mädchen stimmte so nicht, wie sie es sich zurechtgelegt hatte. Es war die Einbildung gewesen, die ihr einen Streich gespielt hatte, damals, als sie vor dem Tor dieses Hauses gestanden und sich ins Innere des Gebäudes hineingeträumt hatte.

»Weißt du, ob der Lebzelter eine Familie hatte?«, fragte sie nach.

»Nein. Er hatte nur sich. Deshalb war er etwas wunderlich«, antwortete Konrad, der jetzt selbst neugierig auf das Anwesen war. Sie stiegen in den ersten Stock hinauf und gingen tief in das Haus hinein. Alles war leer geräumt.

»Es ist ein altes Färberhaus. Es steht quer zur Gasse«, sagte Konrad.

Sie konnten den gesamten Garten entlang im Haus nach hinten gehen, bis das Gebäude ans Nachbargrundstück stieß. Alle anderen Häuser dieser Zeile waren kürzer. Ihr Garten war so breit wie das Haus selbst. Beim Lebzelterhaus wurde die Hälfte des Gartens vom längsseitigen Gebäuderiegel eingenommen. Sibylla öffnete einen Holzladen und spähte hinaus. Man konnte die fünf Nachbarhäuser sehen, in die Gärten blicken und sogar in die Wohnungen. Sie zuckte zusammen, als sie von oben auf das vierte Haus der Reihe sah und im Garten, der von hohen Hecken gesäumt war, Jakob und die Jenna erkannte. Die Hübschlerin war halb nackt, jedenfalls hatte sie nur eine durchsichtige Gaze um die Schultern geschlungen, die ihre Brüste frei ließ. Sibylla fühlte, wie ihre Wangen anfingen zu glühen.

Gleichzeitig erinnerte sie sich daran, wie die Jenna sie von der Straße weggefangen hatte. Undeutlich hatte sie in ihrem Schlaf, wenn es tatsächlich ein solcher gewesen war, eine Stimme gehört. Sie hatte sich über ihren Körper unterhalten, hatte sie beschrieben, und sie war das Gefühl nicht losgeworden, den Blicken, die zu dieser Stimme gehört hatten, schutzlos ausgeliefert zu sein. Bislang hatte sie den Ton dieser Stimme dem Lebzelter zugesprochen, hatte ihn für ihre Scham verantwortlich gemacht, die sie erfüllte, wenn sie nachts von dieser Demütigung träumte. Jetzt war sie sich nicht mehr sicher. Die Stimme konnte auch jemand anderem gehört haben. Vielleicht hatte sie auch hier ihre Phantasie genarrt, wie bei dem Haus vom Lebzelter, das ihr lange Zeit so deutlich vor Augen gestanden war, als hätte sie es tatsächlich betreten.
Sibylla betrachtete, wie Jakob Fugger und Jenna miteinander spielten, wie sie sich neckten und reizten, und fühlte gleichzeitig, dass es sie selbst in eine Spannung versetzte, von der sie nicht recht wusste, wie sie damit umgehen sollte.
Als sich Konrad zu ihr stellte und ihren Hals mit seinen Lippen berührte, wurden ihr die Beine schwach.
Konrad umfasste ihre Hüfte, legte seine Hand auf ihren Bauch.
»Siehst du, was Jakob macht?«, fragte er Sibylla, die die Augen wieder geschlossen hatte und sich ganz auf Konrads Lippen konzentrierte.
Sie wollte es gar nicht sehen, wollte das Fenster wieder schließen und sich ganz Konrads Händen überlassen, öffnete aber dennoch die Augen und sah, wie sich Jakob über den Körper der Jenna beugte, die ihm ihre Brüste entgegenhielt.
Sanft legte sie ihre Hände auf die Konrads und drückte sie gegen ihren Bauch. Er würde niemals zu weit gehen, würde sie nie bedrängen. Sie wusste es einfach. Zuversicht durchströmte sie. Ihr Begehren wuchs, aber sie durfte ihm nicht nachgeben.
»Konrad«, flüsterte sie, »bitte …«
»Was?«, hauchte Konrad zurück.

Seine Hand fühlte sich heiß an. Sibylla wusste genau, worauf er wartete. Sie öffnete die Augen und erblickte Jakob vor sich, wie er sich über der Jenna abmühte. Der Anblick ging ihr durch und durch. Sein Keuchen, das bis hierher zu vernehmen war, verscheuchte ihre eigene Erregung. Mit einem Schlag empfand sie nichts mehr, war das Gefühl wie ausgeblasen.

Die Sonne war über die Dächer weggezogen. Schatten hielt die Hinterhöfe im Griff.

Sie drehte sich zu Konrad um, drückte ihren Kopf kurz an seine Brust und genoss das Gefühl der Sicherheit, das er ihr gab. Wenn er bei ihr war, verflüchtigten sich alle ihre düsteren Gedanken und machten einem warmen Gefühl Platz.

Endlich entwand sie sich seinen Armen. Sie gab ihm einen Kuss auf den Mund und sagte: »Wir müssen gehen, Konrad, bevor jemand auf uns aufmerksam wird.«

Konrad nickte. Sibylla nahm ihn an der Hand und zog ihn hinter sich her die Treppe hinunter.

KAPITEL 21 »Sag, dass du mich liebst!«, drängte Konrad und rückte näher an Sibylla heran. Anna, die in einiger Entfernung saß und Wäsche stopfte, warf ihm einen finsteren Blick zu.

Sibylla zupfte die Laute und summte dazu. Die letzten Sonnentage hauchten eine Wärme aus, die bereits mit der Furcht vor einem frühen Herbsteinbruch vermischt war. Gegen Abend kühlte die Luft rasch aus.

»Soll ich dir mein Lied vorsingen? Ich habe es selbst erfunden.«

Sie schlug eine Melodie auf ihrer Laute an. Dabei stach sie die Nadel ihrer Brosche gegen die Brust, so dass sie die Laute absetzte und sich an ihren Busen griff.

Anna hob den Kopf und beobachtete stirnrunzelnd das Treiben am Wassertrog. Sibylla saß am einen Ende des Beckens, Konrad am anderen.

»Sieh nur«, machte Konrad sie auf einen Schmetterling aufmerksam und deutete auf den Beckenrand.
Ein Pfauenauge ließ sich auf dem Rand des Trogs nieder und leckte mit einer langen schwarzen Zunge die moosige Feuchtigkeit auf. Sibylla bewunderte die bunten Farben dieser Tiere. Sie versuchte mit leichten Kopfbewegungen das Schillern des Sonnenlichts auf den Flügeln des Schmetterlings einzufangen. Die Strahlen huschten über die Flügeldecken hinweg.
»Schau ihn dir an, Konrad. Ist es nicht wundervoll, dass der Herr solche Geschöpfe geschaffen hat? Muss diese Welt nicht ein Wunder sein, wenn sich die Wunder im Kleinsten widerspiegeln? Jeder kann ein König werden. Er ist der König der Schmetterlinge.«
Sibylla sprang vom Rand des Beckens, lehnte ihre Laute an einen Busch, näherte sich dem Schmetterling und fing ihn in den hohlen Händen. Lachend drehte sie sich um ihre eigene Achse und hielt die geschlossenen Hände hoch.
»Sibylla, das darfst du nicht. Lass ihn sofort frei. Du kannst nicht zuvor von Wundern reden und diese Wunder gleichzeitig foltern.«
»Dem Schmetterling ist es egal. Er glaubt, es wäre Nacht«, erklärte Sibylla trotzig. »Weißt du, dass das Schillern der Schmetterlinge nur Blendwerk ist? Wenn man ihn seiner Farbe entkleidet, ist er ein recht hässliches Ding.«
»Lass ihn frei, Sibylla. Er hat dir nichts getan. Ein Pfauenauge ist der letzte Bote des Sommers. Willst du ihn dem Herbst opfern?«
In Sibyllas Händen flatterte der Schmetterling und kitzelte sie an den Handflächen. Sie schüttelte die Hände, so dass das Pfauenauge wild gegen ihre Handflächen schlug. Dann hauchte sie durch eine Lücke zwischen den Fingern in die Höhlung, damit es feucht wurde, und schüttelte die Hände noch einmal. Das Tierchen schlug unentwegt mit den Flügeln in dem engen Gefängnis.

Konrad war näher gekommen und beäugte neugierig Sibyllas Tun.

»Pass auf, Konrad, jetzt hole ich das Pfauenauge heraus.«

Langsam öffnete Sibylla die Hände. Das Tier saß erschöpft auf der Innenfläche der Hand. Die Flügel waren beinahe gänzlich durchsichtig. Langsam öffnete Sibylla ihre Handflächen. Sie schimmerten in den Regenbogenfarben.

»Wenn man ihn in Angst versetzt, gibt er seine Hülle auf.«

Fasziniert starrte sie auf den völlig kahlen Schmetterling. Ein Windhauch wehte ihn von Sibyllas Hand, unsicher flatterte er davon. Das Mädchen besah sich ihre Handflächen, dann zerrieb sie den feinen Schmetterlingsstaub in den Händen und strich ihn sich übers Gesicht. »Ich habe ein wenig von einem Schmetterling«, sagte sie und hielt ihr Gesicht in die Sonne.

»Das genügt für heute, Sibylla«, unterbrach plötzlich eine Stimme die Stille. Die Artztin trat in den hinteren Garten. »Konrad Rehlinger«, sie hielt ihm ihre Hand entgegen, »vielen Dank, dass Ihr meiner Tochter Gesellschaft geleistet habt. Verabschiedet euch voneinander. Wir haben Wichtiges zu besprechen.«

Sibylla warf der Mutter einen bösen Blick zu.

»Du bist wahrlich ein Schmetterling, Sibylla«, sagte Konrad und verbeugte sich. Der Artztin nickte er zu, drehte sich um und verschwand zur hinteren Pforte hinaus.

»Geh ins Haus«, forderte die Artztin Sibylla auf und bedeutete Anna gleichzeitig, sie solle sitzen bleiben.

Sibylla fügte sich widerwillig. Betont langsam schlenderte sie durch die Mauerpforte und lief, von den Blicken der beiden Frauen verfolgt, bis zur Terrasse. Dort, wusste Sibylla, verloren die beiden sie aus den Augen, weil der Weg eine leichte Biegung beschrieb. Schnell wandte sie sich um, schlüpfte in den Garten hinein und schlich sich zurück zur Mauer, zu ihrem alten Kletterbaum, der Buche. Rasch zog sie sich hoch und stand, den Kopf gerade über die Mauer reckend, auf Horchposten, als die beiden Frauen zu reden begannen.

»Wie ernst ist es dem Rehlinger, Anna?«, hörte sie ihre Mutter sagen.
»Sehr ernst. Er weicht kaum von ihrer Seite. Wenn ich nur den Kopf wegdrehe, fingern seine Hände an ihr herum.«
»Aber ob er eine gute Partie für Sibylla ist?«
Anna wiegte bedächtig den Kopf und fuhr mit der Nadel durch die Wollfäden.
»Ihr wildes Wesen vergrault die Bewerber.«
»Hast du den Fugger gesehen?«
»Seit er mit ihr an Fasnacht in den Gärten draußen war, hat er sich rar gemacht«, erwiderte Anna. Sie sprach so leise, dass sich Sibylla vorbeugen musste, um noch etwas zu verstehen. Sie stand auf den Zehenspitzen, und das strengte an. Als der Name Fugger fiel, tastete sie mit der Hand an ihre Brosche. Der Diamant darauf fühlte sich eisig an. Reichtum, dachte sie für einen kurzen Moment, war nichts für das Herz. Er füllte den Beutel, verdrängte jedoch jegliches Mitgefühl.
»Er ist anderweitig beschäftigt, wie man hört.«
»Man hört so einiges«, bestätigte die Artztin. »Jakob Fugger soll den König brüskiert haben, weil er seiner Einladung nach Füssen nicht gefolgt ist. Das kann nur ein ganz Großer.«
»Glaubt Ihr, Herrin, dass solch ein Mann eine Partie für Eure Tochter ...«
»Was weißt du schon, Anna? Die Töchter der Augsburger Patrizier stehen Schlange vor dem Tor dieses Junggesellen. Wenn es ihnen möglich wäre, würden sie ihm ihre Töchter ins Bett legen, nur in der Hoffnung, er heirate das Mädchen in anderen Umständen.«
»Ich verstehe das nicht, Herrin. Würdet Ihr Eure Tochter ...«
Sibylla fuhr sich mit der Hand an den Mund, als sie Annas Worte leise ergänzte. »... verschachern wollen?«, hatte der Amme auf den Lippen gelegen. Ihre Mutter wollte sie verkaufen.
»Das kommt auf den Fugger selbst an. Darauf, wie er sich aus der Bedrängnis windet. Die Herren Gossembrot, Herwart und

Baumgartner hoffen bereits, die Fuggerbrüder auszustechen. Die Fugger haben dem König angeblich über einen Boten ausrichten lassen, sie könnten ihm keinen weiteren Kredit gewähren. Die Augsburger Kaufherren wittern Morgenluft und fordern vom König, wie man hört, alle Fuggerwerke in Kärnten zu schließen. Maximilian hat sofort reagiert. Tatsächlich hat Maximilian bereits die Schließung von Fuggerstollen und Umschlagsplätzen der Unternehmung verfügt.«

Sibylla hörte aus der Stimme der Mutter zweierlei heraus. Einmal wusste sie nicht recht, wie sie die Haltung Jakob Fuggers beurteilen sollte. Waren Jakob und die Firma Ulrich Fugger damit in die Knie gezwungen, oder hatte Jakob einen Trumpf in der Hinterhand, mit dem er die Augsburger Kaufleute ausstechen konnte? Die Tatsache, dass er sich nicht in Augsburg aufhielt, nahmen viele als Zeichen höchster Gefahr. Andererseits bewunderte sie den Mann, der es wagte, dem König die Stirn zu bieten. Sie waren alle abhängig von diesem König. Alle – bis auf Jakob. Er allein hatte den Mut, Nein zu sagen, und das imponierte Sibylla. Ihre Amme dachte offenbar ähnlich, denn mit einem gewissen Stolz in der Stimme verkündete sie: »Fuggers Schläue ist noch jedem Blutgeborenen gewachsen gewesen.«

»Er verstößt gegen ein heiliges Gebot. Die Obrigkeit ist von Gott gesetzt. Ihr nicht zu gehorchen wäre ein Sakrileg, eine Todsünde.«

»Die Fuggers Geld zu einer verzeihlichen Sünde verringern kann«, beharrte Anna.

Sibylla nickte. Anna hatte Recht. Jakob war ein Mann, der sich um nichts und niemanden scherte. Sie drückte den Diamanten auf ihrer Brosche und versuchte ihn zu erwärmen. Der Weber war aus anderem Holz geschnitzt als Konrad.

»Wird der Fugger sich um Sibylla bemühen?«

»Es müsste für ihn einen triftigen Grund für eine Heirat geben.«

Sibyllas Mutter zuckte hilflos mit den Schultern. »Nenn mir einen, Anna.«

»Wurde ihm nicht verwehrt, in die Geschlechterstube einzuziehen? Wenn er je heiraten sollte, dann nicht einer schönen Frau wegen, sondern ...«

»... eines Namens wegen, den der Weber selbst nicht erlangen kann! Natürlich! Der Name Fugger bedeutet nichts in Augsburg. Der Name Artzt dagegen verheißt Einfluss.« Die Artztin klatschte mit den Händen vor Aufregung. »Und wir könnten uns eines Brunnens versichern, dessen Quelle niemals versiegen wird. Geld gegen Schönheit und Familienname. Ein Geschäft auf Gegenseitigkeit.«

Anna hatte ihr offenbar einen Weg gezeigt, die Gunst Fuggers für die Tochter zu erringen.

»Wollt Ihr Eure Tochter wirklich dem Fugger geben?«, fragte Anna beiläufig. Sibylla ahnte, was ihre Amme bewegte. Sie wollte ihren Schützling vor Ungemach bewahren.

»Wie meinst du das, Anna? Soll ich sie vielleicht diesem Schönling Rehlinger vorwerfen?«

»Rehlinger ist vermögend und aus gutem Haus. Sie würden zusammen nicht unglücklich werden.«

Die Artztin gab keine Antwort. Sibylla sah, wie es hinter der Stirn ihrer Mutter arbeitete. Sie dachte an das Geld, das viele Geld, an die Verbindungen, an den Aufstieg. Konrad besaß nicht den Biss, den Jakob zeigte.

»Für die Ehefrau Jakobs«, warf Anna ein und unterbrach die Überlegungen ihrer Herrin, »wird die Ehe ein Martyrium werden. Ein Mann wie Jakob Fugger wird, wenn er je heiratet, seiner Ehefrau ohne Zweifel die Welt zu Füßen legen. Er selbst aber wird dabei kaum zugegen sein. Schaut doch, wie oft er in der Weltgeschichte umherreist. Kaum einen Sommer ist er in Augsburg. Immer unterwegs.«

Diesmal wiegte Sibyllas Mutter den Kopf und seufzte. Sibylla unterdrückte ein schmerzhaftes Stöhnen. Sie hatte einen

Krampf in einem der Unterschenkel, weil sie sich ständig auf den Zehenspitzen strecken musste.

»Das ist nicht das Schlechteste«, murmelte die Artztin gerade so laut, dass Sibylla es verstehen konnte. Warum sollte es gut sein, wenn der Ehemann weg war? Sibylla überlegte, kam jedoch zu keinem vernünftigen Schluss. Sie stellte sich vor, dass sie es genießen würde, wenn sie ihren Mann zur Seite hätte. Sie seufzte unwillkürlich, fuhr sich aber mit der Hand an den Mund. Keine der Frauen hob den Kopf. Niemand hatte sie gehört.

»Anna, du musst darauf achten, dass sich dieser Rehlinger nicht in das Herz unserer Sibylla schleicht. Ich will keine Annäherungen, die unserem Ruf schaden. Außerdem, … du weißt schon, Anna. Sie ist in einem gefährlichen Alter.«

»Es wird schwer, Herrin. Konrad Rehlinger wirbt stark um ihr Herz. Sie kennen sich von Jugend auf. Der Funke wird zünden. Sibylla fühlt. Ich kann es sehen.«

Sibylla musste lächeln, obwohl hier um sie verhandelt wurde, als wäre sie ein Stück Lende. Anna kannte sie gut, sehr gut. Sie verschwieg, dass zwischen ihr und Konrad bereits mehr im Spiel war als die Gewohnheit derer, die sich häufig sahen. Dennoch hörte Sibylla den Namen Fugger gern. Er besaß einen Zauber, eine unbestimmte Magie.

»Was weiß das Mädchen schon? Man munkelt, mit dem alten Rehlinger stehe es wirtschaftlich nicht zum Besten. Während Jakobs Geschäfte blühen und gedeihen. Ich werde meine Tochter in die richtige Richtung lenken. Jakob wird heiraten, ich weiß es. Nichts wird die Mehrer und Ratsgeschlechter mehr ärgern, als wenn er in eine ratsfähige Familie Augsburgs einheiratet. So weit kenne ich den Weber. Sibylla wird darauf vorbereitet sein.« Sie wandte sich zum Gehen, verhielt jedoch nach wenigen Fuß den Schritt und drehte sich zu Anna um. »Achte mir auf die Blüte«, sagte die Artztin noch. Sie wartete die Zustimmung seitens der Amme nicht mehr ab, sondern schritt durch den Bogen hindurch.

Sibylla hielt den Atem an. Vom Weg her war sie vor Blicken gut geschützt, denn der Efeu rankte auch auf dieser Seite der Mauer stark. Ihr Herz stockte, als ihre Mutter keine Armlänge entfernt an ihr vorüberkam. Sibylla glaubte schon, die Mutter getäuscht zu haben, als diese plötzlich stehen blieb und scharf zischte: »Sibylla. Komm sofort her. Wir haben miteinander zu reden. Und versuch nicht, mich zu hintergehen!«
Danach ging sie auf das Haus zu. Die Schleifen ihrer Haube wehten in den letzten warmen Böen des Herbstes.

KAPITEL 22 »Ihr habt Euch bei der Augsburger Kaufmannschaft nicht gerade beliebt gemacht, Fugger.«
Jakob Fugger sah Wilhelm Artzt unverwandt in die Augen.
»Sie soll mich nicht lieben, sie soll mich fürchten, Eure Augsburger Kaufmannschaft.«
In den Augen Wilhelm Artzts beobachtete Jakob Fugger ein spöttisches Blinken. Sicher wusste er bestens Bescheid über seine angeblich prekäre Lage in Tirol und im Kupferhandel.
Sie saßen sich in der besten Stube des Artzt'schen Hauses gegenüber und belauerten sich. Die Holzvertäfelung wirkte düster. Die Eichenholzbretter der Wand waren nachgedunkelt, der schwere Tisch gab dem Raum Gewicht. So, das wusste Jakob, wollte er sein eigenes Haus nicht einrichten. Der Raum atmete nicht, er behinderte das Atmen. Hier konnten die Gedanken nicht schweifen, sondern drückten sich verängstigt in die letzten Winkel des Verstands. Wenn er diese Art zu wohnen mit der niederländischen oder italienischen verglich, wusste er, warum die Augsburger so schleppend und mürrisch neue Ideen aufnahmen. Neuerungen brachen den häuslichen Kokon auf – und das schmerzte. Selbst das Kaminfeuer, das den Raum überschlug, gloste mürrisch vor sich hin, ohne richtig Luft zu bekommen und aufzuflackern.
»Zurzeit halten Euch die Gossembrot und Herwart eher an der

Leine, Fugger. Oder täusche ich mich?« Wilhelm Artzt griff nach dem Wein und prostete Jakob Fugger zu, der ebenfalls seinen Becher nahm und an dem Tropfen nippte. Von Wein verstand Wilhelm Artzt etwas, das musste ihm der Neid lassen. Jakob hatte gehört, dass er die Fässer öffnen, ausseihen und schließlich wieder verschließen ließ. So verhinderte er, dass die Holzstängel dem Wein einen bitteren Beigeschmack mitgaben. Das zeichnete sich aus.

»Auf Eure Geschäfte, Fugger«, lautete der Wahlspruch. »Auf dass sie sich durch die Augsburger Konkurrenz nicht behindern lassen.« Er hob den Becher, trank und beobachtete über den Rand hinweg die Reaktion Jakobs.

Der sah genau, dass Wilhelm Artzt jede seiner Regungen verfolgte, dass er sie aus seiner Miene zu lesen versuchte. Das war in den letzten Monaten offenbar das Spiel aller Kaufherren in der Stadt geworden, denn kaum betrat er die Straße, drehten sich die Köpfe zu ihm um. Geht er schleppend, schienen sie zu fragen. Beugen ihn die Sorgen? Weiß er, wo er seine Gelder herbekommen kann? Wie hoch sind die Verluste?

Aber sein federnder Schritt, seine gute Laune straften die Unken Lügen, die den nahen Untergang der Fugger'schen Unternehmung prophezeiten. Er hatte den König herausgefordert. Das war für viele gleichbedeutend mit der Ungeheuerlichkeit, den Papst zu verleugnen oder auf die Bibel zu spucken. Der Satz in Füssen, gesprochen von einem Fugger'schen Boten, er sei im Moment nicht in der Lage, Maximilian von Gottes Gnaden einen Kredit zu gewähren, hatte eine heilsame Unruhe unter den Kaufleuten ausgelöst. Sie betrieben seinen Sturz, versuchten sich bereits als Erbnehmer. Jedoch hatte er, Jakob Fugger, dabei ein Wort mitzureden. Noch ahnte niemand etwas von den ungarischen Verbindungen und seinen Plänen, die Kupfererträge von den Thurzos auf den venezianischen Markt werfen zu lassen, um die heimischen Kaufleute in Bedrängnis zu bringen.

»Wisst Ihr, Artzt, man sollte Gerüchten nur dann folgen,

wenn ihnen ein Funken Wahrheit anhaftet. Ansonsten verliert man.«

Wilhelm Artzt schmeckte dem Wein nach. Dann griff er nach einem Stück Brot, kaute lange und eröffnete schließlich das Gespräch.

»Ihr seid nicht hierher gekommen, um mit mir über Kredite zu verhandeln, Fugger. Noch wollt Ihr vermutlich über Eure Vermögensverhältnisse sprechen. Was also treibt Euch in mein Haus?«

Jakob hätte sich gewünscht, er könnte über das, was ihn antrieb, ebenso offen sprechen wie über seine Kupfer- und Silbergeschäfte. Das fiel ihm weitaus leichter, als über eine Angelegenheit zu sprechen, für die er eigentlich nicht mehr das rechte Alter besaß. Achtunddreißig Lenze zählte er bereits und galt weithin nicht mehr als der strahlende Freier, der er vor zehn Jahren gewesen war. Das schüttere Haar, die tiefen Falten um den Mund, die Haut, die wie aufgeklebtes Pergament wirkte, sein faltiger Hals, all das machte ihn nicht zu einer Schönheit und damit sein Anliegen doppelt schwierig.

»Kurzum, Artzt. Ich will nicht lange um den heißen Brei schleichen.« Er bemerkte, wie ihm die Stimme versagte, die ihn bislang in keiner Situation im Stich gelassen hatte. Jakob räusperte sich. Wilhelm Artzt blickte amüsiert in seinen Becher. Offenbar überlegte er, was Jakob Fugger veranlasst haben konnte, so unsäglich unsicher zu wirken. Beinahe wie ein Banklehrling, der zum ersten Mal zum Einlösen eines Wechsels geschickt wird.

»Ich …«, zögerte Jakob und gab sich schließlich einen Ruck, »… ich möchte um die Hand Sibyllas anhalten. Ich wünsche mir, mit Eurem Einverständnis, Sibylla zur Frau!«

Jetzt war es gesagt, und Jakob fühlte sich unsagbar erleichtert. Selbst das Kaminfeuer, das zuvor nur vor sich hin geglost hatte, sprang mit einigen Flammen wieder an und prasselte, weil es neue Nahrung gefunden hatte.

Jetzt, fühlte Jakob, lastete die Unsicherheit auf anderen Schultern. Wilhelm Artzt versuchte Jakobs Blick auszuweichen, setzte seinen Krug an die Lippen, nippte vom Wein, ohne wirklich zu trinken, und schlürfte letztlich den gesamten Becher in einem Zug aus.

»Es überrascht mich, Euch auf Freiersfüßen unterwegs zu sehen, Fugger.«

»Man bemerkt so manches erst, wenn es einen direkt betrifft, Artzt«, entgegnete Jakob leichthin. Er spürte die Schwäche seines Gegenübers. Das war wieder seine eigene Welt. Zu erfühlen, welche Möglichkeiten eine Situation in sich barg, welche Gewinnchancen sich boten.

»Ich … äh … kann das … äh … nicht selbst entscheiden«, stotterte Wilhelm Artzt und fuhr sich mit der Hand übers Gesicht, als müsse er sich vergewissern, dass es noch dort war, wo er es am Morgen platziert und gefühlt hatte. »Ich muss dazu … äh … meine Tochter befragen. Sie soll … ich meine, sie muss … Ihr wisst, Fugger, wie schwierig die Kinder heute sind.«

Jakob beugte sich vor und fasste Wilhelm Artzt fest ins Auge. Seine Lippen waren schmal wie ein Federstrich. Er legte einen Beutel auf den Tisch, den er aus der Innenseite seines Wamses zog.

»Ich weiß, dass ich nicht zu den jungen Springern zähle, Artzt. Meine Haare werden grau, das Gesicht wird faltig. Ich kann nur zwei Gründe ins Feld führen, die mich als Bräutigam rechtfertigen können: Ich bin kein junger Bock mehr, der sich die Hörner abstoßen muss. Das mag für eine junge Frau von Bedeutung sein. Zum anderen …« Er öffnete den schwarzen Lederbeutel und schüttete eine ganze Anzahl Perlen auf den Tisch. Sie glühten im Licht des Feuers. Rötlich schimmerten sie in der Glutfarbe des Holzes. »Zum anderen habe ich die Mittel, Eure Tochter glücklich zu machen, im Gegensatz zu den wirtschaftlichen Verhältnissen eines Konrad Rehlinger. Sie wird sich keine Sorgen zu machen brauchen; sie nicht und das Haus Artzt ebenfalls nicht. Dafür steht mein Name – und glaubt mir, egal, was die Stimmen der Unken in dieser Stadt verkünden. Meine Geschäfte sind untadelig und profitabel. Ihr kennt mich noch lange nicht. Zumindest verschweige ich finanzielle Engpässe nicht, wie es die Rehlinger zu tun pflegen.«

Wilhelm Artzt schluckte hörbar, und Jakob nahm es befriedigt zur Kenntnis. Es war ihm gelungen, den um Jahre Älteren zu erstaunen und einen Stachel zu setzen, der erst später wirksam würde. Er sah sich bereits in der Geschlechterstube.

»Ich ... ich muss Sibylla selbst fragen, Fugger!«, betonte Artzt, dessen Hand zuckte, als Jakob mit seinen Fingern über die Perlen strich.

»Fragt sie, Artzt. Fragt sie, aber legt ihr dabei die Perlen in die Hand. Sie soll sie berühren, soll mit ihnen spielen, soll sie meinetwegen schmecken, doch gebt ihr die Perlen. Habt Ihr gehört? Die Perlen muss sie nehmen.« Jakobs Stimme wurde leiser, jedoch nicht weniger eindringlich. Das Feuer knackte, ein Scheit zerplatzte, und Funkenregen stob auf die Steinplatte vor dem Kamin. So wird sich Sibylla am Glanz der Perlen entzünden, überlegte Jakob und setzte hinzu: »Sie darf die Perlen behalten, auch wenn sie sich gegen mich entscheidet.«

Er lehnte sich zurück. Die erste Hürde war genommen. Selbst wenn er Zweifel von Artzts Gesicht ablas. Abgeneigt war der Vater nicht mehr, die Tochter einem Fugger zu geben, nachdem er von Rehlingers Problemen gehört hatte. Jakob würde in den nächsten Wochen weitere Gerüchte über Rehlingers Schwierigkeiten ausstreuen, die gezielt an die Artzt weitergegeben würden. Innerlich musste er lachen. Jetzt blieb es Sibylla selbst überlassen. Sibylla. Wenn er richtig in ihren Augen gelesen hatte, dann setzte sich ihr Elsterwesen durch. Er musste sie nur von Konrad Rehlinger fern halten und ihr Misstrauen gegen ihn vertiefen. Der erste Schritt dazu war getan.

»Wir sollten Sibylla holen – und meine Frau«, krächzte Wilhelm Artzt, dem die Wärme im Raum die Stimme auszutrocknen schien. Er riss Jakob aus seinen Überlegungen.

Das hatte er nicht vorhergesehen. Jetzt sollte er mit Sibylla reden, jetzt seinen Antrag wiederholen, womöglich im Beisein der Mutter? Sich der Gefahr aussetzen, einen Korb einzufangen? Die Stadt würde wiehern wie eine ganze Herde von Pferden, wenn er, Jakob Fugger, von der attraktivsten Frau der Stadt zurückgewiesen würde. Eben war er sich seines Sieges sicher gewesen, hatte sich selbst dafür bewundert, wie umsichtig er vorgegangen war. Er hielt sich zugute, Sibyllas Verhalten sicher eingeschätzt zu haben. Jetzt zitterte er innerlich.

»Holt sie her, Artzt«, sagte er so ruhig, wie es ihm möglich war. »Ich bin für klare Wege und klare Entscheidungen.«

Wilhelm Artzt hob ein Messingglöckchen und läutete damit. Ein Kopf erschien im Türspalt.

»Hol meine Frau und Sibylla!«, herrschte er den Lakaien an.

Wartend saßen sie sich gegenüber, tranken Wein, knabberten ein wenig am Brot. Jakob spielte mit den Perlen, die vor ihm auf dem Tisch lagen. Legte Perle für Perle auf den schwarzen Beutel, baute kleine Pyramiden. So leuchteten sie kräftiger. Jakob beugte sich vor. »Eines, werter Artzt. Ihr solltet meine Werbung, auch wenn sie nicht erfolgreich ist, was mir erspart bleiben möge, nicht an die Öffentlichkeit tragen. Es gibt Neider und Missgünstige in der Stadt, die einen Fugger nur zu gern vorführen. Es wäre – wie soll ich es sagen – zu unserem beiderseitigen Vorteil.«

Wilhelm Artzt sah ihn irritiert an. Zuerst begriff er nicht, dass hinter diesen wenigen lapidaren Worten eine unverhüllte Drohung stand. Erst langsam begann er die Zusammenhänge zu begreifen, und sein durch den Wein und die Glut im Kamin schwitzendes Gesicht rötete sich. Bevor er jedoch den Punkt erreicht hatte, an dem ihm eine entsprechende Antwort über die Zunge wollte, öffnete sich die Tür, und die beiden Artzt'schen Sibyllen traten ein. Die Mutter mit einer Haushaube, ganz in Schwarz gekleidet, abgesehen von einem feuerroten Brusttuch, das ihre Schönheit trotz der strengen Kopfbedeckung betonte.

Das Kleid lag eng an, nur die Ärmel fielen weit und leicht zu beiden Seiten hinab. Neben ihr betrat Sibylla den Raum, im offenen Haar ein Barett, allerdings ohne Feder, die im Haus gestört hätte. Sie trug ein helles einfaches Linnenkleid, das an den Ärmeln gepufft war und mit einer durchbrochenen Spitze die Brust abdeckte. Die Spitze selbst leuchtete in einem zarten Gelb. Darunter blitzte das Amulett. Ihr ins Rötliche spielendes Haar war in einem Netz gefangen und lag schwer auf den Schultern auf.

Jakob erhob sich und beugte das Haupt. Dann trat er, ohne Sibylla aus den Augen zu lassen, auf die Artztin zu, küsste deren Hand und bat: »Gewährt mir die Bitte, Sibylla Artztin, und gebt mir die Hand Eurer Tochter zur Ehe.«

Jakob las in den Augen der Artztin zuerst nur Erstaunen. Sie wechselte Blicke mit ihrem Mann, zog eine Augenbraue hoch. Jakob sah im Augenwinkel, dass der Hausvater nickte. Ein Gefühl des Triumphs beschlich ihn, das ihm das Herz schneller schlagen ließ.

Sie waren einverstanden! Der Weg war geebnet. Noch hatte die Mutter nicht zugestimmt, noch hatte sie kein Wort zu ihm gesprochen, doch er fühlte das Einverständnis umso deutlicher, als sie einen zweiten Blick auf den Tisch warf und sich in ihren Augen das Leuchten der Perlen spiegelte.

Jakob ließ die Hand der Artztin los, trat auf Sibylla zu, beugte das Knie und wollte ihre Hand greifen, als diese einen Schritt zurückwich.

»Was fällt Euch ein, Fugger«, zischte sie. »Glaubt Ihr, ich will mein Leben mit einem alten Mann verbringen? Niemals! Niemals! Niemals!« Noch bevor Jakob etwas sagen konnte, drehte sich Sibylla um und rauschte zur Tür. Dort erst wandte sie den Kopf. »Geld, Fugger, ist nicht alles. Ihr mögt reich sein, aber um mir die Sterne vom Himmel zu holen, seid Ihr mir zu phantasielos.«

»Aber ...«, warf die Mutter ein, doch Sibylla schlug die Tür hinter sich zu.

Jakob, der noch immer ein Knie gebeugt hielt, erhob sich und wandte sich ebenfalls zum Gehen.

»Ich habe Euch gesagt, dass es mit Sibylla schwierig werden könnte«, warf Wilhelm Artzt ein und zuckte die Achseln. »Sie hat noch nie gemacht, worum man sie gebeten hat.«

Es klang resigniert. Sorgfältig strich er die Perlen zu einem Häufchen in seiner Hand zusammen und ließ sie in den Beutel rieseln. Er horchte dem leisen Klacken nach. Als er es Jakob Fugger mit betretener Miene reichte, fuhr die Artztin dazwischen.

»Macht Euch keine Sorgen, Jakob. Sie war etwas überrascht. Ich habe bemerkt, dass sie Euch nicht abgeneigt ist. Lasst Ihr ein wenig Zeit – und lasst Ihr ein Lockmittel. Ihr werdet sehen, wir können alsbald die Verbindung zwischen unseren Familien besiegeln. Wie ich gehört habe, steht Ihr in Verhandlungen mit den großen Augsburger Kaufmannsfamilien. Nun, jetzt gehören auch die Artzt dazu. Schaut am Ende der Woche wieder vorbei. Dann haben sich einige Wogen geglättet.«

Jakob verbeugte sich wortlos und verließ das Haus. Doch wie er den Geruch des Artzt'schen Hauses hinter sich ließ, als er auf die Straße trat, streifte er auch die Niederlage ab.

Dass ihm die Zeit davonlief, hatte Jakob hinuntergeschluckt. Sein Plan vom Eintritt in die Herrenstube hatte einen entscheidenden Riss bekommen. Er war sich so sicher gewesen.

Er blickte zu den Fenstern des Hauses hoch und glaubte, hinter einer der Gardinen das Gesicht Sibyllas zu entdecken, die ihn beobachtete. Ihretwegen sollte er nach den Sternen greifen? Warum nicht, ein Ziel, das ihm selbst keineswegs fern lag.

KAPITEL 23

»Ich kann Euch nicht zu ihr lassen, Fugger. Sibylla ist sehr schwach. Wenn das die Artztin erfährt, darf ich mich nach einer neuen Stellung umsehen.« Anna rang die Hände und vertrat Jakob Fugger energisch den Weg.

»Wenn du mich nicht durchlässt, wirst du deine Stellung verlieren, sobald Sibylla und ich verheiratet sind«, fuhr Jakob sie kalt an und versuchte an ihr vorbei ins Zimmer zu treten.
»Noch ist es nicht so weit, und wie es aussieht, wird es nie so weit kommen, Fugger.« Anna breitete ihre Arme aus und versperrte die Tür. »Wenn Ihr Euch mit Gewalt Zutritt verschafft, schreie ich das ganze Haus zusammen.«
Jakob musste unwillkürlich lächeln. So viel Einsatz war bewundernswert, wenn auch lästig.
»Seit wann liegt sie?«
»Oh«, fuhr ihn Anna an, dass er zum ersten Mal zurückschreckte, »das müsstet Ihr am besten wissen.«
Jakob hob die Augenbrauen. Was bildete sich diese Dienerin ein, ihn mit Anzüglichkeiten zu tadeln? Er wollte eben zu einer harschen Rüge ansetzen, als sie fortfuhr.
»Wenn Ihr Eure Finger von ihr gelassen hättet, ginge es ihr nicht so elend! Es ist allein Eure Schuld!«
Jakob atmete tief durch. Anna hatte nicht so Unrecht. Beinahe täglich hatte er bei Artztens vorgesprochen, um Sibylla von seiner Werbung zu überzeugen. Er hatte versucht, sie allein zu treffen, war sogar wie ein junger Fant über die Mauer gestiegen, er, ein Fugger, um mit ihr zu reden. Sie hatte ihn lange hingehalten, obwohl er von heftigen Auseinandersetzungen zwischen ihr und Konrad Rehlinger gehört hatte, bis er sie am Lechufer getroffen hatte. Zufällig, wie er glaubte. Allein. Er kam gerade von Friedberg geritten, hatte sich nichts dabei gedacht, und da war sie vor ihm gestanden, tiefrot im Gesicht, als sie ihn erkannt hatte. Sofort war er vom Pferd gesprungen, hatte ihr seinen Arm geboten – und Sibylla hatte eingewilligt. So waren sie eine ganze Zeit, ohne ein Wort zu wechseln, entlang des Flusses gegangen, immer tiefer in den Auwald hinein, bis er zu fragen gewagt hatte, wo denn die Amme sei oder sonst eine Person, die sich um sie kümmere.
»Ich kann gut auf mich alleine aufpassen, Jakob«, hatte sie ge-

sagt, leise, als wollte sie die Stille des Waldes nicht stören. Es roch nach Sumpfwasser und nach den letzten Dotterblumen. Die Blätter fielen überall und deckten bunt den Boden, auf dem sich weich und leicht gehen ließ wie auf einem Samtteppich.

»Ist es nicht unverantwortlich, Jungfer Artzt, hier ohne Begleitung umherzustreifen?«

Wieder sah sie ihn lange an, bis sie zu einer Antwort fand.

»Ihr hättet mich nicht entdeckt, Jakob, wenn ich nicht in Euren Weg getreten wäre. Ich wollte, dass Ihr mich seht.«

Jetzt staunte Jakob, der nicht glauben wollte, dass sie ihn erkannt und noch weniger, dass sie ihn abgepasst hatte.

So wie sich der Weg verschlang und einmal zum Wasser hin und vom Wasser wieder weg führte, so verschlang sich bald ihr Gespräch, das von Augsburg und dem Reich, von Kriegen und Friedensschlüssen, von Profiten und Verlusten handelte und schließlich bei dem Thema landete, das Jakob von Beginn an auf den Nägeln gebrannt hatte: »Warum wollt Ihr mich nicht heiraten, Sibylla?«

Sibylla spielte mit der Brosche, die Jakob ihr geschenkt hatte und deren kalter Diamant in der spärlichen Helligkeit des Auwaldes funkelte. Sie traten auf eine Kiesbank hinaus, die der Lech an dieser Stelle aufgeschwemmt hatte.

»Gefällt Euch die Brosche? Ich sehe, dass Ihr sie noch immer tragt«, überspielte Jakob die Peinlichkeit, die sich an seine Frage angeschlossen hatte, weil sie stumm geblieben war.

»Sie ist mir Geschenk und Mahnung zugleich, Jakob«, antwortete Sibylla und strich sanft über das Schmuckstück.

»Mahnung?«, fragte Jakob. »An was soll sie Euch gemahnen?«

Sibylla blieb stehen. Sie war gut einen Kopf kleiner als Jakob und musste zu ihm aufsehen.

»Dass Ihr womöglich das Geld mehr liebt als den Menschen. Sollte das der Grund sein, warum Ihr bisher nicht geheiratet habt?«

Jakob fühlte jetzt noch die Verblüffung, die diese Sätze in ihm ausgelöst hatten. Sie ließen sein Herz nervös schlagen.

»Gewiss«, hatte er versucht, seine lange Junggesellenzeit zu rechtfertigen, »gewiss lässt mich die Ahnung nicht ruhen, dass Menschen mit Geld wie Marionetten auf der Puppenbühne bewegt werden können. Ich bin wie jener Uhrmacher aus Nürnberg, der ein neues Werk erfindet und es Jahr um Jahr verbessert und irgendwann verblüfft erkennt, wie genau sich der Stundenzeiger durch die Drehungen der Rädchen im Inneren steuern lässt.«

Das war der Moment gewesen, als Sibylla ihm mit einem Finger den Mund verschlossen hatte. Sie schmiegte sich an ihn. An seine Brust gelehnt, sagte sie: »Dennoch sehnt Ihr Euch nach einem Wesen, das Euren Gedanken zu folgen vermag. Wollt Ihr jemanden neben Euch, der mit Euch dieses Räderwerk bewundert.«

»Ich bin nicht von adliger Geburt, Sibylla, aber mein Geld hebt mich über alle hinaus, deren Stammbaum bis zu den Römern zurückverfolgt werden kann. Was sind sie anderes als einfache Söhne und Töchter von einfachen Söhnen und Töchtern? Ohne Verdienst um ihr Dasein?«

Er fühlte, dass sie ihn verstand, dass sie seine Gedanken in diesem Augenblick nachempfinden konnte.

»Ihr habt Euch selbst erschaffen«, antwortete sie, bevor sie sich von ihm löste, sich auf die Zehenspitzen stellte und ihm einen Kuss gab.

Mit geschlossenen Augen spürte er ihren Lippen nach. Der Kuss zog einen weiteren nach sich, bis sie irgendwann ganz in seinen Armen lag. Er drückte sie an sich und begann, sie trotz des kühlen Wetters zu entkleiden. Sie waren zärtlich zueinander, streichelten sich, kosten sich, berührten sich, aber Sibylla ließ sich von ihm nicht überwältigen. Jakob hatte seinen Samen auf die Kiesbank vergossen, und Sibylla hatte sich zitternd vor Erregung und Kälte in seine Arme geflüchtet. Erst zuletzt, als er schon nicht mehr zu hoffen wagte, beantwortete Sibylla seine Frage.

»Ich habe mich vor dir gefürchtet«, sagte sie mit leiser Stimme.

»Fürchtest du dich noch immer?«, fragte er zurück.

Sie schüttelte ihren Kopf.

Als sie voneinander ließen, hatte das Amulett auf der Kiesbank gelegen wie ein vergessener Schwur. Jakob hatte es an sich genommen und eingesteckt.

Das war vor zwei Tagen gewesen und von Jakob als ihre Verlobung betrachtet worden. Dann war Sibylla krank geworden. Sehr krank. Jetzt lag sie im Sterben, und er durfte nicht einmal zu ihr und sie sehen.

»Du würdest mir einen Gefallen tun, Anna.« Jakob verlegte sich aufs Bitten. »Sieh dieses Amulett. Das Gold darin leuchtet so rot wie ihr Herzblut. Es wird ihr das Feuer des Lebens zurückgeben, Anna. Ich weiß es. Ich muss es ihr nur in die Hand legen.«

»Nein!«, war die Antwort.

Jakob ließ die gefasste Münze vor Annas Augen auf und ab tanzen. Er hielt das Kettchen um seine Faust geschlungen, und die rötlich-goldene Münze des Amuletts spiegelte sich auf ihrem Gesicht und glühte in ihren Augen.

»Nein!«, wiederholte Anna, bereits nicht mehr ganz so selbstsicher. Sie schluckte.

»Anna«, flüsterte Jakob. »Ihr wisst um das Elsternhafte in Sibyllas Wesen. Wenn ich ihr das Medaillon in die Hand legen kann, wird sie gesund werden. Ich muss es tun. Es ist ihre einzige …«

»Nein!«, presste Anna zwischen den Zähnen hervor – und Jakob wusste, dass er sein Ziel erreicht hatte.

»Bitte«, setzte er hinzu und lächelte dünn. Nie wieder in seinem Leben würde ihm eine solche Demütigung widerfahren. Von einer Dienerin. Ein Fugger bettelte um keine Gunst.

»Aber nur kurz. Legt ihr das Amulett in die Hand und verschwindet wieder. Sie schläft.«

Sein Triumph kostete ihn nur das Zucken eines Mundwinkels. Anna gab die Tür frei, und er drückte vorsichtig die Klinke.
»Ich warte hier«, sagte Anna hinter ihm, bevor er ganz hindurchschlüpfte. »Wenn ich klopfe, verschwindet Ihr sofort.«
Jakob gab kein Zeichen, dass er verstanden hatte. Sein Blick richtete sich auf Sibylla, die mit wie blutleer wirkender Haut zwischen den Laken schlief. Die beiden Hände lagen auf der Decke, nach oben gekehrt, als erwartete sie einen Segen. Auf ihrer Stirn standen Schweißtropfen. Jakob trat näher und setzte sich an die Bettkante. Sibylla zuckte zusammen und stöhnte, als er sich niederließ. Ihre Rechte fuhr an den Bauch. Im Zimmer roch es nach gärendem Urin und den Schweißausdünstungen einer Kranken. Unter dem Bett stand der Nachttopf. Jakob sah, dass der Urin Blut enthielt. Sibylla hatte sich erkältet, schwer erkältet.
Langsam griff er nach ihrer Hand, drückte sie. Sie fühlte sich kühl an und ledern trocken. Er flüsterte:
»Sibylla! Könnt Ihr mich hören? Oder schlaft Ihr?«
Sibylla stöhnte, öffnete aber nicht die Augen. In ihrem Gesicht, das eingefallen und von tiefen Schatten gezeichnet war, zuckte es. Jakob verstand es als Reaktion auf sein Erscheinen.
Er nahm das Amulett und legte es ihr auf die Brust. Dann griff er ihre Hand und drückte sie auf das Medaillon. Sibylla begann zu zittern, als würde das Amulett seine Kälte bis in ihr Inneres weiterleiten. Er spürte, wie gerade diese Bewegung ein Erkennen auslöste, sah, wie ihre Augenlider flackerten. Tatsächlich hoben sich die Lider und gaben einen matten Blick frei, müde und erschöpft von der Mühe, sich am Leben zu halten.
»Es ist wie mein Herz«, sagte er und wunderte sich darüber, dass ihm solche Sätze einfielen. »Es soll Euer Herz stärken, soll Euch wärmen. Ihr seid mein Licht geworden, Sibylla. Ihr dürft nicht erlöschen.«
Sibylla lächelte matt und ein wenig ungläubig.
»Was tut Ihr hier? Ihr müsst weggehen«, flüsterte sie. Jakob

verstand die Worte kaum, las mehr die Bewegungen ihrer Lippen, als dass er ihre Stimme vernahm.

»Ich werde Euch Ärzte schicken!«, bestimmte Jakob.

Sibylla schüttelte den Kopf. »Ihr habt mein Amulett gefunden!«

Eine Welle Schmerz durchflutete ihren Körper, denn sie begann sich plötzlich zusammenzuziehen, sich zu krümmen und Luft aus den Lungen zu pressen, als entweiche sie einem Blasebalg, ohne diesen wieder zu füllen. Sie drückte beide Hände an den Bauch, spürte offenbar das Amulett in der Hand und musste zwischen ihren Koliken lächeln.

Als der Schmerz nachließ, hoffte Jakob, dass ihr der Knochenmann noch nicht auf der Brust hockte. Die Farbe des Gesichts sprach Bände. Sibylla kämpfte – und helfen konnte nur noch das Gebet.

»Geht! Bitte!«, flüsterte Sibylla beinahe tonlos.

Jakob erhob sich. Gegen den Würgeengel war er machtlos. Zwischen Sibyllas Fingern glühte das Rot der Münze wie ein Stück Leben. Er nahm ein letztes Mal ihre Hand und blies mit dem Mund Wärme in das Amulett. Ihre Finger fühlten sich eisig an. Dann schlich er rückwärtsgehend hinaus.

KAPITEL 24

»Was hat Jakob, das ich nicht habe?«

Sibylla sah zu Boden. Konrad setzte seine Flöte an den Mund und spielte eine traurige Weise.

»Du warst nicht einmal an meinem Krankenbett.«

Sie legte die Laute beiseite und lauschte dem Flötenspiel Konrads, der eben seinem Instrument ein Weinen abzwang.

»Deine Amme wacht schlimmer über dich, als es der Höllenhund getan hätte. Cerberus ist dagegen ein Schoßhündchen und nur halb so bissig! Dein Fugger durfte wohl zu dir?«

Sibylla und Konrad saßen sich gegenüber. Sie in eine Decke gehüllt, er auf seinem üblichen Schemel. Sie sah in seinem Gesicht die Eifersucht glühen. Konrad nahm die Flöte vom Mund und legte sie neben sich.

»Er ist nicht mein Fugger!«

»Sie werden ihn in die Knie zwingen, und er wird winseln, dein Fugger. Er muss sich im Tirol und in Ungarn herumtreiben, damit er nicht untergeht. In der Zwischenzeit schmieden sie hier in der Stadt einen Pakt gegen ihn. Du wirst sehen, Sibylla, übers Jahr wird aus dem stolzen Weber wieder ein fleißiger Weber werden.«

Das Kaminfeuer, das ihren Rücken wärmte, warf flackernde Lichtfinger über Konrads Gesicht und gab ihm den Anschein, als stehe der Leibhaftige höchstpersönlich mit feurigen Anklagen vor ihr. Wenn sie kräftig genug gewesen wäre, hätte sie lauthals gelacht. So hustete sie nur und steckte sich die wärmende Decke unter die Beine. Der Eifer, mit dem ihr Konrad den Fugger schlecht machte, ärgerte sie, schließlich verbarg er vor ihr, wie unsäglich es um das Gewerbe seines Vaters stand.

»Kann es nicht sein, dass ihr ihn alle unterschätzt? Seine Brüder und er betreiben soliden Handel!«

»Wenn der König ihm schreibt, *er tue allen Fleiß, es gelte jetzt Leib und Seele,* und Fugger das Hilfeersuchen brüsk zurückweist, dann kann ihm selbst der Papst nicht mehr helfen.«

Sibylla lächelte schief. Zwar fand sie es einfach wunderbar, dass sich Konrad so um sie bemühte. Dass er sie nicht hatte besuchen dürfen, lag an der Frau Mama. Das konnte sie ihm nicht anlasten. Die Mutter hatte jeglichen Rehlinger-Besuch verboten, angeblich weil er keine Partie mehr für sie sei. Was sie jedoch nachdenklich gemacht hatte, war, dass er sich bei ihr nicht sehen ließ, seit sie im Stuhl sitzen konnte. Erst vor zwei Tagen hatte er einen ersten Versuch gewagt, sich auf den roten Schemel zu ihren Füßen gehockt und sie unterhalten, als sei nichts weiter geschehen. Während Jakob tatsächlich unermüdlich im Süden und Norden unterwegs war. Er war ihr fern, und ihre Erinnerung an seine Hände verblasste zusehends. Was ihn trieb, darüber schwieg er sich aus. Man munkelte; die Gerüchte blühten. Fugger bestätigte keines davon, widerlegte nichts. Geschäftsfreunde, flüsterte man hinter vorgehaltener Hand, sollten kalte Füße bekommen und ihre Einlagen aus der Firma genommen haben, aber auf Nachfragen hörte man keine Namen. Die Fugger sollten nicht mehr zahlungsfähig sein, kauften jedoch vor dem Gögginger Tor Land hinzu sowie Häuser in der Stadt. Man sah nur die Boten ins Goldene Kontor eilen und daraus wieder hervorstürzen. Die Hektik der Nachrichtenreiter, die von vielen belächelt wurden, weil sie enorme Summen verschlangen, war das einzige Anzeichen, dass etwas anders war als sonst.

Konrad legte Sibylla eine Hand aufs Knie.

»Was kann er dir schon geben, das ich dir nicht auch geben könnte?«

Sie sahen sich lange in die Augen, und zwischen ihnen stand nur das Knacken des Kaminfeuers.

Konrads Wangen waren blass, und unter den Augen lagen bläuliche Ringe, als plagten ihn Sorgen. Sibylla waren die Gerüchte des Hauses Rehlinger zu Ohren gekommen. Auch über sie munkelte man, dass die Familie nicht solvent sei, dass man sich vorsehen solle ..., dass unlautere Mittel ... Sie schloss kurz die Augen, weil die Gerüchtefetzen in ihrem Kopf hin und her spukten.

»Ich weiß es nicht, Konrad. Nichts vermutlich.«

»Warum sagst du dann nicht, dass du mich liebst? Du bräuchtest nur die Lippen zu spitzen ...«

»Konrad!«, unterbrach sie ihn scharf. »Lass das. Du weißt, dass Mutter will ...«

»Oh, die Mutter!« Konrad erhob sich. »Ich habe in den letzten Jahren nicht festgestellt, dass du dich um deine Mutter und ihre Meinung geschert hättest. Jetzt aber berufst du dich auf sie. Das ist zu einfach, Sibylla. Es nimmt dir die Entscheidung und wälzt sie auf andere ab. Dennoch bist du es, die Ja sagen muss, nicht deine Mutter.«

Wie sollte sie ihm erklären, dass die Frau Mama längst Ja gesagt hatte – und sie ebenfalls? Wie ein Mühlstein lastete ihr dieses Wissen auf der Brust.

Sie berührte das Amulett, das sie in einer Deckenfalte vor Konrads Augen verborgen hatte. Wie zufällig rutschte es ihr in die Finger. Es schmeichelte ihr in der Hand, fühlte sich jedoch eisig an, als hätte es die Kälte des Raumes in sich aufgenommen, während ihr unter der Schoßdecke langsam heiß wurde. War die Tatsache, dass Jakob ihr das Amulett zurückgebracht hatte, ein Zeichen seiner Liebe, oder war er vielmehr ein Köder, den er ausgelegt hatte, um die Elster in ihr zu fangen? Blieb sie an der Leimrute Reichtum hängen, obwohl ihr Herz sagte, dass Konrad sie glücklich machen würde? Was war Glück für ein Mädchen wie sie? Dass sie Kinder bekam? Zwei Freundinnen von ihr, die beide im Sommer geheiratet hatten, sahen bereits aus, als wären sie um zehn Jahre gealtert. Sie waren unter die Haube gekommen, und der Liebreiz ihrer Körper und der Glanz ihrer Gesichter blieben das Geheimnis des Schlafgemachs. War das Glück?

»Sibylla«, holte Konrad sie aus ihren Träumereien, »wir kennen uns seit unseren Spielen im Garten draußen. Wir haben Elstern gejagt, wir haben Vögeln Fallen gestellt, wir haben …«

»Ja, Konrad, das weiß ich alles. Ich werde es niemals vergessen.«

Konrad nickte – offensichtlich unschlüssig, wie er fortfahren sollte. Sie musterte sein Profil. Es wirkte um so vieles weicher als das Jakobs. Konrad war ein Mensch der Kunst, der Musik. Er liebte wie sie die Tänze und das Spiel auf den Instrumenten. Sie fühlte, dass er ihr seelenverwandt war, dass er sie verstand, vielleicht etwas von ihrer Zerrissenheit begriff, die sie im Augenblick erschöpfte.

Von einem Augenblick auf den anderen lag Konrad vor ihr auf den Knien.

»Konrad!« Sibylla erschrak und wusste nicht recht, was das Schauspiel sollte.
Konrad fasste ihre Hand, presste sie an seine Lippen.
»Willst du meine Frau werden, Sibylla?«
Mehr brachte Konrad nicht zustande. Die Stimme versagte ihm. Er blickte in ihren Schoß, und sie wusste sofort, dass er das Amulett in einer der Falten der Decke entdeckt hatte.
»Du trägst das Amulett mit der Münze noch?«, fragte er beiläufig.
»Jakob hat es mir wieder zurückge ...«, sagte sie – und erkannte im selben Augenblick, welchen Fehler sie begangen hatte.
Konrads Bewegungen, die zuvor wachsweich und fließend gewesen waren, erstarrten. Bevor Sibylla auf seine Fragen antworten konnte, stand er auf. Sein Gesicht war zur Maske gefroren.
»Zurück ... gebracht? Bei welcher Gelegenheit verliert man denn ein Amulett wie dieses?«, spottete er, jedoch mit eisiger Kälte in der Stimme.
»Konrad«, hauchte sie. »Sei nicht ungerecht.«
»Warum? Weil ich die Wahrheit über dieses ... dieses Schmuckstück kenne?« Die Worte zischten nur so aus seinem Mund. Schlangenstimme. Jede Silbe schnitt in ihre Seele und hinterließ tiefe Narben. »Es ist das Vermächtnis einer unglücklichen Liebe, Sibylla. Jeder, der das Amulett bislang getragen hat, dem entfloh die Liebe. Adelheid hatte es nicht von einem Liebhaber, nicht von ihrem Verlobten, sondern von ihrem Vater erhalten. Es war ein Familienerbstück der Schwarz! Als er ihr das Amulett zum Geburtstag aushändigte, verurteilte er sie zum Tode. Zuvor jedoch verlor sie die Liebe des Vaters.«
In Sibylla verkrampfte sich alles. Ihre Zuneigung, von der sie erfüllt gewesen war wie ein Brunnen mit Wasser, schien abzufließen. Als hätte Konrad den Spund abgeschlagen. Plötzlich sah sie in ihm nicht mehr den liebevollen Freund. Das Geflacker auf seinen Wangen, der gerötete Kopf, die Gesichtszüge,

die sich mehr und mehr verzerrten, alles das kam ihr plötzlich unsagbar fremd vor.

»Was glaubst du, soll ich tun? In Sack und Asche herumlaufen, damit ich des Amuletts würdig bin? Du vergisst, dass ich es gefunden habe, nicht Jakob!«

»Er hat es dir zurückgebracht.«

»Und du? Keinen Schritt kann ich mehr tun, ohne dich in meinem Schlepptau zu finden. Keinen Atemzug, ohne dass du nicht eifersüchtig über mich wachst, mir eine Entscheidung aufzwingen willst.«

»Dann nimm ihn, Sibylla, und werde glücklich mit ihm!«, fuhr er sie plötzlich an und stützte sich mit beiden Armen auf ihre Stuhllehne.

Sein Gesicht stand direkt vor ihr. Sie sah die von der Hitze rotgeränderten Augen.

»Ich werde ihn nehmen, Konrad. Jetzt umso lieber!« Die Worte waren ihr entschlüpft, ohne dass sie darüber nachgedacht hätte. Es war Konrads Anspruch – er war es, der sie dazu gedrängt hatte. Trotzig verschränkte sie die Arme und verbot sich den Gedanken, wie gerne sie es gesehen hätte, wenn er sie ihr geöffnet und sie in den Arm genommen hätte. Sie hatte ihn nicht vor den Kopf stoßen wollen, doch ihr Mund war wieder schneller gewesen als ihr Verstand.

Konrad trat einen Schritt zurück. »Wann hast du es verloren, das Teufelsmedaillon? Sag schon!«

»Das geht dich nichts an!«, blaffte sie. »Es hat mich aus meiner Krankheit geholt. Es ist kein Unglücksbote, sondern ein Glücksbringer.«

Wie er sie anstarrte, reglos dastand, als sei er versteinert! Dann nickte er, nickte immer wieder, bis das Nicken in ein Kopfschütteln überging, das schnell heftiger wurde. Dabei hielt er ihrem Blick stand, forderte sie mit seinen Augen heraus.

»Werde glücklich mit Jakob!« Er griff sein Instrument, griff sich die Schaube, die er nur achtlos hingeworfen hatte, und drehte sich zur Tür um.

»Konrad«, Sibylla fühlte, wie unsicher ihre Stimme klang, »lass uns Freunde bleiben!«

Konrad hielt in seinem Schritt inne und drehte sich zu ihr um. Sein Gesicht war verzerrt. Hass und Schmerz spiegelten sich darin. »Du wirst es büßen müssen, Sibylla. Schon bald wirst du dafür büßen müssen, dass du unsere Liebe verraten hast, nur wegen dieses schnöden Schmucks!«

»Aber ich habe doch nichts getan!«

»Du hast das Amulett wieder angenommen. Jeder, der es annimmt, verfällt ihm!«

Als die Tür hinter Konrad zuschlug, sank Sibyllas Kopf ins Kissen zurück, das ihr als Nackenstütze diente.

»Konrad Rehlinger, du Kindskopf«, murmelte sie vor sich hin, »das ist einzig ein Aberglaube.«

Sie schluckte, als ihr bewusst wurde, was eben geschehen war. Jetzt musste sie geradezu den Fugger heiraten, schließlich würde in kurzer Zeit die ganze Stadt wissen, dass sie dieses Amulett besaß und von ihm angeblich verhext war. Ihre einzige Rettung bestand in der Flucht nach vorne.

Sie fröstelte. Mit einem Handgriff schob sie die Decke etwas höher und verkroch sich darin. Wenn Jakob von seiner nächsten Reise nach Hause kam, würde der Hochzeitstermin festgesetzt.

Der Griff nach den Sternen

(1497 – 1509)

Oh, nicht etwas sein, sondern nur sein.

MARCEL LEGANT

KAPITEL 1 Ein Schrei durchbrach die Stille des Artzt'schen Hauses. Er steigerte sich bis zu einem schrillen, keuchenden Kreischen. Selbst Anna, die Ruhe in Person, fuhr auf und horchte auf den Flur hinaus.

»Was war das?«, fragte Sibylla und trat vom Schemel herunter. Dort hatte sie gestanden und darauf gewartet, dass Anna ihr das Hochzeitskleid absteckte. Sie hatten beschlossen, damit zu beginnen, bis die Frau Mutter aus der Stadt zurück war.

Anna stutzte.

»Ich weiß es nicht. Ich sehe nach.« Zögernd öffnete sie die Tür und spähte nach draußen. Auf dem Flur und im Treppenhaus lag alles still. Kein Tappen von Füßen, kein Klacken von Holzpantinen, kein Stöhnen. »Wir haben uns getäuscht! Es ist nichts.«

»Aber …«, wollte Sibylla einwerfen, wurde jedoch von einem zweiten Schrei unterbrochen. Er drang aus der Vorhalle zu ihnen herauf.

Anna vernahm hastige Schritte und unterdrücktes Rufen. Sogar ein Fluch war darunter. Sie bekreuzigte sich und vergaß Sibylla, trat auf den Flur hinaus und blickte die Treppe hinunter.

Sibylla stand plötzlich neben ihr.

»Um Himmels willen, Anna. Wer schreit so?«

»Es ist die Stimme einer Frau!«, antwortete Anna und verzog missbilligend den Mund. »Du bleibst hier oben stehen. Ich sehe nach, was los ist.«

Mit klopfendem Herzen eilte sie die Treppe hinab und blieb auf dem letzten Absatz wie angewurzelt stehen. Direkt neben der Eingangstür lag eine Frau in einer Lache und atmete hastig. Sie trug einfache Kleidung, die Haube war verrutscht, ihr Gesicht wirkte blutleer. Neben ihr kniete Hermine, eine der Köchinnen des Hauses. Fieberhaft suchte Anna nach Erklärungen: ein Überfall, ein Unfall, eine Krankheit. Vielleicht die Pest! Jeder Gedanke jagte ihr Blut schneller durch die Adern. Ein seltsam fremder und doch vertrauter Duft füllte das Vestibül.
»Was ist los?«, fragte Anna. Ihre Stimme klang rau vor Schreck.
»Sie liegt in den Wehen!«, informierte sie die Köchin und deutete auf die Frau. »Das Kind kommt. Man kann den Kopf fühlen.«
Anna wusste nicht, was ihr lieber war, das Gefühl der Erleichterung oder die Hilflosigkeit, die sich einstellte, nachdem sie erfahren hatte, was hier geschah. Sie erinnerte den warmen Geruch plötzlich als den nach Fruchtwasser und Blut.
»Was tut sie hier?«
Es war Sibylla, die diese Frage gestellt hatte. Neugierig war sie Anna gefolgt und stand direkt hinter ihr.
»Sie hat den Stoff für das weiße Unterkleid gebracht. Der Herr Fugger hatte es versprochen. Es sollte heute kommen. Doch …«
Die Köchin sagte weiter nichts, sondern deutete auf das Bündel, das neben der Tür am Boden lag. Es war aufgerissen, Stoff quoll daraus hervor, der sich mit blutiger Feuchtigkeit vollsog.
»Der ist kaum zu retten!«, sagte Anna. Sie hob ihn auf und legte ihn weg von der Gebärenden.
Diese hechelte kurzatmig. Ihr Atmen beschleunigte sich, sie verkrampfte, ihr Oberkörper bog sich nach vorne, und wieder schrillte ihr Kreischen durchs Haus.
»Wir können sie unmöglich so liegen lassen!«, herrschte Sibylla Anna an. »Bringt sie weg.«
»Und wohin?«, fragte die Köchin spöttisch.

Anna überlegte rasch. Bei der Kälte draußen konnten sie die Frau nicht auf die Straße bringen. Das wäre ihr Tod gewesen. »In die Waschküche. Dort gibt es Laken und eine Möglichkeit, heißes Wasser zu bereiten. Du lässt die Finger von ihr, Sibylla. Wenn schon der Stoff für das Unterkleid kaputt ist, muss nicht auch noch das Hochzeitskleid leiden.« Sie wandte sich wieder an die Köchin. »Los, hilf mir. Und dann gehst du und holst die Wehmutter.«

Sie packte die Gebärende unter den Armen. Während sie die Frau in den hinteren Teil des Hauses trugen, achtete Anna nicht mehr auf Sibylla. Keuchend erreichten sie die Tür zum niedrigen Anbau. Von dort aus ging es in die Waschküche. Im Raum herrschte eisige Kälte. Die Wände bedeckte sogar eine leichte Eisschicht.

»Ich schüre den Ofen an. Hol eine Decke!«, sagte Anna, und die Köchin eilte hinaus.

Die Frau fror. Die Köchin brachte ein Laken und legte es der werdenden Mutter unter, bevor sie ihren Oberkörper in einen Filz hüllte, den man gewöhnlich zum Abdecken der Kessel verwendete.

Anna musste beim Anblick der Gebärenden an den Rat der Wehmutter denken, die damals ihr eigenes Kind geholt hatte: Beim ersten Kind brauchst du Hilfe, hatte sie ihr gesagt, weil sie sich so unwissend fühlte bei dem, was mit ihr geschah. Beim zweiten weißt du selbst, wie es geht, und beim dritten kannst du einer Frau in den Wehen helfen.

Das zweite Stadium musste sie einfach überspringen. Anna versuchte sich zu erinnern, was die Wehmutter damals bei ihr getan hatte. Sie griff unter den Rock der Frau, suchte nach der Geburtsöffnung. Tatsächlich fühlte sie sich erweitert an, aber einen Kopf konnte sie nicht erspüren.

»Was sollen wir tun?«, fragte Sibylla neben ihr.

Erstaunt wandte Anna den Kopf.

»Was machst du hier?«

»Ich helfe mit!«
Allein der Blick war ein Befehl. Es würde nichts nützen, Sibylla auf ihr Zimmer zu schicken. Sie hatte sich umgezogen und trug eine Kittelschürze über einem schlichten Kleid. Wo sie das her hatte, konnte Anna nur vermuten: aus den Schränken der Dienstboten.
»Kannst du Feuer machen?«
Sibylla schüttelte den Kopf.
»Dann bleib hier und halt ihre Hand.«
Anna erhob sich und begann, ein Feuer im Kesselherd anzuschüren. Sie entfernte die Asche, spreißelte das Holz, legte feine Hobelspäne unter, darüber ein wenig Wollgrasflocken, dann nahm sie Zunder, Eisen und Stein und schlug Funken. Währenddessen füllte erneut ein Schrei der Frau den Raum. Lang gezogen und heftig überfiel sie der Krampf, und Anna beobachtete sie über die Schulter, weil die Wehe nicht aufhören wollte. Die werdende Mutter lief regelrecht blau an, schnappte nach Luft. Sibylla beugte sich über die Liegende und hielt ihr den Kopf.
»Wie heißt du?«, fragte Sibylla, als die Frau sich endlich zurücklehnte und die Augen schloss. Sie tupfte ihr den Schweiß von der Stirn.
»Maria Binternagel«, flüsterte die Gebärende. Sie atmete flach und schnell.
»Ist es dein erstes Kind?«, fragte Anna vom Herd her, während sie auf die Glut blies, die langsam in die Höhe loderte, die Flocken auffraß und die Späne in Brand setzte.
»Nein«, sagte Maria Binternagel. »Es ist das dritte. Der erste ist …« Sie ließ den Satz offen. Ergänzte nur: »Ein Bub!«
Augenblicke später prasselte das Feuer im Herd. Anna legte kleinere Holzstücke nach, bis sie es aus den Augen lassen konnte.
»Du bist nicht aus der Stadt!«, stellte Anna fest. Sie hörte es an der Aussprache.

»Aus Oberhausen. Mein Mann und ich sind Weber. In Fuggerdiensten.«

Anna nickte, als wisse sie, was das bedeutete. Sibylla sah sie mit großen Augen an.

»Wir müssen ihr jetzt den Rock hochschlagen, Sibylla, und das Kind holen. Das war eben die erste Presswehe. Noch drei oder vier davon, und das Kind ist auf der Welt. So schnell wird die Wehmutter nicht kommen.«

Sibylla nickte. Derart stumm hatte Anna das Mädchen selten erlebt. Dachte sie daran, wie es ihr bald ergehen würde? Bereits in der nächsten Woche war ihr Hochzeitstag. Die Hochzeitsnacht mit Jakob Fugger schloss unerbittlich daran an. Die nächste Erfahrung, die sie vollständig zur Frau machen würde, war die Geburt des ersten Kindes. Danach konnte ihr niemand mehr etwas vormachen. Allein Fleisch aus seinem Fleische in die Grube zu legen und mit Erde zu bedecken war die Erfahrung, die ihr dann fehlte. Sie wünschte ihr diese nicht. Der Tod eines Kindes war die letzte, die schmerzlichste Erfahrung einer Mutter. Den Geburtsschmerz vergaß eine Frau bald, den Tod eines geliebten Kindes niemals.

Der Schrei der Binternagel ließ sie aus ihren Gedanken auffahren. Schnell hob Anna ihr den Rock, schob das Hemd über die Hüften, legte den Unterkörper frei. Tatsächlich blickte ihnen aus der Geburtsöffnung bereits ein Haarschopf entgegen. Sie sah, wie Sibylla vor dem süßlichen Geruch nach Fruchtwasser und Blut zurückschreckte, wie sie blass wurde, als sie die offene Wunde des Geschlechts erblickte.

Anna überlegte. Was hatte die Wehmutter bei ihr unternommen? Vergebens. Es war, als hätte sie nie geboren.

Die nächsten Wehen folgten dicht aufeinander und trieben den Körper des Kindes aus. Zuerst erschien der Kopf. Sibylla hatte sich auf den Boden gekniet und griff nach dem zarten Köpfchen, um es zu halten. Anna staunte, wie gelassen sie wirkte. Ob es der Schock war, der ihre stoische Ruhe ausmachte oder ob sie wirklich keinen Ekel empfand – Anna konnte es nicht ausmachen.

Die folgende Pressung schob die Schultern vor, und dann schlüpfte das Körperchen mit einem Schwall Blut und Wasser gänzlich aus der Mutter. Nur die Nabelschnur hielt noch Verbindung. Anna beobachtete, wie Sibylla mit geweiteten Augen auf die Scheidenöffnung starrte, die als blutige Wunde im Unterkörper der Frau klaffte.

Was jetzt zu tun war, darüber wusste Anna Bescheid. Sie legte den kleinen Körper, der inzwischen aus Leibeskräften brüllte, auf die Brust der Mutter, die sich das Kleid geöffnet hatte und das Kind entgegennahm. Die Nabelschnur verband es noch mit der Frau. Es war ein Mädchen, das sich in dieses Leben schrie.

»Nur ein Mädchen«, seufzte die Binternagel.

»Sei froh, Frau, dass es ein gesundes Kind geworden ist. Und kräftig«, sagte Sibylla.

Anna hörte am Ton der Stimme, dass dieses Erlebnis tief gegangen war. So hatte sich Sibylla das Ankommen neuen Lebens nicht vorgestellt, ja vermutlich überhaupt keinen Gedanken darauf verschwendet, mit welcher gewalttätigen Üppigkeit es sich seinen Weg durch die Frauen bahnte.

Während Anna sich um die Nabelschnur kümmerte, stellte Sibylla Fragen.

»Wie soll es denn heißen?«

Die Weberin lächelte matt.

»Elsbeth, Herrin.«

»Warum bist du nicht zu Hause geblieben, Frau? Du warst hochschwanger.«

»Der Herr Fugger hat uns gedrängt. Mein Mann sitzt über dem nächsten Stoff. Er konnte nicht fort.« Sie redete langsam, war erschöpft. Ihre Haube war an den Schläfen durchnässt, die Haare klebten ihr auf der Stirn. Wie dunkle Male lagen ihre Augen im Gesicht. »Da bin ich gegangen. Des Herrn Fuggers Wunsch ...« Sie unterbrach sich, weil die kleine Erdenbürgerin mit saugendem Mund nach der Milch der Mutterbrust suchte. Es schien ihr eine willkommene Unterbrechung zu sein, um nicht weitererzählen zu müssen.

Anna beobachtete Mutter und Kind und fühlte wieder Hilflosigkeit in sich aufsteigen. Ihr fehlte ein Gegenstand, mit dem sie die Nabelschnur durchtrennen konnte. Und darüber hinaus musste jeden Augenblick die Nachgeburt kommen, und das wollte sie Sibylla nicht zumuten. Hoffentlich traf die Wehmutter bald ein.

»Ist er nicht gut zu euch?«, fragte Sibylla mit belegter Stimme. »Der Fugger?«

Erschrocken sah die Weberin auf. Selbst die Kleine zuckte und begann zu quäken.

»Sehr gut. Er ist sehr gut zu uns. Unsere Nachbarn haben manchmal viel, manchmal wenig zu tun. Sie stehen nicht in Fuggers Diensten. Wir haben immer Arbeit. Sie hungern oder essen sich satt, wie es der Verkauf zulässt. Wir Fugger-Weber haben unser regelmäßiges Auskommen. Er ist wirklich gut zu uns, Herrin«, befleißigte sich die Binternagel zu sagen.

Anna hörte aus dem Loblied heraus, dass es sich keineswegs so verhielt, wie sie es erzählte. Sie selbst wusste, dass die Verlagsweber oft schlimm unter der Knute ihrer Herrschaften zu leiden hatten. Die Weber schafften und schafften – und schafften sich zu Tode. Nur wer goldene Hände besaß und Feinlinnen herzustellen wusste oder andere Webkunst beherrschte, konnte die Familie über Wasser halten. Wuchsen den Familien die Schulden über den Kopf, wanderte der Familienvater oder schlimmer noch ein Kind in die Schuldknechtschaft und ins venezianische Arsenale oder auf die Galeeren. Von dort kehrte selten jemand zurück.

Sibylla saß da, in sich gekehrt, als müsse sie das, was sie heute erfahren hatte, erst überdenken. Sie war kalkweiß, ihr Blick unstet. Auf ihrer Hand, mit der sie das Köpfchen gehalten hatte, trockneten Schleim und Blut. Sie starrte diese Hand an und

blickte dann von sich auf das Kind, als könne sie nicht glauben, dass sie es gewesen war, die ihm ins Leben verholfen hatte.
Aus dem Haus hörte man Türen schlagen und Stimmen. »Du musst mich besuchen!«, sagte Sibylla hektisch. »Verlang die junge Sibylla Artzt. Ich muss unbedingt mit dir reden.« Wie ein Wasserfall sprudelten die Worte aus ihr heraus. »Und lass dich nicht abwimmeln!«, setzte sie hinzu.
Im selben Moment betrat die Wehmutter den Raum. Johanna Brunnerin sah sich um, murmelte etwas von unzumutbaren Umständen, von Kälte und Kaufleuten mit Daunendecken, die nicht einmal eine Bettstatt für Gebärende übrig hätten. Sie kniete sich nieder, band mit zwei Fäden die Nabelschnur ab, bevor sie diese durchschnitt. Dann zog sie an dem Ende, das aus dem Bauch der Frau herausschaute, bis sich der Mutterkuchen löste, und ließ ihn auf den kalten Steinboden klatschen. Mit geschickten Händen breitete sie ihn aus und begutachtete das blutige Stück Fleisch.
Sibylla, die allem mit weiten aufgerissenen Augen folgte, hielt sich die Hand vor den Mund und stürzte hinaus.
»Bei seiner Geburt war das Mädchen weniger zimperlich«, bemerkte die Wehmutter.
Anna wusste nicht genau, ob Johanna Brunner das Kind an Maria Binternagels Brust meinte oder die lange zurückliegende Geburt Sibyllas.

KAPITEL 2

»Wie zufrieden sie wirken, Jakob.«
Sibylla sah in die Runde. Alles, was in Augsburg Rang und Namen besaß, tummelte sich vor ihnen auf dem Parkett. Sie hatten beide ihren Platz etwas erhöht auf dem Ehrenthron des Tanzhauses. Sie bemerkte sehr wohl, welche Blicke ihr die alteingesessenen Bürger zuwarfen. Hatten sie noch vor wenigen Jahren die Aufnahme Jakob Fuggers in die Geschlechterstube verhindert, hockte er jetzt dort, wo nur die vornehmsten Fami-

lien sitzen durften. Sie neideten Jakob den Erfolg – und Sibylla genoss ihren Neid.

»Ja, als speisten sie nicht auf meiner Hochzeit, sondern auf meinem Begräbnis – um danach mein Erbe anzutreten.« Jakob hustete vornehm in die Faust. Ihn schien die Stimmung zu amüsieren. »Sie glauben, mich gefangen zu haben, Sibylla. Gefangen in einem Netz aus Intrigen, die sie bei König und Papst gegen mich gesponnen haben.« Er lachte verhalten und drückte ihr die Hand. »Aber ein Fugger ist keine Fliege.«

Jakob nahm einen Becher Wein und hob ihn gegen die Brüder Gossembrot, die mit lächelnden Maskengesichtern zu ihnen heraufblickten.

»Ist es nicht schrecklich, immer unter Wölfen zu leben?«, fragte ihn seine Frau.

»Wenn man nicht der ist, der gefressen wird, sondern der, der frisst, ist es spannend.« Er beugte sich zu ihr herüber, ohne die Menge aus dem Blick zu lassen. »Sie würden gerne zubeißen. Aus ihren Mäulern tropft der Speichel, aber niemand getraut sich als Erster nach mir zu schnappen. Alle Wölfe sind Feiglinge. Sie fürchten die Folgen.«

Sibylla lächelte den Frauen zu, die sich vor ihr verbeugten. Sie hoffte, dass man ihr den Triumph nicht so ansah wie den Augsburgerinnen Abneigung und Neid. Sie hatte sich den begehrtesten Junggesellen der Stadt ins Ehebett geholt. Es würde eine Zeit dauern, bis Mütter und ledige Töchter diese Schmach überwunden hatten.

Sibylla ließ den Blick weiterschweifen. Ihr gefiel der bunte Reigen an Stoffen, an Gewändern und Hauben, an Wappen und Fahnen. Blau, gelb, rot, schwarz, grün schillerten die Tücher. Es roch nach Leder und Duftwässern, nach Gebratenem und Geselchtem, nach Frauen und Männern – und nach Weihrauch. Dem Weihrauch, der ihren Ehebund besiegelt hatte und in den Kleidern hing wie ein Versprechen, die Verbindung zu heiligen.

»Hat es für sie Folgen, Jakob?«, fragte sie, um die Unterhaltung nicht abreißen zu lassen. Es würde merkwürdig aussehen, wenn sie beide Händchen haltend auf dem Podest saßen und sich anschwiegen.

»Mit jedem Tag mehr, den sie versäumen, mich auszuschalten. Mit jedem Tag schlimmere.« Wieder hustete er in seine Faust, als wolle er sein Lachen hinter dieser Geste verbergen. »Sie wissen es nicht, aber sie werden es zu spüren bekommen. Sie hätten das Wild erlegen sollen, solange es wund und erschöpft war.«

»Seid Ihr das? Wund und erschöpft?« Sie drückte seine Hand, die groß war und rau. Sie fühlte sich an wie ein Blatt Pergament oder ein grob geschöpftes Bütten. Mit dieser Hand bewegte er eine Welt.

»Wir müssen tanzen, Sibylla«, sagte er und stand auf. Sibylla folgte ihm. Sie traten zwischen die Gäste. Musik erklang, und Jakob führte Sibylla mit einem Schreittanz durch den Raum. Die Gäste versammelten sich um sie, bildeten einen Ring und folgten dem Hochzeitspaar.

»Weißt du, dass du mir bei Georgs Hochzeit angekündigt hast, du würdest mich heiraten?«, flüsterte er ihr zu und beugte seinen Kopf zu ihr hin. »Du warst gerade mal acht Jahre alt.«

»Das erinnerst du noch?«, wisperte sie zurück.

»Wundert es dich?«

Sie nickte. Ihre Aufmerksamkeit wurde jedoch von Konrad Rehlinger abgelenkt, der an der Fensterbrüstung stand und sie ansah. In seinen Augen lag eine Traurigkeit, die ihr wehtat. Sie drehte rasch den Kopf beiseite. Weder wollte sie sich heute ein schlechtes Gewissen einreden, noch ihre Hochstimmung verderben lassen. Sie wollte in die Musik fallen, wollte sich drehen und wirbeln, wollte tanzen, bis ihr schwindlig wurde.

Nach dem Eröffnungstanz wurde sie von Jakobs Bruder Ulrich aufgefordert; danach bat der jüngere Georg um ihre Gunst. Ihn mochte sie, seine zurückhaltende, ein wenig schüchterne Art.

Wer Georg ablöste, wusste sie nicht mehr. Sie bewegte sich von einem Mann zum anderen, wurde weitergereicht, man machte ihr Komplimente, lobte ihre grazilen Bewegungen, fragte nach der Herkunft der Düfte, die sie umgaben, schmeichelte ihr – und hielt sie auf der Tanzfläche, bis sie selbst das Gefühl hatte, in einen Taumel zu geraten, in dem sich die Klänge mit den Worten und Geräuschen im Saal mischten, ohne dass sie sagen konnte, woher welcher Laut stammten. Einmal suchte sie den Saal nach Jakob ab, fand ihn jedoch nirgends. Sie tröstete sich damit, dass er sicherlich seine Schwägerinnen übers Parkett führte, die Damen der Gesellschaft aufforderte und ebenso wie sie sich amüsierte und Zerstreuung fand.

Von der kreisenden Bewegung an den Rand gespült, ließ sie sich einfach auf einen Stuhl fallen. Wie lange sie sich durch die Menge bewegt hatte, wusste sie nicht zu sagen. Den Schmerzen in ihren Zehen nach zu urteilen, mussten es Stunden gewesen sein. Sie wollte ein wenig Luft schnappen, wollte sich ausruhen. Sie fühlte sich erhitzt. Das Mieder war feucht vor Schweiß. Jemand tupfte ihr mit einem Tuch den Schweiß von der Stirn.

»Euer Gemahl ist auf den Gang gegangen!«, sagte Anna, die das Tuch wieder zusammenfaltete. Sibylla lächelte ihre alte Amme an. Sie erhob sich, schlüpfte aus dem Tanzsaal und blickte den Gang entlang. Jakob war nirgends zu sehen. Sie lief ein Stück weiter zur Treppe. Tatsächlich hörte sie von dort unterdrückte Stimmen miteinander tuscheln. Ärgerliche Töne waren es, harte Worte. Langsam näherte sie sich, ging jedoch auf leisen Sohlen. Die Stimmen wurden deutlicher. Jakob hörte sie sofort heraus.

»Sobald die Straßen frei sind, musst du den Boten zu Thurzo senden, Ulrich. Er soll auf der neu gebauten Straße Kupfer nach Venedig bringen, so viel er auftreiben kann. Wir müssen den Preis mit Unmengen Metall brechen. Koste es, was es wolle.«

»Ich befürchte, dass dir das nicht die Liebe der Augsburger Kaufherren eintragen wird.«

»Ich pfeife auf die hiesige Kaufmannschaft. Unsere Produktion muss verdoppelt werden. Die Hauer sollen auch an den Feiertagen arbeiten. Die Grubenesel müssen einen schnelleren Tritt gehen. Die Transporte mehr Tagesmeilen zurücklegen. Es muss so viel Kupfer und Silber in Venedig auftauchen, dass der Doge darin ersäuft.«

Sibylla hörte mit hochrotem Kopf zu. Jakobs Stimme klang so kalt. Sie fand keinerlei Gefühl darin. Wie Eiskristalle hinterließen die einzelnen Wörter ein Kribbeln der Erregung auf ihrer Haut. Warum sollte Kupfer nach Venedig? Warum trieb er die Minenarbeiter an?

Für einen Augenblick stand ihr die Weberin, die Maria Binternagel, vor Augen, wie sie aus Oberhausen bis in die Stadt hineinlief, obwohl die ersten Wehen schon eingesetzt haben mussten, als sie von zu Hause fortging. Sie fühlte das Blut der Frau auf ihren Händen und wischte unwillkürlich ihre Handflächen an der Kleidung ab, bevor sie ihren Irrtum erkannte. Verstört blickte sie auf ihre weißen Handinnenflächen. Beruhte Jakobs Reichtum darauf, dass er die Menschen behandelte wie die Grubenesel? Eine Schwangere, die Linnen in die Stadt trug? Feiertagsarbeit?

Langsam zog sie sich zurück. Sie wollte nicht hören, was er mit Ulrich zu besprechen hatte. Wenn diese Dinge unrecht waren und gegen den Glauben verstießen, dann war es ihr lieber, sie wusste nichts davon.

Als sie die Tür zum Festsaal wieder erreicht hatte, wirbelten ihr die Gedanken im Kopf umher wie Tänzer auf dem Parkett. Heute war ihre Hochzeit. Heute sollte Jakob neben ihr stehen und sich um sie kümmern. Dabei heckte er mit seinem Bruder irgendwelche Kaufmannsschliche aus. Das durfte sie sich nicht gefallen lassen.

Sibylla drehte sich abrupt um, wollte zur Treppe und Jakob zur

Rede stellen, aber der stand direkt hinter ihr, fing sie auf. Sie versank regelrecht in seiner Hochzeitsrobe.
»Ich habe etwas für dich«, sagte er und lächelte dünnlippig. »Hier, der müsste dir passen.« Jakob reichte ihr einen Ring, auf dem in Silber gefasst ein Smaragd glitzerte.
Ihr stockte der Atem, als sie das Schmuckstück sah. Aller Zorn war vergessen.
»Er ist wundervoll!«, flüsterte sie und steckte ihn sich an ihren Finger. Sie drehte die Hand, staunte über das Funkeln.
»Lass uns zurückgehen«, sagte Jakob und sah über sie hinweg. »Sonst glauben die Gäste womöglich, wir hätten uns bereits ins Schlafgemach zurückgezogen.«
Sibylla lief rot an und nahm seinen Arm. Zu zweit durchschritten sie die Tür. Die Hochzeitsgesellschaft hielt kurz inne, als die Flügel zuschlugen, drehte sich zu den beiden um und begann zu klatschen.
»Sie lieben dich!«, sagte Jakob, ohne die Lippen zu bewegen.
»Sie fürchten dich!«, antwortete Sibylla.
»Hoch«, rief Georg in den Beifall hinein. »Wenn man nicht wüsste, es ist ein Fugger, man könnte glauben, es sei eine Majestät.«
Verlegen sahen die meisten Kaufleute und Geschlechter zu Boden. Das war ihnen zu viel des Lobs für einen Weber mit seiner Frau.

KAPITEL 3

»Wo ist es, Sibylla?«
Sibyllas Mutter öffnete das Fenster und spähte auf den Hof hinaus.
»Es wird kalt, mach zu!«, herrschte die Tochter sie an und drehte ihr den Rücken zu.
Ihre Mutter war unangemeldet erschienen. Sie waren gleich nach der Hochzeit zu ihrer Mutter an den Weinmarkt gezogen, bewohnten dort eine eigene Etage. Jakob hatte seinen täglichen

Gang über den Platz vor dem Rathaus zum Goldenen Kontor wieder aufgenommen und früh das Haus verlassen. Sibylla war allein und wollte über die Ereignisse der letzten Tage nachdenken. So viel war geschehen, so viel, was sie nicht verstand.

»Oder hat er dich nicht angerührt? Sibylla! Wenn das die Stadt erfährt! Sie werden sich das Maul über dich zerreißen. Häng das Laken raus, Kind.«

Sibylla schämte sich. Sollte sie der Mutter erzählen, was sich zugetragen hatte? Sollte sie die Wahrheit berichten? Oder war sie jetzt, als Jakob Fuggerin, nicht vielmehr verpflichtet zu schweigen? Was hinter den Türen ihrer Schlafkammer geschah, hatte niemanden zu interessieren. Selbst die eigene Mutter nicht.

»Du hast es doch. Er hat doch …«

»Er hat, Mutter. Mach dir keine Gedanken.«

»Wo ist dann das Laken, Kind? Oder warst du nicht mehr …?«

Sibylla seufzte. Was sollten diese Verdächtigungen, diese halb unausgesprochenen Sätze, diese Andeutungen? Jakob hatte sie empfangen, wie man es sich als Braut nur wünschen konnte. Er war nicht betrunken gewesen, wie sie es bei anderen Hochzeiten erlebt hatte, bei denen man den Bräutigam zu Bett hatte tragen müssen. Jakob trank nicht. Er nippte an einem Wein. Er aß eine Kleinigkeit. Er mäßigte sich, als wäre er weiter Mitglied des Herrieder Konvents.

Sie hatte sich zu Bett begeben, hatte sich entkleidet, wie Anna es ihr empfohlen hatte, ganz entkleidet, bis auf das beinahe durchsichtige Nachtgewand aus Gaze. So hatte sie Jakob empfangen. Der hatte ihr Zeit gelassen, war ihr schließlich ins Schlafgemach gefolgt, einen Lederbeutel in der Hand. Er entledigte sich ebenfalls seiner Festkleidung, nur sein Hemd behielt er an.

Dann zog er die Decke von ihr und betrachtete sie lange. Schließlich hatte er den Beutel geöffnet.

Perle für Perle nahm er heraus und streute sie über Sibylla aus. Sie fühlten sich selbst durch den Stoff hindurch kühl an. Jakob begann, mit den Perlen ihre Haut einzureiben, sie zu streicheln. Sibylla genoss die harten Kugeln auf ihrer Haut. Dann hatte Jakob ihr langsam das Hemd hochgeschoben. Sie ließ ihn gewähren, hatte die Augen geschlossen und spürte nur den Berührungen seiner Hände auf ihrem Körper nach. Langsam wurde ihr heiß, trotz der Kälte im Zimmer, langsam regte sich ihr Schoß, und ebenso langsam spürte sie ein Verlangen nach seiner Nähe, nach seinem Begehren. Jakob legte sich neben sie, befühlte, streichelte sie, bis sich ihr die Sinne verwirrten, sie ein Aufbäumen fühlte und sich ihr Schoß dem seinen entgegendrängte.

Jakob hatte jedoch nicht reagiert. Überraschend hatte er von ihr gelassen, hatte sich die Decke übergelegt und war neben ihr eingeschlafen, während sie weiter wach gelegen hatte, völlig aufgewühlt, und nicht verstehen konnte, was geschehen war.

Sie hatte zwar geahnt, wie das blutige Laken zustande kam, das nach vollzogenem Beischlaf in den Garten gehängt werden musste, selbst erfahren hatte sie es nicht. Bis heute nicht. Sie war Jungfrau. Jakob hatte die Ehe noch nicht vollzogen. Seit einer halben Woche, obwohl sie ein gemeinsames Bett teilten.

»Er rührt mich nicht an«, flüsterte sie so leise, dass sie zuerst nicht glaubte, ihre Mutter hätte sie gehört.

»Die Frauen müssen manchmal etwas nachhelfen, Kind. Sei nicht passiv. Lock ihn. Reize seine Lust. Biete dich an. Sei ihm zu Willen. Schmücke dich, Kind. Du bist für ihn ein Gottesgeschenk.«

»Hoffentlich nicht!«, konterte Sibylla. »Sonst lande ich auf einem Ölgemälde und sehe mich womöglich als Tafelwerk in einer Kirche verewigt.«

»Männer sind nicht besser als Hunde, Kind. Sie laufen dir nach, wenn du es geschickt anstellst und ihren Bedürfnissen entgegenkommst. Gib ihrer Lust Nahrung, und du wirst sie nicht wieder los.«

Sibylla seufzte. Sie kannte Jakobs Bedürfnisse nicht. Er sprach nicht mit ihr. Ihr war es, als gäbe er an der Schwelle zu ihrem Schlafzimmer seine Stimme ab. Er verstummte. Nur seine Hände sprachen zu ihr. Als würde er ihren Körper mit diesen pergamentenen Innenflächen abpausen wollen. Als forme er ihren Körper im Kopf nach.

Die Artztin nahm Sibylla am Ellenbogen, drückte sie auf Armeslänge von sich weg, drehte sie.

»Hilf nach. Nimm die Hand, Kind, berühre ihn.« Sie betrachtete Sibylla mit einigem Abstand. »Bei deinem Körper glaube ich nicht, dass ein Mann keine Begehrlichkeit spürt. Er ist es vielleicht nicht gewöhnt. Denk dir etwas aus.«

Dann ging sie, nicht ohne Sibylla daran zu erinnern, das blutige Laken nach draußen zu hängen – und zwar bald, bevor in der Stadt die Spöttelei losbrach. Seit einer Woche verheiratet und noch unberührt.

Sibylla war zurückgeblieben, hatte gegrübelt. Was machte sie anders als die Jenna? Mit der Hübschlerin hatte sich Jakob vergnügt, das hatte sie mit eigenen Augen gesehen. Wenn er seine Frau nicht beschlief, würden sie ohne Kinder bleiben. Sie würde ihm keine Erben schenken können. Gerade die Fugger hielten viel von Familientradition. Die Schwiegermutter hatte bis zu ihrem Tod im letzten Jahr einen Blick auf die Söhne geworfen und mit eiserner Hand die Familienbande zusammengehalten. Auch jetzt kamen die Brüder und Schwestern regelmäßig zusammen und berieten und besprachen, wenn auch die drei Brüder das Geschäft führten. Wobei Jakob, als der Jüngste, mehr und mehr die Führung übernahm. Das spürte selbst sie.

Die Frauen der Brüder beäugten sie argwöhnisch. Ihren Beitrag zur Erhaltung der Dynastie hatten sie geleistet. Veronika Lauginger hatte einen Sohn geboren, der nach dem Vater benannt worden war. Auf Georgs Seite sicherten gleich vier Söhne die Fuggerfolge. Nun warteten alle auf die Schwellung ihres Bauches, aber Jakob verweigerte sich ihr.

»Anna«, rief sie in die Zimmerflucht hinein. »Anna!«

Ihre Amme und Leibdienerin, die sie von zu Hause mitgenommen hatte, schlurfte herbei.
»Herrin?«
»Mach Wasser heiß, lass mir ein Bad ein!«
»Herrin? Mitten am Tag?«
»Bring die Duftöle. Der Herr kommt um die Mittagszeit wie üblich zum Essen. Heute muss er arbeiten, Anna. Es kann nicht angehen, dass ich eine Woche sein Eheweib bin und kein Laken vorzuweisen habe.«
Anna senkte den Kopf, aber Sibylla bemerkte, dass sie sich freute, weil sie so forsch war.
In Eimern wurde Wasser über dem Feuer erhitzt und das Schaff in die Waschstube getragen. Anna goss das heiße Wasser ein, gab kalte Güsse hinzu, bis es eine Temperatur hatte, die Sibyllas Haut rosig lassen würde. Dann entkleidete sich Sibylla, stieg hinein und ließ sich von Anna die Haut mit Pottasche und Seife abrubbeln. Zuletzt goss Anna Duftöle ins Wasser, während Sibylla darin sitzen blieb. Als sie endlich dem Wasser entstieg, tönte das Mittagsläuten herüber. Rasch ließ sich Sibylla von Anna abtrocknen. Dann rieb sie sich mit Rosenwasser ein. Sie sparte nicht mit dem Duft und massierte ihn sich in die Haare der Scham und unter die Brüste. Sie legte nur ein feines Seidenkleid an, ohne Unterkleid, ohne Strümpfe, ohne Mieder. So würde sie Jakob empfangen, so würde sie ihn ins Schlafgemach ziehen. Sie schlüpfte in Filzschuhe und eilte die Treppen hinauf, als sie bereits unten das Schlagen der Tür vernahm.
»Bring ihn mir ins Zimmer, Anna«, keuchte sie außer Atem. »Und sorg dafür, dass niemand stört. Ich will ein Kind von ihm. Einen Jungen. Heute. Sofort.«
Sie stellte sich hinter die Tür des Schlafgemachs und lauschte auf die Stimmen draußen. Sie unterschied Jakobs Stimme und die ihrer Amme. Sie hörte seine verwunderten Fragen, ohne dass sie verstand, was er genau sagte. Sibylla vernahm die

Schritte, die sich dem Schlafgemach näherten, sah, wie sich die Tür öffnete und Jakob den Raum betrat. Und dann umfing sie ihn, hängte sich an ihn, küsste und herzte ihn. Sie flüsterte ihm ins Ohr, sie wolle sich keinem seiner Wünsche verweigern, wolle sich fügen, sich ihm hingeben.
Tatsächlich wollte sie, dass sich das Laken ihres Bettes rot färbte mit dem Zeichen der Vermählung.

KAPITEL 4 »Wie steht es mit den Kupferlieferungen aus Ungarn, Georg? Was sagen die Thurzos?«
Jakob stand mit dem Rücken zum Kontor am Fenster und sah nach draußen. Dieser Blick in den Innenhof gab ihm eine ungeahnte Kraft, und er wusste nicht, was er tun sollte, wenn er einmal auf ihn würde verzichten müssen. Hier gelang es seinem kaufmännischen Verstand, sich in einzigartiger Weise zu sammeln.
»Wir schaffen doppelt so viel ungarisches Kupfer nach Venedig herein, wie aus Tirol eintrifft«, antwortete Georg. »Immer wenn die Tiroler Lieferungen in Venedig ankommen, sind die ungarischen Lieferungen bereits unterwegs. Sie erreichen die Stadt, wenn die Tiroler sie wieder verlassen haben.«
»Was ist mit dem Verkauf?«
»Unsere venezianischen Verbindungsleute sind informiert und kaufen erst, wenn alles Metall – also auch das aus Ungarn – den Fondaco dei Tedeschi erreicht hat. Das Überangebot ist riesig. Die Preise fallen ins Bodenlose.«
Jakob nickte zufrieden. Den Augsburger Kaufleuten, allen voran den Gebrüdern Gossembrot und Baumgartner, gingen gerade die Augen über.
Dass die Augsburger Räuberbande es gewagt hatte, Maximilan zu überreden, die Tiroler Kupfer- und Silberkontrakte aufzukündigen und sie Jakobs alleinigem Einfluss zu entziehen, würden sie nun bitter büßen müssen.

Jakob hatte die grinsenden Gesichter der Gossembrot-Brüder, Herwarts und Baumgartners vor Augen, als er seine Unterschrift unter das Kupfersyndikat setzen musste. Dem König zu Gefallen sollten sie gemeinsam das Tiroler Erz erschließen und ihm hierfür 150 000 Gulden Kredit gewähren.

Sie hatten geglaubt, ihn mit dieser Unterschrift eingekesselt zu haben, ihn an die Wand drücken zu können. Ihre Gier nach dem Fugger'schen Bankrott hatte darin geflimmert – und hatte sie wie erwartet das Wesentliche dieses Geschäfts übersehen lassen.

Die Sozietät glaubte, dass Jakob die Hände gebunden waren, weil Maximilian die Fugger'schen Minen und Stapelorte wie Fuggerau geschlossen hatte. Aber Jakob hatte schon lange für den Fall vorgesorgt gehabt. Fuggerau lag auf Bambergischem Gebiet. Der Fürstbischof stand bei Jakob tief in der Kreide. Er war nur allzu bereit gewesen, Maximilian klar zu machen, dass Fuggerau weder der Gerichtsbarkeit noch der Herrschaft des deutschen Königs unterstehe.

Und dabei war es nicht geblieben. Friedrich von Sachsen, der ebenso in Jakobs Schuld stand, wollte gegen Maximilian vorgehen. Nicht zu vergessen die Ratgeber Maximilians. Er wandte sich wieder an Georg.

»Wie steht es mit den Zahlungen an die Kaiserlichen Räte?«

Ich habe sie eingestellt«, erwiderte Georg spöttisch. »Das spart uns jede Menge Ausgaben und müsste sie dazu veranlassen, Maximilian in unserem Sinne zu beeinflussen.«

»Außerdem können wir die eingesparten Gulden in den Ausbau der ungarischen Transportwege stecken. Maximilian hilft uns sogar mit seinen unüberlegten Handlungen.« Jakob zögerte etwas, dann schlug er mit der flachen Hand unhörbar auf den Tisch. »Der König ist noch nicht geboren, der einem Jakob Fugger Paroli bietet!«, murmelte er.

Über ihren Köpfen rumorte es. Ulrich hob entschuldigend die Schultern und verzog die Lippen. »Die Buben. Sie sind gegenwärtig wie eine ganze Horde Wildsauen, die durch die Wälder streift. Selbst wenn sie vorgeben nichts zu tun, lärmen sie.«

Georg nickte.

Jakob mochte Georg, den Stillen, der in Nürnberg die Faktorei leitete. In den letzten Jahren war er stark gealtert. Das ewige Hin und Her zwischen Augsburg und Nürnberg rieb ihn auf. Das Haar ergraute, und die Faltengruben seiner Wangen zeichneten sich mit jedem Jahr schärfer ab.

»Wie steht es bei Sibylla?«, fragte Georg und sah Jakob an. »Ist sie schon in anderen Umständen?«

»Dafür ist es noch zu früh!«, antwortete ihm eine Stimme von der Tür her. Alle drei Köpfe wandten sich der Tür zu. Im Rahmen stand Jakobs Frau, jung wie die Sünde und strahlend schön. Auf einem Arm balancierte sie ein Tablett mit Milch und weichem Brot. Dazu Schmalz, Grieben und Salz, zusammen mit einigen bereits ziemlich verschrumpelten Lederäpfeln, deren Aroma sofort den Raum füllte. »Ich bringe das Frühstück für Jakob«, sagte sie in einem leichten Ton und mit einem Lächeln, das die tristen Kontorräume zum Erstrahlen brachte.

»Frau, wir müssen dringende Angelegenheiten besprechen …«, versuchte Jakob sich gegen den Einfall Sibyllas zu wehren.

Die drei Männer sahen einander an. Ulrich schüttelte den Kopf, als könnte er den Lauf der Welt nicht mehr verstehen. Eine Frau im Kontor. Aber weder er noch Georg wagten es, gegen Sibyllas Willen aufzubegehren.

»Keine Widerrede«, konterte sie, schob mit der freien Hand einige Papiere beiseite und stellte das Tablett ab. »Arbeit und Leben, Familie und Handel sind eins. Merkt euch das, ihr hohen Herren. Jetzt wird gegessen, nachdem ihr morgens nichts anrührt. Wenn ihr Brüder etwas zu besprechen habt, dann lasst euch durch mich nicht stören.« Sie goss aus einer Karaffe Milch ein und reichte den Becher Jakob. Sie selbst nahm ebenfalls Milch und brach sich etwas vom Weichbrot ab. »Jakob, langt zu.« Sie sah ihn herausfordernd an, und er streckte seinen Arm

nach dem Brot aus. Wenn Sibylla sich solche Dinge in den Kopf setzte, dann halfen weder Bitten noch Befehle, so viel hatte er in den letzten Wochen erfahren.
»Nun denn«, durchbrach Georg die Stille, nahm sich einen Apfel und biss herzhaft hinein, »wie lange werden die Augsburger brauchen, um unser Vorgehen in Venedig zu durchschauen?«
Jakob nahm mechanisch seinen Becher mit Milch und trank, während Georg auch Ulrich einen Apfel zuwarf, den dieser mit beiden Händen fing.
»Ein halbes Jahr. Frühstens dann werden sie erkennen, dass ungarisches Kupfer ihnen die Preise verhagelt und sie in den Keller treibt. Schließlich stellen wir keine Meldereiter zur Verfügung. Noch einmal ein halbes Jahr werden sie brauchen, um zu begreifen, dass das billige ungarische Thurzo-Kupfer aus Fuggerhand stammt. Für dieses Jahr, Ulrich, Georg«, Jakob nahm einen kräftigen Schluck Milch und ließ sich von Sibylla nachschenken, die mit großen Augen das Gespräch verfolgte, »werden wir mit starken Verlusten rechnen müssen. Ungarn kostet uns ein Vermögen.« Er wandte sich um. »Wie geht es mit der Heirat deiner Tochter Anna mit Georg Thurzo weiter, Ulrich?«
»Sie ist noch zu jung!«, widersprach Ulrich mit einem verlegenen Seitenblick auf Sibylla.
Die Brüder kauten um die Wette, sagten nichts mehr. Jeder hing seinen Gedanken nach. Jakob wusste, dass er ein gefährliches Spiel spielte, in dem er nicht alle Faktoren sicher bestimmen konnte. Die Gossembrot-Brüder hatten ihr Intrigennetz nicht nur beim König, sondern auch beim Papst in Rom gesponnen. Wenn die politisch brisante Lage zwischen Rom und Venedig, zwischen Papst und Doge sich verschärfte, musste alles scheitern. Sie brauchten stabile Verhältnisse.
Andererseits – bislang sah es recht günstig für sie aus. Maximilian war nicht in der Lage, Krieg zu führen, weil er, Jakob ihm keine Kredite gewährte, und der Papst hatte zurzeit andere

Sorgen, als gegen Venedig oder das Reich einen Waffengang zu wagen. Der Prediger Savonarola hatte in Florenz eine Welle der Kirchenkritik losgetreten, die über den Borgia-Papst hinwegschwappte und trotz der Hinrichtung des Mönchs im Mai erst langsam zur Ruhe kam

»Ich werde den Augsburger Kaufleuten den Hintern wischen, Sibylla«, scherzte er fröhlich, »aber mit Sandpapier, damit sie etwas davon haben.«

»Es wirkt so kompliziert«, wagte Sibylla einzuwerfen und sah, dass Ulrich, der bislang geschwiegen hatte, bedächtig mit dem Kopf nickte.

»Das ist für jüngere Köpfe gemacht, für einen Verstand, der schnell ist, sich anpassen kann und das Risiko liebt. Nicht mehr für mich.« Er erhob sich schwer aus dem Sessel.

»Bruder, stell dein Licht nicht unter den Scheffel!«, brummte Jakob. »Ohne dich wären wir nicht, wo wir jetzt sind. Du hältst die Firma zusammen. Dein Name steht für Kredit.«

Sie aßen schweigend, bis Sibylla die Becher einsammelte, Jakob einen Kuss auf die Wange gab, das Tablett nahm und sich verabschiedete.

»Sie ist eine intelligente Frau«, sagte Georg, nachdem sich die Tür hinter ihr geschlossen hatte.

Jakob sah zu Boden, als müsse er nachdenken.

»Sie lebt in einer anderen Welt. Nicht in der unseren, nicht in der meinen. Sie singt, spielt ein Instrument, sie kann lesen und schreiben und umgibt sich gern mit Menschen, die sich über Musik und die Lieder der Sänger unterhalten. Davon verstehe ich nichts.« Er trat ans Fenster. Sein Verstand sagte ihm, dass diese Dinge in seiner Welt nichts zu suchen hatten. Wer sich damit abgab, wurde abgelenkt, verlor den klaren Blick darauf. Das konnte zur Gefahr werden. Wer sich Skrupeln hingab, wer in den Kategorien einer christlichen Ethik dachte, der konnte seinen Kaufmannsberuf an den Nagel hängen. »Und sie ist zu weich«, ergänzte Jakob, als er seinen Schluss daraus zog.

Ulrich wendete sich wieder ihrem ursprünglichen Thema zu, wie um abzulenken. »Vergraulen wir den König nicht, Jakob, wenn wir so harsch gegen die Tiroler und die neuen Augsburger Geldgeber vorgehen? Schließlich ist Maximilian auf sie angewiesen.« In Ulrichs Gesicht mischten sich Skepsis und Furcht zu einem unentschiedenen Gemenge. »Wenn er seine Macht gebraucht, wischt er uns von der Tafel der Geschichte.«
»Zwei Gedanken stehen dagegen, Ulrich«, antwortete Jakob ruhig. Er verstand die Unsicherheit des Bruders, schließlich wagten sie etwas, was in dieser Form noch niemals ein Kaufherr gewagt hatte. »Maximilian ist von Adel. Allein dieser Dünkel verhindert, dass er die Verwaltung der Minen, der Gruben, des Handels eigenverantwortlich in die Hand nimmt. Selbst wenn er es wollte, könnte er es nicht, denn keiner seiner Berater besitzt ausreichend kaufmännischen Verstand, um ihm die nötigen Gelder zu beschaffen. Ich bin davon überzeugt, dass er das längst weiß. Jetzt muss er erkennen, Ulrich, dass er ohne uns nicht in der Lage ist, das Reich zu regieren. Er muss erfahren, dass er ein armer Monarch ist und von den Kaufleuten profitiert. Aber nicht von allen, sondern von zuverlässigen, ruhig und sicher arbeitenden Kaufleuten. Wir sind keine Abenteurer, sondern weit vorausschauende Bürger.«
In Gedanken fügte er noch hinzu, was sein eigentliches Ziel war: *Ich will den König von mir abhängig machen.* Doch er verschluckte den Satz. Es wäre für seine Brüder zu viel gewesen.
Ulrich und Georg sahen ihn kopfschüttelnd an. Jeder rechnete für sich, was es bedeutete, wenn Jakob nicht Recht behielt. Die Gläubiger würden sie zerfleischen, die Thurzos in Ungarn würden sie steinigen, der Papst sie mit einem Bann belegen und die Augsburger Kaufleute sie vor den Mauern vermutlich in eigenen Käfigen halten und ihnen beim Weben zusehen.
»Ich finde es schön«, sagte Georg schließlich unvermittelt, »dass Sibylla dir ein Frühstück bringt. Sie ist verliebt. Man sieht es.«

Jakob, der sich wieder dem Fenster zugewendet hatte und in den Schlieren der gegenüberliegenden Wand nach Chiffren für den Gang seiner Geschäfte suchte, drehte sich.
»Ja, ich genieße es auch. Aber sie hat das Goldene Kontor betreten …«
Er beendete seinen Satz nicht, und wieder schwiegen die Brüder lange. Endlich bewegte sich Jakob vom Fenster weg und rief einen Kanzlisten herein. Briefe mussten diktiert werden, Befehle warteten auf ihre Ausführung. Die Welt musste gedreht werden, damit sie sich an ihren neuen Rhythmus gewöhnte. Die Kurbel hierfür lag in diesem Raum verborgen. Sie nickten sich wissend zu, und jeder der Brüder begann, seiner eigenen Arbeit nachzugehen.

KAPITEL 5 »Herrin, das kann ich nicht annehmen.« Anna sah, dass in den Augen der Weberin Tränen standen. Sibylla hatte nach Maria Binternagel schicken lassen. Sie hatte sich in den Kopf gesetzt, die Heimat der Weberin, ein kleines Dorf vor den Toren von Augsburg, kennen zu lernen. Selbst Annas Einwände hatten sie nicht von ihrem Vorhaben abbringen können. Nun stand die Weberin vor ihr, den Blick auf ein Stück Stoff gerichtet, das Sibylla ihr gerade geschenkt hatte.
Maria streckte die Hand mit dem feinen Gewebe aus und reichte es zurück. »Ich kann es nicht annehmen, Herrin«, wiederholte sie.
»Das ist doch Unsinn!«, polterte Anna. Sibylla hielt sich im Hintergrund.
»Glaubt mir, wenn ich aus dem Stoff ein Kleid nähe, verachten mich meine Nachbarinnen, weil sie denken, ich wäre etwas Besseres. Ich bin aber auf sie angewiesen. Sie hüten mein Kind, sie helfen mir mit dem Essen, sie sind für mich da, wie ich für sie da bin.«
»Dann verkauf den Stoff«, knurrte Anna, die gut verstehen konnte, worüber sich die Weberin Gedanken machte.

»Kein Weber besitzt solchen Stoff. Wenn ich ihn anbiete, glaubt mir niemand, dass ich ihn geschenkt bekommen habe. Sie werden mir vorwerfen, ich hätte ihn gestohlen; was uns wiederum den Schuldturm einträgt oder den Pranger.«

»Es ist schwierig, dir zu helfen, Frau«, mischte sich Sibylla ein.

»Es ist nicht schwieriger, als in der Kirche ein Almosen zu spenden«, antwortete die junge Frau leise, den Kopf zu Boden gesenkt. »Gebt uns einen Lohn, von dem wir leben können, und wir sind zufrieden.«

»Trotzdem möchte ich deine Webstühle sehen, Frau.«

Maria rang verzweifelt die Hände.

Schlussendlich war es ein Korb, der von der Köchin herangetragen wurde, der sie umstimmte. Er enthielt neben einem Krug Wein gebratenes Geflügel, Würste und getrocknetes Fleisch sowie Salzfisch.

»Unser Proviant für die Fahrt«, kommentierte Anna und flüsterte der jungen Binternagel ins Ohr, ihre Herrin esse wie ein Spatz. »Den Rest wird sie nicht mit nach Hause nehmen wollen, vermute ich.«

Sie stiegen noch in der Hofeinfahrt in den Wagen, Anna neben Sibylla, die Weberin auf einem Notsitz ihnen gegenüber etwas erhöht, mit dem Rücken zum Kutscher.

Ein kurzes Hüh ließ die beiden Pferde anziehen und den Wagen aus der Einfahrt holpern. Es ging nach Norden, zum Klinker Tor, dann hinaus auf die alte Via Claudia Augusta.

Auf dem Weg zum Tor fingen sie einige verwunderte Blicke ein. Anna sah, wie einige der Weiber stehen blieben, der Kutsche nachblickten und sich ihre eigenen lautstarken Gedanken dazu machten. Eine zerlumpte Weberin auf dem Wagen der Fuggerin. So etwas hatte man nie gesehen! Anna konnte sich den Klatsch vorstellen, der in Windeseile über die Stadt fegte: *Wie gut, dass man dem Fugger den Einzug in die Geschlechterstube verwehrt hat; allein ausreiten ziemt sich für eine verheiratete Frau nicht; man sieht sie niemals mit Hau-*

be ... und was der gärenden Blasen der Augsburger Gerüchteküche mehr waren.
»Wie hast du deinen Mann kennen gelernt?«, fragte Sibylla die Weberin ganz ungeniert. Anna war es ein wenig peinlich, denn Sibylla behandelte die Binternagel zwar mit Respekt, ließ jedoch keinen Zweifel daran, dass sie die Lebensumstände bis hinein ins Ehebett der Binternagels interessierten. Ob sie glaubte, allein weil sie wohlhabend war, die Familie beobachten zu können, so wie man Stallhasen beim Rammeln zusah? Die Weberin lief rot an. Sie zog ihr Kleid enger, das sauber war, aber zerschlissen und voller Flicken. Sie trug kein Mieder, wie Anna feststellte.
»Karl? Beim Johannisfest«, sagte sie so leise, dass es beinahe vom Schlagen der Räder übertönt wurde. »Wir haben zusammen getanzt. Er hat mir von Beginn an gefallen. Ich ihm auch. Da hat er mir den Hof gemacht, und ich hab's mir gefallen lassen.«
»Von Beginn an?«, fragte Sibylla nach, und Anna bemerkte, dass in Sibyllas Augen ein matter Glanz trat, als erinnere sie sich an ihre eigenen Gefühle. Doch wen oder was liebte Sibylla? Einen Konrad Rehlinger? Oder doch Jakob Fugger? Seinen Juwelen hatte sie den Vorzug gegeben, war deren Glanz und Feuer erlegen.
»Als das Kind unterwegs war, haben wir geheiratet«, erzählte die Weberin, den Blick auf den Boden der Kutsche gesenkt und mit rot überzuckertem Gesicht.
Sibylla nahm die Geschichte mit Gleichmut auf, als interessiere sie sich plötzlich nicht mehr dafür. Sie beobachtete die Bauern, denen sie auf dem Weg aus dem Tor hinaus begegneten, schaute von oben in die Hucken, fragte, ob sie verkauft hätten. Sie erntete erstaunte, manchmal zornige Blicke.
Der Weg senkte sich, die Bäume wichen zurück, Büsche traten an ihre Stelle. Das Land wurde karger, die Äcker waren grau vor lauter Lechkieseln. Größere Brocken säumten den Weg. Dann

ratterten sie über die Wertachbrücke, zahlten das Brückengeld und folgten dem Fluss entlang nach Norden. Es war ein staubiger Weg, allerdings aus satter brauner Erde, im Gegensatz zur Lechschwemme. Sie folgten der Via Claudia, deren alte Steinpflasterung nur selten erkennbar war. Die großen Steine hatte man entfernt und Häuser daraus gebaut. Viele der kleineren waren im Lehm der Jahrhunderte versunken oder einfach zerbrochen und zerbröselt.

Vor ihnen tauchte eine Kirche auf.

»Was ist das für ein Kirchlein?«

Die Weberin drehte sich um, blickte dem Schwager über die Schulter nach vorn.

»St. Peter und Paul. Wir wohnen im Schatten der Kirche«, setzte sie hinzu.

Die Kutsche fuhr in den kleinen Ort ein, der aus einem halben Dutzend riedgedeckter Häuser bestand, bog nach den Anweisungen der Weberin am Dorfteich unter der Kirche nach Osten ab und hielt vor einem kleinen Haus, das gerade so weit über den Erdboden herausragte, dass man es nicht für einen Maulwurfshügel halten konnte.

»Hier wohnt ihr?«, fragte Sibylla, die aus der Kutsche sprang, ohne auf den Dreck zu achten, in den sie treten musste.

Der Weberin war die Verlegenheit anzusehen.

»Entschuldigt, Herrin, aber als Weber leben wir mehr schlecht als recht.«

Den Satz sagte sie so leise, dass Anna zweifelte, ob Sibylla ihn gehört hatte. Sie näherten sich dem Haus, das aus einem Wohnteil und einem kleinen Stall bestand. Aus dem Gebäude vernahmen sie das rhythmische Schlagen der Webstühle, das Sirren der hin- und hergetriebenen Schiffchen.

Anna folgte Sibylla, die auf die niedrige Tür zuging. Sie standen eine Weile ratlos davor, lauschten dem Klappern, bis der Eingang aufgestoßen wurde und ein Mädchen darin erschien, klein und zierlich, mit einem Eimer in der Hand. Ihr folgte ein blonder Junge. Beide stutzten, dann bellte eine Männerstimme von innen, sie sollten sich sputen. Sofort flogen die Kinder zum Dorfweiher, senkten den Holzeimer ins Wasser und schleppten das halb volle Gefäß ins Haus, wo sie es einfach über die Schwelle kippten, bevor sie die nächste Ladung brachten.

»Was tun sie?«, fragte Sibylla, die dem Mädchen überrascht auswich.

»Hannes und Franziska? Die Kettfäden dürfen nicht trocken werden, sonst reißen sie. Wenn man sie flicken muss, gibt es Knoten. Jeder Knoten bedeutet eine Minderung der Qualität – und damit einen Verlust von blanker Münze. Das Wasser auf dem Fußboden macht die Fäden geschmeidig.«

Ein belferndes Lachen stürzte aus dem Dunkel hinter der offenen Tür. Sibylla steckte den Kopf in die dunkle Öffnung, trat ganz hinein. Dahinter empfing sie ein wütendes Husten, das nur vom Klappern des Webstuhls unterbrochen wurde.

»Ist dein Mann krank?«, hörte Anna sie aus dem Dunkel hinter der Tür fragen.

Anna sah, wie sich die Weberin auf die Lippen biss.

»Er hat die Weberkrankheit«, sagte sie tonlos.

Im selben Augenblick trat Sibylla wieder durch die Tür. Sie war blass im Gesicht. Die Augen blinzelten verstört.

»Mein Gott«, murmelte sie. »Mein Gott, mein Gott.«

Anna versuchte sie auszufragen, aber es war kein Wort aus ihr herauszubringen. Die Neugier trieb sie selbst in das Loch hinunter. Vorsichtig setzte sie einen Fuß ins Dunkel. Sie traf auf eine Holzbohle, die laut schmatzte, als sie darauf trat. Offenbar lag sie in einer Wasserpfütze. Anna riss die Augen weit auf, um sich an die Finsternis zu gewöhnen. Der Estrich des Hauses lag gut drei Fuß unter der Erde. Der ganze Raum war so niedrig, dass sie sich bücken musste, um nicht mit dem Kopf gegen die Decke zu stoßen. Mitten im Raum standen schräg gegeneinander zwei Webstühle.

Über einem beugte sich der Mann der Weberin und ließ die Gatter fallen und steigen. Vor dem Mund hing ihm ein Tuch, das rot verfärbt war. Wenn er hustete, blähte es sich und schien einen Ton dunkler zu werden.

Als würden sie ein Duett klappern, arbeitete der zweite Webstuhl im gleichen Takt, nur ein wenig versetzt, so dass sich ungewöhnliche Rhythmen ergaben. An diesem Stuhl saß, bleich wie ein Gespenst, eine Frau. Sie war abgemagert bis zum Skelett. Die Wangen hohl, die Augen tief in den Höhlen. Ihre Finger wirbelten dennoch flink über die Gatter, schossen das Schiffchen in einer Geschwindigkeit von links nach rechts und von rechts nach links, dass Anna Mühe hatte, ihm mit den Augen zu folgen. Das Wesen sah sie mit Augen an, die in der Nacht des Zimmers wie Schusterkugeln leuchteten. Über der Schulter hielt die Frau ein Kleinkind in einem Sacktuch, das friedlich schlief.

Ansonsten war der Raum kahl, roch jedoch säuerlich nach einer Mischung aus abgestandenem Wasser, Schweiß, Kot und dem süßlichen Geruch des Blutes.

Der Raum erweiterte sich nach hinten. Dort vermutete Anna das Schlafgemach und den Stall, denn man vernahm das Meckern von Ziegen und das Grunzen eines Schweins, dessen Gestank den Raum erfüllte.

Voller Ekel wandte sich Anna ab und trat auf den Hof vor dem Häuschen.

»Das ist ja schlimmer als ...« Sie fand keine Worte dafür.

Die Weberin verzog schmerzlich das Gesicht. »Ich habe Euch nicht hergebeten«, befand sie trotzig.

»Du musst deinem Mann etwas Ruhe gönnen, sonst bringt er sich um«, versuchte Sibylla hilflos Ratschläge zu erteilen. Man sah ihr an, dass sie selbst nicht an diese Möglichkeit glaubte und deshalb sofort hinzusetzte: »Ihr webt das feinste Tuch Augsburgs. Warum verkaufst du es nicht selbst? So wertvolles Tuch muss Gewinn bringen. Es muss sich einfach gut verkaufen.«

Die Weberin nickte und betrachtete Sibylla von oben bis unten.

»Und wer bezahlt unsere Schulden beim Herrn, bei Jakob, dem Fugger? Wenn wir Wolle und Garn selbst einkaufen müssten, könnte mein Mann in dieser Zeit nicht arbeiten. Die Preise für unsere dringend benötigten Grundstoffe sind sehr hoch. Wenn wir sie in den kleinen Mengen erstehen müssten, in denen wir sie verarbeiten, wären sie für uns unbezahlbar. Das Geld hätten wir nicht. Lagern können wir ebenfalls nichts. Sofort wären Käfer und Fäulnis in der Wolle. Das Tuch würde sich verteuern. Niemand kauft teures Linnen, so schön es sein mag. Zudem treffen die Lieferungen unregelmäßig ein, was eben aus Nürnberg oder Bozen durchkommt. Was ist, wenn wir in eine Zeit kämen, wenn es keine Wolle, kein Garn in Augsburg gäbe, und sei es nur für drei Wochen? Was, wenn gerade kein Nürnberger oder venezianischer Kaufmann in der Stadt weilte, wenn wir das Tuch verkaufen müssten?«

Ihre Rede stockte, weil sich Sibylla mit der Hand an den Mund fuhr. Langsam begriff sie die Zusammenhänge, die Anna bereits kannte. Billiges Linnen gab es nur dort, wo die Weber bis an die Hungergrenze gedrückt wurden. Der Verleger, der Wolle einkaufte, verdiente doppelt – und das ohne jegliches Risiko. Er erstand die Wolle billig, verkaufte sie zu wenig erhöhten Preisen an die Weber, die damit ein Tuch erstellten, das er wiederum den Handwerkern abkaufte, natürlich etwas unterm Handelspreis, aber doch so, dass die Weber davon leben konnten, und verkaufte es um teures Geld in Nürnberg oder Venedig. Solange die Weber lieferten, funktionierte das Geschäft hervorragend.

Sibylla war inzwischen zur Kutsche gegangen und zog den Picknickkorb hervor. Man sah ihr deutlich den Widerwillen an. Hungrig war sie ebenso wenig wie Anna selbst. Sie stellte den Korb vor Maria Binternagel ab. Dann kramte sie in ihrem Kleid,

zog einen halben Gulden hervor und ließ ihn in den Korb fallen. Ein leichter Schrei entfuhr der Weberin.
»Komm zu mir, wenn du etwas brauchst«, sagte Sibylla und stieg in die Kutsche. Anna folgte ihr rasch.
»Sie leben wie die Tiere«, sagte Sibylla tonlos, als sie einigen Abstand zur Kate der Weberin gewonnen hatten. »Doch sie sterben viel schlimmer.«

KAPITEL 6

»Woran denkst du gerade?«
Sie lagen nebeneinander im Bett. Jakob atmete zu unregelmäßig, als dass er schon schlief. Auch Sibylla starrte wach in die Finsternis. Jakob drehte ihr den Kopf zu.
»Ich erinnere mich!«, sagte er nur.
»Woran?«
»Ich weiß es nicht genau, Sibylla. Meine Erinnerung ist einerseits merkwürdig verschwommen, andererseits unglaublich klar.«
»Erinnerungen sind immer beides. Manchmal lügen sie. Ich habe es selbst erlebt. Man könnte Stein und Bein drauf schwören, dass sich ein Ereignis, eine Farbe, ein Gegenstand im Gedächtnis festgesetzt hat, Jakob, und dann muss man sich sagen lassen oder man erkennt selbst, dass die Erinnerung getrogen hat.«
Jakob tastete mit einer Hand zu ihr herüber, legte sie auf ihren Bauch. Sie fühlte sich warm an, war aber so hart wie ein Stück Holz.
»Als ich ein kleiner Junge war«, begann er zögerlich, als erzählte er die Geschichte ungern, »ich war nicht älter als drei Jahre, habe ich meinem Vater die Zunge herausgestreckt.«
Sibylla starrte an die Decke, die sie in der Dunkelheit nur schwach ausmachen konnte. Dass Jakob solche Gedanken bis heute verfolgten, konnte sie kaum fassen. Ein Mann, der bedenkenlos ganze Familien dem Hunger aussetzte, weil ihm

Geld und Einfluss wichtiger waren, gab sich solchen Sentimentalitäten hin. Sie griff nach seiner Hand auf ihrem Bauch, streichelte sie.

»Er hat dir sicherlich längst vergeben.«

»O ja, das hat er«, sagte Jakob nach einer Weile. »Das hat er längst. Das ist auch nicht die Geschichte, über die ich so oft nachdenke. Es sind die Umstände, die mich bis heute nicht ruhen lassen. – Mein Vater saß damals am Webstuhl und arbeitete. Vater wollte von seinem Beruf nicht lassen.« Jakob rückte ein Stück näher zu ihr, kam in Fluss, redete leichter. »Er wollte, dass ich ihm eine Garnrolle reiche, die zu seinen Füßen stand. Er hätte die Arbeit unterbrechen und sich bücken müssen. Ich weiß nicht mehr, was ich gespielt habe, aber ich weiß genau, dass ich Nein gesagt habe. Zum ersten Mal in meinem Leben bewusst Nein! Ich habe es in dem Wissen getan, dass ich der Strafe, von der ich ahnte, dass sie folgen würde, davonlaufen konnte. Ich hielt mich für den schnellsten Läufer der Welt. Tatsächlich geschah zunächst nichts, bis das Schiffchen ausgeschnellt hatte. Vater bat mich noch einmal um das Garn, da habe ich ihm die Zunge herausgestreckt und bin weggelaufen. Wie der Blitz bin ich davongesprungen. Ich war mir so sicher, ihm zu entkommen.« Jakob verstummte.

Sibylla ahnte, dass er wie sie in der Dunkelheit nach einem Halt suchte, dass er den Schattenschlieren vor seinem inneren Auge eine Bedeutung geben wollte. Sibylla wagte nicht, Jakob zu fragen, was weiter geschehen war. Das Ende war offensichtlich.

»Vater kam wie ein Unwetter über mich. Er war schnell, viel schneller, als ich mir geträumt hatte, ein Blitz, obwohl ich Haken schlug und wie besinnungslos rannte. Natürlich weiß ich heute, dass Vater nicht einmal hatte rennen müssen. Ihm genügte es, dem Dreijährigen hinterherzulaufen. Er packte mich, hob mich auf die Schulter und gab mir vermutlich eine gewaltige Tracht Prügel, die sich jedoch nicht in meiner Erinnerung findet. Aus dieser Zeit weiß ich sonst nichts, buchstäblich nichts. Nur diese eine Geschichte lässt mich nicht los. Sie beugt sich nachts über mich und grinst mir ins Gesicht, ohne dass ich erfassen kann, was sie von mir will.«

Sibylla war, als hätte Jakob ihr eine wunde Stelle seiner Seele gezeigt, wie der Recke Siegfried seiner Kriemhild das Lindenblatt seiner Schulter. Sibylla überlegte, warum er dies getan hatte. Hatte er wirklich so viel Vertrauen zu ihr, dass er ihr seine Wunden offenbarte, oder wollte er einfach seine dunklen Stellen mit ihr teilen, damit sie versuchte, diese aufzuhellen? Niemand trug Gedanken wie diese mit sich herum, ohne dass sie etwas bedeuteten. In Jakobs Vergangenheit hatte eine Verletzung stattgefunden, und über diese Verletzung kam er nicht hinweg. Sie brannte und nässte und wollte nicht heilen. Bevor Sibylla etwas sagen konnte, sprach Jakob wieder in die Dunkelheit hinein.

»Bis heute grüble ich darüber nach, ob wir Menschen schnell genug sind, um dem Schicksal zu entfliehen. Ob es uns nicht ebenso einholen wird, wie mein Vater mich eingeholt hat.«

Es wurde still im Schlafzimmer. Sibylla stockte der Atem. Jetzt waren sie über ein halbes Jahr verheiratet, und heute war es das erste Mal, dass Jakob seinen Panzer ein wenig geöffnet hatte und ihr einen Blick gewährte ins Innere eines zutiefst verunsicherten Jungen, der er einmal gewesen war und womöglich immer noch war. Sie rückte näher, legte seine Hand auf ihre Brust, schlüpfte zu ihm unter die Decke, unter der es warm war und angenehm. Stumm begann sie ihn zu streicheln.

»Diese Erinnerung ist wie ein Albtraum, der immer wiederkehrt, obwohl nichts an ihr ist, was mich schrecken könnte. Nur das Erstaunen steht mir klar vor Augen. Das Erstaunen des kleinen Jungen, dem überraschend bewusst wird, dass er nicht entfliehen kann. Dass es Mächte gibt, die größer, schneller und gewaltiger sind als er. Die er nicht kommen sieht und die ihm seine Ohnmacht vor Augen halten.«

Sibylla legte ihren Kopf auf seine Brust. Er umfasste sie und zog sie an sich.

»Seither lässt du niemanden mehr über dir stehen?«, fragte sie. Ihre Hand strich über seinen Bauch, begann mit seinem Geschlecht zu spielen, das sich nicht rührte und ihm schlaff zwischen den Beinen lag.

»Seither überlege ich mir genau, wem ich die Zunge herausstrecke und welche Möglichkeiten zur Flucht sich mir bieten. Ich bin vorsichtig geworden. Misstrauisch. Nicht die Macht schreckt mich, sondern deren Willkür, nicht die Auseinandersetzung, sondern die Heimlichkeit, mit der sie wirkt.«

Jakob drückte sie an sich. Sie wusste nicht, was sie glauben sollte. In ihren Augen stieg das Bild der Weberfamilie von Maria Binternagel auf, die sich buchstäblich zu Tode arbeitete. Deren Möglichkeit davonzulaufen war ebenso gering, wie es die Jakobs gewesen war. Ihr gefiel diese Kluft zwischen sentimentaler Erinnerung und brutaler Wirklichkeit nicht.

»Dann sind deine Erfolge nichts weiter als die Versuche, dich vom Schicksal nicht einfangen zu lassen?«

Jakob lachte plötzlich und schob sie von sich, legte sie auf den Rücken und schob ihr das Hemd hoch. Er bedeckte ihren Körper mit Küssen, die auf ihrer Haut brannten, weil sie ihr wie ein Zeichen falscher Lust erschienen. Sie fühlte, dass sie dennoch wirkten. Ihre Brustwarzen richteten sich auf und wurden hart, ihr Schoß begann zu pochen, als Jakob seinen Kopf dort hinein vergrub und sie einatmete.

»Ich schlage Haken«, sagte er, als er wieder auftauchte und Luft holte. »Ich sehe mich beständig um, ob mein Verfolger mir nicht bereits auf den Fersen ist. Nachts liege ich wach, weil ich glaube, sie werden an die Tür klopfen. Ich warte darauf mit angespannten Sinnen, bis ich wieder in den Schlaf sinke oder der Tag graut.«

Jakob kletterte auf sie, drückte ihre Beine auseinander. Die Luft fühlte sich kalt an auf ihrem Geschlecht, das feucht und bereit war. Er nahm seine Hand, bearbeitete sein Glied, das sich noch immer nicht regte, rieb es an ihr, teilte damit ihre Scham und versuchte verzweifelt, in sie zu dringen. Sibylla rührte sich nicht. Sie lag still, horchte einerseits auf ihre Erregung, die sich mit den Bemühungen Jakobs steigerte, fühlte aber andererseits Mitleid mit Jakob, der so offensichtlich seine Kraft eingebüßt hatte. Während er geschäftlich von Erfolg zu Erfolg schritt und die Mächtigen der Gegenwart unter seine Knute zwang, sie auf dem öffentlichen Parkett tanzen ließ, während er die Flöte blies, musste er zu Hause in der Abgeschiedenheit des Schlafgemachs erkennen, dass nicht alles seinem Willen gehorchte, am allerwenigsten er selbst.

Sibylla zog ihre Beine an, um ihm das Eindringen zu erleichtern, reizte ihn zusätzlich mit ihrer Hand – und plötzlich begann Jakob zu keuchen. Tatsächlich versteifte er sich. Mit einem Stoß, der ihr Schmerz und Lust zugleich bereitete, trieb er sein Geschlecht in sie. Seine ganze Zärtlichkeit wich einem Kraftakt, als müsse er einen Schrank von der Stelle bewegen. Jakob keuchte, während sie selbst nichts mehr verspürte, keine Erregung, keine Lust. Wie tot fühlte sie sich, als wäre alles Gefühl aus ihr gepresst worden. Mechanisch bewegte sie sich mit, mechanisch wurde sie begattet – es hätte ebenso ein Hund sein können, der unter Jakob gelegen hatte, oder die Jenna oder sonst wer. Jakob presste seinen Erguss in sie, stieß bis in ihre Eingeweide hinein, bis zu dem Punkt, der schmerzte und ihr bedeutete, dass sie nicht mehr war für ihn als eine Gebärmutter, dazu ausersehen, das Geschlecht des Jakob Fugger zu sichern. Jakob stieß, keuchte, stöhnte – und warf sich endlich mit seinem gesamten Gewicht auf sie, so dass er ihr die Luft aus den Lungen quetschte. Wie ein Stein lag er und drückte sie in die Kissen.

»Du wirst mich ersticken, Jakob«, stöhnte Sibylla.

Sie fühlte seine Männlichkeit in sich schrumpfen, sich aus ihr zurückziehen, als weiche die Luft daraus.

»Diesmal bist du dem Vater entkommen, Jakob«, flüsterte sie, als er sich von ihr herabwälzte und atemlos neben ihr lag.
Jakob zog sie an sich. Ihr Schoß brannte, er war wund vor Enttäuschung und Hilflosigkeit.

KAPITEL 7 Anna saß still auf einem Hocker hinter der Staffelei und beobachtete Sibylla, wie sie in ihrem Hochzeitskleid vor dem Maler stand. In diesem ersten Jahr seit ihrer Heirat war Sibylla nüchterner geworden, ungeduldiger, unberechenbarer. Ihre Blässe war die Blässe der Resignation. Der Maler Thomas Burgkmair musterte Sibylla von oben bis unten. Anna vermutete, dass er suchte, was die ganze Stadt von der jungen Fuggerin erwartete, nämlich die ersten Anzeichen einer Schwangerschaft. Rund und drall wollte er den Bauch ihrer Herrin darstellen, mit einem leichten Hohlkreuz und schweren Brüsten. Aber ihr war nichts anzusehen. Nichts wölbte sich bei Sibylla. Sie schien sogar magerer geworden zu sein. Ihre blasse Haut, die leicht rötlichen Haare ließen sie zarter aussehen als noch vor einem halben Jahr, zu zart, um durch eine Geburt zu welken.
Im Raum herrschte eine unerträgliche Hitze. Die Luft in der Stadt stand und brütete Krankheitsmiasmen aus. Jeder sehnte sich nach den ersten Herbststürmen und kälterem Wetter. Ein Lautenspieler und ein Flötist, die am Fenster standen, spielten sanfte Melodien, in deren vibrierenden Stimmungen sich der Tag zu wiegen schien.
»Mein Mann wird jeden Augenblick kommen, Meister Burgkmair. Er steckt täglich zwölf Stunden im Goldenen Kontor. Die Zeiten sind schwer«, sagte Sibylla.
Burgkmair nickte. Sein rundes Gesicht verzog sich zu einer angestrengten Miene, als er mit Kohle die Konturen nachzog.
Anna hatte Sibylla in das dunkle Kleid mit den goldbrokatenen Stickereien kleiden müssen, das Haar nach hinten gebun-

den und mit einer Haube bedeckt. Es war der Wunsch Jakobs gewesen, dass sie auf dem Hochzeitsbild nicht mit Barett abgebildet wurde, sondern mit der züchtigen Kopfbedeckung der Hausfrau. Sie hatte es sich jedoch nicht nehmen lassen, eine rotsamtene Haube zu wählen, deren Stirnband mit Perlen und Edelsteinen besetzt war, in denen sich die Farbe ihrer Haare spiegelte. An den Seiten des wertvollen Seidendiadems ragten Schleifen vor, die mit Kleinodien geschmückt waren. Sie war kein Weibchen wie die anderen Hausfrauen der biederen Bürger dieser Stadt, sie war selbst ein Kleinod. Sibylla unterstrich dies mit einem Halsband und einer grobgliedrigen schwergoldenen Kette. Das Kleid mit einem Besatz aus Golddamast wirkte für den Anlass ein wenig zu feierlich, und Anna hatte das Gefühl, dass Sibylla, die ohnehin schlank war wie ein Reh, das Kleid weit zu werden schien. Sie war geschmückt wie ein Geschenk des Himmels. Die beiden Musikanten flochten Bänder aus Musik um sie und hüllten sie darin ein.

»Ihr seht so ernst aus, Herrin«, murmelte Burgkmair, der einen Pinsel quer im Mund hielt und das Kinn und die Mundpartie mit kurzen Pinselstrichen versuchte. »Soll ich Euch lächeln machen?«

Die Laute antwortete mit zwei schiefen Akkorden, als wisse sie um die Stimmung im Raum.

»Untersteht Euch, Meister«, fauchte Sibylla. Selbst Anna, die aufgestanden war, um ihrer Herrin ein Trinkgefäß zu reichen, erschrak. »Für euch Mannsbilder mag die Ehe eine reine Freude sein, schließlich braucht ihr nicht mehr zu euren Hübschlerinnen und losen Weibern zu gehen. Für uns Frauen ist sie eine rechte Plage – vergleichbar mit einem Unwetter, das über uns kommt und uns zwingt, den Kopf geduckt zu halten und uns zu verkriechen. Nur dass es nicht vorübergeht, sondern ein Leben lang anhält.«

Sibylla hatte schnell gesprochen. Auf ihrem Ausschnitt bilde-

ten sich feine Schweißperlen, die Anna abtupfte. Für diesen Spätherbsttag war das Kleid zu festlich, zu dick, zu warm.
Der Brokatbesatz an den Ärmeln und um das Dekolleté bildete an manchen Stellen bereits dunkle Schweißflecken. Am rechten Oberarm hatte Jakob ihr Monogramm einsticken lassen. *SF* stand dort in verschlungenen Buchstaben. Da Sibylla kein Hemd darunter trug, musste die Stickerei auf der Haut kitzeln. Anna sah es am Zucken des Arms. Sibylla hätte sich am liebsten gekratzt, aber Burgkmair wurde ungehalten, wenn sie sich bewegte.
Anna musste lächeln, als sie daran dachte, was der Meister wohl gesagt hätte, wenn er gewusst hätte, dass Sibylla unter ihrem Hochzeitskleid vollständig nackt war. Anders hätte Sibylla die Hitze im Zimmer nicht ertragen.
»Ihr seid blass wie eine gekalkte Wand, Herrin. Soll ich ein wenig die Wangen betonen? Es könnte nicht schaden.«
Die Flöte ließ eine lang gezogene Klage hören. Sibylla schloss kurz die Augen, um zu lauschen – und Anna glaubte bereits, sie hätte die Bemerkung des Malers überhört.
»Ihr habt nur an mir auszusetzen«, versetzte Sibylla scharf und warf die Musikalienrolle, die sie in der rechten Hand gehalten hatte, gegen den Maler. Der duckte sich, und Sibylla verfehlte ihn knapp. Die Flöte jaulte kurz, und die Laute keckerte wie eine Elster. Anna sprang hinter den Maler und hob das Blatt auf, das sorgfältig gerollt war. Es war ein Lied über die Freiheit der Nachtigall, das Sibylla sich gewünscht hatte. Jakob hatte vermutlich keine Ahnung, was es bedeutete, aber Anna, die Sibyllas Enttäuschung ahnte, wusste, dass ihr Schützling sich damit aus ihrem Dasein im goldenen Käfig der Ehe befreien wollte.
Natürlich genoss ihre Herrin die Annehmlichkeiten, die das Leben einer Fuggerin mit sich brachte. Dennoch fühlte sie sich beengt. Von der Familie, von Jakob selbst, obwohl dieser seinen Lebenswandel kaum geändert hatte. Zwölf Stunden und mehr verbrachte er im Kontor – und Sibylla hätte ihn vermutlich gar

nicht gesehen, wenn sie dort nicht allmorgendlich zusammen gefrühstückt hätten. Ein Ritual, das Jakob zuließ, ohne begeistert zu sein.

Anna sah es ihrem Schützling an, dass sie sich mehr Zweisamkeit, mehr Zärtlichkeit erhofft hatte, mehr Zuwendung, mehr Interesse, mehr Begehren. Vor allem nachts. Sie klagte oft, dass Jakob sich nicht für sie interessiere, dass er einschlafe, sobald er sich niedergelegt habe, dass sie lange wach neben ihm läge und auf eine Aufmerksamkeit von ihm warte.

»Wie Ihr meint, Herrin«, zog sich Burgkmair zurück und versank wieder in seine Arbeit.

Die Laute zupfte düstere Akkorde, die sich nur allmählich aufhellten, als würden sie von der begleitenden Flöte aus der Dämmerung der Trauer gezogen.

Sibylla drehte den Kopf nicht, als Jakob die Treppe heraufkam. Er nahm hörbar mehrere Stufen auf einmal. Mit einem kräftigen Stoß öffnete er die Tür, nickte Burgkmair zu. Seine gefütterte Schaube mit breitem Kragen und pelzbesetzten Revers hing an einem hölzernen Diener in der Ecke. Er warf sich die Schaube über, setzte sich seine venezianische Kappe aus Goldbrokat auf den Kopf. Er wirkte auf Anna jungenhaft, obwohl er zwanzig Jahre älter war als Sibylla. Nur die Hautfalten saßen tiefer, während man bei Sibylla nur ahnte, wo sich solche Falten einmal bilden würden. In zehn, fünfzehn Jahren.

»Ihr habt schon begonnen, fein«, begrüßte Jakob die Anwesenden. »Nütze die Zeit!« Er lachte schmal und stellte sich neben Sibylla. Sie hat einen Kuss von ihm erwartet, dachte Anna, die hinter Jakob trat und die Kapuze der Schaube richtete, Haare unter die Kappe schob und nach den Anweisungen Burgkmairs Jakobs Kopf sanft drehte.

»Was ist das für ein Lärm?«, fuhr Jakob die beiden Musici an und schickte sie mit einem kurzen Wink nach draußen. »Lästig wie Fliegen!«, knurrte er. Die beiden Männer nahmen ihre Instrumente, senkten den Kopf und eilten aus dem Zimmer.

»Musik!« Jakob schüttelte den Kopf. Niemand widersprach ihm. Sibylla wollte etwas sagen, aber Anna berührte sie flüchtig am Ärmel, und Sibylla ließ es bleiben. Anna schlich sich wieder auf ihren Platz hinter den Maler.

Zwischen sich und Sibylla ließ Jakob einen Abstand, den Anna sich nur schwer erklären konnte. Zwar schob er ein wenig schüchtern seine Hand unter Sibyllas rechten Arm und erhob so seine Besitzansprüche an die Frau neben ihm, doch das alles geschah zaghaft und unsicher. Keineswegs, wie man es vom reichsten Mann Augsburgs erwartet hätte.

»Wollt Ihr so weit weg von Eurer Frau stehen?«, hatte Burgkmair zu Beginn der ersten Sitzungen zu fragen gewagt und war von Jakob zurechtgewiesen worden. Wenn sie zu nahe beieinander stünden, müsse er jeden Tag anwesend sein. Da aber der Gewinn nicht zu ihm komme, sondern er schauen müsse, dass er zu Gewinn gelange, könne er nur an Sitzungen teilnehmen, wenn es ihm möglich sei. Die Trennung finde ihren Grund folglich in der Ratio. Darein habe der Maler sich zu fügen. Mehr Worte hatte Jakob mit Burgkmair nicht gewechselt. Er bezahlte, also sollte der Mann liefern, was er begehrte. Augsburg kannte eine Reihe von Malern höchster Qualität, die bei einer Weigerung den Auftrag gern ausführen würden.

Seit Jakob den Raum betreten hatte, arbeitete Burgkmair mit ungewohnter Schnelligkeit, ja einer Hektik, die er zuvor nicht gekannt hatte. Jakob blieb meist nur eine halbe Stunde, keine Minute länger. In dieser Zeit mussten die wichtigsten Konturen, der einprägsamste Ausdruck und die stolzeste Haltung gefunden sein. Ganz zu schweigen von den Farben.

Anna ließ den Blick zwischen den beiden Menschen vor ihr und auf dem Bild hin und her pendeln. Jakob und Sibylla sahen sich nicht an. Beide blickten sie in eine Ferne, aber während Jakobs Blick dort in dieser Unendlichkeit etwas entdeckt zu haben schien und fixierte, richtete sich Sibyllas Blick ins Leere, als fände sie keine Zukunft und müsse sich in sich selbst zurückziehen. Schwer lagen ihre Lider auf den Augen, und ihr verschlossener Mund wirkte trotzig. Jakobs Gesichtsfarbe war, obwohl er sich die meiste Zeit in der Schreibstube aufhielt, frisch und dunkel. Das lag daran, dass er viel reiste. Daneben erschien Sibylla wie eine Madonna in ihrer unschuldigen Blässe. Dass dies keineswegs so war, wusste Anna. Sie selbst hatte unter Sibyllas jugendlichem Temperament gelitten. Als Frau hatte sie es nicht abgelegt. Eine Heilige also mit einem feurigen Kern. Jedoch fehlte Burgkmair das Vermögen, diesen Zwiespalt darzustellen. Er mochte ihn ahnen, umsetzen konnte er ihn nicht.

Die halbe Stunde, in der Jakob mit im Raum weilte, in der Burgkmair den Faltenwurf der rostbraunen Schaube festhielt und Jakobs ernsten Gesichtsausdruck auf die Tafel bannte, wurde kein Wort mehr gesprochen. Stumm hing jeder seinen Gedanken nach.

KAPITEL 8 Jeden Sonntag nach der Messe wurde gemeinsam gegessen. Die Räumlichkeiten im Haus am Rindermarkt waren großzügig. Im Speisesaal stand ein länglicher Tisch mit Stühlen zu beiden Seiten. Sibylla und Jakob kamen vom Weinmarkt herüber. Ulrich präsidierte mit seiner Frau Veronika die Tafel. Zur rechten saß Georg mit Regina, ihnen gegenüber Jakob und Sibylla. Die Kinder schlossen die Tafel nach unten ab, die vier älteren Kinder Ulrichs auf der linken, Georgs vier Buben im Anschluss an die Eltern auf der rechten Seite. Hinter Veronika lag Hieronymus in der Wiege und schlief. Auch neben Regina schlummerte ein Kleinkind, wenige Wochen alt. An beigestellten Tischen zur Wand hin saßen die Kindermädchen und Aufwärterinnen und die Ammen des kleinen Hieronymus und der kleinsten Georgstochter. Im Angedenken an die verstorbene Mutter hielten die Brüder am Kopfende einen Platz frei.

Ansonsten war es ein Lärmen und Schreien, das Ulrich und

Jakob sichtlich genossen und Georg mit einem schmerzlichen Gesichtsausdruck ertrug.

»Ich fühle mich ein wenig wie ein Patriarch aus dem Alten Testament, Jakob, der seine Familie zusammenruft und voller Stolz und Zufriedenheit feststellt, dass ihm ein Volk gehorcht und sich um ihn versammelt. Um das Aussterben der Fugger brauchen wir uns vorerst keine Gedanken zu machen.«

»Wahrlich nicht«, sagte Jakob mit einem raschen Seitenblick auf Sibylla.

Diese schwieg. Sie hasste die Rituale dieses Essens. Gleich würde die unausweichliche Frage gestellt werden, und sie wusste auch schon, von wem.

»Man sieht noch gar nichts, Sibylla«, flötete Veronika und lächelte sie offen an. Doch Sibylla hatte sehr schnell erkannt, dass sich hinter den unschuldigen Augen der Schwägerin ein Schlangencharakter verbarg. Sie lächelte ebenso offen zurück, lehnte sich an Jakob und gurrte.

»Er ist nicht so oft zu Hause. Die Geschäfte: Schwaz, Fuggerau, Leipzig, Ungarn und immer wieder Frankfurt, Bozen und Venedig.« Sie fasste Jakob unter und zog ihn ein wenig an sich. »Er sollte mich einfach mitnehmen. Selbst ein eiskalter Geschäftsmann braucht eine wärmende Hand. Nicht wahr, Jakob?«

Jakob befreite sich sanft aus Sibyllas Umklammerung.

»Frauen sind auf Reisen eine Last. Ich bräuchte Wagen und Kutscher. So bin ich mit dem Pferd unterwegs und weit schneller.«

Veronika sah auf ihren Teller und dann auf Sibylla. Sie nickte, vordergründig verständnisvoll.

»Vielleicht solltest du eine Wallfahrt unternehmen, Schwägerin. Das hat vielen Frauen geholfen. Fruchtbarkeit ...«

»Veronika!«, mischte sich Regina ein. Sie war schlank und hoch gewachsen. Die sechs Geburten hatten bei ihr keine Spuren hinterlassen. »Lass sie. Die beiden haben Zeit. Sibylla ist jung. Sie wird noch viele Kinder haben.«

Sibylla tat dieser Einspruch wohl. Dennoch traute sie der Idylle nicht. Regina neidete Sibylla die Tatsache, dass Jakob sie allmorgendlich im Goldenen Kontor duldete.

Ein Klingeln ertönte. Aus dem Nebenzimmer erscholl Musik. Ein Lautenspieler ließ seine wohltönende Stimme schallen. Das Essen wurde aufgetragen. Eine dampfende Suppe zuerst, gekocht aus eingelegten Spargeln. Darin schwammen Butteraugen und klein geschnittene Gemüsestücke. Ulrich ließ sich diese gemeinsamen Essen etwas kosten.

Die drei Brüder hatten inzwischen das Gespräch aufgenommen und ignorierten die Frauen weitgehend. Sie sprachen über Venedig und den baldigen Ausstieg der Augsburger Häuser aus dem Tiroler Handel, lachten, weil sie wussten, wie dies bewerkstelligt worden war, und schlugen sich auf die Schenkel, wenn sie König Maximilian dabei erwähnten. Sibylla bemerkte, dass sie ihre Stimmen dämpften, wenn es um die jüngsten Probleme im Schwabenland ging. Der Schweizer-Krieg berührte auch die Fugger, sie wurden in die neuen Angelegenheiten hineingezogen, obschon allen unwohl dabei war.

»Du hast Recht, Regina. Sibylla ist ganz Mädchen«, griff Veronika den Ball auf, den Regina ihr zugeworfen hatte. »Oder täusche ich mich?« Sie beugte sich vor, damit Sibylla sie besser hören konnte, denn Georg, der Fröhlichste von allen, erzählte eben eine Begebenheit aus dem Nürnberger Handel, die dröhnendes Männerlachen auslöste. »Habe ich ein Laken gesehen, Sibylla? Oder ist das Röslein noch unversehrt an Ort und Stelle?« Sie nahm die Hand vor den Mund, kicherte und wandte sich ihren Sprösslingen zu, die zwar alle wie verwurzelt auf ihren Plätzen saßen, aber sich unter dem Tisch gegenseitig Tritte gaben und mit schrillen Stimmchen Nettigkeiten austeilten. »Schmeckt es euch, Kinder? Greift zu, dann dürft ihr früher wieder aufstehen.«

Sie sagte es so laut, dass Jakob aufsah und das flache Gesicht seiner Schwägerin musterte. Es glühte vor Aufregung. Sibylla fand darin nichts als Neid und Niedertracht – und sie wusste, dass Jakob dasselbe darin erblickte.

»Kostet es nicht viel Kraft, Schwägerin, sich diese Sticheleien und Hinterhältigkeiten auszudenken?«, hätte sie ihrem Ehemann am liebsten in den Mund gelegt, aber der schwieg zu allem, nahm selten ihre Partei, obwohl sie zugestehen musste, dass er ebenso wenig auf Veronikas Seite wechselte.

Doch plötzlich hob Jakob die Stimme. »Bist du wieder gesegneten Leibes, Veronika?«, fragte er unschuldig, um sich im nächsten Augenblick bei Georg zu erkundigen, was denn die Schweine auf seinem Landgut trieben. Ob sie gesund werfen würden und wie viele Ferkel es diesmal seien? Dabei verzog er keine Miene – allein dieser gelungenen Verknüpfung wegen liebte ihn Sibylla.

Veronika wurde blass und biss sich auf die Lippen. Sie hatte die Anspielung nur zu gut verstanden.

»Der Kleine ist noch nicht entwöhnt, und du trägst wieder ein Kind unter dem Herzen, Veronika?«, versuchte Sibylla ihr freudig zu gratulieren.

»Nein. Es ist keines unterwegs. Wir sind schließlich keine Hasen«, fauchte Veronika und bekam sofort Hilfe von ihrer Schwägerin.

»Es ist eben ein starker Stamm, der des Ulrich Fugger. Da gibt es schwächere.«

»Ein Stamm, verehrte Schwägerin«, mischte sich Jakob wie nebenbei ein, »bemisst sich nicht nach den Ästen, sondern nach der Stärke der Mitte – und nach der Qualität der Früchte, die aus den aufgepfropften Edelreisern sprießen. Man wird Zeit haben, darüber zu befinden.«

Sibylla staunte. So kannte sie Jakob gar nicht. Er verteidigte sie und die Tatsache, dass sich kein Nachwuchs zeigte. Als hätte Jakob ihre Gedanken erraten, wandte er sich an seine Frau. »Wir sollten zusammen nach Venedig reisen, Sibylla. Demnächst.«

Ohne eine Antwort abzuwarten, mischte er sich wieder in das Gespräch zwischen den Brüdern.

Sibylla lauschte für einige glückliche Momente dem Lautenspieler, der sich über die Farben der Rosen Gedanken machte, die man seiner Liebsten schenken sollte. Und dass die Rosenblätter ihren Duft auch dann beibehielten, wenn sie vertrockneten. Ja sogar im letzten Aufbäumen ihren Duft verströmten, dann nämlich, wenn die trockenen Blätter zwischen den Fingern zerrieben wurden.

»Ich könnte nicht reisen«, spann Regina den Faden weiter. »Schließlich halten mich meine Kleinen davon ab. Wer weiß, was auf solchen Fahrten alles geschehen kann, wenn man in besonderen Umständen ist? Man hat ja schon so viel gehört …«

Sie ließ den Ausgang offen, aber Sibylla, die langsam der Sticheleien müde wurde, begann zu bohren.

»Was hast du denn gehört, Schwägerin?«

»Nun …«

»Wie soll man etwas hören, wenn Kindergeschrei einem die Ohren verstopft?«, unterbrach Sibylla rasch. Regina hatte sich bei ihrer letzten Schwangerschaft kaum aus dem Haus bewegt, weil sie von Blutungen und Übelkeit geplagt gewesen war.

»Wenn man ein Ohr hat zu hören, dann vernimmt man vieles«, fuhr Veronika dazwischen, während die Teller abgetragen wurden und Fleischplatten auf den Tisch kamen.

»Unterhaltet ihr euch nicht gegenseitig?«, lächelte Sibylla Veronika an. »Seit eurem ersten Kind seid ihr doch über die Stadtmauern nicht hinausgekommen. Wisst ihr überhaupt, wie sich das Leben dort draußen gibt?«

»Aber du weißt es, Sibylla. Du weißt alles. Du liest, nicht wahr – aber statt Bücher und Flugblätter aufzuschlagen, solltest du lieber die Beine …« Veronika machte eine Aufklappbewegung mit den Händen. Sie lachte lautlos.

Die Männer hatten davon nichts mitbekommen, zu sehr waren sie mit den Fleischplatten, dem Ungarnhandel und der Frage beschäftigt, wie es mit den Verwicklungen in Schwaben weitergehen würde.

Sibylla schwieg. Es waren immer dieselben Vorwürfe, dabei umgarnte sie Jakob, wo sie konnte. Aber in ihm schien alles Feuer für seine Frau erloschen zu sein. Die seltenen Nächte, in denen er sich seit der Hochzeit ihrer erinnert hatte, konnte sie an den Fingern beider Hände abzählen. Ihre Unzufriedenheit sah man ihr an, das wusste sie, aber es entschuldigte nicht, dass die Schwägerinnen mit immer demselben Besenstiel auf sie eindroschen.

Hilflos griff sie nach einem Messer, um ein kleines Stück von dem Braten auf ihrem Teller abzuschneiden. Sie spießte es auf und führte es zum Mund, nur um ihre Hand gleich wieder sinken zu lassen. Sie brachte keinen Bissen hinunter.

KAPITEL 9 Sibylla schreckte mit einem Ruck hoch. Sie musste eingeschlafen sein und war mit einer plötzlichen Gewissheit aufgewacht, die ihr selbst unheimlich war. Es dauerte einige Augenblicke, bis sie begriff, wo sie sich befand: im Garten vor dem Gögginger Tor, den Jakob vor nicht allzu langer Zeit auf ihre Bitte hin erworben hatte, damit sie wenigstens im Sommer dem tristen Dunkel des Hauses entfliehen konnte. Im Sonnenschein, der vom Blätterdach einer Buche gemildert wurde, lag sie auf einer Holzpritsche.

Sie ließ den Kopf zurücksinken, starrte in die Krone hoch, in der das Septemberlicht sirrte und feine Zeichen in den Himmel schrieb. Lichtsterne funkelten Antwort. Chiffren des Lebens, die nur entziffern konnte, wer vom göttlichen Geheimnis des Werdens berührt worden war.

»Anna!« Als die Amme nicht gleich antwortete, richtete sich Sibylla auf. »Anna!«

Eine verschlafene Stimme antwortete ihr.

»Was wünscht Ihr, Herrin?«

»Du hattest Kinder, Anna.«
»Natürlich, Sibylla. Sonst hätte ich Euch nicht stillen können. Ich ...«
Ungeduldig unterbrach Sibylla ihre Amme, ihre Vertraute.
»Hast du es bemerkt, wie du schwanger warst?«
Jetzt musste Anna lachen. Sibylla hörte es hinter sich rascheln. Anna hatte es sich auf einer Decke am Boden gemütlich gemacht. Sie stand auf und legte die Decke zusammen.
»Jeder bemerkt, wenn eine Frau schwanger ist. Ihr Bauch wölbt sich, ihre Brüste werden milchschwer, der Körper rundet sich. Das ist nicht zu übersehen.«
»Nein, das meine ich nicht. Hast du es gespürt, als die Frucht in deinem Leib begonnen hat zu wachsen? Ganz früh. Ein Wissen ...«
Ihre Mutter hatte gesagt, jede Frau spüre, wenn sie gesegneten Leibes sei. Es sei eine Ahnung, ein Wissen, so alt wie die Menschen selbst. Seit Eva zum ersten Mal in ihrem Leib die Frucht gefühlt habe, seien sich Frauen sicher gewesen.
Anna setzte sich neben Sibylla auf den Rand der Liege. Sie sah ihr lange in die Augen.
»Ja. Ich war mir sicher. Vom ersten Tag an. Es ist wie mit dem Engel, der bei Maria eintritt und ihr verkündet: 'Siehe, du bist gebenedeit unter den Weibern.' Jede Frau weiß es.« Forschend suchte Anna ihr Gesicht ab, als stünde dort eine Antwort. »Warum fragt Ihr, Sibylla?«
Sibylla wusste nicht, ob sie die Botschaft an Anna weitergeben sollte, doch sie brauchte jemanden zum Reden. Im Schlaf war ihr der Engel Marias erschienen.
»Zwei Monate schon ist meine Krankheit ausgeblieben. Mein Bauch fühlt sich so ... so ...« Sie kannte keinen Begriff dafür. »In meiner Brust zieht und sticht es. Ich bin schwanger, Anna. Ganz sicher schwanger.«
Wortlos griff Anna Sibyllas Hand und drückte sie an ihre Wange.

»Dass wir nicht zur rechten Zeit bluten, kommt vor. Gott weiß, warum das so ist. Doch unsere Gewissheit kann uns niemand nehmen. Wenn Ihr sicher seid, dann seid Ihr in gesegneten Umständen. Eine wundervolle Nachricht, Herrin.«

»Ich muss es Jakob sagen.«

Anna legte Sibylla eine Hand auf den Arm.

»Langsam, mein Reh, langsam. Wir wollen zuerst ganz sicher sein. Ihr habt eine Verantwortung. Das erste Kind …« Anna verstummte eine ganze Weile.

Sibylla betrachtete sie aufmerksam. Sie weiß, was zu tun ist, dachte sie erleichtert. Sie weiß, dass vor allem eines geboten ist: warten. Alles andere würde sich finden.

Sibylla atmete tief durch und fühlte eine Wärme durch sich hindurchströmen, die nicht nur von Sonne und Licht und Sommer herrührte. Es war die Wärme der Dankbarkeit, endlich das Gebot jeder Frau erfüllen zu dürfen, nämlich einem Kind das Leben zu schenken. Sie würde die Stammmutter einer mächtigen Dynastie werden, würde die Wurzel einer Rebe bilden, die sich durch die Jahrhunderte hindurchranken und Generation für Generation neue Äste und Zweige und Früchte bilden würde. Eine Zufriedenheit erfüllte sie, die mit jedem Atemzug in ihren Körper strömte und ihn wie ein Gefäß füllte.

»Wen haben wir denn da?«

Die Frage störte Sibylla aus ihren Träumereien auf. Ein Schatten legte sich über ihr Gesicht. Jetzt erst bemerkte Sibylla, dass sie die Augen geschlossen hatte.

»Lässt man es sich gut gehen?«, spottete die Stimme.

Sibylla brauchte etwas, um sich bewusst zu werden, wer dort vor ihr stand und mit ihr redete.

»Veronika, Ihr?«

Hinter Ulrichs Frau tobte eine Kinderschar in den Garten. Sofort erfüllte Geschrei und Gekreische den Ort. Doch was Sibylla letzte Woche noch gestört hätte, empfand sie heute als wunderbarste Melodie. Kinder bedeuteten Leben, bedeuteten Zukunft. Wenn sie sich Veronika betrachtete, die mit in die Hüften gestemmten Armen vor ihr stand, dann wusste sie, dass Erwachsenwerden eine Strafe war, ein Absterben alles Lebensbejahenden. Erwachsene waren nur noch die Hüllen der Hoffnung von einst. Sibylla lächelte in das verbissene Gesicht Veronikas. Erwachsene verkümmerten. Und weil sie dies nicht wahrhaben wollten, klammerten sie sich an ihre selbst gestrickten Lügen vom Leben. Nur in den Kindern lebten sie weiter, nur Kinder lebten überhaupt.

»Klingen die Stimmen nicht wie das Zwitschern der Vögel? So unbeschwert und rein?«

Im Hintergrund stritten sich Raimund und Anton, die beiden Jungs von Georg, die mit ihren Vettern mitgekommen waren, rauften und wälzten sich am Boden, und Sibylla konnte nicht anders, als den beiden zuzusehen und dabei zu seufzen.

»Habt Ihr getrunken?«, spottete Veronika, fuhr zwischen die Jungs und beendete die Auseinandersetzung. Dabei ließ sie Sibylla nicht aus den Augen. »Oder seid Ihr taub geworden?«

»Veronika. Warum spottet Ihr so? Was habe ich euch getan?«

Veronika Lauginger ließ einen kurzen Blick über Sibylla hinweghuschen, der mehr sagte, als es ein Gespräch getan hätte. Er fuhr Sibylla in die Gedärme: Du hast dir Jakob aus Habsucht geangelt, las sie darin; du liebst nicht ihn, sondern seinen Reichtum!

Ihre alte Amme war aufgestanden und hatte sich hinter Sibylla gestellt, war jedoch bislang still geblieben. Ihre Hand lag auf Sibyllas Schulter. Diese suchte Sibylla jetzt und drückte sie. Ihr lag bereits eine spitze Erwiderung auf der Zunge, doch der Gedanke an das wachsende Leben in ihrem Leib löste alle schlechten Gedanken in ihr auf wie Wolken, die vom Wind verblasen werden. Zurück blieb ein strahlender blauer Himmel, sonnendurchflutet und warm.

Sie konnte Veronika nicht böse sein.

»Setzt Euch, Schwägerin«, bot sie Veronika an und klopfte auf die Liege. Neben ihr wäre ein Platz frei gewesen.
Doch Veronika Lauginger hob nur den Kopf, zog den Mund schief und lief hinter ihren Bälgern her in den Garten.
»Als Mutter hat man wenig Muße!«, warf sie Sibylla über die Schulter zu.
Ihr Spott perlte an Sibylla ab wie Regen von einem Öltuch.
»Ihr habt Recht, auch ich …!«, sagte sie, doch der Druck von Annas Hand ließ sie im Satz innehalten.
»Kein Wort zu dieser Schlange«, flüsterte Anna. »Sie ist es nicht wert. Die halbe Stadt erfährt sonst davon, bevor Ihr Eurem Herrn Bescheid gegeben habt. Lasst noch einen Monat verstreichen oder zwei. Dann erzählt es Jakob. Erst danach sollte die Lauginger-Tochter eingeweiht werden.«
Sie blickten beide Veronika nach, der älteren Fuggerin, die auf die Entfernung hin unter der Last der Kinder gebeugt ging. Ihr Alter vertiefte die Kluft zwischen ihnen erheblich.

KAPITEL 10 Die Glocken schlugen an. Sibylla zuckte zusammen. Die Stimmen der Kirchen riefen zum Gebet und mahnten die Stadt vor dem Anbruch des neuen Jahrhunderts. Es galt das tausendfünfhundertste Jahr nach Christi Geburt zu feiern – und der Prediger von St. Moritz hatte im vergangenen Jahr mit seinen Schimpfereien von der Kanzel einen unnennbaren Schrecken in die Seelen der Menschen gepflanzt, dass es bald vorbei sein könnte mit dieser Welt, dass die Posaunen schallen und die Glocken das Ende aller Zeiten einläuten könnten.
Sibylla wollte von all dem nichts wissen. Sie kleidete sich zur Mitternachtsmette, um das neue Jahrhundert willkommen zu heißen. Mit Anna zusammen trat sie auf die Straße, lief die wenigen Schritte hinüber zu St. Moritz. Die eisigen Krallen des Winters hielten die Stadt im Griff. Auf den Lippen gefroren die Atemfahnen zu kristallenen Worten, stumm und kalt. Ein blau-

er Mond beschien die Szenerie. Links und rechts verließen die Menschen ihre Häuser und traten ebenfalls hinaus in die Kälte. Fackeln beleuchteten den Platz vor der Kirche. Das Gotteshaus würde voll werden. Trotz der dicken Kleidung, sie trug einen Pelz über einem starken Wollkleid, trotz ihres gerundeten Körpers, fühlte sich Sibylla beschwingt und leicht. Am liebsten hätte sie die Arme ausgebreitet und wäre zur Glockenstube hinaufgeflogen und über die Turmtreppe in das Schiff hinuntergestiegen. Sie eilte mit großen Schritten dem Portal entgegen, als fände sie darin den eigentlichen Ort, ihren unterdrückten Jubel loszuwerden. Sie schreckte das siebenköpfige Ungeheuer der Apokalypse nicht, sie pfiff auf die Schicksalszahl und spottete den Posaunentönen des Jüngsten Gerichts. So flog sie dahin, und Anna hatte Mühe, hinter ihr herzukommen.

Sibyllas Körper durchflutete ein Glück, das sie nicht beschreiben konnte. Anna gegenüber hatte sie nur ein Bild gefunden, das ihre Ahnung richtig beschrieb: eine Wiese im Frühling, wenn all die Blumen aufbrachen und sie in einen farbigen See verwandelten.

So bemerkte sie fast nicht, dass sie vor dem Portal des Gotteshauses angekommen war. In den letzten Wochen war ihr mehrfach widerfahren, dass sie sich an einem Ort wiedergefunden hatte, den betreten zu haben sie sich nicht erinnerte. Waren das die *anderen Umstände*, von denen die Schwägerinnen erzählten und die ihr die Mutter beschrieben hatte?

Unwillkürlich fuhr sie unter ihrer Pelzschaube mit der Hand über ihren Bauch. Sie würde der Apokalypse trotzen und einen Retter in diese Welt setzen, wenn es notwendig war. Wilhelm wollte sie ihn nennen, Wilhelm Jakob Fugger, nach dem Vater und ihrem Gatten. Am liebsten hätte sie laut aufgejauchzt.

Die Menge drängte durchs Tor. Sibylla konnte beobachten, dass die Bürger vermieden, einander zu berühren. Es war ein Stocken und Warten, ein Trippeln und Trappeln, bis Alt und Jung durch die Pforten traten.

Sibylla hätte den Mönch nicht wahrgenommen, hätte die alte Ilsung neben ihr nicht laut gefragt: »Aus welcher Hölle ist der denn entstiegen?«

»Anna«, entfuhr es Sibylla, und ihr Erschrecken jagte bis in den Bauch hinein. In einem Winkel zwischen Tür und Mauer stand eine Gestalt auf einer Truhe, die ihre Kapuze über den Kopf gezogen hatte, so dass nur ein schwarzes Loch darin gähnte. Die Arme hatte der Gottesmann vor der Brust verschränkt. So schien er die Menschen zu beobachten, obwohl keine Regung zu erkennen war. Er stand bewegungslos, völlig unbeeindruckt von den Kirchgängern, die an ihm vorüberströmten. Man hätte ihn für eine Statue halten können, wenn nicht regelmäßig eine weiße Atemfahne aus der dunklen Gesichtsöffnung entwichen wäre.

Sibylla fühlte die Hand der Amme beruhigend auf ihrem Arm. Die Menge drängte dicht an dem Mönch vorüber. So dicht musste sie an ihm vorbei, dass Sibylla den käsigen Geruch seiner Haut zu riechen glaubte.

»O ihr Heuchler und Ungläubigen, ihr Bande von Sündern und Unwürdigen!«, erscholl es plötzlich aus der Kapuze des Mönchs. Er stach mit seinem Finger, der aus dem Ärmel seiner Kutte schnellte, in die Menge und deutete direkt auf Sibylla, die einen plötzlichen Schmerz empfand, als hätte der Finger sie berührt. Die Menge geriet ins Stocken, die Köpfe wandten sich dem Mönch zu. »Hat nicht der Herr in seiner Schrift verkündet, dass nur eingehe ins Himmelreich, wer unbeschwerten Herzens sei? Hat er nicht verkündet, sein Reich des Abrechnens und Richtens komme über jene, die nicht die Liebe im Herzen tragen, sondern Hass und Zwietracht?« Ein Murren ging durch die Menge. Sibylla steckte zwischen den Kirchgängern fest. Vom Boden herauf zog die Kälte unter ihr Kleid. Verwundert blickte sie auf den Mönch, dessen Kutte sich mit den Armen gehoben hatte und nackte Waden und Füße erkennen ließ. Ein Fackelträger, den sie bis dahin nicht beachtet hatte, hielt seine lodernde Flamme unter die Kapuzenöffnung des Heiligen Mannes, so dass Sibylla sein Gesicht sehen konnte. Magere Wangen. Schmale Lippen. Rotglühende Augen, die sie direkt fixierten.

»Mein Gott«, murmelte Sibylla und suchte mit der Hand nach Anna, die sich nicht mehr in ihrer Nähe befand. Verwirrt sah sie um sich. Ihre Amme war abgedrängt worden. Sibylla stand der Erscheinung allein gegenüber.

»Geht in euch, Menschen, die ihr fehlbar seid. Bedenkt eure Sünden, die ihr in diese Welt getragen habt, die eure Seelen beschweren und euch in den Strudel hinabziehen werden, der sich auftut, wenn Gott der Herr die Schleusen zu einem neuen Jahrhundert öffnet. Jeden Moment können die Posaunen erschallen, und das Tier der Apokalypse kann die Welt zerreißen. Ihr sollt eure Seelen erleichtern und euer Gewissen beruhigen. Bezeugt euren Glauben. Vertraut Jesus Christus – und dankt dem Haupt der Gläubigen auf Erden, dass er einen Jubelablass zur Jahrhundertwende ausgeschrieben hat.«

Ein erneutes Raunen ging durch die Menge. Aus der Halle drängten Kirchgänger wieder nach draußen, die den Prediger vernommen hatten. Der Mönch besaß eine Stimme, die selbst an den durchdringenden Schall einer Posaune gemahnte. Dabei besaß sie etwas Brüchiges, Heiseres, dem ein Hauch Fanatismus untergemischt war. Sibylla bekam ihren Blick nicht mehr los von dem Mann. Mittlerweile hatte er seine Kapuze abgestreift, so dass sein asketischer Schädel sichtbar wurde. Haarlos und glatt. Die Fackel, die vor ihm flackerte, warf einen bizarren Schatten gegen die Kirchenmauer, als stünde nicht Christus, sondern der Teufel hinter ihm. Seine Gesichtszüge pendelten zwischen einem verzerrten geifernden Maul bis hin zu säuselnd gespitzten Lippen. Er schien sie anzusehen, schien in sie hineinzublicken, schien ihre Gedanken zu erraten, denn er sprach von der Frucht des Bösen, die im Körper des Menschen reift, der getrieben wird von unzüchtigen Gedanken. Er wetterte von denen, die glaubten, sie könnten das kirchliche Zinsverbot umgehen, indem sie statt Wucher Pfänder nähmen. Er schrie gegen die Monopolisten und Preistreiber, gegen die Knechte Satans in ihren Pelzroben

»Wahrlich, ich verkünde euch, dass die Herrschaft des Glaubens anbrechen und über euch kommen wird mit der Bitternis der Armut und dem säuerlichen Geschmack der Abrechnung. Aug wird gefordert werden für Aug, Zahn für Zahn«, keifte der Mönch mit Schaum vor dem Mund.

Im Geflacker des Lichts überfielen Sibylla Bilder, auf die sie nicht vorbereitet war. Sie sah Jakob mit einer Lederpeitsche auf Deck eines Schiffes stehen, seinem Firmenschiff, und auf die Ruderer einschlagen, die alle Webschiffchen in der Hand hielten oder die Spitzhacken der Tiroler Hauer. Er trieb sie durch einen Sturm, der das Boot mit elementarer Gewalt im Griff hielt. Nur die Brutalität seines Kapitäns hielt das Schiff auf Kurs und verhinderte, dass die Brecher es mittschiffs überrollten und in Grund schmetterten. Die Ruderer flehten dennoch um Gnade vor dieser harten Hand, doch je lauter sie schrien, desto gewalttätiger schlug Jakob auf die Armen ein, bis diese unter dem Joch seiner Strafe zusammenbrachen. Vom Heer seiner Buchhalter ließ er die Unnützen über Bord werfen, was ihm jedes Mal ein Gelächter entlockte, das Sibylla eiskalte Schauer über den Rücken jagte. Schließlich riss der Himmel über dem Schiff auf, und eine Hand fuhr aus dem Gewölk hinab, packte das Boot und zerdrückte es mit einer Leichtigkeit, als wäre es ein Spielzeug.

Sibylla schreckte hoch, blickte in die fiebrigen Augen des Mönchs, der sich zu ihr herabgebeugt hatte und mit krummem Finger auf sie deutete.

»So wird die Hoffahrt enden, so wird der Rausch der Macht zerschlagen!« Er schloss seine Hand zu einer Faust, die er gegen die Bürger schüttelte, die wie gebannt vor dem Portal der Kirche seiner Predigt lauschten.

»Lobet den Stellvertreter Jesu auf Erden, der in seiner allfälligen Güte und Weitsicht für die Wende zum neuen Jahrhundert einen Jubelablass verfügt hat. Kauft euch eurer Sünden frei, schafft euch reine Herzen, bevor ihr dem ewigen Richter gegenübertreten müsst. Nehmt einen Ablass, und gebt sündigen Mammon für gutes Werk!«

Plötzlich hielt der Mönch Ablassscheine in der Hand. Die Kirchgänger raunten ob dieser Wandlung vom keifenden Prediger zum Kaufmann der Kirche, dann hielt einer der Kirchgänger, den Sibylla nicht erkannte, ein Geldstück in die Höhe und schrie etwas, was Sibylla nicht verstand. Vermutlich handelte es sich um den Preis. Die Menge hinter ihr drückte Sibylla gegen einen Tisch, der vor der Truhe gestanden hatte und auf dem wie von Zauberhand Ablassbriefe erschienen. Ein Helfer des Mönchs, derselbe, der die Fackel gehalten hatte, reichte die Briefe an die Umstehenden und und warf die eingesammelten Geldstücke in eine Truhe, aus der ein satter Metallklang ertönte. Die Menge gebärdete sich immer wilder, immer aufgebrachter, als stünde der Untergang der Welt unmittelbar bevor. Sibylla wollte sich gegen die wogende Masse wehren, doch sie wurde nur noch fester an den Tisch gedrückt, der ihr in den Bauch schnitt. Ein scharfer Stich durchzuckte sie. Sie atmete flacher, versuchte nicht an den Schmerz zu denken.

Der hysterische Atem der Menge steckte an. Auch Sibylla wollte einen Ablass. Längst waren ihr Jakobs Geschäfte unheimlich geworden, längst empfand sie Skrupel, wenn sie den Gesprächen der Brüder im Goldenen Kontor lauschte.

»Anna! Gib mir einen Gulden oder zwei!«, schrie sie nach hinten.

Die Nacht füllte sich mit dem Brodeln der Atemluft. Eine Faust hieb ihr in die Seite, um sie von ihrem Platz zu verdrängen. Sibylla stolperte und wurde von der dicht stehenden Menge getragen, bis sie wieder Boden unter die Füße bekam. Sie wusste nicht mehr, ob die Schmerzen, die ihren Bauch entlang bis ins

Herz stachen, von den vielen Knüffen und Schlägen herrührten, die ihr die Umstehenden verabreichten, oder tiefer lagen. Mit einem Mal gab die Menge sie frei. Sibylla stürzte und schlug mit den Handflächen hart auf die Steinplatten vor der Kirche. »Anna«, stöhnte sie. Ein heißer Stich fuhr ihr in die Gedärme. »Anna!«

»Ich bin hier, Herrin«, hörte sie neben sich ihre Amme.

»Gib mir Geld für einen Ablass.«

»Wir haben nur die Münzen für die Kollekte, Herrin.« Annas Stimme klang gepresst.

»Ich ...«, wollte Sibylla antworten, aber ein Ziehen ließ sie verstummen. Sie krümmte sich auf dem eisigen Boden.

»Mein Gott, was ist mit Euch, Sibylla?«

Sibylla fühlte Feuchtigkeit zwischen ihren Beinen. Sie war verwirrt, glaubte zuerst an eine Verletzung durch den Sturz. Aber sie konnte die Beine bewegen, konnte sich aufsetzen. Druck und Krämpfe konzentrierten sich in ihrem Bauch. Der Schrecken saß tief und fraß sich langsam bis hinauf in ihre Stimme. »Bring mich nach Hause, Anna«, flüsterte sie. Laut wagte sie nicht zu sprechen, weil jeder Atemzug in ihrem Inneren riss. Sie zitterte den Satz heraus. »Bring mich ins Bett. Das Kind, Anna. Das Kind!«

KAPITEL 11 »Du hast was gekauft?«

Sibylla richtete sich in ihrem Stuhl auf. Sie fühlte sich schwach und blutleer. Ihre Hände waren so weiß und durchsichtig, dass die Armlehne beinahe durchschien.

Die Binternagel griff in ihren Ausschnitt und holte einen gefalteten Brief hervor.

»Einen Ablass für meinen Mann.« Maria zeigte ihn stolz her und faltete ihn auf.

»Doch nicht etwa von dem Geld, das du im Zunfthaus für deine Ware erhalten hast?«

Schuldbewusst sah die Weberin Sibylla in die Augen, dann senkte sie den Blick und nickte.

»Es geht ihm nicht gut. Er spuckt Blut, und ein Arm ist manchmal wie gelähmt. So hat es bei Großvater auch begonnen. Drei Monate später haben wir ihn ins Grab gelegt.« Maria Binternagel zögerte, als wollte sie die Angst für einen Augenblick abschütteln, die sie bei diesem Gedanken überkam. »Er soll es einfacher haben. Drüben. Damit er nicht für seine Erlösung arbeiten muss. Selbst unsereins will drüben seine Ruhe ...«

Sibylla ließ ihren Kopf mit einem Seufzer zurückfallen, schloss die Augen und schüttelte den Kopf.

»Du täuschst dich, Maria Binternagel. Eher gelangt ein Kamel durch ein Nadelöhr als ein Reicher in den Himmel, heißt es in der Bibel. Die Armen aber erlangen ihre Seligkeit, ohne Tribute leisten zu müssen. Wo kämen wir hin, wenn das ewige Leben käuflich wäre?«

»Ich wollte doch nur ...«

Sibylla ließ sie nicht ausreden. »Halt dein Geld zusammen. Du hast drei Kinder zu ernähren. Wenn dein Mann stirbt, bist du auf dich allein gestellt. Jedes Kupferstück wirst du nötig haben. Verschleudere nichts. Lass dir von all den Lügenpfaffen nichts vormachen. Gott der Herr straft die Reichen – nicht die Armen. Sieh mich an. Ich bin reich. Kann ich deshalb Kinder in die Welt setzen? Du hast sogar ein gesundes Mädchen auf dem kalten Erdreich der Waschküche geboren. Während mich schon die Fratze eines Predigers derart schreckt, dass ich die Frucht verliere.«

Ihre Lippen zitterten, und der Mund zuckte, als wolle der ganze Schmerz ihres Verlusts aus ihr herausbrechen. Sibylla atmete mit kurzen Stößen. Sie war leer geweint.

Die Binternagel sah auf den Boden, die Hände hinter dem Rücken verschränkt. Sie rührte sich nicht, ließ Sibyllas Vorwürfe an sich abperlen.

»Eure Worte, Herrin, sind die ... die ... die einer ...« Maria

Binternagel verkrampfte sich. Sie presste die Hände gegen das Gesicht.
»Sprich aus, was du denkst.« Sibyllas Stimme hatte einen bitteren Unterton angenommen. »In diesem Haus bist du die einzige Frau, die mir die Wahrheit sagt.«
Überrascht hob die Binternagel den Kopf, öffnete den Mund, schloss ihn wieder und sagte endlich: »Eure Worte sind die einer Fuggerin. Wer nicht fürchten muss, für seine Bälger am nächsten Tag kein Essen zu haben, kann über Kirche und Priester und Mönche schimpfen.«
Sibylla atmete schwer. Dieses Widerwort hatte sie nicht erwartet. Hatte die Binternagel Recht? Natürlich gehörte die Kirche auf dem Land zu den wichtigen Anlaufstellen für Arme und Bedürftige. Eine Suppe bekam man an den Klosterpforten allemal, und ein Gebet stillte zumindest den geistlichen Hunger.
»Ihr mit eurer Pfaffenhörigkeit. Was habt ihr davon, dass sie euch hinters Licht führen und einen Bären aufbinden? Die Gewissheit, dass auch diese Lehre nichts weiter ist als eine Illusion, die euch gefügig macht. Du brauchst keinen Ablass, Maria. Deinem Mann wird es in der Ewigkeit an nichts mangeln. Unser Gott ist ein Gott der Verzeihung. Dein Mann hat sich zu Tode geschuftet. Ihm blieb nicht die Zeit zu sündigen. Wozu also das gute Geld in die Truhen der Wandermönche und Prediger stecken?«
Das Gespräch strengte sie an. Sibylla war solchen Strapazen noch nicht gewachsen. Sie fühlte selbst, wie unwirsch ihre Worte gegenüber der Weberin waren, die sich so hilfreich gezeigt hatte, als sie erfuhr, dass Sibylla ein Kind verloren hatte. Mit Grausen dachte sie an all das Blut und den Schleim, der aus ihr geflossen war. Mit der Blutung war auch die Hoffnung aus ihr geflossen. Stockend hatte sie Jakob gebeichtet. Der hatte sie geduldig angehört, war an ihrem Bett sitzen geblieben, nur für kurze Besprechungen vor die Tür getreten.
Die Geschäfte nahmen keine Rücksicht auf den Menschen, sie

liefen weiter, als gäbe es kein Leid, keinen Schmerz, keine Höhen und Tiefen. Die Wirtschafterei besaß einen eigenartigen Charakter. Sibylla nannte sie außermenschlich, weil sie ohne die Menschen auskam.

Sibylla fasste nach Maria Binternagels Hand und drückte sie. Sie zog die Frau zu sich, die sich auf dem Schemel niederließ, auf den sie ihre Füße stellte.

Sollte sie ihr die grausame Wahrheit erzählen? Die Wahrheit, die sie zufällig von Jakob selbst vernommen hatte? Der große Schaffierer hatte nämlich seinen Sohn eigenhändig umgebracht. Sie hatte es deutlich gehört, als Jakob geglaubt hatte, sie schliefe. Offensichtlich hatte ihn Ulrich vor die Tür gewunken.

»Euer Ablasshändler hätte Sibylla keinen solchen Schrecken einzujagen brauchen!«, hatte der ältere Bruder zornig geflüstert. »Wenn er nicht gewesen wäre, hätte Sibylla das Kind noch.«

Jakobs Stimme hatte trotzig geklungen, als er geantwortet hatte. »Ohne Schrecken klingelt das Geld in der Truhe nicht, Ulrich. Frauen empfangen Kinder, Frauen verlieren Kinder, Frauen gebären Kinder. Sie wird es verwinden.« Jakobs Stimme hatte einen kalten Unterton angenommen, als hätte sie sich von seinem Körper getrennt und existiere selbstständig zwischen den Mauern. »Dass ausgerechnet einer unserer Weber dort stand, ist der reine Zufall.«

»Willst du weiter am Ablassgeschäft teilhaben, Jakob?«

»Es ist das beste Geschäft seit dem Ende des Kupfersyndikats, Ulrich. Wenn wir uns dem Papst durch schnelle und sichere Geldlieferungen empfehlen, wird er uns damit beauftragen, weiter derartige Einkünfte für seine Kasse über unsere Bank abzuwickeln.«

Sibylla erinnerte sich daran, wie ihr bei den Worten der Schweiß ausgebrochen war. Jakob verdiente am Ablass.

»Die Prediger schaffen die Truhen mit dem Geld zu unseren Faktoren, dort öffnet man sie im Beisein eines Notars. Fünfzig Prozent an uns, der Rest geht nach Rom, als Wechsel. Sicher, schnell, problemlos. Wenn der Papst erst begreift, in welch einen warmen Regen er sich damit stellt, wird er Waschtröge aufstellen, um all das Wasser zu sammeln, das die Wolken ausschütten, die wir uns zu melken anschicken.«

Sibylla schreckte aus ihrer Erinnerung hoch. Maria war aufgestanden, hatte sich aus ihrer Hand gestohlen.

»Ich muss zurück zu meinem Mann, Herrin. Ruht Euch aus.«

Sibylla nickte und lächelte zaghaft. Als sie in das Gesicht der Weberin blickte, wusste sie, dass sie das Geheimnis der Ablassgeschäfte für sich behalten musste. Eine Maria Binternagel, alle Maria Binternagels dieser Welt, wollten es gar nicht wissen. Sie brauchten einen Strohhalm, an dem sie sich festhalten konnten.

Sie beachtete die Weberin nicht mehr, als diese sich verbeugte, einen Knicks versuchte und dann durch die Tür verschwand. Erschöpft schloss Sibylla die Augen.

Die Hand der Amme berührte Sibylla sanft am Arm.

»Ich habe eine Neuigkeit für Euch, Herrin. Jakob Fugger hat sie eben von einem Boten aus Frankfurt empfangen. Der König will einen Reichstag in Augsburg abhalten. Ihr müsst wieder zu Kräften kommen. Euer Mann wird Euch zeigen wollen. Ihr seid die schönste Blume dieser Stadt, Sibylla.«

Sibylla rührte sich nicht. Annas Worte legten sich wie Mühlsteine auf ihre Brust. Jakob würde sich mit ihr zeigen wollen. Dafür war sie gut, als Schauobjekt, als Bildtafel für den Gusto seiner Majestät, die gern junges Blut um sich haben wollte und die hübschesten Frauen der Städte zu sich befahl.

»Ich bin nur eine Hülle, Anna«, keuchte sie. »Zu nichts mehr tauglich.«

Sibylla fühlte Annas Hand auf ihrem Haar mit einer Bewegung, die Sibylla seit ihrer frühesten Jugend kannte und mochte. Es war, als streife Anna alle Sorgen von ihr, als fließe mit der Bewegung Kraft und Zuversicht in sie. Sibylla musste tief einatmen. Ihr Bauch schmerzte. Sie würde ihre Kraft aus diesem

Schmerz gewinnen. Sie würde ihn ihren Schwägerinnen entgegenschleudern, von denen keine sie in den letzten Wochen besucht hatte.
»Wann soll der König kommen, Anna?«, fragte sie mit einer Stimme, aus der alles Brüchige verschwunden war.
»Anfang März. Seine Gattin soll ebenfalls eintreffen, die Mailänder Prinzessin Bianca Maria Sforza. Sie soll sehr hübsch sein, munkelt man. Und strahlen wie die leibhaftige Venus.«
Jetzt musste Sibylla lächeln. Anna ließ nichts unversucht, um ihren Ehrgeiz anzustacheln.
»Sie ist nicht hübsch genug, Anna. Soll die neue Königin kommen. Sie wird auf ihr Ebenbild treffen. Diesen Vergleich muss sie erst einmal gewinnen.«
Sibylla schlug mit einer raschen Bewegung die Decke zurück, die sie sich über die Beine gebreitet hatte. Dann stemmte sie sich empor und versuchte mit Annas Hilfe erste Schritte. Ihr Bauch schmerzte, und sie fühlte, wie noch immer Blut in die Binde rann. Bis der König im März oder April durch die Stadtmauer ritt, würde sie sich wieder wiegen wie eine Binse im Wind. Und sie würde glänzen wie der Abendstern, so schön.

KAPITEL 12 Im Garten vor dem Gögginger Tor war ein einfaches Zelt aufgebaut worden. Rustikale Holzbänke luden zum Sitzen ein, über den offenen Feuern brieten Ochsen, deren Fleisch verführerisch duftete. Scheiterhaufen lagen für die kühlen Abendstunden bereit.
»Lasst uns nicht über Politik sprechen.« Maximilian schüttelte unwillig den Kopf. »Morgen eröffnet der Reichstag. Dann muss ich anderen Gedanken nachgeben. Heute will ich diesen wundervollen Frühlingsabend genießen. Die Sonne wärmt, als wäre Mai!«
Jakob besah sich die Majestät von der Seite. Maximilian beweg-

te sich mit dem Übermut eines Jugendlichen durch die Menge. Die Geschlechter, die vor ihm den Kopf beugten, steckten sie hinter ihm tuschelnd zusammen. Solch einen König konnte man sich schwer vorstellen und noch schwerer einschätzen. Trieb der Frühling die Säfte in ihm?

Vor ihnen spielte eine Gruppe Musiker derbe Bauerntänze, und sofort begann sich der Kopf seiner Majestät nach den hübschen Tänzerinnen umzudrehen. Sein Blick blieb auf der Tochter Ilsungs liegen, die den Kopf senkte, als sie seine Aufmerksamkeit spürte. Maximilian leckte sich die Lippen, als erwarte er ein üppiges Mahl.

»Majestät«, beeilte sich Jakob zu sagen, »wenn Euch das Vergnügen überkommt, gebt ihm nach. Dazu ist dieser Abend da. Denkt nicht an den Fugger, wenn Ihr ein schönes Mädchen im Auge habt. Die Schwäbinnen sind allesamt ihren Ruf wert.«

»Ihr seid mir nicht gram, nur weil mir die Beine jucken und die Hand die schöne Augsburgerin dort umfassen will?«

»Majestät. Ihr seid der König. Ich bin nur ein einfacher Kaufmann.«

»Ja. Das vergesse ich manchmal«, antwortete Maximilian und sah ihn spöttisch an. Dann wandte er sich der Ilsung-Tochter zu.

Jakob blickte Maximilian nach, der sich mit der zierlichen Maid in der tanzenden Menge tummelte. Wie sich der Monarch ins Unvermeidliche schickte, wie er alle Unstimmigkeiten beiseite wischte, solange er Geld von ihm erhielt! Dabei wusste Jakob genau, dass Maximilian ihn sofort fallen lassen würde, wenn sich eine bessere Gelegenheit bot. Dazu wollte er es nicht kommen lassen.

Auf einer Rasenerhöhung war der Tanzboden aufgeschlagen worden. Tannenzweige und rotfarbene Rosenblüten aus Stoff schmückten das Rund. Drumherum hatte man Fackeln in den Boden gesteckt, und Windlichter blinkten aus dem noch kahlen Gezweig.

»Das wird ihm gut tun. Ab morgen wird sich wieder Niederlage an Niederlage reihen. Das wird unserem Ritter, der alle Politik durch sein Helmvisier zu betrachten pflegt, nicht behagen.«

Die Stimme gehörte Conrad Peutinger, dem Stadtschreiber und Vertrauten Maximilians. Jakob drehte sich zu dem Juristen und Augsburger Kaufherrn um, der mit einem Becher Wein hinter ihm stand, fest und drall, wie in sein Wams hineingegossen. Jakob hatte das Gefühl, als wachse Peutinger vor seinen Augen in die Breite statt in die Länge.

»Was munkelt man über den Misserfolg Seiner Majestät, Peutinger?«

»Man braucht der Gerüchteküche kein Ohr zu leihen, um festzustellen, dass Maximilian enttäuscht werden wird. Die Fürsten haben es endgültig satt, immer um Geld und Truppen angebettelt zu werden. Auf jedem Reichstag verlangt er nach höheren Steuern, nach einem Türkenpfennig oder einem Fiskalpfennig – und verprasst alles, wenn es ihm gewährt wird. Sie werden ihm seinen Titel lassen, doch er wird ein Reichsregiment vorgesetzt bekommen, das die volle Regierungsfähigkeit besitzt. Damit ist Maximilian«, Peutinger schnaufte in die von ihm gesetzte Pause hinein, »faktisch abgesetzt. Das Gremium aus Kurfürsten, Rittern und Städtevertretern, das die Reichsgeschäfte als Regierung leiten wird, soll viermal im Jahr in Nürnberg tagen und alle politischen Entscheidungen treffen. Unser König ist ein König auf dem Schild geworden: schön anzuschauen, jedoch überflüssig.« Er zwang sich ein keuchendes Lachen ab. »Habt Ihr ihn deshalb nicht im Haus am Rindermarkt aufgenommen, Jakob?«

Seine Stimme klang kurzatmig; er stieß die Worte regelrecht von den Lippen.

»Unsere Zeit wird kommen, Conrad. Man soll sich in diesen harschen Wochen nicht in die vorderste Reihe stellen. Man könnte erkannt werden.«

»Am liebsten wäre er Bürger oder Kaufherr statt König.«

»Ja, Conrad. Es belastet ihn, arm zu sein. Deshalb will ich ihn nicht bei uns zu Hause haben. Es gefällt mir nicht, dass er bei uns im Haus herumstolziert, das Vermögen der Artzt und Fugger vor Augen, und es mit seinen eigenen leeren Taschen vergleicht. Das könnte den Neid herausfordern. Mit Neid will die Unternehmung Fugger nicht rechnen.«

Sie betrachteten beide den Kaiser, der mit der jungen Schönheit über den Rasen jagte, ausgelassen und angefeuert von der Musik und den Trommlern. Sein blondes Haar flog. Sein Jauchzen scholl über die Wiese. Ein Dutzend Halbwüchsige tanzte hinter ihm her.

»Lasst ihn tanzen, Jakob. Nehmt ihn zwischendurch beiseite. Der König braucht Geld. Von selbst wird er jedoch nicht darauf zu sprechen kommen. Unterhaltet Euch zuvor mit dem Kanzler. Matthäus Lang wird Euch die drängenden Probleme nennen.«

Jakob nickte leicht. Matthäus Lang bezog von Jakob monatliche Zuwendungen und teilte ihm manches kleine Geheimnis mit, bevor es öffentlich wurde. Vor allem unterrichtete er ihn von den Intrigen seines Widersachers Gossembrot an Maximilians Hof.

»Alle brauchen sie Geld, Fuggergeld.«

Atemlos, zwei junge Frauen links und rechts im Arm, kehrte Maximilian zu ihnen zurück.

»In ernste Gespräche vertieft, Fugger? Ihr könnt das Handeln nicht lassen, stimmt's? Wahrlich, Augsburger Kaufmann, wäre ich nicht Maximilian, ich wollte Fugger sein.« Die beiden jungen Damen, denen er ins Mieder zwickte, schrien auf und lachten über seinen Scherz. »Ihr habt nicht nur ein Goldenes Kontor, sondern auch ein goldenes Händchen. Ich rieche frische Brez'n, und der Ochse duftet vorzüglich. Wir sollten uns setzen und essen. Ein großer König«, wandte er sich an seine Damen, »besitzt einen großen Hunger auf Fleisch!« Er gab den beiden Schönen je einen Kuss auf die Wange. Sie kicherten und

erröteten theatralisch. Maximilian zog sie mit sich und winkte mit einer Hand Jakob hinter sich her.
»Peutinger, Ihr müsst mir alles über das neue Reichsregiment berichten, das morgen verhandelt werden soll. Welche Befugnisse es haben wird, wie es funktioniert, wer daran beteiligt wird. Ein Fugger hat daran Interesse. Schließlich werden auch die Mitglieder des Reichsregiments Geld oder Kredit benötigen. Ein Fugger will sich nicht lumpen lassen.«
Peutinger nickte nur.
Jakob folgte Maximilian langsam. Der drehte die beiden Jungfern, dass ihnen schwindlig wurde und sie taumelten. Sie stürzten nur deshalb nicht, weil sie sich gegenseitig aneinander festhielten. Dass dabei vor allem Maximilians Hände auf ihre Kosten kamen, quittierte Jakob mit einem Heben der rechten Augenbraue.
»Jetzt steht nicht so da, Fugger, als würde morgen die Welt untergehen und Ihr müsstet noch die letzten Gulden eintreiben. Amüsiert Euch wenigstens auf Eurem eigenen Fest.«
In Jakobs Gesicht verzog sich kein Muskel.
»Ich amüsiere mich wie seit Jahren nicht mehr, Majestät. Doch lasst uns essen und ein wenig dem Wein zusprechen. Wenn ich mich an Euren Tisch setzten darf? Ich hoffe, es ist noch Platz.«
Maximilian drehte sich ein weiteres Mal mit seinen Schönen im Kreis, ehe er plötzlich losließ, so dass die beiden mit hellem Kreischen von ihm wegspritzten und von den Galanen aufgefangen wurden, die um sie herumstanden. Atemlos hängten sich die Mädchen in die Arme ihrer Retter.
»So, jetzt ist Platz, Jakob. Ich rieche Sauerkraut und Geselchtes, einen Ochsen und warme Brez'n.«
»Dazu Bier aus den hiesigen Kellern und ein wenig Wein, Majestät.«
Maximilian baute sich vor Jakob Fugger auf, stieß die Arme in die Hüfte. Sein Gesicht glühte vor Schweiß, und es tropfte ihm von den Augenbrauen.

»Herrgott, seid Ihr ein förmlicher Tropf, Fugger. Majestät hier, Majestät da«, äffte er den Tonfall Jakobs nach. »Für mich seid Ihr der Jakob, und ich will der Maximilian sein. Hand drauf, Jakob. Wer solche Feste gibt, darf einen König beim Namen nennen.« Er fasste Jakob mit den Händen an den Schultern und rüttelte ihn kurz.

»Wenn Ihr es so wünscht, Majestät, komme ich dem gerne nach.«

»Zum Teufel, Ihr sollt ihm nicht nachkommen, Jakob, sondern es einfach tun!«

»Wie Ihr beliebt, Maj...ximilian.«

Zu viel Vertraulichkeit wollte er vermeiden. Er würde der Majestät in die Parade fahren müssen, wenn er wieder zu verschwenderisch war. Er würde ihn lenken müssen, und da gebot die Vernunft eine gewisse Distanz. Aber für heute wollte er eine Ausnahme machen.

Zusammen setzten sie sich auf die Bank vor ihnen, ließen sich Bier bringen und ein Brett mit dampfendem Ochsenfleisch. Die Umstehenden folgten ihrem Beispiel. Maximilian ließ seinen Blick über die Tafel wandern, schäkerte mit den Schönen, die ihm zulächelten oder verschämt auswichen.

»Die Schwäbinnen sind ein besonderer Schlag«, begann Maximilian ein Gespräch. Das Fett tropfte ihm dabei aufs Wams. »Nirgends finden sich so viele wunderbare Weiber auf einem Fleck zusammen. Euer Augsburg ist gesegnet, Jakob.«

Jakob Fugger wischte sich mit einem Tuch das Fett vom Mund, bevor er antwortete.

»Gesegnet in vieler Hinsicht. Da habt Ihr Recht, Maximilian.« Der Name wollte ihm fast nicht über die Lippen. »Aber habt Ihr nicht selbst eine Schönheit an Eurer Seite?« Jakob deutete mit dem Kopf zum Zelt hinüber. Dort saß bereits den ganzen Abend die Königin, die Mailänderin, Bianca Maria Sforza, ohne dass Maximilian sie beachtet hätte.

»Erinnert mich nicht daran, Jakob. Ihr Geld ist aufgebraucht, ihr Liebreiz ebenso. Sie ist ein zänkisches und nachtragendes Weib. Verschont mich also damit, ihren Namen zu nennen.«

Jakob schwieg und vertiefte sich wieder in sein Essen. Er hatte für den Abend noch eine Besonderheit vorgesehen, etwas, was Seine Majestät sicherlich entzücken würde. Tatsächlich kündete im selben Augenblick ein Lautenspieler, der sich wie ein Troubadour zwischen die Gäste mischte, vom Eintreffen einer Rose, die sich anschicke, den anwesenden Gästen für diesen Abend zu erblühen. Es war Sibyllas Idee gewesen, und in solchen Angelegenheiten redete er ihr nicht drein. Sie wusste, wie man prunkte. Nachdem der Troubadour die Reihen abgeschritten hatte, die Laute hoch an der Brust, die Stimme weich und schmeichelnd, verbeugte er sich gegen die Pforte zu – und alle Köpfe wandten sich dorthin. Zwischen den Sonnenstrahlen der versinkenden Sonne erschien ein Wesen, das Maximilian von seinem Sitz auftrieb.

»Mein Gott, da hat uns der Herr einen Engel geschickt!«, verkündete er mit seiner für den mächtigen Körper zu hohen Stimme.

Durch das Halbrund des Rosenbogens betrat Sibylla Fugger den Garten, ganz in Weiß und mit einer Gesichtsblässe, als hätte man sie zur Ader gelassen.

Selbst Jakob erhob sich und ließ sich für einen Moment von der berückenden Schönheit seiner Frau verzaubern. Dann begann Maximilian vor Verzückung wie ein kleines Kind zu klatschen – und die Gesellschaft fiel darin ein.

KAPITEL 13 »Entschuldigt mich, Majestät. Meine Gesundheit geht auf schwachen Beinen einher. Ich muss mich etwas ausruhen!«

Um Sibylla herum drehte sich die Welt, kreiste die Musik, schwankte der Boden. Ihr war schwindlig – auch von den Zudringlichkeiten Maximilians. Seine Hand rutschte zu oft ab und berührte ihr Gesäß oder strich über ihre Brüste. Sein vom Wein faulig riechender Atem betäubte sie zusätzlich. Sibylla musste sich losreißen und rettete sich vor dem ungestümen Drängen Maximilians in die einzige Zuflucht, von der sie wusste, dass der König sie nicht betreten würde: das Zelt seiner Gemahlin. Vorsichtig betrat Sibylla eine Welt, wie sie sich Italien vorstellte, mit luftigen Stoffen, den offenen bunten Zeltbahnen und den aus Papier gedrehten Blumen, die überall verteilt lagen. Bianca Maria Sforza saß in einem mit Tüchern ausgeschlagenen Lehnstuhl, hielt eine Stickerei in der Hand, griff ab und an nach einem Becher Wein und beobachtete durch die geöffnete Zeltwand die Szenerie im Garten, ohne sich daran zu beteiligen. Sie tanzte nicht, sie sang nicht, sie lachte nicht. Mit leiser Stimme begrüßte sie Sibylla, als wollte sie ihre Anwesenheit verborgen wissen.

»Ihr und Euer Gemahl sind die Einzigen, die es gewagt haben, mein bescheidenes Reich zu betreten. Ihr seid Sibylla Fugger, wenn ich es recht gesehen habe! Wenn nicht, verzeiht meine Zudringlichkeit, ich kenne mich mit Menschen und Gesellschaften nicht aus.«

Sibylla beugte das Haupt. Maria Bianca sprach ein klares Italienisch, das auch Sibylla gut verstand. Sie antwortete etwas gebrochen, was der Königin ein Lächeln auf die Lippen trieb.

»Schön, dass Ihr versucht, meine Sprache zu sprechen. Das Deutsche ist ein wenig – wie das Land selbst: rau, kalt und unwirtlich.«

»Gefällt Euch das Fest nicht, Majestät? Warum verkriecht Ihr Euch hierher? Tanzt, seid fröhlich.«

»Gegen die Schwäbinnen verblasse ich nur«, sagte Maria Bianca in einem Ton, der kein Bedauern enthielt, sondern reine Feststellung war. »Ich will Maximilians Vergnügen nicht behindern. Zudem – und das soll Euch, Sibylla Fuggerin, die Ihr als Eheweib des Hausherrn ein Recht habt, dies zu erfahren, als dritter Grund genügen – bin ich unpässlich.«

Sibylla senkte den Kopf wieder, um eine Art Entschuldigung anzudeuten, ohne einen Knicks zu tun. Schließlich weilte die Mailänderin nur als Gast hier. Königin hin oder her.

»Dann teilen wir ein Schicksal. Auch bei mir ist die Blässe der Haut ein Zeichen überstandener Krankheit.«

Bianca Maria setzte sich sofort kerzengerade hin. Ihre Zofe schob ihr ein Kissen unter.

Sibylla erkannte, dass sie damit einen Gesprächsfaden aufgetan hatte, den die Königin gerne fortspinnen wollte. Man erzählte sich, dass sich die Interessen der Gattin Maximilians im Sticken erschöpften und allenfalls ein wenig der Musik zuneigten. Musik konnte sie heute nicht bieten. Der Lautenspieler gehörte zu den Ideen, die sie Jakob hatte abringen können. Ansonsten beherrschten bäuerliche Melodien und Tanz den Abend, gemischt mit den Klängen der Hofkapelle, die nur spielte, was Maximilian gerne hören wollte.

»Ich ...«, begann Sibylla, bemerkte jedoch den eigentümlich stumpfen Blick der Königin, als wäre das, was sie eben noch aus ihrer Lethargie geweckt hatte, wieder aus ihrem Gedächtnis verschwunden. »Erzählt mir von Eurer Krankheit«, lenkte Sibylla sofort ein, und als ihr Bianca Maria den Kopf zuwandte, setzte sie leise hinzu: »Wenn Ihr wollt.«

»Es ist eine Krankheit zum Tode hin«, begann die Mailänderin langsam und schickte ihre Zofe hinaus. »Hol etwas Wein, Violanta.«

Sibylla wollte etwas antworten, aber der schwere Blick Bianca Marias schweifte über die Festgesellschaft hinweg und blieb an ihrem Gemahl hängen, der ausgelassen mit den Augsburger Schönen tanzte. Sibylla glaubte bereits, die Königin würde nicht weitererzählen, so lange dauerte das Schweigen zwischen ihnen, doch plötzlich redete Bianca Maria in einem leichten Ton, der nichts von der Schwermut ihres ersten Satzes besaß.

»Es gefällt ihm. Wenn er ein junges Blut in den Armen halten kann, ist er wie ein Kind.«

Sie lächelte nicht dabei, sondern senkte ihre Augen zu Boden.
»Was meint Ihr mit Eurer Krankheit zum Tode, Majestät?«
Bianca Maria sah auf. Ihre Bewegungen wirkten schwerfällig, als habe sie dem Wein bereits zu stark zugesprochen.
»Was ist es wert, Königin zu sein, wenn der Leib die Kinder nicht halten kann, die Seine Majestät mir schenkt? Wenn sein Begehren nach anderem gelüstet, nur nicht nach seiner Frau? Wenn er mir in Briefen seine Liebe beteuert und mich dennoch vernachlässigt? Ich denke mir manchmal, dass er mich nur geheiratet hat, um mein Geld durchbringen zu können. In seinem Kopf spukt immerfort seine alte Liebe, Maria von Burgund. Er kann sie nicht verlassen. Und solange er sich nicht von ihr trennt, kann er nicht zu mir finden.«
Es gab Sibylla einen Stich, als Bianca Maria so von ihrem Gatten sprach, ohne Reue über die Verbindung, ganz nüchtern und klar.
»Ihr habt Eure Kinder verloren?« Sibylla wusste davon, doch offen traute sich niemand, mit Maria Bianca darüber zu reden.
Diese nickte und blickte Sibylla an, deren Gesicht im Schein der Scheiterhaufen, die angezündet worden waren, zu glänzen begann.
»Ein Sohn hätte ihn mir verpflichtet. Vielleicht hätte er mich dafür geliebt. So bin ich ein nutzloser Gaul, dem man aus Pflichtbewusstsein ein Gnadenbrot zuweist.«
Sibylla begann wie von selbst von ihrem Glück zu erzählen, als sie erstmals ihre Schwangerschaft verspürt hatte, schilderte den Bußprediger und ihre Furcht, berichtete von den Schmerzen und den Blutungen, die so stark gewesen waren, dass sie schon gedacht hatte, sie würde leer bluten, würde geschächtet, wie in der Bibel Ziegen und Schafe, die man zur Opferung führte. Ihre Stimme wurde leiser, als sie vom Verlust des Kindes sprach.
Bianca Maria tat, als hätte sie die Erzählung Sibyllas nicht gehört. Sie starrte unentwegt hinaus in die Nacht, die jetzt von

Lampions erleuchtet wurde. Die Gäste drehten sich zu den Klängen der Hofkapelle, die nun italienische Tänze spielte. Maximilian, der eine der jungen Hübschen galant zu ihrem Tisch zurückgeführt hatte, wandte sich Jakob zu. Beide waren in ein Gespräch vertieft, Maximilian mit weit ausschweifenden Armbewegungen, Jakob ruhig, beinahe stoisch. Für Sibylla entstand der Eindruck, als würde Maximilian dem Herrieder Klosterbruder beichten.

»Sie reden über Geld, über Kupfer, über Silberladungen, über Frauen und über den Krieg«, warf Sibylla ein, aber Bianca Maria antwortete nicht. Sie sah ins Feuer. Die Flammen schienen ihre ganze Lebhaftigkeit im stumpfen Blick der Mailänderin zu verlieren.

»Ihr solltet es mit einem Liebeszauber versuchen, Sibylla Fuggerin. Die Italienerinnen sind darin sehr erfahren. Sucht eine weise Frau, eine *strega*, die Euch ein Mittel mischt. So wird er sich nicht von Euch trennen können, auch wenn Ihr verdorrt. Solche Tränke binden auf ewig – oder sie trennen, mit einem Schluck, für immer. Vielleicht liebt er Euch nicht mehr, aber verlassen kann er Euch nicht, wenn er einen solchen Trank eingenommen hat. Im Süden wissen wir um die Macht des Liebeszaubers.« Sie lachte bitter. »Zwei Fehlgeburten in den letzten Jahren. Erst vor kurzem wieder. Maximilian verzweifelt. Man sieht es ihm nicht an. Er wirkt nicht nervös – und doch ist ein zweites legitimes Kind die größte Sorge, die ihn umtreibt.«

Sibylla wollte die Sorge bestätigen, wollte Maria Bianca erzählen, dass auch Jakob sich einen männlichen Nachfolger wünschte, doch sie fand nicht die rechten Worte. Sie fühlte die Ähnlichkeit zwischen ihrer Ehe und der Marias. Hatte sie sich nicht erträumt, nach den Sternen zu greifen? Was war davon übrig geblieben? Eine Leere, die mehr einem irdischen Jammertal glich als dem seligen Glück.

Sie hatte ihr Kind verloren und ihre Unschuld und dazu Jakob, was sie vielleicht am meisten schmerzte. Geblieben war eine Fassade, die sich der Welt zuwandte und hinter der sich ein Abgrund aufzuschließen begann, dessen Tiefe sie nicht auszuloten wusste.

Lachen und Kreischen lenkten sie von ihren Gedanken ab. Ihre Blicke suchten nach dem Grund der Fröhlichkeit.

Der Hofnarr des Königs war aufgetreten. Maximilian, den einen Arm um Jakobs Schulter geschlungen, verfolgte seine Späße. Die beiden Männer lachten, Maximilian herzlich und schallend, Jakob eher verhalten und in sich hinein. Der eine ein König, der andere ein Weber. Sie ähnelten sich wie ungleiche Brüder – und waren es im strengen Sinne auch. Zumindest ihren Zielen nach. Beide griffen sie nach den Sternen.

Sibylla wandte sich wieder der Königin zu, die sich trotz der schlechten Sicht ihrer Stickerei widmete.

»Könnt Ihr noch etwas sehen, Majestät?«

»Ist das wichtig? Man muss nicht sehen können, um das Gespinst zu erkennen. Meine Finger fühlen die Struktur des Stoffes. Solange ich die Farben voneinander unterscheiden kann, kann ich sticken. Erst wenn die Fäden grau werden, muss ich meine kleine Welt aus den Händen legen.«

Sie lächelte verlegen, blickte hoch und folgte dem wahnwitzigen Gefecht des Hofnarren. »Was er nur an diesem Menschen findet?«, bemerkte sie spöttisch. Das Flackern der Scheiterhaufen zuckte über ihr Gesicht und verzerrte die Züge fratzenhaft. So stellte sich Sibylla Hexen vor. Äußerlich schön, aber in Nacht und Dunkelheit bewegt von einer zweiten, hintergründigen Natur. Trotz ihres schlichten Gemüts blitzten in Bianca Marias Augen Zorn und Wut über die Vernachlässigung. Sie belog sich selbst mit ihrer Demut gegenüber dem Gatten. Wäre Sibylla an ihrer Stelle gewesen, hätte sie dem Gemahl den Weg gewiesen. Oder vielmehr – sie hätte es früher getan. Nun stellte sie bei sich durchaus ähnliches Verhalten fest. Nahm Jakob sie auf seinen Reisen mit? Holte er ihren Rat ein? Sprach er mit ihr im

Ehegemach über seine Pläne? Nichts dergleichen geschah. Sie lebte neben ihrem Mann her, als wäre sie ledig. Kaum durfte sie an seinen Problemen teilnehmen.
Die Kammerfrau kam zurück und brachte einen Krug Wein, aus dem sie Bianca Maria den Becher füllte. Sibylla erhob sich.
»Ich möchte Eure Konzentration nicht stören, Majestät, und empfehle mich.«
Bianca Maria nickte nur kurz, den Stickrahmen dicht vor den Augen. Nur der Blick der Kammerfrau begleitete Sibylla nach draußen.
»Habt Ihr Euch ausgeruht?«
Etwas erschrocken drehte sich Sibylla nach der Stimme um. Vor ihr stand Georg. In seinen Augen und auf seinen Wangen flackerte der Widerschein des Feuers.
»Ihr habt auf mich gewartet?«
»Wer würde das nicht, Sibylla Fuggerin?«
»Ihr seid ein Schmeichler, Georg Fugger«, sagte Sibylla und lachte leise. Sie nahm den ihr angebotenen Arm. Georg führte sie zurück in das Treiben der Gesellschaft.
»Habt Ihr Lust auf einen Tanz?«
»Italienisch oder dieses Bauerngetrampel?«
»Italienisch, Sibylla. Wir wollen uns kultiviert bewegen. Außerdem schadet es Eurer Gesundheit nicht.« Georg zögerte, fand aber schließlich den Mut, das zu sagen, was ihm auf der Zunge lag. Sibylla spürte es am Druck des Arms. »Hat Euch heute schon ein Mensch gesagt, dass Ihr wirkt, als wärt Ihr aus einer anderen Welt?«
Sibylla gluckste.
»Das klingt doppeldeutig, Georg. Wie darf ich Euer Kompliment verstehen?«
»Oh«, war alles, was Georg Fugger herausbrachte. Wenn es nicht bereits zu dunkel gewesen wäre, hätte Sibylla sicherlich sehen können, wie Georg im Gesicht rot angelaufen wäre. »Ich meinte, Ihr seid schön wie ein ... ein ...«

»So weit kann es nicht her sein, wenn Euch nicht einmal ein Vergleich einfällt.«
»Es gibt dafür keinen Vergleich, Sibylla. Wie es keine zwei gleichen Schmuckstücke gibt. Jeder Rubin glüht in seiner Farbe, jeder Smaragd brennt in einem anderen Grün. Ihr jedoch seid der Waise in der Krone dieses Festes.«
Georg spielte auf die Krone Karls des Großen an und auf den Waisen, einen Diamanten von außerordentlicher Größe, der die Stirn schmückte. Ein vollendetes, einzigartiges Juwel.
»Ein wundervolles Kompliment, Georg«, sagte Sibylla leise und senkte den Blick zu Boden. Sie drückte seinen Arm als Dank. Am liebsten hätte sie ihm dafür einen Kuss auf die Wange gegeben. Aber das schickte sich nicht vor aller Augen.
So trat sie mit ihm auf den Bretterboden der Tanzfläche und begann einen Schreittanz nach italienischer Mode, mit grazilen Bewegungen und flinker Fußarbeit.
Sie war die Königin des Abends.

KAPITEL 14 Die Uhr von St. Moritz schlug die Viertelstunde. Sibylla nahm den Korb auf. Er fühlte sich leichter an, als sie gedacht hatte.
»Schaut fröhlicher, Herrin«, versuchte Anna sie aufzumuntern. »Da wird doch die Butter ranzig, wenn Ihr so dreinblickt!« Annas Scherzhaftigkeit wirkte aufgesetzt. Sibylla versuchte so etwas wie ein Lächeln, doch ihre Gesichtsmuskeln waren wie gelähmt. »Soll ich Euch nicht doch begleiten?« Der letzte Satz fiel beiläufig, ohne Drängen.
Die Tür öffnete sich vor ihr, sie trat in den hellen Sonnenschein hinaus, der sich warm und schmeichelnd um sie legte. Sibylla senkte den Kopf, klemmte sich den Korb in die Armbeuge und lief die Hausmauer entlang hinüber zum Rindermarkt.
Sie musste sich zwingen, den Augsburgern in die Augen zu

schauen. Eine Fuggerin blickte nicht zu Boden, eine Fuggerin blickte der Welt ins Gesicht.

Vor dem Brotmarkt standen die Bäckerkarren. Frische Teigwaren dufteten herüber und hüllten sie ein. Die Gespräche, die Zurufe der Händler, die Grüße, die man ihr zuwinkte, nahm sie wie durch einen Schleier wahr. Als hätte sich zwischen sie und die Welt ein Vorhang geschoben. Sie wich Ständen aus, machte einen Bogen um entgegenkommende Menschen und blieb wie eingesponnen in einen Kokon aus Trauer, der sich um sie gelegt hatte wie eine zweite Haut und der sich seit dem Fest auf dem Reichstag dichter verwoben hatte.

Manchmal war ihr, als lebte sie auf dem Grund eines Brunnens. Zwar wollte sie nach oben, doch die dumpfen Stimmen, das Hallende und Schallende der Welt verschreckten sie. Um sich hätte sie schlagen mögen, die Menschen ertränken oder vergiften, die sie anstarrten, als litte sie an Aussatz, obgleich ihr doch nur ein Kind abhanden gekommen war.

Die Sonne zeichnete scharfe Schlagschatten, als sie sich an St. Moritz nach Westen wandte. Vor der Kirche hatte sich allerhand Bettlergesindel versammelt, Stadtarme mit Plakette, die den Vorübereilenden ihre Hände entgegenstreckten. Sie seufzte tief, blieb für einen Augenblick stehen, weil die Last des Tages und ihres Korbes sie niederdrückte. Der Kirchenschatten lag schwer auf ihr, vor allem der dunkle Ort, an dem der Prediger sie verletzt hatte.

Als sie sich umdrehte, um ihren Gang zum Rindermarkt fortzusetzen, saß das Kind auf der Straße. Ein Rotschopf, kaum zwei Jahre alt, nackend mit brauner Haut, die vor Schmutz starrte. Er spielte gedankenverloren mit dem Teil eines Hufeisens, das verloren gegangen war, schlug damit auf den Boden, betrachtete die Erde, die am Eisen hängen blieb, putzte es ab und steckte das Metall in den Mund, um zu prüfen, ob es denn wirklich sauber sei.

Sibylla stand wie erstarrt und folgte den Bewegungen des kleinen Menschen. Niemand kümmerte sich um das Wesen, das mitten auf der Straße hockte, sich vom Trubel und Geschrei nicht beeindrucken ließ, sondern konzentriert und ernsthaft seinem Spiel nachging.

In Sibylla brach eine Wunde auf, die nur oberflächlich verschorft gewesen war. Sie trat auf das Kind zu, setzte den Korb neben ihm ab und folgte seinem Spiel. Der Kleine, der die Zuwendung wie selbstverständlich nahm, gab ihr das Eisenstück, deutete an, sie solle damit auf den Boden schlagen, was Sibylla auch tat, und forderte das Spielzeug mit einer energischen Handbewegung wieder zurück. Sibylla musste schlucken. So wäre vielleicht ihr Junge gewesen.

»Wie heißt du?«, wagte sie zu fragen.

Das Kind sah Sibylla neugierig an, entdeckte dann jedoch den Korb. Sofort war das Hufeisen vergessen. Es erhob sich mühsam, indem es zuerst den Hintern in die Höhe streckte, sich mit den Händen abstützte und schließlich ganz aufrichtete.

»Essen!«, sagte es nur und deutete auf das Flechtwerk. Mit sicheren Schritten lief es auf den Korb zu.

»Ja, da ist etwas zu essen drin«, bestätigte Sibylla, kramte ein wenig, zog ein Stück Semmel heraus und reichte es dem Nackedei.

Gierig griff der Junge zu und steckte sich den Wecken in den Mund.

»Sag, wie heißt du?«, versuchte es Sibylla noch einmal.

Der Kleine griente sie an und streckte seinen Arm nach ihr aus. Er kaute mit seinem gesamten Gesicht, schlang, würgte, schmatzte.

»Sag, wie?«

»Wi-em!«, stolperten ihm zwei Silben aus dem Mund, die alles hätten heißen können, die Sibylla jedoch als Wilhelm interpretierte. Sie schluckte. Wilhelm. Wilhelm Jakob Fugger hätte ihr Sohn geheißen.

»Wilhelm«, sagte sie und bemerkte, wie sich ihr Blickfeld mit

Tränen füllte, wie sie die Umgebung nur mehr undeutlich wahrnahm. »Wilhelm Jakob!«

Sie begann zu schluchzen und spürte, wie die Hand des Jungen über ihr Gesicht strich, als wollte er ihr die Tränen aus den Augen wischen. Sie musste lachen. »Wilhelm«, sagte sie und nahm den Jungen auf den Arm, wiegte ihn und redete unaufhörlich auf ihn ein. Sie erzählte ihm, dass sie bereits das Zimmer für ihn habe ausstatten lassen, dass sie Windeln und Hemdchen bestickt habe, dass ihr Kind so nicht herumlaufen müsse, sondern eine anständige Kleidung tragen solle. Was ihm einfiele, tadelte sie ihn, so auf die Straße zu gehen, schließlich sei er nicht irgendwer.

Sie trug den Jungen auf dem Arm, redete, weinte und lief. Kurz dachte sie an den Korb und dass die Einkäufe darin auf der Straße stehen blieben, versicherte sich jedoch, Anna zu schicken und ihn holen zu lassen. Anna werde sich freuen, redete sie auf den Jungen ein, der in ihren Armen zappelte und auf den Boden hinunter wollte. Sie könne ihn jetzt nicht loslassen, bestimmte Sibylla, schließlich müsse sie ihn erst ankleiden. So könne er unmöglich als Fuggersohn auf die Straße. Ohnehin seien die Gassen kein Spielplatz für ihn. Sie würde mit ihm vor das Gögginger Tor gehen, in den Garten mit allerlei Kurzweil.

»Herrin! Hört Ihr mich?«

Die Stimme drang nur undeutlich in Sibyllas Verstand ein, sickerte wie zäher Sirup langsam durchs Gehör. Sibylla blickte überrascht auf. Doch die Sonne blendete, so dass sie nichts sah als die dunklen Umrisse des Kindes vor sich.

»Fuggerin! Bitte. Jetzt hört mich an!«

Langsam, als würde sie aus den kalten Lechfluten auftauchen, in denen sie als Kind gebadet hatte, tauchte sie an die Oberfläche ihrer Gedanken.

»Mama!«, schrie der Kleine auf ihrem Arm, »Mama!«

Sie lächelte dem verweinten Jungen ins Gesicht, fuhr ihm mit der Hand über die verschmierte Nase, wischte ihm die Augen aus.

»Ist gut, Wilhelm, ist gut.«

Sie standen vor den Karren der Bäcker auf dem Brotmarkt. Sibylla blinzelte in die Sonne. Eine Hand berührte sie und ließ sie kurz zucken.

»Fuggerin. Bitte!«

Jetzt erst bemerkte Sibylla, dass mehrere Frauen sie umringten. Sie blickte in Augen, die sie mitleidig und zugleich zornig betrachteten. Nur ein Gesicht erkannte sie wieder.

»Maria! Was wollen all die Weiber von mir?«

Maria Binternagel verzog schmerzlich den Mund.

»Gebt mir das Kind, Fuggerin!«, sagte sie und streckte ihr die Arme entgegen.

»Was fällt Euch ein. Wilhelm Jakob werde ich niemandem geben.«

»Er heißt Willram«, sagte die Weberin sanft.

Sibylla musste blinzeln. Der Junge beugte sich zur Seite und streckte die Arme einer Frau entgegen, die Sibylla anstarrte, als sei sie der Teufel persönlich.

»Er heißt Willram?«

»Ja, Herrin. Es ist der Sohn dieser Frau dort.«

Sie zeigte auf das Weib, das jetzt ebenfalls seine Arme nach dem Jungen ausstreckte. Sibylla begann zu zittern.

»Wilhelm«, flüsterte sie tonlos, ließ es jedoch zu, dass die zerlumpte Gestalt sich das Kind griff und an ihre Brust drückte.

»Es ist nicht Wilhelm?«

»Nein, Fuggerin«, tröstete Maria Binternagel Sibylla. »Willram.«

Die Frauen verliefen sich. Sie drehten sich wortlos um, schüttelten die Köpfe, umringten die Mutter, deren Kind eben noch in Sibyllas Armen gewesen war.

»Ihr habt Euch das Kind von der Straße genommen, einfach so, Fuggerin. Die Frauen sind Euch gefolgt, doch Ihr seid immer schneller gerannt, bis sie Euch gestellt haben. Sie haben

geglaubt, Ihr wolltet das Kind entführen, weil Ihr Euer eigenes …«
Sibylla blickte den Weinmarkt hinauf, ließ die Augen über die Dächer gleiten, höher, bis ihr die Sonne in die Pupillen stach. »Ich wollte niemanden entführen. Ich dachte … ich dachte … es sei mein Kind«, sagte sie tonlos.
Maria Binternagel führte Sibylla dorthin zurück, wo ihr Korb auf der Straße stand. Mittlerweile war er leer. Die Bettler vor der Moritzkirche hatten sich daran gütlich getan.
»Wenn Ihr Hilfe braucht, Fuggerin«, flüsterte Maria Binternagel. »Kommt nach Oberhausen. Ich kenne eine Köhlerin. Sie hat Erfahrung mit Frauen. Sie hat Erfahrung mit schweren Schwangerschaften. Redet mit ihr.«
Sibylla dankte, nahm den Korb auf und ging wieder zum Weinmarkt zurück. Diesmal fiel das Frühstück aus. In ihr jedoch festigte sich ein Bewusstsein. Maria Bianca Sforza hatte ihr auf dem Reichstag den Hinweis gegeben. Eine Fuggerin ging nicht zu einer dreckigen Köhlerin nach Oberhausen, eine Fuggerin ging nach Venedig. Sie musste mit Jakob dorthin.

KAPITEL 15

Venedig verzauberte sie. Sibylla schloss die Augen, um das Wasser zu riechen, die Wellen zu hören, die hart gegen die Molen schlugen. Wenn sie die Augen öffnete, befürchtete sie, dass die Eindrücke, das Licht, die bunten Fassaden, das Himmelsblau und das Grün des Lagunenmeeres sie erblinden lassen könnten.
Diesmal jedoch lauschte sie einfach den Schritten, die ihr folgten. Ihr Begleiter, der zu ihrem Schutz und zu ihrer Bewachung abgestellt war, wich nicht von der Seite.
»Um mich zu halten, musst du geschickter sein!«, murmelte Sibylla vor sich hin und beobachtete aus dem Augenwinkel den jungen Mann hinter ihr, der jeden ihrer Schritte bewachte. Sie hielt am Ufer des Canale Grande inne und atmete die würzi-

ge Luft ein, die nach Fisch und Salz und Tang roch und bitter auf der Zunge schmeckte. Die Sonne stanzte gelbe Flecken aus dem dunklen Wasser, das träge und satt den Kanal auf und ab schwappte. Sie fühlte sich frei und ungebunden, obwohl der junge Mann hinter ihr sie nicht aus den Augen ließ. Obwohl sie die Frau Jakob Fuggers war, obwohl dessen Firma einen bedeutenden Platz im Fondaco dei Tedeschi einnahm, war es Fremden nicht erlaubt, sich allein durch die Straßen der Lagunenstadt zu bewegen. Jegliche Feilscherei mit Händlern der Stadt musste er für sie übernehmen, nichts durfte sie allein kaufen oder verkaufen. Es war das eherne Gesetz der städtischen Signoria. Sibylla aber hatte etwas im Sinn, für das sie ihren Bewacher nicht brauchen konnte. Um ihn loszuwerden, hatte sie sich bereits einen Plan zurechtgelegt.

Seit einer Woche waren sie in Venedig, und Sibylla erinnerte sich noch gut, dass sie vor Freude laut aufgeschrien hatte, als Jakob sie vor vier Wochen gebeten hatte, ihre Sachen zu packen, weil er ihr Venedig zeigen wollte.

Es war wie ein Aufatmen gewesen, das sie die Ereignisse des letzten Jahres abschütteln ließ.

Jakobs ständige Abwesenheiten, weil Siegmund und Georg Gossembrot wieder gegen ihn intrigiert hatten. Nach dem Augsburger Reichstag hatte er sofort wieder nach Innsbruck eilen müssen, da die Metallverträge mit den Brüdern vom zuständigen Beamten gekündigt worden waren. Gerüchte, die Familie Fugger könne nicht mehr pünktlich zahlen, hatten einen Stimmungsumschwung im Tirol verursacht. Jakob hatte sich über die rechtswidrigen Kündigungen beschwert und Geheimverträge mit dem König aus der Tasche gezogen, die er in Augsburg mit der Majestät ausgehandelt hatte. Damit hatte er den Gossembrot der Lächerlichkeit preisgegeben. Was war ein Geheimer Rat wert, der nicht in die Geschäfte des Königs eingeweiht war? Jakob hatte gezeigt, dass er Zähne besaß und sie einzusetzen wusste.

Sibylla interessierten die Verwicklungen und Intrigen wenig, aber die Gespräche im Goldenen Kontor beim regelmäßigen Frühstück brachten es mit sich, dass sie Zusammenhänge herzustellen wusste. Außerdem stichelten die Gattinnen der Brüder unentwegt, hetzten gegen Jakob, der alles an sich reiße und vor allem Georg nach Nürnberg abgeschoben habe, während Ulrich mehr und mehr zu einem Frühstücksdirektor verkomme. Selbst Jakobs Schwestern sahen die Entwicklung und den wachsenden Einfluss ihres jüngsten Bruders mit Unbehagen. Und da er ständig unterwegs war, luden sie ihren Ärger auf sie ab und ließen sie ihr Missfallen spüren. Oft hatte Sibylla im letzten Jahr allein in ihrem Bett gelegen und Tränen der Wut vergossen, weil die Schwägerinnen wieder auf ihrer Kinderlosigkeit herumritten und ihr Komplizenschaft mit Jakob vorwarfen, der über kurz oder lang die Firma durch die enge Verbindung mit Maximilian in den Ruin treiben werde.

All diese Gedanken und Lasten fielen hier am Ufer des Canale Grande von ihr ab. Mit Jakob bewohnte sie in der Nähe des Fondaco dei Tedeschi eine Zimmerflucht, von der aus er täglich in das Geschäftzentrum hinüberging, während sie mit ihrem Bewacher durch die Stadt streifte.

Sibylla überquerte die Rialto-Brücke, ihren männlichen Schatten im Schlepptau, ergötzte sich an den farbigen Auslagen. Seit zwei Tagen nahm sie nun schon denselben Weg und erkundete, wo sie diese lästige zweite Haut abstreifen konnte, denn für ihr Vorhaben musste sie allein sein. Niemand durfte sie begleiten. Die kleine Erwerbung, die sie tätigen wollte, musste geheim bleiben. Bereits am zweiten Tag hatte sie eine Möglichkeit ausgekundschaftet. Jetzt wandte sie sich nach der Rialto-Brücke rechts und gelangte so über eine schmale, dicht mit Ständen verstellte Gasse zu einem Markt, auf dem eine Reihe von Buden ein labyrinthisches Gewirr bildete. Er war so unübersichtlich, dass man ihn dazu benutzen konnte, seine Spur zu verwischen, in einen weiteren Durchgang zu schlüpfen und zwischen den schmalen Gassen zu entschwinden, wenn man schnell genug war.

Für eine gute halbe Stunde wollte sie unsichtbar werden. Dafür hatte sie eine dunkle Kleidung gewählt, die der Tracht der Venezianerinnen glich.

Nachdem sie die Brücke überquert hatte, schritt sie rasch und zielsicher aus, huschte durch die Budengassen und schnellte hinter einer Plane in eine der abführenden Straßen. Sie sprang zwei Schritte, drückte sich in einen Spalt, der zwei Häuser voneinander trennte, versuchte nicht auf den Gestank und den glitschigen Morast zu achten, der sich dort gesammelt hatte, und wartete mit angehaltenem Atem, bis ihr Bewacher an ihr vorübergeeilt war. Sie sah sein Profil, das ernste Sorge verriet. Kaum hatte er die Lücke passiert, schlüpfte sie auf die Gasse zurück, knüpfte ihr Halstuch auf, zog es als Kopftuch tiefer in die Stirn und lief in die entgegengesetzte Richtung davon.

Sie musste erneut die Rialto-Brücke überqueren, was ihr ohne Aufsehen gelang. Danach verlor sie sich im Gewimmel der schmalen Durchgänge. Anna hatte ihr erzählt, wohin sie sich wenden musste, und Sibylla glaubte schon, zwischen den Kanälen und kleinen Brücken den Weg verfehlt zu haben, als sie endlich vor einem dreistöckigen Haus zum Stehen kam, dessen Eingang wie die Pforte der Hölle wirkte. Es war ein spitzbogiges Portal mit mehreren Säulen, die wie Falten in der glatten Wand wirkten und blutrot bemalt waren. Die Strega, die Hexe, die dort hauste, nannte sich »La Guaina«. Sibylla sah sich unauffällig um, ging ein paar Mal unschlüssig auf und ab und beobachtete die Öffnung, deren oberer Teil von Wasserspiegelungen bewegt zu werden schien. Schließlich holte sie tief Luft und trat ins Innere. Eine Art feuchte Höhle empfing sie, in der sich das Plätschern des Wassers verstärkte. Langsam glitt Sibylla vorwärts, bis sich der Durchgang zu einem Innenhof erweiterte, der von einer Holzbude, die sich schief an eine der Wände lehnte, halb ausgefüllt wurde. Unschlüssig sah sich Sibylla um, spähte in alle Türen und blieb zögernd vor der Türhöhle der Holzbude stehen. Bis hierher hatte sie die Empfehlung Bianca Marias befolgt. Jetzt verließ sie der Mut.

»Avanti!«, herrschte sie aus dem Dunkel der Hütte eine Stimme an und nötigte sie zum Eintritt. Sibylla zögerte unschlüssig, dann durchschritt sie mutig die Tür. Im Hüttenraum empfing sie eine nur von wenigen Kerzen erhellte Dämmerung. Sibylla blieb unter dem Sturz stehen und gewöhnte ihre Augen langsam an das schwache Licht. Es roch bitter nach Kräutern und Ruß, süßlich nach Blut und Gewürzen. Die Luft war wie getränkt von diesen Düften und schwer zu atmen. Sie umschloss jeden Körper, der eintrat, und hielt ihn fest.

Vor Sibylla stand ein Tisch, der bedeckt war mit den merkwürdigsten Dingen, angefangen von runzligen Wurzeln, über fluoreszierende Holzstücke, kleine Ledersäckchen, die sich zu bewegen schienen, eine große Glaskaraffe, in der sich lebende Schlangen ringelten, bis hin zu einem Holzgestell, auf dem sich unzählige kleine Keramik- und Glasgefäße befanden. Dahinter, in einem hohen Lehnstuhl, saß zusammengekauert eine Alte. Ihr Gesicht wurde von einer flackernden Kerze beleuchtet und zeigte so viel Schatten wie Lichtreflexe, derart faltenzerfurcht war ihre Haut.

»Was willst du?«, fragte sie barsch und fügte sofort hinzu: »Bevor du etwas sagst, lass mich deine Gedanken lesen!« Eine Stille entstand, in die hinein nur die Alte rasselnd atmete. »Du brauchst einen Liebeszauber, um einen Mann enger an dich zu binden, nicht? Ich kann es in deinem Herzen lesen, Kind. Du begehrst ihn, aber er will nicht zu dir. Er ist bereits älter, ein alter Mann, der andere Interessen hat, als die Lust seiner jungen Frau zu befriedigen. Ist es nicht so? Aber da ist noch etwas anderes. Dein Herz verzehrt sich nicht nur vor Liebe, es will mehr, es will ... will ...« Die Alte sprach es nicht aus, sondern lachte unmäßig und spuckte den Schleim aus ihren Lungen in einen Napf neben ihrem Sitz. »Du willst das Unmögliche. Nur Gott ist Gott ähnlich. Du willst die Welt in deiner Hand bewegen, Kind, und kannst noch nicht einmal deinen Mann halten.« Sie kicherte wie unsinnig.

Sibylla hatte bislang nichts gesagt. Ihre Lippen wurden von einer unbekannten Macht verschlossen. Sie musste nur immerzu auf die Alte starren, die sich in ihrem Stuhl räkelte und vor sich hinbrabbelte. Woher konnte sie das alles wissen?

Die direkte Art der alten Vettel schwemmte ihre ganze Verzweiflung an die Oberfläche. Am liebsten hätte sie sich in diesem Moment in einen der Kanäle gestürzt, den Mund geöffnet und das brackige Wasser eingeatmet, nur um die Verachtung ihrer Schwägerinnen, die Kind um Kind in die Welt setzten, nicht mehr vor Augen zu haben.

Plötzlich richtete sich die Alte auf, und jetzt erst sah Sibylla, dass ihr die Beine fehlten oder dass sie unter dem Stoff des Rockes einfach verschwanden, so kurz waren sie.

»Ich will dir einen Liebeszauber geben, Kind. Einen Zauber, der allerdings gefährlich ist. Du musst ihn deinem Mann in den Wein geben. Einen Tropfen nur, hörst du! Nur einen einzigen. Wenn du zu viel hineingibst, wird er es büßen müssen – und du auch. Was auf der einen Seite hilft, tötet auf der anderen. Die Menge macht das Gift, hörst du! Die Menge.«

Die Alte redete ohne Unterlass. Ohne einmal Atem zu holen strömten die Worte aus ihr heraus. Sibylla, die zwar italienisch beherrschte, aber weder den venezianischen Dialekt noch das zahnlose Gebrabbel der Alten gewohnt war, verstand nur mit Mühe, was sie ihr sagte. Dennoch nickte sie, als die Alte ihre Maßangabe wiederholte und antwortete: »Un goccia! Einen Tropfen!«

»Du sollst es bekommen. Ein kleines Fläschchen. Drei Tropfen enthalten den Tod, Kind, den reinen Tod.« Sie machte eine Pause, in der Sibylla nur das Rasseln des Atems vernahm, in der Sibylla selbst nichts zu sagen vermochte, ihre Lippen blieben weiter wie zugenäht. Der Geruch der Hütte begann sie langsam

zu durchtränken, als würde die Haut das Bittere und Süßliche annehmen, das die Gegenstände innerhalb der Holzwände abstrahlten.
Sibylla wusste nicht mehr genau, wie lange sie gestanden, der Stimme gelauscht und schließlich die Phiole entgegengenommen hatte. Sie bezahlte bei einem Faktotum, das überraschend aus der Dämmerung neben ihr aufgetaucht war, und dann fand sie sich wieder an den Auslagen auf der Rialto-Brücke, die sie blicklos betrachtete. Wie in Trance lief sie die steile Brückensteigung empor, bis sie angesprochen wurde.
»Signora, wo wart Ihr?«
Sibylla sah auf und blickte ihrem männlichen Schatten, ihrem Beschützer und Begleiter, den sie glücklich abgeschüttelt hatte, verwirrt ins Gesicht. Er hatte die Stirn gerunzelt.
Sibyllas Stimme zitterte. »Wo ich war? Auf dem kleinen Markt dort, und dann bin ich hierher zurückgegangen. Seid Ihr mir nicht auf Schritt und Tritt gefolgt?«
Der Junge lächelte verlegen. Dann grinste er. »Doch. Natürlich.«
Er musterte sie von oben bis unten, konnte aber keinen Einkauf an ihr entdecken.
Sie drehte sich um, mehr um ihre Verwirrung zu überdecken als den Triumph, ihn überlistet zu haben.
Sie richtete ihre Schritte von der Brücke herunter. Zwischen ihren Brüsten fühlte sie das Fläschchen kalt auf ihrer nackten Haut.

KAPITEL 16 Anna konnte nicht schlafen. Das lag auch daran, dass sie, kaum in Venedig angekommen, überstürzt wieder aufgebrochen und auf dem Weg zurück nach Augsburg waren. Eines Mordes wegen.
Jetzt saß sie auf der harten Pritsche und lauschte auf die Geräusche im Nebenraum.

Sie versuchte das Weinen zu überhören, das von dort zu ihr herüberdrang. Er war ein glückliches Schluchzen, das ihr zeigte, dass Jakob Fugger ihrer Herrin beigewohnt hatte. Das Mittel wirkte. Ein wenig zu stark vielleicht, denn ihr Herr fiel die letzten Tage regelrecht über seine Frau her. Die dünnen Wände der Gasthöfe konnten nicht verhindern, dass sie mithörte. Jakobs ungewohnte Gier ließ so manchen Mitreisenden am Frühstückstisch grinsen.

Anna wartete eine Weile, bis sie sich sicher war, dass sie von ihrer Herrin nicht gebraucht wurde, dann schlüpfte sie ebenfalls unter die Decke und schloss die Augen. Sie horchte auf die Geräusche der Nacht, die in jedem Gasthof andere waren. Niemals würde sie sich an diesen Umstand gewöhnen. Jedes Knacken nahm sie für Schritte, die sich ihrer Tür näherten, jedes Rascheln für die Bewegung von Kleidern, die aneinander rieben. Sie fürchtete sich vor dem Einschlafen, lag wach, wälzte sich von einer Seite auf die andere, blieb auf dem Rücken liegen und starrte in die Finsternis. So trieb Anna in einen Zustand hinein, der nicht schlafen, nicht wachen war, sondern in Erinnerungsbildern schwamm, die so klar vor ihren Augen erstanden, dass ihr die Atemluft eng wurde. Beinahe jede Nacht dachte sie in diesem Zustand über die merkwürdigen Begebenheiten der letzten Woche nach.

Plötzlich wie ein Wetterumschwung in den Bergen war die Gewalt über sie hereingebrochen und hatte lähmendes Entsetzen verbreitet.

Sie erinnerte sich des Abendessens im Fondaco dei Tedeschi. An der Nürnberger Tafel hatten die Augsburger, Nürnberger, Frankfurter, Donauwörther und Lauinger Kaufherren gesessen, deren Vorsitz diesmal Jakob mit seiner Frau einnahm, da er in Venedig weilte. Trinksprüche waren ausgelobt, Geschäftsabschlüsse begossen worden, als unvermittelt ein Kaufmann aus Lauingen über seinem Teller zusammengebrochen war.

»Gift!« Das Wort war urplötzlich im Raum gestanden.

Anna erinnerte sich noch der Hektik, die ausbrach. Jakob Fugger hatte auf der Stelle den Befehl zum Aufbruch gegeben und nur das Nötigste packen lassen. Noch mit dem ersten Hahnenschrei waren sie abgereist, überstürzt, übernächtigt, und hatten bei Sonnenaufgang die Grenzen der Stadt bereits überschritten und das Festland erreicht. Er könnte es sich nicht leisten, in Venedig länger als nötig festgehalten zu werden, hatte Jakob diese Eile begründet und hinzugesetzt, dass die Venezianer die Untersuchungen solcher Vorfälle oftmals lustvoll in die Länge zögen. Zum Schaden all derer, die in den Mauern des Fondaco wie Gefangene verbleiben müssten.

»Gift ist Teil der italienischen Politik«, knurrte Jakob nur, als sie endlich die Kutsche besteigen konnten und die Lagunenstadt hinter dem Horizont versank. »Eine feige Art, sich seiner Konkurrenz zu entledigen.«

Sibylla hatte sich blass und zitternd in die Polster gekauert. Anna hatte gesehen, wie es hinter ihrer Stirn gearbeitet hatte. Hier brach etwas in ihre Welt ein, das sie bislang nicht gekannt hatte und das sie in seiner Heimtücke zutiefst verunsicherte. Alle waren sie angespannt gewesen, bis sie das Einflussgebiet des Markuslöwen verlassen hatten. Erst danach hatte Jakob sich und Sibylla eine längere Pause gegönnt.

Doch nicht einmal bei Fürstbischof Melchior von Meckau war Sibylla zur Ruhe gekommen. Erschöpft, übermüdet und am Ende ihrer Kräfte waren sie wenige Tage nach ihrer Flucht aus Venedig in Brixen angelangt. Dort wurden sie vom Fürstbischof empfangen. Herzlich. Überschwänglich. Anna konnte ihrem Herrn die Erleichterung ansehen, mit der er sich in die Arme Meckaus und damit in den Schutz des mächtigen Tiroler Hochstifts begab.

Bereits beim Betreten des Hochstifts war jedoch das Unglück geschehen. Sibylla war von einem der Hunde im Hof angegriffen und gebissen worden. Die Wunde am Arm war kaum erwähnenswert, da der Köter vom Kleid behindert worden war, doch losgelassen hatte er erst, als er vom Schwager der Kutsche mit der Peitsche traktiert worden war. Von da ab war Sibylla Jakob nicht mehr von der Seite gewichen, hatte das Hochstift und seine Bewohner für unheimlich erklärt und hatte nicht alleine zu Bett gehen wollen. Selbst Anna hatte sie nicht beruhigen können. So saß sie blass und mit vor Schlaflosigkeit entzündeten Augen in einem der Ohrensessel im Kaminzimmer des Stifts, als ein Bote aus Innsbruck mitten in der Nacht hereinstürmte und wichtige Nachrichten für ihren Herrn brachte.

Bis weit in den Morgen hinein steckten Jakob und Melchior von Meckau ihre Köpfe zusammen, und Sibylla schlummerte mit zurückgelegtem Kopf im Sessel.

Kurz vor ihrem Aufbruch waren sie durch die Nachricht aufgeschreckt worden, der Hund, der Sibylla angegriffen habe, liege tot im Hof unten. Vergiftet.

Jakob hatte dem keinerlei Beachtung geschenkt. Anna allerdings war der Schreck ins Herz gefahren, als sie Sibyllas Blick sah, mit dem diese den Kadaver musterte. Noch jetzt schämte sich Anna für den Gedanken, der ihr sofort durch den Kopf geschossen war. Ihre Herrin war seit der Fehlgeburt und den darauffolgenden Ereignissen nicht mehr sie selbst. Wie schlimm es tatsächlich um Sibylla stand, hatte Anna gewusst, nachdem sie versucht hatte, das Kind von der Straße zu holen.

Es war, als hätte sich etwas in ihrer Seele festgesetzt, das ihr einflüsterte, sie müsse sich rächen. An irgendetwas. An irgendjemandem.

Hatte der Tod des Kaufmanns sie womöglich auf den Gedanken gebracht, den Hund zu vergiften, damit er mit blauer Zunge vor ihnen liegen und sie sich an Schmerz und Angst weiden konnte? Hatte sie sich im Morgengrauen aus dem Haus geschlichen?

Anna wälzte sich in ihrem Bett hin und her.

Bislang hatte sie sich nicht vorstellen können, dass Sibylla den

Mut zu solch einer Tat finden würde. Der Hund hatte sie zwar angegriffen, doch Sibyllas Angst vor dem Tier war viel zu groß, als dass sie sich ihm genähert haben konnte.
Außerdem, wo hätte sie sich Gift besorgen können? Bei der Hexe in Venedig?
Bestimmt war es der Mitternachtsbote gewesen, denn der hatte öfters mit fremden Kötern zu tun. Er hatte das Haus verlassen, kurz bevor der Hund entdeckt worden war.
Anna starrte in die Dunkelheit hinein und wusste nicht, ob sie der Wahrheit nahe war oder ob sie versuchte, sich zu belügen. Sie horchte in die Nacht, die ihr das leise Wimmern ihrer Herrin zutrug. Warum weinte Sibylla noch immer?
Mehr als in den Wochen zuvor freute sich Anna, Augsburg wiederzusehen. Das Leben würde endlich seinen gleichmäßigen, ruhigen Gang gehen. Die Nächte würden ihr den Schlaf zutragen, den sie dringend benötigte. Dieses Reisen verursachte nur Übermüdung und merkwürdige Gedanken.

KAPITEL 17

Anna brachte keinen Ton heraus, als sie ins Zimmer trat. Sibylla sah gelassen von ihrer Stickerei auf. Seit sie zurück in Augsburg waren, schien sie zu ihrer inneren Ruhe zurückgefunden zu haben.
»Was ist? Du siehst aus, als wärst du dem Tod persönlich begegnet«, sagte Sibylla.
Anna versuchte zu sprechen, aber ein Schluckreiz unterbrach sie. Am liebsten hätte sie sofort losgeheult.
»Jetzt red schon!«, drängte Sibylla und wollte eben wieder auf ihren Rahmen schauen, als hinter Anna Maria Binternagel in die Tür trat. Sie war blass. Ihre braunen Haare waren weiß geworden, dabei war sie noch eine junge Frau.
Sibylla schluckte. In Haltung und Ausdruck beider Frauen lag die Andeutung einer Katastrophe.
»Maria? Maria, du!«

Sibylla ließ ihre Handarbeit fahren und eilte auf Maria Binternagel zu. Diese wehrte aber mit den Händen ab.
»Nicht weiter. Bitte nicht!«
Anna versuchte ihr Schluchzen zu verbergen.
Sibylla scherte sich nicht um die Warnung der Binternagel, sondern nahm sie bei den Schultern, sah ihr ins Gesicht und schüttelte sie.
»Was ist geschehen? Ist Karl etwas zugestoßen? Ja!«
Maria Binternagel schüttelte den Kopf.
»Elsbeth – sie ist … tot!«, übernahm Anna die Antwort.
»Tot? Wer?« Es dauerte eine Weile, bis Sibylla begriff. »Aber, das kann doch nicht …« Sibylla fasste sich an die Brust und sank in die Knie. Das Mädchen, das Maria Binternagel hier in der Waschküche im Haus am Rohr geboren hatte, war nicht mehr.
»Elsbeth ist am Fieber gestorben!«, setzte die Binternagel hinzu und ließ sich ebenfalls auf den Boden nieder. Sie war mager geworden, bestand nur noch aus Haut und Knochen. »Wir haben nicht einmal das Geld für ein anständiges Begräbnis!«
Anna gab es einen Stich ins Herz. Die arme Frau musste selbst in ihrem größten Elend Fremde um Geld angehen. Es war erniedrigend.
Das Fieber grassierte seit Sibyllas Rückkehr aus Italien in der Stadt. Wie ein Schwelbrand fraß es sich durch die Bevölkerung und brach hier und dort wieder zu einem tödlichen Flackern auf, griff zu, wenn man glaubte, man habe das Schlimmste überwunden, um danach wieder in sich zusammenzufallen. Dabei verschonte es weder Mensch noch Tier.
Es hatte in den letzten zwölf Wochen die Hauskatze ihrer Schwägerin Regina getötet und den Hund Veronikas, den Sibylla nie hatte ausstehen können. Waldburga hatte es niedergestreckt, mit der Anna am Brunnen häufig geplaudert hatte. Von heute auf morgen. Am einen Tag hatten sie noch miteinander gescherzt und sich darüber lustig gemacht, dass die Männer

nichts aushielten, weil der Pfarrer von St. Moritz fiebrig danieder lag, am anderen Tag hütete Waldburga bereits selbst das Bett, drei Tage später war sie tot.
Sibylla kniete vor Maria Binternagel, hatte ihre Hände gefasst und weinte ebenso wie die unglückliche Witwe. Beiden tropften die Tränen auf die Hände.
»Ich …«, versuchte Sibylla einen Satz zu bilden, wurde aber vom Schmerz über den Verlust, den Maria Binternagel erlitten hatte, übermannt, »… ich will dir … die Beerdigung bezahlen.«
Maria Binternagel konnte nichts darauf antworten, sondern drückte Sibyllas Hände gegen ihre Stirn.
Anna half den beiden Frauen auf. Sibylla trocknete ihre Tränen, drehte sich um. Anna stieg wieder das Wasser in die Augen, als sie die weißen Haare der Weberin sah. Über Nacht hatten sie sich entfärbt, hatte sie gesagt. Die junge Frau hatte sich in eine alte verwandelt.
»Das Fieber macht vor nichts und niemandem Halt«, sagte Sibylla. »Gestern erst habe ich zwei Eichhörnchen in unserem Hof liegen sehen. Tot! Einfach tot, als wären sie mitten in einem Sprung von Ast zu Ast davon ergriffen und zur Erde geschmettert worden.«
Anna betrachtete Sibylla aufmerksam. Sie hatte ihnen den Rücken zugedreht, sah auf den Hinterhof hinaus. Sie kannten beide die Eichhörnchen, die bis ans Fenster kamen, um dort Nüsse zu erbetteln. Sie waren zahm gewesen, zutraulich wie Kinder. Und gestern waren sie unterm Baum gelegen, gerade so, als hätten sie die Kraft nicht mehr gefunden, ihn zu besteigen.
»Anna«, befahl Sibylla in einem ungewöhnlich strengen Ton, obwohl Anna ein inneres Zittern heraushörte. In Sibylla waren Erinnerungen wie Wunden aufgebrochen. »Bring Maria wieder hinaus nach Oberhausen. Ich werde dir Geld mitgeben. Elsbeth soll ein anständiges Begräbnis erhalten, und es sollen Seelenmessen gelesen werden. Achte mir darauf, dass der

Geistliche versteht, von wem er das Geld für die Messe erhält. Und du, Maria, lässt mir Bescheid geben, wenn sie nicht gelesen werden, dann wird der Donner des jüngsten Tages über den Gottesmann kommen.«

Mit einer Handbewegung schickte sie Anna und Maria hinaus. In der Küche ließ Anna der Weberin etwas zu essen geben und einen Laib Brot einpacken. In ihrem Kopf spukten die Eichhörnchen nach. Etwas an dieser Geschichte kam ihr merkwürdig vor, aber sie konnte nicht sagen, was es war.

Die beiden Frauen sprachen über das Los der Kinder, über die finanzielle Notlage, in die Binternagels kamen, über Lösungen. Dabei fiel auch ein Wort, das Anna einen gehörigen Schrecken einjagte.

»Vielleicht muss ich den Ältesten wegschicken!«, sagte Maria, und ihre Stimme zitterte dabei.

»Du wirst jede Hand am Webstuhl brauchen«, versuchte Anna sie zu beruhigen.

»Wir haben Schulden. Ich muss sie irgendwie begleichen. Elsbeth hätte sich im nächsten Jahr an den Webstuhl setzen können …« Sie brach ab und sah Anna verzweifelt an. »Der Wirt in Oberhausen hat mir ein Angebot gemacht.«

»Ein Angebot?«

»Er würde alle Verbindlichkeiten übernehmen – und dafür Hannes behalten, den Ältesten.«

Anna schluckte. Sie hatte davon gehört. Kinderzüge nach Süden. Man sprach nur hinter vorgehaltener Hand über diese Armen, die als Galeerensklaven oder Hilfsarbeiter in die venezianischen Arsenale geschickt wurden. Männliche Verbrecher oder Schuldner wurden von venezianischen Händlern aufgekauft und als Sklaven nach Süden transportiert. Nur wenige überlebten. Kinder gehörten zu der Handelsware, die von den venezianischen Schiffsbauwerften nur allzu gern verschlungen wurde.

»Das darfst du nicht machen, Maria. Niemals!« Anna drängte

Maria, sofort bei Sibylla vorstellig zu werden, wenn die Schulden sie zu erdrücken drohten. »Vielleicht sollte man nicht alles Geld der Kirche in den Rachen werfen«, versuchte sie einzuwenden. »Behalte das Geld der Seelenmessen für dich, versuche das Begräbnis billiger zu machen.«

»Aber Elsbeth …«

»Elsbeth wird es verstehen. Sie braucht nichts mehr. Um den Frieden dieser unschuldigen Seele brauchst du dich nicht zu sorgen.«

Eine von Sibyllas persönlichen Mägden betrat die Küche und überreichte Maria einen kleinen Beutel. Münzen klimperten darin. Maria wollte gar nicht hineinsehen, aber Anna bestand darauf, das Geld sofort nachzuzählen. Sie schütteten die Münzen auf den Küchentisch und begannen die kleinen Silberwerte zusammenzuzählen. Insgesamt drei Gulden, das war mehr, als ein Weber in der Woche verdiente. Für ein Begräbnis würde es reichen, vielleicht auch für die Tilgung der schlimmsten Kreditschulden.

Anna und Maria machten sich auf den Weg. Gut zwei Stunden würden sie unterwegs sein, etwa ebenso viel Zeit brauchte Anna für den Rückweg. Als sie zusammen auf die Straße traten, lag ein Rabe vor dem Fenster. Anna erkannte ihn an seiner weißen Feder, die ihn vor anderen auszeichnete. Auch er war offensichtlich an den Folgen des grassierenden Fiebers gestorben. Seine Flügel hatte er ausgebreitet, als hätte er noch wegfliegen wollen und wäre abgestürzt. Anna deutete auf den Raben, den sie Korax getauft hatten, Sibylla und sie.

»Merkwürdig, als wäre die Luft in diesem Haus verseucht.«

Sie wollte gerade aufbrechen, weil Maria beim Anblick des Vogels ungehemmt in Tränen ausbrach, als die Magd hinter ihnen hergesprungen war und sie aufhielt.

»Anna!«, rief sie. »Nehmt mich ein Stück mit!«

Im Arm hielt Gerburg einen Korb, in dem Tonkrüge aneinander klackten. Die junge, frische Magd schleppte schwer daran.

»Wofür sind die Krüge?«
»Herr Ulrich hat befohlen, sie den Gossembrot vorbeizubringen, auf Empfehlung der Gebrüder Fugger.«
Erstaunt sah Anna in den Korb. Sechs Krüge, die frisch abgefüllt und versiegelt worden waren.
»Es ist der neue italienische Wein, den die Herrschaften aus Venedig mitgebracht haben.«
Ein Versöhnungsangebot der Fugger an die Gebrüder Gossembrot? Obwohl Georg Gossembrot als königlicher Finanzberater ihrem Herrn das Leben zur Hölle machte? Die Zeiten änderten sich.
Gerburg begleitete Anna und Maria bis zum Rathaus und bog dann ab Richtung Gögginger Tor. Schweigend gingen die beiden Frauen nebeneinander her. Anna rumorten die beiden Eichhörnchen im Kopf herum. Dass es gerade die beiden zutraulichen Tiere ereilen musste. Hoffentlich hatte sich ihre Herrin nicht angesteckt, während sie die Tiere gefüttert … Annas Gedanken stockten für einen Moment. Sie blieb abrupt stehen und hätte Maria Binternagel beinahe zu Boden gerissen. Plötzlich wusste sie, was ihr am Tod der Eichhörnchen so merkwürdig vorgekommen war. Warum hatte es beide Eichhörnchen gleichzeitig getroffen? Beide waren sie unter dem Baum verendet, als hätten sie zur selben Zeit dasselbe …
Anna wollte den Gedanken nicht zu Ende denken.

KAPITEL 18

»Sie sind tot!«
Jakob sah auf. Der Bote hatte das Goldene Kontor betreten, ohne anzuklopfen. Das war nur erlaubt, wenn die Mitteilung keinen Aufschub duldete oder jede Minute eine Entscheidung getroffen werden musste. Auch die Buchhalter hoben die Köpfe, und Ulrich stand auf. Die Brüder sahen sich kurz an.
»Wer ist tot?«, herrschte Jakob den Boten an. »Wir müssen Genaueres erfahren, Kerl. Jedes Gerücht ist wie ein Becher Gift.«

Der Reiter rang nervös mit den Händen.

»Gift«, murmelte er, »man munkelt von Gift.«

Sibylla, die gerade dabei gewesen war, das Tablett des Frühstücks abzutragen und den Kontobüchern wieder ihren angestammten Platz einzuräumen, ließ einen spitzen Schrei hören.

»Jetzt sag schon, wer tot ist«, bat Jakob freundlicher.

»Die Gossembrot, Herr.«

»Welcher? Siegmund oder Georg?«

In Jakobs Augen konnte niemand Freude oder Genugtuung lesen, nur reine Neugier.

»Beide, Herr. Alle beide zur gleichen Zeit. Man sagt, sie hätten Wein getrunken und seien darauf wie vom Blitz gefällt niedergestürzt. Ob sie wieder das Bewusstsein erlangt haben oder wie lange ihr Todeskampf gedauert hat, weiß ich nicht. Georg und Siegmund Gossembrot sind tot. Das ist die unabänderliche Wahrheit.«

Jetzt verschlug es Jakob doch die Sprache. Seine größten Konkurrenten tot, wo Georg Gossembrot die Auseinandersetzung mit dem Kaiser eingefädelt, wo besagter Georg die Gebrüder Fugger beinahe aus der Gunst des Kaisers vertrieben hatte. Wenn ein Mensch so nahe seinem Ziel das Leben verlor, konnte der Zufall keine Rolle spielen. Wenn zwei Brüder gleichzeitig starben, dann war das ein Fingerzeit Gottes. Sie hatten entweder eine schwere Strafe im Himmel zu erwarten, für deren Buße das irdische Leben nicht ausreichte, oder jemand hatte nachgeholfen.

Jakob ließ seinen Blick durch den Raum wandern. Die Gossembrot unterschieden sich in nichts von ihm oder seinen Brüdern. Sie waren ihm harte Konkurrenten gewesen, geschickte Kaufleute einerseits, aber auch Zecken der Kaufmannschaft, die sich, wenn sie sich einmal festgebissen hatten, vollsaugten, bis ihre Opfer blutleer zurückblieben. Darin konnte Jakob jedoch keine Sünde erkennen, schließlich handelte er selbst nicht anders.

Der Bote versuchte sich in einer Deutung.
»Man munkelt, das Fieber, das in Augsburg seit einem halben Jahr wütet, hätte beide niedergestreckt, oder …«
Jakob sah auf. Bislang hatte außer ihm keiner das Wort ergriffen. Alle schienen nur auf ihn zu schauen, etwas von ihm zu erwarten. Jakob reichte dem Boten seinen Lohn.
»Oder was? Habt Ihr mir sonst eine Mitteilung zu machen, die mit dem unerwarteten Tod der Brüder zu tun hat?«
Der Bote zögerte.
»Der Überbringer schlechter Nachricht …«
»Unsinn!«, fuhr Jakob ihn an. »Sagt, was Euch auf der Zunge liegt.«
»… man munkelt, dass Ihr und Eure Brüder … der Wein soll aus dem Hause Fugger stammen … man klagt Euch an, Jakob Fugger …«
Jakob schüttelte ungläubig das Haupt. Er hatte niemals Wein an die Brüder gesandt.
Der Bote verbeugte sich und wollte das Kontor verlassen, als Jakob ihn zurückrief.
»Halt. Esst. Trinkt. Versorgt Euch dann mit einem frischen Pferd, und reitet sofort nach Innsbruck zu Suiter. Die Botschaft an ihn werde ich in der Zwischenzeit aufsetzen.«
Der Bote nickte ergeben und verschwand aus dem Kontor.
Jakob blickte Ulrich an. Dieser zuckte mit den Schultern.
»Lass sie reden. Geschwätz.«
Erst als Jakob seiner Frau in die Augen sah, fand er darin das Flackern einer Erregung, den unbestimmten Triumph, den er ebenfalls einen kurzen Augenblick lang empfunden hatte.
Jakob konnte einfach nicht glauben, dass sich die Praktiken des Vatikans und der großen Familien der Apenninenhalbinsel im Reichsland verbreiteten. Wieder wanderte sein Auge durch den Raum, und erneut blieb es an Sibylla hängen, die unbekümmert das Geschirr auf das Tablett stellte und sich jetzt kokett nach ihm umdrehte.

»Freu dich, Jakob. Eine Laus weniger im Pelz. Du müsstest Luftsprünge machen.«

Er machte keine Luftsprünge. Einen Gegner, wie gefährlich er auch war, konnte man einschätzen. Seinen Winkelzügen und Schlichen konnte man auf die Spur kommen, konnte sich ihnen entgegenstellen. Wirklich gefährlich wurde es erst, wenn Feinde plötzlich verschwanden, wenn ein Nichts an ihre Stelle trat, das aufgefüllt werden musste. Dann galt es zu handeln – und jeder Schritt, der zuvor durch den Gegner vorbestimmt war, wurde zu einem unüberschaubaren Wagnis.

Ulrich schien ähnliche Überlegungen zu wälzen. »Was bedeutet das für uns?«, unterbrach er Jakobs Gedanken.

»Zuerst einmal, dass wir uns unbestimmten Vorwürfen zu erwehren haben.«

Jakob hatte Sibylla nachgesehen, als sie das Kontor verließ, ihren spitzbübischen Blick aufgefangen und sich gefragt, was dieser Hinweis auf die Luftsprünge bedeuten sollte. Er war doch kein Moriskentänzer.

»Ich muss nachdenken. Maximilian fehlt jetzt eine leitende Hand. Georg Gossembrot, als sein Finanzberater, hat ihm die Fugger auszureden versucht. Jetzt müssen wir ihm einreden, dass er nur mit den Fuggern weiterarbeiten kann. Und wir müssen die Gerüchte zerstreuen.«

Ulrich schüttelte den Kopf. Jakob fiel erstmals auf, dass die Haare des Bruders weiß und schütter geworden waren, dass ihn das Alter in raschen Schritten eingeholt hatte. Schmerzlich verzog Ulrich das Gesicht. Seit einiger Zeit klagte er über Probleme beim Wasserlassen. Jakob hatte ihm einen Bäderaufenthalt im Bad Füssing vorgeschlagen und den einen oder anderen Trunk aus den Augsburger Brunnen verordnet, und das Stechen hatte sich tatsächlich gebessert. Ganz verlassen schien es ihn nicht zu haben.

»Ich überblicke das Geschäft nicht mehr ganz, Jakob. Hier einen Strick zu ziehen, dort einen Strick zu ziehen und auf die

Bewegungen der Marionetten zu achten, das wird mir zu viel. Ich befürchte, dass den Gebrüdern Gossembrot das ewige Lavieren in unsicheren Gewässern ebenfalls bis an den Hals gestanden hat. Die Hetze und Vorsicht, das rasche Hierhin und Dorthin, das Agieren und Reagieren kosten gesunde Lebenskraft. Sie hatten dem Fieber nichts mehr entgegenzusetzen.«

Ulrich erhob sich aus seinem Sessel, presste seine Hand gegen den Bauch und schlurfte aus dem Kontor. »Du musst Georg in Nürnberg eine Botschaft zukommen lassen«, sagte er noch. Bevor sich die schwere Tür hinter ihm schloss, drehte er sich um. »Der Wein war aus meinem Keller, Jakob. Dein Geschenk an mich aus dem Friaul. Garantiert ohne einen Tropfen Gift darin. Also lass dir die Gedanken nicht schwer werden.«

Jakob betrachtete eine Zeit lang die ledergefütterte Füllung, die im Laufe der Jahre Risse bekommen hatte.

Endlich kam Leben in ihn. Ulrich war über jeden Verdacht erhaben und der Wein aus Italien sauber. Es war das Fieber gewesen. Nur das Fieber.

Mit einer Handbewegung scheuchte er die Buchhalter zurück an die Arbeit. Sie beugten ihre Köpfe über die Tagesgeschäfte, doch Jakob erkannte sehr wohl, dass auch sie das Ereignis beschäftigte. Wenn er jetzt das Kontor verließ, würde eine hitzige Flüsterdebatte über den Tod der Gossembrots einsetzen. Jakob wischte die Bedenken beiseite. Sollten sie reden.

»Wenn der Bote auftaucht, schickt ihn zum Haus am Weinmarkt. Ich schreibe und hinterlege die Botschaft für ihn dort«, rief er den Buchhaltern zu, die zwar nickten, aber nichts sagten.

Er musste mit Sibylla reden, das war es, was die ganze Zeit in seinem Hinterkopf herumgespukt hatte.

Jakob rückte seine Seidenkappe zurecht und verließ das Kontor. Für einen kurzen Augenblick überlegte er, wann es das letzte Mal geschehen war, dass das Goldene Kontor ohne einen Fugger verwaist dagelegen hatte. Er konnte sich nicht erinnern.

Mit Eilschritten lief er die Treppen hinunter, sprang beinahe aus dem Haus und musste sich auf der Straße draußen erst beruhigen und sich zureden, damit er seinen Schritt bezwang und in ein gemessenes Tempo verfiel. Wenn er jetzt rannte, dann war die Stadt alarmiert. Ein Fugger in Eile bedeutete Unheil. Jakob lächelte über den Gedanken, dass man aus seinem Verhalten das Wetter des Handels ablas.

Wenn sich das Gerücht verbreitete, Jakob Fugger lasse seine Gegner mit italienischen Methoden beseitigen, dann konnte die Unternehmung *Ulrich Fugger und Gebrüder* ihre Pforten schließen. Er versuchte abzuwägen, ob dieser Gedanke aufkommen konnte, musste sich jedoch eingestehen, dass die Fugger zwar am meisten vom Tod der Kaufleute profitierten, dass gegen ihn selbst jedoch keine Beweise vorlagen. Seine Erregung über den Vorfall quoll in ihm wie Hefeteig.

Noch vor dem Haustor holte er Sibylla ein, die sich überrascht zeigte. Jakob öffnete ihr das Tor, half ihr zur Wohnung, ließ sie jedoch das Geschirr nicht bis in die Küche tragen, sondern drängte sie sofort in den Arbeitsraum, den er sich eingerichtet hatte. Dort nahm er ihr das Tablett aus den Händen, stellte es auf den Boden, umfasste ihre Hüfte und presste sich an sie.

»Was ist geschehen?«, gurrte Sibylla. »Womit habe ich deine Ungeduld herausgefordert?« Sie presste ihren Unterleib an den seinen, küsste ihm den Hals.

Jakob konnte nicht hinterm Berg halten mit seinen Gedanken, die sich wie selten in seinem Kopf überschlugen. Wenn Sibylla etwas wusste, musste sie es ihm sagen. Er drängte Sibylla gegen den Tisch, hob sie auf die Platte, wühlte seinen Kopf an ihre Brust.

»Hast du etwas mit den Gossembrots zu tun, Sibylla? Ich muss es wissen.« Er wagte kaum, das Ungeheuerliche auszusprechen. »Hast du etwas in den Wein …?« Er brach ab.

Sie zuckte die Schultern, blickte zu ihm herunter. »Du meinst, den Wein, den Ulrich ihnen schicken ließ?«, fragte sie.

Jakob gab keine Antwort. Er verlor sich in Sibyllas Augen und sah hinab in eine brunnentiefe Dunkelheit, die keinen Grund kannte. Irgendwo in diesem Schacht fand sich die Trauer um ihre gemeinsame Kinderlosigkeit, und er erkannte erstmals das schwarze Kleid des Todes, das sich dort um ihre Seele gelegt hatte.

»Warum sollte ich?«, fragte sie mit einem Hauchen, welches in Jakob die Gier weiter anstachelte. »Ich erwarte vom Leben in dieser Welt nichts mehr und vom Tod nur noch Erlösung.«

Jakob schluckte. Seine Erregung war mit einem Mal wie fortgeblasen.

»Es wäre fatal, fatal – und ein Glücksumstand, Sibylla«, flüsterte er.

Jakob bemühte sich, aber sein Körper ließ ihn im Stich. Er gehorchte ihm nicht. Selbst die Umstände gaben ihm nicht den Reiz, der nötig war, sich daran zu entzünden. Sibylla lächelte nachgiebig, blieb liegen, damit Jakob ihren Körper betrachten konnte. Mit einer ärgerlichen Geste bedeckte er ihre Blöße.

KAPITEL 19 Sibylla hatte den Schlitten anspannen lassen, um nach Oberhausen hinauszufahren.

»Was ist das für ein Weihnachtsgeschenk, Anna?«, fragte sie ihre Amme und starrte hinaus auf die weiße Landschaft. »Ein toter Ehemann.«

»Der Herr gibt, und der Herr nimmt, Herrin.«

»Er hätte damit wenigstens bis Neujahr warten könne. Die Kinder … zuerst die Jüngste, jetzt ihr Mann Karl. Und bei diesem Frost kann sie ihn nicht einmal begraben, weil der Boden zu Stein gefroren ist.«

Der Schnee lag über drei Fuß hoch und ebnete alles ein. Das Schwemmland westlich des Lechs unterhalb des Zusammenflusses von Lech und Wertach lag vor ihnen wie ein Tablett aus hellem Silber. Die Sonne spiegelte darauf und ließ den Schnee in unterschiedlichen Farben changieren. Sibylla musste die Augen zusammenkneifen, weil es derart gleißte und glänzte, dass sie kaum etwas erkennen konnte außer dem Farbenspiel.

Weihnachten war längst vorbei. Sie hatte dennoch einen Korb voller Geschenke zusammengestellt, Würste und Salzschinken, Kinderspielzeug, Äpfel und Nüsse und wärmende Kleidung. Die Binternagels sollten nicht glauben, dass ihr der Schicksalsschlag Marias in der Adventszeit, von dem sie erst jetzt erfahren hatte, nicht zu Herzen ging.

Der Schlitten fuhr in Oberhausen ein, fand den Weg zur Kate der Weberin und hielt davor. Aus dem Kamin stieg ein dünner Rauchfaden in die Luft. Sibylla, die sehen konnte, wie ihre eigene Nasenspitze in der Kälte rot leuchtete, stieg aus, klopfte sich den Schneestaub von den Kleidern und stapfte zur Kate. Anna folgte ihr mit dem Korb.

Noch bevor sie an die Bohlentür klopfen konnte, flog diese auf, und in der Tür erschienen blass und dünn die beiden Kinder. Sie sahen Sibylla mit großen Augen entgegen, knicksten, als sie an ihnen vorbei die Kate betrat und ihnen über den Kopf strich. Hinter ihr schloss Anna die Tür. Im Raum, an dessen Dunkelheit sich Sibylla niemals gewöhnen würde, war es trotz des wärmenden Feuers eisig kalt. Die offene Herdstelle glühte nur wenig. Die Kinder, so viel konnte Sibylla erkennen, hatten in Decken eingewickelt über dem Ofen gelegen, während Maria am Webstuhl saß und das Schiffchen fliegen ließ. Am zweiten Webstuhl, der früher von der Großmutter bedient worden war, hockte ein junger Mann mit fiebrig hohlen Augen. Er war in Marias Alter und blickte nur kurz auf, ohne sich für die ungewöhnlichen Besucher zu interessieren.

Sibylla betrachtete ihn erstaunt.

Der Boden, der sonst im Wasser lag, war gefroren. Eine Eisschicht bedeckte ihn. Sie war leicht angetaut und glänzte.

Maria Binternagel sprang auf, als Sibylla und Anna den Raum betraten. Sie nahm Sibyllas Hand.

»Frau Fuggerin, Ihr!«
»Mein Beileid, Maria«, flüsterte Sibylla, ohne den Blick von dem jungen Weber zu nehmen. »Wer ist das?«
Sibylla bemerkte Marias Verlegenheit. Unruhig trat die Frau von einem Fuß auf den anderen. Viel zu schnell sprach sie, überhastet: »Das ist schön, dass Ihr Euch zu uns heraustraut. Der Winter ist eine zu harte Zeit hier auf dem Dorf. Alles läuft langsamer, selbst die Weberschiffchen gleiten nicht. Und Langsamkeit heißt immer Hunger bei uns Webern.« Sie senkte die Stimme. »Das ist Heinrich. Ohne eine männliche Hand würden wir verhungern.« Erst jetzt suchte sie Sibyllas Blick.
Sibylla fühlte einen Kloß in ihrem Hals. Maria Binternagel beschrieb einen Zustand. Keines ihrer Worte klang resigniert. Sibylla verglich die armselige Behausung der Binternagels mit ihrem Zuhause am Weinmarkt und schämte sich. Wie konnte dieser gerechte Gott in seiner allgegenwärtigen Güte zulassen, dass Menschen so hausten? Oder musste der Mensch, wie kritische Stimmen in den letzten Jahren hinausposaunten, selbst für sein Paradies sorgen? Jetzt und heute und auf dieser Erde und sich nicht auf ein Jenseits vertrösten lassen, das ohnehin noch kein menschliches Auge gesehen hatte?
»Du hast ihn …?«, war alles, was sie herausbrachte.
»Geheiratet? Ja. Die Kinder müssen versorgt sein. Ich will nicht …«
Maria verstummte, denn in ihren Worten lag ein Vorwurf, der unausgesprochen im Raum stand. Niemand hatte sich in der Weihnachtszeit um sie gekümmert, niemand hatte nachgeforscht, wie es ihnen zum Christfest erging, niemand hatte sich um sie gesorgt, nachdem Karl gestorben war.
»Er ist … noch nicht einmal … unter der Erde!«, stotterte Sibylla.
Sibylla blickte in Augen, die leer geweint waren. Sie sahen in ein anderes Leben, als sie es kannte, je kennen lernen würde. Es galten andere Maßstäbe.

Sibylla deutete auf den Korb, den Anna auf den Tisch stellte.
»Ein wenig für das Neue Jahr!«, sagte Anna, holte die Kinder her und drückte jedem einen Apfel in die Hand.
Sibylla musste schlucken, als sie die Freude in Hannes' und Franziskas Gesichtern las.
»Das wäre nicht notwendig gewesen«, flüsterte Maria, die ihren Blick nicht vom Korb losreißen konnte, sich aber nicht getraute, einen der Äpfel zu nehmen und zu essen.
Sibylla löste die Spannung, indem sie einfach nach dem Obst griff und es Maria in die Hand drückte.
»Iss, sonst fällt die Ernährerin der Familie aus, und dann droht erst recht das Armenhaus für deine Kleinen.«
Sibylla ging noch ein wenig durch den Raum und rieb sich die Hände. Sie überließ es Anna, der Weberin zu erklären, dass sie die letzten Schulden für die Garne bezahlt hatte. Ein unbedeutender Betrag, für den sie sich schämte, als sie daran dachte, dass Maria Binternagel dafür eine Woche hätte arbeiten müssen. Sie hörte Anna flüstern. Neugierig war Sibylla auf den Weber, der so saß, dass sie ihn nicht recht erkennen konnte. Höchstens vier Wochen Trauer hatte sich Maria gegönnt und der Kinder wegen wieder geheiratet. Ansonsten wären sie alle im Schuldturm gelandet. Der junge Mann, der keinen Augenblick mit der Arbeit nachließ und dessen gleichmäßige Bewegungen sich wie das Rieseln einer Sanduhr ausnahmen, beobachtete sie ebenfalls aus den Augenwinkeln heraus, sprach sie jedoch nicht an.
Maria musste husten, und Sibylla fuhr herum, aber die Weberin hatte sich nur am Apfel verschluckt. Sibylla sah die Tränen in den Augen der Frau.
»Wie heißt dein neuer Mann?«, fragte Sibylla tonlos.
»Heinrich«, flüsterte Maria. »Er ist ein netter Mann, Herrin. Sanft und fleißig.«
Sibylla legte ihr die Hand auf die Schulter und wusste gleichzeitig, dass sie vor Frühlingsbeginn nicht mehr nach Oberhausen herauskommen würde.

»Ich werde für Karls Seelenmessen sorgen, Maria. Keine Widerrede! Und euch beiden wünsche ich Glück«, sagte sie und nickte Heinrich zu. Sibylla ahnte jedoch, dass das Glück nicht von langer Dauer sein würde. Heinrich war mager, und seine tief liegenden Fieberaugen zeugten vom inneren Brand der Krankheit. Die Anstrengung, der er sich aussetzte, musste ihn bald dahinraffen. Sie senkte den Blick, dann sah sie zu den Kindern hinüber.

Hannes und Franziska saßen wieder auf dem Ofen, eingehüllt in ihre Decke, eng aneinander gekuschelt, kauten an ihren Äpfeln, und ihre Augen blickten, dass es Sibylla den Hals zuschnürte. Sie war unfähig, ein Wort zu sagen, und wollte Maria auch nicht zu lange aufhalten. Jede Unterbrechung musste von ihr hereingearbeitet werden.

Sibylla wandte sich der Tür zu und wollte sie gerade öffnen, als es von draußen pochte.

Erschrocken wich sie zurück. Die Tür wurde geöffnet, und eine in schwere Pelze gewandete Gestalt erschien im Rahmen, vom Schnee bestäubt.

»Jakob?«

Sibylla hatte sich sofort gefangen und erkannte ihren Mann auch unter der übergroßen Pelzmütze und dem Biberfellumhang.

»Sibylla? Was tust du hier?«

»Lass uns nach draußen gehen«, sagte Sibylla schnell und verabschiedete sich von Maria Binternagel, die versuchte, ihre Hand zu küssen. Sibylla entzog sie ihr hastig. »Anna, regle bitte alles Notwendige«, wandte sie sich an ihre Amme, dann hakte sie sich bei Jakob unter und zog ihn aus der Kate ins Freie.

Mittlerweile hatte es zu schneien begonnen. Große Flocken wirbelten über die schneebedeckten Dächer und legten sich auf Schlitten, Pferde, Kleidung, deckten die Natur.

»Woher kommst du, Jakob? Aus Nürnberg? Diesen Weg?«

Jakob nickte. Er ließ sich zu Sibyllas Schlitten führen, stieg neben ihr in den Verschlag. Er rief seinem eigenen Kutscher zu, er solle auf Anna warten, er selbst werde bei seiner Frau mitfahren.

Sie bestiegen den Schlitten, krochen unter die schweren Felle, so dass ihre Körper fast gänzlich darunter verschwanden, und hängten ein weiteres Fell vor den Einstieg, damit der Schnee abgehalten wurde.

So nahe waren sie sich selten. Sibylla spürte sofort Jakobs Wärme und eine wohlige Nähe. Sie schob ihren Arm unter den seinen und zog ihn an sich. Ihr war kalt. Jetzt wusste sie, was Maria dazu veranlasst haben konnte, im tiefsten Winter so rasch zu heiraten.

»Was machst du bei diesem Wetter in Oberhausen?«, fragte Jakob nochmals und holte Sibylla aus ihren Überlegungen. »Ich hatte deinen Schlitten erkannt!«

Sie drückte sich enger an ihn, als der Schlitten anruckte, und erzählte ihm von Maria und dem toten Karl Binternagel, von der Geburt vor ihrer Hochzeit, vom Bluthusten des Webers, von Venedig, wohin Maria den Ältesten schicken wollte, und von ihrem Gewissen, das sie plagte und stach. Sie sprach von der raschen Heirat Marias und von den Torturen, die ihr die Schwägerinnen bereiteten, weil sie kinderlos blieb, weil er, Jakob, sich an die Spitze der Gesellschaft stellte, weil ein neuer Vertrag den Einfluss der Familienmitglieder unterband – weil sie an der Ungerechtigkeit dieser Welt verzweifelte.

Jakob schwieg und ließ sie sprechen. Nur seine Hand legte er auf die ihre, unter den schweren Decken. Und das erste Mal seit langer Zeit dachte sie, dass er sie doch anhörte.

KAPITEL 20 Der Wandel erfolgte mit einer Geschwindigkeit, die ängstlichere Naturen als ihn geschreckt hätte. Jakob fühlte mit einer Witterung, die ihn noch nie getrogen hatte, dass ein Beben durch die Welt ging. Er wusste nur noch nicht,

worin es bestand und welche Folgen es zeigen würde. Aber er würde dahinterkommen.
Jakob stand mit dem Rücken zum Fenster und betrachtete das geschäftige Treiben im Goldenen Kontor. Vier Buchhalter standen, die Köpfe über ihre Kontenrahmen gesenkt, an den Stehpulten. Regelmäßiges Kratzen der Kiele beherrschte die Stille, allenfalls Papierrascheln unterbrach die Geräusche der Federn, wenn neue Belege übertragen und abgeheftet wurden. Gerade von der Frankfurter Messe zurück, wartete er auf Ulrich und Georg. Georg hatte inzwischen das Nürnberger Kontor gegen das Haus in Göggingen vor den Toren Augsburgs vertauscht. Jakob konnte das zwar nicht ganz verstehen, musste es jedoch akzeptieren. Georg fühlte sich erschöpft und war es auch. Obschon er jünger war als Ulrich, sah man ihm die Mühen der letzten Jahre deutlich an.
Doch bevor Jakob seinen Gedanken entwickeln konnte, betraten Georg und Sibylla den Raum, in ein Gespräch vertieft. Jakob beobachtete die beiden, die sich vertraut gaben, verhalten lachten. Jakob musste sich eingestehen, dass seine Abwesenheiten dazu führten, dass er die Entwicklungen zwischen seinen Brüdern und Sibylla sowie zwischen den Schwägerinnen nur in großen Abständen wahrnahm – und erstaunt feststellen musste, dass sie nicht gleich blieben, sondern sich unterschiedliche Allianzen zusammenfanden, freundliche mit abweisenden Stimmungen abwechselten.
»Georg!«, rief Jakob und empfing den Bruder mit offenen Armen. Jakob konnte die schmächtige Gestalt des Bruders unter den dicken Lagen Kleidung kaum spüren. Immer schon eher zart und sensibel, begann sein Körper in den letzten Jahren beinahe aus dieser Welt zu verschwinden. Jakob fiel die Magerkeit des Bruders deshalb so stark auf, weil sie sich lange nicht gesehen hatten. Sibylla griff nach Jakobs Rechten. Ihre Hand fühlte sich warm und geschmeidig an trotz der frühen Herbstkälte, die draußen die Tage beherrschte.

»Ich habe Ulrich oben gehört. Er wird gleich kommen!«, konnte Georg noch sagen, doch da öffnete sich bereits die Tür zum Kontor, und die massige Gestalt Ulrichs drängte herein. Er bewegte sich langsam und bedächtig. Jakob sah auch in ihm das Alter auf sich zuschreiten.

»Ulrich!«

Sie fielen sich in die Arme, klopften sich auf die Schultern. Ulrich brachte Stubenwärme und Essensduft mit sich. Ulrichs Druck war herzlich und fest. Jakob erwiderte ihn erleichtert. Seit der Heirat von Ulrichs Tochter hatte es Verstimmungen zwischen ihm und dem Älteren gegeben, weil Sibylla und er nicht auf der Hochzeit von Ulrichs Tochter erschienen waren. Dabei hätte der Anlass seine Anwesenheit erfordert: Schließlich hatte die Tochter eines Webers und Kaufmanns einem Ritter Philipp von Stain zu Jettingen das Jawort gegeben. Das war der Aufstieg des Hauses Fugger in den Hochadel. Kein Mann von Geblüt – und Verstand – verschmähte mehr eine Webertochter aus dem Hause Fugger. Es war Jakob eine Genugtuung gewesen – und trotzdem hatte er ein Zeichen setzen müssen. Zur Strafe für Ulrichs Frau. Veronikas Verhalten gegenüber Sibylla grenzte an Beleidigung, nur weil Sibylla keinen Nachwuchs zur Welt brachte, während Veronika selbst neun Kinder geboren hatte.

Veronika wechselte seither kein Wort mehr mit ihm, doch Ulrich schien den Wink verstanden zu haben. Von einer Verstimmung war jedenfalls nichts mehr zu spüren.

»Die Buchhalter haben Mittag!«, bestimmte Ulrich und schickte alle Schreiber nach draußen. Sein Blick fiel auf Sibylla, doch wagte er nicht, für sie den Befehl zu wiederholen.

Sibylla blieb eine Weile neben Jakob stehen und hielt ihn untergefasst. Erst als alle Lakaien den Raum verlassen hatten, drückte sie seinen Arm.

»Ich lasse die Herren Brüder jetzt allein, damit sie ihre kleinen Geheimnisse haben können!«, scherzte sie.

»Was können Männer schon für Geheimnisse haben?«, gab Georg zurück.
Sibylla lachte leise. »Wohl wahr. In ihren Gesichtern liegt die Welt offen wie ein aufgeschlagenes Buch. Man muss nur darin zu lesen verstehen«, antwortete sie und verabschiedete sich.
Sie trug einen Geruch aus dem Raum, den Jakob liebte, der ihn in Hochstimmung versetzte, sobald er ihm in die Nase stieg, ohne dass er sagen konnte, warum dies so war.
Doch jetzt war keine Zeit für Sentimentalitäten. Die konnte er sich für die Stube aufheben.
»Ihr habt es mittlerweile vernommen?«, begann er die Sitzung der Brüder, während sie sich um einen abgeräumten Kontortisch setzten.
»Der Tod des Papstes? Sein Nachfolger heißt Pius III.«, antwortete Georg.
»Ich begrüße es, dass endlich ein Protektor der deutschen Nation auf den Stuhl gehoben wurde«, ergänzte Ulrich.
»Was ein nicht unerhebliches Verdienst unseres Faktors Johannes Zink in Rom zu sein scheint«, fiel Georg ein.
Jakob sah mit gerunzelter Miene von einem zum anderen, bevor er sie unterbrach. Er hätte es sich denken können. Keiner seiner Brüder hatte die zweite Eildepesche gelesen, dabei hatte er ihnen eingeschärft, Eilkuriere nicht nur sofort weiterzuschicken, sondern deren Botschaften zumindest zu überfliegen. »Glaubt ihr, ich wäre Hals über Kopf aus Frankfurt nach Hause geeilt und hätte euch zusammengerufen, wenn Pius III. noch Papst wäre?«
Die Brüder sahen ihn bestürzt an. Jakob zog aus seinem Wams das gefaltete Papier der Nachricht, die ihm Johannes Zink nach Frankfurt geschickt hatte, über Augsburg und Nürnberg.
»Papst Pius III. ist bereits nach sechsundzwanzig Tagen vom Tod ereilt worden. Die Kardinäle, die sich noch in Rom befanden, waren erneut im Konklave. Gestern stieg weißer Rauch auf: Wieder wurde ein Gegner des toten Alexander VI. erwählt.

Habemus papam. Kardinal Giuliano della Rovere, der Neffe Sixtus' IV., wurde sein Nachfolger. Er nennt sich Julius II.«
Im Kontor herrschte für einen Augenblick atemlose Stille. Nur der große Schrank, in dem die Brüder alle Geschäftsvorgänge nach Orten sortiert aufbewahrten, knackte unter der überschlagenen Wärme, die vom Kamin ausging.
»Habemus papam!«, flüsterte Ulrich. »Della Rovere!«
»Della Rovere. Der Hurenbock unter den Kardinälen. Il Terribile nennen sie ihn hinter vorgehaltener Hand. Seine Einlassungen als Kardinal sind derart, dass man das Schlimmste befürchten muss. Nach dem Borgia-Papst wieder ein Kirchenfürst, der mehr hinter Weiberröcken und Kanonen her ist als hinter der Unsterblichkeit seiner Seele.« Georgs Gesicht hatte sich aus Abscheu verfinstert. Sie alle kannten della Rovere als geldgierigen Kirchenmann, der skrupellos die Kaufherren gegeneinander ausspielte.
»Wir müssen reagieren«, seufzte Jakob. »Zink wird unsere Stellung in Rom halten. In den nächsten Wochen werde ich nach Rom aufbrechen, um dem neuen Papst meine Referenz zu erweisen. Ich nehme Sibylla mit«, fügte er leiser hinzu. Die Brüder nickten, sagten aber nichts. Sie warteten darauf, wie in den letzten Jahren üblich, dass er ihnen die politische Lage erklärte. Ulrich hatte es längst aufgegeben, sich mit all den Zusammenhängen und Feinheiten der Fugger'schen Politik auseinander zu setzen. Nur Georg, der aufgrund seiner Nürnberger Einblicke eine gute Grundlage für den Nordhandel aufweisen konnte, sperrte sich manchmal. Doch seine Altersmüdigkeit ließ ihn mit jedem Treffen milder gegen den Jüngsten werden.
»Gleichzeitig müssen wir die Augsburger Kaufleute im Blick behalten. Die Welser«, begann Jakob und suchte nach den rechten Worten, »haben uns bislang als Konkurrenten nicht im Wege gestanden. Hieronymus, der Regierer des Hauses, hat sich um heimische Belange gekümmert. Jetzt jedoch haben sich die Welser am portugiesischen Gewürzhandel um Afrika

herum beteiligt. Und nicht genug. Die Entdeckungen westlich des atlantischen Meeres machen mir Sorgen.«

Jakob hielt kurz inne. Im letzten Jahr hatte Conrad Peutinger den Bericht des Reisenden Amerigo Vespucci übersetzt, der nach Christopher Colon die neu entdeckten Kontinente jenseits des Atlantik besucht und kartographiert hatte.

Jakob bereitete Unbehagen, dass die Welser sich sogleich am Indienhandel beteiligen und mit Zustimmung des spanischen Königs ein Monopol aufrichten wollten. Jakob fühlte, dass diese Unternehmungen eine Gefahr bedeuteten, konnte jedoch nicht sagen, worin diese bestand, außer dass ein Monopol Fugger'sche Geschäfte immer störte.

»Wir sollten uns auch am Indienhandel beteiligen. Nicht in dem Maße, wie die Welser es tun, und doch so stark, dass wir nicht aus dem Boot gestoßen werden.«

»Spanien liegt zu abseits. Niemals wird es für uns an Bedeutung gewinnen«, warf Georg ein. »Besser wir schaffen das Kupfer, das in Venedig unnütz lagert, nach Genua oder noch besser nach Hamburg oder Antwerpen. Dort im Norden liegt unsere Zukunft.«

Jakob biss sich auf die Lippen. Georgs Einwände waren nicht unbegründet. Um seine Brüder zu überzeugen, würde er handfeste Argumente brauchen. Die besaß er jedoch nicht. Er besaß nur sein Gespür für das Unwetter, das von Südwesten heraufzog. Wie sollte er ihnen erklären, dass er längst gehandelt hatte? Ein neuer Faktor, Markus Zimmermann, nicht gerade ein feinfühliger Mensch, sondern eher ein grober Klotz, war von ihm nach Lissabon geschickt worden. Dort sollte er sich am Gewürzhandel beteiligen und für die Fugger dieselben Rechte herausschlagen wie für die Welser oder andere deutsche Kaufleute. Mit allen Mitteln und dem unumstößlichen Ziel, das Welsermonopol zu brechen.

Georg bot ihm ungewollt einen Ausweg, indem er das Thema wechselte.

»Haben wir in Innsbruck erreicht, was wir wollten, Jakob? Maximilian sollte auf uns hören, nicht auf seine Berater oder seine Bürokratie!«
Ulrich lächelte kurz, stand auf und holte aus einem Schub eine Liste, offenbar froh darüber, anderes zum Gespräch beitragen zu können als nur Bedenken.
»Der neue Kupfervertrag ist geschlossen. Selbst wenn Maximilian den Rat seiner nächsten Umgebung einholt, würden sich seine Berater hüten, gegen die Fugger zu sprechen. Sie werden aus Fuggerkassen bestens versorgt. Paul von Lichtenstein erhält sogar 2000 Gulden.« Er unterbrach seine Rede, weil er sich räuspern musste. Einen gewissen Stolz konnte er nicht unterdrücken, als er die Zahl verlas. »Dafür erhalten wir über 55 000 Gulden an Renten, Nutzungen und Gefällen Tirols.– Und ein neuer Silberkontrakt wird in den nächsten Wochen unterzeichnet, wenn Jakob nach Rom reist.«
Georg nickte beifällig. »Sind damit alle Widrigkeiten beschlossen und ausgeredet?«, fragte er zufrieden und wollte sich erheben.
Jakob schüttelte den Kopf.
»Keineswegs, Georg. Drei Dinge sollten wir uns alle durch den Kopf gehen lassen. In Maximilians Kopf spukt eine neue Idee, seit er Geld in der Tasche hat. Er will – ich habe es aus einer zuverlässigen Quelle erfahren – einen Romzug durchführen.«
»Was will er in Rom?«, fuhr Ulrich verblüfft dazwischen.
In Georgs Verstand, ein wenig beweglicher als Ulrichs, blitzte offenbar ein Funke, denn der Bruder fuhr sich bedächtig mit den Fingern übers Kinn.
»Er will doch nicht etwa Kaiser werden?«
»Er will Kaiser werden, wenn er das Geld für die Fahrt nach Rom aufbringt.«
»Dann müssen wir dafür sorgen, dass er es nicht erhält. Nicht aus unseren Kassen.«
Georg und Jakob blickten sich in die Augen. In diesem Fall wa-

ren sie sich einig. Kein Kaisertum für den Habsburger. Zumindest vorerst nicht.
»Und weiter? Weiter! Spann uns nicht auf die Folter.«
Ulrich spielte den Ungeduldigen.
»Wir sollten uns umhören, was der Ungarnkönig gegen die Türken unternimmt. Dort wäre ein Absatzmarkt für unsere Kupferüberschüsse, die uns in Venedig langsam zu drücken beginnen.« Er räusperte sich und sprach weiter, ohne eine Antwort von den Brüdern abzuwarten. »Und zuletzt«, sagte er, »sollten wir uns überlegen, ob wir dem neuen Papst nicht eine besondere Überraschung bieten. Ich habe vernommen, dass sich eine Gruppe Eidgenossen auf dem Weg nach Rom befindet, um sich dem Papst Julius II. anzudienen. Wenn wir dem Papst eine Garde finanzieren, warum sollte er sich nicht an uns erinnern?«
Georg sprang auf.
»Eine Schweizer Garde für den Papst? Eine Idee, die eines Fuggers würdig ist.«

KAPITEL 21 Die Tür schlug. Georg hob den Kopf, lauschte. Man hörte Jakobs Stimme ruhig und gelassen Befehle erteilen. Sibylla kannte seine Gewohnheiten. Er wechselte die Schuhe, zog einen Hausmantel über und betrat schließlich das Zimmer.
»Man hat mir im Kontor bereits mitgeteilt, dass du hier auf mich wartest«, begrüßte Jakob den Bruder. »Es freut mich, dass du häufiger bei uns bist, seit du Nürnberg aufgegeben hast.«
Georg nickte. Man sah ihm an, dass ihn allein die Erinnerung an dieses Leben niederbeugte: Die Wege von den Tauern nach Polen, Riga, Reval und wieder zurück nach Nürnberg hatten ihn ermattet und gezeichnet. Ständig zu Pferd oder Kutsche auf Reisen. Dort hielt er nach einem Stapelplatz Ausschau, hier gewann er einen neuen Faktor, der in ihrem Namen handelte,

ohne dies preiszugeben. Er kontrollierte Fuhrwerker, orderte Ladungen, kaufte Bewachung. Nach Tagen schaukelnder Einsamkeit, in denen er in die Polsterungen seines Gefährts gedrückt Listen nachgesehen oder in dunklen, kalten und feuchten Räumen die Lagerbestände überprüft hatte, musste er Pelzqualitäten testen, Wachsdichten prüfen und Preise aushandeln. Alles in Hast und zeitloser Hetze, so dass einem die Tage nur so um die Ohren pfiffen. Eine zermürbende Tätigkeit, die ihn vorzeitig hatte altern lassen.

»Lass uns gleich zum Thema kommen, Jakob. Ich habe mit Sibylla bereits darüber gesprochen – und sie findet meine Idee durchaus interessant.«

Jakob sagte zuerst nichts, warf Sibylla einen Blick zu, der für andere gleichgültig gewirkt hätte. Sibylla kannte Jakob allerdings besser. Er war überrascht.

»Ich möchte, dass wir uns eine Familiengruft kaufen, Jakob.«

Jakob wandte den Kopf. Er hob leicht die Hand, als wolle er Georg beschwichtigen. Nur seine hellen Augen färbten sich für wenige Augenblicke dunkler.

»Ich weiß, was du sagen willst, Jakob. Wir Brüder haben eine Stiftung in St. Ulrich. Mutter selbst liegt in St. Moritz. Dort haben wir eine Gruft, die unser Vater erworben hat. Das sollte genügen.«

Jakob stand wie versteinert da.

»Ich will nichts vom Tod hören, Georg. Von dem deinen gleich gar nichts!« Seine Mundwinkel zuckten unmerklich. Es war ein Zeichen dafür, wie schmerzlich für ihn dieses Gespräch war. »Wenn du jedoch davon anfangen musst, warum sollten wir nicht alle neben Vater und Mutter in der Gruft von St. Moritz liegen?«

Georg sah zu Boden, als suche er dort unten etwas.

»Weil wir es uns schuldig sind, Jakob. Wir sollten eine Grabstätte errichten, die unserer Bedeutung angemessen ist. Warum beauftragen wir nicht die Besten der Besten, Burgkmaier,

Dürer und Vischer aus Nürnberg? Außerdem ...« Georg stockte, als hätte er sich schon zu weit vorgewagt.
Sibylla legte ihm die Hand auf die Schulter.
»Erzähl ihm ruhig, was du mir bereits erzählt hast, Schwager«, versuchte sie ihn mit sanfter Stimme zu ermuntern.
Georg nickte und blickte dem Bruder ernst ins Gesicht. In seinen Augen schwammen Tränen.
»Ich war so lange in Nürnberg, in Pilsen, in Riga und sonstwo in der Welt. Ich möchte nicht an einem fernen Ort liegen. Ich will zusammen mit euch auf den jüngsten Tag warten, Jakob, und neben euch erwachen, wenn die Posaunen der Engel rufen.«
Sibylla musste schlucken und kämpfte selbst gegen das Wasser, das ihr in die Augen stieg. Aus der Bitte Georgs sprach ein Ernst, der sie berührte und nicht mehr losließ. Georg wusste genau, wovon er sprach.
»Wo soll deiner Vorstellung nach die neue Grablege errichtet werden, Georg?«
Selbst Jakobs Stimme hörte sie den Belag an. Auch ihm war der Wunsch des Bruders nahe gegangen.
»In St. Anna, gegenüber dem Heumarkt.«
»Wo du deine Abendgebete verrichtest, wenn du in Augsburg bist?«
»Ja. Man könnte den Chor umbauen. Die Karmeliter würden es dulden, Jakob.«
»Du hast mit ihnen gesprochen?« Jakob war verblüfft.
»Ich habe nachgefragt. Der Prior würde zustimmen. Es wäre ihm eine Ehre, die Überreste der Fugger in seinem Gotteshaus zu beherbergen.«
Jakobs Nüchternheit gewann offenbar wieder die Oberhand. »Davon bin ich überzeugt«, spottete er.
»Kann ich damit rechnen, dass du ein Wort bei Ulrich für mich einlegst, Jakob?«, drängte Georg, und jetzt wusste Sibylla plötzlich, warum er zuerst mit Jakob geredet hatte. Ulrich wür-

de niemals zustimmen, dass sie die Gruft in St. Moritz aufgaben. Es musste also eine Absprache getroffen werden, an die sich Jakob hielt, wenn Georg früher als Ulrich aus dem Leben schied.

»Du hast mein Wort!«, sagte Jakob und streckte ihm die Hand hin.

Georg schlug ein und drückte Jakob an sich.

»Danke, Jakob«, sagte er mit einer Stimme, der man den Kampf mit seinen Gefühlen anmerkte. Doch er hatte sich sofort wieder im Griff. »Dann kann ich dir wenigstens die Nachricht zukommen lassen, die heute Morgen ein Bote ins Kontor brachte, während du dich im Lager umgesehen hast.«

»Eine Botschaft?«

Georgs Gesicht verdüsterte sich.

»Schlechte Nachrichten, Jakob, jedoch nicht mehr zu ändern. Von daher konnte sie einige Stunden warten.«

»Spann mich nicht auf die Folter!«

Georg zog ein Papier aus seiner Pelzjacke, faltete es auf.

»Lies selbst.«

Jakob überflog die wenigen Zeilen rasch. Sein Gesicht versteinerte regelrecht. Zuerst sah er Sibylla an, die sich die Hände vor den Mund hielt, um gewappnet zu sein, wenn sie das Schreckliche erfuhr.

»Der Fondaco dei Tedeschi ist abgebrannt. Bis auf die Grundmauern. Mit allen Waren: Silber, Kupfer, Seide, Pfeffer …« Er brach ab.

Georg legte Jakob eine Hand auf den Arm.

»Es ist nur Geld. Geld kann ersetzt werden.«

Mit einer langsamen, jedoch bestimmten Bewegung hielt Jakob seinem Bruder die Nachricht unter die Augen. Sibylla entnahm dem schnelleren Blinzeln seiner Lider, dass er sich echauffierte.

»Fuhrwerker sollen in einem Schuppen gelagert und unerlaubterweise ein Feuer betrieben haben. Dass die Kerle nicht von hier nach dort denken können!« Jakob schimpfte halblaut vor sich hin.

Georg nickte schwer. »Keinen Gulden werden wir von der Versicherung sehen. Die venezianischen Unterhändler sind gerissen genug, die Verhandlungen so zu drehen, dass nichts ausbezahlt werden muss. Jetzt gilt es, Jakob, das Wort Conrad Peutingers abzuwägen, ob man sich nicht auf den Indienhandel verlegen solle. König Manuel von Portugal nimmt derzeit die Händler mit offenen Armen auf.«

Langsam ließ Jakob das Papier sinken.

»Torheit. Von Augsburg nach Venedig benötigt ein Fuhrwerker zwei Wochen, nach Lissabon beinahe ein Vierteljahr. Wir müssen uns an Venedig halten und werden mit ihm an Bedeutung verlieren und untergehen oder aber gewinnen. Wir liegen am Handelsweg von Venedig über die Alpen und weiter ins ganze Reich. Wenn sich dieser Weg nach Westen verlagert, Georg, wird es Augsburg nicht mehr geben.«

Überrascht betrachtete Sibylla Jakob. Mit wenigen Worten hatte er eine mögliche Zukunft skizziert, in der das Unternehmen der Brüder nicht mehr vorkam. Jedoch schien ihm das Schicksal, das er ihrer Firma voraussagte, nicht zu berühren.

»Ich muss nach Venedig«, bestimmte Jakob, »und das schnell. Und von dort weiter nach Rom und wenn möglich auf das Gebiet der Eidgenossen, nach Bern.«

Sibylla erschrak. Sie sah sich bereits ein halbes Jahr hier in Augsburg sitzen und auf ihren Gemahl warten.

»Sibylla, willst du mich begleiten?«, fragte Jakob mit leiser Stimme.

Sie sah überrascht auf und bemerkte ein feines Lächeln, das um seine schmalen Lippen spielte.

Sie konnte sein Angebot kaum fassen.

»Natürlich begleite ich dich!«

KAPITEL 22 Sibylla war empört und zitterte, als würde ein Fieber sie schütteln. Der Wagen schlug und warf sie hin und her. An Schlaf war nicht zu denken. Ständig stieß sie gegen Anna, die sich ebenfalls bemühte, ein wenig zu dösen. Vor dem Wagen brach der Tag an.

»Ihr habt es Euch anders vorgestellt, Jakob zu begleiten, Herrin?«, fragte Anna in die Dämmerung hinein.

Sibylla wollte nicht antworten, aber die Worte stiegen in ihr auf wie Wasser in einem Brunnenwerk, das vom Druck der Maschinerie nach oben befördert wurde, obwohl es der natürlichen Fließrichtung widersprach.

»Es ist … es ist so ungeheuerlich, dass ich keine Worte dafür finde. Ihn begleiten! Dass ich nicht lache. Nach Venedig ist er vorausgeritten, um schnell eingreifen zu können. In Bozen habe ich von Kardinal von Meckau nur erfahren, dass Jakob ihn beim Erlangen der Kardinalswürde unterstützt hat. Gesehen habe ich meinen sauberen Ehemann nicht. In Venedig bin ich eingetroffen, als er das Altarbild für St. Bartholomä in Auftrag gegeben hat. Wir haben zusammen nicht einmal den niedergebrannten Fondaco besichtigt. Ein Essen, einige Einladungen – und weiter ging es nach Rom. Aber was rede ich, du warst dabei und hast es miterlebt.«

Sibylla hatte allerdings mehr gesehen, als ihr lieb gewesen war. Sie hatte mit Meckau gesprochen, der ihr immerhin zugeflüstert hatte, dass Jakob durch ihn über ausreichend Gelder verfüge, sich beim Papst durchzusetzen. Vermutlich werde über die Ablassgelder verhandelt, wenn Jakob in Rom eintreffe. Er hatte sich ihr in Robe und Purpur gezeigt und ihr einen Wechsel an Jakob mit aufgetragen. Streng geheim. Nur Jakob selbst dürfte davon erfahren, und sie müsste ein absolutes Stillschweigen bewahren. Sibylla hatte es ihm versprochen und das Papier am Busen verwahrt.

»Er hat keine Skrupel, Anna, alles zum Geschäft zu machen, was ihn umgibt. Es wundert mich, dass er mich nicht verkauft oder zumindest zeitweise vermietet.« Schon während sie die Worte aussprach, kamen ihr jedoch schon Zweifel. Sie konnte beileibe nicht sicher sein, dass nicht genau das geschah. Sie brauchte sich nur den letzten Reichstag ins Gedächtnis zu rufen. Sie hatte Maximilian bezirzen und ihm seine Niederlagen verschönern müssen.

Wie gut, dass es dunkel war in der Kutsche. So konnte Anna ihr Gesicht nicht sehen. Eine Antwort erhielt sie nicht, und Sibylla wusste genau, warum. Sibylla seufzte und versank wieder in die gedankliche Nachlese der Ereignisse.

Eine Strecke weit hatte sie Jakob schließlich in Richtung Rom begleitet, aber ein Brief von Zink, der ihn in Mantua erreicht hatte, hatte ihn von ihr weggetrieben. Während sie zwei weitere Wochen durch den Apennin schaukelte, war Jakob auf seinem Falben nach Rom vorausgeeilt. Dort hatten sie sich im Fugger'schen Kontor wieder getroffen. Jakob, schwer beschäftigt, hatte kaum Zeit für sie erübrigt, sie ein ums andere Mal vertröstet und war plötzlich in die Schweiz weitergereist.

Das war der Moment gewesen, als Sibylla beschlossen hatte, nach Hause zurückzukehren. Ihr stand nicht der Sinn danach, ihm diesmal nach Bern zu folgen, um zu erfahren, dass er weiter nach Frankfurt oder Innsbruck oder gar Mailand geritten war. Wenn er mit ihr eine Reise antrat, sollten sie zusammen sein.

In der Dunkelheit der Kutsche strich sie sich über ihren leeren Bauch. Nicht einmal dafür hatte Jakob Zeit gefunden zwischen Besprechungen und Wechselgeschäften. Dabei war dies eine der Hoffnungen gewesen, mit denen sie nach Italien aufgebrochen war. Jakob, befeuert vom reizvollen Klima des Südens.

Noch vor dem Stundenschlag neun Uhr durchfuhren sie das Gögginger Tor und kamen vor dem Haus am Weinmarkt an. Sibylla freute sich auf ihr eigenes Bett, auf einen Zuber voll Wasser und auf die heimischen Gerüche, die bekannten Stimmen. Nur auf die Schwägerinnen nicht. Sie hätte sie gern mit einer Nachricht bloßgestellt, einer besonderen *niuwen Zeitung*, nämlich ihrer Schwangerschaft. Doch ihr Bauch war leer. Sie fürchtete die Schwägerinnen, die sich hinter ihrem Rücken zusammenschlossen und sie quälten. Sie hasste ihre Sticheleien und ihren Neid. Einerseits hatten sie nichts in der Unternehmung der Brüder zu sagen, andererseits konnten sie ihren Stolz ausspielen, weil sie durch ihre Nachkommenschaft, vor allem mit Markus, Raimund und Anton, die Nachfolge sicherten.

Der Kutscher verhielt die Pferde. Die plötzliche Stille und die Bewegungslosigkeit lähmten Sibylla einen Lidschlag lang. Ihr war, als hätte die Welt aufgehört sich zu drehen. Sie fühlte sich allein, fühlte eine grenzenlose Leere um sich her, die eine schmerzliche Trauer in ihr auslöste, bis sie das unruhige Stampfen der Pferde vernahm, das Rasseln des Geschirrs, und die Welt ruckte wieder an. Sie taumelte zurück in die ihr von Gott vorgezeichnete Bahn.

Sibylla stieg aus, streckte ihre steifen Glieder. Hinter ihr zwängte sich Anna aus dem Wagen. Die Fassade des Hauses wirkte wie tot. Kein Licht, kein Laternenschimmer, nicht das Blitzen wartender Augen hinter zurückgezogenen Vorhängen.

Plötzlich löste sich eine dunkle Gestalt aus der Toreinfahrt und huschte auf Sibylla zu. Mit einem spitzen Schrei schreckte sie zurück. Sie hörte, wie der Schwager die Peitsche schnalzen ließ. Anna war sofort an ihrer Seite und versuchte, ihre Herrin zu schützen. Sibyllas Herz schlug ihr bis zum Hals.

»Fuggerin!«, vernahm Sibylla eine Stimme und horchte auf. Den Tonfall kannte sie. »Herrin, seid Ihr es?«

Die Gestalt fiel in den Schmutz der Straße und kroch die letzten Fuß auf sie zu, wollte ihre Beine umfassen. Sibylla stand wie starr und beobachtete das Schauspiel im fahlen Licht der Kutschlaternen.

»Wer …?«, fragte Sibylla und wusste sogleich, wen sie vor sich hatte. »Maria! Maria Binternagel! Steh auf, was tust du im Schlamm?«

Doch die Gestalt rührte sich nicht. Ein Schluchzen schüttelte ihren Körper, der sich zusammenzog und krümmte.
Anna bückte sich und zog Maria Binternagel hoch.
»Wo sind die Kinder, Maria? Wo ist dein Mann?«, fragte ihre Amme rasch.
Maria antwortete, aber weder Sibylla noch Anna konnten sie verstehen, so wurde ihre Geschichte zwischen Schluchzern und Weinen zerrissen.
Ein Verdacht stieg in Sibylla auf, ein Verdacht, der sich mit jedem Atemzug vertiefte, mit dem sie die Augsburger Luft einatmete. Sie wagte ihre Befürchtung kaum auszusprechen.
»Deinem Mann. Heinrich. Ist ihm etwas zugestoßen? Hat er sich ... ist er ...?«
Doch Maria Binternagel schüttelte den Kopf, als hätte sie erraten, was Sibylla hatte sagen wollen.
»Nein. Tot ist er nicht. Viel schlimmer. Er und Hannes ...« Wieder zerriss ein Schluchzer ihren Satz, und Maria sank erneut auf die Knie.
»Jetzt sag schon. Was ist?«, drängte Sibylla. Diesmal war Anna es, die der Weberin aufhalf.
Maria hob den Kopf, fuhr sich mit dem Unterarm über die Nase und sagte klar und deutlich: »Sie haben Heinrich und den Ältesten als Galeerensklaven mitgenommen. Der Transport ging vor zwei Wochen nach Venedig ab. Ihr wart nicht da. Seit zwei Wochen wache ich jede Nacht vor Eurer Tür. Ihr müsst helfen, Sibylla Fugger. Sie haben gewartet, bis Ihr weg wart, und mir dann den Mann genommen. Zum zweiten Mal ...«
Sibylla stand wie versteinert. Was hatte Maria da gesagt? Sie hatten gewartet ... Sibylla konnte es einfach nicht glauben. Wenn auch nur ein Satz davon stimmte, dann erschien ihre Reisebegleitung für Jakob in einem ganz anderen Licht.
»Komm!«, befahl sie nur. »Kutscher. Licht! Und bring das Gepäck herein.«
Sibylla stapfte mit hochgezogenen Schultern ins Haus. Mit den

Fäusten wummerte sie gegen das Tor, bis von innen ein Licht erschien und eine mürrische, noch vom Schlaf trunkene Stimme nach dem Begehr fragte.

»Mach auf, Karl. Die Herrin steht vor der Tür!«, blaffte Anna.

Hastig wurde die Tür entriegelt, das Querholz beiseite geschoben und ein Flügel aufgezogen. Sibylla trat wortlos ein. Ihr folgten Anna und an ihrer Hand Maria Binternagel.

»Hol der Frau etwas zu essen, steck sie in einen Waschzuber, gib ihr bequeme Kleidung und einen Platz zum Schlafen. Rasch. Und mir besorg eine Laterne!«

»Herrin, Sibylla«, unterbrach Anna. »Was habt Ihr vor?«

»Was ich vorhabe? Was ich vorhabe? Ganz einfach. Ich werde Ulrich oder Georg aus dem Bett holen und sie fragen, was das soll. Ein Fugger'scher Weber, der als Galeerensklave verkauft wird, obwohl alle Schulden bezahlt waren oder von mir bezahlt werden würden? Sie wussten es. Sie wussten es genau.« Sibylla holte tief Luft. »Die Weiber stecken dahinter«, zischte sie. »Es ist Reginas Handschrift. Veronika wäre offener gewesen. Regina ist eine hinterlistige kleine ...« Das letzte Wort verkniff sie sich, denn Karl trat mit der Laterne in der Hand ins Zimmer.

»Überlegt es Euch, Herrin.« Anna hatte ihre Stimme gesenkt. »Wenn Ihr heute Nacht Lärm verursacht, erfährt es bis morgen die ganze Stadt. Ich weiß nicht, ob es in Eurem Sinne ist, dass Augsburg von Eurem Zank mit den Fuggerfrauen erfahren soll.«

»Die ganze Welt soll es erfahren!«, fauchte Sibylla. »Das Geld hat diese Frauen verdorben, wie Geld alles verdirbt. Es ist nichts als ein Unglück.« Sie atmete schwer und wandte sich Karl zu. »Ist Maria untergebracht? Was ist mit ihrem Mädchen, mit Franziska?«

»Es schläft bereits – das Mädchen haben wir ohnehin mit ins Haus genommen, Herrin«, antwortete Karl. »Braucht Ihr die Laterne noch? Maria sitzt in der Wanne.«

Sibylla sah, dass Karl und Anna Blicke tauschten. Noch war ihr

Zorn nicht verflogen, aber Anna hatte Recht. Sie musste es geschickter einfädeln, musste den Weibern mit ihrer Falschheit zeigen, wer in diesem Haus das letzte Wort führte. Das würde ihr nicht gelingen, wenn sie sich verwundbar zeigte.

»Schaff die Laterne fort, Karl. Ich werde zuerst darüber schlafen«, sagte sie matt, obwohl sie genau wusste, dass sie kein Auge schließen würde. Die Schwägerinnen waren eine Sache. Aber was war mit Jakob? Sie konnte sich nicht vorstellen, dass der Regierer, der über alles Bescheid wusste, der selbst die unscheinbarsten Fäden der Unternehmung in der Hand hielt und daran zog, nichts damit zu tun hatte. Sie konnte es nicht glauben – und sie wollte es nicht glauben.

Sie fühlte Annas Hand auf ihrer Schulter. Sibylla bemerkte erst jetzt, dass es im Zimmer völlig finster war, als hätte man das Licht der Welt gelöscht.

»Karl, bring eine Kerze«, flüsterte Anna.

»Anna!« Sibylla drehte sich ihrer Amme zu, tastete sich im Finstern an sie heran und barg ihr Gesicht an deren Schulter. »Warum ist die Welt so, wie sie ist? Grausam und ungerecht. Was haben wir Menschen unserem himmlischen Schöpfer angetan, dass er es uns auf diese Weise büßen lässt? Warum frisst unsere Gier nach Gold alle menschlichen Regungen und macht uns zu Tieren? Schlimmer noch, zu Bestien?«

Anna zuckte mit den Schultern.

»Das ist das Leben. Es tritt uns mit Füßen. Wir können nur versuchen, diesen Tritten auszuweichen oder sie zu mildern.«

»Lass sie uns mildern, Anna.«

KAPITEL 23

»Ihr weigert Euch? Ihr weigert Euch? Hat man das gehört? Ein Bürger verweigert seinem Herrn die Gefolgschaft?«

Jakob räusperte sich. Er saß Maximilian gegenüber. Beide hatten sie Wildschweinbraten auf den Tellern. Kraut und Knödel dampften. Jakob hatte bislang keinen Bissen angerührt, und selbst Maximilian schien nicht in der Stimmung zu sein, dem Essen zuzusprechen. Jakob räusperte sich abermals.

»Ich bin niemandem Gefolgschaft schuldig. Weder besitze ich ein Lehen, noch bin ich ein Vasall. Ich zahle meine Steuern an die Stadt und damit an den König des Heiligen Römischen Reiches. Ich tue damit meine Pflicht, wie sie Gottes und des Königs ist.« Seine Stimme blieb ruhig, trotz der inneren Erregung, die ihn würgte. »Darf ich Eure Majestät daran erinnern, dass Ihr es wart, der die Metallverträge unrechtmäßig gekündigt hat?« Jakob folgte dem Klang seiner eigenen Stimme. Sie hörte sich ruhig und gelassen an, ganz so, wie er es sich wünschte.

»Hat Euch mein Hofmarschall Paul von Liechtenstein nicht darüber informiert, dass wir dringend Kupfer benötigen, um die entsprechenden Geschützstücke zu gießen, die für die immer stärker werdende Bedrohung durch den Türken nötig sind? Wie stehen wir da, wenn ich nicht einmal mein eigenes Kupfer erhalte, weil mir vorgeworfen wird, ich besäße keine Sicherheiten mehr?«

Maximilian lief auf und ab, die Hände auf dem Rücken verschränkt, während sich Jakob langsam vorlehnte und sein Messer in die Hand nahm.

»Ihr könnt die Verträge nicht kündigen, mein König«, sagte er ruhig und schnitt sich einen Bissen des Bratens ab.

»Wie könnt Ihr solche Sätze sagen und in Ruhe essen?«

Verblüfft blieb Maximilian stehen und sah Jakob zu, der sich ein Stück Wildschwein in den Mund schob und genüsslich kaute. Es war ein Affront, dass Jakob aß, während der König aus Appetitlosigkeit keinen Bissen hinunterbrachte. Wären sie in Gesellschaft gewesen, hätte ein Lakai ihm den Teller mit dem unberührten Essen unter der Nase weggezogen. Sie saßen jedoch in Innsbruck beieinander. Der König war Gast in Jakobs Haus.

»Ich darf Eure Majestät daran erinnern, dass das Wildschwein vorzüglich ist. Allerdings nur, solange es heiß ist. Die Preiselbeeren dazu, einfach köstlich.«
Maximilian trat an den Tisch und ließ die flache Hand auf die Platte niederfahren. Die Gläser klirrten, und die schwarze Soße spritzte über den Tisch.
»Wie könnt Ihr nur so kreuzfidel sein, während ich Blut und Wasser schwitze? Jetzt hört auf zu essen, Fugger, und gebt das Kupfer heraus.«
»Gern«, sagte Jakob, säbelte sich ein weiteres Stück vom Wildschweinbraten herunter, der auf seinem Teller lag, tunkte es in die Soße, strich etwas Preiselbeeren darauf und schob es sich in den Mund. »Vergesst nicht, Maximilian, dass Ihr nicht nur bei den Fuggern Schulden habt. Wenn Ihr mir den Handel zerschlagt, wird sich eine Reihe von Kreditgebern aus Eurem Haus zurückziehen. Glaubt mir, Majestät, Ihr werdet es schneller erfahren, als der Wind über die Stadt zieht. Also setzt Euch, und lasst uns reden, wie es erwachsenen Männern zukommt.«
Es war Jakob gelungen, Maximilian zu verblüffen. Der König setzte sich und starrte ihn an. Vermutlich hatte lange niemand mehr so mit ihm gesprochen. Jakobs Gefühle blieben zwiespältig. Adel war unberechenbar. Das Verhalten dieses Menschenschlags war nicht an normalem Maß zu messen.
»Zudem, Maximilian, sind wir ehrlich zueinander. Sowohl Euer Hofmarschall als auch Euer Großschatzmeister Jakob Villinger werden den Teufel tun und die Verträge brechen – oder habt Ihr ihnen in den letzten Monaten ihre Apanagen ausbezahlt?«
Jakob lachte verhalten, tupfte sich mit dem Tuch den Mund ab. Ein schmales Lächeln zog an seinen Mundwinkeln. »Sie erhalten ihr Geld aus Fuggers Kassen. Pünktlich. Sie werden nichts unternehmen.«
Mechanisch griff Maximilian nach seinem Messer, beugte sich über den Teller und begann das Stück Braten aufzuschneiden. »Ihr habt mich in der Hand, Fugger. In diesem Reich regiert

kein König, sondern ein Weber!« Resigniert stocherte Maximilian auf seiner Platte herum.
»Ihr vergesst, dass ich keinerlei Interesse an Eurer Herrschaft habe. Im Gegenteil, Maximilian. Wolltet Ihr nicht nach Rom? Wolltet Ihr nicht die Kaiserkrone erringen?«
Überrascht sah Maximilian hoch, stach in eines der Stücke und stopfte es sich mechanisch in den Mund. Langsam und lange kaute er, ohne Jakob aus den Augen zu lassen. Er schluckte, grinste und flüsterte über den Tisch hinweg: »Der König des Deutschen Reiches zieht nach Rom und lässt sich zum Kaiser krönen. Seid Ihr deshalb nach Innsbruck geeilt, Jakob? Seid Ihr deshalb hier, um mir zu sagen …«
»… dass Ihr es nicht mit dem Fugger verderben sollt, Majestät. Nur Fugger ist in der Lage, Euch das nötige Geld zu gewähren, um standesgemäß nach Rom zu ziehen.«
Auch Jakob hatte geflüstert, aber ohne Maximilian in die Augen zu sehen. Maximilian durfte darin nicht seine Unsicherheit lesen. Was er vorbrachte, war gewagt.
Der König fuhr auf, warf das Messer auf den Tisch, dass es schepperte und zu Boden fiel.
»Wollt Ihr, Jakob Fugger, ein Weber und Kaufmann, mich, den Herrn eines Reiches, in dem die Sonne nicht untergeht, das sich von Ungarn bis Spanien erstreckt, belehren, was möglich ist und was nicht?«
Jakob aß ruhig weiter, schnitt einen Knödel auf, tunkte ihn in die Soße und betrachtete ihn eingehend, bevor er ihn in den Mund steckte. Auch er ließ Zeit verstreichen, bevor er antwortete.
»Nein, Majestät. Dennoch gilt ein ungeschriebenes Gesetz zwischen Kaufleuten, an das sich Majestäten ebenso zu halten haben wie der Klerus oder jeder kleine Weber.«
»Und das wäre, Fugger? Vergesst nicht, ich bin das Gesetz!«
Aus Maximilians Stimme hörte Jakob Ungeduld und Zorn heraus, aber auch etwas wie Erstaunen, dass er mit einem Augsburger Bürger solch ein Gespräch führen musste.

»Ihr irrt, Majestät. Seit dem Reichstag von 1500 nicht mehr. Ihr wisst es, wollt es jedoch nicht wahrhaben. Mein Gesetz heißt Sicherheit für Kredit. Ohne diese beiden Wörter fließt keine Kupfermünze in diesem Reich.«

»Wir haben keine Sicherheiten mehr. Ihr wisst es«, knurrte Maximilian. »Alle Bergwerke, alle Gruben sind an Euch und Euresgleichen verpachtet, einschließlich der Münzen und Handelswege.«

»Maximilian«, lächelte Jakob jetzt und legte das Messer aus der Hand. »Die Krone besitzt noch Silbergruben in Rattenberg …«

Maximilian, der bislang am Kopfende auf und ab gelaufen war, drehte sich ruckartig Jakob zu.

»Niemals, Fugger! Rattenberg? Niemals!«

Jakob wischte sich an einem Tuch den Mund, legte sein Messer säuberlich zurecht, stand auf.

»Wie Ihr meint, Majestät. Uns wären die Grubenrechte einen Kredit von 60 000 Gulden wert. Überlegt es Euch.« Er verbeugte sich. »Ich darf mich Eurer Majestät empfehlen. Für einen Fugger gibt es nichts mehr zu besprechen.« Jakob beugte den Rücken ein wenig und ging rückwärts zur Tür. Maximilian rührte sich vorerst nicht. Doch dann polterte er los. »Ich brauche Euch nicht, Fugger! Auf dem Reichstag zu Konstanz werden mir die nötigen Gelder zufließen. Es wird den Reichsständen eine Ehre sein, dem Deutschen König die Kaiserkrone zu finanzieren. Ihr werdet es sehen. Habt Ihr gehört, Fugger? Habt Ihr es vernommen?«

Erst auf der Türschwelle hob Jakob den Kopf. »Ihr solltet das Wildschwein versuchen, Majestät. Man schmeckt die Stärke dieses Tiers. Es ist ein Wunder. Eben noch ein wildes Geschöpf und kurz danach ein zartes Stück Fleisch. Es mundet vorzüglich.«

Mit einem letzten Kopfnicken empfahl er sich, ohne auf Maximilian einzugehen.

KAPITEL 24 »Das kann ich Maria nicht antun«, murmelte Sibylla immer wieder. »Das kann ich Maria nicht antun.«
Sie lag Anna zu Füßen, hatte ihren Kopf in deren Schoß gelegt und weinte hemmungslos.
Anna versuchte den Brief zu lesen, mit dem Sibylla zu ihr in die Kammer gestürmt war. Zwar hatte Sibylla mit dem Papier gewedelt und mit tränenerstickter Stimme etwas gestottert, verstanden hatte Anna jedoch nur so viel, dass es mit dem Arsenale in Venedig zu tun hatte.
Sie strich Sibylla über den Kopf und erinnerte sich an das kleine Mädchen, das ihr trotzig und voller Selbstbewusstsein gesagt hatte, wen sie heiraten werde. Dass sie einmal auf ihren Knien liegen und in ihren Schoß heulen würde, hatte sie sich nicht träumen lassen.
»Jetzt erzählt doch in Ruhe, Sibylla. Ich verstehe kein Wort«, versuchte Anna die Situation zu retten.
Sibylla atmete stoßweise, beruhigte sich jedoch nur langsam.
Ein Bote Jakobs hatte einen Brief von ihr an einen der jungen Dienstboten mitgenommen, den Anna in Venedig kennen gelernt hatte.
Über den Winter hinweg hatten sie nichts gehört. Die Pässe waren verschneit, ein Durchkommen war selbst für einen zähen Reiter unmöglich gewesen. Mit dem ersten warmen Tag jedoch waren die Boten eingetroffen, oft mehrere auf einmal – und auch der aus Venedig hatte sich eingefunden.
»Hat Pietro sie aufgestöbert?«, fragte Anna, die sich an den Namen des jungen Dieners erinnerte.
Sibylla nickte in ihren Schoß hinein. Schließlich wischte Sibylla sich die Tränen an ihrem Rock ab und erhob sich wieder.
»Lies selbst«, sagte sie nur, setzte sich auf das Schemelchen zu Annas Füßen und lehnte sich mit dem Rücken gegen ihre Beine.
Anna nahm den Brief und begann das schnörkelige Deutsch zu entziffern, das Pietro schrieb.

»Ich habe das Kind und den Mann gefunden. Beide arbeiteten sie im Arsenale. Der Vater stand als Untermann in der Sägerei, der Sohn ist Teergehilfe bei den Booten. Bis vor kurzem ging es dem Sohn gut. Ich konnte ihm ein wenig Geld zukommen lassen.«
Sibylla schluchzte auf. Auch Anna ahnte, dass die folgenden Zeilen nichts Gutes vermeldeten.
Die Tinte war von den Tränen ihrer Herrin bereits verwischt, so dass sie kaum etwas entziffern konnte. Sie ahnte mehr, was Pietro schrieb, als dass sie es lesen konnte.
»Der Vater liegt im Sterben. Seine Lunge hat dem Staub der Sägerei nicht standgehalten. Als er Blut zu husten begann, haben sie ihn aus dem Arsenale verbannt. Ich habe ihn in einem Siechenhaus aufgestöbert. Er wird den Winter nicht überleben.«
Anna sah auf und blickte aus dem Fenster, das durch eine trübe Lederbespannung gegen die Kälte gesichert war. Der Brief datierte mehr als einen Monat zurück. Marias zweiter Mann war tot. Ihn bedeckte längst die Erde Venedigs. Sie musste schlucken, weil ihr das Schicksal der Weberin vor Augen stand. Der zweite Gatte war ihr weggestorben. Das hieß, schutzlos der Zunft ausgeliefert und geringerer Verdienst, weil sie keine Meisterin war.
Pietro hätte im Brief einen Hinweis hinterlassen müssen, dass der Weber in Venedig verblichen war. Solange dies nicht sicher bestätigt wurde, galt Maria weiter als verheiratet und durfte keine Ehe eingehen. Sibylla schienen dieselben Gedanken durch den Kopf zu gehen.
»Ich schreibe Pietro noch einmal. Er muss den Tod des Webers bestätigen, sonst erkennt der Pfarrer Marias Witwenstand nicht an. Ohne männliche Hilfe wird sie den nächsten Winter nicht überleben.«
Anna nickte und dachte an den Schuldturm und daran, dass dann auch Franziska nach Venedig verkauft werden würde.

Was war das für eine Welt, in der Kinder für die lässlichen Sünden der Erwachsenen bestraft wurden? In der ein Teil der Menschheit in Saus und Braus lebte, während der andere sich das Fleisch von den Knochen hungerte und als Skelett in die Grube fiel, bevor er wusste, was Leben bedeutete?

»Wir müssen etwas dagegen unternehmen. Jakob darf niemanden mehr nach Venedig schicken. Niemanden!« Sibylla sprang auf die Beine und stampfte zornig mit dem Fuß auf.

Selbst in ihrer Wut ist sie hübsch, dachte sich Anna und lächelte. Dabei verkannte Sibylla die Lage völlig. Sie würde schwerlich in Jakobs Geschäfte eingreifen können. So viel hatte Anna in den letzten Jahren begriffen. Wer eine Position erreicht hatte wie Jakob Fugger, der musste die Flöhe husten hören und sich verhalten, als lebte er unter ständiger Bewachung.

»Ihr werdet nichts erreichen«, sagte sie leise.

Sibylla trat ans Fenster. Sie spielte mit dem Amulett, das sie aus dem Elsternnest herausgefischt hatte. Der Kaiserkopf war ihr Garant für ihren Einfluss auf Jakob. Anna fiel auf, dass sie es seit Jahren nicht mehr bewusst an Sibylla gesehen hatte. Sibylla trug anderen Schmuck, Perlen, Smaragde, Diamanten, aber keine Münzen mehr. Was war wohl der Grund für diesen Geschmackswandel?

Noch bevor Anna ihre Frage vorbringen konnte, drehte sich Sibylla um und stürmte an Anna vorbei.

»Ich muss ihn nicht umstimmen«, warf sie ihr hin, bevor sie aus dem Raum war.

Wohin wollte sie gehen? Zu Georg? Wenn sie dessen Einverständnis einholen konnte, dann bestand eine Aussicht. Georgs Argumenten verschloss sich Jakob selten. Doch Georg alterte so rasch, dass man seinem Verfall beinahe zusehen konnte – und sie hatte den Eindruck, Jakob höre mit jedem grauen Haar auf Georgs Kopf und mit jeder Falte in seinem Gesicht weniger auf den Bruder. Mit Georgs Zustimmung hätte sie allerdings Ulrichs Zusage. Anna war gespannt darauf, was Sibylla erreichte.

Obwohl sie nicht an einen Erfolg glaubte, würde sie es als Erste erfahren.
Anna raffte ihren Rock und eilte hinter Sibylla her, die wie der Wind das Tor hinausfegte. Erst auf der Straße verhielt sie ihren Schritt. Jakob hatte seiner Frau eingebläut, dass es ein Fugger in den Straßen nie eilig haben durfte.
»So lasst mich doch mit zum Bruder Eures Herrn, Sibylla! Wollt Ihr nicht wenigstens einen leichten Mantel überziehen?«
In den Straßen lag Schnee, der sich mit dem Dreck der Gosse mischte. Statt weiß zu sein, hatte er alle erdenklichen Farben angenommen, uringelb, schimmelgrün, kotschwarz. In Unratpfützen, die nicht zufroren, schimmerte es ölig. Selbst die Kälte konnte den Geruch nicht mildern, der nur an den Tagen schwächer wurde, an denen starker Regen die schmutzige Fracht den Stadthang hinab in die Kanäle spülte.
»Ich gehe nicht zu Georg, Anna«, verkündete Sibylla wie nebenbei. »Was soll ich bei ihm? In seinem Kopf spukt nur noch die Grablege in St. Anna herum und dass sie rechtzeitig fertig wird.« Sibylla stieß eine helle Atemfahne aus. »Regina hat endlich genügend mit ihrem Mann zu tun, so dass sie mich in Ruhe lässt.«
Anna war zu verblüfft, als dass sie sofort hätte antworten können. Sie blieb drei Schritt hinter Sibylla, die bei St. Moritz unter der Schrannenhalle hindurch dem Gögginger Tor zustrebte, zuvor jedoch nach Osten abbog. Ihr fiel niemand ein, der Sibylla bei Jakob unterstützen konnte.
»Wohin sonst?«
»Zum Welser!«
Wieder verschlug es Anna die Sprache. Was wollte sie bei den Welsern? Missgünstig wachte die Augsburger Kaufherrenfamilie darüber, dass sich niemand in den von ihnen begonnenen Indienhandel drängte. Als Stadtpfleger hielt Hieronymus Welser die Zügel fest in der Hand und versuchte den Fuggern Knüppel zwischen die Beine zu werfen.

Plötzlich dämmerte Anna die Wahrheit. Sie stapfte durch den weichen Schnee, wollte Sibylla am Ärmel fassen, aber diese entschlüpfte ihr geschickt und hüpfte ein wenig unelegant auf Zehenspitzen über eine kleine zugefrorene Lache hinweg. Anna musste außen herum gehen, da sie der unsicheren Eisdecke nicht traute. Über die Entfernung hinweg rief sie Sibylla ihre Frage zu und bereute es im gleichen Augenblick, da Passanten stehen blieben und ihnen hinterherblickten.

»Was wollt Ihr bei den Welsern?«

»Mir beim Orakel Rat einholen.«

»Bei dieser, dieser ...!«

»Ja, Anna«, konterte Sibylla, bevor sie ihren Satz beenden konnte. »Bei der Lamenit. Wer wie sie nur von Hostien lebt, wird etwas über die Lösung solch vertrackter Probleme wissen.«

»Aber sie ist eine Scharlatanin!«, rief Anna Sibylla hinterher, die immer schneller davoneilte. »Sie betrügt die Menschen, die glauben wollen. Niemand kann sich nur von Hostien ernähren, niemand kann die Zukunft vorhersagen, niemand, der Verstand besitzt, fällt auf sie herein!« Anna wurde immer langsamer. Auf Sibyllas Seite waren die Schneewehen kleiner. Anna würde ihre Herrin nicht mehr einholen.

Wenn Jakob davon erfuhr, dass Sibylla bei Anna Lamenit vorgesprochen hatte, würde sein Jähzorn durchbrechen. Die Fuggerin wollte ihr Herz einer jungen Frau ausschütten, die es geschickt verstand, die Bürger zu fesseln. Dass sie auch anderes aß als nur Hostien, galt als gewiss, und dass sie einem Kerl den Kopf verdreht hatte, der alt genug gewesen wäre, den Humbug zu durchschauen, war allzu offensichtlich.

Jakob Fugger hatte bereits über das unsägliche Schauspiel geschmunzelt, das der junge Welser allenthalben bot. Lauthals gelacht hatte er, als ihm zu Ohren gekommen war, wie Anton Welser für die Lamenitin entflammt war, wie er vor Liebestollheit gegen Türstöcke lief oder seine Augen nicht mehr von ihr losbrachte.

Anna stand im Widerstreit zwischen ihrer Pflicht, die ihr gebot, Sibylla zu folgen, und der Angst vor der Bestrafung durch Jakob Fugger. Wenn er erfuhr, dass Sibylla nicht allein, sondern in Annas Begleitung dort gewesen war, würde er sie zum Teufel jagen. Was aber geschah, wenn ihm zu Ohren kam, dass Sibylla allein gewesen war? Ohne sie? Sie verhielt den Schritt, blickte Sibylla nach. Für diesen Aberglauben hatte sie keinen Sinn. Zum ersten Mal in ihrem Leben ließ sie Sibylla hingehen, wohin sie wollte, ohne sie zu begleiten.

KAPITEL 25 »Du hättest auf Georg hören sollen!« Sibylla legte Jakob eine Hand auf den Arm, nahm seinen Kopf und drückte ihn gegen ihre Brust. Für kurze Zeit ruhte er stumm mit geschlossenen Augen. »Er hat seinen Tod vorausgesehen.« Lange waren sie sich nicht mehr so nahe gewesen. Jakobs Haare waren schütter geworden. Seine Haut glich mehr und mehr dünnem Papier, durchzogen von feinen Fältchen, das vergilbt und mit den Stockflecken des Alters bedeckt war.

»So plötzlich, so rasch. Niemand konnte das vorhersehen!« Sibylla wunderte sich, wie gut Jakob seine Stimme beherrschte. Sie konnte keinerlei Zittern, keinerlei Trauer aus ihr heraushören. Dabei wusste sie, wie nahe ihm der Tod des Bruders ging.

»Er schon, Jakob«, sagte sie leise. »Er wusste, dass er sterben würde. Seine zarte Person war für das Leben eines Kaufmanns nicht geschaffen. Die ständigen Reisen von Nürnberg nach Augsburg, von Nürnberg in den kalten Norden. Es hat ihn zerstört.«

»Es hat ihn zerstört«, wiederholte Jakob. Diesmal schwang ein Zweifel mit, der Sibylla überraschte. Leise fuhr Jabob fort, als spräche er nur zu sich selbst. »Der misslungene Indienhandel. Er glaubte, er habe beim einzigen Handel versagt, den er eigenständig geführt hat. Die Schiffe sind nicht mehr zurückgekehrt.«

Sibylla wartete, bis er mit seinen Gedanken wieder bei ihr war. »Willst du nicht die Grablege in St. Anna in Auftrag geben? Jetzt wäre die Gelegenheit dazu. Alle Welt schaut auf die Fugger.« Jakobs Brust hob sich unter einem Seufzer. »Die Anna Lamenit hat gesagt ...«

Jakob fuhr auf. Er riss seinen Kopf regelrecht von ihrer Brust und sah sie an mit einer Miene, die sie so noch niemals an Jakob bemerkt hatte. Seine Gleichmütigkeit, die von vielen fälschlicherweise als Gefühlsarmut gedeutet wurde, hatte sich in wütenden Zorn verwandelt.

»Was hast du mit diesem Aberglauben zu schaffen?«, fauchte er Sibylla an, die sein Wutausbruch nicht überraschte und deshalb gelassen blieb.

»Es ist kein Aberglaube, das weißt du genau. Man beobachtet sie. Jedermann kann sehen, dass sie sich nur vom Heiligen Abendmahl ernährt. Der Leib Christi ist ihr Hoffnung und Nahrung zugleich.«

»Humbug!« Jakob hatte sich wieder in der Gewalt und zischte das letzte Wort nur. »Der Glaube ist einzig ein Geschäft. Es gibt keine Wunder. Die Lamenit ist eine Betrügerin.«

»Sie hat prophezeit, dass es mit dem Hause Fugger zu Ende sein wird, wenn nicht ...«

»Du warst bei ihr? Eine Fuggerin hat bei der Lamenit gesessen und sich mit ihr unterhalten? Sie befragt? Ihr die Probleme dieses Hauses anvertraut?«

Sibylla griff nach ihrem Amulett. Kalt brannte es auf ihrer Haut. Sie öffnete den Mund zu einer Antwort, doch Jakob unterbrach sie. »Ich will es nicht hören. Verschone mich mit deinen weibischen Wunderlehren, Sibylla. Georgs Tod hat eine Lücke gerissen. Die Augsburger werden glauben, dass mit seinem Tod die Fugger'sche Gesellschaft wankt.«

»Lass deshalb die Grablege bauen! Das setzt nach außen ein Zeichen.«

»Altmännergedanken. Niemand braucht ein Grabmal!«

»Der Herr wird dich im Jenseits dafür bestrafen, Jakob. Du versündigst dich mit deinem Tun am Menschen und weit schlimmer am Glauben. Sei gütig in dieser Welt, gegen Georg und gegen die Menschen, die du Pöbel nennst.«

Jakob schnaubte erzürnt durch die Nase. »Jeder aufrechte Mann in dieser Welt hat die Möglichkeit, sich durch harte Arbeit ein bisschen Leben zu verdienen.«

»Es gibt Fährnisse, die niemand vorhersehen kann.« Sibyllas Stimme sank zu einem Flüstern herab. »Du tätest gut daran, den Armen ein wenig von dem zu geben, was dir hier auf Erden geschenkt wurde. Die Lamenit hat gesagt, dass du mit solch einer Tat für dein Leben nach dem Tod vorsorgen kannst.«

Jakob stand wie erstarrt. In seinen Augen funkelte eine eisige Kälte, als würde sich Schnee auf dem Grau seiner Iris niederschlagen. Sein Blick fiel auf ihr Medaillon, die römische Münze, das Zeichen ihrer Elsternseele. Er betrachtete es, griff mit einer Hand danach und drehte es in seinen Fingern, als müsse er sich überzeugen, dass die Münze echt und das Amulett dasselbe war, das er ihr einmal gedeutet hatte.

Der Moment schien seine Einstellung zu wandeln, denn er schob sie vor sich her bis zu einem Sessel, der neben dem Schreibpult stand.

»Was hat sie gesagt?«, flüsterte er heiser und drückte sie in den Ledersessel. »Erzähl mir genau, was sie gesagt hat, die Lamenit, und achte darauf, dass du nichts weglässt. Jedes Wort ist wichtig!«

Sibylla war verblüfft über Jakobs Sinneswandel. Zuerst machte er ihr eine Szene, und dann sollte sie wortwörtlich berichten? Sie zögerte. Jakob hatte sie in den Sessel gepresst und stand jetzt mit vor der Brust verschränkten Armen vor ihr. Die hölzerne Täfelung der Decke wirkte drückend wie eine Höhle. Sie vermittelte eine unangenehme Schwere.

»Ich dachte, du glaubst nicht an die Lamenit?«, blaffte sie ihn an.

Jakob schien nachzudenken. Zwar ruhten seine Augen auf ihr, aber sein Blick war leer und in sich gekehrt. Nur langsam schien Jakob zu verstehen, was sie gesagt hatte.

»Ein Haus kann noch so fest und sicher gebaut sein. Wenn das Fundament mürbe ist, wird es zusammenfallen. Ich glaube nicht an eine wie die Lamenit, selbst wenn sie hier vor mir stünde und Weihrauchgefäße hinunterschlingen würde. Jedoch die Menschen draußen – sie glauben an sie. Wenn sie etwas sagt, plappert es halb Augsburg nach. Bald ist es in der Welt und in aller Munde. Was in aller Munde ist, ist eine Meinung, der man schwer widerstehen kann.« Jakob begann im Raum auf und ab zu gehen, dabei umrundete er den Tisch, der mitten im Zimmer stand. Immer wenn er vor das Licht des Fensters trat, erschien er Sibylla wie der Gottseibeiuns persönlich, so hager, so schwarz, so gewaltig zeichnete ihn das Tageslicht. Er blickte sie nachdenklich an. »Wenn die Lamenit sagt, dass ich die Gruft in der Anna-Kapelle bauen soll, sollte ich es auch tun. Wir können uns in der augenblicklichen Situation kein schlechtes Gerede erlauben.« Er schwieg eine Weile, dann setzte er hinzu: »Es schadet nicht, dem Volk ein wenig aufs Maul zu schauen.«

Das war ihr Jakob Fugger, wie Sibylla ihn kannte. Unbeeindruckt von den Zeitläufen und kühl im Denken. Das war jedoch gleichzeitig das, was sie an ihm hasste. Dass er jede Bewegung, jedes Wort, das ihm zu Ohren kam, sofort in kaufmännisches Handeln umsetzte, zu seinem Vorteil ummünzte.

»Sie hat gesagt«, begann Sibylla wie von selbst, »dass wir uns vorsehen sollten, weil der momentane Gewinn nicht unser Gewinn sei, sondern jeglicher Verlust sich in Gewinn verwandeln werde, wenn man nur Geduld zeige. Dein größter Schatz sei die Beziehung zum König. Gefährlich nannte sie diese, aber ergiebig wie ein reiner Quell, der so lange sprudeln würde, wie du lebst. Wenn dich jedoch Skrupel über verlorenes Geld packten, dann müsse das schöne Schiff sinken.«

Jakob hatte seine Runde um den Tisch beibehalten, während Sibylla stockend und unsicher vorgetragen hatte.
»Weiter, erzähl weiter. Das kann nicht alles gewesen sein.«
»Sie hat gesagt, dass Georg alsbald Nachfolger finden werde.«
»Wie? Nachfolger? Wie hat sie das gemeint?« Jakob lehnte sich auf den Tisch, runzelte die Stirn. »Sie muss das doch gedeutet haben?«
Sibylla schüttelte den Kopf. Jakob wurde ihr unheimlich. Je mehr sie erzählte, desto fanatischer erschien er ihr. Sie hatte sich die Hinweise der Lamenit zwar angehört, aber keine großen Gedanken darüber gemacht.
»Gedeutet hat sie nichts. Sie hat nur die Augen geschlossen und geredet, wie sie es immer tut. Anton Welser hat währenddessen ihre Hand gehalten.«
»So wird der Tod Ernte halten«, murmelte er und warf den Kopf in den Nacken.
Sibylla konnte auf seiner Stirn lesen, was er dachte. Für einen Augenblick löste sich die sonst starre Gesichtsmaske auf, und ein Ausdruck des Entsetzens und der Furcht ersetzte sie. Doch wie ein Schemen huschte er darüber hinweg und verschwand. Jakob nickte versonnen. »Weiter!«, befahl er.
»Sie hat davon berichtet, dass in St. Anna drei Särge liegen werden. Aber solange die Gruft nicht begonnen ist, werde die Macht der Fugger nur eine vergängliche sein.«
Stille lag im Raum. Nur das Atmen Jakobs füllte sie. Sibylla hörte ihren eigenen Atem nicht. Die Täfelung knackte, die Dielen knarzten, als Jakob das Gewicht seines Körpers veränderte. Sibylla glaubte, das heimliche Wimmern der Metallbänder der Truhe zu vernehmen, die in der hintersten Ecke stand und nichts weiter enthielt als Mitgiftstoffe, Tischdecken und Laken. Die Eisenbänder waren schwarz vom Alter, weil die Truhe bereits ihrer Großmutter als Wäschebehältnis gedient hatte. Ein schwerer Geruch entstieg ihr, den sie jetzt intensiv wahrnahm, als würde er die Geräusche ersetzen.

»Vielleicht hat sie nicht so Unrecht, deine Lamenit. Vielleicht muss deutlicher werden, dass ein Fugger mehr kann, als Geschäfte machen. Vielleicht muss ich ihnen beweisen, dass ein Fugger in der Lage ist, Wunder zu tun.« Jakob schlug mit der flachen Hand auf den Tisch. Im Licht des Tages staubten kleine Körner in die Sonnenstrahlen, die durchs Fenster ins Innere fanden und dort einen verzweifelten Reigen tanzten.

»Du versündigst dich, Jakob«, flüsterte Sibylla.

Jakob richtete sich auf. Sein Wams verdeckte die Fensteröffnung und ließ ihn in einer Aureole erstrahlen. Sibylla verstummte. Das Lichtwesen verschlug ihr die Sprache.

»Ich versündige mich nicht. Ich bin nur in der Stimmung, Legenden zu schaffen! Sibylla. Es wird ein Wunder geben. Aber keins, das die Lamenit im Sinn hat. Wir werden dem Kaiser im nächsten Jahr nach Konstanz folgen und dem Reichstag dort das Unmögliche vorführen.«

Jakob lachte verhalten. In Sibyllas Ohren klang dieses Lachen schmerzlich, denn es befreite nicht, sondern schnürte ihr die Brust zusammen.

KAPITEL 26 »Zieh dich aus!«

Wie versteinert stand Sibylla da und starrte Jakob an. Eben erst war sie mit dem Frühstückstablett in der Hand ins Kontor getreten. Die schwere Eichentür war mit einem dumpfen Ton hinter ihr zugefallen. Außer Jakob, der den Kopf gehoben hatte, als sie erschienen war, befand sich niemand im Raum. Das war ungewöhnlich. Mindestens vier Buchhalter hätten an ihren Pulten stehen müssen.

»Hast du die Männer hinausgeschickt?«, versuchte sie Jakobs Aufforderung zu ignorieren. Jakob stand bereits mit dem ersten Morgenlicht auf, trank nichts, aß nichts, wartete, bis sie ihm das Essen ins Kontor brachte. Eine Vertrautheit, die sie durchgesetzt hatte und die er wortlos genoss.

Die vulgäre Anrede traf sie. Huren sprach man so an, aber nicht sie. Wie angewachsen stand Sibylla und wartete darauf, dass Jakob, der seinen Blick von ihr abwandte, etwas sagen, sich entschuldigen würde. Hatte sie sich womöglich verhört? In diesem Raum ächzten die Dielen bei jeder Bewegung, und es knarrten die darauf ruhenden schweren Dokumentenschränke.
Das Tablett wog schwer in der Hand. Mit wenigen schnellen Schritten lief Sibylla zum Mitteltisch, auf dem sonst Post oder Karten oder Pläne für neue Gebäude auslagen, der aber zur Frühstückszeit, jetzt, gegen neun Uhr, geleert worden war. Geräuschvoll stellte sie das Tablett mit Kanne, Tassen und duftend warmen Broten ab. Frischer Teiggeruch erfüllte den Raum, frische Butter, frische Milch, frisches Backwerk.
In diese fröhliche Atmosphäre hinein schien ihr der Satz nicht zu passen. Sie schrieb ihn bereits ihrer allzu erhitzten Phantasie zu, weil Jakob ihr diese Nacht wieder nicht beigewohnt hatte und sie unzufrieden war.
»Unterbrich deine Arbeit für einen Augenblick, Jakob, und setz dich zum Frühstück.« Sie schob Jakob eine Semmel auf einem Porzellanteller über den Tisch zu. »Hattest du eben etwas gesagt?«
Eine innere Unruhe ließ sie diese letzten Worte anfügen, eine Unruhe, die von Jakob ausging, der, den Kopf gesenkt, nervös in seinen Papieren blätterte und raschelte, als hätte er nichts mehr zu tun. Sibylla zog sich ihren Hocker heran, ließ sich darauf nieder und schenkte Jakob heiße Milch in eine der Tassen. Jakob würde stehen. Ihr zuliebe nur duldete er diese einzige Sitzgelegenheit im Raum. »Wer sitzt, ruht, wer ruht, ist träge, wer träge ist, verliert«, galt als Devise im Kontor.
»Zieh dich aus!«
Sibylla verschüttete ihre Milch. Mit zitternden Händen stellte sie die Kanne zurück.
»Jakob!«
Ihre Stimme klang heiser, tiefer.

Jakob blickte Sibylla in die Augen, und während sie in seinem Gesicht nichts lesen konnte, so versteinert und hart wirkte es, gemeißelt wie von einem Verocchio, glomm in seinen braunen Augen etwas wie Lust an ihrer Erniedrigung.
Ohne ihre Reaktion abzuwarten, trat Jakob hinter seinem Pult hervor, raffte seine Ärmel und ging an ihr vorüber zu einer kleinen Truhe, die er mit einem Schlüssel öffnete, den er sich vom Hals nahm. Er hob den Deckel, sah lange hinein und drehte sich dann zu ihr um.
In Sibylla herrschte Empörung. Ihr Atem ging schneller, die Brust hob und senkte sich unregelmäßig. Sie bemerkte, wie ihr die Wangen glühten und die Lippen aufschwollen. Jede von Jakobs Bewegungen beobachtete sie, aber Jakob blieb stehen und hob nur den Kopf an, überstreckte leicht den Hals dabei, als wolle er sich räkeln, sich größer machen. Die ganze Zeit stand dieses Glimmen in seinen Augen, als habe er den Glanz von anderswo hergenommen und gebe ihn nur weiter.
Er meint es nicht ernst, sagte sie sich. Er will mich nur prüfen. Das Weib sei dem Manne untertan, predigte der Pfarrer von St. Moritz und stellte den Weibern, die sich diesem Gebot zuwider verhielten, die schrecklichsten Höllenstrafen vor Augen. Das hieß aber nicht, dass sie ihm in allem und jedem zu Willen sein musste. Jakob wusste natürlich, dass sie unter ihrem Mantel nur ihr Nachtgewand trug, nicht mehr. Hätte sie sich angekleidet, wäre aus dem gemeinsamen Frühstück nichts geworden. Langsam, als stünde sie unter Zwang, begann Sibylla, ihren Mantel abzustreifen. Ein Teil in ihr wehrte sich dagegen, wollte diese Demütigung nicht über sich ergehen lassen, ein anderer Teil aber gab sich hin und streifte bereitwillig die Träger des Nachtgewandes ab, so dass die Seide von ihren Schultern glitt und sie von einem Augenblick auf den anderen nackt vor Jakob stand. Der jedoch hatte keinen Blick für ihren Körper, den er bereits die Nacht zuvor verschmäht hatte, sondern sah ihr nur unverwandt in die Augen. Sibylla wusste, was er dach-

te, wusste es von dem Moment an, als ein kaum wahrnehmbares Zucken um seine Mundwinkel spielte. Er, Jakob Fugger der Reiche, hatte sie richtig eingeschätzt, hatte ihre Reaktion vorhergesehen, wie er alles und jeden durchschaute und für sich nutzbar machte. Jakob ließ endlich seinen Blick an ihrem Körper entlangwandern. Ihre weit auseinander stehenden Schenkel ließen eine Durchsicht frei. Sie bemerkte, wie Jakobs Augen dort länger verweilten, wie er schluckte. Sein Blick glitt wieder an ihr hinauf und heftete sich an ihr Haar.

»Die Haube!«, murmelte Jakob, und Sibylla streifte langsam auch die Haube ab, die ihr hüftlanges Haar barg, bis es in einer feurigen Kaskade herabfiel. So, mit gelöstem Haar, durfte nur der Ehemann die Frau sehen. Kurz schloss sie die Augen, als sie das Kitzeln der feinen Fransen auf ihrem Gesäß fühlte und sie ein Schauer durchlief. Ihre Gefühle für Jakob stritten in ihr. Hass und Demut, Aufbegehren und Gehorsam hielten sich die Waage – und doch konnte sie eine gewisse Erregung nicht ganz verbergen. Ihre Wangen glühten, und ihr Schoß begann bereits feucht zu werden.

Mit der Bewegung einer Hand hieß Jakob sie näher treten. Widerwillig, aber fügsam stieg sie über ihre Kleider und folgte so seiner Bitte. Jakob drehte sich um, griff in die geöffnete Truhe und holte daraus einen juwelenbesetzten Haarreif hervor. Ein leises Krächzen entfuhr ihren Lippen. Im selben Moment blickte Jakob hoch. Einen Wimpernschlag lang fühlte sie seinen Blick in ihrem Nabel und auf den weißen Hügeln ihrer Brüste ruhen.

»Was ist das?«, flüsterte sie, und wieder spielte das Lächeln über Jakobs Lippen, das sie so wenig mochte, weil es ihm Bestätigung war, Bestätigung, dass er die Gefühle seines Gegenübers richtig beurteilt und in die ihm genehmen Bahnen gelenkt hatte. Er hatte ihre Gier nach Schmuck richtig eingeschätzt.

»Der Schatz der Burgunder – oder was davon übrig ist. Das hier, Sibylla, ist das Federlein, ein Kopfschmuck, besetzt mit den feinsten Edelsteinen, die in unserer Welt zu haben sind. Klarer als jeder Gedanke und reiner als jedes Herz. In ihnen atmet der Geist der großen Könige der Vergangenheit. Sie leuchten wie Sterne, die auf die Erde gefallen sind.«

Langsam trat Jakob auf sie zu und setzte ihr die Juwelen ins Haar. Ein Köcher für eine Hutfeder. Die Pfeilgestalt war besetzt mit fünf großen Rubinen, vier Diamanten und drei prächtigen Perlen. Wieder durchlief sie ein Schauer, den sie nicht allein der Kühle des Schmucks zuschrieb, sondern den sie als Zeichen von Erregung empfand. Noch während sie den stillen Schauer genoss, der sie durchzog, fühlte sie, dass er ihr ein Kettchen umlegte, dessen Kleinod kalt zwischen ihre Brüste fiel.

»Die Rose, Sibylla. Sie passt zu den Rosenblüten deiner Brust!«

Heiser klang sein Flüstern, und Jakobs Hand fuhr über ihre Brustspitzen, die sich zusammenzogen und aufrichteten. Ihre Unterlippe zitterte. Lange betrachtete sie das Schmuckstück. Um einen hellen Stein waren in zwei Reihen je fünf Rosenblätter in feiner weißer Emaille angebracht, zwischen denen kleine goldene Dornenspitzen hervorragten.

»Woher hast du sie, Jakob?«

Kaum dass sie selbst ihre Stimme hörte, so hauchte sie die Frage, weil ihr jedes Wort, das sie sagte, unangemessen schien angesichts der Kostbarkeiten, die ihrer Haut schmeichelten, deren Kälte sich einbrannte, bis sie auf Körperwärme erhitzt waren.

Eine Lust überkam sie, sich mit den Kostbarkeiten auf ihrem weißen Körper um ihre eigene Achse zu drehen und sich Jakob zu präsentieren, wie man es von den Gespielinnen der Sultane erzählte. Märchen. Sagenhaftes. Unbezahlbares, das nur in Anekdoten und Geschichten kursierte. Der Schmuck stellte ein Vermögen dar, ein Hausvermögen, das Jakob allein nicht in der Lage war zu schultern. Alle Fugger mussten daran mitbezahlt haben, aber nur ihr, ihr allein, wurde er umgehängt.

Mit geschlossenen Augen wartete sie auf die nächste Überraschung. Kühl fühlte sie das Gold auf ihrem Bauch, kühl und schwer und mit einem Ausläufer, einer kleinen Perle, die ihrer Scham schmeichelte. Mit einem Lederband, das er in ihrem Rücken knüpfte, wand er das Stück um ihre Hüfte. Dabei flüsterte er ihr die Geschichte der Schmuckstücke ins Ohr.

»Es sind die drei Brüder. Ein Diamant von reinster Schönheit, klar wie das Paradies, rein wie eine Kinderseele, von drei riesigen Perlen gerahmt, die den Stein fassen und ihm Halt geben. Als das Lager Karls des Kühnen 1476 in die Hände der Eidgenossen fiel, kam der Burgunderschatz als Kriegsbeute ebenfalls in ihren Besitz: Gold, Silber, Münzen, Edelsteine – und eben diese Kleinodien. Seit Jahren zahle ich den Baseler Dreierherren Geld für diesen Schmuck. Niemand sonst konnte den Preis aufbringen. Kein König dieser Welt ist in der Lage, ihn zu kaufen. Kein Schatz mehr für Könige und Königinnen. Ein Schatz für den reichsten Mann dieser Welt und seine Frau.«

Sibylla schluckte. Mit diesen Juwelen erhob er sich in den Rang jeglichen Königtums. Kein Herrscher Europas besaß solche Kostbarkeiten.

Ihre Lippen zitterten. Sie getraute sich nicht, die Preziosen zu betrachten. Sibylla fühlte, wie seine Finger sich ihren Haarbusch entlang nach unten bewegten und etwas von der Feuchtigkeit dort auffingen. Ein Zittern folgte, das auch Jakob fühlen musste. Nur mit Mühe konnte sie sich zurückhalten, sich umzudrehen und ihm ihren Körper zusammen mit den Kleinodien zu präsentieren. Natürlich hatte Jakob das vorhergesehen, natürlich wusste er von der Wirkung der Diamanten und Perlen auf sie, auf die Erregung, die sie unweigerlich dabei befiel.

»Und zuletzt, der Hosenbandorden, das Gürtelein. Honi soit qui mal y pense! steht darauf.« Jakobs Stimme klang brüchig, als er ihr das dunkle Band unterhalb des linken Knies schnürte. »Ein Hundsfott, der Böses dabei denkt.« Sibylla blickte nach unten. Jakobs Kopf befand sich auf der Höhe ihres Schoßes.

Mit geschlossenen Augen genoss sie das Gefühl, dass sich Gold und Edelsteine auf ihrem Körper erwärmten. Ein herzförmiger Rubin, eingeschlossen von drei Diamanten, und darunter ein weiterer Diamant an einem kleinen Goldkettchen mit Rubinen und Perlen. Langsam, als würde er einen Schwächeanfall erleiden, kippte Jakob nach vorne und vergrub kurz seinen Kopf zwischen ihren Beinen, stand dann auf, drehte sie mit einem Ruck herum und rief, als würde er sie all den Augen präsentieren wollen, die das Kontor sonst belebten: »Hat es sich nicht gelohnt?«
Aber niemand antwortete ihm. Sibylla schoss die Schamröte ins Gesicht, obwohl sie wusste, dass nur Jakob sie in ihrem Schmuck betrachten konnte. Nur sie beide befanden sich im Raum. Zurückgeblieben war allein der Geruch nach Papier und Holz – und der nach Jakobs und ihrer Erregung.
Entschlossen hob Jakob ihren Körper an und setzte ihn auf den Kartentisch, so dass die Tassen klirrten. Sibylla rutschte Jakob entgegen, der bereits an seiner Hose nestelte, spreizte die Beine und wartete darauf, dass seine Lust mit der ihren verschmolz, dass er sie nahm, hier, im Zentrum der Fugger'schen Macht, im Herzen des Imperiums. Für einen Augenblick stieg ihre Lust zu dem kurzen Gipfel, den Jakobs Finger ihr zugestanden. Doch je länger Jakob nestelte, je drängender sein Wollen und Stöhnen gedieh, desto stärker kühlte ihre Erregung ab, und schließlich, als Sibylla gewahr wurde, dass dasselbe geschah, was seit ihrer Hochzeit immer öfter geschehen war, dass selbst der Burgunderschatz auf ihrem Körper nicht ausreichte, um Jakobs Männlichkeit für sie zu gewinnen, empfand sie nur noch Mitleid mit dem Mann, dem in seinen Unternehmungen alles zu geraten schien und dem doch der Körper nicht gehorchte.
»Lasst es gut sein, Jakob«, flüsterte sie nur. Mit raschen Bewegungen zupfte sie das Federlein aus dem Haar, holte die drei Brüder zwischen ihren Brüsten hervor und öffnete das Gürtelein. Alles legte sie neben sich auf den Tisch. Dann drückte sie Jakob von sich, der mit verzerrtem Gesicht vor ihr stand, un-

schlüssig, grotesk verdreht, seine Männlichkeit noch immer in der Hand, und der sich in die Faust der linken Hand biss.

Sibylla schlüpfte in ihr Nachtgewand, warf ihren Mantel über und setzte sich.

»Komm, Jakob, frühstücke. Es wird dich auf andere Gedanken bringen.«

Ruhig klang ihre Stimme, als belaste sie das alles nicht, aber in ihr siegte die Scham. Welches Schauspiel hatten sie geboten? Wie sehr hatte Jakob sie in den Schmutz getreten, um seine Lust zu finden, die irgendwo zwischen Kloster und Goldenem Kontor auf der Strecke geblieben war?

»Zieh dich aus!«, hatte er zu ihr gesagt und sie behandelt wie eine seiner Huren, bei denen seine Männlichkeit offenbar nicht versagte.

Dennoch hatte sie die Preziosen auf ihrer Haut genossen.

KAPITEL 27 Sibylla trat zu Veronika ans Bett und nahm deren Hand. Ihre Schwägerin öffnete die Augen, erkannte sie jedoch nicht sofort.

»Ich bin es, Schwägerin«, flüsterte Sibylla und beugte sich über Veronika. »Erkennst du mich?«

Veronikas Augen weiteten sich. Ein Ausdruck des Abscheus und des Schreckens lag in dem ausgemergelten Gesicht. Sie wollte etwas sagen, krächzte, öffnete und schloss den Mund. Ihre Stimme versagte. Stumm bewegte sie die Lippen. Ihre Schwägerin war bereits zu schwach, um zu sprechen. Ihre sonst so energische Art war wie ein Kartenhaus in sich zusammengefallen. Nur die Haut hielt das Knochengerüst dieser Frau noch zusammen. Seit Wochen klagte sie über blutigen Durchfall, über Schwäche und Schwindel. Keines der Heilmittel hatte geholfen. Im Gegenteil. Als sie letzte Woche wieder etwas von Doktor Occo eingeflößt bekommen hatte, war sie bewusstlos geworden, und seither lag sie im Sterben.

Sibylla wusste genau, was Veronika sagen wollte. Sie wollte Sibylla verbieten, sich an ihrem Tod zu weiden. Doch dazu hätte sie sprechen müssen, was ihr nicht gelang. Resigniert schloss die Schwägerin ihre Augen und spielte ihr vor, sie schlafe.
»Warum mussten wir uns bekriegen, Schwägerin?«, flüsterte Sibylla. »Es ist noch nicht zu spät. Lass uns den Streit begraben, hier, am Sterbebett.«
»Geh weg!«, keuchte Veronika Lauginger tonlos.
Sibylla ließ sich nicht davon beeindrucken. Sie schluckte ihren Ärger hinunter. Wenigstens diese Schuld wollte sie abtragen.
»Der Tod steigt wie ein übler Dunst von deinem Körper auf. Er frisst dich von innen her auf, Veronika. Ich habe oft meinen Teil zu Neid und Bosheit beigetragen, aber ich bereue es. Die Zunge ist manchmal schneller als das Herz. Verzeih mir.« Sibylla beugte sich tiefer über ihre Schwägerin, bis sie ihrem Ohr ganz nahe war.
Sibylla hatte die Hand Veronikas nicht losgelassen.
»Nur eines möchte ich wissen, Veronika. Hast du den Befehl dazu gegeben, oder war es Regina? Sag schon. Wer von euch beiden hat Maria Binternagel ins Unglück gestoßen? Oder habt ihr beide den Plan ausgeheckt? Er ist nur zum Teil geglückt.«
Veronika Lauginger drehte den Kopf beiseite, wollte nicht mit ihr reden. Noch vor wenigen Wochen war Ulrichs Frau gesund und lebhaft gewesen. Zwar hatte sie über die üblichen Altersschmerzen geklagt, aber eine ernsthafte Erkrankung hatte niemand erwartet.
»Ich werde deine Schuld tilgen.« Sibylla lächelte schmerzlich. »Der kleine Hannes wird von mir wieder zurückgekauft werden. Nur der Mann ist tot. Über kurz oder lang wäre er ohnehin gestorben; er hatte das hitzige Lungenfieber. Du hast seinen Tod nur beschleunigt. Dennoch kann ich dir versprechen, Schwägerin, dass ich nichts unversucht lasse, den Jungen zurückzuholen.«
Veronika hatte die Augen wieder aufgeschlagen und starrte Si-

bylla an. Heftig schüttelte sie den Kopf, heftig wehrte sie sich gegen die Beschuldigung. Sibylla seufzte.

»Ich hätte dich gern als Freundin gehabt, Veronika. Stattdessen habe ich hören müssen, dass ich vertrocknet sei, dass ich nicht in der Lage wäre, das Geschlecht des Jakob Fugger weiterzuführen. Regina hat in dieselbe Kerbe geschlagen. Ihr habt mir wehgetan, Veronika. Lass uns vergessen.« Sie drückte der Kranken die Hand, die sich kalt und schweißnass anfühlte. In Veronikas Gesicht zeigte sich die wächserne Macht des Todes.

»Keine Vergebung«, zischte Veronika und schloss die Augen.

Sibylla ließ die Hand der Schwägerin los. Wie viel Neid und Hass noch in ihr war.

»Ich gehe jetzt.« Aus ihrem Miederausschnitt holte sie ein kleines Fläschchen.

Obwohl sich Veronika dagegen wehrte, dass ihr das Medikament eingeflößt wurde, gelang es Sibylla, ihr einen Tropfen auf die Lippen zu zwingen. Mit ein wenig Wasser spülte sie ihn in Veronikas Mund. Die Kräuter schmeckten ein wenig bitter, kräftigten jedoch das Herz. Man fühlte sich besser. Veronika blickte Sibylla mit vor Schreck geweiteten Augen an. Das Misstrauen schmerzte sie.

»Du brauchst keine Angst zu haben, es ist kein Gift. Es stärkt dich. Bitte, bleib liegen. Bitte.« Sibylla stand auf. Sie drückte Veronikas Hand, verabschiedete sich. Ihr Versuch einer Versöhnung war gescheitert. »Ruf mich, wenn du auf den Stuhl musst!«

»Wir sehen uns in der Hölle wieder, Schwägerin«, flüsterte Veronika ihr nach.

Sibylla stiegen Tränen in die Augen. Was hatte sie der Frau nur angetan, dass sie von ihr verfolgt wurde bis in den Tod hinein?

Als sie durch die Tür ging, empfing Ulrich sie mit schmerzverzerrtem Gesicht.

»Kann ich sie besuchen?«, fragte er ängstlich.

»Nicht solange die Kolik dich so fest im Griff hat.« Sie musterte Ulrichs verkniffenes Gesicht. »Ich habe ihr ein schmerzlinderndes Mittel gegeben, aber es wird ihr nichts mehr nützen. Der letzte Anfall hat sie zu sehr geschwächt. Sie wird einschlafen. Morgen vielleicht.«

Ulrich nickte und wollte den Raum verlassen, als in Veronikas Kammer ein polterndes Krachen ertönte.

»Was …?«, fragte er nur und stürzte an Sibylla vorbei ins Zimmer.

Veronika hatte sich im Bett aufgerichtet und versucht, aufzustehen. Schwach wie sie war, hatten ihre Kräfte selbst das Wenige an Körper, das sie ausmachte, nicht halten können. Veronika war unglücklich zur Seite gestürzt. Sie lag mit dem Kopf nach unten auf dem Boden, die Beine in die Bettdecke verwickelt. Ihr Hemd war zur Hälfte über den welken Körper gerutscht und entblößte die bis zu den Knochen abgemagerten Schenkel. Blutiger Schleim zog einen Streifen über das Laken. Die Arme wirkten eigenartig verrenkt, der Kopf stand in einem unnatürlichen Winkel ab. Sibylla sprang hinzu und suchte am Hals nach einem Herzschlag. Sie fand kein Lebenszeichen mehr.

»Sie hat sich beim Aufstehen den Hals gebrochen! Warum hat sie keinen gerufen, wenn sie auf den Toilettenstuhl hätte gehen wollen?«

Ulrich musste sich niederknien. Er presste die Hände vor den Bauch vor Schmerzen. Eine Kolik hatte ihn zu Boden gezwungen.

»Veronika!«, flüsterte er immerzu, bis Sibylla ihn in den Arm nahm und von der Leiche wegziehen wollte.

»Mein Beileid«, sagte sie nur und streichelte ihm über den Kopf.

Ulrich wurde durch einen Weinkrampf geschüttelt, der ihn weiter krümmte. Er rührte sich keinen Fußbreit vom Fleck.

»Wir müssen die Familie benachrichtigen, Ulrich!«, drängte Sibylla. »Jakob muss Bescheid bekommen, Regina, die Neffen, deine Kinder.«

Ulrich war im Augenblick zu nichts fähig. Sie wollte ihn von sich drücken, aber er hielt sie umkrampft. Sibylla vernahm Schritte. Plötzlich stand Jakob im Türrahmen, ein Blatt in der Hand, eine *niuwe Zeitung*.
»Ulrich, man sagte mir, dass du …«
Er unterbrach seinen Satz, betrachtete die Szene und versuchte sich darauf einen Reim zu machen. Sein Blick wanderte zwischen Ulrich und Sibylla und dem leblosen Körper seiner Schwägerin Veronika hin und her.
»Was ist geschehen?«
»Veronika hat sich das Genick gebrochen, als sie zum Toilettenstuhl wollte«, antwortete Sibylla für Ulrich.
»Jeder Sieg enthält eine Niederlage!«, sagte Jakob tonlos. Mechanisch schwenkte er das Papier in seiner Hand hin und her. »Philipp der Schöne ist gestorben, Maximilians Sohn. Die Nachricht ist soeben eingetroffen. Das heißt, der König ist einmal mehr auf die Fugger angewiesen. Ich wollte es dir als Erster sagen, Ulrich.«
Ulrich lockerte die Umklammerung, blieb jedoch auf dem Boden hocken, die Arme um den Bauch geschlungen. Seine Augen suchten Jakob.
Sibylla, die sich aufrappelte und ihre Kleider glatt strich, beobachtete Jakobs Mienenspiel. Was musst du für ein Mensch sein, dachte er sich, dass dich selbst beim Anblick deiner toten Schwägerin dieser aufgeblasene adelige Geck mehr interessiert als sie?
»Jetzt bist du der Erste, der von Veronikas Tod erfährt, Jakob«, presste Ulrich zwischen zusammengebissenen Zähnen hervor.
Jakob half seinem Bruder auf die Beine.
»Man soll einen Geistlichen holen!«, befahl er, ohne dass jemand in der Nähe war, dem der Befehl gegolten haben könnte. Sibylla ersah daraus, dass Jakob mit seinen Gedanken bereits wieder bei Philipps Tod war und den Möglichkeiten, die dem Haus Fugger daraus erwuchsen. Wenn Maximilian selbst zum

Kaiser gekrönt worden wäre, hätte sein einziger legitimer Sohn deutscher König werden können. Die Fugger hätten dafür gesorgt, dass beide Pläne, die Kaiserkrone wie die deutsche Königskrone, in den Händen der Habsburger verblieben und sich zu ungeheurer Größe erhoben. Jetzt erübrigte sich der letztere Gedanke. Philipps Sohn Karl, der Enkel Maximilians, war mit seinen sechs Jahren zu jung, um deutscher König zu werden, sein Bruder Ferdinand erst drei. Die Kronansprüche für die Habsburger in Spanien fußten auf zwei schwachen Kindern. Maximilian musste befürchten, Spanien an Ludwig VII. von Frankreich zu verlieren. Es half nur noch der Kaisertitel – und das so schnell wie möglich, um die Ansprüche und Österreichs Macht aufrechtzuerhalten.

Sibylla sah Jakob an, dass er Veronika vergessen hatte, sobald er sich umgedreht hatte. Man wurde geboren, man starb. Keinem dieser Ereignisse sollte man besondere Aufmerksamkeit zollen, dachte Sibylla bitter, solange sie nicht eine Zahl im Kontobuch eines Fuggers ergaben.

KAPITEL 28

Maria gab das Zeichen, Halt zu machen, als sie den Waldrand erreichten. Gemeinsam standen sie vor einem Waldspitz, dessen schwarzer Rain sich drohend über sie beugte. Die tiefen Wälder reichten bis zum Schmuttertal hinüber. Nur wenige Wege durchquerten das Gehölz.

»Bist du sicher, Maria, dass es hier ist?«

»Den Weg dort weiter, Herrin.« Maria streckte den Arm aus und deutete auf einen Pfad, der eine Narbe ins Dunkel des Tannendickichts riss. »Nach zweihundert Metern trefft Ihr auf eine Hütte. Dort wohnt sie.«

Sibylla nickte. Sie drehte sich zu der Weberin um und reichte ihr die Hand.

»Wie kann ich dir danken, Maria?« Tränen traten ihr in die Augen. In letzter Zeit hatte Sibylla das Gefühl, als wäre sie voller

Flüssigkeit, die bei der geringsten inneren Bewegung überfloss.
»Ich weiß nicht, ob es der rechte Augenblick ist, es dir zu sagen. Ich habe Geld nach Venedig geschickt. Wenn Hannes lebt, werden ihn Fuggervertraute freikaufen.«
Maria schüttelte den Kopf.
»Nicht jetzt, Fuggerin. Ich danke trotzdem schön.«
Sibylla drehte sich dem Wald zu. Das kühle Metall ihres Amuletts pochte über dem Herzen und gab ihr ein, dass sie immer noch eine Hülle war, leer, ohne die geringste Andeutung auf eine Schwangerschaft. Das Mittel der *strega* hatte Jakobs Hitze schon lange nicht mehr anstacheln können.
»Willst du nicht mitkommen, Maria?«, fragte sie, ohne sich zur Weberin umzudrehen, doch die gab ihr keine Antwort mehr. Als Sibylla sich umwandte, lief Maria bereits zweihundert Fuß hinter ihr den Hang hinab.
Sibylla war allein, wie sie immer allein gewesen war, wenn es um ihren Kinderwunsch gegangen war.
Sie schluckte den bitteren Speichel hinunter, der sich in ihrem Mund sammelte, und ging auf den Waldpfad zu. Obwohl es helllichter Tag war, verschluckten die Bäume über dem Weg nach wenigen Schritten beinahe das gesamte Tageslicht. Zuerst blieb Sibylla stehen, um die Augen an das Dunkel zu gewöhnen, dann folgte sie dem Pfad langsam tiefer in den Wald hinein. Es war ein Gang in die Vergangenheit. Ihr war, als würden die Stämme mit jedem Schritt, den sie tiefer vordrang, älter, als atmeten die Moose die Zeit ein und ließen nur Vergangenheit zurück. Es war ein Dunkel, das bewohnt wurde von Trollen und Elfen, vom unhörbaren Gesang der Nymphen und dem Raunen einer mächtigen Natur. Sibylla biss sich auf die Lippen, weil die Phantasie ihr einen Streich um den anderen spielte. Jakob hatte Recht, wenn er ihr vorwarf, mehr in ihren Liedern und Sagenwelten zu leben als in der Wirklichkeit. Manchmal konnte sie den Übergang nicht fassen. Womöglich gab es diesen Übergang auch nicht, und das eine verlief ins andere.

Sie roch den Brandplatz, bevor sie ihn sah. Öliger Rauch lag in der Luft, vermischt mit dem Fauligen von welkem Laub und dem Harz der Fichten. Der Köhlerplatz musste ganz in der Nähe sein. Urplötzlich trat sie aus dem Wald auf eine Lichtung, frei von Bäumen, doch gefüllt mit dem Dampf der schwelenden Glut, der sich wie ein Baldachin über die Rodung legte. Ein riesiger Kohlenmeiler beherrschte den Platz, in dem Buchenscheite zu Holzkohle verschwelt wurden. Ganze Stämme lehnten gegen den mit Erde abgedeckten Hügel. Im Schatten einer mächtigen Eiche am Rande der Lichtung befand sich eine Hütte, vor der eine Bank stand. Sibylla wagte es nicht, den Kahlschlag zu betreten, sondern verharrte am Waldrand und sog das, was sie sah, in sich auf. Dies war eine andere Welt. Wollte sie wirklich diesen Schritt tun? Wollte sie wirklich in eine andere Wesenheit hinübertreten, nur um sich von dort ein Kind zu holen? Sie wollte eben kehrtmachen, als sie neben dem Meiler eine Bewegung sah. Was sie bislang für einen Holzstamm gehalten hatte, war eine Frauengestalt. Ihr Blick schien auf Sibylla geruht zu haben, seit sie zwischen den Bäumen hervorgetreten war.

»Kommt ruhig näher«, sagte die Gestalt und löste sich vom Meiler.

Sibylla gab sich einen Ruck und ging auf die Frau zu. Sie war über und über mit Ruß bedeckt. Die Kleidung war schwarz, die Hände ebenso wie das Gesicht. Was Sibylla jedoch verblüffte war das Alter. Die Frau mochte vielleicht fünfundzwanzig Jahre zählen, nicht mehr.

»Wenn du die Güte hättest, mich zur Köhlerin zu führen«, sagte Sibylla und setzte hinzu: »Maria Binternagel schickt mich.«

Das Gesicht der Frau verzog sich. Sibylla vermutete ein Lachen. Sie nickte und winkte Sibylla näher zu sich.

»Ich bin die Köhlerin. Und Ihr seid, wenn ich es richtig verstanden habe, die Fuggerin.«

»Ihr wisst … hat die Binternagel …?«, stotterte Sibylla, der es

peinlich war, dass die Köhlerin wusste, wen sie vor sich hatte.
»Nein. Ich weiß, wer mich besucht. Früher oder später kommen sie alle. Ihr habt das Wappen auf dem Gürtel«, antwortete die Köhlerin unbefangen.

Sie drehte sich um und ging zur Hütte. Sibylla folgte ihr. Dort ließen sie sich nebeneinander auf der Bank nieder. Sibylla schwieg.

»Sagt es ruhig offen, Fuggerin. Ihr habt geglaubt, ein altes verhutzeltes Kräuterweib vorzufinden, eine Hexe womöglich, die sich durch Zauberei und Beschwörung ihren Lebensunterhalt verdient.« Sie lachte still in sich hinein. »Die meisten täuschen sich. Ich bin keine Zauberin. Was ich weiß, hat mir meine Mutter gezeigt, und die wusste es von der ihren. Wir kennen die Krankheiten der Frauen, und wir können die Fruchtbarkeit beeinflussen. Doch ich kann keine Wunder vollbringen, Fuggerin. Niemand kann Wunder vollbringen.«

Sibylla nickte. Unwillkürlich suchte ihre Hand das Amulett, das sie unter ihrem Hemd versteckt hielt. Sie bemerkte, wie die Augen der Köhlerin ihrer Bewegung folgten und sich zusammenkniffen. Rasch ließ Sibylla das Metall los.

»Ihr könnt nach einer Fehlgeburt keine Kinder mehr bekommen. Ist das richtig?«, fragte die Köhlerin unbefangen.

Sibylla nickte. »Hat dir die Binternagel ...?«

Die Köhlerin seufzte. Dann stand sie auf und trat vor Sibylla, die den Kopf hob und auf die kräftig gebaute Frau blickte. Sie wäre schön gewesen, wenn sie nicht vor Schmutz gestarrt hätte.

»Ein letztes Mal. Mir sagt niemand etwas. Die Spatzen pfeifen es von den Dächern, was die Frauen alles treiben, um schwanger zu werden. Ihr seid keine Ausnahme. Sie kommen alle irgendwann zu mir, früher oder später. Kann es sein, dass Ihr ein etwas loses Mundwerk habt? Zuerst lasst Ihr Euch von Maria Binternagel hierher führen, und dann habt Ihr nichts Besseres zu tun, als sie ständig zu beschuldigen, Euer Unglück öffentlich gemacht zu haben.«

Sibylla senkte den Kopf. Die Köhlerin hatte Recht. Sie war mit dem Mund oft schneller als mit dem Herzen.

»Kannst du mir helfen, Köhlerin?«

Die Frau schüttelte den Kopf. »Helfen könnt Ihr Euch nur selber. Wenn Ihr zu mir kommt, habt Ihr bereits alles versucht. Schaut her …«

Sie nahm eine Walnuss, brach sie entzwei und erklärte, was die Nuss mit der Gebärmutter verband. Sie zeigte Sibylla die Häute, die die Frucht an ihrem Platz hielt, und erklärte, wie durch eine Fehlgeburt Teile der Frucht zurückblieben und sich festsetzten und so eine weitere Schwangerschaft verhinderten. Sie bat Sibylla, sich zurückzulehnen und tastete ihr den Bauch ab, drückte, bis es der Fuggerin die Tränen in die Augen trieb.

»Es ist so, wie ich es gesagt habe. Doch es gibt eine kleine Hoffnung für Euch.«

»Die kleinste Hoffnung wäre das größte Geschenk.«

Die Köhlerin ging in die Hütte und kehrte mit einer tönernen Flasche zurück.

»Darin ist ein Saft. Ihr müsst ihn trinken, wenn Ihr bemerkt, dass die Krankheitstage der Frau eintreten.« Sie reichte Sibylla das Gefäß. »Aber entscheidet Euch mit Bedacht. Der Saft bewirkt, dass Ihr stärker blutet. Damit schwemmt Ihr hoffentlich die kranken Häute aus Eurer Gebärmutter. Nehmt Ihr zu viel, werdet Ihr verbluten. Ich kann Euch dann nicht mehr helfen.«

Sie sah Sibylla ernst an. »Trinkt ihn nur, wenn Ihr Euch sicher seid, dass Ihr das wollt.« Die Köhlerin hielt die Hand auf.

Sibylla nestelte an ihrem Gürtel und zog einen Beutel mit Münzen hervor. Langsam zählte sie Kupfernes in die offene Hand der Köhlerin, die sie unverwandt ansah.

»Du bist nicht billig!«

Die Köhlerin verzog keine Miene.

»Es trifft keine Arme, Fuggerin. Warum sollte ich Euch mein Wissen schenken, wenn ich für meinen Kleiderstoff bezahlen muss? Mein Wissen ist zumindest den Barchent wert, den ich trage.«

Sibylla, von der ernsten Stimme der Köhlerin eingeschüchtert, griff nach dem Amulett.

Diesmal war die Köhlerin schneller.

»Was habt Ihr da?«, fuhr sie die Fuggerin an, erwischte das Halsband und zerrte das Amulett daran aus dem Ausschnitt.

»Mein Glücksamulett«, murmelte Sibylla.

Die Köhlerin nahm es in die Hand, ließ es jedoch sofort fallen, als hätte sie sich die Finger daran verbrannt. Mit einem Finger deutete sie auf die Münze.

»Nehmt es weg«, sagte die Köhlerin. »Weg damit. Solange Ihr dieses heidnische Amulett tragt, werdet Ihr unglücklich bleiben.«

Sibylla fuhr auf. Das Gesicht der Köhlerin hatte sich verändert. Die freundliche, gütige Miene hatte sich zur Fratze gewandelt. Sibylla barg die Flasche in der Rechten und bedeckte das Amulett mit der linken Hand. Es fühlte sich eisig an.

»Was weißt du schon, Weib!«, zischte Sibylla und steckte sich das Amulett wieder unter ihr Kleid. Sie hastete zum Weg zurück, der sie aus dem Dickicht führen sollte.

»Ihr werdet keine Kinder bekommen«, rief die Köhlerin ihr nach, »solange Ihr Heidnisches tragt.«

Sibylla hatte den Trampelpfad erreicht und verschwand darin. Sie musste husten, von der Anstrengung und dem Rauch, der in ihre Augen biss. Was hatte die Köhlerin nur mit ihrem Amulett? Sie drückte die Flasche gegen ihre Brust. Sie würde es versuchen. Sie musste es versuchen. Ein Kind. Sie musste Jakob ein Kind schenken. Blind rannte sie weiter.

Sibylla stürzte aus dem Wald und lief Maria Binternagel direkt in die Arme. Diese drückte Sibylla an sich und versuchte ihr Beben zu beruhigen.

»Ich wollte Euch nicht allein lassen, Herrin«, sagte sie leise zwischen Sibyllas Schluchzern.

»Die Welt ist so grausam zu den Frauen, Maria.« Sibylla strömten die Tränen über die Wangen.
Maria nickte.
»Ja«, bestätigte sie, »grausam.«

KAPITEL 29 Dass es Gold sein musste, war seine eigene Idee gewesen. Wagenladungen voller Gold.
Jakob stellte sich in den Steigbügeln auf. Vor ihnen schoben sich die Mauern von Konstanz aus dem Frühdunst des Sees über den Horizont. Zwei Stunden, allenfalls drei, dann würden sie das Tor passieren – und ihm wäre um einiges wohler in der Haut. Dreißig Reiter begleiteten den Zug. Aus dem ganzen Süden hatte er auf der Reichenau Münzen und Barren zusammentragen lassen, insgesamt fünfzehn Maultiere damit bepackt und war heute morgen, noch im Schutz der Nacht, in Richtung Konstanz aufgebrochen.
»Hast du Boten vorausgeschickt, Jakob?«
Sibyllas Stimme drang aus dem Karren neben ihm. Sie wirkte schläfrig.
»Natürlich. Es soll ein Spektakel geben, an das sich die Konstanzer noch nach fünfhundert Jahren erinnern!«
Darauf hoffte er. Seine Streitmacht war gut gerüstet, und es hätte einer kleinen Armee bedurft, sie anzugreifen und zu schlagen. Allenfalls ein paar Maultierkarren hätte man rauben können, nicht aber den gesamten Zug. Das beruhigte ihn etwas, obwohl ihm das Geschäft den Schweiß auf die Stirn trieb. So viel Gold hatte er noch nie in einem einzigen Zug transportieren lassen. Wenn man das Unternehmen unter kaufmänischem Gesichtspunkt betrachtete, war es der reine Irrsinn. Eine Demonstration der Prunksucht ebenso wie der geistigen Minderbemittlung. Niemals hätte er eine solche Ballung von Gold zulassen dürfen. Es konnte ihn ruinieren, die Brüder in den Abgrund reißen, und doch konnte es ihm einen heimli-

chen Titel eintragen, der nicht von irdischen Mächten, sondern nach anderen Gesetzen vergeben wurde: König der Kaufleute. Irgendwann, so stellte er sich vor, würde jeder Gulden, der ausgegeben wurde, selbstverständlich durch seine Finger fließen. Und mit dieser Gabe an den Kaiser würde er den Anfang machen.

»Reiter!«, bellte der Hauptmann, der an der Spitze ritt.

Jakob schrak aus seinen Gedanken auf und stellte sich noch einmal in seine Steigbügel. Eine Wolke näherte sich ihnen. Tatsächlich ein Schwarm Reiter. Das war der heikelste Punkt seiner Idee gewesen. Gerade in dieser Gegend blühte das Raubrittertum prächtig.

»Sind es kaiserliche Truppen?«, rief er nach vorne.

»Schwer zu erkennen, Herr«, schrie sein Hauptmann zurück. Vorsorglich ließ er vier weitere Bewaffnete zu sich aufschließen und die Schwerter ziehen. Dann rief er mit besorgter Stimme: »Es sind Württemberger, Herr. Ritter in Harnisch.«

»Um Himmels willen!« Jakob fühlte, wie seine Sicherheit, die ihn sonst einhüllte und schützte, von diesem Ereignis weggerissen wurde.

»Dreißig, vierzig, fünfzig Mann, schwer bewaffnet!«, hörte er seinen Hauptmann gegen das Hufgetrappel und das Schlagen der Karren anbrüllen. »Sie sind uns weit überlegen.«

Er hätte keine Boten an den Kaiser senden, hätte überraschend zu Konstanz auftauchen sollen. Jetzt war es zu spät. Jakob sah selbst, dass die Angreifer sich auffächerten und in den Galopp übergingen. Wie ein Unwetter stürmte die Staubwolke auf sie zu, unter der die Ritter verschwanden. In wenigen Augenblicken würden sie auf die kleine Karawane treffen und ein Gemetzel auslösen. Gold und Blut, eine Mischung, mit der sich aus unerfindlichen Gründen die Weltgeschichte seit Jahrtausenden besudelte.

»Was ist?«, fragte Sibylla und steckte ihren Kopf aus der Plane.

»Wir werden angegriffen«, informierte sie Jakob mit tonloser

Stimme. »Das Gold, meine Planung, all die Vorbereitungen – umsonst, alles umsonst gewesen!«

Die Staubwolke, in die sich die Angreifer bald hüllten wie in einen Umhang, war der Nebel des Verderbens. Zum ersten Mal in seinem Leben fragte er sich, wovor er Angst hatte. Dass er im bevorstehenden Kampf womöglich sein Leben verlor? Dass Sibylla von seiner Seite gerissen werden konnte, wenn sie in die Hände dieser Barbaren fiel? Nein, nichts von alledem. Es war die Angst davor, all das Gold zu verlieren, ohne es dem ewigen Kreislauf des Wirtschaftens zugeführt zu haben. Es würde keinen Gewinn bringen, sondern den Tod, es würde sich nicht mehren, sondern Leben fordern. Aus einer gottgewollten Ordnung würde es herausgerissen werden und in einem teuflischen Zyklus von Hass und Gewalt enden. Allein dieser Gedanke verunsicherte und beschämte ihn. Wenn er diese Bedrohung überlebte, schwor er sich, würde er eine Stiftung tätigen, die sein Gewissen reinwusch, das sich an irdisches Gut hängte, statt sein Glück im Jenseits zu suchen. Plötzlich stand ihm Georgs letzter Wille vor Augen. In St. Anna hatte er beigesetzt werden wollen. In die Hand hatte er es ihm versprochen. Unter Zeugen. Bislang hatte Jakob gezögert, ihm diesen Wunsch zu erfüllen. Noch lag Georg neben der Mutter und dem Vater in St. Moritz.

Mit ohrenbetäubendem Lärm preschte die Reiterei heran und schwenkte auf die Karawane ein. Jakob schloss die Augen. Irgendwann hatte es geschehen müssen. Er wollte seine Gedanken auf Sibylla richten, wollte ihr eigentlich noch zurufen, dass es ihm Leid tue, sie mitgenommen, sie ins Verderben geführt zu haben. Gebrüll, Geheul und Gejohle der Angreifer schwollen zu einem infernalischen Getöse an, das ihm die Stimme in den Schlund zurückdrückte. Seine Lippen zitterten und bildeten die ersten Worte des Vaterunsers. Es war ein Handel mit dem Herrgott. Wenn er den Angriff überlebte, würde er Georgs Willen erfüllen. Unverzüglich.

Die wilde Jagd tobte an ihnen vorüber, kreiste um sie, bis von allen Seiten Gekreische und Geplärre auf sie eindrang. Jakob öffnete die Augen wieder. Die Reiter umschlossen sie, schlugen mit gezogenen Schwertern gegen ihre Schilde. Sibylla streckte den Kopf aus der Wagenplane und rief ihm etwas zu, das er nicht verstand. Er sah nur das Entsetzen in ihrem Gesicht, sah das Blut aus ihren Wangen weichen und die Augen sich weiten. Dann verschwand der Kopf im Inneren des Sänftenwagens, als wäre er nur eine Geistererscheinung gewesen. Jakob versuchte auszumachen, mit welchem Gegner er es zu tun hatte, und entdeckte inmitten der Staubwolke den schwarzen Doppeladler auf gelbem Grund, das Wappen Maximilians. Zuerst wollte er seinen Augen nicht trauen, dann begann er langsam zu begreifen.

Mit einem Mal fiel ihm das Atmen wieder leichter. Er tat einen tiefen Zug, und es kam ihm vor, als hätte die Luft nie besser geschmeckt.

Sie wurden nicht angegriffen, sie wurden begrüßt!

Stürmisch zwar, aber friedlich. Die Freude darüber wollte gar nicht in seinen Kopf, als er begriff, dass diese Reiter keine Raubritter, keine Plünderer waren, sondern eine Eskorte Maximilians.

Plötzlich hörte er sich brüllen: »Die Waffen weg. Steckt die Schwerter ein!«

Zögernd gehorchten seine Männer. Noch immer wurden sie von den fremden Reitern umringt.

Jakob hatte sich gefasst. Er nahm seinen Fuchs kurz und ritt an die Spitze des Zuges, ließ das Tier bis an den Ring hinaustänzeln, den die Ritter bildeten, und hob die Hand. Die Jagd verlangsamte sich, bis alles zum Stehen kam. Dunkler Staub hüllte den Trupp ein, legte sich auf Wams und Lungen. Aus der Gruppe löste sich ein Ritter, dessen Brustpanzer versilbert war und eine goldene Ziselierung zeigte. Er streckte das Schwert zur Begrüßung in die Höhe, bevor er es zurück in die Scheide schob. Seine Männer folgten dem Beispiel.

»Ihr habt uns einen gehörigen Schrecken eingejagt, Herr …«, nahm Jakob die Begrüßung entgegen.

Dieser hob das Halbvisier, mit dem die Mundpartie bedeckt gewesen war. Dahinter kam ein schelmisches Grinsen zum Vorschein. Das Pferd ruckte etwas und dampfte.

»Franz von Sickingen!«, empfahl sich der Ritter. »Auf Befehl seiner Majestät, des Königs, sollen wir Euch Geleit in die Stadt geben. Maximilian ist neugierig, was der Herr des Goldenen Kontors für ein solch wichtiges Geschenk erachtet, dass er es persönlich begleiten muss. Er lässt nachfragen, ob es die Reichsjuwelen seien, denn, so Maximilian, die Kaiserkrone wolle er sich nicht von einem Kaufmann aufs Haupt setzen lassen.«

Jakob verzog keine Miene. Dieser Sickingen musste unter die Scherzbolde des Reiches eingereiht werden, so viel stand fest. Das runde Gesicht, die lederne Haut, die blauen Augen, die ihm spöttisch entgegenblitzten, verrieten einen grundehrlichen Charakter. Ihm würde er bedenkenlos sein Gold anvertrauen. Sickingen gehörte zu den Rittern des alten Reiches, die für Ehre, König und Vaterland noch in den Tod gingen.

»Dann geleitet uns. Jeder Augenblick auf offenem Feld macht mich nervös«, gestand Jakob und begann sich bereits wieder umzusehen. Er konnte die herrliche Landschaft, die den Bodensee, die riedbewachsenen Ufer und das wellige Hinterland zeigten, nicht genießen. Mit einem Schlag wurde ihm bewusst, dass alles, was nicht von Mauern umgeben war, einem Kaufmann feindlich entgegen stand.

Die Sickingen'sche Truppe formierte sich, sein Hauptmann ließ die Karawane wieder antraben, und die Maulesel zogen ihre Last geduldig auf Konstanz zu.

KAPITEL 30 Viel hatte Jakob erwartet, aber nicht diesen Empfang. Bereits vor den Toren standen Bürger und Teilnehmer des Reichstags in dichten Reihen Spalier und bestaunten die Karren. Ein Raunen lief durch die bunte Menge, in der Mägde neben farbig gekleideten Junkern standen ebenso wie ehrbare Bürgersfrauen neben Hübschlerinnen. Mit verschämter Geste deuteten sie auf Sibyllas Sänftenwagen und auf ihn. Jakob, der weder nach rechts oder links blickte, sondern geradeaus auf den rostigen Panzerrücken Sickingens, hörte aus der Menge seinen Namen flüstern, hörte etwas von Gulden, Gold und Reichtum wispern. Am liebsten hätte er am Tor angehalten und die Karawane an sich vorüberziehen lassen, da er um die letzten Karren fürchtete. Die Torwache enthob ihn der Entscheidung. Die ersten Karren, die auf die Brücke zur Stadt hinüberfuhren, ließen das Holz unter ihrem Gewicht aufstöhnen. Sofort gebot die Wache Einhalt. Sickingen rief ihm über die Schulter zu, dass die Fuhren nur einzeln den schmalen Rheinarm überqueren dürften. Er werde vorausreiten und für die Sicherheit der Fracht garantieren.

»Wenn Ihr einem Raubritter über den Weg traut, Fugger!«, rief er ihm von der Brücke aus noch zu und lachte schallend, als hätte er einen grandiosen Witz gerissen.

»Einem Raubritter nicht«, brüllte Jakob zurück, um das Donnern des Wagens zu übertönen, der die Brücke querte, »Euch schon!«

Franz von Sickingen hob den Arm wie zur Bestätigung, dann verschwand er unterm Torbogen, und die Wache ließ den zweiten Wagen anrollen.

Stumm beobachtete die Menge die Aktion. Spätestens jetzt konnte man sich ausrechnen, was die Karren für Gewichte trugen, wie viel Gold sie geladen haben mussten. Als hätte die Menge plötzlich begriffen, was dort geschah, begann ein zaghafter Applaus aufzusteigen, scheu wie ein Vogel zuerst, bis er zu einem Sturm anwuchs. Jakob hob sich in seinem Sattel, um die Menge zu überblicken. Er überließ sich keinen Illusionen. Sie bejubelten nicht ihn, sondern seine Tat, zum richtigen Zeitpunkt Gold in unvorstellbarer Menge aufgetrieben und in die Stadt geschafft zu haben.

Mit dem letzten Karren querte auch er den Rheinabfluss aus dem Bodensee. Das Wasser über der Brücke roch frisch und würzig. Über allem lag jedoch die faule Ausdünstung einer Stadt, in der seit Wochen ein Reichstag wütete. Mit Grausen erinnerte er sich an die Versammlung in Augsburg, an die Unmengen von Abfall, Fäkalien und Nahrungsmittel, die tagtäglich die Stadt überschwemmt hatten. Von der Brücke aus sah er die Kette der Träger und Kübelwagen, die ihre Fracht in riesigen Jauchegruben in einiger Entfernung vor der Stadt abluden. Von den Pferdeställen, die unter einem Berg von Mist zu verschwinden drohten, drang ein stechender Geruch nach Urin und Kot herüber. Pecunia non olet, Geld stinkt nicht, dachte er sich beiläufig, als er das Tor durchquerte und dem letzten Wagen in die Stadt hinein folgte, begleitet von der Menge, die hinter ihnen aufschloss.

Unsagbare Enge herrschte in den Gassen. Je näher sie dem Münster und damit dem Hauptplatz kamen, desto dichter drängten sich die Massen, und Jakob wurde bewusst, dass die Gefahr für die Zuschauer, von einem seiner Karren überrollt zu werden, mit jedem Schritt näher rückte. Je langsamer sich die Wagen durch die Menge schoben, desto größer wurde andererseits das Risiko, dass sie geplündert wurden. Die Eskorte, die hinter dem Tor gewartet hatte und jetzt ebenfalls eng an die Karren gedrückt den Tross begleitete, hätte einer aufgebrachten Menge nichts entgegensetzen können. Sibylla hatte sich ins Wageninnere zurückgezogen. Sie tat recht daran, denn als die Kolonne den Münsterplatz erreicht hatte und die Karren einen Kreis fuhren, um sich mit ihrer wertvollen Fracht wie in einer Wagenburg einzuigeln, ging ein Raunen durch die Menge. Jakob, der sich in die Mitte der Burg drängte, zischte seinen

Leuten Befehle zu. Die Karren waren abzuladen, die Fracht im Laufschritt ins Münsterinnere zu transportieren. Nur in der Kirche war das Gold sicher. Seine Leute hoben die Kisten von den Wagen. Franz von Sickingen stand mit seinen Rittern Spalier bis zum Kirchenportal. Alles vollzog sich in Windeseile. Immer vier Mann zusammen schleppten im Laufschritt eine Kiste ins Innere, stapelten die Truhe vor dem Altar, rannten zurück, holten die nächste. All das geschah unter den neugierigen Blicken der Stadtbevölkerung. Keine halbe Stunde dauerte es, dann waren die Wagen entladen, und Sickingen bezog Posten vor der Kirche. Jetzt erst bemerkte Jakob, dass ihm Schweißperlen auf der Stirn standen. Es war Zeit, das Geld Maximilian zu übergeben, dann war er die Verantwortung los.

Als er an Sickingen vorüberkam, bot er dem Ritter die Hand.

»Ich danke Euch. Ohne Euch und Eure Männer hätten sie uns bereits von der Brücke in den See gestoßen.«

»Seid nicht ungerecht, Fugger. So grausam wären unsere Konstanzer nicht gewesen. Das Gold hätten sie sich genommen – doch mit dem Leben wärt Ihr davongekommen. Aus Liebe zum König!«

Sickingen lachte herzhaft in das verblüffte Gesicht, das Jakob um des lieben Friedens willen zog.

»Bringt mich zu König Maximilian, Sickingen!«, gebot Jakob und wusste sehr wohl, dass er damit die Etikette verletzte. Ein Adliger hatte von ihm keine Befehle auszuführen. Selbst wenn er der reichste Mensch dieser Erde wäre, galt die Ständeschranke.

Sickingen sah ihn undurchdringlich an. Jakob ahnte, dass es in ihm arbeitete, dass Adelsdünkel und Gehorsam miteinander rangen, bis ein Lachen über sein Gesicht lief.

»Findet Ihr nicht, mein werter Fugger?«, begann er, ohne auf dessen Frage einzugehen, »dass wir König Maximilian Euer Kommen mitteilen müssten? Folgt mir einfach, und ich bringe Euch zu Seiner Majestät.«

»Ist die Königin mit nach Konstanz gereist?«, fragte Jakob, nachdem sie sich beide auf ihre Pferde geschwungen hatten. Ohne auf Sickingen zu achten, drängte er seinen Fuchs durch die Menschenmenge. Scheu wichen die Gaffer zurück. Längst waren auf dem Platz die Gespräche verstummt. Alle beobachteten den Kaufmann und den Ritter.

Sickingen nickte und ritt hinter Jakob her, der den Weg zum Konzilsgebäude kannte, in dem der Reichstag konferierte.

»Erzählt, Sickingen, ist es dem König gelungen, die Stände davon zu überzeugen, dass er sich zum König von Rom und letztlich zum Deutschen Kaiser krönen lassen muss?«

Sickingen lachte hinter ihm. Er hatte die feine Ironie durchaus verstanden, die sich in Jakobs Satz verbarg.

»Die Stände sperren sich. Kein Groschen ist aus ihnen herauszuholen. Der große Ritter ist vor allem ein großer Bettler vor den Reichsständen. Es ist entwürdigend. Sie erwarten, dass er vor ihnen im Staub kriecht. Doch was wäre das für ein Monarch, der sich von den Ständen die Gnade der Kaiserkrone erwürbe?«

Jakob blickte geradeaus. Das Konzilsgebäude erstreckte sich das Seeufer entlang. Früher war es einmal ein Kaufhaus gewesen, jetzt beherbergte das wuchtige Gebäude den Reichstag. Es verkörperte zweierlei: einmal eine anmutige Würde, die sich in der Größe und Lage des Baus spiegelte, dem Reichsgedanken angemessen; zum anderen den Hinweis, dass sich die Großen des Reiches unter dem Dach der Kaufleute zusammenfinden mussten, wenn sie ihre Probleme miteinander besprachen. Reichsmacht und Bürgertum gehörten zusammen.

Stumm ritten sie um das Gebäude herum, als Jakob einfiel, dass er Sibylla nicht Bescheid gegeben hatte. Sie hockte womöglich noch immer in ihrem Sänftenkarren und wartete darauf, erlöst zu werden.

»Sickingen? Sorgt Ihr mir dafür, dass meine Frau in der Stadt Unterkunft findet? Egal, was es kostet – bequem muss es sein und ein wenig kultiviert. Kein Loch mit Wanzen und Läusen.«

»Die Blutsauger halten wohl nichts von Blutsaugern«, lachte Sickingen dröhnend.

»Macht die Königin ausfindig. Meine Frau hat sich auf ein Treffen mit ihr gefreut. Vielleicht könnt Ihr die beiden zusammenführen.«

Sickingen verzog die Mundwinkel. Niemand mochte Maria Bianca wirklich. Doch Jakob wusste, dass man die Frauen der Herrscher nicht vernachlässigen durfte. Sie besaßen immer Einfluss, selbst wenn er nicht offensichtlich war.

Vor dem Tor des Konzilgebäudes stiegen die beiden Männer ab. Jetzt drängte sich der Ritter vor Jakob und führte ihn ins Innere. Sie stiegen die Treppen hinauf und gelangten in einen lang gestreckten Raum, in dem über hundert Männer, in unterschiedlichste Moden gekleidet, miteinander tuschelten, die Köpfe zusammensteckten, sich besprachen. Es herrschte ein Lärm, der wie das Rauschen des Meeres an Jakobs Ohr drang. Als er hinter Franz von Sickingen den Raum betrat, verstummten die Gespräche.

Am anderen Ende des Saals stand, etwas erhöht, eine Art Thron. Jakob, der versuchte, einen Überblick über die Männer, ihre Funktion und ihre Würden zu gewinnen, entging die Bewegung auf dem Thronstuhl nicht. Er kannte das wallende Haar. Maximilian war ein gut aussehender Mann, der sich selbst am Ende seiner 40er Jahre noch geschmeidig bewegte, obwohl ihn die Gicht in den Händen plagte und ihn eine alte Fußverletzung quälte. Jetzt ließ er sich sogar dazu herab, Jakob persönlich zu begrüßen. Vor den Augen der hohen Herren und des Klerus ging er ihm entgegen.

»Jakob«, klang ihm die für den Bären von Mann zu hohe Stimme entgegen. »Was führt Euch nach Konstanz? Man erzählt sich Wunder. Ich aber sehe nur einen Freund.«

Den er am liebsten aus dem Tirol hinauswerfen und, wenn es

ihm möglich wäre, in Ketten legen und sein Vermögen einziehen lassen würde, wenn er ihm auch nur eine Handhabe dazu lieferte, dachte sich Jakob im Stillen.

Tatsächlich beugte er ein Knie vor dem Herrscher und senkte den Kopf.

»Heil Euch, Majestät«, begrüßte er Maximilian, der übers ganze Gesicht strahlte und sichtlich alle Förmlichkeiten und Höflichkeiten und Floskeln beiseite gelassen hätte, wenn er nur aus Fuggers Mund erfahren hätte, was ihm Zuträger längst zugeflüstert hatten: dass nämlich der Augsburger mit Wagenladungen voller Gold in Konstanz eingetroffen war.

»Wo habt Ihr Eure Gemahlin gelassen, Jakob?«, fragte Maximilian, obwohl er auch das wusste.

»Sie kümmert sich ein wenig um Eure Gattin, Majestät. Sie leistet im Augenblick Maria Bianca Gesellschaft.«

Maximilians Laune schien durch nichts getrübt. Er verzog nicht einmal das Gesicht, obwohl Jakob zugetragen worden war, dass er inzwischen Maria Bianca ignorierte, als wäre sie nicht vorhanden.

Maximilian nahm Jakob am Arm. Dann umarmte er ihn. Ein Raunen ging durch den Raum. Ein König am Hals eines Bürgers, eines Webers obendrein. Maximilian schien sich nicht um die Stimmung zu scheren. Jakob wurde sich bewusst, eben zu einer politischen Demonstration missbraucht worden zu sein. Ein Maximilian von Habsburg brauchte keine Reichsstände. Seine Freunde saßen ganz woanders. Offenbar hatte der Reichstag nicht das an Erfolg gebracht, was die Majestät sich davon versprochen hatte. Jetzt war der Kaufmann wieder recht. Ganz so einfach, wie Maximilian sich das allerdings gedacht hatte, würde er es ihm nicht machen.

Jakob atmete durch, als er an der Seite Maximilians durch den Reigen der Mächtigen geführt wurde. Einerseits kannte er die meisten der Herren. Sie standen auf seiner Lohnliste und erhielten Apanagen für ihr Wohlwollen und ihre Unterstützung.

Andererseits überkam ihn ein Schauer, denn die meisten von ihnen waren in der Lage, mit dem Schnippen eines Fingers das Kartenhaus, auf das sich die Firma Ulrich Fugger und Gebrüder gründete, zum Einsturz zu bringen.
»Majestät«, begann er, nachdem Maximilian ihn bis vor den Thronstuhl geführt hatte. Neben ihm standen das Haus Wittelsbach, der Herzog von Sachsen, der Brandenburger, die Bischöfe von Köln und Mainz und Trier. »Majestät, ein Jakob Fugger kommt niemals mit leeren Händen. Es ist recht und billig und steht altersher dem Könighaus der Habsburger zu, den Titel eines Deutschen Kaisers anzunehmen. Um Euren Plänen für eine Romfahrt beizustehen, will ich Euch eine kleine Unterstützung für Eure Bemühungen übergeben.« Bewusst hatte Jakob im Laufe seiner kurzen Rede die Stimme gehoben. Jetzt verstummten die Gespräche und machten einer spannungsvollen Stille Platz. »Im Münster Unserer Lieben Frau lagern 80 000 Goldgulden. Verfügt darüber, wie es Euch gefällt!«
Jakob senkte das Haupt. Einen zweiten Kniefall hielt er für unangemessen. Als führe ein Sturmwind durch die Menge, begann ein Rascheln und Wispern und Raunen um ihn herum.
»Habt Ihr eben 80 000 Gulden gesagt, Jakob?«, fragte Maximilian nach und musste sich räuspern. Seine Stimme klang belegt.
»80 000 Gulden, rheinisch, Majestät!«, bejahte Jakob. »Auf fünfzehn Maultiere verteilt.«
Im selben Augenblick fiel ihm ein Stein vom Herzen. Er hatte das Geld weitergegeben. Hinter ihm wob sich ein Teppich aus murmelnden Gesprächsfetzen. Einen besseren Zeitpunkt für die Übergabe hätte er nicht finden können. Dass dieses Schauspiel erkauft war, wussten die wenigsten. Kein Geld ohne Sicherheiten, aber auch kein Einfluss ohne Inszenierung. Das Spiel war gespielt. Der Vorhang fiel. Im Augenblick überstrahlte sein Glanz jeden hier im Saal, selbst den König.

KAPITEL 31 Gräfin Fugger. Gräfin Sibylla Fugger. Sibylla, die Jakob im zweiten Schlitten gefolgt war, sonnte sich in diesem Titel, als wolle ihr Körper sich durch Dehnen und Strecken dem Neuen anpassen. Sie wusste wohl, dass es eine Zeit dauern würde, bis Maximilian an Jakob den Adel vergab, aber besaß man jetzt mit der Grafschaft Kirchberg und der Stadt Weißenhorn nicht eigene Herrschaften? Auch wenn sie von Maximilian nur erkauft waren.

Sie lauschte dem Verklingen der Glocken des Weißenhorner Geläuts. Heute feierten die Bauern Epiphanias. Christus, der Herr, ward geboren. Halleluja – und der neue Herr Jakob Fugger forderte sein Recht nach althergebrachter Manier.

Ihr Schlitten hielt hinter dem Jakobs vor dem Weißenhorner Ratsgebäude, vor dem sie der Stadtpfleger und eine Hundertschaft Bürger und Bauern erwarteten. Sibylla spähte am Fellberg, der sie einhüllte, vorbei auf ihre Untertanen, die sich hinter Jakob ins Rathaus drängten. Neben sich hörte sie weitere Schlitten einlenken, Männer sprangen in den Schnee, ein Stapfen und Schnauben und Keuchen. Sie roch das klare Winterwetter, das in die Nase schnitt und sich zwischen den Mauern mit den Düften der Menschen und Gäule mischte.

»Herrin!«, wurde sie aufgefordert. Herrin war die richtige Bezeichnung. Herrin. Noch lieber wäre ihr Gräfin gewesen, aber diese Anrede durfte sie nicht fordern. Noch nicht.

Als sie aufblickte, stockte ihr der Atem. Das konnte nicht wahr sein.

»Wer …? Ihr?«

»Wer ich bin, Sibylla Fugger, dürfte Euch sicherlich bekannt sein«, schmunzelte der Kaufmann vor ihr, der sich galant verbeugte.

»Jakob … äh … hat mir nichts gesagt.« Sibylla kamen die Worte nur stotternd über die Lippen, und sie wurde sich der Peinlichkeit ihres Auftretens bewusst. Alles schälte sich aus den Felldecken, nur sie blieb sitzen und starrte den Mann vor sich an, als wäre er ein Gespenst.

»Seit drei Tagen erst bin ich aus Venedig zurück. Aber Euer Gemahl hat mich gebeten, diesen Akt heute zu bezeugen.«

»Es freut mich, Konrad, dass Ihr bei diesem Ereignis zeugt.« Sibylla wiederholte seine Worte, um ihre Fassung wiederzuerlangen. Beinahe zehn Jahre lang hatte sie von Konrad Rehlinger nur gehört, dass er geheiratet hatte, Vater geworden war und das Geschäft der Familie weiter betrieb. Außer einigen flüchtigen Begegnungen in der Kirche, außer einigen rasch gewechselten Blicken war er aus ihrem Leben verschwunden – und jetzt stand er vor ihr wie aus dem Boden gewachsen. Sibylla atmete tief durch und reichte ihm kurz entschlossen die Hand zum Aussteigen.

»Ihr habt Euch in der Weltgeschichte herumgetrieben, mein lieber Konrad«, sagte sie vorwurfsvoll, als ihre Hände ineinander griffen. Er half ihr, aus dem Fellsack zu klettern.

»Die Welt ist groß – und doch führen alle Wege zurück nach Augsburg. Hier schlägt ihr Herz.« Er lachte verhalten und machte eine ausladende Handbewegung. »Eine wundervolle Stimmung, findet Ihr nicht auch?«, sagte er. »Habt Ihr auf dem Weg hierher den Ruf der Schneeeule vernommen, Fuggerin? Majestätisch.«

Überrascht betrachtete Sibylla Konrad Rehlinger. Wie empfindsam er war. Jakob wäre es nie in den Sinn gekommen, über Schneeeulen zu reden. Vermutlich hätte er ihren Ruf nicht einmal vernommen. Schneeeulen besaßen keinen Wert, weder die Vögel selbst noch deren Gefieder. Was sollte man sich mit solchen Tieren abgeben?

»Leider nicht, Konrad«, erwiderte sie verschämt. Sie wollte von ihm nicht Fuggerin genannt werden. Auch wenn sie sich lange nicht gesehen hatten, sollte er sie doch beim vertrauten Vornamen rufen. »Sagt weiter Sibylla zu mir«, flüsterte sie. »Bitte!«

Einem raschen Entschluss folgend, hakte sie sich bei ihm unter. Sofort verband sie ein Gefühl mit diesem Mann, der Augsburg und sie so lange gemieden hatte, und erfüllte sie mit Wärme. Sie blickte ihm von der Seite her ins Gesicht. Er schmunzelte und drückte ihren Arm an seine Brust, als hätte er eine Eroberung gemacht. An Konrad Rehlingers Arm bahnte sie sich einen Weg durch die Menge. Hinter ihr her und vorneweg gingen eine Reihe Augsburger Herren, der alte Ilsung, ihr Onkel Ulrich Artzt und ein ganzer Schwarm Geistlicher des Domkapitels sowie Roggenburger Mönche.

Sibylla lauschte den Gesprächen der Männer, die sich um die Grafschaft und um den Romzug Maximilians drehten. Konrad Rehlinger wollte sich mit ihr durch die Menge schieben, um sich neben Jakob zu stellen, aber Sibylla hielt ihn zurück. Solchen Schauspielen wohnte sie gern aus den letzten Reihen bei. Man konnte von dort die Reaktionen der Menschen besser wahrnehmen.

Was sie jedoch sah und hörte, gab ihr einen Stich. Die allermeisten Bauern und Städter standen mit versteinerten Gesichtern da. Manche ballten die Fäuste, schüttelten sie gar hinter Jakobs Rücken gegen ihn.

»Ein Weber als Grundherr«, knurrte einer der Männer neben ihr, ohne sie eines Blickes zu würdigen. »Der Alte rührt weder eine Flinte noch einen Sauspieß an. Wie soll ihn der Jagdaufseher anerkennen?«

Sibylla sog scharf den Atem ein. Meinten sie mit dem Alten wirklich Jakob? Er war 48 Jahre alt.

Die Gespräche um sie herum verstummten, als der Bürgermeister anfing, die Rechtmäßigkeit des Herrschaftsanspruchs auszulegen. Kardinal Caravajal stand etwas verloren neben Jakob und nickte bestätigend. Ein Raunen lief durch den Raum. Sibylla verfolgte, wie ihr Onkel sich durch die Menge nach vorn schob. Sie fühlte Konrads Arm an ihrer Seite, als der Vogt die Eidesformel verlas:

»Ich gelobe und schwöre, dass ich dem ehrbaren und festen Herrn Jakoben Fuggern als meinem rechten Herrn und seinen Erben, auch seinen Pflegern, Amtleuten, und wem er das an seiner statt befiehlt, gehorsam, getreulich und gewärtig zu sein, auch die Rente, Zins und Gült und anderes reichen, geben und bezahlen, ihren Nutz und Frommen fördern und Schaden wenden und warnen und alles das tun soll und will, das ein jeder Untertan seinem rechten Herrn schuldig und pflichtig und von all dem Herkommen ist, auch Inhalt des Kaufbriefs, so der benannte Herr Jakob Fugger von Römischer Königlicher Majestät, meinem allergnädigsten Herrn, hat, gebührt, getreulich und ungefährlich.«

Die Männer im Raum – Bauern wie Städter – hoben die rechte Hand und schworen. Sibylla hatte das Gefühl, als hätte sich im Moment der Verlesung des Eids die Luft merklich verdickt und mit dem warmen Schweiß der Männer aufgeladen.

Ein jeder trat vor, legte eine Hand auf die Bibel, die vor dem Kardinal ausgelegt war. »Ich schwöre, so wahr mir Gott helfe!« Wer zu sehr murmelte, wurde von den Bütteln mit einem Stockhieb daran erinnert, dass Schwurformeln deutlich und klar gesprochen wurden.

Sibylla war sich bewusst, dass Jakob jetzt unumschränkter Herr über Leben und Tod, über Hab und Gut, Wohl und Wehe dieser Männer und ihrer Familien war. Das Hochgefühl, das sich bei der Herfahrt in ihr ausgebreitet hatte, vermischte sich mit einem grenzenlosen Schrecken über die Mienen der Männer, die an ihr vorbeischlichen, wenn sie nach ihrer Eidesformel den Saal verließen. Sie griff nach dem Amulett, das um ihren Hals hing und zwischen ihren Brüsten pendelte. Es kühlte ihre hitzigen Finger. Der Kaiserkopf auf der Münze hatte sie zur Gräfin gemacht. Wohin würde er sie noch führen?

»Es ist eine neue Qualität der Herrschaft«, bemerkte Konrad an ihrer Seite. »Bislang gebot Jakob über ein Heer von Webern und Faktoreiarbeitern, jetzt gebietet er über Menschenleben.« Rehlinger stockte, als wolle er noch etwas hinzusetzen, getraue sich jedoch nicht, es zu tun.

Sibylla zog ihn leicht zu sich her, und während sie den feinen Pelz fühlte, der ihn vor der eisigen Witterung draußen schützte, wurde ihr merkwürdig zu Mute. Es war, als hätte es über all die Jahre hin eine feinnervige Verbindung gegeben, die selbst für die Zeit ihrer Trennung nicht unterbrochen worden war. Jetzt – kaum dass sie ihn wieder gesehen hatte – begann der Strom der Gefühle erneut zu fließen. Mächtig und stark. Konrad war kein Fremder. Mit jedem Satz, den er zu ihr sprach, wurde er wieder zu dem, was er ihr einst gewesen war: ein vertrauter Freund.
»Was hast du auf dem Herzen, Konrad?«, fragte sie mit leiser Stimme.
»Es war ein Eid auf Jakob persönlich.« Wieder stockte er. »Den Bruder – den Älteren – hat man einfach vergessen.«
»Du meinst, Ulrich hätte zumindest erwähnt werden müssen?«
»Ich finde es verwunderlich.«
»Woran denkst du?«
»Daran, dass Ulrich in seiner eigenen Unternehmung nichts mehr zu sagen hat. Jakob hat die Macht übernommen. Gänzlich übernommen.«
Sibylla lachte in sich hinein.
»Ich denke daran, dass sich Regina, Georgs Witwe, grün und blau ärgern wird, wenn sie oder ihre Söhne davon erfahren. Jakob wird keine Nachfahren haben, also spricht er immer im Namen der Gesellschaft. Immer.«
»Er ist mir unheimlich.« Wieder machte Konrad eine nachdenkliche Pause. Sibylla blickte ihn fragend an.
»Er lenkt die Welt und zerstört sie, wo es ihm passt. Er ermöglicht Kaiserkrönungen, und er finanziert Kriege.«
Sibylla zuckte zusammen. Mochten die Augsburger sich über Kaiserkrönungen und Herrschaften das Maul zerreißen, aber Jakob vorzuwerfen, er habe einen Krieg finanziert, war doch etwas anderes.
»Was meinst du damit?«, fragte sie scharf.
»Die Venezianer werden den Kaiser auf seinem Weg nach Rom

nur als Privatperson durch sein Gebiet reisen lassen. Er wäre jedem umherziehenden Söldner schutzlos ausgeliefert – und Venedig wird seinetwegen keinen Finger rühren.«

Sibylla ließ Konrad nicht aus den Augen. Er sprach mit ihr, als könnte man ihr zutrauen, über die politischen Belange Bescheid zu wissen.

»Maximilian will sich nicht daran halten«, fuhr er fort. »Er zieht bereits ein Heer zusammen. Noch im Frühjahr soll es nach Rom gehen. Das bedeutet Krieg.«

»Ich wusste, dass Jakob ihn begleiten sollte«, sagte Sibylla nachdenklich.

»Er hat ihm diesen Krieg ermöglicht«, wiederholte Konrad.

»Womit?«

»Mit den Geldern, die er nach Konstanz geschafft hat.«

»Jakob würde das nie tun!«

»Wer mit Kupfer und Zinn handelt, steht näher am Krieg als jeder andere. Aus den beiden Metallen werden Kanonen und Mörser geschmiedet. Mit Jakobs Krediten kann sich Maximilian erst die Söldner leisten, die ihn nach Rom begleiten sollen. Ohne das Geld müsste er auf seine Kaiserkrönung verzichten.«

Konrad hatte ruhig und unbeteiligt gesprochen.

Sibylla musterte seine Miene, das Gesicht, das älter geworden war, aber gleichzeitig den Jungen zeigte, mit dem sie im Garten gesessen hatte. Damals. In einem anderen Leben.

Sie gab sich einen Ruck und reckte das Kinn. »Ihr sprecht über ihn, als sei er kein Mensch«, sagte sie und wendete sich ab. »Aber – Konrad Rehlinger. Ihr vergesst, dass er einer ist.«

KAPITEL 32

Jakob stand in der Tür, weiß wie der Tod.

Die Musik verstummte. Der Sänger schwieg. Sibylla legte ihre Laute beiseite. Sie wusste sofort, dass etwas geschehen war, das ihre Welt bis in die Grundfesten hinein erschütterte. Mit einem Wink schickte sie den Lautenspieler hinaus. Auch Anna empfahl sich auf ein Nicken ihrer Herrin hin. Wie eine Statue blieb Jakob unter dem Sturz stehen, steif und unnahbar, bis sich alle an ihm vorbeigedrückt und den Raum verlassen hatten. Fürs Mittagessen war es zu früh.

»Jakob, geht es dir nicht gut?«

»Kardinal Melchior von Meckau.«

Er sprach so leise, dass Sibylla Mühe hatte, ihn zu hören. Sie verstand nicht recht, was er damit sagen wollte, erhob sich jedoch und trat vor ihn. Sie umfasste ihn, legte ihren Kopf auf seine Brust. Sein Herz schlug schnell, als wäre er den Weg vom Kontor bis hierher gelaufen.

»In guten wie in schlechten Tagen«, sagte sie und lächelte verzagt. Jakob sah es ohnehin nicht. »Erzähl mir, was geschehen ist, Jakob. Ich hör dir zu.«

Es war ein Zugeständnis, denn in den letzten Jahren hatten sie sich wenig zu sagen gehabt. Allenfalls ein spärlicher, wenig verheißungsvoller Versuch, doch noch ein Kind zu zeugen.

»Meckau!«, wiederholte er tonlos und sah an Sibylla vorbei.

Sibylla betrachtete Jakob lange von der Seite. Sie versuchte zu verstehen, was er ihr sagen wollte. Schließlich gab sie auf. Niemand konnte seine Gedanken erraten.

»Was ist mit Kardinal von Meckau, Jakob? Jetzt sag schon!«

»Kardinal von Meckau ist in Rom verstorben.«

Sibylla lächelte nachsichtig und legte ihm eine Hand auf den Arm. Sie hatte Meckau noch gut von ihrer Romreise in Erinnerung, als er ihr einen Wechsel für Jakob anvertraut hatte, der so wichtig gewesen war, dass nur sie ihn hatte überbringen können.

»Wir altern alle, und des Menschen Los ist der Tod. Die einzige verlässliche Größe unseres Lebens.«

»Deine Welt ist so überschaubar«, sagte er, ohne sich zu regen. »Musik. Gespräche mit deinen Frauen. Sticken und stricken. Allenfalls die Wolle könnte ausgehen oder das Garn. Ansonsten gehst du in die Messe und dankst Gott dafür, dass er dir keinen Mann geschenkt hat, der auf die venezianischen Galeeren muss.«

Bitterkeit lag in Jakobs Rede. Ein Abgrund an Düsternis, als hätte er am helllichten Tage die Nacht ins Zimmer getragen.

»Du verspottest mich!«, sagte sie und stieß sich von ihm weg. »Ich wollte dir helfen.«

»Verzeih«, sagte er matt und betrat den Raum, als würde er ihn zum ersten Mal sehen. Er stellte sich an den Stickrahmen, ließ seine Finger über die Blumenornamente gleiten, nahm die Laute zur Hand, mit der Sibylla den Musikus begleitet hatte, zupfte eine Saite an und horchte dem Ton nach.

»Meckau hatte viel Geld in unsere Gesellschaft eingelegt. Geld, das der Kurie gehört, nicht ihm selbst. Er trägt seine Schuldscheine bei sich. Er trägt sie immer bei sich. Ich hatte ihn davor gewarnt.« Sibylla hob fragend die Augenbrauen. »Er ist unser größter Teilhaber!«

»Ein Kardinal?«, tönte Sibyllas Frage, bis sie begriff, was das bedeutete. »Ein Kardinal! Das Geld gehört gar nicht ihm, sondern der Kirche.«

Jakob nickte und fuhr sich mit der Hand über das Gesicht. Es raschelte, als die trockene Haut aneinander rieb.

»Wir dürfen nicht zahlen, wenn der Papst die Gelder einfordert. So viel Geld haben wir bar nicht sofort verfügbar. Zahlen wir das Geld jedoch nicht aus, verlieren wir unsere Gläubiger, die nicht mehr daran glauben, dass wir ihr Vermögen vermehren. Sie werden ihre Einlagen in unsere Unternehmung zurückverlangen, und wir werden die geforderten Mengen nicht auszahlen können. Es ist ein Teufelskreis, der nur ein Ziel kennt: den Ruin des Hauses Fugger. Den finanziellen Bankrott.«

Sibylla drängte Jakob, sich zu setzen, und ließ sich leicht auf seinen Schoß nieder. Jetzt konnte sie in seine Augen sehen, die sich getrübt hatten. Ein Schleier lag über dem sonst wasserklaren Blick.

»Du wirst eine Lösung finden«, flüsterte sie und hauchte ihm einen Kuss auf die Augenlider. »Nichts ist so schlimm, als dass ein Fugger es nicht bewältigt.«

Jakob schob sie weg, erhob sich und schritt mit gesenktem Kopf durch den Raum. Seine Unruhe war greifbar.

»Sibylla, ich fühle mich, als müsste ich an drei Orten gleichzeitig sein, um die Rettung unseres Unternehmens zu betreiben. Dabei hemmt mich eine Lähmung, die mir sagt, dass alles bereits zu spät ist, weil die Nachrichten so lange brauchen, um ihre Empfänger zu erreichen, und wir nicht wissen, was jetzt im Augenblick am wichtigsten ist. Zehn Tage bis Rom, zwei Tage bis Innsbruck.«

»Ich kenne einen Jakob Fugger, der niemals verzagt hat in all den Jahren. Der immer einen Ausweg wusste, egal, welchem Unbill er ausgesetzt war.«

Jakob seufzte, stellte sich ans Fenster und blickte auf den Innenhof hinaus. Es hatte geschneit. Die Welt vor dem Fenster hatte alles an Leben eingebüßt. Tot lag sie vor ihm. Selbst die kleinen Lebenszeichen, die sonst überall zu sehen waren, die Spuren von Katzen- und Mäusepfoten, die dreizackigen Trittsiegel der Vögel hatte der Neuschnee mit seinem Weiß überdeckt.

»Ich sehe keine Rettung. Die letzte Nachricht von Johannes Zink lautet, dass der Papst ihn aufgefordert habe, das Vermögen Melchior von Meckaus auszuzahlen. Ob es der Wahrheit entspricht, weiß ich nicht.«

»Warum tut er es nicht? Ist es nicht eine der Tugenden des Hauses Fugger, Zahlungen auch dann zu leisten, wenn der Gläubiger annimmt, es würde die Unternehmung ruinieren?«

Jakob drehte sich zu Sibylla um. Sie entdeckte in seinen Augen eine Wässrigkeit, die sie niemals zuvor bei ihm bemerkt hatte. Wurde Jakob alt? Rührte ihn sein eigenes Versagen plötzlich zu Tränen?

»Wir sprechen von dreimal hunderttausend Gulden, Sibylla. Das ist mehr, als wir Brüder an Vermögen in unserer Unternehmung einliegen haben.«

Sibyllas Augen verengten sich. Zuerst bewegte sie lautlos die Lippen. Erst allmählich kamen verständliche Laute.
»… wenn ihr die auszahlen müsst, ist die Unternehmung Ulrich Fugger und Gebrüder …«
Sie konnte nicht weiterreden, schluckte.
»… zahlungsunfähig«, ergänzte Jakob ihren leise in den Raum gesprochenen Satz. »Es bedeutet das Ende.«
Sibylla setzte sich langsam. Ein Schwindel ergriff sie, als würde sie aus schwindelnder Höhe herabstürzen.
»Es muss Möglichkeiten geben, Jakob.«
»Es gibt Möglichkeiten, Sibylla. Sie alle erfordern meine Anwesenheit. Vor allem in Rom. Wenn ich mich jedoch in Rom sehen lasse, muss ich befürchten, als Schuldner des heiligen Vaters in den Torre di Nona, den Schuldturm, geworfen zu werden.« Jakob drehte sich wieder dem Fenster zu und betrachtete das Winterbild durch das blasige Glas. Als wollte die Welt den Augenblick einfrieren und so festhalten.
Sibylla fasste sich und trat hinter ihn. Mit beiden Armen umfing sie seine Brust, legte den Kopf auf seinen Rücken. Was Jakob angedeutet hatte, machte sie zusätzlich nervös. Sie wollte ihm jedoch die Entscheidung nicht unnötig erschweren. Um diese Jahreszeit zu reisen bedeutete beinahe den sicheren Tod, vor allem wenn man es nicht gewöhnt war. Meldereiter unternahmen auch bei eisigen Temperaturen ihre Ritte, doch waren sie abgehärtete, raue und junge Kerle. Jakob war fünfzig geworden. Ein Hausmensch, der die warme Stube nötig hatte, kein Raubein. Es würde ihn umbringen.
»Weiß Ulrich davon?«
Jakob schüttelte den Kopf, dann nickte er.
»Dass der Kardinal große Summen bei uns hinterlegt hatte, war ihm bekannt, wie groß die Einlage allerdings tatsächlich war, wusste nur ich. Meckau hatte mich zu absolutem Stillschweigen verpflichtet!«
Es war eine Schutzbehauptung. Nach den Regeln des Gesell-

schaftsvertrags zwischen den Brüdern hätte Jakob Ulrich Bescheid geben müssen. Dass er es nicht getan hatte, war unverzeihlich, denn auch das Vermögen des Bruders war betroffen. Von einem Tag auf den anderen würden die beiden Brüder arm wie Kirchenmäuse sein, wenn Jakob keine Lösung einfiel.
»Denk nach, Jakob, es muss andere Wege geben. Es hat immer schon andere Wege gegeben. Woher hat Julius II. gewusst, dass Meckau so viel Geld bei den Fuggern hinterlegt hatte?«
Sie strich ihm die Seiten auf und ab, was er mochte und was sie über Jahre hin nicht mehr getan hatte.
»Kardinal Melchior von Meckau hat es vorgezogen, aus Brixen nach Rom zu ziehen. Die Brixener Domherren hatten offenbar erfahren, dass ihr Bischof, der er ja weiterhin war, dem Bistum erhebliche Geldmittel entzogen hat. Die Gulden aus Brixen gingen an die Fugger-Bank. Stillschweigend, da er als Geistlicher keine Zinsgewinne hätte nehmen dürfen. Bei seinem Tod wurden im Ärmelumschlag des Kardinals Schuldscheine gefunden, die sich auf 200 000 Gulden veranschlagten. Der guten Beziehungen wegen, die der Kardinal zu unserer Bank unterhielt, konnten wir Fugger uns weiterer Kardinäle und Bischöfe versichern. Meckaus Einsatz verzinste sich somit weit ertragreicher, als er vermutete.«
In Jakobs letzter Bemerkung schwang der Stolz mit, die Beziehung mehrfach für die Unternehmung fruchtbar gemacht zu haben. Ja, sie hörte sogar ein leichtes Lachen heraus.
»Jeder macht es so. Kardinal Cibò versichert sich der genuesischen Familie Pallavicini, Kardinal Federigo Graf Sanseverino und Kardinal Caravajal empfingen Gelder von Seiten der Grimaldis. Der Kardinal Alessandrino oder der päpstliche Datar, Fazio Santori, sind Kunden der Fugger-Bank. Heimlich natürlich. Bei allen Familien, die Kredite gewähren, liegt stilles kirchliches Geschäftsvermögen. Wir Fugger könnten längst nicht mehr ohne diese Einlagen arbeiten. Sie geben uns die Kreditsicherheiten, die wir benötigen.«

Staunend hörte Sibylla zu. Jakob ließ sie in die Tiefen der Fugger'schen Geldpolitik blicken. Wenn sie hinzurechnete, dass Jakob selbst am Ablasshandel verdiente und bei den Pfründenzahlungen mitfinanzierte und Gelder überwies, dann wurde ihr regelrecht schwindlig. Erzählte ihr Jakob das, weil er glaubte, sie verstünde nichts davon und könne keine Zusammenhänge begreifen, nur weil sie an einer Laute zupfte und Vergnügen an Tanz und Gesang fand? Im Grunde hatte er Recht. Sie überblickte die Zusammenhänge nicht. Sehr wohl allerdings verstand sie, dass die Einlagen aus Brixen den Bestand des Hauses Fugger gefährdeten.

»Wer fordert das Geld, Jakob?«

Jakob seufzte, als hätte sie ihn in tiefem Nachdenken gestört. »Der Papst selbst, aber auch das Nationalhospiz Santa Maria dell'Anima in Rom«, erwiderte er. »Das Hospiz wurde von Kardinal von Meckau als Alleinerbe eingesetzt. Sie schachern bereits um den Toten. Papst Julius II. hat den Leichnam in ein italienisches Gotteshaus überführen lassen. Er will damit seinen Anspruch auf das Erbe kundtun.«

Die letzten Sätze hatte Jakob gesprochen, als wäre alle Kraft aus seinem Körper gewichen. Sibylla verstand ihn. Der Papst, il terribile, wie man ihn gemeinhin nannte, war ein übermächtiger Gegner. Beinahe zu groß, denn Jakob bekämpfte mit ihm nicht nur den Geschäftsmann, sondern auch seinen eigenen Glauben. Gegen ihn musste das Haus verlieren, außer …

»Du müsstest dem Papst einen ebenbürtigen Gegner präsentieren, Jakob. Einen Gegner, der ebenso ein Anrecht auf das Geld besitzt wie der Papst oder das Nationalhospiz.«

Wieder seufzte Jakob.

»Als wenn ich daran nicht gedacht hätte. Wer sollte das sein? Ein Kardinal? Lächerlich. Der Papst würde ihn hinwegfegen. Der Kaiser? Wie sollte Maximilian einen Anspruch auf das Erbe begründen? Kaufherren aus Augsburg oder aus Italien? Sie würden mich nur zu gern am Boden sehen und werden keinen Finger für die Fugger rühren.« Er schlug die Hände vors Gesicht. Auch sie waren kalkweiß. »Es ist eine Strafe, weil ich die Kapelle bei St. Anna nicht begonnen und Georgs Wunsch bislang nicht erfüllt habe. Der Herr hat mich gestraft.«

Sibylla ließ los und trat neben Jakob, dessen Blick starr auf die Winterlandschaft gerichtet blieb.

»Du musst dich darauf einrichten, dort draußen zu leben, Sibylla«, sagte er tonlos. Er wandte sich ab und wollte den Raum verlassen.

»Jakob«, hielt sie ihn zurück. »Gehört nicht das Bistum Brixen in das Herrschaftsgebiet des Heiligen Römischen Reiches? Ist daher nicht der Kaiser sehr wohl erbberechtigt? Du hast eben noch erzählt, dass das Geld ohne Zustimmung des Bistums aus dem Land geflossen ist. Kann der Kaiser nicht das Geld zurückfordern?«

Jakob wandte sich langsam zu Sibylla um und sah sie an, als hätte sie eben Indien entdeckt, von dem alle schwärmten.

»Sibylla«, sagte er nur, und sie sah, wie es hinter seiner Stirn arbeitete. »Natürlich. Den Papst mit dem Kaiser besiegen. Damit verschaffe ich mir einen zeitlichen Vorteil.«

Sibylla selbst bedauerte bereits wieder die Kühnheit, mit der sie die Idee geboren hatte.

»Was ist, wenn der Kaiser nicht will, wenn er sich dir verweigert? Ihr wart nicht immer Freunde. Zudem benötigt er den Papst gegen Venedig, wenn ich mich recht erinnere.«

Jakobs Gesichtsfarbe hatte sich verändert. In das Leichenweiß mischte sich wieder ein wenig Rot. Ein schmales Lächeln blühte gerade erkennbar auf seinen Lippen. Hellrot.

»Er braucht vor allem die Fugger und ihre Kredite. Mehr als alles andere. Und die Fugger, Sibylla, die sind jählings nicht bei Gelde!«

KAPITEL 33 »Sibylla, wartet einen Augenblick. Ich muss mit Euch reden. Außerdem …«, Ulrich zögerte, »hätte ich eine Stütze nötig.«

Sibylla schickte Anna voraus und griff dem Schwager unter den Arm. Der stattliche Mann war zum Skelett abgemagert, das Gesicht eingefallen, links und rechts vom Mund hatten sich steile Falten eingegraben, in denen dunkle Bartstoppeln sprossen, mit dem Schermesser nicht mehr zu erreichen, so tief saßen sie. Seine Finger knochig, der Griff jedoch so fest wie eh und je. Ulrich ging krumm, gebeugt von seinen schmerzenden Nieren, die ihm gelbe Augäpfel bescherten. Um die Augen selbst ein Trauerschwarz, seit Veronika gestorben war. Er atmete flach, weil jeder Atemzug in den Unterleib stach.

Trotzdem zwang er sich sonntags ins Münster seines Namensheiligen St. Ulrich und Afra, hockte sich in das von ihm und den Brüdern auf eigene Kosten angebrachte Gestühl der Dionysius-Kapelle, versenkte sich in den Anblick der von ihm selbst gestifteten Altartafel und betete für sich allein. Von den Menschen ringsum wollte er nichts wissen. Sibylla begleitete ihn an manchen Tagen.

Leicht war er geworden, der Schwager. Mehr ein Schatten denn die schwergewichtige, imposante Figur, die er vor wenigen Jahren noch vorgestellt hatte.

»Jakob ist fortgereist. Wie steht es um die Unternehmung der Fugger? Er hat nicht mehr mit mir geredet, seit … Jakob schont mich.«

Ulrich zwang sich zu einer Pause, aber Sibylla bemerkte die Enttäuschung, die sich dahinter verbarg. Das frühere Einvernehmen bestand nicht mehr. Jakob überging Ulrich, weil er dachte, er sei zu schwach für die nötige Gegenwehr. Sibylla wollte so ruhig wie möglich antworten, doch es gelang ihr nicht. Sie musste schlucken, fühlte, wie ihr die Tränen in die Augen stiegen.

»Er hat es nicht beabsichtigt, Euch mit in den Strudel zu ziehen.«

»Es geht mir nicht um mich, Sibylla. Es geht mir um die Kinder. Keines von ihnen kann hinterm Webstuhl sitzen. Sie sind in Wohlstand aufgewachsen. Wie selbstverständlich stecken die Gulden in ihren Taschen.«

Das Schlurfen Ulrichs hallte wider im Gewölbe des Münsters und schien sie einzuspinnen in einen Kokon aus Geräuschen. Sie kamen nur langsam vorwärts, dennoch bemühte sich Ulrich um eine Haltung, die nicht zeigen wollte, dass ihn die Schieflage der Unternehmung bedrückte.

»Jakob ist dem Kaiser entgegengeritten.«

»Auf seine alten Tage noch zu Pferd?« Ulrich lachte mühsam, und es klang schwermütig. »Er wird sich den Tod holen – und nach uns greift der Teufel. Sibylla, wir haben unser Leben dem falschen Gott verschrieben, und jetzt holt er sich seinen Tribut.«

Sibylla schüttelte leise den Kopf. Zwar sprühte sie nicht vor Zuversicht, doch Jakob hatte ihr mitgeteilt, bevor er abgereist war, der Papst habe einen Teil der Schuld an den Kaiser abgetreten. Und Maximilian habe er in der Hand. Außerdem versuchte Johannes Zink es in Rom mit Habgier. Er wollte dem Papst einen Teil der Schuld bar und zur persönlichen Verfügung überstellen, wenn er damit seine Forderungen nachließe. Insgesamt 30 000 Gulden. Wenn Julius einwillige, wäre das für die Unternehmung nicht einmal ein Verlust, denn damit binde man den Papst an sich.

»Das sind die Züge eines Schachspielers, Sibylla. Nicht mehr. Viel bedeutender ist, dass die Fugger ihren Ruf verloren haben. Man braucht den Kaufleuten in Augsburg nur in die Augen zu sehen, und man erblickt darin die Gier der Wölfe, die nur darauf warten, dass der stolze Hirsch in die Knie bricht, um sich daran gütlich zu tun. Sie wetzen die Zähne, und der Geifer tropft.«

»Er versucht dagegen anzukämpfen, Ulrich, er versucht, den Verfall einzudämmen.«

Sie hatten das Portal erreicht, und Sibylla mühte sich, die schwere Tür aufzudrücken. Von außen wurde gezogen, so dass das Tor plötzlich leicht aufschwang.
»Wie soll das gehen?«, warf Ulrich ein. »Solch ein Ruf, ist er einmal verdorben, lässt sich kaum wieder erneuern.«
Die Helligkeit traf sie unvermittelt. Sibylla musste die Augen schließen und erwischte den Griff der Pforte nicht. Mit einem gewaltigen Schlag schloss sie sich.
»Herrin!«, hörte sie aus dem Donnerschlag heraus und sah sich um. Vor ihr stand Maria Binternagel und streckte ihr die bittenden Hände entgegen. Maria, die nach Sibyllas Arm griff, verhinderte, dass sie an der Weberin vorbeischlüpfen konnte.
»Maria, du?«
»Bitte, Herrin, seit zwei Jahren warte ich auf Hannes. Zuerst konnte er nicht kommen, weil Krieg mit Venedig herrschte. Jetzt wurde endlich Frieden geschlossen. Bitte, helft einer armen Mutter!«
Sibylla hatte an die Weberin nicht mehr gedacht, seit Jakob gegen den Untergang der Fugger kämpfte. Sie wandte sich ab, halb beschämt, halb unwillig. Es war nicht die Zeit, sich auch noch Marias Sorgen aufzubürden.
»Was will sie?«, herrschte Ulrich Sibylla an und wollte sie weiterziehen. »Lasst das Gesindel. Es soll arbeiten und nicht redlichen Kaufleuten die Zeit stehlen.«
Maria schlug die Augen nieder.
»Ich bin keine solche«, hauchte sie, um zorniger hinzuzusetzen, »an meinem Unglück ist der Fugger schuld. Er hätte meinen Mann und meinen Sohn …«
»An allem ist der Fugger schuld«, fauchte Ulrich missgelaunt, »am schlechten Wetter, an den Missernten, an der Pest, der Cholera, den schlechten Arbeitsbedingungen und natürlich daran, dass dein Mann zu faul war, sich hinter den Webstuhl zu setzen und zu schaffen.«
Ulrich zog Sibylla mit sich fort.

Hinter ihnen hörten sie Maria Binternagel aufschluchzen. Es stach Sibylla ins Herz. Sie zögerte.

Einige Kirchgänger waren stehen geblieben, um der Auseinandersetzung zu folgen. Alles, was die Fugger betraf, war derzeit interessant und wurde in Windeseile durch die Stadt getratscht, schneller, als sich die Mäuler zu bewegen vermochten.

»Versündigt Euch nicht, Fugger«, bellte Maria Binternagel hinter ihnen her. »Mein erster Mann hat sich für die Fugger zu Tode geschuftet. Dank hat er dafür keinen bekommen. Mein zweiter Mann musste es ausbaden, dass die Fugger untereinander nicht auskommen. Er wurde mit einem meiner Kinder auf die Galeere geschickt. Es war Eure Frau, die meinen zweiten Mann ins Arsenale bringen ließ, in dem er umgekommen ist. Nur Hannes, mein ältester Sohn, lebt noch, aber er wird nicht freigelassen, obwohl seine Schuld abbezahlt ist. Ihr Weib sei verflucht. Es soll in der Hölle schmoren, Fugger! In der Hölle, so wahr mir der gerechte Gott helfe!«

Ein Murren ging durch die Menge. Ulrich blieb stehen und drehte sich langsam zu Maria Binternagel um. Sie ging ihm aufrecht entgegen, den Blick in seine Augen gebohrt, den Mund trotzig verschlossen.

Sibylla stand wie starr. Verzweifelt überlegte sie, wie sie Maria helfen konnte, ohne ihr Gesicht vor Ulrich zu verlieren. Die Weberin war nahe daran, sich um Kopf und Kragen zu reden.

»Man sagt, der Fugger könne in Rom für den Papst drei Tonnen Gold in einer Stunde aufbringen. Hat er nicht eben die Herrschaft Schmiechen gekauft? Er wirft mit Geld um sich, als habe er es frei zur Verfügung. Warum hilft er den Bedrängten nicht? Warum lässt er nicht Gerechtigkeit geschehen?«

Ulrich wollte schroff antworten, doch Sibylla hielt ihn zurück. Ihr war ein Gedanke gekommen, als sie die Reaktion der Menschen um sie her beobachtet hatte. Diesmal musste sie sich dem ältesten Fuggerbruder widersetzen.

»Einen Augenblick, Ulrich. Ich muss das durchstehen. Ich kenne die Frau«, raunte sie ihm zu.
»Wir können uns nicht beschimpfen lassen«, presste Ulrich zwischen den Zähnen hervor. »Wenn Stadtbüttel in der Nähe wären …«
»Hört mir zu, Ulrich«, sagte Sibylla leise. »Sie hat uns im Augenblick mehr geholfen, als wir ihr helfen können. Die Leute tuscheln über Jakobs Käufe. Gerüchte sind nicht nur der Tod eines Kaufmanns, sie sind das Salz in seinem Geschäft. Wer drei Tonnen Gold beschaffen kann und Geld besitzt für eine Herrschaft, der kann nicht am Hungertuch nagen. Versteht Ihr?«
»Was könnt Ihr dagegen sagen?«, heulte Maria Binternagel auf und schlug sich mit der Hand gegen die Brust. »Wollt Ihr Fugger endlich helfen?«
Sibylla löste sich von Ulrichs Arm und trat an Maria Binternagel heran. Neugierig drängten sich die Umstehenden näher. Sibylla beachtete sie nicht.
»Ich hätte es dir längst sagen sollen, Maria«, sagte Sibylla und strich Maria eine Strähne aus dem Gesicht, die sich unter ihrer Witwenhaube hervorgestohlen hatte. »Wir haben Nachricht aus Venedig erhalten.«
Verstört sah Maria Binternagel Sibylla ins Gesicht, las in den Linien, tastete die Augen ab. Dann weiteten sich ihre Pupillen, ihr Mund verzerrte sich, und ein lang gezogenes Heulen entwich ihrer Kehle. Sie presste die Faust gegen die Zähne, bis ein dünnes rotes Rinnsal herablief.
»Der Junge ist tot!«, sagte Maria Binternagel tonlos. »Der Junge ist tot!«, wiederholte sie und begann die Augen zu verdrehen. Dann, noch im Niedersinken hauchte sie: »Er soll es büßen, der Fugger! Ich verfluche ihn und seinesgleichen!«

KAPITEL 34 Die sechsspännige Kutsche hatte Jakob in Landsberg zurückgelassen. Bei diesem Sturzregen war sie eher hinderlich, er kam zu langsam vorwärts. In der Stadt hatte er einen Fuchs erstanden, ein feuriges Pferd, und war mit ihm losgeritten. Er wollte nach Hause, so schnell wie möglich hinter die Türme seiner Stadt. So intensiv hatte er dieses Gefühl noch nie empfunden, ein tiefes Heimweh nach den schmutzstarrenden Straßen und Gassen, nach den verhockten Häusern im unteren Viertel, nach den mürrischen Gesichtern der freien Bürger. Wie ihm diese blasierten Adelsvisagen in Innsbruck zuwider waren, die sich dirigieren ließen wie eine Herde Schafe.

Donner rollte in langen Wellen über die Lechebene. Er zügelte seinen Gaul, weil das Pferd, das er nicht kannte, zu steigen begann, und hielt sein Gesicht in den Regen.

Die Unternehmung Ulrich Fugger und Gebrüder war gerettet. Er konnte es selbst nicht glauben. Der Kaiser hatte seinen Anteil am Vermögen Meckaus gefordert, weil dieser angeblich alles widerrechtlich aus Bozen hinausgeschmuggelt hatte. Maximilian würde davon keinen Gulden sehen, dazu war er zu hoch bei Jakob verschuldet. Der Papst hatte in seiner Gier nach dem von Johannes Zink angebotenen Betrag für die Privatschatulle gegriffen. Schließlich hatte er diesen Michelangelo Buonarotti damit beauftragt, die Sixtina auszumalen, und das kostete. Ihm war der Spatz in der Hand allemal lieber gewesen als die Taube auf dem Dach. Das Himmelslicht der Sonne schien wieder über den Fuggern, nur die Welt grollte ihm noch.

Vor ihm in Horizontentfernung fuhr ein Blitz nieder und zerschlug eine Tanne. Er sah dunkle Zweige und Holz durch die Luft wirbeln. Erst mit Verzögerung hörte er das Krachen, das ihn wie das Fauchen eines Drachen bedrohte.

Jakob erstarrte, denn der Blitz beleuchtete eine unwirkliche Szene. Aus einem flussnahen Weg bog eine Gruppe Reiter in seine Richtung ein. Vier Pferde zählte Jakob, deren Decken regenschwer auf den Körpern klebten. Sie hatten ihn möglicherweise noch nicht bemerkt, denn sie hatten damit zu kämpfen, die Tiere zu beruhigen, da der Blitz hinter ihnen eingeschlagen war und sich die Tiere wie panisch gebärdeten. Doch den Reitern gelang es, die erschreckten Gäule zu halten.

Jakobs Pferd tänzelte. Seine eigene Unruhe übertrug sich auf den Gaul. Bei diesem Wetter wagte sich keine christliche Seele aus dem Haus. Wer immer ihm dort vorne entgegenkam, es war besser, ihm nicht zu begegnen. So hatte er es gehalten, seit er nach Riga oder Innsbruck, nach Ungarn oder Antwerpen geritten war. Fuhrwerker fragte er, ob er mit ihnen ziehen durfte, Einzelreiter oder kleine Gruppen jedoch mied er.

Jakob riss die Zügel seines Pferdes herum und sprengte vom Weg in ein Gebüsch, das sich am Rand einer Erhöhung hinaufzog. Dahinter erstreckte sich ein Mischwald, der jedoch zu dicht war, um darin verschwinden und so der Gruppe ausweichen zu können. Ihm blieb weiter nichts übrig, als hinter Schlehen und Gestrüpp abzuwarten, bis die Männer an ihm vorübergeritten waren.

Von seinem Versteck aus beobachtete er die Reiter. Jetzt verwünschte er seine Eile. Hätte er sich in Landsberg ins Bett gelegt und das Unwetter abgewartet, wäre ihm die Furcht erspart geblieben, die langsam in ihm hochkroch. Die Reiter hatten ihn offenbar bemerkt, denn sie ritten nebeneinander, schienen keine Eile zu verspüren und suchten den Boden nach Spuren ab.

In solchen Situationen wünschte er für sich etwas vom Glauben Ulrichs. Herrieden hatte ihm den Herrgott ausgetrieben. Jakobs Gott verbündete sich mit den Erfolgreichen, wenn sie Mut genug besaßen, die Gelegenheit beim Schopfe zu packen, und ließ die Schwachen im Stich. Ganz anders, als es die Bibel und die kirchlichen Prediger im Mund führten. Diese Einstellung, hatte Jakob erfahren, vernichtete jedoch den eigenen kindlichen Glauben, das ganz naive Zutrauen an einen die Menschen mit segnender Hand schützenden Gott.

Je näher die Kerle kamen, desto deutlicher wurde, dass sie bis über die Zähne bewaffnet waren mit Armbrüsten, Schwertern und Kettenhemden.

Jakob versuchte zu beten, aber die Stimme wollte sich nicht durch seine zusammengepressten Lippen zwängen. Georgs Grabmal hatte er in Auftrag gegeben. Im April hatte er die lateinische Stiftungsurkunde ausfertigen lassen. Der Herrgott konnte ihn dieses Versäumnisses wegen nicht mehr zur Rechenschaft ziehen. Sogar mit dem Nürnberger Künstler Albrecht Dürer hatte er Verbindung aufnehmen lassen, wie Georg es gewünscht hatte, damit dieser sich Gedanken über die Ausgestaltung der Grablege machte.

In Gedanken zählte Jakob die Barschaften, die er bei sich trug. Für ein Lösegeld allemal zu wenig. Mit den Wechseln, die er im Rockumschlag hatte einnähen lassen, konnten Wegelagerer nichts anfangen, denn niemand würde sie ihnen einlösen. Dazu waren persönliche Bekanntschaft und Vertrauen nötig. Seine Gedanken flogen. Wohin konnte er sich wenden? Sollte er vor ihnen fliehen? Die Beherrschung der Pferde hatte gezeigt, dass sie vorzügliche Reiter waren, die ihre Tiere kannten. Sie würden ihn einholen.

Überleben. Er musste einfach überleben. Sollten sie Geld verlangen. Sibylla würde Lösegeld für ihn auszahlen. Ulrich würde ihn freikaufen. Er musste überleben, schon deshalb, weil er Maximilian für das nächste Jahr zu einem Reichstag nach Augsburg geladen hatte. Das Geschenk sozusagen für die entgangenen Gulden aus der Meckau-Erbschaft. Und um Maximilian und den Augsburger Kaufherren zu zeigen, dass ein Fugger sehr wohl weiter kreditwürdig war.

Die Reiter hatten jetzt die Stelle erreicht, an der er vom Weg abgebogen war. Sie beugten sich aus den Sätteln über die Spur. Einer von ihnen ließ seinen Arm den Hufspuren folgen und deutete auf das Gebüsch, hinter dem Jakob verharrte.

Er beobachtete, wie sich die Reiter berieten, wie die Pferde hin und her tänzelten, Dann zogen zwei der Männer ihre Schwerter und ritten im Galopp auf Jakobs Versteck zu.

Jetzt konnte ihm nur noch ein Wunder helfen. Bevor die Männer ihn erreichten, ließ er seinen Fuchs hinter dem Busch hervortreten. Er hob eine Hand zum Zeichen des Friedens und der Friedfertigkeit, die andere hielt er am Zügel. Kämpfen wollte er nicht, Flucht schien unmöglich geworden. Jetzt lag sein Schicksal in der Hand des Herrn.

»Wir haben ihn!«, rief der vorderste Reiter, als er nahe genug an Jakob herangesprengt war, und deutete auf die Satteltasche, auf der das Symbol der Fugger prangte, die doppelte Lilie im geteilten Wappenfeld.

Sie hatten ihn folglich abgepasst, hatten ihm aufgelauert. Vermutlich hatten sie erfahren, dass er nach Augsburg unterwegs war.

»Wen habt ihr gesucht?«, bemühte sich Jakob zu fragen. Regenwasser sprühte ihm von den Lippen.

»Den Jakob Fugger. Haben wir ihn gefunden?« Sie sprengten um ihn herum. Die beiden Männer, die bislang am Weg gewartet hatten, gaben ihren Pferden die Sporen und näherten sich.

»Ihr habt ihn gefunden. Ich bin Jakob Fugger!«

Die Schwerter fuhren zurück in die Scheiden, und die Reiter neigten ihre Köpfe ehrerbietig zum Gruß. Jakob sah die Männer verblüfft an.

»Herr«, begann der Reiter, der ihm am nächsten stand. »Wir sollten Euch entgegenkommen.«

Jakob hätte herausschreien wollen, dass er diesen Gott liebte, denn er unterstützte tatsächlich die Tüchtigen. Er senkte seine Hand, sah den Männern in die vom Regen aufgeweichten Gesichter, und seine Freude wich sogleich einer Bestürzung. Etwas Schreckliches musste geschehen sein.

Der Reiter räusperte verlegen:

»Die Herrin Sibylla …«, stotterte er. »Beeilt Euch, Herr. Sie ist krank. Man befürchtet das Schlimmste.«

»Worauf warten wir noch?«, fragte er und griff nach den Zügeln. »Auf nach Augsburg.«

KAPITEL 35 Die Schmerzen brachten sie um. Sibylla fühlte, wie das Blut aus ihr hinauslief, als würde man sie zur Ader lassen. Sie atmete tief und unregelmäßig. Ihr Mund war trocken, auf der Stirn bildete sich klebriger, kalter Schweiß.

»Ob das Euer Herr gewollt hätte?«

Anna stand neben ihr und versuchte mit kalten Umschlägen auf den Unterleib die Schmerzen zu lindern. Doch immer wenn die Bandagen ihren Bauch berührten, krampfte sich Sibyllas Inneres zusammen und entließ schwarzes, klumpiges Blut.

»Nur für das Kind!«, schrie sie und hörte ihre Stimme hinaufklettern in die höchsten Falsetttöne. Doch was war die Stimme des Menschen für ein erbärmliches Werkzeug gegen die Natur. Untauglich zur Verrichtung einfachster Vorgänge. So tot wie ihr Bauch.

Sibylla hatte es wagen müssen. Wenn die Unternehmung auf dem Spiel stand, wenn Jakobs Plan nicht aufging, wollte sie ihm zumindest einen Nachfolger schenken. Womöglich band ein Kind Jakob wieder enger an sie. Nichts wollte sie unversucht lassen. Sie wollte es Anna erklären, wollte ihr sagen, was sie getan hatte, doch die Schmerzen im Bauch schnitten ihr die Worte aus dem Mund. Ihr Magen revoltierte, doch sie besaß nichts mehr, was sie daraus hätte entfernen können. Sie erbrach sogar das Wasser, das Anna ihr in regelmäßigen Abständen einflößte. Ihr Körper fühlte sich so matt an, als wäre alle Kraft aus ihm gewichen, als wollte er sich leicht machen für den letzten Weg.

»Anna. Ich werde sterben. Ich werde büßen für meine Überheblichkeit«, flüsterte sie. »Man kann keine Königin werden, wenn man Bürgersfrau ist. Man ist nur Königin mit dem Herzen oder gar nicht.«

Sie versuchte zu lächeln, doch selbst das Heben der Mundwinkel strengte sie an, als müsse sie einen schweren Stuhl stemmen. Nur einmal als Frau zu gelten war ihr wichtiger gewesen als alle Freundschaften. Jetzt konnte sie Marias Schmerz nachempfinden, als ihr Kind nach Venedig entführt worden war.

»Hol Maria!«, flüsterte sie, beinahe zu schwach zum Reden. »Hol bitte Maria.« Sie starrte zur Decke, zu müde, um die Lider zu bewegen.

Langsam begannen die Gegenstände um sie herum zu verschwimmen. Sie versank in eine farbige Welt, in der sie eine ganze Zeit schwamm wie in einem Teich. Die Seerosen wurden aus bunten Flecken gebildet, die sich um sie drehten. Nein, sie befand sich in einem *hortus conclusus*, einem geschlossenen Garten, wie er in ihren Gedichten und den Gesängen der Dichter beschworen wurde. Die Königin des Gartens war sie, die mit der Natur in Konkurrenz trat und versuchte, die Knospen der Pflanzen dadurch zum Erblühen zu bringen, dass sie diese anhauchte. Doch ihr Atem brachte den Blumen den Tod. Er verbrannte sie. Alle Rosenknospen, die sie mit den Händen schützte und mit ihrem Atem anhauchte, zerbröselten ihr zwischen den Fingern. Zuletzt getraute sie sich nicht mehr, aus- und einzuatmen. Zunehmend schwer fiel es ihr, die Lungen mit Luft zu füllen, derart beherrschte sie die Angst davor, ihre Umgebung durch ihren Feueratem zu versengen. Endlich entdeckte sie den Anhänger, der zwischen ihren Brüsten hing, und zog ihn hervor. Die Münze war kalt. Eiskalt. Überrascht stellte Sibylla fest, dass der Garten die Kälte aufnahm, dass er Bodenreif zeigte und die grünen Blätter der Rosensträucher und Bäume urplötzlich schwarz anliefen und erfroren. Erschreckt ließ sie die Münze fahren, die zurückfiel in ihren Ausschnitt und ihr Herz kühlte. Sibylla ahnte, dass sie das Amulett erneut hervorholen musste, bevor es ihren Körper ganz erstarren ließ. Mit steifen Fingern zog sie es aus ihrem Ausschnitt und versuchte ihren Atem daran. Tatsächlich begann das Amulett zu glühen, die Münze schmolz, und das Gold zerlief ihr zwischen den Fingern.

»Sibylla!«, hörte sie von hinter der Mauer rufen. »Sibylla, hört Ihr mich? Seid Ihr da?«

Sibylla drehte sich um ihre eigene Achse. Das Mauerwerk, das den Garten umgab, kannte keine Öffnung, keinen Durchgang. Wie sollte sie den *hortus conclusus* verlassen?

»Ich kann nicht«, beteuerte sie immerfort, wenn die Stimmen sie riefen.

»Sibylla! Ihr dürft nicht wieder schlafen«, hörte sie. Dabei schlief sie nicht, sondern war so wach wie selten. Endlich fiel ihr die Lösung ein. Ihr Feueratem musste in der Lage sein, ihr einen Durchgang zu schaffen. Sie stellte sich mit dem Gesicht zur Einfassung und blies. Tatsächlich schmolz der Feueratem eine Öffnung in das Mauerwerk. Sie wartete, bis die Steine kalt waren, dann schlüpfte sie hindurch.

»Sie öffnet die Augen«, hörte sie sagen.

Sie fühlte ihre Lider flackern. Licht sackte durch die Spalten der Wimpern, grell und gewalttätig.

»Was ist geschehen?«, flüsterte sie. »Durst. Ich habe Durst!«

Sie hörte Anna in die Hände klatschen und lachen.

»Herrin, Ihr lebt. Ihr lebt.« Ihre Amme schluchzte. »Ihr dürft das niemals wieder machen.«

Sibylla nickte nur, obwohl sie nicht wusste, was sie in Zukunft lassen sollte.

Eine weitere Stimme meldete sich, die Sibylla zu kennen glaubte.

»Ihr habt es überstanden, Herrin.«

Maria stand neben ihr.

Sibylla versuchte zu schlucken, doch die Kehle lag wie ausgedörrter Acker zwischen ihren Zähnen, rissig und trocken wie Staub.

»Maria«, krächzte sie. »Ich wollte … Dein Sohn … Er muss leben. In Venedig … Boten …«

Maria legte ihr die Finger auf die Lippen. »Psst«, sagte sie. »Nicht jetzt.« Sie nahm ein Tuch, netzte es mit Wasser aus der Schüssel neben dem Bett und legte es auf Sibyllas aufgesprungene Lippen. Sibylla fühlte Feuchtigkeit, die in ihre gierige Haut einzog.

Mit Fingern so schwer wie Deichselstangen suchte sie auf ihrer Brust nach dem Amulett. Erfolglos. War es tatsächlich von ihrem Feueratem …?

»Wir haben Euch den Schmuck abgenommen«, erklärte Maria und legte ihr das kühle Gold in die Hand. Sibylla umschloss den Anhänger zögernd.

»Wo ist Jakob? Ich will ihm ein Kind schenken. Ein Kind.«

Schweigen breitete sich im Raum aus, als hätten alle das Zimmer verlassen. In Panik riss Sibylla die Augen auf, sah nichts in der weißen Helligkeit, die sie umgab, erkannte schließlich langsam die Umrisse der Frauen. Anna und Maria standen an ihrem Bett, hielten ihre Hände.

»Ihr werdet keine Kinder mehr gebären können, Fuggerin«, hörte sie wie aus weiter Ferne Maria sagen. »Nie mehr.«

Sie begann still und tränenlos zu weinen. »Das könnt ihr nicht wissen«, murmelte Sibylla Fugger. »Das könnt ihr doch nicht wissen.«

Rosenblüte

(1510 – 1526)

Alles muss allem dienen.
Es gibt im letzten Sinne keine Ungerechtigkeit.
CHRISTIAN MORGENSTERN

KAPITEL 1 Jakob schlug die Augen auf. Etwas hatte ihn geweckt. Er schlief seicht in letzter Zeit, wachte beim geringsten fremden Geräusch auf und musste lauschen. Er starrte in die Dunkelheit.

Wieder lag er auf dem Rücken mit zwanghaft an den Körper gepressten Armen, inmitten dieser grenzenlosen tuchenen Finsternis, horchte auf die Geräusche ringsum und versuchte sie zu bestimmen. Bereits als junger Kanonikus hatte er die Nacht auf diese Weise ergründet, um die Furcht zu vertreiben. Jetzt hörte er nur das Atmen Sibyllas, die im Bett neben ihm schlief. Sie hatte ihm den Rücken zugekehrt, das fühlte er. Eine Armlänge lag sie von ihm entfernt und war dabei so weit weg, dass er sie niemals mehr würde erreichen können.

Von der Straße her drangen entfernt die Stimmen der Feiernden zu ihnen in die Kemenate. Die Reichstage hatten Augsburg aufgewühlt. Der Herzog von Sachsen war ebenso in der Stadt wie die Kurfürsten des Reiches und der bayerische Herzog; Gesandte aus Frankreich, aus den türkischen Ländern, aus Rom und Venedig und weiß der Himmel woher noch. Ein Völkergemisch, das vor allem ein gemeinsames Vergnügen kannte: sich zu betrinken. Wer nicht durch die Gassen schlich und Vergnügen suchte, trieb es intrigant. Die Habsburger gegen die Franzosen, die Engländer gegen Habsburg, die Reichsfürsten gegen den Kaiser und alle zusammen gegeneinander und gegen Jakob Fugger, den Kaufherrn aus Augsburg, der den Kaiser beherbergte.

Dumpfe Schläge gegen das Tor hallten durch das Haus. Das also hatte ihn geweckt.
Jakob schlug die Decke zurück, setzte sich auf. Sofort biss ihn die Kälte in die Schenkel. Der April war wetterwendisch und feuchtkalt.
Sibylla erwachte.
»Was ist, Jakob? Kannst du nicht schlafen?«
Die Meckau-Affäre hatte Jakob in eine Erschöpfung getrieben. Er wurde zu alt für dieses Schachspiel des Lebens. Jakob erhob sich, zog seine Schuhe an, warf sich einen Morgenrock über. Langsam tastete er sich vorwärts, ohne Sibylla weiter zu beachten.
»Ist es Ulrich?«, fragte Sibylla aus der Dunkelheit der Kemenate. »Ulrich …« Sie brach ab. Hastig stieg sie ebenfalls aus dem Bett, legte sich ihren Überrock um.
Wieder wummerten unten Fäuste gegen das Tor. Dreimal. Der Sperrbalken wurde entfernt, ein Flüstern füllte den Vorhof, dann schepperte die Tür. Vermutlich hatte der Pferdeknecht geöffnet und den nächtlichen Besucher eingelassen.
Jakob tappte durch die Dunkelheit, suchte nach der Klinke. Endlich zog er die Tür auf. Im Mondlicht, das durch das Fenster im Gang flutete und die Finsternis vertrieb, erkannte er Matthias, den Hausdiener Ulrichs.
»Herr Fugger, verzeiht die Störung, aber Euer Bruder … er … er glaubt … dass es so weit …«
Mit einer Handbewegung schnitt Jakob dem Lakaien das Wort ab. Als er aus Innsbruck zurückgekehrt war, hatte sich Sibylla bereits auf dem Weg der Besserung befunden. Doch für Ulrich war das letzte Jahr zu viel gewesen. Er lag im Sterben. Die Angst vor dem Zusammenbruch der Unternehmung, die Tatsache, dass er Jakobs Schliche nicht mehr verstand, die Sorge um seine Kinder und das Vermögen hatten sein Nierenleiden so verschlimmert, dass sich seine Haut ganz gelb färbte und die Augäpfel eintrübten. Jakob hatte ihm zu einem Steinschneider

geraten und einen solchen aus Italien kommen lassen, doch der Bruder hatte sich geweigert.
Der Hausdiener brachte einen Kerzenleuchter. Jakob nahm ihn entgegen und zog sich in sein Schlafgemach zurück, um sich anzukleiden.
»Du hast ein Gespür für die Familie«, sagte Jakob, während er sich ankleidete. Sibylla half ihm in die Hosen. Sie hielt ihm das Wams, schnürte das Hosenband, zog an den Wadenschleifen und band seinen Penisbeutel hoch. Sie war die Einzige, von der er sich helfen ließ. Sibylla trat einen Schritt zurück und betrachtete ihn im Flackerlicht der Kerze. Ihr Morgenrock war aufgegangen und enthüllte ein beinahe durchscheinendes Linnen. Sie war noch immer eine schöne Frau.
Sibylla bemerkte seinen Blick und lächelte verschämt, schloss jedoch den Rock nicht, sondern trat auf ihn zu und zog seinen Kopf auf ihre Brust herab. Er fühlte seine kalten Lippen auf ihrer Brust, dann drückte sie ihn von sich weg.
»Ulrich wartet«, sagte sie nur.
Jakob eilte hinter dem Diener her hinüber zum Rindermarkt. Die Nacht um den Platz vor dem Rathaus war erfüllt vom Grölen der Mannschaften, die den Kaiser und seine Fürsten begleitet hatten.
Unbehelligt erreichten sie den Rindermarkt. Jakob sah im Schlafzimmer des Bruders Licht brennen. Die Fenster waren weit geöffnet, und ein Stöhnen drang von dort bis hinunter auf die Straße. Jakob zögerte kurz, bevor er das Haus betrat.
Langsam schritt er die Treppe hinauf, begrüßt von Raimund, in dessen flackerndem Blick die ganze Angst der Jugend vor dem Sterben lag. Jakob hatte viel erwartet, doch nicht das, was ihm auf den letzten Treppenstufen und dann in Ulrichs Zimmer begegnete. Er roch das Blut, was ihn verwirrte, dann sah er Ulrich. Der lag auf dem Bauch im Bett, um den nackten Rücken eine Binde geschlungen, durch die das Blut quoll.

»Der Steinschneider hat Augsburg bereits verlassen«, sagte Raimund hinter Jakobs Rücken. »Ihr wolltet es doch so. Der Oheim hat sich die Steine entfernen lassen. Gestern. Ihr hattet keine Zeit. Ihr wart in Geschäften unterwegs. Der Gesandte des französischen Königs hatte Euch aufgehalten.«

Jakob fühlte den beißenden Spott in Raimunds Stimme geradezu körperlich. Langsam trat er neben das Lager des Bruders.

»Ulrich! Bruder!«

Ein Wimmern war alles, was er zur Antwort bekam.

Ulrichs Haut wirkte im Licht der Kerzen wächsern, was Jakob nicht wunderte, denn die dicken Binden um die Nierengegend tropften vor blutiger Feuchtigkeit. Das Leben sickerte aus ihm heraus. Jakob zog sich einen Stuhl heran und ergriff Ulrichs Hand. Er drückte sie, und sein Druck wurde erwidert. Es war noch Bewusstsein in ihm, doch die Marmorierung des Todes zog die Beine entlang.

»Was kann ich für dich tun, Ulrich?«, flüsterte er. Er hob Ulrichs Hand gegen seine Stirn. Sie fühlte sich kalt an.

»Er hat sich gestern die Steine schneiden lassen, weil er es vor Schmerzen nicht mehr ausgehalten hat.«

Raimund war dicht neben Jakob getreten. Er klang, als hätte Jakob Schuld an Ulrichs Zustand.

»Er hätte mich benachrichtigen müssen, der Narr«, flüsterte Jakob zurück, ohne die Hand des Bruders loszulassen, ohne Raimund anzusehen.

»Er hatte Angst, Ihr könntet ihn drängen, Oheim, wenn er kurz vor dem Schnitt einen Rückzieher machte.«

Jakob wollte etwas erwidern. Ihn störte der Ton, in dem Raimund mit ihm sprach. Als wäre er dafür verantwortlich, dass Ulrich starb. Der Tod kam wie und zu wem er wollte. Er nahm keine Rücksicht auf Geschäftszeiten oder Vorlieben. Seit Veronikas Fortgang war der Bruder sichtlich verfallen und hatte dem Leben nichts mehr entgegengehalten. Ihm, Jakob, vorzuwerfen, er habe mit dem Steinschneider Ulrichs Ableben nach

Augsburg bestellt, war absurd. Zudem ihm Ulrichs Krankheit ungelegen kam, da der Reichstag in Augsburg weilte.
Ulrichs dünne Stimme nahm ihm die scharfe Antwort.
»Wo ist der Arzt?«
»Aus der Stadt geflohen«, antwortete Raimund. Seine Stimme klang bitter wie der Geschmack des Sauerampfers.
»Aber er kann doch Ulrich nicht einfach verbluten lassen!«
»Oheim, Ihr seht, was er kann. Die Blutung lässt sich nicht stillen. Die Wunde ist zu tief.«
»Dann ruft die Kräuterfrau, den Medikus des Kaisers, meinetwegen den Pfarrer, Herrgott, tut etwas gegen das Blut!«
»Der Pfarrer war schon hier ... die letzte Ölung.«
Jakob schluckte. Bislang war das Sterben des Bruders eine abstrakte Größe gewesen – jetzt griff es nach ihm, gewalttätig und brutal. Beinahe hätte er Ulrichs Stimme überhört.
»Halte die Unternehmung zusammen, Jakob«, flüsterte Ulrich, als wolle er gegen den Vorwurf des Neffen ankämpfen. Es war ein magerer Versuch, gehaucht, kaum zu vernehmen. »Ich habe es nicht ... für dich getan, ... Jakob, sondern für mich ... Jeder Tod ist besser ... als die Schmerzen, die mich beinahe ... zerreißen. Es ist jetzt ... gut so ... Ich werde ... Veronika sehen, Jakob.«
Ulrich sprach langsam, stockend, mit langen Atempausen dazwischen. Jakob roch die Fäulnis im Atem des Bruders. Raimund war verstummt. Er hatte sich weggeschlichen. So viel Takt besaß der Junge zumindest, dass er sie beide in diesem Augenblick allein ließ.
Was hätte es alles zu besprechen gegeben! So wenig fiel Jakob ein. Er hielt Ulrichs Hand, die sich in der seinen nicht erwärmte. Dann begann er zu sprechen. Jakob erzählte von der Reaktion der Kurie auf seine Zahlungsunwilligkeit, erzählte von den Schmähschriften, die er von den Erben Meckaus erhalten hatte, und lachte darüber, dass gleichzeitig Dankesschreiben von klerikalen Einlegern eintrafen, die ihn dafür lobten, ihre Gul-

den nicht preisgegeben zu haben. Jakob berichtete von seiner Überlegung, niemandem mehr diesen Einfluss auf die Unternehmung zu gewähren, wie Meckau sie allein der Einlagehöhe wegen besessen hatte. Die Verträge mussten anders gestaltet werden, die zur Verwaltung übertragenen Gelder durften ein Limit nicht übersteigen, Erbauszahlungen an die Familie oder an Gläubiger mussten in Ratenzahlungen verwandelt werden, da sie sonst ruinös wirkten. Ulrich hörte ihm zu, unterbrach ihn nicht, obwohl Jakob wusste, dass dem Bruder all diese Dinge nichts mehr bedeuteten. Doch wovon hätte er dem Todkranken sonst erzählen sollen? Seine Welt war eine enge, das war ihm durchaus bewusst, doch er liebte sie und hätte viel darum gegeben, sie nie verlassen zu müssen, obwohl ihm – nachts vor allem – vor der Leere dahinter graute.

Raimunds Hand auf seiner Schulter weckte ihn aus seinen Gedanken, ließ ihn verstummen.

»Er ist gegangen!«, sagte Raimund.

Jakob zog erschrocken seine Finger aus Ulrichs Hand, die bereits steif war. Unwillkürlich wischte er sie an seinem Wams ab, als wolle er die Berührung des Todes von ihnen waschen.

»Er war ein großer Mann!«, sagte Jakob und stand auf. Gemeinsam drehten sie den Leichnam auf den Rücken. Kotige Fäulnis entstieg dem Körper.

»Aus Erde bist du gemacht, zur Erde kehrst du zurück«, murmelte Jakob.

Er schloss dem Bruder die Augen.

Zwei Dinge waren zu tun. Sofort würde er einen Reiter zu Ulrichs Sohn in die Ewige Stadt losschicken. Er musste die Totenfeier Ulrichs in Rom, im Nationalhospiz der Anima glanzvoll ausrichten, schließlich musste Jakob den Papst beeindrucken – und die Gläubiger beruhigen, die noch immer an seiner Solvenz zweifelten. Und hier in Augsburg: Ein Turnier war zu organisieren. Maximilians Turnier. Der Kaiser liebte Turniere – und er würde ihm eines der prächtigsten liefern, er, Jakob Fugger, den sie allenthalben den Reichen zu nennen begannen. Kein Tod durfte das Ansehen der Familie beschädigen, die Schwächung, die jeder dahinter vermutete, musste von einem Jakob Fugger in Stärke verwandelt werden. Ohne noch einmal zurückzublicken, drehte er sich um und ging.

KAPITEL 2 Die Zimmerleute hatten eine Tribüne auf dem Weinmarkt errichtet. Auf ihr hatte sich versammelt, was in Augsburg Rang und Namen besaß. Sibylla besah sich die bunte Vielfalt von Schauben und Mänteln, von Hüten und Kappen, von Rubinen und Diamanten, die in den Ohren, an den Fingern und um die Hälse der Damen und Herren blühten wie die ersten Frühlingsblumen. Rot, grün, blau und gelb schimmerten die Stoffe und blendeten das Auge. Alles wartete gespannt auf das Erscheinen des Kaisers.

Maximilian war mit Jakob und anderen städtischen Würdenträgern in ihr Haus verschwunden. Dort wollte sich der Kaiser umziehen.

Langsam wurden die Zuschauer unruhig. Trotz des Frühlingsdufts und der Sonne, die sich gnädig erwiesen hatte und aus einem wolkenlosen Himmel schien, wärmte der Tag nicht. Ein eisiger Wind fuhr unter Röcke und Wämser und biss in die Waden.

Die Stoffbahnen, die in den Stadtfarben rot, grün und weiß sowie in den Farben des Kaisers gehalten waren und die Wände der Gebäude schmückten, wehten weit in die Straße hinein und nahmen den auf den Balkonen und an den Fenstern Stehenden die Sicht auf den Turnierplatz.

»Euer Gatte wird dem Kaiser doch keine Silberminen abschwatzen, bevor der gegen den Sachsen reitet?«, hörte Sibylla hinter sich eine Stimme.

»Oh, Ihr seid es, Konrad.« Sie lächelte Konrad Rehlinger an, der sich durch die Menge schob. Trotz seiner vierzig Jahre wirkte er jugendlich und frisch. Seit er aus Venedig zurückgekehrt war, hatte sie ihn einige Male getroffen, meist auf offiziellen Anlässen oder in der Kirche. Jedes Mal hatte sie diese alte Vertrautheit gespürt, das Band zwischen ihnen, das so nahtlos wieder zusammengefügt worden war.

»Ich weiß nicht. Vielleicht ist der Harnisch noch nicht bezahlt, und Jakob braucht erst eine Sicherheit, bevor der Kaiser ihn verbeulen und unbrauchbar machen darf.«

Konrad lachte lauthals.

»Ihr kennt Euren Gatten, Sibylla!«

Sibylla hätte es am liebsten lauthals herausgerufen, warum Jakob nicht mit ihr auf der Tribüne stand. Der Grund war, dass die Augsburger Räte und Mehrer und adligen Familien in ihm noch immer nicht den Grafen von Kirchberg und Weißenhorn sahen. Sie schnitten den Weber, also musste Jakob sie lehren, dass nicht sie es waren, für die sich der Kaiser interessierte, sondern allein der Fugger und sein Geld. Und als stärkster Beweis dafür galt ihm die Tatsache, dass sich Maximilian nicht irgendwo den Harnisch anlegte, sondern in Fuggers Haus.

»Ihr habt ein kluges Mundwerk, Sibylla«, flüsterte Konrad nahe an ihrem Ohr. Sibylla schloss kurz die Augen. Dieses Gefühl der Nähe, dieses Kitzeln hatte sie lange nicht mehr erlebt. Sie dachte zurück an ihre Gespräche auf der Mauer.

»Und Ihr habt eine besondere Art, Euch in Erinnerung zu bringen, Konrad«, sagte sie und legte den Kopf dabei schief. Ihr Ohrring berührte kühl ihren Hals, als würde Konrad seine vom Wind kalten Lippen auf diese Stelle drücken.

»Woran Ihr nur denkt, Sibylla!« Konrad lachte, doch Sibyllas Antwort ging im Lärm der Menge unter. Aus der Wohnung am Weinmarkt trat der Kaiser im Kürass, der in der Sonne golden blinkte. Jakob hielt ihm den Schild, bis er sein Pferd bestiegen hatte. Maximilian schwang sich mit jugendlicher Eleganz in den Sattel. Ein Knappe im kaiserlichen Rot reichte ihm die Lanze, Jakob hob ihm den Schild entgegen und band ihn mit

Lederriemen am Arm fest. Er selbst hatte ein dunkelsamtenes Tuch angelegt, das in allen Farben schillerte, wenn die Sonne es traf.

Der Marschallendienst stellte ihn über alle Augsburger. Sibylla wusste, dass ihm die Ehre nichts bedeutete. Er war nur als Demonstration für die Stadtbevölkerung gedacht.

Unter dem Jubel der Menge umrundete der Kaiser den Turnierplatz mit aufgestellter Lanze, verharrte vor der Tribüne, ließ das Pferd tänzeln, suchte mit den Augen die junge Welserin, die verschämt den Kopf beugte, verneigte sich vor ihr und ließ seine Lanze sinken. Die Frau des Stadtpflegers zog ein Band aus ihrer Haube und knotete es um die Lanze. Während die Menge jauchzte, herrschte auf Sibyllas Tribüne verhaltener Jubel.

Konrad verzichtete darauf, in die Hände zu klatschen.

»Vorzüglich, vorzüglich«, kommentierte er das Geschehen. »Der Kaiser reitet für seine Dame. Nicht eines der wächsernen Geschöpfe aus den Häusern der Ratsmitglieder, sondern die Frau eines tüchtigen Augsburger Händlers. Nur schade, dass er Euch nicht erwählt hat. Ich werde es ihm nicht verzeihen.«

Sibylla fühlte den warmen Atem Konrads auf ihrem Halsansatz. Er stand schräg hinter ihr. Sibylla genoss die sanften Berührungen. Ihr war, als konzentriere sich ihre gesamte Empfindung einzig auf die Stelle, an der die angewärmte Luft sie wie Nadelstiche traf.

»Wer sollte mich erwählen?«, flüsterte sie. Ihre Lippen zitterten.

Konrad lachte wieder, diesmal verhalten, und ließ seine Finger wie absichtslos über ihren Rücken gleiten.

Für einen Augenblick vergaß Sibylla das Geschehen auf dem Turnierplatz. Doch das Raunen der Menge schürte ihr Interesse. Nachdem Maximilian seine Runde beendet hatte und an einem Ende des Turnierplatzes Aufstellung genommen hatte, preschte ein Reiter heran, zweifarbig in Grün und Weiß gewandet, mit einem ebenso zweifarbigen Schild und einem silbernen Kürass geschützt. Der Herzog von Sachsen stak in der Rüstung, ein stattlicher Mann. Während Kaiser Maximilian einen schlanken, dunklen Renner ritt, saß der Herzog auf einem schweren Karrengaul, der seine Masse spielend zu tragen vermochte.

Auch er ritt die Reihen ab, um sich ein Pfand von einer Dame zu holen. Sibylla konnte nicht erkennen, wer die Glückliche war, die ihr Band um die Stechlanze schlang, denn Konrad hatte seine Hand immer noch auf ihrem Rücken liegen und strich behutsam über den Stoff ihres Kleides. Sibylla musste sich zusammennehmen, um nicht zu zucken und Konrad damit zu verraten, wie sehr sie die Berührung genoss.

»Was macht Ihr?«, flüsterte sie. »Jeder kann uns sehen.« Sehnsucht stieg in ihr auf, eine Sehnsucht, die sie so lange nicht mehr gekannt hatte.

»Niemand sieht uns, Sibylla, weil es niemand erwartet.«

Während die beiden Reiter auf dem Turnierplatz gegeneinander anstürmten und sich verfehlten, glitt Konrads Hand weiter ihr Mieder hinauf. Die heimliche Zärtlichkeit raubte ihr beinahe den Verstand.

»Wohin wollt Ihr, Konrad?«, flüsterte sie, obwohl Sibylla wusste, dass sie sich nicht wehren würde. Das Kribbeln und Kitzeln, das Konrads Finger verursachten, weckte so vieles in ihr. Wie lange war es her, seit Jakob sie so berührt hatte. Sie war keine alte Jungfer, doch Jakob hatte seit der Meckau-Affäre seine Besuche in ihrem Bett ganz eingestellt. In seinem Alter mochte es angehen, keine Lust mehr zu verspüren, doch sie war jung.

»Dorthin, wo Ihr mich lasst.« Jeglicher Spott in seiner Stimme war verschwunden.

»Ihr seid verheiratet, Konrad!«, sagte Sibylla, doch genau wie sie selbst schien auch Konrad zu spüren, dass der Versuch allenfalls halbherzig gemeint war.

Sie lenkte ihren Blick auf das Geschehen unter ihnen, um einen klaren Gedanken zu fassen, doch es gelang ihr nicht. Die

bloße Gegenwart von Konrad, der so plötzlich wieder in ihr Leben getreten war, überwältigte sie.
Auf dem Turnierplatz krachten die Lanzen gegen die Schilder. Maximilians Turnierwaffe zerbarst in tausend Splitter. Rasch wurde ihm von seinem Knappen eine neue Waffe gereicht. Sie sah unscheinbar aus, war jedoch gefürchtet. Die schlichte Lanze hatte sichtbar mehrere Turniere unbeschadet überstanden und wurde jetzt vom Kaiser auf den Herzog gerichtet.
Die Kontrahenten stürmten aufeinander zu, verfehlten sich jedoch. Die Gäule schnaubten. Dumpf schlug der Takt der Hufe in das weiche Sägemehl.
Die Reiter zügelten ihre Tiere am Ende der Stange, die das Feld teilte. Maximilian ließ seinen Hengst steigen. Bereits im Niederfallen preschte er erneut los und jagte auf den Herzog zu. Im letzten Moment senkte er die Lanze, ganz in den Sattel gekauert, das Gewicht nach vorne verlagert. Sibylla vernahm einen Schlag, während sie fühlte, dass sich Konrads Lippen ihrem Halsansatz näherten. Die Menge schrie auf. Der Herzog schien wie in seiner Bewegung eingefroren zu sein. Dann splitterte die Lanze erneut, riss einen Teil des Schildes ab. Die Wucht des Aufpralls ließ den Herzog schwanken. Wieder jagten sie aneinander vorbei. Jetzt war es am Herzog, den Angriff zu forcieren.
Maximilian ließ sich ein neues Stechgeschirr reichen, duckte sich unter seinen Schild. Auch der Herzog kroch hinter seinen gesplitterten Schild, der ihn nur noch unzulänglich deckte. Als würde sich die Anspannung auf die Zuschauer übertragen, verstummte jegliches Geschrei oder Geflüster. Sibylla fühlte den heißen Atem Konrads. Jetzt musste sie reagieren, musste ihn zurückweisen. Doch sie wollte nicht. Ihre Beine hätten nachgegeben, wenn sie sich auch nur einen Schritt wegbewegt hätte. Man hörte nur noch das Trommeln der anrennenden Gäule. Beide Lanzen fuhren in die Deckungen, rissen den Kontrahenten die Schilde aus den Händen. Man hörte das Schnalzen bre-

chender Lederriemen, das heisere Krachen überdehnten Holzes. Die beiden Männer wankten in ihren Rüstungen, blieben jedoch auf den Rennern sitzen. Lanzen und Schilde schepperten auf die Sägespäne hinab. In eben diesem Moment richtete sich Sibylla auf, und Konrads Lippen pressten sich an ihren Hals. So kurz, dass niemand es hätte sehen können und, wenn doch, für einen Zufall gehalten hätte.

Beifall rauschte wie ein Frühlingsregen über den Platz. Die Besucher schrien und trampelten und wollten eine Zugabe. Maximilian sprang aus dem Sattel und trat neben den Sachsenherzog, der ebenfalls abstieg, mühsamer, unbeweglicher. Maximilian reichte dem Fürsten die Hand.

Als Sibylla sich nach Konrad umsah, war dieser verschwunden. Dafür erhob sich unten auf dem Platz ein Lärmen.

Eine hoch gewachsene Gestalt begab sich auf den Platz. Noch im Laufen schnürte sich Konrad Rehlinger den Brustpanzer um und ließ sich aufs Pferd heben.

»Stephan Hagenor!«, rief er in das Rund. »Ich fordere Euch!«

Beinahe wie in Trance erlebte Sibylla, wie Konrad sich von ihr das Band erbat. Sie begegnete den spöttischen Blicken der Welserin und beobachtete reglos, wie Konrad gegen Stephan Hagenor anrannte, sah, wie dieser die erste Runde unverletzt überstand, während Konrad wegen eines Splitters leicht blutete. Sie vernahm das Klirren der Schilde und Waffen und hörte das Schreien der Menge, als Stephan Hagenor aus dem Sattel gestoßen und in den Sand geworfen wurde. Nur undeutlich wurde ihr bewusst, wie Konrad auf sie zuritt und sie ihm ein goldenes Schwert überreichte, als Siegestrophäe, von dem sie nicht sagen konnte, woher es stammte. Erst als sich ihre Hände berührten, wich ihre Erstarrung. Konrad war für sie geritten, hatte für sie gestritten. Sie wusste, dass er sich einen Kuss erobert hatte, den sie ihm gewähren wollte. Doch nicht jetzt, nicht hier auf der Tribüne.

KAPITEL 3 »Soll ich Euch ein Geheimnis verraten, Tante?« Raimunds Lippen zuckten nervös, eine Angewohnheit, die für Sibylla Ausdruck seiner Verschlagenheit war. Seine Stimme klang spöttisch. Sibylla mochte ihn nicht. Ihm lag nicht daran, ihr einen Gefallen zu tun, er wollte sie verletzen.

»Behaltet Euer Geheimnis für Euch, Raimund. Sonst ist es keins mehr.«

Sibylla lachte für sich. Sie hatte sich von Anna den Spiegel bringen lassen und ihre Juwelen angelegt. Wenn sie zum Tanz ging, dann wollte sie, dass sich Konrads Augen eine ganze Zeit mit ihr allein beschäftigten. Er sollte sie mit seinen Blicken berühren. Sie war nicht mehr jung, das wusste sie sehr wohl, und ein wenig an den Hüften gerundet. Sie konnte nicht mehr mit den Küken konkurrieren, die mit kessen Baretten und Federhüten ihre Anmut unterstrichen und den Kaiser umschwärmten wie die Motten die Fackeln an der Wand. Doch ihr Glanz strahlte noch und hinterließ ein verwirrtes Flackern in den Gesichtern ihrer Konkurrentinnen. Sie bemerkte es mit Genugtuung, und Konrad wusste die Erfahrung reiferer Frauen zu schätzen.

»Wie gefalle ich Euch?«

»Ihr habt den Charme einer ... Hexe«, zischte Raimund.

»Und Ihr die Liebenswürdigkeit des Gottseibeiuns«, zürnte Sibylla. »Ihr seid verärgert, weil Jakob Euch aufgetragen hat, mich zum Ball zu begleiten? Geht, sucht Euch jüngeres Blut. Ich finde allein ins Tanzhaus. – Anna, wie stehen mir die Rubine?«

Anna, die sich im Hintergrund gehalten hatte, trat vor und warf einen Blick auf Sibyllas Juwelen.

»Ihr seht zum Anbeißen aus. Als hättet Ihr Euch mit Erdbeeren behängt.«

Raimund drehte sich weg und ging langsam zur Tür. Sibylla fühlte, dass es in ihm kochte, weil er nicht losgeworden war, was er hatte sagen wollen. Immer offenbarte er ihr seine neueste Entdeckung, um sie zu kränken und um einen Keil zwischen sie und Jakob zu treiben. Er hasste sie, weil ihre Schönheit ihm

Unbehagen bereitete. Sie konnte seine gierigen Blicke durchaus deuten, wenn er sie umschlich und die Hände zu Fäusten verkrampfte. Am liebsten hätte er ihr die Rubine und den Atlas vom Leib gerissen. Er hasste in ihr Jakobs Unnachgiebigkeit.
Sibylla hörte, wie er die Klinke drückte. Jetzt würde er etwas sagen. Spätestens jetzt musste sein Wunsch, sie zu demütigen, das cholerische Gemüt des 21-Jährigen aufwallen lassen. Sie behielt Recht. Unter der Türschwelle hielt er inne, dehnte die Zeit, bis die Tür zuschlug. Im Spiegel konnte sie sein verzerrtes Gesicht erkennen.
»Jakob«, brachte er mühsam hervor und holte Luft. Ihm schien es schwer zu fallen, die richtigen Worte zu finden. »Jakob hat eine Tochter!«
Die Tür knallte zu. Raimund verschwand. Vor Sibyllas Augen begann das Spiegelbild zu tanzen, die Konturen verschwammen. Sie wankte. Wie aus weiter Ferne hörte sie Anna rufen.
»Herrin! Was …?«
Dann kippte das Bild in ihren Augen. Das Unterste fiel nach oben. Alles drehte sich, als würde es in die Luft gewirbelt, als habe die Welt ihren Halt verloren.
Strahlend schön wuchs eine Gestalt in ihrer wattigen Erinnerung empor, Konrad Rehlinger hoch aufgerichtet im Sattel. Der Sieger, der für sie gestritten hatte. Ein wohliges Gefühl umhüllte sie, bis in ihr ein Unbehagen wuchs, das vom dumpfen Druck in ihrem Kopf herrührte.
Als sie die Augen aufschlug, kniete Anna neben ihr. Sie hielt ihr den Kopf. Sibylla war auf ein Sofa gebettet, die Beine hochgelegt. Auf ihrer Stirn lag ein kühler Lappen. Nur das Amulett drückte auf ihre Brust, als wöge es Zentner. Es presste ihr die Luft ab. Sie musste gegen sein Gewicht atmen und hustete.
»Wir wollten den Herrn holen lassen, doch …«
»Der Kaiser«, flüsterte sie und bemerkte, wie trocken sich ihre Kehle anfühlte. Sie krächzte mehr, als sie sprach. Ihre Stimme besaß ein wenig vom Kreischen des Metalls beim Turnier,

wenn sich die Lanzen in die Kürasse bohrten. Jetzt bekam sie leichter Luft. »Der Kaiser geht vor. Es sind wichtige Dinge zu besprechen.« Sie lächelte bitter, weil Anna nickte.

Sibylla versuchte sich aufzurichten, doch Anna drückte sie zurück auf ihre Liege. Langsam erinnerte sie sich an Raimunds Unverfrorenheit.

Jakob ... Jakob sollte ein Kind gezeugt haben?

»Anna, was ...?«

Sibylla musste die Augen schließen. In ihrem Schädel hatte ein Schmied seine Esse aufgeschlagen. Es brannte darin wie Feuer und hämmerte in einem fort.

»Ihr meint den Bankert, den Raimund Eurem Herrn andichtet?« Anna sprach langsam und vorsichtig und so leise, dass es eine Wohltat war. »Ihr solltet das nicht ernst nehmen. Raimund will Euch verletzen, Herrin.«

»Was ihm gelungen ist!«

»Weil Ihr sofort darauf eingegangen seid. Ihr wisst, dass Euer Herr ... gewisse Damen ... aufsucht. Da bleibt es nicht aus ...«

Sie brauchte den Satz nicht zu beenden. Sibylla wusste ohnehin, was sie hatte sagen wollen. Jakob war ununterbrochen gereist, reiste heute noch, hielt sich lange in Frankfurt, Innsbruck, Antwerpen, Breslau, Rom auf. Selbst Jakob, der sich ihr verweigerte, fühlte einen Drang nach Frauen. Fremden Frauen. Hübschlerinnen. Frauen waren fruchtbar. Fruchtbarer als sie.

Sibylla schluckte. Ihre Lippen zitterten. Sie konnte ihre Tränen nicht zurückhalten. Ungehemmt liefen sie ihr die Wangen hinab und über den Hals.

»Was weißt du davon, Anna?«, schluckte sie. Sie wollte nicht weinen, konnte jedoch das Aufsteigen der Tränen nicht verhindern.

Anna sah sie nicht an, schaute auf eine Stelle im Raum, die weit hinter ihr lag. In ihren dunklen Augen spiegelte sich ihr blasses Gesicht.

»Nichts, Herrin!«

»Du lügst. Im Gesinde wird geredet. Jakob nimmt fast immer einen Diener. Selten ist er allein unterwegs. Ihr sprecht über die Herrschaft.«

Anna räusperte sich umständlich.

»Man munkelt von einer Mätresse. Doch ich schwöre, ich weiß nichts.«

»Mätresse!« Äußerlich wirkte sie ruhig, doch ihr Herz raste, ihre Atmung konnte sie nur mit äußerster Willensanstrengung bezähmen. Sie starrte an die Decke, die von Rissen und Schrunden in der Holztäfelung überzogen war.

»Bring mir das Kleid, Anna, das brokatene. Konrad Rehlinger will mich zum Tanz ausführen.« Ihre Stimme zitterte. »Er hat für mich einen Sieg erfochten und sich einen Kuss erstritten. Den will ich ihm gewähren. Das verlangt die Ehre.«

KAPITEL 4 Das Amulett brannte auf ihrer Haut wie ein Wundmal.

Gold ist eisig, dachte Sibylla, als sie auf die Männergruppe zutrat, die unwillig für sie Platz machte.

»Jakob, hast du einen Augenblick Zeit für mich?«

Sibylla drängte sich zwischen Paul von Liechtenstein und Jakob Villinger, den Grandtresorier des Kaisers, hakte sich bei ihrem Gatten unter und zog ihn aus der Runde.

»Wir hatten wichtige Dinge zu besprechen, Sibylla«, protestierte er.

»Das haben wir auch«, konterte sie spitz.

Sibylla rechnete Jakob hoch an, dass er ihr folgte, ohne einen Streit zu entfachen. Sie konnte seinen Widerwillen an der steifen Art fühlen, sich führen zu lassen.

Sie lenkte ihn durch eine der Türen, die sich hinter ihnen schloss. Anna spielte den guten Geist und stellte sich vor das Zimmer. Sie waren allein.

Jakob, dessen Stirnfalten sich vertieft hatten, wollte eben zu einem scharfen Wort greifen, als Sibylla sich umdrehte, ihn kurz musterte und ihm dann mit der flachen Hand ins Gesicht schlug.

»Wie heißt sie?«, fauchte Sibylla.

Jakob war zu verblüfft, um zu begreifen, was eben geschehen war. Noch niemals war es zu solch einem Ausbruch gekommen. Er rieb sich die Wange

»Ich verstehe dich nicht, Sibylla.«

»Dann wird es Zeit, dass du es tust. Wie heißt deine Mätresse? Wie heißt der Bankert, der ihrem Schoß entsprungen ist und für den ich mich schämen muss, weil ich die Letzte bin, die davon erfährt.«

Jakob sah an ihr vorbei. Jetzt hatte er begriffen. Seine Stimme klang geschäftsmäßig, wie eben, als er mit Villinger gesprochen hatte.

»Wer hat es dir verraten? Warte. Sag nichts. Wenn es Maximilian nicht war, was ich ihm ohnehin nicht zutraue, dann ...«, in seinen Augen blitzte kurz eine Flamme auf, die Sibylla selten darin erblickte; als würde Stroh kurz auflodern und wieder in sich zusammenfallen, »... dann kann es nur der Brudersohn gewesen sein, Raimund. Er hasst dich. Er hasst mich. Dabei wäre er nicht in der Lage, die Unternehmung auch nur ein Jahr zu führen. Sie würde in sich zusammenstürzen und die gesamte Familie in den Abgrund reißen. Raimund war es.«

Den letzten Satz betonte er so gleichmütig, als ginge es um die Abrechnung eines Pfeffersacks.

Sibylla wandte Jakob den Rücken zu. Nicht, weil sie zu erregt war, um Jakob ins Gesicht sehen zu können, sondern um ihre Gedanken vor ihm zu verbergen. Sie atmete zu schnell. Mühsam kämpfte sie gegen die Luftarmut an, die ihr das Mieder bescherte. Sie dachte daran, Anna nachher zu bitten, es etwas aufzuschnüren, sonst würde sie später unmöglich tanzen können. Denn ins Tanzhaus wollte sie hinüber, gleich nach dem Gespräch. Zu Konrad.

»In Frankfurt habe ich mich mit einer … Hübschlerin …«

»Lügner!«

Sibylla drehte sich um und fauchte Jakob an. Mit Konrads Bild in ihren Gedanken fühlte sie sich mutig genug, ihn diesmal nicht sein Spiel spielen zu lassen. Sie würde ihn in die Enge treiben.

»Keine Hetäre! Du hattest eine regelrechte Mätresse, die auf dich wartete, wenn du von der Messe heimkamst. Die dir das Bett vorgewärmt und die Beine breit gemacht hat. Lüg mich nicht an!«

Den letzten Satz schrie Sibylla hinaus, so dass die Tür geöffnet wurde und Annas Haarschopf im Spalt erschien.

Schuldbewusst senkte Jakob den Kopf.

»Wenn du es genau wissen willst, habe ich mich mit Mechthild Belz eingelassen. Eine … eine … freundliche Frau, die mir gab, was ich verlangte.«

Belz also hieß das Mensch. Belz.

»Habe ich dir etwa nicht gegeben, was du von mir verlangt hast? Konntest du dich über mich beschweren? Fehlt dir etwas an mir? Jugendlichkeit? Leidenschaft? Schönheit? Sag es mir, Jakob? Sag es mir einfach.«

Sie fühlte, wie sie den Tränen nahe war. Warum musste sie heulen, während er vor ihr stand und darüber nachsann, wie das unleidige Thema aus der Welt geschafft werden konnte? Der Besuch bei einer Hetäre verhinderte Zwistigkeiten, überbrückte die Zeiten, in der die Frauen an ihrer Monatskrankheit litten. Niemand stieß sich daran. Jakob verhielt sich nicht anders als andere Männer. Wenn er reiste, erwartete sie nicht, dass er sich wie eine Jungfrau zierte und hielt. Doch mit dieser Mechthild Belz verband ihn etwas, was sie ihm unmöglich geben konnte: ein Kind.

»Es fehlt mir nichts, Sibylla. Du bist willig, du …«

»… kannst keine Kinder gebären. Sag es frei heraus, Jakob. Du hast ein Kind mit diesem … diesem … Mensch!«

Jakob hob den Kopf in den Nacken, drehte ihn, als sei er verspannt.

»Wenn du darauf hinauswillst. Nun denn. Mechthild Belz hat eine Tochter von mir empfangen, so hat man es mir mitgeteilt. Sie heißt ebenfalls Mechthild. Ich sorge für das Kind, wie es meine Pflicht als Vater ist.«

Sibylla stand da und fühlte sich hilflos. Die Ruhe, mit der Jakob ihr bestätigte, was Raimund nur angedeutet hatte, schmerzte sie mehr, als wenn Jakob geschrien und sein Abenteuer geleugnet hätte. Er behandelte es so normal wie ... wie seine Warengeschäfte, wie Wechseleingänge und Kreditanfragen. Mit dem nüchternen Blick des Kaufmanns, der sich den Saldo seines Lebens vor Augen hält. Sie blickte ihn an und sah ihn nicht. Ihre Augen schwammen in Tränen.

»Du musst damit zurechtkommen, Sibylla«, sagte Jakob in ihren verstörten Blick hinein. »Es ist mir nicht angenehm, doch werde ich für das Auskommen des Kindes sorgen, wie ich für meine Neffen und Nichten sorge.«

Jakob trat einen Schritt auf sie zu und fasste sie an den Schultern. Hätte er sie jetzt an sich herangezogen, hätte er sie an seine Brust gedrückt, hätte er ihr übers Haar gestrichen mit diesen hilflosen Bewegungen, die sie noch heute glauben ließen, dass es ihm an Erfahrung mit Frauen mangelte, dann hätte sie ihm vermutlich verziehen. Sie fühlte es. Doch Jakob drückte nur mit beiden Händen ihre Schulterblätter zusammen.

»Ich möchte während des Reichstags keinen Skandal. Die Stadt zerreißt sich ohnehin die Mäuler über Maximilian und mich und meine Beziehungen zu den Franzosen. Ich will nicht angreifbar sein, nur weil meine Frau einen Kegel nicht akzeptiert. Hörst du? Ich achte dich, weil du meine Frau bist. Und du bleibst es, egal, wie viele Kinder andere mir schenken.«

Jakob drehte sich um und verließ den Raum. Sibylla stand da und horchte auf die Stille in ihr. Ihr war, als wären die letzten Worte Jakobs in einen großen leeren Raum gefallen und hallten dort nach. Verzerrt durch ein fortwährendes Echo, zerstückelt bis zur Unkenntlichkeit.

»Sibylla, Herrin!« Anna berührte sie am Arm. »Was ist mit Euch?«

Sibylla glaubte, aus einer Gruft emporzusteigen. Sie fröstelte.

»Mit geht es gut, Anna«, sagte sie mit einer Stimme, vor der sie selbst erschrak. Sie klang trocken wie Seidenpapier. »Jakob ist gegangen!« Sie musste sich den Umstand mehrmals vorsagen, »Jakob ist gegangen! Jakob ist gegangen!« Mit einem Ruck löste sie sich aus der Umarmung Jakobs, die sie noch immer fühlte, sprengte den Druck, den seine Arme ausgeübt hatten. »Auf, Anna. Im Tanzhaus ist Vergnügen heute. Ich brauche Vergnügen.«

»Wird der Herr ...«, versuchte Anna einzuwenden.

»Nachfolgen? Nein. Ich brauche niemanden, der mich ins Tanzhaus begleitet. Zur Not wird Maximilian mich führen.« Sie sagte nicht laut, dass sie nicht wirklich an den Kaiser dachte, sondern an einen anderen.

Sie raffte ihr Kleid, eilte aus dem Raum, Anna im Schlepptau. Als ginge sie in Watte, durcheilte sie die Zimmer, nickte dem Gesandten zu, lächelte diesen und jenen an, ohne dass sie sich an ein Gesicht erinnern konnte, wenn es ihr aus dem Blickfeld verschwand. In ihrer Kemenate setzte sie sich an ihren Schminktisch.

»Anna«, rief sie ungeduldig. »Nimm mir die Tränen aus dem Gesicht, ordne die Haare, pudre mir den Ausschnitt. Heute wird die Jakob Fuggerin der Gesellschaft zeigen, dass es noch andere Pole gibt, um die diese Welt zu kreisen vermag, als den Fugger.«

KAPITEL 5

Wie eine Mahnung, wie eine Anklage, lag die Handschrift zwischen ihnen, schwer und wuchtig. Der Einband bestand aus festem Rindsleder, das über eine Holzplatte gezogen worden war. In das dunkle Leder waren geometrische Figuren gepunzt. Der Mittelteil war ausgespart und mit einer Elfenbeinschnitzerei ausgelegt, die einen auf den Himmelssphären thronenden Heiland zeigte, die Weltkugel in der Hand. In jeder Ecke prangte ein furunkelgroßer Edelstein: Rubin, Smaragd, Amethyst und Bergkristall. Der hölzerne Schutzumschlag war eingefasst mit eisernen Stoßkanten, die auf der Vorderseite in zwei schwarze, verzierte Schnallen ausliefen. Der Band verströmte einen Geruch, in dem sich Weihrauch und Handschweiß mischten, vermengt mit dem von Leder und Pergament. Mit seiner Wucht füllte das Evangelium den Raum. Es war das sichtbar zum Buch geronnene Wort des Glaubens.

Es war Sibyllas Idee gewesen, Geschäft und Glauben zu verbinden. Jakob blickte jedem in die Augen, der den Raum betrat. Alle suchten zuerst den Folianten, dann erst Jakob, danach Sibylla, die hinter Jakob in einem Sessel mit Armlehnen saß. Das Evangelium gab der Situation eine feierliche Stimmung. Die Töchter ihrer Schwäger strömten in den Raum. Ursula, Sibylla, Veronica, Felicitas und die junge Susanne aus Ulrichs Sippe, die Jüngste, Regina, an der Hand von Raimund sowie Anton. Markus, den alle nur Marx riefen, saß in Rom, unabkömmlich. Anna, die älteste Tochter Ulrichs, weilte in Ungarn. Ihre beiden Brüder betraten den Raum als letzte, der hoch aufgeschossene Ulrich, der so wenig von seinem Vater hatte, und der Jüngste von allen, Hieronymus, ein Milchgesicht, das niemals den Kaufmannsberuf ergreifen würde, weil er sich bereits jetzt hinter seinen Büchern verschanzte.

Jakob wartete, bis sich der Saal mit allen Familienmitgliedern gefüllt hatte, die sich derzeit in Augsburg aufhielten. Er hatte die Bruderkinder zusammenrufen lassen, vor allem Anton und Raimund. Ihm fiel das, was er zu sagen hatte, offensichtlich nicht leicht, und er hätte sich eine kleinere Runde gewünscht. Sibylla hatte auf dem Familienrat bestanden.

Erst als alle sich gesetzt hatten und jeder vom schweren Geruch

des Buches geatmet hatte, stand Jakob auf. Er sprach langsam und leise. Doch jeder im Raum verstand ihn, denn seine Stimme besaß von Beginn an eine Eindringlichkeit, die fesselte.
»Liebe Familie …«, begann er und ließ seinen Blick schweifen. »Die Umstände haben es so gewollt. Gottes unerfindlicher Ratschluss hat mir die Brüder genommen. Wir dürfen nicht an seinen Werken zweifeln, noch sollen wir ihm zürnen, doch sollten wir die weltlichen Werke regeln, die er uns in seiner allmächtigen Güte an die Hand gegeben hat. Deshalb habe ich den Familienrat einberufen.« Von der Erinnerung an den Tod Georgs und Ulrichs überwältigt, stockte er und sah zu Boden, als könne er von dort ablesen, wie er fortfahren musste. »Das Schicksal hat mir die Aufgabe zugedacht, das Unternehmen *Ulrich Fugger und Gebrüder* weiter zu leiten. Es hat mich zum alleinigen Regierer bestimmt, nachdem die Brüder diese irdische Welt leider zu früh verlassen haben. Heute, ein gutes Jahr nach Ulrichs Tod, möchte ich die Verhältnisse in dieser Firma neu ordnen.«
»Hoffentlich zu Gunsten aller!«, unterbrach ihn Raimund, der die Arme über der Brust verschränkt am Türstock lehnte. »Oder wollt Ihr uns aus der Firma halten, Oheim, wie in den Jahren zuvor?«
Sibylla betrachtete Raimund ruhig. Zumindest das Gespür für Situationen wie diese besaß der Junge, wenn er auch sonst wenig zum Kaufmann taugte. In Jakobs Gesicht konnte sie den Abscheu vor seinen Ausschweifungen lesen. Selbst heute roch Raimund nach Wein.
»Ich bin der letzte Regierer der Unternehmung *Ulrich Fugger und Gebrüder*, Raimund. Noch sehe ich unter euch keinen, der auch nur das geringste Verständnis für das besäße, was die Väter errichtet haben.«
»Was Ihr errichtet habt!«, betonte Raimund. »Und was Ihr weiter errichten wollt!«
Murren unterbrach Raimunds Rede, zustimmendes Murren.

Sibylla musterte die Nichten und Neffen. Sie mussten sich vorher abgesprochen haben, denn die anderen, vor allem die Frauen und Anton, nickten. Raimund konnte auf ihre Unterstützung zählen.

»Worauf spielst du an, Raimund?«

»Ihr kauft dazu. Das Haus Eurer Schwiegermutter, nebenan. Ich habe munkeln hören, dass Ihr auch am Rückgebäude und an den Gebäuden daneben Interesse gezeigt habt. Was soll das werden? Ein Palast für ... für einen Stadtkönig? Den König der Kaufleute etwa? Oder nur eine Spielwiese für Eure ... Gattin?«

Mit dem Kinn deutete er zu Sibylla hinüber.

Jakob versuchte, sich den Zorn nicht anmerken zu lassen.

Ganz ruhig rückte Sibylla in ihrem Sessel nach vorn.

»Dabei habe ich ein Wort mitzureden!«

Tadel in Jakobs Blick ließ sie verstummen. Sie hatte versprochen, sich zurückzuhalten. Ungeschoren würde Raimund jedoch nicht davonkommen. Was bildete sich dieser unverschämte Kerl ein? Wenn Jakob ihr Elternhaus und andere Gebäude dazukaufte, um auf ihre Bitten hin ihr Heim zu erweitern, ging ihn das zunächst nichts an.

»Ich werde die Gesellschaft ändern«, fuhr Jakob unbeirrt fort. »Sie soll heißen *Jakobus Fugger und Gebrüder Söhne*!«

Erneut setzte ein Murmeln ein, das wie eine Welle durch den Raum schwappte und hin und her wogte.

»Heißt das ...?«, wollte Raimund wissen, doch Jakob fuhr dazwischen.

»Es heißt, dass die Töchter meiner Brüder ausbezahlt werden.«

Das Gewirr der Stimmen schwoll an wie zunehmender Regen. Jakob hob die Arme, um für Ruhe zu sorgen. »Wir werden ihren Anteil an der Unternehmung ermitteln. Wobei das Gesamtvermögen der Unternehmung erhalten bleibt. Die Töchter meiner Brüder werden jedoch einen angemessenen Grundanteil und ihren Anteil am Gewinn erhalten. Wir haben schwere Anfechtungen zu bestehen. Die Höchstetter und Manlich drücken in Hall im Tirol …«

»Erzählt uns keine Gespenstergeschichten, Oheim. Worauf wollt Ihr wirklich hinaus?«

»Ihr habt keine Ahnung«, zischte Sibylla in die Runde. Ihre Geduld war begrenzt. »Vor niemandem muss Jakob Rechnung ablegen.«

»Bitte«, beschwichtigte Jakob sie. »Alle, wie ihr da sitzt, seid ihr nur darauf aus, der Unternehmung Geld zu entziehen, ohne je daran zu denken, dass es verdient werden muss. Niemand von euch, auch du nicht, Raimund, musste je einen Gedanken daran verschwenden, ob morgen der Gewinn fließt, damit für die Lautenspieler, die Feste und Maskenbälle, die euch durchs Jahr treiben, auch das Silber vorhanden ist. Bereits der Tod des Kardinals und Erzbischofs von Meckau hätte uns in den Ruin führen können, wenn nicht ein umsichtiger Geist …«

»Ihr meint damit Euch!«

Sibylla fuhr auf.

»… ja, Raimund, wenn Jakob nicht reagiert hätte, säßet Ihr jetzt vermutlich in Innsbruck im Schuldturm und könntet Euer Mundwerk an die nassen Steine schlagen, wenn Ihr hungrig wärt. Weder Euer Vater, Gott hab ihn selig, noch Euer Oheim Ulrich hätten diese Krise bewältigt.«

»Beide hätten sie nicht einmal verursacht«, zischte Raimund spöttisch. »Sollen wir vor Euch auf die Knie fallen, Oheim, und Euch lobpreisen? Oder sollen wir einfach nur einen Altar aufstellen und Kerzen anzünden?«

Jakob schlug mit der flachen Hand auf den Tisch. Eisiges Schweigen füllte den Raum.

»Das ist Blasphemie, Raimund. Haltet Euch zurück angesichts des Evangeliums!«

Jakob deutete auf den Band in Großfolio, der allein mit seinem sichtbaren Gewicht seine Worte unterstrich. Erneut füllte Gemurmel den Saal, von dem Jakob nicht unterscheiden konnte,

ob es eine Zustimmung oder die Ablehnung seiner Rüge bedeutete.
»Wir wollen nicht mit Brosamen abgespeist werden, Oheim.« Raimund nahm sichtlich die Schärfe aus seinem Angriff. »Das Geld, das Ihr gewinnt, ist nicht nur dafür da, die Kapitalien der Unternehmung zu mehren und für die Spielereien Eurer Gattin ausgegeben zu werden. Nicht alle von uns sind für den Kaufmannsberuf geschaffen«, Raimund deutete mit der Hand auf die Geschwister und Basen, »und sind dennoch Fugger wie Ihr mit allen Rechten.«
Jakob nickte Sibylla zu, die das Wort ergriff. Raimund blieb der Mund offen stehen, als nicht der Oheim, sondern seine Frau anwortete.
»Die Mädchen werden eine Mitgift erhalten, die sie dem Adel andienen wird. Allesamt gehören sie zu den begehrenswerten Partien in diesem Reich.«
»Die Männer werden zur rechten Zeit in die Unternehmung aufgenommen«, fuhr Jakob fort, »dort lernen, reisen – und sie haben sich in ihr zu bewähren. Aus diesen werde ich einen Nachfolger bestimmen, wenn die Zeit gekommen ist.« Bei den letzten Sätzen war er leiser geworden, als wollte er dies lieber nicht in aller Öffentlichkeit mitteilen. »Im Augenblick jedoch bleibt die alleinige Entscheidungsgewalt in meinen Händen …« Jakob würgte mit rasch erhobener Hand den Einwurf Raimunds ab. »… in meinen Händen, denn nur ich überblicke den Lauf der Geschäfte. Die Zeit wird die Tauglichkeit eines Nachfolgers erweisen. Im Folgenden werde ich die Geschäftszahlen ausweisen, dabei habe ich unsichere Posten nicht berücksichtigt und lasse eine Reserve im Unternehmen, sollte ein Handel verlustreicher ausfallen als angenommen …«
»Oheim, ein Letztes. Schließlich ist das hier der Familienrat, keine Gemeinde, die einer Predigt folgt!«
Jakob, der bereits die Papiere mit den Abrechnungen vor sich auslegte, sah auf.

»Habt Ihr die Bibel deshalb in den Mittelpunkt gerückt, weil Ihr fürchtet, der Schacher um die dreißig Silberlinge des Judas könnte an Eurem Seelenheil zerren?«

»Raimund, wenn dein Verstand ebenso schnell arbeitete wie dein Mundwerk, wärst du ein idealer Nachfolger für diese Unternehmung. Da ich jedoch befürchte, dass du dich mit deinen unbedachten Äußerungen bei Geschäftsfreunden um Kopf und Kragen redest, weckt deine Befähigung Zweifel in mir. Ich werde jetzt, wenn du gestattest, die Anteile nennen, die jeder Sippe, jedem Familienmitglied zusteht. Danach werdet ihr auf diese Bibel schwören, und für alle Zukunft, zumindest jedoch solange ich lebe, auf alle Forderungen gegenüber der Unternehmung *Jakobus Fugger und Gebrüder Söhne* verzichten. Nach meinem Tod könnt ihr Geschwister mit meinem Werk tun, was ihr wollt. Bis dahin werde ich es jedoch zu verhindern wissen, dass dieses Vermögen sich in Vergnügen auflöst, nur weil kein Familienmitglied gelernt hat, den Gulden zu achten.«

Jakob hatte leise gesprochen, doch so eindringlich, dass niemand wagte, ihm zu widersprechen. Die Frauen sahen betreten zu Boden. Raimund biss sich auf die Lippen. Nur Anton, Georgs zweiter überlebender Sohn, hatte die Arme ineinander verschränkt und musterte den Oheim und Sibylla aufmerksam.

Sibylla fühlte sich erschöpft. Selbst Jakob musste sich am Tisch festhalten. Langsam kroch die Altersmüdigkeit durch seine Adern. Auch wenn er es sich nicht zugestehen wollte, beobachtete Sibylla deutlich, wie sehr solche Sitzungen an seinen Nerven zehrten.

»Ihr habt mich falsch verstanden, Oheim!«, unterbrach Raimund ihre Gedanken. »Was geschieht, wenn Ihr den Namen der Unternehmung ändert, wenn Ihr an deren Spitze genannt werdet? Um es auf einen Punkt zu bringen, Oheim: Bleibt das Goldene Kontor im Stammhaus, hier am Rindermarkt?«

Diese Frage hatte Sibylla gefürchtet. Lange hatte Jakob auf sie eingeredet, doch sie war hart geblieben. Deshalb war es an ihr, eine Antwort zu geben. Das Goldene Kontor, das Herz der Unternehmung. Legendär. Furchteinflößend. Ein Hort des Reichtums ebenso wie ein Zentrum der Macht. Wer über das Kontor gebot, gebot über die Welt.

Sibylla bemerkte, wie Jakob den Kopf hob und Raimund fixierte, der überrascht einen Schritt zurücktrat. Allein Jakobs Blick hatte ihn taumeln lassen. Doch er presste die Lippen zusammen.

»Ja. Es wird nicht an den Weinmarkt umziehen. Jakob wird weiter Euer Haus betreten, Raimund, Anton. Er erfüllt damit meinen ausdrücklichen Willen.«

Die beiden Brüder verzogen überrascht den Mund und legten die Köpfe schief.

»Doch ich bin die Unternehmung«, warf Jakob ein.

Eine betretene Stille herrschte. Regina, die Raimunds Hand krampfhaft festhielt, begann zu schluchzen. Die Last der Anspannung forderte ihren Tribut. Jakob sah in die Runde, blickte jedem Einzelnen in die Augen, bis sie den Kopf senkten oder nickten. Nur Raimund hielt seinem Blick stand.

»Ihr seid der Regierer«, sagte er schließlich, als handle es sich um eine Genehmigung der Handlung. »Ihr seid der Monarch!« Zynisch rollten die Worte über seine Lippen. »Unumschränkt!«

»Seid nicht blasphemisch!«, fuhr Jakob ihn an. »Wer will die von Gott gewollte Ordnung umstoßen? Ich nicht.«

Raimund beugte das Haupt, doch nur, um den spöttischen Zug um seinen Mund zu verbergen. Jakob durchschaute den Neffen.

Für Sibylla schmeckte Jakobs Sieg schal. Die Familie hatte kein Instrument in der Hand, ihm seinen Anspruch streitig zu machen. Er wusste es – und sie wussten es ebenfalls. Wenn er seine Hand aus der Unternehmung zog, würde sie in den nächsten Monaten in sich zusammenbrechen. Das gab ihm Macht. Diese Macht hatte er heute gebraucht, vielleicht missbraucht.

Als koste es ihn seine letzte Kraft, hob Jakob sein Abrechnungsblatt und begann tonlos die Zahlen zu verkünden. Seit letztem Jahr suchte er nach einem Schlüssel, die Ansprüche der Familie und fremder Einleger zu verringern und die Unternehmung dennoch am Leben zu erhalten. Das gelang nur, wenn alle begriffen, dass sich Fuggers Handel nicht darin erschöpfte, Gewinn zu erzielen und diesen aus der Firma zu entnehmen. Was gewonnen wurde, musste wieder investiert, angelegt und gesichert werden. Und das in Zeiten, in denen sich die Kriegsgefahren vergrößerten, in denen die Familienansprüche sich verstärkten, in denen sich der Handel verlagerte und in denen eine Unruhe in der Luft lag, die Sibylla beunruhigte.

Erst als alle am Ende seines Vortrags die Hand hoben und auf den allmächtigen Gott schworen, fühlte sie eine gewisse innere Ruhe zurückkehren. Nur die Bemerkung Raimunds, der als Letzter den Raum verließ, saß wie ein Stachel in ihrer Seele.

»Jetzt habt Ihr Euren Willen, Oheim«, spottete er, während er an Jakob vorüberschlüpfte. »Ich hoffe nur, dass er sich für alle Fugger auszahlen wird, nicht nur für Euer Weib, das es sich bereits auf Eure Kosten gut gehen lässt. Was sage ich, auf Kosten aller Fugger!«

Sibylla schloss die Augen und lehnte sich zurück. Nie wieder würde sie an solch einer Sitzung teilnehmen wollen.

KAPITEL 6

Sibylla band ihre Haube unterm Kinn zu, drehte sich zu Anna um, die ihr die Schleife richtete, und trat zur Tür.

»Wollt Ihr nicht die Sänfte nehmen, Herrin?«

»Nein. Ich will die Straße unter den Sohlen spüren, Anna. Ein wenig Bewegung schadet uns nicht. Die Wege sind einigermaßen sauber. Es scheint die Sonne.«

»Es ist kühl, Herrin!«

Sibylla lachte.

»Anna, Anna, du willst mit der Kutsche fahren. Gib es zu. Jetzt beeil dich. Ich möchte zum Markt.«
Anna schickte sich mit einem Achselzucken ins Unvermeidliche. Sie öffnete das Tor. Sibylla steckte ihre Arme in einen Muff, streckte die rote Nase in die Herbstluft, die ihnen entgegenwehte, und schlug den Weg nach Norden ein. Die Sonne legte einen Schatten bis zum Brotmarkt. Erst dort hellte ihr schwaches Licht das Dunkel etwas auf.
»So wartet doch wenigstens!«, rief Anna hinter ihr her. Doch Sibylla wollte nicht stehen. Stehen hieß frieren. Im Schatten wärmte die Sonne nicht mehr, und Herbsteskälte stahl sich unter ihren Rock. Atemlos nahm Anna bald den Platz neben ihr ein. »Ihr seid gemein, weil Ihr mich so rennen lasst!«, keuchte sie.
Sibylla hätte gern gelacht, doch aus dem Dunkel des Salzstadels lösten sich zwei Gestalten und verstellten die Gasse. Sofort wurde ihr mulmig, und sie drückte sich an Anna, die ihren Arm untergefasst hielt. Einer der Männer verbarg sein Gesicht unter einer feinen Gaze, so dass nur Augen- und Mundhöhlen sowie der Nasenhügel auszumachen waren. Er wurde von einem Einbeinigen am Arm geführt. Es wirkte gespenstisch. Abrupt blieb Sibylla stehen.
»Aus dem Weg, Gesindel!«, zischte sie, und Anna versuchte mit ihrem freien rechten Arm die Männer zu verscheuchen. »Wisst ihr nicht, wem ihr den Weg verstellt?«
»Weißt du, wem wir den Weg verstellen?«, wiederholte einer der Kerle die Worte. Er grunzte dabei, während sein Kumpan neben ihm, der nur ein Bein besaß und sich mit einer Krücke behalf, heftig den Kopf schüttelte.
»Ich weiß nur noch, dass mich auf dem Gebiet der Eidgenossenschaft ein Hellebardenhieb den Fuß gekostet hat. Ein wenig von der Nasenspitze und vom Schädeldach sind dabei auch noch verloren gegangen.«
Er wandte den beiden Frauen sein Gesicht zu. Tatsächlich schien

ein Hieb seitlich über seinen Kopf gezogen worden zu sein und ihm einen Teil des Stirnknochens und der Nase abgeschlagen zu haben. Eine rötliche Narbe überzog das Gesicht. Der Mann hinkte auf einer Krücke.

»Was will das Gesindel?«, flüsterte Sibylla Anna zu. Sie fühlte sich hilflos und ein wenig verloren vor diesen Krüppeln. »Lass uns gehen!«, drängte sie, als ihre Amme sich nicht rührte.

»Ihr wollt uns doch nicht verlassen?«, brummte eine dritte Person. Sibylla fuhr herum und hätte dabei Anna beinahe zu Boden gerissen.

In ihrem Rücken versperrte eine weitere Gestalt in einem langen schwarzen Mantel den Weg. Des Schattens wegen war er nur schwer zu erkennen. Er deutete eine Verbeugung an.

»Meine Ehre, Jakob Fuggerin!«

»Ihr kennt mich?«

»Wer kennt die Frau des großen Jakob Fugger nicht? Wir drei sind eigens aus dem Eidgenössischen hierher gekommen, uns zu vergewissern, wie unsere Peiniger leben.«

»Eure Peiniger?«

Wieder verbeugte sich der Mann. Sibylla sah, dass auch er versehrt war, dass ihm ein Arm fehlte und dass ein Auge durch einen Lappen verborgen wurde. Unter dem schmutzigen Stoff zeigte sich der gezackte Riss einer Narbe. Sibylla dämmerte es. Das waren Soldaten. Landsknechte. Söldner. Was wollten sie ausgerechnet von ihr?

»Wir haben euch nicht gepeinigt«, entgegnete sie mit einer Stimme, der sie selbst die Unsicherheit anhörte.

Der einzelne Soldat lachte nur, und seine beiden Kumpane, die sich langsam näherten, nahmen das Gelächter auf. Es hallte in der Gasse wider und schien in der zunehmenden Kälte zu gefrieren.

»Ich glaube Euch, Jakob Fuggerin. Wirklich. Ich glaube Euch.« Er nahm ein Messer aus dem Gürtel und hieb damit auf seinen linken Arm ein. Die Schneide blieb im Holz der Prothese stecken. »Doch dieser Arm hier, dieser Holzpflock, will Euch nicht glauben. Ich weiß auch nicht, warum.«

»Und mein Beinstumpf hat zu jucken begonnen, als Ihr aus der Tür getreten seid.«

»Meine Augen brennen seither«, ergänzte der dritte Mann, den Sibylla bislang nicht beachtet hatte. Er zog sich langsam das Tuch vom Kopf. Sein Schädel war eine große fleischige Wunde. Kein einziges Haar war mehr zu sehen, sondern nur eine rissige Landschaft aus Narben und feuchten Schrunden, als wäre der Schmerz sichtbar geworden. Ein Feuersturm musste ihm die Haut vom Schädel und ein Auge aus seiner Höhle gebrannt haben.

»Ich habe euch nichts getan!«, fuhr Sibylla die Männer an. Sie blickte um sich. Warum kam niemand die Straße entlang? Wo blieben die Bewohner dieser Stadt? Heute war Markttag.

»Schaut Euch ruhig um. Wenn Ihr Hilfe sucht, Jakob Fuggerin, haltet Euch an uns. Wir sind die Caritas in Person.« Der Verbrannte lachte und entblößte dabei einen Mund voller schwarzer Zahnstümpfe.

»Wir pflegen geradezu christliche Nächstenliebe«, bestätigte der Holzarm in ihrem Rücken. Sibylla verwirrte die abwechselnde Rede. Sie hatte das Gefühl, sie müsse sich immerfort drehen.

»Wenn Stadtschergen auftauchen, werden sie euch vertreiben.«

Der Einbeinige nickte, als teile er ihre Ansicht, und machte einen Schritt auf sie zu. Das Geräusch seines Holzbeins hallte in der Gasse nach.

»Vermutlich«, bellte der mit dem Holzarm. »Sicherlich sogar.« Anna warf sich vor ihre Herrin und fauchte den Kerl an: »Lasst meine Herrin in Frieden.«

»Wir wollen ihr nichts tun«, mischte sich der Halbblinde wieder ein und sah schräg nach oben, als gelinge es ihm nicht recht, sie mit seinem verbliebenen Auge zu fixieren. »Wir wollten nur sehen, wie Ihr lebt. Nachdem Ihr und Euresgleichen unser Leben zerstört habt.« Er grinste in den schmalen Streifen Blau hinein, der sich über der Gasse öffnete. Er dienerte dabei ungeschickt und wäre gestürzt, wenn der Einbeinige ihn nicht am Arm festgehalten hätte.

»Seit er vor Fribourg in dieses bengalische Feuer gelaufen ist, hat er Probleme mit dem Gleichgewicht«, kommentierte der Holzarm hinter ihnen. »Es ist weiter nicht schlimm – außer, dass er weder Dinge vom Boden aufheben noch sich verbeugen kann.« Er lachte Sibylla mit einer Mundhöhle an, in der alle Zähne fehlten und durch eine Holzleiste ersetzt waren, die er nass und speicheltriefend mit der Zunge verschob, während er sprach. »Wir wissen nur, dass das Geschoss von einem gewissen Herrn Fugger bezahlt worden war.«

Sibylla knickten kurz die Knie weg. Sie strauchelte, als ihr bewusst wurde, warum die drei ihr den Weg versperrten. Im Krieg verstümmelte Kämpfer waren sie, wie sie in letzter Zeit vermehrt in der Stadt auftauchten, die sich ihren Unterhalt erbettelten.

»Er hat es überlebt. Das macht ihm gar nichts aus«, nahm der Einbeinige das Gespräch wieder auf. »Wir haben uns in Zürich getroffen. Er mit seinem Holzarm, ich mit meinem Holzbein. Dort haben wir erfahren, dass die Hellebarde, die für seinen Arm verantwortlich war, von einem gewissen süddeutschen Kaufherrn finanziert, geschmiedet und mit einem Holzschaft aus des Königs Eibenwäldern versehen wurde.«

»Eigenartig, nicht?«

»Jakob hat damit nichts zu tun«, herrschte Sibylla die drei Männer an. Sie versuchte, ihre Unsicherheit zu überspielen, ihre wackligen Knie nicht als Schwäche erscheinen zu lassen. Sie hatte begriffen, dass die Begegnung ein abgekartetes Spiel war. Dies hier waren Landsknechte, käufliches Gesinde, das von Krieg zu Krieg zog und sich fürs Morden bezahlen ließ.

»Jakob?«, sinnierte der Einbeinige. »Jakob? Ihr meint doch nicht den Jakob, den man den reichen Fugger nennt? Wie merkwürdig. Gerade dessen Name spukt mir dabei im Kopf herum. Warum auch immer.«

Sibylla wollte den drei Landsknechten entkommen, deren Kreis sich enger und enger schloss. Sie konnte die scharfe Ausdünstung ihrer Lumpen riechen. Sie stanken trotz der Kälte nach Verwesung und Tod, nach Nächten im Kot der Gosse.

»Jakob hat mit dem Tod auf dem Schlachtfeld nichts gemein. Ihr gebt euer Leben für Sold, nicht er«, brach es aus ihr heraus.

»So habe ich es noch niemals betrachtet, Freunde«, warf der Einarmige ein. Seine Stimme kratzte spöttisch.

»Ja. Auch ich dachte, dass der edle Kaufmann aus Augsburg mit Metall handelt, mit Kupfer und Eisen. Dass aus Kupfer Kanonen gegossen werden. Dass das Silber, das er den Tiroler Bergen entreißt, als Sold in unsere und die Taschen unserer Feinde zugleich fließt.«

Der Einäugige fuhr auf Sibylla zu und schrie, so dass ihr sein Speichel ins Gesicht spritzte und Anna Mühe hatte, ihren Körper zwischen ihn und ihre Herrin zu schieben.

»Gott sei Dank beliefert er gleich beide Seiten mit Waffen. Wo keine Händel sind, schafft er welche. Und wo die Menschen friedlich nebeneinander her leben, sät er Zwietracht mit seinem Geld und seinen Waren. Er ist eine Plage, Fuggerin, schlimmer als die Heuschrecken und der Froschregen Ägyptens zusammen.«

Der Einarmige griff nach Sibylla, doch da fuhr eine Klinge dazwischen und hieb eine ansehnliche Kerbe in den künstlichen Stumpf.

»Ich wüsste nicht, was ihr Gesindel mit der Jakob Fuggerin zu bereden hättet! Schert euch zum Teufel, wo ihr herkommt, sonst überlege ich mir, ob nicht doch die einen oder anderen Gliedmaßen überflüssig sind.«

»Konrad!«

Sibylla warf sich Konrad an die Brust, der schützend seinen Arm um sie legte, während die Bettler murrten und abzogen.
»Ihr seid im letzten Augenblick gekommen!«
»Nachdem die braven Augsburger einen großen Bogen um die Szene geschlagen haben, bin ich neugierig geworden, welchem Problem sie da wieder aus dem Weg gehen.« Er versuchte ein aufmunterndes Lachen und überspielte den Ernst mit gezwungener Fröhlichkeit.
Anna wischte sich den Schweiß von der Stirn. Sie schwitzte, während ihre Herrin zitterte.
»Was wollten sie von Euch, Sibylla?« Konrads Stimme klang sanft.
Sibylla schluchzte. Sie hielt die Hände vors Gesicht. Sie konnte ihm nicht erzählen, was in ihr vorging. Wenn sie die Augen schloss, standen die drei Männer vor ihr und zeigten ihre Gebrechen. Wie übergroße Mahnungen schwenkten sie diese hin und her, deuteten darauf, grinsten und riefen ohne Unterlass den Namen ihres Mannes.
»Bitte«, sagte sie nur, und ihre Unterlippe zitterte. »Bitte begleitet mich auf den Markt. Ich will ihnen nicht noch einmal begegnen.«
Sie hakte sich bei ihm unter. Anna folgte ihnen. Jeder Schritt fiel ihr schwer.

KAPITEL 7 Jakob starrte Paul von Liechtenstein an. Er konnte nicht glauben, was er eben gehört hatte. Sibylla fiel das Messer auf den Teller. Anton, der zufällig anwesend war und mit am Tisch für das Nachtmahl saß, stützte sein Kinn leicht auf eine Hand und schüttelte den Kopf.
»Das ist nicht Euer Ernst!« Um Jakobs Mundwinkel zuckte es. »Der Papst liegt im Sterben, auch wir haben das erfahren. Gestern hat uns der Bote beim Mittagessen erreicht. Doch gibt es keinen Grund …«

»Es gibt sehr wohl einen Grund, Fugger. Ziel Maximilians ist, das Südreich mit Süditalien und Sizilien wieder herzustellen.« Paul von Liechtenstein stand so ruckartig auf, dass die Kerzen flackerten. Man konnte ihm seine Erregung ansehen. Schatten zuckten über sein Gesicht. »Schickt Boten nach Rom, Fugger. Sie sollen Kardinäle kaufen. Das Konklave muss zu des Kaisers Gunsten ausfallen.«

»Womit will Maximilian bezahlen?«, fragte Jakob spöttisch.

»Mit den kaiserlichen Kleinodien. Mit dem Krönungsornat.«

Jakob gelang es nicht mehr, sich zu halten. Er täuschte einen Husten vor, doch sein Lachen war nicht zu unterdrücken. Er prustete los, wie Sibylla es noch niemals gesehen hatte. Nichts hielt ihn mehr auf dem Stuhl. Er schlug sich auf die Schenkel, drehte sich durch den Raum, hielt sich an der Tischplatte fest, hieb Anton, der ruhig dasaß und das Schauspiel aufmerksam beobachtete, auf die Schulter und musste sich schließlich in einen Sessel setzen, weil er keine Luft mehr bekam.

»Paul von Liechtenstein! Ihr müsst schon entschuldigen. Ich habe viel erlebt und bin von so manchem Kabinettstückchen unseres Herrn überrascht worden. Ich denke, wir sind eines Geistes. Doch allein der Gedanke … der Gedanke …« Wieder schüttelte Jakob das Lachen.

Sibylla wunderte diese ausgelassene Heiterkeit.

»… allein der Gedanke, Maximilian könnte Papst werden, erscheint mir derartig absurd, dass ich gar nicht anders kann, als ihn in das Reich der Träume zu verweisen.«

Jakob musste Luft holen.

»Es ist Ihrer Majestät ernst mit dem Vorhaben. Ganz Italien in einer Hand geeint.«

Jakob, der sich langsam beruhigte, klatschte in die Hände. Ein Lakai erschien und trug Wein und Wasser auf, dazu Früchte. Jakob setzte sich wieder an den Tisch und ließ sich Wasser in einen Becher schenken. Er bedeutete von Liechtenstein, Platz zu nehmen.

»Jetzt hört mir zu, Paul von Liechtenstein, hört den Rat eines Kaufmanns, der die Realitäten sehen muss, da er sonst verlieren würde. Ich kann kein Geschäft aufbauen, wenn ich nur meinen Träumen folge.«

Sibylla wollte einwerfen, dass er sehr wohl Unternehmungen auf Treu und Glauben, auf Spekulation und Risiko abschließe, musste sich jedoch einen mahnenden Blick ihres Gatten gefallen lassen, ihn nicht zu stören.

»Ein gewisser Sinn für das Machbare sollte erhalten bleiben. Die beiden Schwerter der Christenheit, das weltliche des Kaisers und das geistliche des Papstes, werden niemals vereint werden können. Selbst von Maximilian nicht. Papst und Kaiser in einer Person?« Jakob deutete auf seinen Neffen. »Wie siehst du das, Anton?«

Anton räusperte sich. Eben noch hatte Sibylla mit Anton ein Gespräch über die Kunst geführt. Anton war feinfühlig, begabt mit den Sinnen, die für das Erleben von Musik und Malerei, von Architektur und Naturwissenschaften notwendig sind. Sein Einfühlungsvermögen war gepaart mit Nüchternheit.

»Das Unmögliche«, sagte er ruhig, »kann nur in der Kunst, jedoch niemals in dieser Welt verwirklicht werden. Und selbst dazu braucht es außergewöhnliche Menschen, nicht gewöhnliche.«

Sibylla hielt die Luft an. Das war eine Beleidigung. Auch Paul von Liechtenstein schaute überrascht auf. Nur Jakob amüsierte sich sichtlich.

»Kronjuwelen als Zahlungsmittel?«, gab er Anton ein weiteres Stichwort. »Hast du dazu etwas zu sagen?«

Wie nüchtern Jakob war. Dabei hatte Anton seine Gedanken zu diesem Problem so treffend formuliert. Phantasie war notwendig, um eine dauerhafte Entwicklung in Gang zu setzen oder am Laufen zu halten. Nur wer träumte, kam voran.

»Dazu komme ich gleich, Oheim. Ich dachte mir, das sei nicht von großer Bedeutung, da man sofort sieht, warum die Überlegung zum Scheitern verurteilt ist. Wer kauft Kronjuwelen? Wer nimmt Staatsgewänder in Zahlung? Nun? Niemand natürlich. Sie sind nicht absetzbar. Unverkäuflich und damit wertlos – oder anders gesagt: Keiner wird für eine deutsche Kaiserkrone auch nur einen Gulden hinterlegen.«

Jakob nickte zufrieden.

»Ihr seht, Liechtenstein, ein unbezahlbares Unternehmen. Was nicht bezahlbar ist, wird sich nicht in Handlungen, geschweige denn Zahlungen eines Hauses Fugger ummünzen lassen.«

Paul von Liechtenstein fühlte sich nicht wohl in seiner Haut. Er zerrte an seinem Kragen, scharrte mit den Füßen, schlug sie unter dem Stuhl übereinander.

»Wollt Ihr noch zu trinken?«, versuchte Sibylla die Spannung zu mildern. Liechtenstein nickte und hielt ihr den Becher hin. Sie schenkte nach.

Er lehnte sich auf den Tisch, hob den Becher an den Mund, trank in Unmaßen und bemerkte trocken: »Ihr solltet das Amt des päpstlichen Schatz- und Kammermeisters besetzen. Die Augsburger Fuggerbank am Tiber würde zur unumstrittenen päpstlichen Hausbank aufsteigen. Euch würden sich blühende Landschaften öffnen, Fugger.«

Jakob winkte energisch ab.

»Lieber bleibe ich in meinem dürren und feuchten Augsburg. Hier kenne ich meine Gegner und kann zur Beruhigung in der Herrenstube mein Bier trinken, wenn mir danach ist, und muss nicht Angst davor haben, erschlagen oder vergiftet zu werden. Mein lieber Liechtenstein. Danke für das Angebot. Sagt Eurem Herrn, dass der Fugger … nein, sagt ihm lieber nichts. So verliert er sein Gesicht nicht.« Jakob beugte sich vor und musterte den Gesandten. »Was geschähe nämlich, wenn die Christenheit vom Vorhaben Eures Herrn erführe, während der Papst in Wirklichkeit seine Krankheit überwunden hätte und sich bester Gesundheit erfreute?«

»Ihr wisst ebenso wie ich, dass Seine Heiligkeit mit dem Tode ringt oder bereits tot ist.« Paul von Liechtenstein lehnte sich zurück und hob seinen Humpen. »Auf den alten Papst und auf einen neuen.«

Jakob musste wieder lachen, doch diesmal verzog sich seine Miene kaum. Nur seine Augen verrieten Sibylla, welchen Spaß ihm dieses Gespräch bereitete.

»Wenn ich meine Geschäfte führte wie Ihr die Euren, wäre ich längst zahlungsunfähig. Wissen, mein werter Paul von Liechtenstein, ist Macht. Das umso mehr, als es mit zunehmender Entfernung notwendiger wird, frühzeitig von den wichtigsten Veränderungen zu erfahren.« Er klatschte in die Hände. »Lasst uns ein Dessert nehmen, das uns beiden schmeckt«, warf er ein. Der Lakai brachte neben Bratäpfeln, deren Duft sofort das Zimmer füllte, ein silbernes Tablett, auf dem ein Brief lag. Er deutete auf seinen Gast. »Bedient Euch!«

Paul von Liechtenstein nahm den Brief, der obenauf lag, und faltete ihn auseinander. Auf der Bruchseite prangte das Fugger'sche Siegel. Er las rasch, schaute dann Jakob ins Gesicht und grinste überrascht.

»Der Papst ist tatsächlich genesen?«

Jakob nickte. »Leo X. lebt und befindet sich bei bester Gesundheit. Die Ränkeschmiede, die bereits die Zeit nach seinem Tod für ihre Spiele nutzen wollten, werden enttäuscht sein.« Er griff sich ein Messer, um einen Bratapfel zu teilen. Er hielt ihn sich an die Nase und sog sein Aroma ein, ohne ihn zu essen. »Ihr Duft gibt uns einen Begriff vom Weihnachtswunder, auf das dieses Jahr zuläuft.«

KAPITEL 8 Vor St. Moritz brodelte es regelrecht. Menschen kämpften um die besten Plätze in vorderster Reihe. Die beiden Ablassprediger wurden bis an die Kirchenmauer zurückgedrängt und fochten ums Überleben.

»Anna, jetzt prügeln sich die Menschen bereits um die ewige

Seeligkeit durch Geld. Was ist das für eine Zeit, die nur noch in Gewinn und Verlust unterscheidet?«

Sibylla stand in einiger Entfernung vor der offenen Schrannenhalle, unter der sich die unwürdige Szene abspielte. Einzelne entkamen dem Knäuel, andere wurden zu Boden gedrückt und verschwanden mit einem Gurgeln unter den Füßen der Anstürmenden.

»Man möchte glauben, dass der Humbug um diesen Ablass mehr Menschen den Weg ins Jenseits weist, als er vor dem Fegefeuer bewahrt«, antwortete Anna. Sie deutete auf einen Stadtarmen, der mit verrenktem Hals aus der Menge ausgestoßen wurde. Im ersten Augenblick glaubte Sibylla, er sei tot, doch dann begann er sich zu bewegen, krabbelte auf allen vieren davon, einen schmutzigen Zettel zwischen den Fingern.

»Ein Fetzen Papier lässt die Menschen hysterisch werden. Ich kann nicht glauben, dass Gott solch ein unwürdiges Schauspiel gewollt hat.«

»Gott nicht, jedoch ...«

»... der Fugger. Sprich es nur aus, Anna.«

»Der allein den Willen der Päpste vollzieht ...«

»... und an seinen Gewinn denkt.«

Sie hätten so weiterreden können, doch plötzlich veränderte sich der Ton in der Menge. Das Geschrei vergrößerte sich, die Gier wandelte sich in Zorn. Sibylla zog Anna weg von der Menge hinüber zur anderen Straßenseite. Aus dem Knäuel der Leiber stolperte ihnen eine Frau entgegen. Mager bis auf die Knochen, mit Zügen, die nur aus Augen und Jochbein zu bestehen schienen. Ein blutiger Striemen zog sich über ihre Stirn, den sie mit dem Ärmel zu bedecken suchte.

»Maria!«

Die Frau stutzte, dann leuchtete es in ihren Augen auf.

»Fuggerin. Ihr kennt mich noch?«

Sibylla hatte die Weberin seit ihrer letzten Begegnung nicht mehr zu Gesicht bekommen. Sie wusste nur, dass sie inzwischen von Oberhausen nach Augsburg gezogen war und hier in einer Hütte am Lauterlech lebte. Gut konnte Sibylla sich an die Zeit erinnern, als sie den Mut aufgebracht hatte, Maria Binternagel selbst aufzusuchen. Aber seit ihre Nachforschungen nach Marias Ältestem in Venedig ins Leere gelaufen waren, hatte sie nicht mehr die Stirn gehabt, der Weberin gegenüberzutreten. Sie hatte Anna geschickt, mit Geld und Lebensmitteln. Marias stummen Vorwurf in ihren Augen zu erblicken, hätte sie nicht ertragen.

»Was macht Ihr vor der Kirche, Maria? Mitten in der Menge?«

Maria lachte gequält. Dann hob sie ihre Faust mit einem Ablassbrief. Triumph im Gesicht.

»Hier. Für meinen Mann und mich. Ein wenig Seligkeit für die Zeit nach diesem Jammertal.«

Sibylla wollte etwas darauf erwidern, doch ein lang gezogener Schrei, der aus der Menge quoll und sich bis in die Höhen der Kirchtürme schraubte, zog ihre Aufmerksamkeit auf sich. Wie rasend gebärdeten sich Menschen vor St. Moritz.

»Was geschieht dort?«, fragte Sibylla.

Selbst Maria wandte den Kopf und schüttelte ihn missbilligend.

»Die Prediger treiben die Preise in die Höhe. Mein Ablass war für zehn Kreuzer zu haben. Jetzt dürfte er bereits das Doppelte kosten, wenn nicht sogar mehr. Das erzürnt die Menschen«, erklärte sie.

»Sie schachern mit den Briefen?«

»Wer nicht zahlen kann, soll in der Hölle schmoren. So einfach ist die Welt heutzutage gewoben, Herrin.« Anna stemmte die Hände in die Hüfte. »Aber es gibt Grenzen. Wenn der Betrug ein Ausmaß erreicht, dass selbst der Skrupel Geldwert annimmt, wird das Volk blutige Rache nehmen.«

»Du malst Schreckgespenster an die Wand, Anna«, sagte Sibylla. »Und doch hast du Recht. Es ist absurd, dass die Menschen glauben, sie könnten den unendlichen Ablassschatz der

Kirche, den diese durch das Leiden Christi angehäuft zu haben glaubt, durch Ankauf erwerben. Es ist ein Verbrechen an den Menschen, die voll echten Glaubens diesem Gesindel in seinen schwarzen Kutten auf den Leim gehen, und es ist noch verbrecherischer, sich an diesen Menschen zu bereichern. Wer das Geld verwaltet, ist ebenso mitschuldig.«

In diesem Augenblick schien die Menge zu erstarren. Stille trat ein. Die Menschen wichen zurück, bildeten um die Truhe und die Mönche einen Halbkreis, der sich langsam aufzulösen begann.

»Was ist geschehen?«, fragte Sibylla und reckte den Hals, um über die Köpfe hinweg sehen zu können.

An der Wand lehnte einer der Prediger. Man hatte ihm die Hälfte der Kutte zerrissen, in der irrigen Meinung, selbst ein Stück seines Habits helfe bei der Verringerung der Purgatoriumsqualen.

»Er ist tot!«, flüsterte Anna und deutete auf den Mönch, der langsam die Kirchenwand hinabzurutschen begann. »Sie haben ihn erdrückt.«

»Mein Gott!«, entfuhr es Sibylla.

Langsam entwichen die Zuhörer, die sich eben noch unter der Schilderung der Höllenqualen des Fegefeuers gekrümmt hatten und wie berauscht waren vom Gedanken, sich davon freikaufen zu können.

Von der Rathausseite her vernahm man den Tritt von auf Steine schlagenden Nagelschuhen.

»Die Mannschaft Fuggers. Soldaten. Sie holen die Truhe«, sagte Maria.

Sibylla konnte nur auf das bleiche Gesicht des jungen Predigers starren. Sein Kopf war nach vorne gekippt. Auf der Tonsur konnte man blutige Streifen erkennen, die sich langsam ausbreiteten. Sie wusste, dass die Truhen im fuggerschen Kontor lagerten, wo die Münzen gezählt und gewogen wurden, ehe ein Kurier sie nach Rom transportierte.

Maria schien es auch zu wissen. Dass jedoch beinahe die Hälfte des Geldes an Fuggers Händen kleben blieb, konnte die Weberin nicht ahnen. Es schmerzte Sibylla, wenn sie sich überlegte, dass womöglich ihr Band, das sie sich unter die Haube geflochten hatte, dass womöglich ihre Schuhe oder die Seidenstrümpfe, die so angenehm auf der Haut lagen, aus dem Gewinn der Ablassgelder bezahlt worden waren.

Die Soldaten hatten die Gruppe der Prediger erreicht. Alle Zuhörer waren in den Gassen oder in der Kirche verschwunden. Der Platz unter der Schranne wirkte wie ausgestorben. Ein wenig ratlos standen die Fugger'schen Söldner vor dem Prediger, hörten sich die Geschichte an. Der Hauptmann der Truppe beugte sich zu dem toten Mönch hinab, prüfte, ob noch Leben in ihm war, und schüttelte den Kopf. Er war so gefallen, dass ein Arm und ein Teil des Oberkörpers über der Geldtruhe lagen, als wolle er sie im Tode noch beschützen, womöglich ins Jenseits mitnehmen, um sich für das Fegefeuer zu rüsten.

»Sie legen ihn beiseite wie einen Sack Mehl.«

Tatsächlich kümmerten sich die Männer kaum um den Toten. Sie schoben ihn von der Truhe, hängten diese an eine Stange, von der vier Seile herabhingen, und hoben sie an. Der Tote schlug gegen die Kirchenwand und klatschte auf den Lehmboden. Zwar beschwerten sich die Mönche, doch die Soldaten antworteten mit einem Gelächter, das in der Schranne höhnisch widerhallte. Während sich die Männer zum Kontor begaben, nahmen die beiden verbliebenen Prediger, Jünglinge, die selbst nicht älter waren als zwanzig, den Toten auf und trugen ihn in die Kirche. Hinter ihnen schlug das schwere Holzportal zu. Sibylla, die dem allen mit offenem Mund zugesehen hatte, bemerkte, wie ihr die Tränen in den Augen standen.

»Was gilt der Mensch, wenn es ums Geld geht? Nichts. Nichts, sage ich euch. Wenn der Gulden die Welt zu regieren beginnt, kommt der Mensch unter die Räder.«

Anna und Maria schwiegen und sahen zu Boden.

Sibyllas Blick suchte die Soldaten, die sich den Brotmarkt hinaufarbeiteten. Die schwere Kiste, die von Metallbändern zusammengehalten und geschützt wurde, schwankte an der Stange. Hinter dem Brotmarkt ragte ein Gerüst auf. Letzten Herbst noch hatte Jakob das Nebengebäude gekauft und ließ es jetzt umbauen. Dort hinein verschwanden die Soldaten mit ihrer Fracht. In Sibylla keimte die Vision, hinter dem Tor, das ins neue Fuggerhaus führte, warte Jakob mit einem Schlüssel, der nur ihm gehörte, schließe die Truhe auf und bezahle aus dem Münzstrom die Handwerker, die an ihrer neuen Heimstatt arbeiteten. Die heilige Spende, den Ärmsten der Armen abgerungen, diente dem Fugger zur Prachtentfaltung seiner selbst.

»Maria«, sagte sie, als sie langsam wieder zu sich kam. »Es muss andere Wege geben, sich der Seligkeit zu versichern. Die Armen dürften in dieser Welt nicht zu Trittstufen der Reichen verkommen.«

Maria, die offensichtlich befürchtete, erneut eine Suada gegen den Ablass hören zu müssen, barg ihren Ablassbrief am Busen. »Ihr baut ein neues Heim, Herrin«, antwortete sie. »Hell, mit hohen Räumen, ruhig und vielgestaltig. Ich habe für mein Kind und mich nur ein notdürftiges Loch, in das wir schlüpfen können. Lasst mir den Gedanken, dass zumindest das Jenseits Gerechtigkeit für alle Menschen bereithält.«

Sibylla schüttelte stumm den Kopf und wandte sich ab. Sie musste mit Jakob reden. Es durfte nicht dabei bleiben, dass sie ein neues Heim erhielten, dass sie sich mit den Ablassgeldern nur eine diesseitige Seligkeit erkauften. Vage nahm in ihrem Kopf eine Idee Gestalt an, nur eine Ahnung von etwas, das noch zu verschwommen war, um ausgesprochen zu werden.

»Warum ist dieses Leben nur so schwierig?«, fragte sie Anna, die einen Schritt hinter ihr lief.

»Es wäre nicht schwierig, wenn die Gerechtigkeit nicht nur eine Tugend bliebe, sondern zu den angeborenen Gliedmaßen zählte wie Hand oder Fuß«, murmelte diese.

KAPITEL 9 Sibylla blieb kurz stehen und horchte. Sie hatte sich nicht getäuscht. Die Schritte hinter ihr hallten noch eine Weile nach, dann verstummten sie. Jemand folgte ihr. Nervös strich sie sich mit dem Finger ihrer linken Hand über die Lippen. Wer mochte um diese Zeit hinter ihr herschleichen? Verstohlen blickte sie zurück, konnte jedoch in der dunstigen Morgenfrühe nichts und niemanden entdecken. Ob ihre überreizten Sinne sie täuschten? Die Turmuhr schlug dumpf in den Nebel hinein. Es klang, als würde gegen wattierte Säcke geschlagen.

Sibylla schüttelte ihre Bedenken ab und huschte weiter zum Gögginger Tor und hinaus aus der Stadt bis zum Garten. Konrad Rehlinger erwartete sie.

Dennoch blieb ein Unbehagen, ein Stachel. Wären die Schritte eben weitergegangen, hätte sie ihre Sorgen abgestreift wie ein getragenes Kleid. Doch sie hatten verhalten, als sie selbst stehen geblieben war.

Einer plötzlichen Eingebung folgend, sprang sie in den Schatten zurück, kaum dass sie um die Hecke der Gartenumfriedung gebogen war, und duckte sich hinter einen Haselstrauch. Dort verharrte sie schweigend. Keiner konnte sie erkennen, der nicht wusste, wo sie kauerte. Sie versuchte, ruhig zu atmen. Nichts geschah. Niemand schlich ihr nach. Die Straße, die bis nach Göggingen hinüberführte und nach den Regentagen schlammig war, blieb leer. Sie wollte sich eben erheben und aus ihrem Versteck treten, als ein Rascheln sie zusammenzucken ließ. Sie verharrte wie eine Statue – und tatsächlich zwängte sich mit größter Vorsicht eine kräftige Gestalt durch die Büsche. Zuerst streckte sie den Kopf vor und ließ den Blick streifen, dann jedoch setzte sie mit unbeholfenen Sprüngen über die Wiesenfläche hinweg und verschwand zwischen den Obstbäumen am anderen Ende. Von dort aus, wusste Sibylla, konnte man bis zum Gartenhaus und zur Laube schleichen, ohne gesehen zu werden. Die Gestalt selbst hatte sie sofort erkannt. Wie ein Dieb folgte ihr Raimund.

Langsam trat Sibylla aus ihrem Versteck wieder auf die Straße. Konrad würde vergebens auf sie warten. Sie schlenderte an den Schlammseen entlang zurück zum Stadttor. Was mochte ihren Neffen dazu veranlassen, hinter ihr her zu spionieren? Dass er etwas ahnte, war zu offensichtlich. Dennoch hatte sie sich nichts vorzuwerfen. Sie traf sich mit einem Jugendfreund, der ebenfalls verheiratet war, der Kinder hatte. Ein angesehener Bürger dieser Stadt. Sie hätten zusammen gesessen, hätten geredet, hätten die alten Zeiten beschworen, in denen Entscheidungen wie Ehe und Familie außerhalb ihres Denkens gestanden hatten. Und doch ging ihr Atem schneller, und ihr Herz schlug stärker, wenn sie nur an seine Nähe dachte, wenn sie sich an seinen männlichen Geruch erinnerte. Konrad hatte ihr in den letzten beiden Jahren etwas zurückgegeben, was sie längst verloren gegangen glaubte: ihre Weiblichkeit mit allen Gefühlen und Sehnsüchten. Er löste eine Welle von Gefühlen in ihr aus, die sie kaum in Worte zu kleiden wagte. Für ihn schien sie schön und begehrenswert zu sein. Seine Blicke streichelten sie, seine Haut zündete heiße Blitze in ihrem Herzen, wenn er ihr nur die Hand gab. War das Liebe?
Sibylla ließ sich Zeit. Jakob befand sich in Frankfurt und wurde von ihr erst in einer oder zwei Wochen zurückerwartet. Der erste Löwenzahn zeigte am Wegrand seine gelben Köpfe, und Kornblumen streckten ihre gezackten Blüten in den Wind. Sibylla bückte sich, pflückte die gelbe Blüte und begann die einzelnen Blätter auszureißen. »Er liebt mich, er liebt mich nicht«, murmelte sie, beendete jedoch die Prozedur nicht, sondern warf den halb leeren Blütenkopf in eine Pfütze, auf der er schwamm und sich drehte.
»Seid Ihr unschlüssig, Tante?«
Sibylla schrak auf, trat beiseite und rutschte mit ihrem Fuß in eine der schlammigen Radspuren. Jedenfalls schien ihr das die richtige Art zu sein, ihre Überraschung zu zeigen. Erwartet hatte sie Raimund längst. Schließlich entsprach es seinem

Naturell, direkt auf seine Opfer loszugehen. Er war kein Diplomat. Dazu eigneten sich sein fülliger Körper und sein jähzorniger Geist nicht.

»Könntest du dich nicht ankündigen, Raimund?«

»Hatte ich das vergessen? Tut mir Leid. Für Euren Schuh komme ich auf, Tante.«

Sibylla lächelte ihn an und musterte ihn gleichzeitig spöttisch.

»Was tut Ihr hier, Tante Sibylla? So außerhalb der Mauern?«

Jetzt musste sie über seinen plumpen Versuch doch lachen.

»Dasselbe wollte ich dich fragen, Raimund. Ich für meinen Teil wollte in den Garten. Nach dem Rechten sehen. Einige Blumen für das Haus holen. Und du?«

Auf die Frage ging Raimund nicht ein. Sein Gesichtsausdruck verdüsterte sich, seine Stirn bekam Falten, sein Mund verzog sich spöttisch.

»Wo habt Ihr die Blumen? Sie liegen doch nicht im Schlamm, nur weil ich Euch ungehörigerweise erschreckt habe?«

Sibylla musste erkennen, dass sie vorsichtiger vorgehen sollte. Raimund war nicht auf den Kopf gefallen. Er reimte sich zwei und zwei zusammen.

»Ich muss sie liegen gelassen haben. Wie ärgerlich! Ich werde Anna schicken.«

»Sagt mir wo, und ich hole sie für Euch, Tante.« Raimunds Angebot besaß etwas Lauerndes, Drohendes.

»Nicht doch. Dann wirst du Jakob wieder erzählen, ich hätte dich für mich eingespannt. Das will ich nicht.«

»Aber nein. Ich würde es freiwillig tun.«

»Wenn du freiwillig etwas tun willst, dann spring nach Hause, und hol mir ein neues Paar Schuhe. Mit diesem hier kann ich unmöglich durch die Gassen laufen. Die Leute würden lachen. Willst du?« Jetzt hatte sie Raimund, wo sie ihn haben wollte. »Ich warte hier auf dich. Ich setze mich auf diesen Stamm dort, bis du wiederkommst. Aber eil dich. Es ist nicht sehr warm.«

Raimund wusste nicht mehr, was er antworten sollte. Sibylla sah das mit Vergnügen. Wenn er nicht ging, würde sie es an Jakob weitermelden, der ihn zur Rede stellen würde. Wenn er jetzt ging, dann konnte es geschehen, dass sie Konrad Rehlinger doch noch traf. Eine gute halbe Stunde würde er brauchen, selbst wenn er rannte, wozu er gar nicht in der Lage war. Also sogar länger als eine halbe Stunde.

Raimund war hin und her gerissen zwischen den Möglichkeiten, die er ebenso erkannte wie sie selbst.

»Habt Ihr Konrad Rehlinger nicht bemerkt? Er saß bei der Laube«, spielte er seinen letzten Trumpf aus.

»Konrad? Nein. Bis zur Laube bin ich nicht gekommen. Sicherlich hat er die ersten schönen Tage ebenso genossen wie ich. Jakob hat ihm die Laube bereits mehrmals angeboten. Ich werde ihm schöne Grüße von dir ausrichten, wenn er hier vorüberkommt. Jetzt beeil dich bitte. Mir wird der Fuß kalt.«

Sibylla hätte am liebsten jubiliert, als sie Raimund mit einem Nicken wegschleichen sah. Gefangen in seiner eigenen Intrige. Er würde noch viel lernen müssen, der junge Fugger.

Sie setzte sich auf den Baumstamm, der von den Hinterteilen vieler Wanderer glatt poliert war. Danach betrachtete sie ihren schmutzigen Schuh und den durchnässten Strumpf. Das Manöver hatte sich gelohnt. Von hier aus konnte sie beobachten, wie Raimund auf das Tor zuschlurfte, wie er sich wiederholt nach ihr umdrehte. Sie winkte ihm mehrmals, auch um anzudeuten, dass sie ihn nicht aus den Augen ließ.

»Ihr seid mit allen Wassern gewaschen, Sibylla«, hörte sie plötzlich hinter sich flüstern.

»Frauen sind immer mit allen Wassern gewaschen. Es liegt vielleicht daran, dass sie reinlicher sind als die Herren der Schöpfung.«

»Oder gewitzter. Der arme Raimund. Er tut mir richtig Leid.«

»Euch tut dieser Laffe Leid, der hinter mir her schleicht, als wäre er mein Schatten?«

Konrad blieb hinter Sibylla stehen. Von der Ferne konnte man ihn so sicher nicht entdecken. Sibylla legte ihren Kopf auf seine Brust und schloss die Augen.
»Ich hatte auf Euch gehofft.«
»Ihr dürft immer auf mich hoffen, Sibylla!«

KAPITEL 10 Sibylla hatte noch niemals einen Fuß in diese Gegend der Stadt gesetzt. Anna führte sie in die Nähe des Mauerzwickels, den die Stadtmauer der Jakober Vorstadt mit der Domstadtummauerung bildete. Ein feuchter, stinkender Fleck Erde, denn die Kanäle, die sich hier trafen, trugen die Schmutzlast der Fleischereien, Gerbereien und Färbereien, die auf ihrem Weg lagen, und spülten sie aus der Stadt. Hier in dieser Ecke hatte man dünnwandige Hütten errichtet, aus denen das Klappern von Webstühlen zu vernehmen war.
»Anna«, flüsterte Sibylla und wollte keinen Schritt weitergehen, »ich wusste nicht, dass es solche Orte in Augsburg gibt.«
»Mehr als Herrenhäuser«, antwortete die Amme spöttisch, der es schwer fiel, aufrecht stehen zu bleiben. »Für mein Alter«, beschwerte sie sich, »ist das nicht der rechte Weg.«
Sibylla hatte den Wunsch geäußert, Marias Behausung kennen zu lernen, und jetzt konnte sie nicht mehr zurück.
Anna klopfte kurz an einen Holzverschlag. Tür konnte man die löchrige Bretterwand nicht nennen. Als sich innen nichts rührte, zog Anna die Holzabdeckung nach außen weg. Sie hing an zwei eingerissenen Lederstreifen und war so befestigt, dass sie von alleine zufiel. Anna hielt sie für ihre Herrin auf, und Sibylla schlüpfte hindurch. Der Gestank, der sie empfing, hätte ihr beinahe die Luft genommen.
Die Hütte bestand aus einem einzigen Raum. Im Wasser standen drei Webstühle, so gegeneinander gedreht, dass der Platz vollständig ausgenutzt war. Auf den beiden von der Tür her sichtbaren Stühlen saßen ein Mann und ein Kind.

»Fuggerin!«, hörte Sibylla im Dämmerlicht hinter einem der Webstühle eine Stimme. Das Klappern endete, und zwischen zwei Holmen kroch Maria hervor. Der Platz reichte kaum, dass sie durch die schmale Lücke passte. »Nicht hier drinnen. Gehen wir hinaus. Bitte.«
Maria schob sich an dem Mädchen vorbei, das mit seinen dreizehn oder vierzehn Jahren aussah wie eine alte Frau, mit knochigen Wangen, einer eingefallenen Brust, spindeldürren Fingern.
»Franziska«, sagte Sibylla tonlos und strich dem Kind über den Kopf. Sie hatte ihren Kopf kahl geschoren. In den Augen des Mädchens lag ein Schmerz, der Sibylla packte. Ihre Lippen zitterten.
Sibylla ließ den Blick über den Raum schweifen. Wo schliefen Maria, ihr Mann und Franziska? Sie sah weder ein Bett noch eine Strohschütte, keine Decken, überhaupt keinen trockenen Flecken in diesem Raum.
Maria drängte sie hinaus. Sie sah krank aus: zu mager, zu gelb im Gesicht, zu abgearbeitet, zu blass.
Als die Brettertür zuschlug, erwachte Sibylla aus ihrer Erstarrung.
»Wo lebt ihr?«, fragte sie.
Maria verzog spöttisch den Mund.
»Hier, Herrin. So viel können wir uns von Fuggers Geld gerade leisten. Zum Leben zu wenig, zum Sterben zu viel.«
»Warum hat Franziska keine Haare mehr?«
»Der Läuse wegen. Zerdrückte Nissen und Tiere geben gelbe Flecken auf dem Stoff und mindern die Qualität. Lieber schneidet man sich die Haare ab, als einen Verdienstverlust hinzunehmen. Ein Kopftuch verschönert auch.«
Sibylla schmerzte der beißende Spott, der in Marias Stimme lag.
»Wir bräuchten eine weitere Hand, Herrin. Wenn Hannes ...«
Sibylla legte eine Hand auf Marias Schulter.

»Grämt Euch nicht. Ich habe alles versucht. Aber wenigstens haben wir auch keine Nachricht von seinem Tod erhalten.«
Maria senkte den Kopf und stieß ihre nur mit Lumpen umwickelten Zehen in den Bodenschlamm.
»Alles versucht?«, flüsterte sie. Dann hob sie so plötzlich den Kopf, dass Sibylla zurückwich. In Marias Gesicht lag eine Entschlossenheit, ein Ausdruck mutigen Trotzes, der sie erschreckte.
»Wenn wir Weber wenigstens nicht unter den Kriegen der großen Herren zu leiden hätten. Schaut Euch diese elende Hütte an. Wir zahlen den halben Monatsverdienst für diesen löchrigen Verschlag. Baut Häuser, Herrin, Häuser für die Armen, die in Not gerissen werden und nichts dafür können, außer dass sie in diesen grässlichen Zeiten leben. Gebt von jedem verdienten Gulden nur zwei Kreuzer zurück – und wir müssten nicht durch den Schmutz der Gosse kriechen.«
Maria hatte schnell gesprochen, hatte sich verhaspelt. Jetzt drehte sie sich um, wollte zurück an ihren Webstuhl. Sibylla hielt sie zurück. Wenn Sibylla nur daran dachte, wie gedankenlos Maximilian Zehntausende von Gulden für seine Papstkrönung geopfert hätte, ging ihr die Galle über. Hätte Jakob auch nur einen Hauch eines Gewinns darin gesehen, hätte er Kredite gegeben. Warum sollte er nicht in die Milderung der Armut investieren?
»Ich will Euch helfen, Maria. Euch und Eurem Mann.« Sie fühlte, dass leere Worte das Elend nicht änderten und nickte Anna zu, die der Binternagel ein Säckchen mit Geld hinhielt. »Damit du …«
Weiter kam sie nicht. Die Weberin schlug Anna das Geld aus der Hand und fauchte Sibylla an.
»Ich habe meinen Mann verloren und mein Kind, nicht aber meinen Stolz, ich habe kein Vermögen, doch ich habe meine Ehre. Ich brauche keine Almosen von Euch, Jakob Fuggerin, ich brauche ehrlich bezahlte Arbeit, ein menschenwürdiges Unterkom-

men und zumindest so viel Zeit, dass ich meinem Herrgott für jeden Tag danken kann, an dem mir die Sonne scheint.«
Tränen standen der Weberin in den Augen. Tränen der Wut und der Verzweiflung. Anna hob das Säckchen vom Boden auf und legte es auf die Türschwelle.
»Manche sind ihrer Ehre wegen bereits verhungert«, sagte sie, ohne Spott in der Stimme. »Man sollte es nicht zu weit treiben.«
»Es soll die Not lindern, Maria«, fühlte sich Sibylla bemüht zu sagen.
»Es wird die Not lindern, Fuggerin. Heute und morgen, vielleicht auch noch die nächste Woche. Und dann fahrt Ihr nach Weißenhorn oder nach Babenhausen auf Eure Schlösser und vergesst uns. Wir jedoch müssen bleiben und verhungern eben drei Wochen später. Dafür habt Ihr ein reines Gewissen.«
Sibylla schluckte. Musste sie sich so viel Undankbarkeit gefallen lassen? Marias Ton war aggressiv gewesen, dabei hatte sie helfen wollen, war sie eigens bis in dieses Loch hinabgestiegen. Jetzt war das Fass übergelaufen. Sie wollte sich bereits bücken und das Säckchen wieder an sich nehmen, als Franziskas kahler Kopf aus der Tür lugte.
»Mama, der Faden. Er ist wieder gerissen. Es war nicht meine Schuld. Die Wolle ist brüchig.«
Dem Mädchen liefen Tränen über die Wangen und hinterließen dunkle Spuren. Maria war blass geworden.
»Kind«, sagte sie nur. »Kind!«
Sibylla sah Franziskas große Augen, die in Tränen schwammen. Niemals würde sie die Traurigkeit darin vergessen können. Sibylla hielt in ihrer Bewegung inne. Sie konnte nicht verstehen, was diese Menschen wirklich bewegte. Mit einem Wink ihrer Augen befahl sie Anna, sich zurückzuziehen. Langsam drehte sie sich um und kämpfte sich aus dem Loch wieder zurück in die Welt. Wieder blitzte in ihren Gedanken der Einfall auf, der sie seit Wochen nicht losließ, die Idee, weswegen sie sich ent-

schlossen hatte, Anna hierher zu folgen und sich selbst ein Bild von Marias neuer Behausung zu machen.
»Maria hatte Recht«, sagte sie, ohne darauf zu achten, ob Anna ihr gefolgt war. »Man darf nicht nur gewinnen wollen, man muss einen Teil des Gewinns an die Armen zurückgeben.«

KAPITEL 11 »Oheim, sie hintergeht Euch. Die Stadt spottet bereits!«
Schwerer Gewürzduft füllte das Lager am Unteren Graben. Jakob lehnte sich gegen eines der Schreibpulte, verschränkte die Arme und sog den Geruch ein.
Sibylla liebte die Musik. Sie liebte den Prunk. Sie liebte Edelsteine. Sie liebte ihre Stellung als Jakob Fuggerin. Aber ob sie ihn liebte, konnte Jakob nicht sagen. Er sah Sibylla als Geschenk. Sie unterstützte ihn vorbehaltlos. Nur hinter der verschlossenen Tür ihrer Schlafkammer las sie ihm die Leviten. Dafür ließ er ihr Freiheiten, die in dieser Stadt nicht üblich waren, die aneckten, die zu Getuschel und Gezischel führten. Doch er war Jakob Fugger – und solange niemand daran Zweifel äußerte, sollte es ihm recht sein.
»Spottet die Stadt, oder ereifert sich mein Neffe?«
Jakob konnte sich ein schmales Lächeln nicht verkneifen.
»Ich habe sie letztens wieder gesehen, wie sie mit dem Nürnberger Maler, mit Albrecht Dürer, die Befestigung der Bildsteine in der Grablege bei St. Anna …«
»Raimund, bitte. Bezahle ich dich als Spitzel und Denunziant?«
Raimund schreckte regelrecht auf, denn er hatte geglaubt, Neuigkeiten zu überbringen, die Jakob in Rage versetzen würden. Ein Donnerwetter hatte er erwartet, einen gelangweilten Alten fand er vor. Jakob konnte die Enttäuschung des Jungen verstehen.
»Die Gerüche der Waren steigen dir zu Kopf, Raimund. Wir müssen ins Freie.« Jakob lächelte nachsichtig. Der schwere

Duft der Gewürze, der den Raum füllte, benebelte ihn selbst manchmal. Er musste dann die Augen schließen und sich die Orte vorstellen, von denen sie herstammten.
Jakob fasste Raimund um die Schultern und führte ihn aus dem Lager hinaus.
»Abenteuerliche Berichte ranken sich um die Herkunftsorte von Pfeffer und Weihrauch, mein Junge«, erzählte er beim Hinausgehen. Die frische Luft, die sie empfing, tat ihm wohl. Mit zunehmendem Alter bemerkte er, dass er sich zu wenig in dieser Kühle aufhielt, seit er nicht mehr wochenlang auf dem Pferd unterwegs war. Früher hatte er die langen Ritte gefürchtet, sie manchmal sogar gehasst, wenn er von Sachsen nach Innsbruck, von dort nach Venedig, zurück in die Schweiz und hinauf wieder nach Antwerpen hetzen musste. Jetzt vermisste er die Bewegung, obwohl er erst vor einer Woche aus Rom zurückgekehrt war.
Beinahe hätte er Raimund über seinen Erinnerungen vergessen. Der Junge wagte nicht, seinen Arm abzuschütteln. Jakob klopfte ihm auf die Schultern. »Es heißt, die Pflanzen, aus denen diese Gewürze gemacht werden, sollen in Gegenden gedeihen, in denen die Menschen nur einen einzigen Fuß besitzen, diesen jedoch bei großer Hitze über sich halten können wie einen Sonnenschutz. Sie werden gesammelt von Wesen, die keinen Kopf haben, dafür jedoch einen Mund statt Bauchnabel. Hast du das auch gelesen? Glaubst du den Berichten?«
Raimund schüttelte unwirsch den Kopf.
»Warum nicht, Raimund? Warum? Schließlich sind es Berichte von Menschen, die dort gewesen waren.«
Trotzig lachte Raimund auf. Spöttisch setzte er hinzu: »Die behaupten, dort gewesen zu sein. Wenn sie es tatsächlich waren, dann schmücken sie ihre Berichte mit Schauermärchen aus, um sie interessanter zu machen.«
Jakob nickte.
»Mag sein, Raimund. Vielleicht wollen sie damit erreichen,

dass sich außer ihnen niemand sonst auf die Suche nach diesen Ländern macht.«

Raimund leckte sich die Lippen. Jakob konnte sehen, dass er sich nicht recht wohl fühlte in seiner Haut. Er überlegte offensichtlich, warum sein Oheim dieses Thema anschnitt. Wollte er ihn womöglich wegschicken?

»Man möchte die Menschen verunsichern«, presste er zwischen den Lippen hervor, als ihm bewusst wurde, was der Oheim hier inszenierte. Doch Raimund sollte sich täuschen.

»Richtig, mein Junge. Verunsicherung, Abschreckung, Angst. Das sind die Beweggründe für solche Lügen. Dennoch gibt es Lügen, die enthalten ein Körnchen Wahrheit.«

»Warum erzählst du mir das alles, Oheim? Ich hatte dich über Sibyllas Verhalten …«

Jakob drückte Raimund regelrecht zu Boden. Sein Arm lastete plötzlich zentnerschwer auf ihm und verhinderte augenblicklich, dass Raimund weiterredete. Der Neffe sackte regelrecht in sich zusammen.

»Sieh her, Raimund. Deine Berichte über Sibylla sind nichts weiter als Geschichten über Menschen mit nur einem Fuß und einem Gesicht im Bauch. Wie also soll ich sie verstehen? Dass Sibylla Konrad Rehlinger trifft. Ich weiß es. Wenn du mein Alter erreicht hast, Raimund, wirst du es verstehen.«

Jakob war mit jedem Wort leiser geworden. Jetzt hielt er inne, stand mit Raimund auf der Straße, die hinaus zum Gögginger Gärtchen ging, und versuchte etwas von der Wut umzulenken, die in Raimund kochte, weil er ihn hinters Licht geführt hatte.

»Ich sollte dich nach Antwerpen und Uppsala schicken. Deine Beobachtungsgabe wäre dort sehr von Nutzen.«

Raimunds Kopf ruckte zur Seite. Ihm stand die Ablehnung im Gesicht geschrieben.

»Von dort wird der Ablasspfennig eingezogen«, fuhr Jakob fort. »Unsere Unternehmung hat dafür die Rechte erworben. Ein fähiger Faktor sollte keine Probleme damit haben.«

»Ihr wollt mich aus der Stadt jagen, Oheim? Mich? Ich bin der Einzige, der ein Auge auf Eure, Eure …«
Raimund fand keine Worte. Jakob räusperte sich nur. Der Junge sollte erkennen, dass er mit ihm nicht spaßen durfte.
»… Eure Hausfrau wirft.«
»Was dir noch lange nicht das Recht gibt, dich in meine Angelegenheiten zu mischen«, zischte Jakob und staunte selbst über seinen Ton.
Er wollte sich abwenden, als er einen letzten Blick zum Gögginger Tor warf, durch das oft Händler und Waren aus der Eidgenossenschaft eintrafen. Er erkannte das dunkle Haar Rehlingers, der lautlos lachte und die Federn seines Hutes nach hinten warf, die ihm der Wind ins Gesicht geweht hatte. Neben ihm her lief Sibylla, die dem Kaufmann das Halstuch ordnete und ihm dann rasch und heimlich einen Kuss zuwarf, so schnell, dass nur ein aufmerksamer Beobachter die Bewegung hätte entdecken können. Ihre Wangen glühten feuerrot. Wieder lachte Rehlinger und bot Sibylla den Arm. Diese nahm ihn und drückte sich eng an den Jugendfreund, als wolle sie sich versichern, auf dem unebenen Kieselpflaster nicht zu stolpern.
»Habe ich zu viel gesagt?«, flötete Raimund. Der Triumph in seiner Stimme war unüberhörbar.
Jakob, der dieser Szene atemlos zugesehen hatte, drehte sich abrupt ab und schritt zum Weinmarkt zurück. Sibylla musste es wirklich nicht treiben, als sei er nicht anwesend.

KAPITEL 12 »Warum habt Ihr mich hierher bestellt, Fuggerin?«
Maria klang vorwurfsvoll. Sie sah zerlumpt aus. Ihr Kleid war zerrissen, und an manchen Stellen war der Stoff bereits fadenscheinig und löste sich auf.
»Um dir eine besondere Freude zu machen.«
Jetzt lachte Maria höhnisch, und es klang, als würde man eine

Blechpfanne mit einer Nagelbürste auskratzen. Sie hob abwehrend die Hand.
»Kein Geld. Keine Kleidung.«
»Geld und Kleidung und …«
Sibylla strahlte, ignorierte die missmutige Art Marias und sah zu Anna hinüber, die vor dem Gartenhaus stand und den Türgriff gefasst hielt.
»Ich glaube nicht, dass du errätst, was wir wirklich für dich haben.«
Unschlüssig und trotzig zuckte Maria Binternagel mit den Schultern. Das gesamte Elend verbrauchter Hoffnungen sammelte sich in ihrem Blick.
»Ihr habt nichts, was mir helfen könnte, Fuggerin«, sagte sie und schloss die Augen, als wollte sie die Mildtätigkeit Sibyllas über sich ergehen lassen.
»Anna!«, befahl Sibylla, und die alte Amme öffnete die Tür zum Haus.
»Endlich. Das wurde aber auch Zeit!«, hallte es aus der dunklen Öffnung, und ein junger Kerl trat ins Licht. Er breitete die Arme aus, stellte sich in die Sonne und ließ die Strahlen auf sein braun gebranntes Gesicht fallen. »Verfluchtes Nebelland.«
Mit Vergnügen sah Sibylla, wie Maria den Kopf schief legte und dem Klang der Stimme nachlauschte. Langsam öffneten sich ihre Augen und betrachteten den jungen Spund. Dessen blonde Mähne schien nicht zum Körper zu passen, der dunkel und wettergebräunt war. Seine Lippen waren rissig und rau. Die Hände besaßen sehnige Finger, mit denen er zupacken konnte, die Oberarme kräftige Muskeln. Ein Handwerker offenbar, doch im Gürtel seines Wamses stak ein abgewetztes Messer mit venezianischem Griff aus einem geflügelten Löwen. Seine ganze Erscheinung wirkte wie vorzeitig gealtert. Man schätzte ihn auf Mitte zwanzig, dabei zeigte sein bartloses Gesicht, dass er kaum siebzehn Jahre zählen durfte.

»He, Fuggerin, steht mein Gaul gut? Hat er zu fressen und zu saufen?«

»Wie ich es versprochen habe«, antwortete sie. »Nun, Maria, erkennst du ihn noch?«

Maria wagte zwei Schritte, dann blieb sie wie angewurzelt vor dem Jungen stehen. Ihr Mund öffnete sich, als wollte sie etwas sagen, doch es kam nichts heraus, außer dem einfältigen Zischen ausgeatmeter Luft.

Der junge Kerl betrachtete die magere Frau frech, musterte sie von oben bis unten und spuckte auf den Boden.

»Wer ist die Frau?«

Sibylla trat neben Maria und legte eine Hand auf ihren Arm.

»Deine Mutter, Hannes.«

Ein Zittern durchlief Maria Binternagel. Beinahe wären ihr die Beine unter dem Körper weggeknickt, wenn Sibylla sie nicht gehalten hätte. Nur langsam beruhigte sie sich und suchte eher verstohlen im Gesicht des jungen Mannes nach einem Merkmal des Erkennens.

»Das ist nicht Hannes. Hannes ist tot.«

»Hannes war nicht tot, Maria«, sagte Sibylla leise. »Er lebt. Spürst du es nicht? Jede Frau fühlt, wenn ihr eigen Fleisch und Blut stirbt. Hannes lebt.«

Sibylla musste schlucken, weil ein Ziehen im Bauch sie unterbrochen hatte. Ihr war dieses Gefühl einmal zuteil geworden. Ein einziges schmerzhaftes Mal.

»Warum kommt er erst jetzt? Ich warte ... seit Jahren.«

Maria schluchzte. Ihre Lippen flatterten wieder unkontrolliert. Hannes deutete auf Sibylla.

»Ich wollte in Venedig bleiben. Es war nicht übel. Das Arsenale bietet Handwerkern wie mir ein gutes Auskommen. Ich bin ihretwegen zurückgekommen. In Venedig konnte ich gut leben, aber sie bot mir Geld.«

Sibylla winkte ab.

»Ich wollte nur, dass deine Mutter ...«

Jetzt lachte der Junge laut und tief. Er war erwachsen geworden. Er deutete auf Maria.

»Meine Mutter? Sie war es doch, die mich verkauft hat. Ihr haben die Fugger-Weiber Geld für mich geboten!«

Maria stand da, und ihre Lippen zitterten. Tränen der Freude rannen ihr übers Gesicht, doch ihre Miene spiegelte das Entsetzen über Hannes' Worte.

»Das ist nicht wahr. Sie sind gekommen und haben euch beide geholt, Heinrich und dich, Hannes.«

»Und Euch eine Börse zugeworfen. Nicht wahr?«

Marias Augen weiteten sich. Nur langsam schien sie begreifen zu wollen, was Hannes sagte.

»Heinrich!«, schrie Maria. »Heinrich, sei verflucht!« Sie riss einen Beutel von ihrem Hals und schleuderte ihn auf den Boden, dann trampelte sie darauf herum wie von Sinnen. »Du sollst im Fegefeuer schmoren, bis dir die Haut in Fetzen vom Leib hängt!«

Mittlerweile war Anna zu Sibylla getreten.

»Was hat sie?«, fragte Sibylla verstört, und Anna musste zuerst tief ein und ausatmen, bevor sie antworten konnte.

»Ihr Mann hat damals offenbar ohne ihr Wissen beide Kinder verkauft.«

»Aber das macht doch keinen Sinn. Sie haben Heinrich ja selbst mitgenommen. Franziska ist dagegen noch in Augsburg.«

Sibylla blickte in das Gesicht ihrer Amme, in dem die Gefühle miteinander stritten.

»Was wäre, wenn Franziska noch zu jung gewesen wäre?«, fragte Anna. »Sie hätte sich nicht nützlich machen können, nicht mal als Hure wäre sie zu gebrauchen gewesen.«

Sibylla stockte der Atem, als sie sich das vorstellte. Mädchen, die den Arbeitern des Arsenale zu Willen sein mussten, weil sie für körperliche Arbeit nicht …

»Da haben sie den Mann verschleppt. Als Ersatz sozusagen. Hannes hat immer geglaubt, seine Mutter hätte ihn weggegeben. Vielleicht hat ihm das der Vater auch erzählt.«

Woran lag es, dass die Welt solch ein Sumpf war? Sibylla tat die Weberin Leid. Es war nicht einfach damit getan, die Schuld abzutragen und das Unglück des Verkaufs an das Arsenale einfach rückgängig zu machen.

»Hannes!«, hörte sie die Weberin schwach. »Es ist alles nicht wahr. Ich bin zu Sibylla Fugger gegangen. Unsere Schulden waren bezahlt. Sie hat unser Elend gemildert. Niemand hätte ins Arsenale gehen müssen. Niemand.«

»Und doch ist es geschehen!«, knurrte Hannes mitleidslos.

»Ich warte seit Jahren auf dich.«

Sie brach vor Hannes in die Knie und umfasste seine Beine. Der Junge stand reglos da. In seiner Mimik spiegelte sich die Hilflosigkeit, mit diesen Gefühlen umzugehen. Er blickte zu Sibylla.

»Jetzt habt Ihr Eure Wiedersehensfreude, Fuggerin. Und nun? Was soll geschehen?«

Sibylla wusste es nicht. Bislang hatte sie gedacht, es würde genügen, die beiden zusammenzubringen. Alles Weitere würde sich fügen. Doch sie ahnte, dass sie eine Bürde auf sich genommen hatte, die möglicherweise ihre Kräfte überstieg.

»Ich hole euch aus dem Loch heraus«, sagte sie. Anna betrachtete sie erstaunt von der Seite. »Ja!« Sibylla stampfte mit dem Fuß auf. »Ich werde Jakob zwingen, seinen Fehler wieder gutzumachen.«

Hannes horchte auf und kniff die Augen zusammen.

»Jakob Fugger hat seine Finger mit im Spiel?«, fragte er schnell.

Sibylla wusste im gleichen Augenblick, dass sie zu viel verraten hatte.

KAPITEL 13

»Statt mir Vorwürfe zu machen, solltest du lieber auf dein Seelenheil achten. Deine Geldgier hat bei dir jegliches Mitgefühl ausgemerzt. Zurückgeblieben ist nichts als die reine Lust an der Mehrung des Geldes. Fuggern, nennen es die Menschen auf der Straße.«

Jakob wusste nicht recht, wie er darauf antworten sollte. Sibylla zischte leise vor sich hin. In der Kutsche war sie kaum zu hören, und das Schlagen der Räder verhinderte, dass irgendwer außerhalb ihren Streit vernahm. Jakob wollte sich die gute Laune nicht stehlen lassen. In letzter Zeit war er wenig aus seinem Kontor herausgekommen, so dass er sich auf die Fahrt nach Weißenhorn regelrecht gefreut hatte. Diesmal wollte er mit Sibylla allein sein, wollte sich aussprechen.

»Ich kehre vor meiner Tür, Sibylla. Ungern lasse ich mich jedoch in meinem Haus zum Hahnrei machen. Dein Techtelmechtel mit Konrad Rehlinger. Die Leute auf der Straße sehen euch nach und machen sich über den alten Fugger lustig.«

Der Weg entpuppte sich als regelrechter Rippenbrecher. Sie wurden im Verschlag hin und her geworfen, mussten sich mit beiden Händen an den Griffen festhalten. Inständig hoffte Jakob, die Kutsche möge nicht umstürzen.

»Was ich tue, ist nicht schändlich. Ich unterhalte mich mit ihm und vielen anderen Menschen über Dinge, die dir, Jakob, völlig fremd sind und es immer bleiben werden. Du bist eben nur ein Weber!«

Sie versuchte, so viel Verachtung in den letzten Satz zu legen, wie ihr möglich gewesen war. Doch Jakob berührte der Vorwurf nicht.

»Ja«, sagte Jakob und blickte nach draußen, hinein in die vorüberziehenden Wälder. »Ich bin der Weber geblieben, der ich von Beginn an war. Mich fasziniert der Akt des Kaufens und Verkaufens. Niemand kann mir jedoch vorwerfen, dass ich nach dem Gewinn strebe, während du Männer in aller Öffentlichkeit umhalst und damit meinem Ruf schadest.«

Sibylla lachte hart auf.

»Hast du dich je auf dem Markt oder in den Gassen der Stadt umgehört? Hast du je einen Nürnberger, Venezianer oder gar Antwerpener gefragt, was sie vom Namen Fugger halten? Dein Name ist so verhasst, dass man gut daran tut, sich außerhalb der Stadt ein Alias zuzulegen. Wer zugibt, Fugger zu heißen, läuft Gefahr, vom Pferd gerissen oder aus der Kutsche gezerrt zu werden.«

»Du übertreibst!«, konterte Jakob ruhig.

Plötzlich gab es einen Ruck. Sie schienen in einen besonders üblen Streckenabschnitt gekommen zu sein. Das Gefährt wühlte sich durch Schlaglöcher und sprang über Steine. Jakob stemmte sich mit beiden Beinen gegen die Rückwand, zwängte sich in eine Ecke. Nur so konnte er das Hin und Her ausgleichen und verhindern, dass er durch den Innenraum geschleudert wurde. Sibylla wurde ihm regelrecht in die Arme geworfen. Er hielt sie fest und bemerkte dabei, wie ihm das Wissen um einen Frauenkörper beinahe ganz abhanden gekommen war. Sie fühlte sich fest und drall an, und er konnte es nicht lassen, einer momentanen Lust nachzugeben und mit den Händen die Körperstellen zu suchen, die er am meisten begehrte. Sibylla hielt still, was Jakob erst nach einiger Zeit auffiel. Beinahe sofort verflog seine Erregung. Ernüchtert versuchte er, Sibyllas Kleider wieder zu ordnen.

»Bist du fertig?«, fragte sie so sachlich, wie er nach dem Abwiegen eines Sackes fragte. Es schmerzte Jakob. Das hatte er nicht verdient. Schließlich war sie seine Frau.

»Was hast du dir vorgestellt? Dass ich dir hier drinnen zu Willen bin?« Ihr Spott war unüberhörbar.

»Und wenn es sich so verhielte?«, konterte er.

Sibylla drückte sich von ihm ab, obwohl die Kutsche weiter schaukelte und sich von links nach rechts lehnte. Jakob blickte aus dem Verschlag. Sie erreichten den Berg, der nach Thannhausen hinabführte. In zwei, allerhöchstens drei Stunden mussten sie in Weißenhorn eintreffen.

»Hat Rom dir den Kopf verdreht? Als wäre ich eine Hübschlerin, der man seine Wünsche mitteilt und die man nach der Erfüllung derselben bezahlt. Sei versichert, Jakob, dass dein Eheweib nicht zu denen zählt.«

Die Pferde fielen in Trab, und Jakob wollte dem Kutscher zurufen, dass er sich nicht zu eilen brauche und den Wagen schonen solle, doch allein Sibyllas Blick hielt ihn zurück.
»Warum nicht? Sind nicht alle Frauen käuflich?«
Wäre der Wagen nicht im selben Moment von rechts nach links geschwankt, entgegen Sibyllas Bewegung, hätte sie ihm sicherlich das Gesicht zerkratzt.
»Du hast jegliche Würde verloren, Jakob. Wie stellst du dir die Menschen vor?«
»Als Ware, Sibylla. Jeder hat seinen Preis. Der eine liegt höher, der andere niedriger. Seien es Adlige oder Kleriker, seien es Diener des Staates oder der Kirche. Ich bin noch keinem begegnet, der nicht die Hand aufgehalten hätte. Sie alle zieren sich anfänglich. Sie alle stellen Bedenken in den Vordergrund. Dennoch dient dieses Geplänkel nur dazu, den Preis in die Höhe zu treiben. Käuflichkeit als Prinzip habe ich jedoch nur bei Frauen gefunden.« Die letzten Sätze schrie Jakob. Die Geschwindigkeit ihres Gefährts hatte einen bedenklichen Grad erreicht. Er klopfte gegen den Verschlag. »Langsamer!«, rief er dem Kutscher zu. »Ihr werft mir den Wagen sonst um!«
Sibylla, die sich ebenfalls mit Armen und Beinen im Inneren zu verkeilen suchte und doch wie ein Ball hin und her geworfen wurde, wirkte blass. Sie atmete stoßweise.
»Du bist es nicht wert, Jakob, dass man sich mit dir unterhält. Denkst du wirklich so? Denkst du wirklich, dass alle Frauen käuflich sind?«
Jakob wollte bejahen, wollte Sibylla damit verletzen. Gerade jetzt hob sich eine Seite des Verschlags. Sibylla stieß einen Schrei aus. Jakob versuchte sein Gewicht gegen die kippende Seite zu stemmen, aber der Wagen rollte eine schier endlose Strecke auf zwei Rädern dahin, bis er, langsam zuerst, dann mit einer wuchtigen Plötzlichkeit zur Seite kippte und von den Pferden weitergezerrt wurde. Jakob bekam Sibylla zu fassen, die in seinen Arm geschleudert wurde. Er selbst hielt sich

an einem Rahmenteil fest. Steine, Erde und Moos wurden ins Innere gedrückt und wirbelten durcheinander. Endlich verlor die Kutsche an Fahrt und blieb stehen. Jakob zögerte einen Augenblick. Sibyllas Kreischen stach ihm in die Ohren. Es war beinahe finster im Verschlag. Jakob schüttelte seine Frau, doch die beruhigte sich nicht, kreischte mit fisteliger Stimme, bis Jakob ihr eine Ohrfeige verpasste.

»Tut dir etwas weh?«, fragte er besorgt. Im Dämmerlicht des Kutscheninneren konnte er nicht sehen, ob Sibylla blutete. Ihr Schreien musste jedoch etwas bedeutet haben. Er ließ von ihr ab, nachdem sie ihm nicht antwortete, stand auf, drückte die Tür hoch und kletterte hinaus.

»Erich!«, rief er. »Erich!«

Irgendwo musste der Kutscher sein. Tatsächlich humpelte er heran. Blass im Gesicht, die Wange von einem blutigen Streifen verunstaltet, Nadeln und Moos in Haar und Kleidung.

»Hilf mir, die Herrin herauszuheben. Ich fürchte, sie hat sich etwas getan.«

Vor ihnen standen die Rösser, dampfend und außer Atem. Nervös zerrten sie am Geschirr. Der Kutscher beruhigte sie, band sie provisorisch am nächsten Stamm fest, um zu verhindern, dass sie wieder durchgingen und den Wagen hinter sich her zogen. Dann sprang er auf den Wagen und wollte ins Innere steigen, um Sibylla beizustehen. Bevor er zu ihr hinabklettern konnte, erschienen Finger in der Türöffnung. Der Kutscher griff zu und zog Sibylla mit einer Hand aus dem Wageninneren.

»Sibylla!«, empfing Jakob sie und nahm sie entgegen wie einen Sack Pfeffer. Sanft stellte er seine Frau ab. Kalkweiß die Haut im Gesicht. Ihre Hände zitterten. Ihre Beine gaben nach, sobald sie den Boden berührte. Sie kauerte sich an den Unterboden der Kutsche, umfasste ihre Knie und begann zu schluchzen.

»Tut dir etwas weh? Hast du Schmerzen? Kannst du laufen?«

Jakob überschüttete sie mit Fragen, die ihm im Augenblick, in dem er sie gestellt hatte, unsinnig und überflüssig erschienen.

Er kniete sich neben Sibylla und tastete sie ab, was sie ohne Regung über sich ergehen ließ. Nur als er ihren Brustkorb drückte, zuckte sie zusammen. »Vielleicht ist eine Rippe gebrochen!«, sagte er. »Aber das ist harmlos.« Er atmete tief durch, als er sich wieder aufrichtete. »Hol einen Wagen aus dem Dorf, Erich«, befahl er. »Die Herrin wird nicht laufen können!«
Er hörte Tiere auf der Allmende muhen. Thannhausen lag nicht allzu weit entfernt.
Der Kutscher machte sich sofort auf den Weg. Jakob überlegte, ob er Erich hätte zur Rechenschaft ziehen, ihn hätte beschimpfen, womöglich entlassen sollen. Er war schließlich zu schnell gewesen, hatte sie unnötiger Gefahr ausgesetzt, ja, sie beinahe umgebracht. Ein Blick auf die Bremse belehrte ihn jedoch eines Besseren. Der Bremsklotz war zerfetzt, die Bremse unbrauchbar. Das Gewicht des Wagens auf der abschüssigen Strecke hatte die Pferde vorangetrieben. Erich hatte nichts tun können, als zu versuchen, das Gefährt aufrecht zu halten. Es war ihm misslungen.
Besorgt kehrte er zu Sibylla zurück, als er das Rascheln ihrer Kleider hörte. Erstaunt blieb er stehen. Sibylla begann sich gerade auszuziehen. Im Hemd stand sie vor ihm, hob die Arme, um sich selbst davon zu befreien und es abzustreifen, obwohl sie vor Schmerzen stöhnte. Ihr Leib war übersät von tiefroten Striemen. Sie würden sich in großflächige blaue Flecken verwandeln.
»Komm«, sagte Sibylla. »Ich bin dein Eheweib. Ich bin nicht käuflich.«
»Was bist du nur für eine Frau?«, antwortete Jakob und betrachtete sie lange verwundert. »Vielleicht habe ich im Laufe der Zeit tatsächlich den Menschen verloren, Sibylla. Wer herrschen möchte wie ein Monarch, der muss auf vieles verzichten.« Die letzten Sätze murmelte er nur noch. Er wollte sich von ihr abwenden, doch eine Geste von ihr lud ihn ein, und Jakob nahm Sibylla in den Arm.

»Für Menschen wie dich ist diese Welt noch nicht reif«, sagte sie.
Jakob drückte sie an sich. Ihre Wärme spürte er zwar, doch sie teilte ihm nichts mit. Etwas war abgestorben.
»Womöglich ist diese Welt für Menschen wie uns nicht gemacht.«

KAPITEL 14

»Wohin bringst du mich, Sibylla?«
»Haben wir nicht darüber gesprochen, dass es die Werke sind, die den Menschen die Unsterblichkeit sichern? Was du hier auf Erden Gutes tust, wird dir im Jenseits vergolten.«
»Pfaffengeschwätz, das weißt du genau.«
Sibylla führte Jakob an der Hand in die Unterstadt, an der Richtstätte hinter dem Rathaus vorbei, über die Brücke und durchs Barfüßertor. Sibylla schauderte selbst, weil niemand aus der Oberstadt sich hier unten freiwillig sehen ließ. Sie betraten eine andere Welt. Vor der Jakobuskirche lagerten Bettler und Pilger, die den Weg nach Santiago de Compostela beschritten und hier rasteten. Schmutzige Gestalten mit blassen Wangen, denen noch die Aufbruchsstimmung ins Gesicht geschrieben stand. Jakob hatte ihr einmal erzählt, dass bereits in Bern die Mienen anders aussahen, dass in Frankreich die Pilger grau im Gesicht, dass ihre Füße blutig gelaufen waren und ihre Körper den Schatten glichen, die sie hinter sich her zogen.
Nahe des Barfüßerklosters blieb Sibylla vor einem Grundstück stehen.
»Sibylla. Was soll die Heimlichtuerei?«
»Hierher. Dort hinein in den Garten. Bitte.«
Sie stieß ein Holzgatter auf, hinter dem sich ein schmales Fleckchen Grün auftat, das links und rechts von je einem offenen Schuppen begrenzt wurde. Unter den Holzdächern standen Bettgestelle, und auf ihnen lagen Pilger. Dutzende von Pilgern. Die gesamte Gartenlänge hinauf, bis zum Hauseingang.

Sibylla bemerkte Franziska, die sich hier nützlich machte und Essen ausgab. Die beiden Frauen tauschten nur kurze Blicke aus.

»Was ist das hier?«

»Ein Schlafplatz für die Durchreisenden«, flüsterte Sibylla und schob Jakob einfach weiter.

Sie erreichten das Haus. Sibylla öffnete die Tür. Jakob grüßte kurz die Frau, die sich erhob, als sie die Stube betraten. Stumm wurden sie von ihr in ein hinteres Zimmer geführt. Maria nickte Sibylla unmerklich zu. Die Hausherrin wartete auf sie.

Als Jakob die Stube im hinteren Teil des Hauses betrat, stockte er.

»Streußin! Ihr?«

»Wundert Euch nicht, Fugger«, sagte die Witwe des ehemaligen Bürgermeisters Welser und bot Jakob einen Platz gegenüber dem Fenster an. »Uns Weibern fallen manchmal die merkwürdigsten Dinge ein, und wir erkennen Verwicklungen, wo Mannsbilder nur Lösungen sehen.«

Es roch muffig und ein wenig nach Armut in der Stube.

»Nun, Euch hier in dieser Pilgerherberge zu sehen, verwundert mich tatsächlich, Streußin. Viele hätten Angst um ihre Gesundheit, schließlich pilgern zum Grab des Heiligen Jakobus nicht nur Gesunde. Wer mit Kranken in Berührung kommt, kann selbst erkranken.«

Die Streußin hustete rau.

»Wenn es so wäre, Fugger, was läge mir daran? Seit mein Mann tot ist, finde ich keine rechte Freude mehr am Leben. Ich glaube auch nicht, dass ich mich um meinen Weg ins Jenseits sorgen muss.«

»Was noch weniger erklärt, warum Ihr hier seid.«

»Mir gehören das Anwesen, die rückwärtigen Gebäude sowie zwei weitere in der Nähe.«

Jakob nickte und blickte nach draußen. Über den Innenhof griffen die langen Finger der Sonnenstrahlen und beschienen die ausgemergelten Körper einiger Schlafender. Hätten sie sich nicht ab und zu bewegt, hätte man sie auf ihren Pritschen für tot halten können.

»Was wollt Ihr von mir? Wenn ich es recht sehe, handelt es sich hier um eine Weiberverschwörung. Allen voran Sibylla, dann Ihr, Streußin, aber von Frauen, deren Männer in öffentlichen Ämtern waren, weiß man, dass sie die Kunst der Heimlichkeit beherrschen, und letztlich diese Weberin, diese Maria, die uns in der Stube erwartet hat.«

Erstaunt sah Sibylla ihren Gatten an. Er erinnerte sich also an Maria.

Sie räusperte sich und holte tief Luft. »Du solltest den Grund für die Verschwörung, wie du es nennst, kennen lernen, Jakob: Kauf die Gebäude.«

Verblüfft starrte Jakob Sibylla an und ließ dann den Blick zwischen ihr und der Streußin hin und her wandern.

»Um was mit ihnen zu tun? Abreißen lassen? Weiterverkaufen? Wer ersteht guten Gewissens eine Pilgerstätte, die regelmäßig von den schlimmsten Krankheiten heimgesucht wird? Ihr seid nicht recht bei Verstand?«

Die Streußin stand auf und humpelte zum Fenster. Das Alter und die Kinder hatten sie gebeugt, in ihr Gesicht und auf die Haut der Hände die Siegel der Vergänglichkeit gedrückt. Ihr Humpeln besaß etwas von einer Mahnung.

»Ihr habt so vielen Menschen die Existenz genommen, Fugger, dass Euch Millionen Hände ins Purgatorium zurückreißen werden, Ablassbriefe hin oder her. Das hier«, sie deutete um sich und ließ dann ihre Hand schwer auf den Tisch fallen, »das hier könnte Euch retten.«

Sie sank auf ihren Stuhl zurück, die Lippen aufeinander gepresst, weil die Schmerzen unerträglich zu sein schienen. »Wenn ich einmal nicht mehr bin, werden die Menschen hier ihre Hofstatt verlieren. Vielleicht dürfen sie vor der Kirche schlafen, vielleicht in ihr, je nachdem, wie groß ihr Geldbeutel ist. Bei mir darf jeder ohne Unterschied des Geschlechts und der Standeszugehörigkeit für einen Tag, für eine Woche unterschlüpfen. Ihn erwarten ein trockenes Bett, eine warme Mahlzeit täglich und der Besuch des Pfaffen von gegenüber, wenn er selbst nicht mehr zur Kirche gehen kann. Manche sterben hier. Sie waren nicht in Santiago de Compostela, sie haben das Grab des Heiligen nicht gesehen, aber sie haben ihre Würde behalten, Jakob Fugger.«

»Ich habe jetzt genug von diesem Geschwätz. Deshalb habt Ihr mich hierher gelockt? Ich danke.«

Die Streußin langte nach Fuggers Hand und hielt sie kurz fest. »Ihr kommt in ein Alter, Fugger, in dem man sich überlegen sollte, zu welchem Ende man sein Werk in dieser Welt führt.« Sie musste husten und ließ Jakob wieder los, der seine Hand zurückzog, als habe er sich mit Krätze angesteckt. »Ihr sollt die Welt nicht aus dem Fenster Eures Goldenen Kontors heraus betrachten, sondern herabsteigen, dorthin, wo die Menschen leben, die Eure Stoffe tragen, wo die Menschen beten, die Eure Kerzen verbrennen, wo die Menschen leiden, die ihren siechen Leib durch ihr Leben schleppen, der durch Eure Waffen verheert wurde. Hier könntet Ihr ein wenig davon abbitten. Ein wenig nur.«

Sibylla nickte. »Mach daraus Heimstätten für in Not geratene Augsburger Bürger. Gib den Armen ein Zuhause.« Sie griff nach Jakobs Ärmel und führte ihn durch die Tür in den Innenhof. Dort lagen die Sterbenden. Jakob ließ sich mitziehen. Sibylla konnte beobachten, wie er in jedes Gesicht blickte, wie er in den verlöschenden Augen zu lesen versuchte. Was er sah, war die Kehrseite des Goldenen Kontors. Er schluckte. Franziska, die bei einem der Sterbenden saß und ihm mit einem hölzernen Löffel seine letzte Mahlzeit in den Mund löffelte, ignorierte er.

»Bedenke, Jakob. Wenn Anna Streußin stirbt, stehen die Nachbarn bereits mit den Geboten vor der Tür. Sie wollen aufkaufen und ihre Anwesen erweitern. Die Goldschmiede Hanns Stern und Jakob Halder sind sehr interessiert. Alle Menschen hier werden ihre letzte Heimstätte verlieren und vor den Mauern auf den Kiesbänken krepieren.«

Unwirsch riss sich Jakob von der Hand Sibyllas los.

»Dass du mich nie wieder in solch ein Loch führst! Jeder ist seines Glückes Schmied. Wer hat diesen Elenden geheißen, sich auf den Weg nach Spanien zu machen? Hätten sie gearbeitet, wären sie nicht in dieser Lage.«

Er stürmte durch den Hinterhofausgang auf die Straße hinaus.

»Jakob«, rief Sibylla ihm hinterher und erreichte, dass er den Schritt verhielt und sie herankommen ließ. Sie stellte sich ihm in den Weg und legte nur ihre Hand auf seine Brust. So blieb sie stehen und schwieg.

Verlegen sah Jakob zur Seite, musterte die wenigen Menschen, die an ihnen vorübergingen und sich nach dem merkwürdigen Paar umdrehten. Sibylla starrte nur auf sein Hemd, auf ihre Hand, bemerkte, dass Jakobs Kiefer mahlten.

»Bitte«, flüsterte sie und schluckte ihre ganze Furcht vor seiner Reaktion hinunter.

Jakob atmete tief aus und ein.

»In Gottes Namen, Sibylla. Ich kaufe die paar Häuser, wenn es dich glücklich macht.«

KAPITEL 15

»Ihr seid so unruhig, Sibylla, dabei solltet Ihr Euch entspannen.«

Konrad Rehlingers Finger kitzelten sie an der Innenseite ihrer Hand, während sie sich nach den Klängen Ludwig Senfls und Heinrich Isaacs umeinander drehten, die Hände wechselten, vor- und zurückschritten und den Partner tauschten. Im neuen Fletz, dem Saal im ersten Stock, ließ es sich herrlich tanzen. Die Instrumente klangen hell und klar in den Räumen. Sibyllas Gesicht glühte, und sie konnte ihren Blick kaum von

Konrad Rehlinger wenden, der eben ihren Weg kreuzte, sich vor ihr verbeugte und zum zweiten Mal die Dame wechselte. Sie beneidete die Frauen, die sich von ihm führen lassen durften. Zwei Wechsel noch, und sie konnte ihn wieder halten, von ihm gehalten werden. Wie einer törichten Jungfer schlug ihr das Herz, und das beständige Klopfen schickte seine Hitze in den Hals und auf die Wangen.

»Spielen sie nicht wundervoll?«, flüsterte sie ihm zu, als er sich abermals vor ihr verbeugte und ihr seine Referenz erwies.

»Kein Vergleich zu Eurem Aussehen, Sibylla«, flüsterte er zurück, ohne mehr als unmerklich die Lippen zu bewegen.

Die letzten Tritte blieben sie getrennt, bis sie die Schrittfolge wieder zusammenführte. Als Sibylla erneut das Kitzeln an ihrer Handinnenfläche fühlte, hätten ihr beinahe die Beine versagt. Konrad griff zu und hielt sie fest.

»Ihr solltet eine Pause machen, Sibylla, nicht dass ihr Euch überanstrengt.«

»Musik kann mich nicht überanstrengen. Es seid vielmehr Ihr, der mir die Knie zittern lässt.«

»Dann sollten wir uns stärken. Nicht, dass meine Nähe Euch zu Boden wirft.« Er lachte sein leises Lachen, das Sibylla so an ihm mochte.

Der Kamin brannte und verströmte eine Gluthitze mit herzhaftem Duft. Rotbuche wurde dort verfeuert. Das Holz knackte und prasselte und brach.

Konrad führte sie durch den Säulensaal zu einer Galerie. Überall roch es nach frischer Farbe, nach Kalk und Putz, nach Holz und Wachs. Feuchtigkeit kroch in die Nase und kitzelte sie. Sibylla musste niesen.

»Ihr werdet mir hoffentlich nicht krank!«, erkundigte sich Konrad.

»Es ist das Haus. Es ist alles so frisch. So neu.« Sie zog Konrad auf die Galerie hinaus, die über einem Innenhof entlang führte. Eine eisige Kälte empfing sie und eine Nacht, deren Him-

mel geschaffen war für einen Blick ins Unendliche. Schwer lag das Band der Milchstraße über ihnen und riss mit seiner Helligkeit ihre Gefühle für einen stummen Moment mit sich fort.
Sibylla kam als Erste wieder zu Sinnen. Sie fröstelte und hakte sich bei Konrad unter. Langsam liefen sie die Galerie entlang. Auf der Rückseite öffnete sie sich zu einem kleinen Platz. »Dort soll irgendwann das Orchester stehen, während wir unten tanzen, uns unterhalten und uns in lauen Sommernächten der Illusion hingeben, wir seien in Italien.«
»Ein italienischer Hof. Eine wundervolle Idee«, warf Konrad Rehlinger ein. Er wandte sich zu ihr um und sah ihr in die Augen. Sie hielt seinem Blick stand.
»Als wären die Lichter des Firmaments auf die Erde gefallen, um in Euren Augen zu glühen«, sagte er leise.
Sie drehte sich plötzlich weg, beugte sich über die Balustrade und blickte hinunter. Im Hof stapelten sich noch Marmorplatten. Es roch nach Mörtel. »Jakob hat ihn mir geschenkt. Er gehört mir. Mir allein.«
Konrad trat schweigend zu ihr und berührte ihren Arm mit den Fingerspitzen.
»Ich würde Euch jetzt gerne etwas vorlesen oder noch besser etwas vorsingen. Leider habe ich keine Laute bei mir. Vielleicht erkennt Ihr das Lied dennoch?«
Konrad stellte sich neben Sibylla und beugte sich ebenfalls über die Balustrade. Er war ihr so nahe, dass sie sich mit den Armen berührten. Mit leiser Stimme und doch volltönend begann Konrad:

»Winter leide grüne Heide
hat verderbet und den Wald.
Wan mag schowen an den Owen
da lit nu der Rife kalt.
Ich wirde alt von selken Dingen.

Noch klage ich ein ander Not,
das si Liebe mich wil twingen,
der ich mich zu Dienste bot.
ich wil singen, Zoren bringen,
das ich nach ihr Iamers won …«

»Das ist schön, wenn ich auch nur die Hälfte davon verstehe. Wer hat das gesungen?«

»Schenk Ulrich von Winterstetten. Ein altes Lied. Und doch kommt es mir immer in den Sinn. Mein Vater mochte es und hat es der Mutter vorgesungen. Der Sänger beklagt sich, dass die Bürde des Winters das Grün der Heide und den Wald zerstört hat. Wenn man die Auen betrachtet, liegt jetzt der Reif dort, kalt und weiß. Solche Erfahrungen lassen ihn alt werden, sagt der Sänger bedauernd. Außerdem kennt er noch ein anderes Leid. Die Liebe nämlich, der er sich zu Diensten anbot, möchte ihn zu etwas zwingen, was er nicht will. Singen will er, weinen will er, sich nach ihr sehnen!«

Sibylla blickte hinunter in den Hof. Ihre Finger spielten mit der römischen Münze, die sie unter dem Hemd trug. Sie hatte sofort verstanden, was er ihr mit dem Lied sagen wollte. Seine Stimme klang so sanft, so rauchig, dass sie ihr bis unter die Haut schlüpfte.

»Ihr dürft das nicht denken, Konrad. Ihr dürft überhaupt nicht an mich denken«, fuhr Sibylla plötzlich auf. Sie hatte in einem der Fenster, das auf den gegenüberliegenden Balkon hinausführte, eine Bewegung erspäht. Sie wurden beobachtet. Raimund? Nein, der war unterwegs. Anton? Oder vielleicht eine der Schwestern? Sie überlegte, wen sie zu diesem kleinen Fest eingeladen hatte. Weder die Neffen noch die Nichten konnten es sein. Sie hätten sich bei ihr gemeldet. Sie war hier die Hausherrin, und niemand durfte einfach so durch die Räume schleichen.

»Jakob beobachtet uns«, flüsterte sie, einer plötzlichen Eingebung folgend. Natürlich. Jakob war der Einzige, den das bunte Treiben nicht interessierte. Er war der Einzige, der hier unbemerkt auftauchen konnte. Vom Kontor zurück hatte er sich womöglich nur die Beine vertreten wollen, weil ihn das Fest störte, und sie zufällig ...

»Lasst uns wieder zurückgehen zu den anderen«, bat sie Konrad.

Er schüttelte leise den Kopf. »Wir haben nichts getan, was unschicklich gewesen wäre.«

Sibylla musste lachen. Glucksend kamen Laute über ihre Lippen.

»Ihr habt mir zumindest ein Liebeslied vorgesungen, das ein eindeutiges Angebot enthält, Konrad. Wenn Ihr das nichts nennt.«

»Es war ein Lied, nicht mehr.«

Plötzlich tönte ein Ruf durch das Haus, der Sibylla zusammenzucken ließ.

»Fugger! Fugger! Nachricht aus Rom.«

Nachrichten aus Rom. Um diese Zeit? Mitten in der Nacht? Seit Marx, der älteste Neffe Jakobs, verstorben war, kamen aus Rom nur schlechte Nachrichten.

Aus den Augenwinkeln heraus beobachtete sie, wie der Schatten, der sich vorhin bewegt hatte und der danach einfach verharrt war, sich schnell entfernte. Es war ein Huschen, kaum sichtbar im Schattengewölbe des Hofes. Ihr Verdacht hatte sich bestätigt.

»Lasst uns horchen, Konrad!« Sibylla zog Konrad Rehlinger durch zwei Türen hinter sich her und öffnete ein Fenster. »Ihr müsst leise sein!«, flüsterte sie. Dann vernahmen sie beide schnelle Schritte. Jakob trat in den Innenhof, der sich unter dem Fenster auftat.

»Was habt Ihr Dringendes zu berichten?«, fragte Jakob sachlich, ohne dass seine Stimme vom schnellen Laufen angestrengt wirkte.

»Der Papst ist tot!«, flüsterte der Bote.

»Seid Ihr sicher?«

»Die Nachricht stammt von Johannes Zink und dem Herrn Antoni. Beide bestätigen es.«

»Herr im Himmel«, rief Jakob.

Sibylla fühlte regelrecht, wie Jakob in sich zusammensackte. Wieder Verwicklungen und Intrigen. Wieder musste er alle Möglichkeiten ausbalancieren, sich an neue Gegebenheiten anpassen. Jakob wurde müde. Jakob wurde alt.

Obwohl sein Siegeswillen ungebrochen war, schlichen sich in letzter Zeit Erschöpfung und Abspannung ein. »Ich muss zu ihm, Konrad. Er braucht mich«, sagte sie nur und wagte es, ihm in dem abgedunkelten Zimmer einen Kuss auf die Wange zu geben.

Konrad hielt sie kurz fest, als sie wegspringen wollte, zog sie an sich und hielt ihre Hand an seine Lippen.

»Es war ein gelungenes Fest. Ich hoffe, zur Eröffnung des … des Damenhofes … eingeladen zu werden.«

»Wenn Ihr es verdient, Konrad«, sagte Sibylla und eilte aus dem Zimmer.

KAPITEL 16

»Jakob Fugger?«

»Eben der!«, antwortete Jakob und hob den Kopf. Misstrauisch betrachtete er die zerlumpte Gestalt, die ihm da ins untere Lager hereingeschneit kam. Das Lederwams und die Hose des Fremden hatten bereits bessere Zeiten gesehen; aus den Schuhspitzen lugten die Zehen. Der Kerl wirkte älter, als er vermutlich war. Jakob schätzte ihn auf vielleicht siebzehn Jahre, wenn er auch aussah wie Mitte zwanzig. Seine Haut war von Schwitzrändern braun verfärbt wie bei den Fuhrwerkern. Davon stachen die hellen Haare ab, die unter einer Kappe hervorlugten, als gehörten sie nicht dazu. Sein Klepper, den er am Zügel mit sich führte, widerstand nur knapp dem Bedürfnis,

sofort tot umzufallen. Jakob richtete sich auf, schob die Liste der Glaswaren aus Venedig beiseite.
»Man sagte mir im Kontor, dass ich Euch hier finden würde.«
Etwas beunruhigte Jakob. Er überlegte, wer sich zurzeit noch im Lager aufhielt und ob er ihn rufen sollte.
»Ehrbare Christenmenschen stellen sich vor«, erwiderte Jakob scharf.
Der Fremde verlor kein Lächeln. Er musterte den Raum. Die Gewölbe waren bis unter die Decke mit Leinenballen und Fässern gefüllt. In Kisten lagerten Gewürze.
»Wie steht es mit Eurem Glauben, Fugger?«, fragte der Fremde wie beiläufig. Für sein Alter wirkte er ungewöhnlich reif und erfahren. Er ließ die Zügel los. Das Pferd blieb unter dem Torbogen stehen. Müde senkte es den Kopf und knabberte mit den Lippen am festgestampften Lehmboden.
»Ich wüsste nicht, was Euch das anginge. Doch seid unbesorgt. Um mein Seelenheil kümmere ich mich selbst.«
Die Art und Weise, wie sich der Fremde umsah, ließ Jakobs Misstrauen wachsen. Er suchte nichts. Er vergewisserte sich, ob sie allein waren. Wie zur Bestätigung seiner Befürchtungen entdeckte Jakob einen Dolch, der aus dem Gürtel des Mannes ragte, verborgen von einer ledernen Scheide.
Als würde sich unter Jakob die Erde auftun, überflutete ihn plötzlich ein Gefühl, das er nicht anders zu beschreiben vermochte als mit einem Sprung aus großer Höhe. Ihm blieb die Luft weg. Er fühlte, wie seine Beine nachgaben. Die Welt drehte sich um ihn. Er blickte hinab in eine gähnende Leere, aus der ihm die Eiseskälte des Todes entgegenblies.
Die Stimme des Fremden brachte ihn wieder auf die Beine, und obwohl er geglaubt hatte, eine ganze Weile durch den Äther zu fallen, konnte seine Schwäche nur einen Wimpernschlag gedauert haben. Unbewusst hatte er sich am Pult festgekrallt, um nicht zu stürzen.
Jetzt lachte der Fremde.

»Ihr seid blass geworden, Fugger.«
»Was wollt Ihr?«
»Ich weiß nicht, wie ich es Euch sagen soll.«
»Am besten durch den Mund!«
»Ihr wart immer schon ein Praktiker, keiner dieser Stubengelehrten. Ein wenig habe ich Euch bewundert, wie sicher Ihr auf ein Ziel zugeht.«
»Frisch gewagt ist halb gewonnen.«
»Wer keine Skrupel kennt, schläft gut.«
»Seid Ihr gekommen, um mit mir Redensarten auszutauschen?«
Die Miene des Fremden versteinerte. Seine Hand fuhr an die Seite, griff den Dolch. Für einen Augenblick war es Jakob, als stünde die Zeit still, als gebe ihm der Herrgott jetzt die Gelegenheit, über seine Vergangenheit und seine Verfehlungen nachzudenken.
»Ihr erinnert Euch vermutlich nicht an mich.«
Jakob legte den Kopf schief. Das Gesicht mit den eingefallenen Wangen und dem Bartflaum, der noch mit keinem Messer geschabt werden musste, sagten ihm nichts. Selbst der Blick, der im Halbdunkel des Lagers beängstigend stechend wirkte, ließ ihn ruhig.
»Nein, nicht dass ich wüsste.«
»So ist es. Die Herren treffen Entscheidungen, deren Folgen sie noch nicht einmal ahnen. Die Zeit fliegt an ihrer rastlosen Schaffenswut vorbei, und wer zufällig stürzt, wird in den Schlamm getreten und vergessen.«
Jakob zermarterte sich den Kopf, wer der Kerl sein könnte. Gleichzeitig versuchte er, Lärm zu machen. Er stieß gegen das Pult, klappte das Buch zu, in dem er den Bestand notierte, klopfte gegen den Tisch. Hören sollte ihn jemand.
»Bemüht Euch nicht, Fugger. Wir sind allein und werden es bleiben. Ich beobachte das Kontor schon eine ganze Weile. Jetzt, um die Mittagszeit, arbeitet hier nur der reiche Fugger,

weil er den Hals nicht voll bekommt – oder aus Pflichtgefühl! Was Beine hat, flieht aus dem Lager und genießt die Ruhe bei einem Krug Bier.«

Natürlich. Mittag hatte es geschlagen. Vor nicht allzu langer Zeit. Er war allein.

»Helft mir auf die Sprünge. Nennt mir Euren Namen.«

»Damit Ihr mich zurückdrückt in die Gosse? Nein, Fugger. Ihr sollt mich nicht kennen, Ihr sollt mich fürchten. Ich komme wieder. Ich werde Euch finden. Überall. Und irgendwann, Fugger, irgendwann werde ich mit diesem Messer hier …«, er zog den Dolch aus der Scheide und ließ ihn durch die Luft wirbeln. Dicht an Jakobs Haupt sirrte er vorbei und blieb mit einem hellen Klang in einem der Balken stecken, »… keine vierbeinigen Ratten mehr jagen!« Ein Quieken ließ Jakob den Kopf drehen. Die Klinge hatte eine Ratte gegen einen Balken gespießt. Sie wand sich unter dem Messer. Jakob zitterte, als er den Griff des Messers packte und die Klinge aus dem Balken zog. Er sah in den Augen des Tieres das Entsetzen. Jakob hob den Dolch und stieß der Ratte die Klinge ins Herz. Es hörte sich an, als würde Luft entweichen. Angeekelt hielt er den Dolch von sich weg. Als Jakob den Kopf wandte, war dessen Besitzer verschwunden. Er hörte nur noch das Schlagen der Hufe.

Jakob blieb wie gelähmt zurück.

Hatte er wirklich einen lebendigen Menschen vor sich gehabt oder vielmehr den Gevatter Tod, der ihm das baldige Ende prophezeit hatte? Es schüttelte ihn wie im Fieber. Der Dolch fiel ihm aus der Hand und klirrte auf den gestampften Boden. Überrascht sah Jakob ihn zu seinen Füßen liegen. Der Griff bestand aus einem stilisierten venezianischen Löwen.

KAPITEL 17

Sibylla jagte in Konrads Armen durch den Saal. Bauerntanz. Die Musiker hatte sie aus der Vorstadt holen lassen. Paarweise sprangen die Tänzer die Saallänge auf und ab, hielten sich an den Hüften wie das Volk auf seinen derben Hochzeiten und lachten und schrien und keuchten dabei, bis die Gesichter glühten. Abrupt endete die Musik.

Konrad nahm Sibylla und führte sie zurück an ihren Tisch. Noch ganz außer Atem bot er ihr etwas zu trinken an.

Sie hatte die Schnürung ihres Mieders ein wenig geöffnet, um besser Luft holen zu können. Ihre Brust hob und senkte sich, ihre Wangen feuerten, und Schweiß lief ihr den Rücken hinab. Sie fühlte, wie sich die Tropfen in den beiden Vertiefungen über der Hüfte sammelten.

»Lass uns verschnaufen und auskühlen, Sibylla«, gebot Konrad.

Sie nahm ihn an der Hand und zog ihn hinaus auf den Damenhof. In eisernen Bechern steckten Windlichter und tauchten den Innenhof in eine flackernde Dämmerung. Bis in den hintersten Winkel schleppte sie Konrad, bis dorthin, wo niemand sie mehr sehen konnte. Sie warf sich ihm in den Arm, suchte seine Lippen und küsste ihn mit einer Heftigkeit, die ihr selbst unheimlich war. Dabei presste sich das Amulett in ihre Brust und schmerzte.

Er ließ es zuerst geschehen, drückte sie schließlich sanft von sich.

»Wenn ...«, versuchte er zu sagen und sich ihren Lippen zu entziehen.

Sie legte ihm einen Finger auf den Mund, drehte ihm den Rücken zu und lehnte sich leicht an ihn. Lautenspiel sprühte in den Innenhof wie leichter Nieselregen, vermengte sich mit ihrem Atmen. Sie lauschte. Rehlinger umfasste ihre Hüften, ließ seine Hand höher gleiten, über den Bauch weg die Brüste hinauf, küsste sie auf den Hals. Sibylla drückte sich an ihn. Mit spitzen Fingern spielte er mit der Münze, die sich unter ihrem Hemd verbarg und nur ertastet werden konnte. Er stockte.

»Du trägst es immer noch?«

»Es beschützt mich«, flüsterte sie und beugte sich zu ihm, for-

derte einen Kuss. »Das Bild auf der Münze besitzt einen mächtigen Zauber.«
Beider Atem beruhigte sich nicht, blieb heftig vom Tanz und dem Aufruhr der Gefühle. Sie näherten sich einander, ließen schließlich beide ihren Atem gleichmäßig aus- und einströmen, verschmolzen so miteinander und mit der Musik, die sich über ihre Berührungen und ihr Empfinden legte wie eine wärmende Decke.
»Liebst du ihn nicht mehr?«, fragte er in die Dunkelheit hinein, und sie stellte sich sein Gesicht vor bei dieser Frage.
Sie musste lächeln. Liebe. Das war ein Traum. Ihre Mutter hatte ihr prophezeit, dass sich die Liebe einstellen würde, wenn man lange genug verheiratet war, wenn die Kinder sie aneinander binden, die gemeinsamen Nächte sie zufrieden stellen würden. Nichts dergleichen war geschehen.
»Er treibt Politik mit Gott und der Welt, während mein Körper welkt!«
»Die Zeiten sind in Aufruhr. Ihr solltet … nicht …«
»Hol dich der Teufel, Konrad. Was willst du mir sagen? Dass ich die Ehe nicht brechen soll? Dass ich zufrieden sein soll mit dem Reichtum, den Jakob mir zu Füßen legt? Er kleidet mich wie eine Puppe, wie eine Ikone. Behängt mich mit Geschmeide, dass ich unter dem Gewicht zusammenbreche, aber er verweigert jede Berührung. Selbst seinen Hunden streichelt er über den Kopf. Die Kinder seiner Nichten und Neffen nimmt er auf den Schoß und herzt sie. Seine Ehefrau jedoch würde er am liebsten hinter Glas halten.«
Konrad seufzte. Sibylla ahnte, an was er dachte. In der Stadt wurde schon seit langem davon gesprochen, dass Jakob und Sibylla nicht wie Eheleute miteinander umgingen. Sibylla hatte ihm die Erhaltung seines Geschlechts verweigert, umso verwunderlicher war sein Festhalten an ihr. Solche Ehen, auch das hatte sie erlebt, solche Ehen konnten geschieden werden.
»Ich will leben, Konrad. Ich will …« Sie drehte sich überra-

schend zu ihm um, nahm seinen Kopf zwischen beide Hände und drückte ihm einen Kuss auf den Mund, der ihm den Atem nahm. Dann löste sie sich ebenso rasch von ihm. »Komm mit. Ich möchte dir etwas zeigen.« Sie lachte kichernd. Konrad musste sie für betrunken halten.
Sie zog Konrad, der sich nicht dagegen wehrte, aus der Ecke, achtete jedoch darauf, dass sie weiter unter den Arkaden blieben und so von oben nur gesehen werden konnten, wenn sie beobachtet wurden. Zur Straßenseite hin huschten sie Hand in Hand über den Innenhof. Sibylla griff sich eines der Windlichter und trug es vorsichtig vor sich her. In der Ecke lag die Tür zum Aufgang in das erste Obergeschoss. Knarrend öffnete sie sich. Die Dunkelheit wurde durch das schwache Licht nur unzureichend erhellt. Sibylla lief voraus, obwohl es sich nicht schickte. Nach ein paar Stufen blieb sie stehen und drehte sich zu Konrad um. Die Lichtstrahlen aus der durchbrochenen Schale fingerten über sein Gesicht.
»Wohin gehen wir?«, fragte er mit einem Glanz in den Augen.
Wie einen Schild hielt sie das Licht mit beiden Händen zwischen sie. Ein nervöses Kitzeln befiel sie. Am liebsten hätte sie das Windlicht abgesetzt und seinen Kopf gegen ihre Brust gedrückt. Wieder musste Sibylla lachen und sprang so schnell es ihr in ihrem Kleid möglich war, die Treppen hinauf bis ins nächste Geschoss.
Konrad, der dicht hinter ihr geblieben war, drückte die Tür auf. Sie konnte nicht widerstehen und rieb sich für einen Moment an ihm, dann trat sie durch die Tür. Zwei Schritte weiter, und sie standen vor einer Kammer.
»Du wirst staunen«, sagte sie nur.
Konrad ließ Sibylla ein und betrat hinter ihr den Raum. Sanft schloss er die Tür hinter sich. Im Zimmer roch es nach Stein, nach Staub und Feuchtigkeit. Sibylla stellte ihr Windlicht ab und trat an ein Regal. Unter Leinentüchern verborgen lagerten dort sechs Figuren. Sibylla zog das Tuch beiseite und sah Kon-

rad in die Augen. Der betrachtete die Figuren interessiert und ein wenig amüsiert.

»Putti!«, sagte er nur und berührte ihre glatte Oberfläche, die in der flackernden Beleuchtung glänzte.

»Kindchen!« Sibylla suchte in seinen Augen, in seiner Miene nach Regungen, die sie deuten konnte. »Sie sind für die Brüstung der Kapelle in St. Anna geschaffen worden. Kindchen allesamt.«

Sie trat an die Figurinen heran und strich ihnen mit der Hand über den Kopf. Kleine, dickliche Wesen waren es, die eben aus dem Schlummer zu erwachen schienen oder mit hellem Blick in die Runde sahen, ein wenig pausbäckig, ein wenig rund. Alle stützten sich auf kleine Kugeln aus Stein.

»Es ist, als hielten sie die Welt in ihren Händen, nicht?«, flüsterte sie. »Ihre Locken. Die kleinen Flügel, schau.« Zärtlich strich sie über die Flügel des einen, über die dichten Locken des anderen und kitzelte sie übermütig an den Zehen. »Du musst hierher kommen«, sagte sie neckisch und deutete auf die äußerste Figur, die Konrad den Rücken zukehrte. Keck hatte sie sich mit dem Rücken gegen ihre Kugel gelehnt, einen Helm mit Spitze auf dem Kopf, Beinchen übereinander geschlagen. »Wie gefällt sie dir?«, fragte sie.

Konrad musste lachen.

Zwischen den dicken Beinchen des Putto entdeckte er dessen Geschlecht, das lustig zwischen den Schenkeln hervorspitzte, mit prallen Hoden.

»Unübersehbar ein Knabe«, schmunzelte er.

»Meine Lieblingsfigur!«

»Ist diese Darstellung nicht etwas gewagt für ein ... Grabmal?«, warf Konrad ein. »Ein wenig frivol?«

»Ihr Männer«, flüsterte Sibylla, und ihre Stimme klang heiser. »Ihr seid merkwürdige Wesen. Für den Anblick einer unbekleideten Dame würdet ihr viel geben, und es stören euch weder die offenen Busen der Nymphen noch der unbekleidete Schoß einer Göttin, doch das Glied eines Knaben lässt euch bereits an Frivolität denken. Dabei kennt jede Mutter die Gestalt ihrer Knaben besser, als es ein Vater je vermöchte.«

Sie drängte sich an Konrad und schlang ihre Arme um seinen Hals. Sie spürte seine Gedanken an ihrem Schenkel. Er war erregt.

»War es das, was du mir zeigen wolltest, den Putto mit seinem Helm?«

»Mit seinem spitzen Helm«, wiederholte sie und schloss die Augen.

Er drängte sich an sie, und Sibylla erwiderte seine Bewegungen. So rieben sich ihre Körper aneinander, ohne dass die Hände folgten. Nur ihre Münder fanden sich, hungerten nach Berührung und saugten sich gegenseitig die Feuchtigkeit von den Lippen.

KAPITEL 18 Anna schlich mit ihrem Korb im Schatten der Häuser entlang zur Armensiedlung hinunter. Sibylla hatte ihr eingeschärft, sich nicht zu zeigen.

Vor ihr betraten die Herrschaften gerade die vollendeten ersten Abschnitte der Wohnstätten, die Jakob Fugger auf dem erworbenen Gelände der Straußin in den letzten drei Jahren hatte errichten lassen. Der Plan von Sibylla war tatsächlich aufgegangen. Jährlich sollten in dem ummauerten Geviert mit eigenen Straßen, einem eigenen Platz und eigener Wasserversorgung weitere Häuser hinzukommen. Wenn sie recht mitbekommen hatte, dann sollten 106 kleine Häuser mit je einer eigenen Wohnung, bestehend aus einer Kochstelle und je drei Zimmern, im Unter- und Obergeschoss entstehen. Mehr, als Sibylla sich erträumt hatte. Schöne Häuser und schöne Wohnungen.

Anna hörte Jakob und Sibylla streiten. Die beiden gingen ein Stück weit vor ihr.

»Junge Leute sollen hier wohnen. Eine Schule muss eingerichtet werden. Die Kinder sollen lesen und schreiben lernen!«

»Sie sollen vor allem arbeiten lernen«, brummte Jakob Fugger, dann verschwand er mit Sibylla unter dem Bogen. »Wer das Gesindel verwöhnt, dem werden sie den Hals umdrehen. Furcht müssen sie haben und einen Gedanken daran, wer ihnen die Brosamen zukommen lässt.«

»Zumindest eine Kirche solltest du bauen lassen.«

»Warum eine Kirche? Die Häuser sind zum Leben, nicht zum Beten gestiftet. Kirchengut habe ich ausreichend finanziert. Der Kirche ihr's zu ihrer Zeit, dem Menschen sein's, zu seiner Zeit. Man soll diese Menschen nicht verwöhnen, sonst werden sie träge.«

»Sie laufen quer durch die Stadt!«

»Ich brauche keine Alten und Siechen in meiner Siedlung. Wer gut zu Fuß ist, kann bis St. Anna hinauflaufen und für unser Seelenheil beten. Warum sollen nicht junge Menschen, die ein Leben vor sich haben, gottgefällig sein, damit sie wieder Fuß fassen im Leben? Ich biete ihnen eine Stütze. Sie gefallen Gott dadurch, dass sie zurückfinden in die Arbeit. Sobald sie Tritt gefasst haben, kehren sie zurück in die Gemeinschaft der Stadt. Lass sie selbstständig werden. Nur selbstständige Menschen haben Selbstbewusstsein und stehen im Leben. Die Alten und Siechen, die nicht mehr Arbeitsfähigen, die lass in den Seelhäusern der Witwen und Stifterinnen aus dem Handwerk unterkommen. Nicht bei mir.«

Anna schlüpfte hinter ihnen durch das Eingangstor. Sie hielt Abstand. In der Siedlung fiel sie so weit zurück, dass sie nichts mehr von der Auseinandersetzung hörte. Bereits am zweiten Haus zog sie an der Klingel. Wie von unsichtbarer Hand knackte das Schloss, und die Tür schwang zurück. Rasch trat sie ein und drückte das Türblatt wieder in die Öffnung zurück.

»Sie liegt in der Schlafstube, rechts von Euch«, vernahm sie durch eine Gucköffnung aus der Stube.

Anna wandte sich nach rechts, klopfte, trat ein, ohne abzuwarten, ob sie willkommen war.

»Bringt Ihr den Blutzoll?«, spottete die Stimme im Nebenraum. Anna achtete nicht darauf.

Der Raum war großzügig bemessen. Nur ein Verschlag führte an der Innenwand durch den Raum. In ihm verbarg sich die Treppe ins Obergeschoss.

»Wer stört?«, krächzte es aus einem Bettenberg.

Es roch nach frischem Heu in der Bettschüttung, aber auch nach ungewaschenem Körper und Fäkalien. Der Kotstuhl mit dem tragbaren Eimer stand unter dem Fenster. Ihn leerten die Bewohner täglich bei Dunkelheit in den Lauterlech, der durch die Anlage floss.

»Anna!«, kündigte sich die alte Amme Sibyllas an. »Wie geht es Euch, Maria?«

»Wie es mir geht, fragt Ihr? Ich sterbe mit jedem Tag ein bisschen mehr. In Raten, Anna. In Raten.«

Energisch trat Anna ans Bett, zog sich einen Schemel heran und setzte sich. Aus der Bettwäsche schälte sich im Halbdunkel der schmale Kopf der Weberin. Sie drehte Anna das Gesicht zu und lächelte erschöpft. Dann erschien ihr Arm, und Anna griff die Hand, die sich heiß und trocken anfühlte.

»Ihr übertreibt. Schaut, was die Herrin Euch mitgegeben hat.«

»Schenkt es dem Bub. Er braucht's. Er wächst noch, mein Bub.«

»Ihm wächst vor allem das Mundwerk. Ihr sollt es essen, Weberin. Nur so werdet Ihr hundert Jahre alt!«

»Anna. Hundert Jahre! Ich würde mich der Sünden fürchten.«

Anna legte ihr ungefragt eine Wurst auf das Bett, dazu duftende Äpfel und frisches Brot.

»Ihr seid eine Verführerin. So frisches Brot hab ich lange nicht gerochen – geschweige denn gegessen.«

»Es gehört Euch, Maria. Damit Ihr wieder zu Kräften kommt.«

Das Lachen der Binternagel klang kurz und trocken und ging in einen pfeifenden Husten über.

»Wozu? Um ihm selbst im Leid den Zins zu schulden? Was soll ich tun? Weben kann ich nicht. Der Boden ist zu trocken, die Fäden würden reißen. Wo sollte ich auch den Stuhl hinstellen? Ich muss in dieser Kammer liegen. Der Bub schläft drüben. Nur die Stube bleibt – und in der Stube darf nicht gehandwerkert werden. Wo also? Franziska ist nach Oberhausen zurück. Wir müssen überleben.«

»Ihr werdet etwas finden. Ein Gulden Zins übers Jahr fürs Wohnen ist nicht der Rede wert.«

Anna kramte in ihrer Tasche, zog eine Münze hervor und steckte sie Maria in die Hand. »Fürs Erste von der Herrin«, flüsterte sie.

Mit einer Kraft, die Anna nicht für möglich gehalten hatte, schleuderte Maria die Münze durch den Raum. Sie schlug gegen die Holzverkleidung und klingelte dann am Boden, bis sie zu liegen kam.

»Ich will das verfluchte Geld nicht. Die Teufelsgulden des Herrn Fugger.« Maria keuchte und hustete und würgte. »Die Schale«, klagte sie, »rasch!«

Anna erhob sich. Unter dem Bett stand eine Spuckschüssel, in der bereits schleimiger Auswurf schwamm. Sie hob sie der Weberin ans Kinn. Maria würgte Schleim und Blut hinein.

»Die Seele spucke ich mir aus dem Leib, wie mein seliger Mann. Es ist die Schwindsucht, Anna.«

Die Amme der Sibylla Fugger stellte die Schüssel zurück.

»Nein. Es ist Euer verfluchter Sturkopf, der nichts wissen will vom Grünzeug und von Früchten. Esst die Äpfel. Jeder Apfel spart den Quacksalber.«

Maria antwortete ihr nicht. Anna beugte sich beunruhigt über das Bett. Die Weberin war eingeschlafen. Der Anfall hatte sie erschöpft. Sie lächelte sogar, und die tiefen Falten um den Mund glätteten sich dabei ein wenig. Ihre Blässe machte Anna Angst.

Anna trat ans Fenster. Sibylla und Jakob schlenderten eben vorbei, blieben an der Tür stehen. Anna trat in den Raum zurück, so war sie von außen nicht zu sehen.

»Oben eine Wohnung, unten eine Wohnung. Erdgeschoss und erster Stock haben jeweils einen eigenen Eingang. Jeder ist Herr in seinen eigenen vier Wänden. So werden Streitigkeiten vermieden. Die Gebete, die jeder hier verrichten muss, zu deinem und meinem Seelenheil, sind dafür ein leicht zu zahlender Zins«, erzählte Jakob Fugger mit unverhohlenem Stolz in der Stimme. Sibylla, der es unangenehm war, dass er gerade vor der Wohnung der Binternagel inne gehalten hatte, drängte weiter.

»Wenn man davon absieht, dass alle Fuggereibewohner täglich nach St. Anna hochziehen müssen, um dort das Gebet zu sprechen«, wurde Anna von hinten angesprochen.

Anna erschrak. Sie hatte nicht gehört, dass der Junge den Raum betreten hatte.

»Habt Ihr die Dinge dabei?«

»Wo wollt Ihr das Korn hernehmen oder die Früchte?«

Der Junge hatte sich längst über den Korb gebeugt und kramte in diesem herum. Er zog ein gebogenes Kupferrohr daraus hervor und einen gewaltigen Korkstopfen.

»Glas wäre mir lieber gewesen. Das kann man einschleifen, und es macht dicht.«

»Seid froh, dass ich das erhalten habe. Die Herrin sieht es nicht gern, wenn Ihr hier Schnaps brennt, Hannes.«

»Die Früchte faulen sonst an den Sträuchern. Uns bringt es ein wenig Geld ins Haus und …«, der Junge sah den Gulden am Dielenboden liegen, hob ihn auf und steckte die Münze in die Tasche, »… macht uns unabhängig. So ist den Früchten geholfen – und meiner Mutter und mir. Nachdem Franziska jetzt für ihren eigenen Hausstand sorgen muss, bleibt nicht viel.«

»Sie ist verheiratet?«

»Ich hab's auch gesagt. Zu jung dafür. Doch besser einen Mann am Hals, der anpacken kann, als eine Kranke, die mir die Wohnung vollspuckt.«

Anna überhörte Hannes' Spott.
»Achtet darauf, dass Eure Mutter reichlich Gemüse isst, Hannes. Wenn sie Euch wegstirbt, müsst Ihr dies traute Heim verlassen.«
»Ich bin es gewohnt, in der Fremde mein Auskommen zu finden«, antwortete Marias Sohn spöttisch.
»Darauf kannst du lange warten, dass ich dir wegsterbe, Kerl«, krächzte es vom Bett her.
»Ich sehe Euren Lebensmut zurückkehren«, sagte Anna und trat erneut ans Bett. Marias Gesicht lag wie ein weißes Laken zwischen den gebleichten Kissen. »Ich komme wieder, Weberin. Klopft Eurem missratenen Sprössling ruhig ein wenig auf die Finger«, mahnte sie mit einem Seitenblick auf den Jungen. Sie drückte der Weberin zum Abschied die Hand, hob gegen Hannes die Brauen und schlüpfte zur Tür hinaus.
»Büßen müsste er für seinen Lebenswandel«, fauchte der Junge hinter ihr her. Noch bevor die Tür ins Schloss fiel, hörte sie ihn schreien: »Ich werd's ihm heimzahlen, dem falschen Gulden!«
Anna trat hinaus auf die Straße. Das Ehepaar Fugger schlenderte eben aus dem Tor hinaus, weiter in ihren Disput verstrickt, von dem sie nur Fetzen vernahm. Sibylla drehte sich kurz nach dem Lärm um. Ihr Herr hatte offenbar nichts vernommen. Ihre Stimme trug weit, während die Antworten Jakobs mit den Geräuschen des Alltags verschmolzen.
»... Demütigung ...« Das Wort stach aus dem Gespräch heraus. Anna überlegte, was damit gemeint sein könnte. In ihrem Kopf kreiste beständig der Satz des Jungen, der wie ein Funke wirkte: »... dass alle Fuggereibewohner täglich nach St. Anna hochziehen müssen.«
Von hier, den Perlachberg hinauf, vorbei am Rathaus und der Herrenstube und hinüber zur Kirche. Täglich dreimal: morgens, mittags, abends. Demütigung, schwirrte es in ihrem Kopf, als sie den Eheleuten folgte. Ein königliches Paar, das da vor ihr herschritt. Wie sich die Stadtbürger beugten, wenn der Fugger

an ihnen vorüberging, wie sie ihn belächelten, wenn er ihnen den Rücken zukehrte. Zwei Welten. Sie standen einander entgegen. Wenn der Herrscher der Kaufleute vorüberschritt, blieb nicht das wohlige Schaudern zurück, das der Kaiser hinterließ. Fuggers Adel löste sich auf in Lächerlichkeit. Sie fühlte, dass sich im Gang, in der Kleidung, im Wesen der Weber leicht verleugnen ließ. Was fehlte, war die Würde. Würde konnte man nicht mit Geld erwerben. Sie wurde von höherer Stelle verliehen. Jakob Fugger der Reiche blieb, was er seit jeher gewesen war, ein Besonderer zwar, aber eben nur ein besonderer Weber.

KAPITEL 19 »Der Alte isst wie ein Spatz. Ich glaube kaum, dass es jemandem gelingen würde, ihn zu vergiften!«
Anna hielt das Tablett in der Hand, während Heinrich Uhl jedes Stück Obst, jedes Brot, jede Wurst probierte. Der Vorkoster, der seit kurzem die Angst seines Herrn vor einem schnellen Tod zu mildern half, versenkte seinen Finger zweimal in die Schale mit Grütze und leckte ihn genüsslich ab. »Ein Gedicht. Viel Frucht, viel Brand.«
Anna sah sich um. Die Tür zum Goldenen Kontor war geschlossen. Ihre Herrin würde nachkommen. Zu gern hätte sie hinter die massive Tür gesehen, den Neuen begafft, von dem jeder in der Stadt sprach.
»Was sagt Ihr zu dem jungen Hauptbuchhalter? Dem Matthäus Schwarz?«, flüsterte sie.
Der Vorkoster hob die Brauen.
»Ein Paradiesvogel, würde ich sagen. Ein Papagei. Aus dem Raritätenkabinett eines Fürsten entsprungen. Jeden Tag eine neue Hose, jeden Tag ein neues Wams, ein andres Hemd. Die Hüte sind ein besonderes Spektakel und seine Strümpfe herrlicher als die Beine so mancher Kaufmannsgattin.«
Anna quiekte vor Vergnügen.
»Ihr mögt ihn nicht?«

»Das kann ich so nicht sagen. Er ist zwar aufgeblasen wie eine Schweinsblase, aber doch ein heller Kopf.« Er beugte sich zu Anna hinüber und steckte ihr das Zipfelchen einer Wurst, von dem er selbst erst gekostet hatte, in den Mund. »Meine Liebe, vor allem ist er ein Affront. Die ratsherrliche Kaufmannschaft tobt.«

Anna kicherte wieder. Das war ihr auch schon zu Ohren gekommen. Sie nannten ihn den venezianischen Gecken und sperrten ihre Frauen weg, wenn er zu Festen geladen war. Schlimmer als sein Aussehen, seine Modelust, erschien ihnen jedoch die Vergangenheit des jungen Schwarz.

»Sie können es nicht fassen, dass unser Herr einen Enkel des berüchtigten Ulrich Schwarz in sein Kontor aufnimmt. Schließlich haben sie ihn hängen lassen, den Aufrührer. Bürgermeister hin oder her.«

»Jakob Fugger führt sie vor, die Herren Ratsmitglieder.« Unvermittelt brach er ab.

»Was habt Ihr, Uhl?« Anna trat ein Stück näher. »Ihr seid so … blass.«

»Mir ist schwindlig, Anna. Die letzte Wurst, von der auch Ihr … ah …«

Mit einer fahrigen Bewegung wischte er Anna das Tablett aus der Hand, eben in dem Augenblick, als Schritte auf der Treppe ertönten und Sibylla hereintrat. Gläser und Schüssel schepperten zu Boden. Die Tür zum Goldenen Kontor wurde aufgerissen. In der Öffnung erschien ein Jüngling, gewandet in feinste Stoffe, die Beinkleider schwarz, mit farbig ausgeschlagenen Schlitzen. Ein hellrotes Hemd, abgesteppt mit goldenen Nähten.

»Holt den Medicus«, keuchte Uhl und presste die Hand gegen den Leib.

Starr vor Schreck und blass stand Anna da, bis Sibyllas Hand sie berührte.

»Geh! Rasch!«

»Lasst«, unterbrach Schwarz. »Ich bin schneller.« Er stürzte die

Treppe hinunter. »Der junge Occo weilt gerade in der Stadt«, schrie er ihnen noch zu. Man hörte ihn die Straße hinaufrennen zum Haus der Arztfamilie Occo.

»Ich habe auch von der Wurst…«, stotterte Anna, die sich nicht zu bewegen vermochte.

In der Tür zum Kontor erschien Jakob Fugger. Mit unbewegter Miene blickte er auf die zerbrochenen Gläser, auf die Wurstscheiben und das Brot, das sich in Milch und Wasser auflöste. Mitten darin schwamm rot die Grütze wie eine Lache geronnenen Bluts.

»Lasst aufwischen!«, befahl er. »Anna! Sibylla«, rief er scharf und winkte sie ins Kontor.

Eilig folgten sie der Aufforderung.

Nur zweimal war Anna hier gewesen. Die Schränke quollen über vor Papier. Ein Geruch von Tinte lag im Raum, von Männerschweiß, von Lavendel und Rosenwasser. Diese Duftnote stammte wohl von Matthäus Schwarz. Das Letzte, was Anna sah, war der gekrümmte Leib Uhls, der seine Arme um den Bauch geschlungen hatte. Zwei Buchhalter kümmerten sich um ihn. Einer legte ihm nasse Umschläge in den Nacken.

»Wer alles hatte das Essen in der Hand?«, fragte Jakob, während er mit dem Gesicht zum Fenster stehen blieb.

»Ich habe das Tablett in der Küche entgegengenommen«, berichtete Anna. Sie stockte bei jedem Wort. Insgeheim prüfte sie, ob sie ebenfalls das Magengrimmen überkam. Doch bei ihr rührte sich nichts. »Und von dort direkt hierher getragen. Niemand hat es dazwischen berührt. Es war verdeckt. Erst Heinrich Uhl hat es abgedeckt und probiert.«

»Was ihm nicht gut bekommen ist. Ihr habt die Wurst gekostet?«, fragte Jakob.

Anna sah beschämt zu Boden.

»Ja. Ein Zipfelchen. Heinrich Uhl …«, wollte sie sich verteidigen, doch Jakob schnitt ihr das Wort ab.

»Keine Beschwerden?«
»Keinerlei Beschwerden«, sagte sie nur.
»Wer hat das Frühstück zubereitet?«
»Ich«, unterbrach Sibylla das Verhör. »Wie allezeit!«
Jakob drehte sich zu seiner Frau um und sah ihr ins Gesicht. Einige Wimpernschläge lang musterten sich die Eheleute.
»Ist dir jemand zur Hand gegangen?«
»Nein. Ich habe alles wie immer zusammengestellt. Die Töpfe erhitzt, die Milch erwärmt.«
»Es ist der schnelle Tod. Er lauert überall«, murmelte Jakob mit leerem Blick. In Gedanken versunken lief er zweimal auf und ab, ohne die beiden Frauen im Raum zu beachten. »Zu viele trachten mir nach dem Leben. Je eher ich von dieser Welt verschwinde …« Er brachte den Satz nicht zu Ende. Langsam schien er wieder in die Gegenwart zurückzukehren. »Nun gut. Ich habe Hunger. Das Frühstück sollte nicht ausfallen. Äpfel und Birnen statt Brot und Wurst! Rasch, Anna.«
Er schickte sie hinaus. Sibylla folgte ihr.
»Was glaubt Ihr?«, fragte Anna und blickte Sibylla von der Seite her an.
Heinrich Uhl lag jetzt am Boden. Sein Stöhnen war zu einem Wimmern herabgesunken. Das Gesicht hatte sich ins Grünliche verfärbt.
Auf der Treppe wurden Schritte laut. Schwarz stürzte herein. Ihm folgte ein junger Kerl, höchsten zehn Jahre älter als er, in der Hand eine Tasche. Er stellte sie neben dem Vorkoster ab, kramte darin, holte eine Tinktur heraus, schüttete sie in einen Becher und flößte sie dem halb Bewusstlosen ein. Gleichzeitig hatte sich Schwarz um eine Schüssel gekümmert, in die sich Uhl jetzt erbrach. Rot verfärbte Flüssigkeit.
Sibylla zog Anna mit sich fort. »Wir können nicht helfen, Anna.« Erst auf der Treppe nahm die Fuggerin sie beiseite. »Hast du nicht die Früchteschale zubereitet. Gestern noch?«
Erstaunt sah Anna hoch und nickte.

»Schwarze und rote Johannisbeeren mit Kirschen, dazu Eiklar und Rindergelatine.«

»Welchen Alkohol hast du dafür benutzt? Sei ehrlich. Den aus den Armenhäusern?«

Annas Augen weiteten sich. In ihr keimte ein fürchterlicher Verdacht.

»Raimund hat ihn für den Haushalt kaufen lassen. Er stammt aus der Brennerei des Binternagel-Sohns!«

Sibylla nickte mehrmals mit dem Kopf. »Hannes! Ich dachte es mir. Ein dummer Mensch. Ein dummer Mensch!«

Doch dann blieb sie abrupt mitten auf der Treppe stehen, als sei ihr ein Einfall gekommen. »Jakob trinkt keinen Alkohol! Das weiß jeder in dieser Stadt«, sagte sie leise. Anna prallte gegen sie und hätte sie beinahe hinuntergestoßen. »Weder Wein noch Bier, noch Brand.«

Die Amme fuhr sich mit der Hand an den Mund, als sie begriff, was dies bedeutete. Das Gift hatte nicht Jakob gegolten. Doch wem sonst?

KAPITEL 20 Sibylla blickte ängstlich nach links und rechts. Sie zog ihre Kapuze tiefer übers Gesicht.

»In dieser Aufmachung wird Euch niemand erkennen, Herrin!«, raunte ihr Anna zu. »Es sei denn, Ihr bleibt noch eine halbe Stunde vor der Tür stehen. Dann wird man sicher auf Euch aufmerksam.«

Sie schob ihre Herrin vor sich her in die Badstuben. Eine dampfig-warme Luft, die sich schwer atmen ließ, empfing sie. Sofort begann Sibylla unter ihrem Überhang zu schwitzen.

Seit sie am Weinmarkt wohnten, hatte sie keine allgemeine Badstube mehr betreten. Jakob hatte ihr eine Kupferwanne schmieden lassen, die zweimal die Woche gefüllt wurde. Ein Besuch beim Bader war überflüssig geworden. Die Geselligkeit im warmen Nass vermisste sie. Zu Hause saß sie meist allein im heißen Wasser und ließ sich einweichen. Allenfalls ein Harfner hinter einem Sichtschutz oder in einem Nebenraum erfreute sie. Nur Anna und eine weitere Zofe bedienten sie dann, schwatzten und lachten mit ihr. Kein Vergleich mit dem Treiben in einem öffentlichen Bad, obwohl sie früher gern in Gesellschaft gebadet hatte – zusammen mit Jakob.

Musik umschmeichelte sie. Eine sanfte Stimme, von Lautenmusik begleitet, sang von der tragischen Liebe eines Jünglings zu einer verheirateten Frau. Sibylla kannte das Lied und musste einmal tief einatmen. Es drückte ihr auf die Brust. Sie biss sich auf die Lippen und schmeckte bitteren Speichel. Als wüssten die Musiker, warum sie hier war. Langsam schälten sich Einrichtung und Räumlichkeiten aus dem Dunst. Vom Vorraum aus gingen links und rechts zwei Abteile ab, eines für Frauen, eines für Männer. Dort entledigte man sich der Kleider. Anna bugsierte ihre Herrin in die Umkleide. Sie war nur mit Tüchern abgehängt und jetzt leer. Hastig begann sie Sibylla zu entkleiden.

»Sonst verschwitzt Ihr noch die frische Wäsche!«, behauptete sie energisch.

Sibylla lauschte der Laute, dem Gelächter. Mindestens drei Frauen – und ebenso viele Männerstimmen unterschied sie. Die von Konrad befand sich nicht darunter. Sibylla versuchte, in dieser schweren Luft tief einzuatmen, doch es gelang ihr nicht. Ihr war, als laste ein unsichtbarer Ernst auf der spielerischen Leichtigkeit dieses Treffens.

Sie achtete nicht auf Annas Handgriffe und war ein wenig überrascht, als sie sich völlig bloß fühlte. Ihre Nacktheit empfand sie als wohltuend, so direkt in Berührung mit der warmen und feuchten Luft. Es schien ihr, als würden seidene Handschuhe über die Haut streichen. Sie breitete die Arme aus und drehte sich in der Wärme, ließ sich vom Gelächter und der Musik einwickeln.

Auch Anna entkleidete sich. Sibylla bemerkte interessiert, dass

die Amme alt wurde, dass ihre Formen zerflossen und einer Landschaft aus Falten Platz machten. Das war der Lauf der Dinge. Sie grub ihre Spuren in die Körper der Menschen, als wären sie Pergament, auf das die Geschichte ihres Lebens aufnotiert würde. Jede Narbe, jede Runzel, jeder Krähenfuß erzählte von Verstimmungen und Glück, von Enttäuschungen und Freuden. Für einen kurzen Augenblick überlegte Sibylla, wie es wäre, wenn es den Jungbrunnen der Märchen tatsächlich gäbe und man über die Gnade der ewigen Jugend verfügen könnte. Doch sofort verwarf sie den Gedanken wieder. Ewige Jugend war keine Gnade, sondern eine Strafe. Ewig glatte Haut und dauerhafte Schönheit waren ein Fluch, denn sie hielten den Menschen in der Gegenwart fest, wo er doch dafür geschaffen war, zwischen Vergangenheit und Zukunft zu pendeln. Und je mehr Vergangenheit er hinter sich gelassen hatte, desto leichter fiel es ihm, in die Zukunft zu blicken. Nicht, weil diese mit jedem Tag kürzer wurde, sondern weil er allmählich begriff, dass sie sich ewig gleich blieb und nur der Blick der Jugend Veränderung vorgaukelte. Mit dem Alter gewann dieser Blick an Schärfe. Er wurde damit durchdringender und vermochte zwischen Blendwerk und Wirklichkeit zu unterscheiden.
Bevor sie beide durch die Tücherwand hindurch den Badeteil betraten, warf Anna sich und Sibylla ein Seidenhemd über, das durchscheinend war, jedoch der Auflage entsprach, nicht gänzlich nackt das Bad zu betreten.
Niemand beachtete sie, als sie aus der Umkleide schlüpften.
Das Bad selbst war in zwei Becken unterteilt, aus Tuffstein gehauen, die mit Tüchern verhängt waren. Im Hintergrund rumorte unsichtbar ein Schöpfrad, das vermutlich die Wannen mit dem Wasser der städtischen Kanäle füllte, deren Zufluss jetzt jedoch verschlossen war. Dafür goss eine Baderstochter, die in ein weißes Nichts gekleidet war, Eimer um Eimer in die vordere Wanne, in der sich sechs Personen vergnügten. Die Kerzen hinter den feinen Tüchern ließen die Personen im Be-

cken hindurchschimmern, gaben aber den Blick nach außen nicht frei. Sibylla wusste, dass sie für die Badenden nur ein vager Schatten war.

Sie verharrte und beobachtete eine Zeit lang das Treiben fasziniert. Sie kannte die meisten der Badenden. Jugend der Stadt. Die Söhne des Rem und des Ilsung. Der dritte Jüngling wandte ihr den Hinterkopf zu, so dass sie nicht genau wusste, wen sie vor sich hatte. Jedoch kam ihr das schüttere Haar bekannt vor. Die Mädchen waren einfache Bürgerstöchter mit netten Gesichtern. Über dem Becken lag ein Schragen, auf dem Becher mit Getränken, Obst und Geflügel aufgetischt waren. Die Frauen warfen den Männern Kirschen in die offenen Münder, und wenn sie fehlten, musste man sie aus dem Wasser tauchen. Dass dabei die Hände überall Halt suchten, verstand sich. Gekreische und Gejohle füllten die Stube bis unter die Decke.

Sibylla lauschte den Stimmen, bis sie sich losreißen musste, denn Anna schob sie vorwärts, in Richtung des zweiten Beckens. Das war vom ersten ebenfalls durch ein Tuch abgesondert. Früher hatten Frauen und Männer getrennt gebadet, doch die Zeit war vorüber. Jetzt konnten Patrizier die Becken für sich mieten und gemischt baden, solange keine Unzucht getrieben wurde.

Als sie das Tuch beiseite schlug, saß Konrad im lauen Wasser, die Arme am Rand abgestützt, jedoch völlig unbekleidet. Zuerst fuhr Sibylla sich überrascht an den Mund. Anna zog hinter ihr die Tücher wieder zu. Jetzt stand sie allein vor Konrad Rehlinger.

»Schön, dass Ihr gekommen seid, Sibylla«, begrüßte er sie. Sie bemerkte seinen Blick, der an ihr auf und ab glitt, konnte jedoch kein Schamempfinden an sich selbst bemerken.

Bevor sie darüber nachdenken konnte, was sie tun sollte, betrat die Baderstochter den Beckenraum. Sie lächelte Sibylla zu, musterte sie kurz und fragte einfach:

»Wollt Ihr Euer Hemd anbehalten?«

Sibylla schickte einen schnellen Blick zu Konrad hinüber. Dessen Körper wirkte trotz seines Alters zwar noch muskulös, ließ aber die ersten Polster erkennen. Sie wurden beide nicht jünger. Die Haut über dem Wasser glänzte feucht.

Sie hielt der Baderstochter die Hände hin, bückte sich, und diese streifte ihr das Hemd über den Kopf. Dann half sie ihr über eine hölzerne Treppe ins Wasser. Konrad ließ sie nicht aus den Augen. Als sie sich ins Wasser gleiten ließ, schwammen ihre Brüste ein wenig auf und schienen sie zu Konrad hin tragen zu wollen.

»Ruft, wenn Ihr etwas benötigt«, flötete die Baderin.

»Bringt Brot, Wein und Geflügel, Maid. Und ein wenig von dem Öl, wenn Ihr so lieb sein wollt.«

Hinter Sibylla stieg das Mädchen auf den Beckenrand und ließ von dort oben Öl ins Wasser laufen. Rosenöl. Der weiche Duft hüllte Sibylla sofort ein, und von nebenan drangen »Ahs« und »Ohs« herüber. Eine reichliche Flasche leerte die Baderin ins Wasser und schüttete einige Tropfen eines anderen Öls hinzu, das Sibylla bis dahin nicht gekannt und noch niemals gerochen hatte. Ein wenig scharf, ein wenig mild, und doch verführerisch und schmeichelnd für die Nase. Es betörte die Sinne und ließ ihre Lippen trocknen, obwohl sie von Wasser befeuchtet wurden.

»Konrad, was habt Ihr da eingießen lassen?«, fragte sie und ließ sich mit geschlossenen Augen und angezogenen Beinen im seichten Becken auf Konrad Rehlinger zutreiben.

Er lachte verhalten und fing sie mit den Händen auf.

»Ein Aphrodisiakum, Sibylla«, flüsterte er ihr ins Ohr.

»Was braucht Ihr ein Liebesmittel?«, fragte Sibylla spöttisch und entzog sich seinen Armen, die sie zu ihm her ziehen wollten. »Seid Ihr Euch Eurer Wirkung nicht mehr sicher?«

»Kein Mann ist sich der Frauen sicher«, erklärte Konrad. »Dazu müsste er schon Frau sein.«

»Habt Ihr Euren philosophischen Abend?«, stichelte Sibylla und lehnte sich wie Konrad an den Beckenrand. Mit den Armen eingehakt konnte man sich in der Schwebe halten. Ihre Beine berührten einander. Sibylla betrachtete Konrads Geschlecht durch die vom Öl leicht getrübte Oberfläche des Wassers. Sie schmunzelte, weil sie sich nicht sicher gewesen war, ob sie ihn noch beeindrucken konnte.

Mit den Zehen glitt sie seine Unterschenkel hinauf und hinunter. Ihr Schoß schwamm auf. Die Haare ihrer Scham schimmerten rötlich.

»Rosenölfarben. Man könnte Gedanken spinnen über die Farbe Rot«, flüsterte er ihr zu.

Empört tauchte sie mit ihrem Körper zurück ins tiefere Wasser, musste jedoch ein Lächeln verbergen. Männer waren einfache Menschen. Kaum nahmen sie den Schoß einer Frau wahr, kreiste ihr ganzes Denken nur noch darum, wie er zu besitzen wäre. Das störte sie zwar nicht, aber die Schnelligkeit dieser Gefühle verblüffte sie immer wieder. Und es verblüffte sie, dass Konrad auf ihren Körper noch immer reagierte.

»Es ist gewagt, was Ihr hier treibt«, sagte sie.

»Ich habe ein Bad bestellt und Freunde geladen! Daran ist nichts Verwerfliches.«

Sibylla schnellte hoch, dass es spritzte.

»Freunde? Wer kommt noch?« Konrad schmunzelte, blieb jedoch gelassen. Er ließ los und tauchte langsam unter. »Konrad, wollt Ihr mich vertreiben? Wer noch?«

»Niemand sonst. Seid beruhigt. Wir sind allein.« Er lächelte sie an und ließ seinen Blick an ihr entlang gleiten. Jetzt erst bemerkte Sibylla, dass sie im Becken stand, hüllenlos, die Hände in die Hüften gestützt.

Ihr fuhr ein Stich durch den Körper, als wenn jemand ein Feuer an ihren Füßen entzündet hätte, das sich mit rasender Geschwindigkeit ausbreitete.

Sibylla bespritzte ihn, damit er die Augen schließen musste.

Rasch ließ sie sich wieder ins Wasser sinken. Die Luft fühlte sich kühl an.

»Was sagt Eure Frau dazu, Konrad?«

Er sah sie spitzbübisch an.

»Ich habe sie nicht gefragt. Ihr etwa?«

»Glaubt Ihr nicht, das alles«, sie deutete mit der Hand rundum, »ist die Vorkehrung zum Ehebruch? Selbst in Gedanken ist er eine Todsünde.«

»Heißt es nicht eher: Liebet Euren Nächsten. Nun, Sibylla Fugger …«

»Pst, nicht so laut«, schnitt sie ihm das Wort ab und zeigte nach gegenüber.

»… Ihr seid mein Gegenüber. Euch will ich lieben!«

»Getraut Euch!«

Sibylla genoss die Wortplänkeleien. Aber da war noch mehr. Sie fühlte, dass Konrad ebenso unsicher war wie sie und seine Nervosität nur hinter Spott und Schalkerei zu verbergen suchte. Dafür liebte sie ihn.

»Gern, Frau Sibylla. Ich bin nämlich durchaus der ketzerischen Ansicht, man könne mehr als einen Menschen lieben, mehr als eine Frau zumindest. Solange man ihnen in Gedanken treu zur Seite steht, darf man …«

»Langweilt mich nicht mit Eurem Geschwätz, Konrad«, gurrte Sibylla. »Ich habe Hunger!«

»Worauf?«, fragte Konrad spitzbübisch. Doch sein Blick war keineswegs spöttisch, sondern von einer sanften Milde, die ihr das Herz öffnete.

Als hätte sie hinter den Tüchern auf das Stichwort gewartet, trug die Baderstochter das gewünschte Essen auf, stellte zwei Krüge mit Wein dazu und schlüpfte ein drittes Mal durch die Tücher, um Seife, Bürste und Kardendisteln bereitzulegen. Diesmal hatte sie sich halb entkleidet und war bereit, in das Becken zu steigen, um die Herrschaften zu säubern.

»Lasst. Ich übernehme das«, bestimmte Konrad und begann,

nachdem sich die Baderstochter verabschiedet hatte, Sibylla einzuseifen und die Haut mit einer Bürste zu bearbeiten. Sibylla ließ es zu, schloss die Augen, genoss Konrads Berührungen.

Plötzlich fuhr sie kerzengerade auf. Die Stimme aus dem anderen Becken! Sie kannte die Person. Wie Schuppen fiel es ihr von den Augen.

»Konrad«, flüsterte sie. »Nebenan vergnügt sich …« Sie wagte den Namen nicht auszusprechen.

Konrad legte die Hand auf den Mund.

»Ihr könnt Euch so wundervoll erregen«, flüsterte er in ihr Ohr.

»Ich höre ihre Gespräche. Sie werden die unseren mitgehört haben.«

»Die weder unsittlich noch peinlich waren.«

Sibylla aß kaum etwas. Sie verspürte keinen Hunger mehr. Konrad ließ nicht ab. Die Kardendisteln verursachten ein Brennen auf der Haut, das sich bis zwischen die Beine fortsetzte und übermächtig zu werden drohte. Schon lange hatte niemand mehr so ausgiebig ihren Körper berührt, ihn gestreichelt, ihn gereizt. Egal, ob Raimund Fugger neben ihnen planschte oder nicht. Eine Sanftheit, eine verspielte Zärtlichkeit wie die Konrads hatte sie vermisst. Jahrelang vermisst.

»Jetzt will ich Eure Verspannungen lösen«, flüsterte Konrad und geleitete Sibylla aus der Steinwanne. Er öffnete die Tücherwand im hinteren Teil. Sie gab einen Raum mit einem Tisch frei, über den weißes Linnen lag, dazu ein halbes Dutzend Kissen, um den Körper zu lagern.

»Legt Euch auf den Tisch, und lasst Euch walken!«, befahl Konrad, und Sibylla gehorchte willig.

Im Augenwinkel glaubte sie eine Person wahrzunehmen, die von außen in ihr mit Kerzen beleuchtetes Becken starrte. Doch die Tücher verhinderten eine klare Sicht. Sie konnte sich ebenso gut täuschen, wollte die Wahrheit gar nicht erfahren.

Sie wollte nicht darüber nachdenken, was jetzt geschehen mochte, wollte nicht bei klarem Verstand sein. Sie ließ sich von dem Wasserkessel in dem kleinen Raum benebeln, den ein Kaminfeuer zum Kochen brachte. In ihn warf Konrad jetzt Kräuter, deren Duft sofort den Raum füllte. Sie legte sich bäuchlings auf den Tisch und sehnte Konrads Hände herbei. Eine Ewigkeit ließen sie auf sich warten, bis sie kräftig und dennoch sanft über ihren Hals, ihren Rücken glitten, hier drückten, dort zogen, hier mit den Daumen kreisten, dort abstrichen. Wie zufällig glitten die Hände über ihr Gesäß, über ihre Oberschenkel, reizten die Innenseiten ihrer Schenkel. Sibylla versank immer tiefer in Nebel und Dunst ihrer Erregung. Der Lautner sang vom Liebesschmerz, und endlich wusste sie, was tatsächlich damit gemeint war, nämlich dieses unerträgliche Warten auf das, was zwei Menschen sich am sehnlichsten wünschten. Sie fühlte, dass zu den Händen Konrads Zunge hinzugekommen war, fühlte das Zittern, das durch ihren Körper lief und das Aufgehen in dieser Welt, das immer dann eintrat, wenn die Ekstase einen Punkt überschritt, an dem ein Zurück unmöglich wird.

KAPITEL 21 »Schwarz, helft mir, es macht mich noch verrückt. Die ganze Welt scheint aus den Fugen.«
»Die Nachrichten schlagen ein wie gut gezielte Geschosse, Herr Fugger! Aber sie riechen ein wenig streng.«
Sie standen sich gegenüber, jeder einen Berg von Papieren vor sich. Jakob verschwammen die Schriften vor den Augen. Das Alter schnitt ins Augenlicht. Auf die Nähe sah er bald nichts mehr, schon deshalb genoss er die Hilfe seines Hauptbuchhalters. Der ließ sich nicht anmerken, ob er die Schwäche seines Herrn bemerkte.
Neben den Pulten hingen die Taschen der beiden Boten, die heute in Augsburg eingetroffen waren und die der Holz- und

Papieratmosphäre der Goldenen Schreibstube einen schweißigen Pferdegeruch beimengten. Schwarz rümpfte die Nase.
»Mein lieber Hauptbuchhalter«, sagte Jakob beiläufig, während er die Post sichtete, »der Anschein mag gegen die Boten sprechen oder soll ich sagen: riechen. Die Notwendigkeit wird Euch sicherlich überzeugen.«
Schwarz verbeugte sich. Wenn man seine Geckenhaftigkeit gegen Jakobs biedere Kaufmannsseriosität stellte, schnitt Fugger schlecht ab. Man hätte ihm gerade noch zugetraut, den Milchkessel aufzustellen, um ein wenig Trinkbares zu erwärmen.
»Ihr werdet es mir beweisen, Fugger.«
»Lasst hören, Schwarz!«
»Der Erzbischof von Mainz-Brandenburg-Magdeburg-Halberstadt«, Schwarz dehnte den Titel genüsslich, um seine Absurdität zu kosten, »will eine erste Abrechnung für die Palliumschuld, die ihm fünfzig vom Hundert der Ablasseinnahmen kostet. Soll ich sie ihm zusenden?«
»Tut das. Und verfahrt großzügig. Achtzehn Männer sind in unserem Auftrag in den Diözesen als Ablasssammler unterwegs, damit alles nach rechten Dingen zugeht. Sie kosten.«
Der Buchhalter griff zum nächsten Papier. Ein Lächeln breitete sich über sein Gesicht aus.
»Der Kaiser lässt betteln.«
Jakob stöhnte. »Er wird dereinst unseren Ruin herbeiführen. Versteht denn Seine Majestät nicht, wie Geld zustande kommt? Wie viel? Wofür?«
»Er will den Infanten Karl nach Spanien schicken.«
»Und braucht dazu Fugger-Wechsel.«
»Könnt Ihr Gedanken lesen?«
»So etwas Ähnliches. Mich treibt eine Vorahnung.« Jakob lächelte schmal. »Wie hoch ist das Begehr?«
»Es liegt bei nur 94 000 Gulden.«
»Ein Taschengeld also«, spottete Fugger.

»Englische Kredite laufen über unsere Konten in Antwerpen, solange Maximilian gegen Franz I. Krieg führt.«

»Was nur recht und billig ist. Wie hat sich Antwerpen entwickelt in den letzten Jahren, Schwarz?«

Der blätterte in seinem Kontenbuch, ließ eine Seite offen liegen, las und deutete die Zahlen.

»Der Barchentmarkt floriert. Wir übernehmen einen Großteil der schwäbischen Weberei. Die englischen Kreditwünsche sind moderat, Zahlungen seitens der Krone werden mit fünf vom Hundert abgerechnet. Ein Zuwachs von gut zweihundert Prozent in fünf Jahren.«

»Schwarz. Schreibt nach Warschau zu Raimund und Anton, sie sollen gegen Jahresmitte weiter nach Antwerpen, sich dort Kenntnisse verschaffen, danach über Lissabon nach Marseille und Genua. Anton soll nach Rom weiterreisen und Raimund hierher nach Augsburg zurückkehren.«

»Das wird dem Heißsporn nicht schmecken. Warum habt Ihr die beiden überhaupt fortgeschickt?«

Die Frage stand im Raum wie ein Stück Fels, das den Weg blockiert. Jakob sah Matthäus Schwarz an, als stünde ihm ein Fremder gegenüber.

»Seid Ihr mein Beichtvater?«

»Wenn es die Umstände verlangen, mag das wohl zutreffen. Ihr seid nicht bei der Sache, Fugger.«

Jakob sah seinen Hauptbuchhalter scharf an. Schwarz war unabhängig. Das Geld, das er von der Mutter geerbt hatte, verschaffte ihm ein sorgenfreies Leben. Für den Fugger arbeitete er nur der Ehre halber, den Räten zum Ärgernis. Er war ein Schalk, ein intelligenter Beobachter städtischer Politik. Die Frauen liebten ihn so sehr, wie ihn die Männer für seinen Jahrmarktsaufzug hassten. Für ihn, Jakob Fugger, zählte sein buchhalterischer Geist, der so mühelos mit den Konten und Zahlen umsprang, als lägen sie ihm im Blut, was tatsächlich stimmen mochte. Nur er selbst konnte ihm darin das Wasser reichen.

»Was geschieht mit Lagerbestand, Schwarz, wenn er eine bestimmte Liegezeit überschritten hat?«

»Je nach Ware sollte man ihn veräußern. Auch zu einem geringeren Preis, denn das Lager verursacht Kosten. Oder aber, man lässt den Bestand verderben, wenn man dafür einen höheren Gesamtpreis erhalten oder sogar einen solchen erst durch Verknappung erhalten kann. In beiden Fällen wird Lagerbestand zu einem bestimmten Zeitpunkt lästig, weil er Platz einnimmt und den Kaufmann ständig an eine versäumte Gelegenheit, womöglich sogar einen Fehler erinnert. Das tut nicht gut. Weg damit!«

Jakob nickte. So oder zumindest so ähnlich sah er die Dinge auch.

»Deshalb musste Raimund fort. Er lag mir in den Ohren wegen Sibyllas Lebenswandel.« Jakob suchte in Schwarzens Augen nach einem spöttischen Blick, nach einer Anschuldigung, doch diese blickten neutral und beinahe unbeteiligt.

»Ich glaube, ich verstehe Euch.«

»Versteht Ihr wirklich? Wir sind kinderlos geblieben, wie jeder weiß und sieht. Doch ist das nicht die Ursache für den versteckten Gram, der sich über die Jahre zwischen Sibylla und mir angestaut hat, wie das Wasser um eine Biberburg herum, und alles an Gefühlen zu ertränken beginnt. Es ist ... sie hat ... ihr fehlt ein Mann. Sie ist noch jung, noch voller Lust und Zärtlichkeit und Verlangen. Ich kann ihr das nicht mehr gewähren. Versteht Ihr?« Schwarz nickte.

Jakob hob verwundert die Augenbrauen, weil er selbst nicht verstand, was ihn veranlasste, diesem jungen Gecken von sich zu erzählen, von seiner Familie. Niemand durfte davon wissen. Es ging auch niemanden etwas an. »Ihr schweigt von dem, was ich Euch erzählt habe, Schwarz! Es ist die Sentimentalität eines alten Narren. Zurück an die Arbeit. Was steht noch in den Briefen?«

»Wir sollten den Papst unterstützen, Herr. In Wittenberg soll ein Mönchlein aufrührerische Thesen an eine Kirchentür genagelt haben. Neunundneunzig an der Zahl. Wie ein Lauffeuer verbreiten sie sich übers Land. Die neuen Druckereien, die Offizien, arbeiten schnell.«

»Wem gehören die Offizien? Woher kommt das Papier?«

»Alles in Fuggers Händen.«

»Gut so. Mönche, die gegen die alte Kirche wettern, gibt's zuhauf. Da sollte man sich an dem einen oder anderen scharfen Wort beteiligen. Das belebt die Geschäfte.«

»Mehr Papier nach Wittenberg?«

»Wittenberg also. Hinauf mit dem Papier. Was weiter?«

»Der neue Bischof der Diözese Augsburg, von Stadion, lädt Euch nach Dillingen ein.«

»Was will der Bischof?«

»Auf gut Wetter machen, weil Ihr beim letzten Fastenessen zu wenig Brot habt backen lassen und ihn so dem Gespött ausgeliefert habt.«

»So ist er selber schuld. Antwortet ihm, wir geben uns die Ehre.«

Matthäus Schwarz erbrach das nächste Siegel, glättete den Brief und begann zu lesen. Dann drehte er den Brief um, betrachtete das Siegel genauer.

»Eure Faktoren sind direkte Menschen«, kommentierte Schwarz mit heiserer Stimme. »Sie kommen schnell zum Wesentlichen.«

»Da können sie mit Euch mithalten«, warf Jakob ein. »Woher ist das Schreiben?«

Schwarz drehte das Papier unschlüssig. Lächerlich sah er aus, wie er mit offenem Mundwerk dastand und den Kopf schüttelte.

»Schlechte Nachrichten?«, bohrte Jakob, den die Verblüffung dieses sonst so lebhaften Mannes verunsicherte.

»Ich glaube, das solltet Ihr selbst lesen«, krächzte Schwarz und reichte ihm das Blatt über das Pult hinweg.

»Gebt her!«
Jakob überflog die Zeilen.
»Sehr klar formuliert.« Jakob murmelte den Inhalt vor sich hin: »Ihr werdet sterben!« Dann drehte auch er den Brief hin und her, doch nirgends gab er seinen Absender preis. Jakob ließ das Schreiben sinken. Er musste sich setzen. »Die Menschen sind Legion, die mich am liebsten gestern als heute unter der Erde sehen wollten«, sagte er von der Bank aus, die er für Sibylla hatte ins Kontor schaffen lassen.
»Von wem ist das Schreiben?«, bohrte Schwarz.
Jakob schüttelte sich, kam wieder zu sich. Akribisch begann er den Brief zu untersuchen.
»Kein Siegel, das ich kenne.«
»Wer sollte Euch nach dem Leben trachten?«
»Oh«, sagte Jakob, »ich weiß auch nicht so recht. Auf den ersten Gedanken fallen mir nur die Welser, die Herwart, die Ilsung, die Langenmantel, die Baumgartner, die Herbrot, Bimmel, Heintzel, Vetter, Imhof, Gossembrot, Ridler, Hoser, Vittel, Hörnlin, Strauß und Schaller ein. Womöglich habe ich den einen oder anderen weniger bedeutenden Kaufherrn vergessen.«
»Nun, dann ist die Zahl der Täter ja begrenzt. Die Oberen der Stadt Augsburg, mehr nicht.«
Jakob trat zum Fenster und blickte hinaus. Er hörte kaum noch auf die Worte seines Hauptbuchhalters. Dabei sprach Schwarz nur das aus, was ihm durch den Kopf geschossen war.
»Wie kommt ein solches Schreiben in die Tasche eines Fuggerboten?«

KAPITEL 22

»Herrin, eilt euch, Jakob Fugger liegt im Sterben!«
Anna hatte ihr die Nachricht überbracht, rot im Gesicht, verschwitzt, mit tränenfeuchten Augen. Unfähig sich zu bewegen, ja einen Ton von sich zu geben, starrte Sibylla auf ihre

alte Amme, ohne sie wirklich zu sehen. Unwillkürlich griff sie nach ihrem Amulett. Sie verbrannte sich beinahe daran, so kalt war es.

»Im Sterben?«

»Sie haben ihn eben gebracht. Aus Dillingen. Er ist nicht mehr bei Bewusstsein.«

»Strafe Gottes«, flüsterte Sibylla. Sie fühlte, wie ihr ein Zittern über den Körper lief. »Die Strafe Gottes für seine Vermessenheit.«

Dabei dachte sie nicht nur an Jakobs Fehltritte. Die Ereignisse der letzten Tage zogen an ihr vorüber. Die Verletzungen, die sie sich gegenseitig zugefügt hatten. Sie hatten sich gestritten, bevor er nach Dillingen gefahren war, und Sibylla hatte dabei Dinge gesagt, die ihr so noch nie über die Lippen gekommen waren. Kurz bevor sie aus der Tür gestürmt war, hatte sie noch einmal innegehalten.

»Was soll ich mit dem Stein?« In ihren Ohren klang das Kreischen ihrer Stimme nach.

»Es ist der Stirndiamant des Sultans von Kairo. Nicht irgendein Stein!«, hatte Jakob gerufen. »Eine Rarität. Nicht einmal der Kaiser besitzt solches Kleinod.«

»Dafür besitzt er anderes«, hatte sie gefaucht, sich aber nicht zu sagen getraut, was sie dachte.

Nackt war sie in seinem Schlafzimmer gestanden und hatte gefroren, während er ihr in voller Kleidung den Diamanten in den Schoß gelegt hatte. Sie wollte keine kalten Steine mehr auf ihrer Haut dulden. Sie wollte Wärme, wollte das sanfte Streicheln von Haaren spüren, das Kitzeln, wenn Fingerkuppen ihre Härchen berührten, das Knistern hören, das trockene Hände darauf verursachten, nicht das helle Klacken von Edelsteinen.

Wütend hatte sie sich etwas übergeworfen, war zu sich in den Hausteil ihrer Eltern hinübergegangen und dort in ihr Bett geschlüpft und hatte die Decke über den Kopf gezogen. Sie hatte von dieser Welt nichts mehr sehen wollen.

Jakob war nicht gekommen, sondern ins Kontor hinübergegangen.
Konrad hatte sie besucht, am folgenden Tag. Da war Jakob bereits unterwegs nach Dillingen zu Bischof von Stadion gewesen.
»Herrin, wenn Ihr ihn noch lebend sehen wollt, dann müsst Ihr Euch beeilen. Die Ärzte stellen ihm kein gutes Zeugnis aus. Sie sind froh, wenn er noch einmal das Bewusstsein erlangt, um zu beichten und die letzte Ölung zu empfangen.«
Sibylla nickte. Natürlich musste sie zu Jakob gehen. Hatte der Herr ihre Gebete dieser Nacht erhört? Hatte er ihre tiefsten Wünsche erkannt und ihr einfach nur helfen wollen? Dieser Gott, der zusah, dass Männer wie Jakob Fugger sich die Kirche untertan machten, die Posten kauften wie andere Kiesel sammelten? Diese Kirche, die ihre Gläubigen als Milchkuh betrachtete, die man beliebig melken konnte? Die Kirche, deren Bischöfe, Kardinäle und Päpste etwa so viel von Glauben verstanden wie die Pferde, die in den hinteren Stallungen untergebracht waren?
»Was ist geschehen, Anna?«, fragte sie matt.
»Der Bischof hat ihn vergiftet!«
»Vergiftet? Der Bischof?«
Konrad und sie hatten zusammen musiziert und gesungen. Die Laute war erklungen, und Sibylla fühlte noch immer seine Hände auf ihrem Rücken, so wissend, so zart. Pläne hatten sie geschmiedet, weit hinein in eine Zukunft, die so fern lag, dass man ohne Gewissensbisse von ihr träumen konnte. Zusammen träumen.
Jetzt berührten sich Vergangenheit und Zukunft plötzlich in einer brutalen Gegenwart. Sie verstand diese Welt nicht mehr. Sibylla versuchte in sich eine Regung zu finden, die dem Schicksalsschlag angemessen gewesen wäre. Doch sie fand nur Leere, wo Gefühl hätte sein, fand Kälte, wo Wärme sich hätte ausbreiten sollen. Ihre Wangen blieben trocken.

Anna hatte sie am Arm gefasst und zerrte sie hinter sich her. Sibylla ließ es willenlos mit sich geschehen. Im Innenhof standen die Pferde. Sie dampften noch. Schaum hing ihnen von den Lippen. Ihre Flanken zitterten. Der Wagen war nicht ausgespannt worden.

»Im Galopp sind sie von Dillingen zurückgefahren«, informierte ihre Amme sie.

Es roch säuerlich nach Erbrochenem und einem unbekannten Duft, von dem Sibylla annahm, dass es der Tod war.

Anna zog sie hinauf in den ersten Stock zu Jakobs Zimmer.

Matthäus Schwarz, der Buchhalter, empfing sie.

»Jetzt nicht. Die Ärzte sind gerade bei ihm. Wir sollten sie nicht stören.«

Sibylla nickte nur.

Jakob hatte ihr den Stein zusammen mit einem Beutel Goldgulden vor die Füße geworfen und geschimpft, sie habe keine Ahnung, wie das Geld zustande komme. Es sei schmutziges Geld, hatte sie ihm geantwortet, Teufelspfennige seien es.

Sie hatte ehrlich mit ihm gesprochen, vielleicht das erste Mal wirklich ehrlich.

Nicht den Reichtum hatte sie gewollt, sondern Anerkennung, nicht nur den Glanz des Goldes, sondern den Glanz des Namens.

»Was habe ich nach all den Jahren erhalten?«, fragte sie ihn verbittert. »Einen Haufen unredlichen Handelns gegen alle Gesetze Gottes und einen Mann, der keinerlei Skrupel vor dem Leben hat, sondern es verschacherte für dreißig Silberlinge. Einen Mann, der mit seiner Gier vor nichts und niemandem Halt macht, der unersättlich ist.«

Es war die Raffgier gewesen, die Jakob seinen Stand bei den Augsburger Geschlechtern verwehrt hatte. Aber eben nicht nur ihm, sondern auch Sibylla, der Tochter eines angesehenen Patriziers. »Fuggern« schimpften sie sein Verhalten – und hatten damit nicht Unrecht.

»Sie verachten dich, Jakob!«, hatte sie geschrien. »Sie verachten dich und mich mit dazu. In dieser Stadt bin ich nichts. Ich kann es nicht mehr ertragen. Und das alles nur, weil du nicht zufrieden sein kannst mit dem, was du erreicht hast.«
»Zufrieden mit dem, was ich habe?«, hatte er geantwortet und war dabei ganz ruhig geblieben. »Niemals! Warum auch? Liegt das Geld nicht auf der Straße, und muss man es nicht einfach aufheben und nur ein wenig vom Schmutze reinigen?«
»Du verwechselst etwas. Deinen Dreck der Straße nenne ich Mensch.«
Ihre eigene Stimme verklang in ihrem Kopf, als sich die Tür öffnete und Occo erschien, der Medicus. Eine Bittermiene trug er vor sich her. Die Mundwinkel herabgezogen, den Blick zu Boden geheftet.
»Seine Feinde haben gewonnen«, begrüßte er Sibylla und hielt sie zurück, weil Anna sie an ihm vorbei in die Kammer schieben wollte. »Nicht jetzt. Er ist ohne Bewusstsein.«
Sibylla hörte, wie Jakob stöhnte. Er warf sich im Bett hin und her.
»Ihr werdet mich nicht zurückhalten«, fauchte Sibylla.
»Wir müssen die Neffen informieren, Herrin«, sagte Matthäus Schwarz begütigend. »Sie sollten«, er räusperte sich, »ins Stammhaus zurückkehren.«
Sibylla schüttelte den Kopf. Raimund in Augsburg. Nein, das wollte sie nicht. Selbst aus der Erinnerung konnte sie ihn nicht ertragen.
»Er erholt sich bestimmt!«
Aus dem Augenwinkel sah sie, wie Occo und Schwarz schnelle Blicke tauschten, wie der Arzt leicht den Kopf schüttelte, wie der Hauptbuchhalter zu reden ansetzen wollte.
Sie schnitt ihm mit einer Armbewegung das Wort ab.
»Ich will jetzt zu ihm. Sofort. Untersteht Euch, hinter meinem Rücken etwas zu unternehmen, was nicht mit mir abgesprochen ist.« Etwas leiser fügte sie hinzu: »Holt Konrad Rehlin-

ger. Als Freund Jakobs und des Hauses sollte er anwesend sein. Rasch. Anna, geht, eilt.«
Sie schickte die Amme weg. Sibylla spürte Schwarzens Blick in ihrem Rücken, aber es interessierte sie nicht, was er dachte. Entschlossen öffnete sie die Tür. Zumindest für den Ruf der Familie musste sie den Schein wahren. Jakob war ihr angetrauter Gatte – und wenn er starb, würde sie seine Witwe sein. Im Triumph oder in Trauer.
Sie betrat die Kammer, die großzügig wirkte in ihrer Leere. Jakob wohnte spartanisch. Sie hatte ihn mit seinem mönchischen Stil immer gehänselt, der auf sie so karg und kalt wirkte wie er selbst. Ein Geruch lag in der Luft, der ihr den Atem nahm und an den sie sich erst langsam gewöhnte. Sie atmete mit offenem Mund.
Jakob lag auf dem Rücken, der Oberkörper durch ein Kissen leicht erhöht. Das Kinn war ihm auf die Brust gesunken, der Mund offen. Die Arme hatte man ihm auf die Decke gelegt. Flach und schnell hob und senkte sich der Brustkorb. Sein Gesicht fahlweiß mit eingesunkenen Wangen. Ein roter Speichelfaden lief ihm aus dem Mundwinkel und färbte sein Nachthemd. Der rechte Arm war verbunden. Dort hatte ihn der Arzt zur Ader gelassen. Sein gesamter Körper zitterte leicht.
Was für ein Humbug, dachte Sibylla, den Kranken, der ohnehin schwach war, weiter zu schwächen, indem man ihm Blut aus dem Körper fließen ließ. Das würde sie zu verhindern wissen, und wenn es das Letzte war, was sie als Fuggerin tat. Aus diesen Adern würde kein Tropfen mehr in die silbernen Schalen Occos abfließen.
Neben dem Bett stand ein Stuhl. Auf ihn setzte sie sich und betrachtete lange Jakobs Züge, die selbst in der Ohnmacht wie aus Holz geschnitzt wirkten. Sogar im Sterben entströmte ihnen Unbeugsamkeit. Sibylla wagte nicht, Jakobs Gesicht zu berühren.
In all den Jahren hatte sie nicht erlebt, dass Jakob sie einfach

so gestreichelt hätte, aus einer Laune, aus Verliebtheit, nicht einmal aus einem Begehren heraus. Lag es womöglich an seiner holzschnittartigen Wesenheit, die sie erst jetzt an ihm entdeckte?

Sibylla legte beide Hände in ihren Schoß. War es für solche Gedanken nicht längst zu spät? Angesichts des Todes konnte man vergeben, aber kein neues Leben beginnen.

Dennoch schmerzte sie der Gedanke, dass er sterben würde, ohne sich mit ihr versöhnt zu haben. Hatte ihre Bissigkeit letztens, ihre allzu harsche Ehrlichkeit ihn unvorsichtig werden lassen? Hatte sie dadurch sein Leben verwirkt? Er verehrte sie auf seine Weise – und sie hatte ihn zurückgestoßen.

Jakob stöhnte, warf den Kopf von links nach rechts, schluckte unkontrolliert, hustete. Plötzlich presste sich sein Schädel im Krampf gegen die Kissen. Sein Atem setzte aus. Sibylla fuhr hoch, hielt sich den Mund, um nicht zu schreien, dann zitterten Jakobs Lippen, die Lungen sogen Luft ein, und er sank erschöpft zurück. Sibylla griff seine Hand, beugte sich über ihn. Erst jetzt wurde sie sich bewusst, was sie getan hatte, und sie zuckte zurück.

Sollte sie sich nicht dafür schämen, ihm die sorgende Ehefrau vorzuspielen, während sie sogar am Totenbett ihres Ehegatten nach ihrem Liebhaber hatte rufen lassen, um die Last nicht alleine tragen zu müssen?

Sie hatte seine Hand nicht losgelassen, sondern weiter in der ihren gehalten. Plötzlich spürte sie einen leichten Druck.

»Jakob?«, flüsterte sie.

Seine Augenlider flackerten. Es kostete ihn sichtlich Mühe, sie zu öffnen. Auf Jakobs bleiche Wangen hatte das Leben rote Flecken gezeichnet.

»Keine Ärzte«, flüsterte er. »Kein Essen.«

Sibylla wusste nicht, was sie sagen sollte. Eine Welle der Erleichterung durchflutete sie und die Hoffnung auf einen inneren Frieden mit ihm. Tränen begannen zu fließen. Sibylla

schluchzte auf, hörte sich schreien: »Er lebt, er lebt!«
Sie wurde von der Macht ihrer Erleichterung mitgerissen, ohne dass sie sich dagegen wehren konnte. Wie hysterisch lachte sie, kichernd und schrill. Sie blickte zur Tür, sah durch den Tränenschleier hindurch Männer stehen. Anna drängte sich an ihnen vorbei. Sie hörte Stimmen, ohne zu verstehen, was sie sagten.
»Keine Ärzte«, rief sie, als sie bemerkte, dass Occo sich dem Bett näherte. »Er will es nicht. Er will es nicht!«
Dann verstummten die Stimmen, und Sibylla glaubte bereits, sie wäre wieder allein, doch eine Hand legte sich auf ihre Schulter. Eine Hand, die sie kannte, die sie wiedererkannt hätte aus Hunderten.
»Er wird es überleben«, sagte sie und schluchzte und wusste doch, dass in diesem Gefühlsausbruch mehr Lüge als Wahrheit lag.
»Er besitzt einen starken Willen, gegen den jedes italienische Gift machtlos ist.«
In diesem Augenblick schlug Jakob die Augen auf, sah Sibylla an, die sich über ihn beugte. Dann wanderte sein Blick an ihr vorbei und zu Konrad Rehlinger hin. Ein bitteres Lächeln spielte um seine Mundwinkel.

KAPITEL 23 »Ihr seid wie eine Spinne, die im Zentrum ihres Netzes sitzt, Jakob. Nur dass Ihr dieses Netz über ganz Europa ausgeweitet habt.«
»Ja«, bestätigte Jakob und ließ versonnen seinen Blick über die Kästen streichen, die seine Korrespondenz mit den Städten Europas enthielten. Sein Blick blieb an Sibylla hängen, die sich mit einer Handarbeit zu ihnen gesetzt hatte und aus dem Fenster sah. »Ihr mögt Recht haben, Maximilian.«
Er sah im Spiegel ihm gegenüber zwei alte Männer, die mühsam ihre Rücken gerade hielten. Erst mit dem zweiten Blick wurde ihm bewusst, dass sie Maximilian und Jakob hießen.

»Das habe ich, das habe ich. Und ich bin darin die Fliege, die Ihr eingesponnen habt und von der Ihr Euch nährt. Sie lebt und kann sich dennoch nicht bewegen, Fugger.«
Jakob lachte lautlos und entblößte dabei, was selten geschah, seine Zähne. Gesunde Zähne, die nur mit den Jahren gelb geworden waren. Sie waren mit ihm gealtert, dennoch war ihr Biss kräftig geblieben. Nie Zahnschmerzen, nie lockere Zähne, nie entzündetes Zahnfleisch. Darauf war er stolz.
»Ihr übertreibt, Majestät. Eure Macht hätte längst das Netz zerreißen können. Ihr seid kein Schmetterling, der sich darin verfängt, Ihr seid ein stolzer Käfer, der sich nicht um das Gespinst einer Spinne kümmert. Was sage ich, Ihr seid vielmehr ein Bär, der durch das Unterholz bricht und sich keinen Deut um das Gewebe rundum schert. Ihr holt Euch den Honig, und wenn sich zufällig eine Spinne zwischen Euren Tatzen verfängt, bemerkt Ihr sie nicht einmal, wenn Ihr Euch die Klauen leckt.«
Maximilian starrte ebenso wie er das Spiegelbild an, das vom Quecksilberglas leicht verzerrt wurde. Ein ums andere Mal fuhr er sich mit der Hand übers Gesicht. Seine Wangen wirkten eingefallen, das Antlitz durchzogen von tiefen Falten zwischen Wangen und Nase.
»Was ist geblieben vom Bären, Jakob? Nichts. Ich bin müde. Zahnlos. Mein Bein macht mir mehr und mehr zu schaffen. Man muss mich tragen, weil ich mich selbst auf dem Pferd nicht mehr halten kann. Arm bin ich geblieben wie eine Kirchenmaus. Mein Lebtag lang. Die Reichsstände drücken bereits wieder, obwohl ich mir von diesem Reichstag viel erhoffe – und selbst mein lieber Fugger hat mich verlassen.«
»Das dürft Ihr nicht sagen, ... Maximilian.«
Jetzt war es Jahrzehnte her, dass ihm der Kaiser angeboten hatte, ihn beim Vornamen zu nennen, wenn sie alleine waren, und es fiel ihm noch immer schwer.
»Ihr solltet Euch nicht von den Spiegeln ins Bockshorn jagen lassen, Majestät«, mischte sich Sibylla ins Gespräch ein. Sie sah

von ihrer Arbeit auf. »Spiegel lügen – und sie machen die Gedanken schwer.«

»Ihr führt eine Weisheit im Mund, die der Jugend vorbehalten ist«, wandte sich Maximilian ihr zu und verbeugte sich leicht. »Diese Spiegel sind ein Spielzeug des Höllenfürsten, Jakob. Kommt weg.« Maximilian humpelte beiseite und zog Jakob am Arm mit. »Ihr habt mir vor Mailand verweigert, den Sold für meine Schweizer zu erhöhen. Sie hätten mich beinahe festgesetzt, wenn mich die Tiroler nicht herausgehauen hätten. Durch Schnee und Eis habe ich mich beinahe allein nach Norden durchschlagen müssen.«

Vom Hof unten schallten Rufe herauf. Ochsen brüllten. Pferde wieherten. Das Knarren der Tore drang bis herauf. Jakob hob den Kopf, als müsse er wittern. Die Karawane setzte sich in Bewegung.

»Ich bin der Kriege müde, Maximilian. Schon deshalb keinen Gulden mehr gegen Frankreich und keinen für den Kreuzzug gegen die Türken. Das ist wirklich mein letztes Wort.«

Maximilian setzte sich auf einen Holzschemel und deckte die Beine mühsam mit einem Fell ab.

»Kein schöneres Werk als der Frieden, Majestät«, sagte Sibylla.

»Frieden? Das ist vor allem eine Lüge«, herrschte sie Maximilian an, wechselte jedoch sofort in einen freundlicheren Ton. »Die Glieder reißen. Jakob, Jakob! Was ist aus den frischen Jungen geworden, die sich über lateinische Endungen gestritten haben?«

»Ihr sprecht, als wolltet Ihr das Jahr nicht mehr beenden, Maximilian.«

»Es mag so sein, Jakob. Die Menschen folgen mir nicht mehr nach. Sie gehen mir vielmehr aus dem Weg. Da ist es Zeit, sich aus dem Staub zu machen.«

Durch das offene Tor von der Straße herein erklang eine Gebetslitanei; halblautes Singen drang bis zu ihnen herauf. Alle drei Köpfe wandten sich der Gasse zu.

»Schickt ihr schon die Betbrüder auf die Straße, dass sie den Reichstag günstig beeinflussen?«

Jakob lachte verhalten.

»Die Kurfürsten, die Kardinäle und Bischöfe, wie sollte man die durch ein paar Gebete beeinflussen können? Dazu müssten sie an Gott glauben. Sie glauben einzig an den Mammon! Seht nur, wie schwer die Ochsen an all den Kisten mit Gold und Silber zu ziehen haben. Ihm streben sie nach, nicht ihrer Seligkeit.«

»Unterschätzt die Frömmigkeit der einfachen Menschen nicht, Majestät. Sie hat schon Weltreiche zugrunde gehen lassen.«

Maximilian erhob sich, tapsig, mühsam, und trat ans Fenster. Vom Gebäude des Goldenen Kontors konnte man sehen, wie die Karren durch das Tor hinauszogen. Schwer bewaffnet und geschützt durch Landsknechte aus der Schweiz. Sie hielten Gestalten auf, die vor dem Haus vorbeigezogen wären, sich jetzt jedoch zu einem Haufen zusammenrotteten. Der Karrenzug nahm kein Ende. Der Unmut der Gläubigen steigerte sich zu einem zornigen Gebet, das eindeutig gegen die Landsknechte, jedoch immer häufiger auch gegen Fugger selbst gerichtet war.

»Wer sind sie?«

»Stadtarme, die ein Unterkommen gefunden haben«, erklärte Sibylla rasch.

»Wohin gehen sie?« Maximilians Neugier und sein Erstaunen klangen echt.

»Von der Armenstiftung hinauf nach St. Anna«, sagte Sibylla, die Handarbeit im Schoß. »Um dort für das Seelenheil meiner Schwäger zu beten. Als Dank für die Aufnahme in die Stiftung.«

Maximilian nickte. Schnaufend sah er den Karren hinterher.

»Ich habe davon gehört. Lobend wird Jakobs Namen erwähnt. Nennen sie die Armensiedlung nicht bereits Fuggerei?«

»Gelegentlich«, sagte Jakob.

»Hört Ihr das Klatschen? Die Augsburger applaudieren der Menschengruppe, die sich aus der Jakober Vorstadt hier heraufwälzt«, der Kaiser pausierte, holte Luft, verzog den Mund vor Schmerzen, »oder klatschen vielmehr Euch Beifall, weil Ihr die Menschen bewegt. Darauf könnt Ihr stolz sein, Jakob«, nickte der Kaiser. »Hätte ich nur etwas geschaffen, das den Anschein erweckt, als würde es Jahrhunderte überdauern.«
Sibylla hatte sich nicht mehr umgedreht, sondern verfolgte die Szene, die sich vor dem Tor abspielte.
»Das Kaisertum, Majestät! Tausendjährig. Ihr seid ein Spross am Stamme der deutschen Kaisergeschlechter des Heiligen Römischen Reiches. Was, wenn nicht das, währt ewig!«
»Ihr versteht es wie immer zu schmeicheln, Jakob. Dennoch muss ich Euch enttäuschen oder vielmehr mich selbst. Nichts wird in die Ewigkeit eingehen, wenn ich absterbe. Kaum einer wird sich meiner und meiner Taten erinnern.«
»Ihr habt den Theuerdank und den Weiskunig schreiben lassen. Zwei monumentale Werke Eurer Taten, die jetzt bereits auf Kunst und Schreiberei einwirken.«
»Erstunken und erlogen. Dichtkunst an einem absterbenden Zweig des Adels. Heldenbücher, über die unsere Nachfahren lachen werden. Allenfalls«, Maximilian setzte sich aufrecht hin; sein rheumatischer Körper ächzte unter der Anstrengung, »allenfalls in Zusammenhang mit Euch kann man Unsterblichkeit erlangen.«
»Das ist Blasphemie, Maximilian. Hört auf.«
»Man wird sich an mich erinnern, Jakob, als Euer Freund und Gegenspieler. Kein Fugger ohne Maximilian.«
Erschöpft ließ sich Maximilian wieder auf seinen Stuhl zurücksinken. Jakob, der hinter Sibylla getreten war, folgte ihrem Blick hinaus. Beide sahen sie auf die Gruppe der Menschen hinab, beiden reckte sich eine Faust entgegen. Der Kerl unten stand schon länger in der Einfahrt zum Goldenen Kontor und schüttelte seine geballte Hand gegen die Scheiben. Das Gesicht

des jungen Mannes konnte Jakob nicht recht erkennen. Es lag unter der Krempe eines Huts verborgen. Zudem reichte das Augenlicht nicht. Auf diese Entfernung hin sah er nicht mehr ausreichend scharf.

»Wer ist das?«, fragte er Sibylla.

Diese zuckte mit den Schultern. Doch Jakob wusste, dass er ihm bereits einmal begegnet war, dass es derselbe Kerl war, der Teufel, der ihn in seinem Magazin aufgesucht hatte. Maximilians Stimme, die hinter seinem Rücken tönte, erschreckte ihn geradezu.

»Ihr dagegen, Jakob, bewegt sogar nach Eurem Tod die Menschen. Sie werden selbst nach Eurem Absterben für Euer Seelenheil beten. Wie ich den Fugger kenne, ist für mindestens ein Jahrhundert vorgesorgt.«

Der Kaiser drehte sich um, streckte der Hausherrin seinen Arm hin.

»Sibylla, kommt, ein letzter Tanz mit dem Kaiser.«

Er bot der Fuggerin die Hand und zog sie auf, dann versuchte er durchs Zimmer zu tanzen. Vier, fünf Drehungen gelangen ihnen, dann ließ er sich stöhnend in den Sessel zurückfallen.

»Es tut mir Leid, Fuggerin. Die Gebrechlichkeit nimmt die letzten Vergnügungen.«

»Man ist so alt, wie man sich fühlt«, antwortete Sibylla und verbeugte sich.

»Dann wäre ich über hundert Jahre alt«, schmunzelte Maximilian und wandte sich wieder Jakob zu. »Es wird Zeit, Jakob, dass wir wichtige Dinge besprechen.«

Die hochgereckte Faust ließ Jakob keine Ruhe. Wen konnte er so gedemütigt haben? Wer fühlte sich so von ihm gekränkt, dass er nicht zurückschreckte, ihm öffentlich zu drohen? Ihm kamen die Ereignisse der letzen Jahre in den Sinn: die Drohbriefe, der Anschlag in Dillingen, die Vergiftung seines Vorkosters. Gab es einen Zusammenhang zwischen den Ereignissen, oder bildete er sich das nur ein?

Ein wenig abwesend antwortete er. Mit flacher Stimme, geringem Interesse.
»Haben wir das nicht ohnehin immer gemacht, Majestät? Maximilian?«
»Das mag für Euch gelten. Ich habe das niemals. Männer wie ich einer bin, entschwinden in Kosmen, die sich weit von dieser Welt entfernen. Zu weit, manchmal.«
Jakob zog sich endlich einen Stuhl heran, lehnte sich jedoch nur an das Schreibpult, so dass er den Kaiser überragte. Doch dieser schien sich nicht mit der Etikette aufhalten zu wollen.
»Zwei Dinge, Jakob, zwei nur.«
»Und die wären?«
»Karl muss König werden, womöglich Kaiser. Ich werde nicht mehr lange auf dieser schnöden Welt herumspazieren. Ich spüre es in meinen Gliedern – und will die Nachfolge geklärt wissen. Ihr dürft nicht nachlassen und mit Eurem Vermögen für diese Wahl einstehen. Werft den Kurfürsten die Gulden in den Rachen, der Kaiser wird dafür bürgen.«
»Die zweite Bitte?«
Jakob fühlte keinerlei Regung in sich, während Maximilian die Bitten hart über die Lippen kamen. Mit einem bewegten Zucken der Augen musterte er den Kaiser kühl. Selbst Sibylla fühlte, welche Kraft es den alten Mann kostete, so mit ihm zu reden.
»Dieser Luther, dieser Augustiner-Chorherr, er hat eine Fackel in die Welt geworfen, die das Zeug hat, sie zu entzünden. Unterstützt ihn nicht.«
Jakob wandte sich erneut dem Fenster zu, als müsse er Maximilians Ansuchen überlegen, doch in Wahrheit wollte er nur wissen, ob die Wagen mit den Goldkisten für die Kurfürsten abgezogen waren – und ob der Jüngling dort draußen verschwunden war. Aber die Faust reckte sich ihm weiter entgegen, sobald er sich am Fenster zeigte. Er schluckte, hustete leicht und muss-

te sich räuspern. Warum hatten sie das Tor nicht wieder verschlossen?

»Sollten wir nicht die Kraft der Erneuerung, die dieser Augustinerchorherr …?«, wollte Sibylla einwenden, doch Jakob schnitt ihr mit einer harschen Handbewegung das Wort ab.

»Ihr verlangt nicht wenig, Maximilian.«

»Nichts Unmögliches für einen wie Euch.«

Ein Seufzer entrang sich Jakobs Brust, den er selbst so nicht vorgesehen hatte. Unkontrolliert. Jakob straffte sich. Er durfte sich nicht gehen lassen, nur weil er älter wurde.

»Ihr habt nie verstanden, wie das Geld in dieser Welt regiert, Maximilian«, sagte er leise. »Dafür beneide ich Euch. Wirklich. Eure Unbekümmertheit. Sie ist rührend. Doch Ihr könnt Euch beruhigen. Mein Glauben steht fest begründet«, er blickte Maximilian über die Schulter hinweg ausdruckslos an, »und Luther – das ist eine buchhalterische Lösung.«

Maximilian hob die Augenbrauen. Er verstand nicht, was Jakob damit sagen wollte. Der hatte sich längst wieder der Faust zugewandt, die sich ihm wie eine Mahnung aus der Dunkelheit der Gasse entgegenreckte.

»Es ist ein Kreuz mit den Gulden, seid ehrlich, Jakob. Ich habe sie genommen und ausgegeben, wie's Gott gefallen hat.«

»Gott und dem Fugger«, ergänzte Sibylla leise.

Jakob lächelte dazu verbissen.

»Alle Kurfürsten werde ich kaufen, Maximilian. Für Euch. Für Karl.« Sowie für Jakob Fugger, dachte er und kniff die Augen zusammen. Es gelang ihm nicht, den Jungen dort unten zu erkennen. Bald begannen seine Augen vor Anstrengung zu tränen. Als Sibylla, die zwei letzte Stiche in ihre Arbeit gesetzt hatte, auf den Hof hinunterblickte, zog der Kerl seine Faust zurück und verschwand.

KAPITEL 24 »Was ist das für ein Geräusch, Maria?«
Maria Binternagel horchte auf das Klirren, das aus der Hütte hinter ihnen drang. Sie saßen hinter dem Haus, genossen die letzten Sonnenstrahlen und horchten auf das Treiben der Straße, den Nachhall des Reichstages, der von überall auf sie eindrang.

»Das ist Hannes, Fuggerin. Er kocht in der Hütte. Er verbraucht mehr Holz als der Nachbar den gesamten Winter über. Weiß der Kuckuck, was er macht.«

»Brennt er Schnaps?«

»Nicht mehr. Ich weiß nur, dass er das Holz heimlich aus dem Wald und aus den Auen nimmt. Irgendwann werden sie ihn erwischen und ihm eine Hand abschlagen. Seit er aus Venedig zurück ist, Fuggerin, ist er so verändert.«

Sibylla nickte nachdenklich. Hannes war vorhin an ihnen vorbeigestürmt, auf den Schultern zwei Säcke. Er war sofort im Verschlag verschwunden, ohne auf Sibyllas Frage einzugehen, woran er denn so schwer schleppe.

Jetzt drang Rauch durch die Ritzen des Hüttendaches, und Sibylla sah, wie der Sohn der Weberin sie durch das Fenster der Hütte heraus beobachtete.

Seit die Armensiedlung gebaut wurde, war Sibylla häufiger bei Maria. Wenn es einen Gott für diese Welt gab, bemerkte er vielleicht, dass sie nicht nur die Frau Jakobs des Reichen war.

»Mir wird kalt, Fuggerin. Helft mir bitte. Ich muss zurück ins Haus.«

Die Weberin hatte sich verändert. Ihr Zorn war einer ruhigen Duldsamkeit gewichen.

Sibylla führte Maria ins Haus, bettete sie und las ihr aus der Bibel vor, die Stelle vom verlorenen Sohn, der nach Hause zurückkehrt und vom Vater freudig empfangen wird. Maria hörte es mit einem schmerzlichen Zug um den Mund, nickte jedoch beständig mit geschlossenen Augen. Zuletzt wartete Sibylla, bis Maria eingeschlafen war. Sie betrachtete das friedliche Gesicht, das so alt aussah, so verhärmt, so abgearbeitet. Tiefe Falten lagen um die Lippen und durchbrachen sie wie kleine Messerschnitte. Ihre Zeit lief ab. Ihre Lungen pfiffen und röchelten, als müsste sie an dieser Welt ersticken.

Hannes hatte in der Zwischenzeit zweimal hereingesehen, sich ans Bett der Mutter gesetzt, ihr die Hand gehalten, ehe er wieder verschwunden war.

Sibylla packte ihren Korb und trat aus der Tür. Ihr ging Hannes' Fracht nicht aus dem Kopf. Was mochte er aus dem Wald mitgebracht haben? Welches Geheimnis verbarg sich in den Säcken auf seiner Hucke? War es nur Holz gewesen, das er heimlich entwendet hatte?

Unschlüssig darüber, was sie tun sollte, zog sie die Tür hinter sich zu und ging zum Tor. Es dämmerte bereits. Der Pförtner würde ohnehin bald schließen und die Siedlung sich selbst überlassen. Sie hörte, wie sich hinter ihr die Tür öffnete. Hannes kontrollierte, ob sie die Siedlung wirklich verließ.

Sein Verhalten gab für sie den Ausschlag. Er hatte ganz offensichtlich etwas zu verbergen – und besser war es, sie wusste, welches Geheimnis er vor ihr zu verheimlichen suchte. Rasch umrundete sie die Siedlung. Im hinteren Teil öffnete sich ein Durchgang hinaus auf den Sparrenlech. Dort schlüpfte sie hindurch und betrat die Armenstiftung erneut. Im Schatten der geduckten Häuser schlich sie bis zur Rückseite von Marias Wohnung. Kerzenlicht drang aus dem Fenster des Schuppens. Auf leisen Sohlen kam sie näher, spähte durch das Fenster. Der Raum enthielt nur einen einfachen Tisch und ein Holzkohlebecken. Auf dem Tisch lagen dunkle Perlen und daneben die Kelchblüten des Fingerhuts. Belladonna und Fingerhut. Sibylla erschrak. Giftpflanzen. Vor der Anrichte stand Hannes und zerdrückte die Tollkirschen in einem Mörser, schüttete den Brei in eine Handpresse und sammelte den Saft, den er auspresste, in einer Flasche. Sibylla duckte sich hinter die Wassertonne und überlegte.

Was sollte das? Wieder kam ihr der Vorfall im Goldenen Kontor in den Sinn. Der Vorkoster. Hannes … sie hatte damals schon einen Verdacht geäußert. Jetzt wurde er zur Gewissheit. Rache. Der Junge wollte Rache dafür, dass ihn Jakob nach Venedig geschickt hatte.

Sie musste es Maria sagen – und Anna verständigen. Ihr Herz schlug und begann noch einmal so schnell zu rasen, als die Tür klappte und Hannes heraustrat, seine Hucke auf dem Rücken. Sie hörte die Gefäße leise darin klappern.

Wohin brachte er den Saft der Pflanzen? Zu einem Apotheker? Unmöglich. Es war Nacht. In Gedanken malte sie sich die schlimmsten Szenarien aus.

Sibylla entschied, hinter dem Jungen herzuschleichen, was inmitten der Dunkelheit ein verwegenes Unternehmen war. Die Neugier trieb sie. Doch es war eines, einen mutigen Entschluss zu fassen, etwas anderes, ihn auszuführen.

Hannes ging nicht zu den Toren. Diese waren längst geschlossen worden. Er wandte sich zur rückwärtigen Seite der Siedlung, wo der Sparrenlech entlangfloss. Dort gab es mehrere Häuser, die irgendwann umgebaut und in die Siedlung aufgenommen werden sollten, jetzt jedoch leer standen. Sibylla konnte erkennen, wie Hannes sich durch einen Mauerspalt zwängte und verschwand. Sibylla benötigte einige Zeit, bis sie den Mut fasste, dem Sohn der Weberin zu folgen. Das Gelände war dunkel, sie kannte sich nicht aus. Wenn sie vom Nachtwächter entdeckt würde, dann würde sie unweigerlich in die Hexenlöcher wandern. Und wenn der Junge sie entdeckte, würde er sie sicherlich nicht freudig empfangen. Beide Male hätte Jakob zu tun, sie wieder aus ihrer Lage zu befreien. Außerdem fehlte es ihr eindeutig an Gelenkigkeit, wie sie feststellte.

Als sie sich durch den Spalt gekämpft hatte und auf der Straße stand, war Hannes verschwunden. Sie hatte das Gefühl, wie eines der Wilden Weibchen auszusehen, schmutzig im Gesicht, mit zerrissenem Rock und zerkratzten Händen.

Wo mochte er hingegangen sein? Sie konnte nur raten – und die einzige Richtung, die ihr einfiel, war die zu den Häusern auf dem Weinmarkt. Rasch raffte sie ihren Rock und eilte die Gasse hinauf in Richtung Vogeltor, dann durch die Unterstadt und wollte den Judenberg hinauflaufen, als vor ihr Hannes mit seiner Hucke auftauchte. Er hatte es nicht eilig. Zu Sibyllas großer Verwunderung ließ er den Judenberg rechts liegen und wandte sich dem Roten Tor zu, das in Richtung Wagenhals hinausging. Was wollte er dort?

Obschon sie versuchte, so wenig Lärm wie möglich zu machen, glaubte sie, allein ihr heftiger Atem müsse sie verraten. Doch Hannes bemerkte nichts. Er verhielt sich auffallend unbekümmert, als hätte er nicht den Tod im Gepäck. Stur ging er geradeaus bis zum Spital. Dort bog er ein, durchquerte den Hof des Heilig-Geist-Spitals, um zu den Kanälen zu gelangen. Hier konnte sie ihm nicht sofort folgen. Der Innenhof hallte.

Sibylla fiel es wie Schuppen von den Augen. Im zweiten Hof dahinter lagen die Wassertürme. Darin standen die Hochbehälter, mit denen die Oberstadt mit Wasser versorgt wurde. In den letzten Jahren hatten Häuser wie das der Fugger einen eigenen Anschluss bekommen. Die Dienstboten mussten nicht mehr zum Brunnen hinaus, sondern konnten vom Hofbrunnen aus Wasser schöpfen. Das war bequem.

Sibylla folgte dem Jungen, als er in den zweiten Hof hinunterstieg. Der Innenhof wurde vom Licht eines halben Mondes beschienen, doch sie brauchte keine Angst zu haben; niemand war um diese Zeit mehr unterwegs. Kranke und Sieche, Alte und Bedürftige schliefen bereits oder hatten sich in das Gebäude zurückgezogen. Sie waren allein.

Von ihren Platz aus konnte sie den Hof gut einsehen. Hannes klopfte an das Tor zum hinteren Wasserturm. Wie von Geisterhand öffnete es sich und nahm den Jungen auf.

Sibylla konnte es nicht glauben. Er wollte das Wasser vergiften, er wollte seine Säfte in die Becken gießen, und diese würden

ihre Unheil bringende Fracht über die Oberstadt austeilen. Was sollte sie unternehmen? Die Stadtschergen holen? Zeter und Mordio schreien, um den Nachtwächter herbeizulocken? Doch dann kamen ihr Zweifel an Hannes' Vorhaben. Das Wasser floss. Es hielt nicht still wie in einem Teich. Das Gift würde sich nicht sammeln können, sondern ausschwemmen. Wenn er jetzt die Bottiche füllte, war das Gift bis zum Morgen verschwunden, wenn es überhaupt Schaden anrichtete.
Sie konnte ihre Gedanken nicht weiter ausführen, denn das Schwarz der Toröffnung spuckte Hannes wieder aus. Diesmal mit Begleitung. Sibylla schlüpfte zurück in den Schatten der Mauer. Den Kerl im schwarzen Gelehrtentalar, der jetzt neben Hannes her lief, kannte sie gut. Es war der jüngere Occo, der Arzt.
Der klopfte Hannes auf die Schultern und begleitete ihn wie einen alten Freund durch die Höfe, bevor er sich verabschiedete. Sibylla bemerkten sie nicht.
Hannes wandte sich zum Tor, offenbar wollte er zur Armensiedlung zurück. Occo rieb sich die Hände, als freue er sich über einen gelungenen Handel.
Wofür war das Gift?

KAPITEL 25 »Ihr wollt nicht meinen Rat, Oheim, Ihr wollt, dass ich der Vernichtung unserer Unternehmung zustimme und einen Teil der Schuld trage. Nein. Wenn Ihr Euch dem Kaiser ausliefert, dann müsst Ihr die Verantwortung selbst tragen. Ich bin dagegen. Ganz und gar.« Raimund schlug mit der flachen Hand auf den Tisch. Zorn hatte sein Gesicht gerötet. »Ihr habt uns nie zu Rate gezogen. Warum jetzt?«
Jakob presste eine Hand gegen seinen Bauch. Die Wärme vertrieb die stechenden Schmerzen ein wenig. Alten Männern setzten Frühstück und Mittagessen manchmal zu. Damit hatte er sich abzufinden. Jakob wäre am liebsten aufgestanden,

durchs Zimmer gelaufen, hätte seinen Gedanken mit den Füßen Schwung gegeben. Noch lieber hätte er seinen Neffen mit einem Spitz in den Hintern gewürdigt. Wie der mit ihm redete! Doch ihm war schwindlig und unwohl.

»Herr Fugger!« Die Stimme des dritten Mannes im Raum verlangte Aufmerksamkeit. »Wenn Ihr allein sein wollt ... Ich kann ein andermal zur Sitzung kommen.«

»Ihr zeichnet weiter, Dürer. Lasst Euch nicht irritieren. Ich werde still sitzen.« Seinen Neffen zischte er an: »Ich brauche Euch. Der Franzosenkönig will, dass wir die Seiten wechseln.«

»Warum tut Ihr es dann nicht, Oheim? Sollte Karl wirklich den Thron des Heiligen Römischen Reiches besteigen, wird der Wind drehen.«

Jakob schüttelte energisch den Kopf und fing sich ein Räuspern Dürers ein.

»Ja doch, Meister, ich verhalte mich ruhig. – Raimund, bedenke, was es bedeutet, wenn wir alle Verträge mit Maximilian lösen.«

»Es bedeutet die Freiheit, die einzige wirkliche Freiheit.«

Jakob presste die Lippen aufeinander, so dass nur noch ein schmaler Strich zu sehen war.

»So stehen Euch die Lippen. Ein ernsthafter Gesichtsausdruck, Herr«, tönte es hinter dem Karton hervor. »Ein Bild für Götter.«

»Mir würde die irdische Version genügen, Dürer!«, ließ Jakob sarkastisch fallen. Ein Lächeln fiel wie ein Schleier über sein Gesicht.

»Wie ist es, Herr Fugger?«, fragte Dürer nach. »Ich soll Eure Gemahlin ebenso zeichnen. Wo und unter welchen Umständen bekomme ich sie zu Gesicht?«

Jakob schluckte. Die gute Laune war wie weggeblasen. Das Ziehen im Bauch meldete sich zurück.

»Zur Zeit, Dürer, zur Zeit.«

»Wann wird Cajetan eintreffen?«, fragte Raimund und räkelte

sich in seinem Stuhl. Der krachte und stöhnte unter seinem Gewicht.

»Der päpstliche Legat?« Jakob seufzte. »Längst ist er mit großem Gefolge eingetroffen. Und ...«, jetzt spähte Jakob doch zu Dürer hinüber. Der gab sich konzentriert. »Wenn Ihr auch nur ein Sterbenswort von dem hier Gesprochenen weitertragt, Dürer, dann werdet Ihr in keinem Land mehr einen Auftrag erhalten, in das mein Arm reicht.«

Dürer trat hinter seinem Karton hervor und verbeugte sich. In seinen Augen lag Spott. Jakob wollte ihn zurechtweisen, doch Raimund drängte.

»Was und? Nun redet schon. Der Maler hält den Schnabel, dafür sorge ich.«

Dürer räusperte sich, doch die beiden Fugger interessierten sich nicht für ihn.

»Cajetan ist mit wichtigen Briefen Seiner Heiligkeit ausgestattet. Einer soll vom Papst persönlich ausgestellt sein. Er soll den Mönch zum notorischen Ketzer erklären sowie die schärfsten Maßnahmen gegen ihn fordern. Der Kardinal ist aufgeblasen wie eine Kuh, die nasses Futter gefressen hat. Man müsste ihm hin und wieder den Pansen stechen, damit die schädlichen Gase entweichen können.« Er lachte verhalten. »Verzeiht, Dürer, was Ihr hören müsst.«

»Ich bin nur Auge. Die Ohren eines Künstlers sind verschlossen«, warf Dürer ein und vertiefte sich in sein Bild.

»Was die Kirche nur für ein Geschrei macht um diesen Mönch, diesen Luger.«

»Luther. Martin Luther!«, warf Dürer ein und senkte den Kopf verbindlichst, nicht ohne Raimund Fugger ein Lächeln zu gönnen, das den zornigsten Menschen versöhnt hätte.

»Eine Marginalie«, fuhr Raimund ungehalten fort, »eine Randbemerkung der Geschichte. Nicht der Rede wert, sich mit ihr zu beschäftigen.«

Jakob wiegte bedenklich den Kopf. Sein Blick glitt über die

Deckenbalken, deren Bemalung ihn an die Farbe der Adern unter der Haut gemahnte. Das Haus als lebendiges Wesen, in dessen Gebälk der Lebenssaft floss.

»Wo soll das Verhör stattfinden?«

Dürer trat hinter seiner Staffelei hervor, räumte das Perspektivgerät beiseite.

»Sieh an, der Kleckser wird hellhörig!«, fauchte Raimund den Maler an.

»Ich bin fertig mit der Skizze, wenn Ihr erlaubt, Fugger«, wandte sich Dürer an Jakob. Raimunds Äußerung überging er.

Jakob erhob sich. Er musste sich abstützen und blieb eine ganze Zeit neben dem Sessel stehen, bevor er sich zu seinem Konterfei auf den Weg machte. Jeder Schritt fuhr ihm in den Bauch, und er brauchte eine ganze Zeit, bis es ihm gelang, sich auf die Skizze zu konzentrieren. Lange stand er davor und betrachtete sie ausgiebig.

»Bin ich das?«, fragte er den Künstler so leise, dass nur dieser die Frage verstehen konnte.

»Findet Ihr Euch nicht getroffen?«

Dürers Gegenfrage klang keineswegs verängstigt. Jakob musterte den Maler.

»Ich habe die Befürchtung, Ihr seid mir zu ehrlich.«

»Was nützt die Lüge auf einem Gemälde? Sie stiftet nur Verwirrung und füttert die Spötter.«

Jakob Fugger sah dem Maler in die Augen. Der erwiderte seinen forschenden Blick. Was Jakob sah, beunruhigte ihn. Aus diesen Augen blickte ihn keine Vergangenheit an, sondern die Zukunft, der neue Mensch, selbstbewusst, unabhängig, davon überzeugt, den richtigen Weg gewählt zu haben. Er bedauerte, eine Drohung gegen den Nürnberger ausgesprochen zu haben. Damit mochte ein Raimund Fugger zu beeindrucken sein, nicht aber ein Albrecht Dürer. Einem Dürer drohte man nicht, einem Dürer unterwarf man sich. Die Erkenntnis war so schmerzlich wie die Stiche in seinem Bauch.

»Die Lüge, mein Freund«, erwiderte Jakob mit zusammengepressten Zähnen, »legt einen Mantel um die Dinge und wärmt. Die Wahrheit ist eisig.«

»Stimmt es, dass dieser Mönch bei Euch unterkommt?«, fragte Dürer leise, mit gesenktem Kopf.

Jakob verneinte. »Das St.-Anna-Kloster wird ihn beherbergen. Er kennt den dortigen Prior Johann Frosch aus seinen Studientagen in Wittenberg. In unserem Haus wird nur die Disputation ausgefochten«, erklärte er.

»Wenn es so weit kommt!«, orakelte Raimund.

Jakobs Kopf schnellte herum. Mit einem ungewohnt scharfen Ton fuhr er Raimund über den Mund:

»Wer sich unter mein Dach begibt, muss die Gesetze der Gastfreundschaft wahren. Ich stehe im Wort, dass dem Mönch nichts passieren wird. Solange er sich zwischen diesen vier Wänden aufhält, wird er nicht verhaftet werden.«

Die letzten Worte waren direkt an Raimund gerichtet, jedoch so leise gesprochen, dass sich dieser weit zu ihm hatte herüber beugen müssen.

»Genauso wie Ihr beim Kaiser im Wort steht, Oheim, für seinen missratenen Enkel die Kaiserkrone zu beschaffen?«

»Halt den Mund, Raimund!«

»Ihr könnt mir den Mund nicht verbieten, Oheim. In Eurer Überheblichkeit bemerkt Ihr nicht, dass aus dem Segen der Verbindung zum Haus Habsburg ein Fluch geworden ist. Niemals mehr wird sich die Unternehmung aus dieser Umklammerung lösen können. Euer Gewinnstreben treibt uns in den Ruin. Langsam zwar, doch unaufhörlich, denn dieser Karl, Oheim, dieser Spanier, wird den Teufel tun und sich in unserem Nebelland niederlassen. Augsburg ist zu weit von den neuen Warenströmen entfernt, als dass es für diesen neuen Herrscher auch nur einen Gedanken wert wäre.«

Jakob hatte seinen Neffen ausreden lassen, auch deshalb, weil er

nur schwer Luft bekam. Die Schmerzen hatten sich zu Krämpfen verdichtet. Das hitzige Fieber, das diesen Reichstag begleitete, hatte ihn erwischt. Er fühlte seine Kräfte schwinden.
»Wir haben alle Zusagen gemacht«, brachte er mühsam über die Lippen. »Ich brauche dich, Raimund. Das Gold soll in Truhen verschickt werden. Die Herren Kurfürsten trauen den Papieren der Kaufleute nicht.«
Finster blickte Raimund zu Boden. Wieder war einer seiner Vorschläge abgewiesen worden. Jakob seufzte. Niemals würde es ihm gelingen, dem Jungen seine Politik verständlich zu machen.
»Raimund, Dürer. Lasst mich allein. Und schickt mir den Arzt.«
Die letzten Worte sprach er bereits in die Leere des Zimmers hinein. Dürer und Raimund verabschiedeten sich. Ein Krampf zog seinen Körper zusammen und ließ es schwarz werden vor seinen Augen.

KAPITEL 26 Es war kein Gespräch, es war ein Geschrei, ein Getobe, ein Gebrüll!
Sibylla getraute sich nicht, an der Tür zu lauschen. Sie hätte es auch nicht nötig gehabt. Das Haus erzitterte von der Stimme des Kardinals.
»Widerruft, Mönch!«, brüllte Cajetan. Von dem höflichen und gewandten Italiener, den Sibylla empfangen und der ihr den Hof gemacht hatte, war nichts geblieben.
Plötzlich klappte die Tür. Martin Luther stand vor ihr, bleich, mager, in ärmlicher Kleidung, doch mit feurigen Augen, die den Triumph nur schwer zu verbergen vermochten.
»Er ist ein wenig aus der Fassung geraten«, sagte er nur und lächelte schief.
»Eilt Euch, Mönchlein«, hörte sie aus dem Zimmer den Kardinal. »Bedenkt, dass Ihr Euch zu Eurem Grundsatz äußern

sollt, nicht das Sakrament, sondern der Glaube rechtfertige die Buße!«

Luther, der sich nicht von der Stelle rührte, wandte sich an Sibylla. Resignation in der Stimme, Ergebenheit in das Unvermeidliche.

»Er ist ein Scholastiker. Er glaubt, wenn ich mich schriftlich festlege, kann er mich widerlegen. Disputieren will er mit mir.« Er lächelte ein wenig linkisch. »Kann man über die Bibel disputieren? Nein. Es ist das Wort Gottes – und es wäre Ketzerei, wollte man das Wort Gottes auslegen, statt es wörtlich zu verstehen.«

Sibylla mochte diesen Mönch, der so anders war als all diese Prälaten, Bischöfe und Kardinäle, die sich in diesem Haus die Klinken in die Hand gaben. Er wirkte schlicht und geradlinig in seinem Denken. Er lebte die Armut. Er predigte, was er lebte, er war Zeugnis und Beweis und Vorbild in einem.

Hinter ihm schloss sich die Tür. Sie stand mit dem Mönch auf dem Flur. Luther sah zu Boden, als könne er aus dem Muster der Parkettlegung die Wahrheit dieser Welt filtern.

»Was wird geschehen?«, versuchte sie ihn aus seiner Lethargie zu reißen.

»Oh«, sagte er und sah sie an. »Er wird mich verhaften lassen, mir den Prozess machen und mich dann auf dem Scheiterhaufen verbrennen. Ob hier oder in Rom hat er noch nicht entschieden. Aber in den nächsten Tagen wird er damit ins Reine kommen.«

Wieder lächelte er verbindlich und versuchte, sich an ihr vorbeizudrängen.

»Wo wollt Ihr hin, Bruder Martin?«

»Sub Caelo! Unter den Himmel. Ich brauche frische Luft. Dort drin«, er deutete mit dem Daumen hinter sich, »roch es mir zu muffig, Fuggerin. Außerdem habe ich Hunger – und ein wenig kühles Bier schadet selbst dem gläubigsten Mönch nicht.«

»Ihr sprecht so leicht über den Tod, dass mir Angst dabei wird.«
»Die Angst habe ich auf dem Weg hierher überwunden. Bereits in Nürnberg sind mir die Teilnehmer des Reichstages begegnet, die vor dem hitzigen Fieber geflohen sind, das in der Stadt wütet und die Versammlung vorzeitig aufgelöst hat.« Er schmunzelte. »Auf dem Weg hierher habe ich an nichts anderes gedacht als an meinen Tod. Ich wusste, dass mir mit Cajetan das Kreuz bevorsteht. Wie könnte ich etwas verweigern, das Christus mit leichtem Herzen auf sich genommen hat? Christus lebe! Martin sterbe!«
Er sagte das so ruhig, dass Sibylla unwillkürlich schauderte.
»Kommt, Bruder Martin. Ich muss Euch jemandem vorstellen.«
»Seid mir nicht böse, Fuggerin, doch mein Weg führt von hier in die Unfreiheit – und zuvor will ich mir noch einmal Sonne und ein gutes Bier gönnen. Es ist ein zu schöner Tag, als dass man in düsteren Zimmern sitzen oder sterben möchte.«
»Ba«, schnaufte Sibylla. »Wer redet vom Sterben? Ihr müsst uns erzählen, Ihr müsst uns berichten. Ihr sollt etwas von Eurer Überzeugung in die Herzen der Menschen senken. Der Same Eurer Überzeugung ist stark und kann im faulen Kern dieser Kirche keimen und wachsen und Früchte tragen. Folgt mir.«
Sie zog Martin Luther am Ärmel und führte ihn den Gang entlang, eine Treppe hinab und wieder eine hinauf, bis sie in dem Teil des Weinmarktgebäudes stand, das sie von ihrer Mutter geerbt hatte. Sie hatte nichts umbauen lassen, hatte es in dem Stil erhalten, in dem sie aufgewachsen war.
»Wie geht es Eurem Gatten?«, fragte der Mönch, während er ihr zögernd folgte.
»Er hat das Fieber überwunden, ebenso wie Maximilian. Eine merkwürdige Krankheit, die nur die Oberstadt getroffen hat. Wir haben das Wasser aus der Unterstadt holen lassen – und die Genesung setzte ein. Merkwürdig, nicht? Wenn es nicht

unmöglich wäre, möchte man an eine Brunnenvergiftung denken.« Sibylla blieb kurz stehen. Das Fenster bot einen Ausblick auf die Straße, auf den Stadtbrunnen dort. »Doch wer sollte die oberen Brunnen vergiften? Und wie sollte das geschehen?«, sagte sie, obwohl sie sehr wohl wusste, wen sie verdächtigen musste. Sie dachte an Hannes, wie er den Inhalt seiner Sammeltätigkeit in die Pumpwerke goss und sich das Wasser auf die Oberstadt und dort bis in die Haushalte hinein verteilte. Das Wasser war nicht giftig, sondern rief nur Übelkeit hervor, erzeugte Fieberschübe.

»Woran denkt Ihr, Fuggerin?«

Luther riss Sibylla aus ihren Gedanken.

»An nichts, Bruder Martin, Hirngespinste. Wir Frauen denken uns manchmal Dinge aus, wenn wir ohne Männer zu Hause sitzen, die uns in sonderbare Welten führen.«

Sie schlüpfte vor ihm her durch eine Tür.

»Endlich, ich glaubte schon, Ihr würdet gar nicht auftauchen!«

»Darf ich vorstellen? Das ist Konrad Rehlinger, ein Freund des Hauses Fugger, und dort sitzt ...«

»Oh, den kenne ich«, sagte Luther und trat auf den Geistlichen zu, »Domherr Langenmantel.«

Sie drückten einander die Hände. Sibylla beobachtete die Freude, die diesem Mönch entströmte, als wolle er die Welt mit seinem Wohlwollen umarmen.

»Ihr habt hoffentlich nicht widerrufen!«, fragte der Domherr ernst. »Es muss ein Ende haben mit all dem Schacher, mit der Simonie, dem Verkauf von kirchlichen Ämtern und Pfründen, mit dem Ablasswucher. Wir brauchen einen neuen, freien Geist in dieser Kirche.«

Luther lächelte schief dazu und schüttelte seinen kahl geschorenen Schädel.

»Mir wäre es lieb, wenn nicht gerade ich diesen Kelch austrinken müsste. Wer bin ich schon? Ein Zwerg, der gegen einen Riesen antritt.«

Der Domherr schüttelte den Kopf.
»Ein David gegen Goliath! Ihr werdet siegen!«
»Diesen Gegner besiegt man nicht. Man schwächt ihn möglicherweise, man bringt ihn dazu, sich zurückzuziehen, weil er seine Kräfte sammeln und ordnen muss. Doch einen Sieg erringen – niemals.«
»Dann müsst Ihr Euch retten. Nur Euer Herz kann sich gegen den Sturm der Amtskirche behaupten. Deshalb sollten wir dafür sorgen, dass es weiter schlägt. In einem gesunden Körper weiter schlägt.« Es war Sibylla, die diesen Gedanken einwarf.
Der Domherr nickte. »Bei Tag wird er nicht aus der Stadt finden«, sagte er nachdenklich.
»Ich will nicht fliehen wie ein Verbrecher!« Luthers Stimme hatte an Schärfe gewonnen.
»Ihr strebt ein Martyrium an? Ich bewundre euch, Bruder Martin«, warf jetzt Konrad ein, der sich bislang zurückgehalten hatte. »Doch verwendet Euren Verstand. Es sind so viele, die wie Ihr denken. Die Menschen brauchen jemanden, der ihnen sagt, welchen Weg sie gehen müssen.«
Sibylla nickte. »Ein toter Führer nützt nichts. Nur ein Lebender kann den rechten Weg weisen.« Ihre Stimme war drängend geworden. »Tote haben den Makel, dass sie nicht widersprechen können. Was glaubt Ihr, wird aus Eurer Lehre, wenn die Amtskirche sie in die Finger bekommt und verbreiten lässt wie den Ablasshandel?«
Luther nickte stumm. Er steckte die Hände in seine Ärmel und kroch langsam in sich hinein.
»Wann soll es sein?«, fragte er.
Sibylla blickte ihn an. »Nicht heute. Morgen vielleicht. Habt Ihr nicht gesagt, Ihr müsstet noch eine Appellation an Papst Leo verfassen? Ruft ihm zu: Ihr fehlt, Heiliger Vater. Das könnt Ihr umso sicherer, als Ihr danach die Mauern dieser Stadt verlasst.«

»Ihr seid eine tapfere Frau, Sibylla Fugger!«, sagte Luther langsam.

KAPITEL 27 Eine Dunkelheit lag über der Stadt, die selbst das Gehör beeinträchtigte. Sibylla fühlte sich umhüllt von einem Nichts, konnte nicht oben von unten unterscheiden und tappte durch eine völlig gestaltlose Düsternis. Wenn nicht jeder Schritt im feuchten Schlick der Gasse gepatscht hätte; sie hätte geglaubt zu schweben. Sie und ihr Begleiter kamen nur langsam voran, mussten sich jeden Fußbreit ertasten. Ab und an rauschte eine Wasserwand aus unsichtbaren schwarzen Tropfen auf sie herab und schnitt ihnen das Gehör gänzlich ab.

»Ich sollte in der Stadt bleiben und mich dem Legaten stellen!«

»Tapferkeit ist nur dann zu etwas nütze, wenn der Tapfere seine Tat erlebt und davon berichten kann. Alles andere nennt man Dummheit, Bruder Martin.«

»Mir wäre es bereits recht, wenn ein wenig Licht darin vorkäme«, hauchte der Mönch nahe an Sibyllas Ohr.

Die letzten Tage waren ein einziges Fiasko gewesen. Luthers Schrift hatte Cajetan beinahe zur Raserei getrieben, seine scholastische Intelligenz war an Luthers Hartnäckigkeit zersplittert. Das lange Schweigen nach dem letzten Toben hatte Bruder Martin zermürbt und seine Angst geschürt, bis er auf ihr Drängen den Entschluss zur Flucht gefasst hatte.

Nur an der Ausführung haperte es, genauer gesagt nicht an der Ausführung, sondern am Licht. Sie hatten sich die dunkelste Nacht des Jahres ausgesucht. Neumond herrschte, und selbst die Sterne verweigerten ihre Dienste und verbargen sich hinter schweren Regenwolken. Die Stadtluft roch drückend, feucht und bedrohlich.

Sibylla sollte den Augustinermönch zur Stadtpforte am Steffinger Berg bringen. Zuerst hatte sie gezögert. Eine Frau als

Heldin erschien ihr etwas gewagt. Doch dann hatte ihre Sorge um ihn die Oberhand gewonnen.
Sibylla hatte ihn bei St. Anna abholen und ihn bis zum Steffinger Berg führen sollen, dort würde Domherr Langenmantel warten und ihn übernehmen. Konrad besorgte inzwischen ein Pferd und einen wegkundigen Reitknecht, der ihn vor der Pforte erwarten und weiter nach Nürnberg bringen würde.
So weit der Plan. Allerdings funktionierte er nicht. Sibylla drückte sich mit dem Mönch in einen Hauseingang und wartete, bis der Nachtwächter vorübergehen würde. Doch der hatte etwas gehört oder gesehen und rührte sich keinen Fußbreit von der Stelle.
»Er hat das Feuer gerochen, das mich zu Kohle verbrennen wird«, flüsterte Luther ihr in den Nacken.
»Reißt Euch zusammen. Noch seid Ihr kein Märtyrer, Bruder Martin. Wartet wenigstens mit dem Erzählen Eurer Heiligenlegende, bis es so weit ist.« Sibylla hatte unwillkürlich schärfer gesprochen und erschrak, als ihre Stimme durch die Nachtluft zischte.
Angespannt blickte sie auf den Nachtwärter. Sie hätte den langen Kerl vor ihr mit seinem Kapuzenmantel, der Laterne und dem Stock gut und gern zur Hölle gewünscht. Endlich ließ er ab, zog seine Nase aus dem Wind und stapfte gemächlich davon.
Sibylla huschte sofort über die Straße, den Mönch im Schlepp.
»Der Prior wollte mich mit einem Seil die Mauer hinablassen!«, erzählte Luther, und Sibylla verdrehte die Augen. Sie konnte nicht fassen, dass der Mönch angesichts ihrer Situation nicht das Plappern lassen konnte. Das Mundwerk dieses Menschen musste man an seinem Lebensende vermutlich eigens totschlagen.
Sie huschten über Nebengassen des Pfaffenwinkels bis zum Steffinger Tor, doch Langenmantel war nicht zu entdecken. Er wollte sie in der Nähe des Tores treffen, hatten sie vereinbart,

doch es sah so aus, als hätte die männliche Seite ihres Heldentums die Hosen voll.
»Langenmantel«, flüsterte sie, so laut sie es sich getraute, doch es kam keine Antwort.
Dafür füllte das Knarzen eines Ladens die nächtliche Stille. Sie lauschte in die Finsternis hinaus, bis der Mönch neugierig mitten auf die Gasse heraustrat und sich umblickte.
»Seid Ihr lebensmüde, Bruder Martin?«, fragte Sibylla und zog ihn wieder zurück in den tiefen Schatten. Sie dankte dem Herrn dafür, dass es nicht mondhell war, sondern so dunkel, dass man kaum die Hand vor Augen sehen konnte. »Wir müssen kurz warten, bis ich mich wieder orientieren kann.«
Wieder spähte sie in die Dunkelheit. »Wo ist die verfluchte Pforte«, hörte sie sich selbst flüstern und gewahrte, dass Luther sich bekreuzigte.
»Eine lässliche Sünde«, fügte sie hinzu.
»Der Zweck heiligt die Mittel«, antwortete er.
Von Ferne ertönten Hufschläge.
»Berittene Wachen!«, zischte Sibylla. »Wenn wir Pech haben, laufen Hunde neben ihnen her. Sie lieben Euch, die Augsburger, und wollen Euch gern in der Stadt behalten.«
»Ihr könnt Euch Euren Zynismus sparen«, versetzte Luther. »Ich werde jetzt auf die Straße treten und mich stellen.«
»Ihr seid verrückter, als ich dachte. Glaubt Ihr vielleicht, wir bereiten alles vor, damit Ihr Euch aus der Schlinge zieht, indem Ihr den Scheiterhaufen wählt? Nichts da. Kommt mit!«
Sie huschten über die Straße, weiter hinab zum Tor. Plötzlich durchschnitt ein Lichtfinger die Nacht. Eine Laterne wurde auf die Straße gehalten, eine Hand erschien, ein Arm, der in die andere Richtung zeigte.
»Da hinab!«, rief die Stimme. »Ich hab alles gehört. Der Luther soll aus der Stadt. Langenmantel erwartet Euch dort. Ich lenke die Reiter ab.«
Sibylla betrachtete den Schatten. Hinter der verstellten Stim-

me verbarg sich unverkennbar Hannes. Warum half er ihnen? Blickte er jetzt über den Tellerrand hinaus, oder wollte er nur Jakob ein weiteres Mosaiksteinchen des Verderbens beifügen?

»Dank Euch, Fremder«, flüsterte sie mehr zu sich, ohne die Identität des Binternagel-Sohnes preiszugeben, und drängte den Mönch ein kurzes Stück den Weg hinauf. Erst dahinter ging es zum Durchschlupf in der Mauer hinab. Sie tappten eine Weile durch die Schwärze, Luther stolperte einige Male, was Sibylla zu der Bemerkung veranlasste, er bewege sich in der Bibel sicherer als auf den Wegen der Stadt.

»Sie legt mir auch keine Steine in den Weg«, antwortete er knapp.

»Wo bleibt Ihr denn?«, wurden sie endlich aus der Dunkelheit heraus begrüßt.

»Ich hatte mich verlaufen«, antwortete Sibylla. »Schnell, sie haben Wachen auf Pferden eingesetzt.«

Hinter ihr wurden die Hufschläge wieder lauter. Hannes hatte sie nicht abschütteln können. Sie schienen denselben Weg zu nehmen.

»Ich weiß nicht, wie ich Euch danken soll«, verabschiedete sich Luther, doch Sibylla schnitt ihm das Wort ab.

»Eine gute Tat ist nur ein Tropfen, der das Fegefeuer verkürzt. Viele Tropfen geben einen stetigen Regen.«

Langenmantel trat auf Sibylla zu. In der Dunkelheit konnte sie nur seine Umrisse erkennen. Er blieb ein Schatten, wie er vor ihnen die Mauer entlanglief. Sibylla dankte dem Himmel, dass diese trostlose Finsternis den Reitern ebenso Mühe bereitete wie ihnen, ja dass sie zu Fuß besser vorankamen.

Am Schlupf blieb Langenmantel abrupt stehen.

»Draußen wartet ein Knecht mit einem Reittier. Er wird Euch nach Nürnberg bringen. Gott sei mit Euch.«

Langenmantel stieß den Schlüssel ins Schloss. Die Verriegelung krachte und füllte die Nacht mit ihrem Lärm. Plötzlich hörten sie die Reiter heransprengen. Rufe wurden laut: »Halt. Wer da?«

»Keiner darf zur Pforte hinaus.«

»Im Namen der Stadt, bleibt stehen!«

Langenmantel packte Bruder Martin rasch an der Kutte und schob ihn durch den Schlupf. Sibylla, die mit hinauswollte, hielt er zurück.

»Ihr nicht, Fuggerin. Es genügt dieser Streich. Es wird schwierig genug, sinnvoll zu erklären, was ein gestandener Mann wie ich und eine Schönheit wie Ihr hier an der Mauerpforte zu schaffen haben.«

Sibylla wollte etwas erwidern, als ein ohrenbetäubender Lärm losbrach. Rasseln schepperten los. Ein Schrei ertönte.

Sibylla stellte sich vor, wie die Pferde scheuten, wie sie stiegen, wie die Reiter überrascht aus ihren Sätteln glitten und in die Gosse stürzten. Das konnte sie nur einem zu verdanken haben. Hannes. Dieser Kerl!

»Jetzt gilt es zu verschwinden, Fuggerin.«

Langenmantel packte sie am Arm und zog sie weg. Hannes' Gelächter brach sich in der engen Mauergasse und kippte schließlich um in ein beängstigend diabolisches Wiehern, das ihr in den Ohren schallte.

KAPITEL 28

Ein eisiger Wind blies durch die Gassen. Die Menschen, die zur Messe unterwegs waren, hüllten sich in schwere Schauben. Schnee fiel in dichten Flocken, die ein rauschendes Geräusch verursachten, wenn die Böen für einen Augenblick innehielten. Verzerrt wehten die Glockenklänge über die Häuser hinweg und riefen die Bürger zur Mette.

Sibylla hatte sich einen schweren Pelz umgehängt und doppeltes Schuhwerk angezogen, dennoch fror sie von den Beinen her. Der Wind fuhr unter ihre Röcke, bauschte sie und hinterließ einen Schauer auf dem Rücken. Sie presste die Beine zusammen, um sich nicht zu erkälten. Sibylla war unterwegs hinunter in die Armensiedlung. Sie trug einen Korb mit Lageräpfeln, einen Stollen, mehrere Kerzen und Lebkuchenbruch. Auf ihr Klopfen öffnete der Pförtner der Siedlung und ließ sie mit einem stummen Nicken ein. Er kannte die Besucherin.

Sibylla hastete durch den knöcheltiefen Schnee, der auf ihrem dunklen Pelz einen weißen Saum hinterließ. Ohne zu klopfen, trat sie in die Stube. Sie hatte das Gefühl, als wäre das Innere des Hauses noch kälter als die Luft draußen.

»Maria«, rief sie und öffnete die Tür zur Kammer. »Maria. Der Herr ist uns geboren. Frohe Weihnacht und dass ein glückliches Neues Jahr für dich anbrechen möge.«

Niemand antwortete. Alles blieb ruhig. Sie hörte nicht einmal die Atemzüge der Weberin. Eisig fuhr es ihr in den Bauch. Sie wollte das Schreckliche gar nicht denken. Sie verfluchte ihren Unverstand, Anna nicht mitgenommen zu haben. Nur langsam gewöhnten sich ihre Augen an das Dunkel im Zimmer. Die Weberin lag nicht im Bett. Die Decke war zurückgeschlagen, die Bettstatt leer. Wo war sie?

Sibylla rief ihren Namen.

»Maria? Maria! Maria!«

Ein Stöhnen, das aus der Stube drang, war ihr Antwort genug. Sie stellte den Korb ab, drehte sich um und lief in die Stube. Eine einsame Kerze flackerte. Am Tisch saß Maria, den Kopf auf die Platte gelegt. Ein dunkler Fleck breitete sich vor ihr auf dem Platz aus.

»Um Himmels willen!«, rief Sibylla, trat neben die Weberin, hob ihren Kopf. Mit einem Tuch, das über einer Lehne hing, wischte sie ihr den Mund ab.

»Lasst mich«, flüsterte die Weberin. »Ihr müsst ihn aufhalten. Die Weberin fühlte sich kalt an. Ihre Hände waren ein einziger eisiger Klumpen, ihr Körper zitterte in einem fort. Die Zähne schlugen hörbar aufeinander.

»Ich bring dich ins Bett!«, bestimmte Sibylla, doch die Weberin wehrte sich schwach.
»Weg. Ihr müsst weg. Hannes! Hannes!«, stotterte sie vor sich hin.
Sibylla verstand nur die Hälfte und konnte keinerlei Zusammenhang darin erkennen. Sie griff Maria Binternagel unter die Arme und trug sie in die Schlafkammer. Sibylla erschrak, wie leicht die Weberin war. Kaum dass sie sich anstrengen musste. Sie bestand nur noch aus Haut und Knochen. »Hannes. Er ... er ... er ...«, stotterte die Weberin.
Sibylla holte aus der Stube einen Lappen und wischte der Weberin das Gesicht sauber.
»Was ist mit Hannes?«, flüsterte Sibylla und deckte die Frau zu. Trotz der Kälte lief ihr der Schweiß übers Gesicht. Ein Verdacht regte sich. »Was will er?«
Der Kopf der Weberin versank im Strohkissen. Ihr Atem pfiff. Feiner Speichel spielte um den Mund und schäumte zu weißlichen Fäden auf. Ihre Lippen formten Worte. Langsam. Deutlich. Sibylla las zweimal das Wort Tod. Tod. Ihr graute vor diesem Wort.
»Wer ist tot?«, drängte sie und rüttelte die Frau sanft.
»Jakob!«, flüsterte Maria Binternagel mit geschlossenen Augen. Diese lagen tief in den Höhlen, verschwanden beinahe darin. »Hannes!«, setzte sie hinzu.
Sibylla schreckte auf. Hannes, Jakob und Tod. Diese drei Begriffe standen in unheilbringender Nähe zueinander. Sie konnte sich nicht vorstellen, dass sich Hannes am Tag der Geburt des Herrn an Jakob rächen wollte. Wo auch? In der Kirche? Wenn die Gemeinde zusah? Sie hatte ihn als Menschen kennen gelernt, der zu sehr am Leben hing, als dass ihm solches zuzutrauen war.
»Hier hast du einen Korb. Iss, Maria. Ich schaue nach Hannes«, sagte sie und stellte den Korb neben dem Bett ab.
Die Weberin nickte beinahe unsichtbar. Unbeholfen tastete

sie nach Sibyllas Hand. Sie drückte sie kurz und schwach, dann gab sie die Hand wieder frei.

Sibylla zog den Pelz um ihren Leib, bevor sie zur Tür hinaustrat. Der Schneefall hatte sich zu einem Treiben verdichtet, das kaum die Hand vor Augen erkennen ließ. Sie zuckte zusammen, als sich aus dem Weiß eine Gestalt schälte, zierlich und mit einem Korb auf dem Rücken. Sie blickte ihr in die Augen und sah für einen Moment den erstaunten und schmerzenden Blick, der ihr schon einmal entgegengeleuchtet hatte, nur jetzt verborgen unter einer Haube und hellen Eiskristallen, die sich auf Haut und Stoff verteilten.

»Franziska!«, entfuhr es Sibylla. »Woher …?«

»Aus Oberhausen. Ich will zur Mutter.«

Kurz blieb Franziska stehen, und bevor Sibylla etwas sagen konnte, drängte die junge Frau an ihr vorbei. Unschlüssig, ob sie ins Haus zurückkehren oder in die Oberstadt gehen sollte, stand sie auf der Schwelle.

»Es wird kalt«, sagte Franziska. »Geht, oder kommt herein.«

Franziskas Gesicht leuchtete weiß. In ihren Augen lag eine Gewissheit, die Sibylla verunsicherte, bis sie begriff, was sie bedeutete. Als Sibylla an ihr herabsah, blieb ihr Blick an der Rundung des Bauches hängen. Sibylla wusste, was sie tun musste. Hier konnte sie nicht bleiben. Bevor sie in die Nacht hinaustrat, zog sie einen Beutel aus ihrem Ärmel und legte ihn der zukünftigen Mutter in die Hand.

»Für das Kind. Es ist nicht viel. Alles Glück, Franziska!«, murmelte Sibylla.

Die Glocken verstummten, als Sibylla aus dem Tor der Armensiedlung trat.

In wenigen Minuten würde der Ministrant die Glocke ziehen und die Messe einläuten. In feierlicher Prozession würden die Geistlichen durch die Kirche schreiten, das Fest der Geburt des Herrn vorbereiten, des Erlösers harren, während Maria Binternagel zu Tode krank in ihrem Bett lag und auf die Erlösung ihrer Leiden wartete. Irgendwo zwischen den Gläubigen würde Hannes sitzen oder stehen und hasserfüllte Blickpfeile auf Jakob werfen.

Sie bedauerte, Jakob nicht gestanden zu haben, dass Marias Sohn ihm nach dem Leben trachtete, als Sühne für seine Zeit im Arsenale zu Venedig. Sie hastete den Berg am Perlach entlang hoch, bog in die Straße vor dem Rathaus ein und pflügte mit ihrem Kleid und dem schweren Pelz regelrecht durch den Schnee. Durch eine Seitenpforte betrat sie St. Moritz. Ihr Blick ging über die Gläubigen hinweg zu Jakobs Platz. Im selben Augenblick holte sie keuchend Luft. Der Platz war leer. Sie hatte sich zu ihrem Sitz hindurchdrängen wollen, doch jetzt verhielt sie ihren Schritt. Wo war Jakob? Es sah ihm nicht ähnlich, den Gottesdienst ausfallen zu lassen. Unschlüssig blickte sie umher. Anna wartete neben ihrem eigenen, leeren Platz und reckte den Kopf nach hinten, ob sie ihre Herrin nicht entdecken könnte. Anton hockte in seiner Bank. Die Töchter der Fuggerbrüder waren alle versammelt und blickten nach vorn zum Altar, wo die Priester gerade die Stufen erklommen. Nur Raimund fehlte. Der war vermutlich zu betrunken, um an der Feier teilzunehmen.

Sibylla machte auf dem Absatz kehrt. Wenn Jakob nicht in der Messe saß, wo konnte er sein? Im Goldenen Kontor? Bei ihnen zu Hause? Rasch lenkte sie ihren Schritt nach Hause. Ihr Gesicht glühte trotz des Schneefalls. Sie überlegte fieberhaft. Jakob hatte sich in den letzten Tagen nicht wohl gefühlt, hatte über Kopfschmerzen geklagt und sich einmal sogar über ein Ziehen im Bauch beschwert. Das Alter machte ihm zu schaffen, obwohl er es sich nicht eingestand.

Sibylla lief, dann rannte sie. Eine Laterne hätte ihr gut getan. Der Schnee, der vom Himmel fiel, hielt winzige Körnchen Licht eingeschlossen, die er entließ, wenn er auf dem Boden auftraf. Eine diffuse Helligkeit strahlte überall und erleichterte ihr den Weg. Atemlos erreichte sie das Haus am Weinmarkt und blieb kurz stehen. Das Tor stand einen Spalt weit auf. Das durfte nicht sein und konnte alles bedeuten. Sie malte sich für einen Herzschlag lang aus, was sie hinter dieser offenen Tür finden würde: einen verwüsteten Innenhof, die Leiche Jakobs, der sich Dieben in den Weg gestellt hatte, den Schwerverletzten, der gestürzt war, bevor er die Tür hatte schließen können. Und wunderte sich selbst über ihre Sorge um Jakob. So viel war zwischen ihnen zerbrochen – und doch fühlte sie sich ihm verbunden.

Mit einem Ruck zwang sie sich, das Tor aufzuschieben. In der Durchfahrt verschluckte eine samtene Nacht die Lichtreste der Straße. Sibylla fürchtete in die Finsternis dahinter zu stürzen und hielt sich am Türflügel fest, bis sich ihre Augen an die Dunkelheit gewöhnt hatten. Nichts befand sich dahinter. Hallende Leere.

»Jakob! Jakob?«, rief sie in die Nacht. Nichts rührte sich. Niemand antwortete ihr.

Sibylla schluckte den Speichel hinunter, der sich in ihrem Mund angesammelt hatte, und hörte ihre Schluckbewegung als lautes Geräusch. Jeder, der in dieser Finsternis stand und auf sie wartete, musste sie hören. Langsam drückte sie den Flügel weiter auf, schickte so eine diffuse Helligkeit tiefer in die wattige Schwärze, bis die Bewegung durch etwas behindert wurde. Ein Gegenstand drückte gegen den Flügel. Zuerst versuchte sie es mit Gewalt, doch das Tor bewegte sich keinen Fingerbreit mehr.

»Was ist denn los?« Sie redete mit sich selbst, um in der rauschenden Stille des Schneefalls nicht allein zu sein.

Sie bückte sich, ließ ihre Hände über den Boden gleiten. Schuhe hatten den Schnee ins Innere getragen und dort festgetreten. Hier und da fühlte sie blankes Eis. Kälte zog ihre Arme hinauf.

Sie wollte schon aufgeben, als ihre Hand Finger berührten. Eisige Finger. Sie zuckte zurück, sprang dann mit einem Schrei in die Höllennacht des Torinneren. Solche Finger hatte nur eine Person.

»Jakob! Was ist passiert?«

Sie tastete den Körper ab. Jakob lag im Schnee, kniete nach vorn übergebeugt auf dem Eis der Einfahrt, ohne Mantel, ohne Handschuhe, ohne Seidenkappe. Sibylla rief aus Leibeskräften um Hilfe, fluchte, packte den Körper ihres Mannes unter den Achseln, zerrte ihn zum Hauseingang. Endlich erschien einer der Pferdeknechte, denen verboten worden war, die Weihnachtsmette zu besuchen, und die stattdessen am nächsten Morgen eine eigene Nachzüglermesse gelesen bekamen.

Er hielt eine Fackel in der Hand und leuchtete die Durchfahrt aus. Pelzmantel und Kappe lagen in der anderen Ecke der Einfahrt. Sibylla hielt Jakob eine Hand vor den Mund. Ihre Härchen bewegten sich leicht, sie spürte einen sanften Hauch des Lebens. Er atmete flach. Jakob lebte.

»Hilf mir, den Herrn in sein Bett zu legen«, fuhr sie den Knecht an.

Der griff zu, legte sich Jakob Fugger über die Schultern wie einen Sack Mehl. Jetzt erst stellte Sibylla fest, dass ihm auch die Schuhe fehlten. Nur Hemd, Wams, leichte Hose und Strumpfwickel trug Jakob am Leib. Für diese Kälte ein Todesurteil.

»Was ist geschehen?«, stotterte der Knecht.

»Das will ich dich fragen! Hast du den Herrn nicht bemerkt? Er ist gestürzt.«

Der Rossknecht schüttelte mit weit aufgerissenen Augen den Kopf. Er habe nichts gehört, beteuerte er. Ja. Die Pferde seien unruhig gewesen, hätten gescheut. Da habe er in den Stall müssen, um nach dem Rechten zu sehen. Jakob Fugger habe er nicht gesehen.

»Hat es denn nicht geklingelt? An der Pforte geklingelt?«

Nichts dergleichen habe er vernommen, beteuerte der Pferdeknecht. Der Schreck, der in seinem Blick saß, wirkte echt. Sibylla glaubte ihm.

Sie ließ Jakob ins Bett legen. Gemeinsam zogen sie ihn aus, deckten ihn mit warmen Decken zu. Sie schickte den Knecht hinaus, um eine Bettpfanne zu holen. Während sie darauf wartete, dass Jakob das Bewusstsein zurückerlangte, jagten ihr die Gedanken durch den Kopf.

Wie sehr verabscheute sie dieses Leben mit ihm, in dem nur Gewinn und Macht eine Rolle spielten, und wie sehr genoss sie es, weil sie daran teilhaben durfte. Sie hasste ihn für seine Art, mit den Menschen umzugehen, als wären sie beliebiges Handelsgut.

Andererseits zeigte sich Jakob verständnisvoll. Sie spielte offiziell die treusorgende Gattin, und er ließ sie dafür in Ruhe. Jakob akzeptierte, dass sie sich auseinander gelebt hatten. Sie lebte ihr Leben, er das seine. Er legte ihr keinerlei Fesseln an, freute sich sogar daran, dass sie in Konrad eine neue Liebe gefunden hatte, und dafür wieder liebte und respektierte sie ihn, auch wenn es absurd klang. Ihr Zusammensein erschien ihr wie eine wertvolle Vase, die überall Sprünge zeigte, dadurch undicht und zu nichts mehr zu gebrauchen war – und dennoch nicht auseinander fiel, weil eine unsichtbare Kraft sie zusammenhielt, solange man sie an Ort und Stelle beließ. Vor Gott hatte sie geschworen, ihn bis zu seinem Tod zu begleiten. Sollte sie dieses Gelübde brechen? Nein, Jakob durfte nicht sterben. Jetzt noch nicht. Entschlossen streifte sie sich ihre Kleidung ab, legte sie auf den Stuhl neben dem Bett, zog sich aus bis auf ihr Hemd – und mit einem energischen Zug riss sie sich das ebenfalls vom Körper. Nackt stand sie vor Jakob. Dessen Lippen wirkten wie Lapislazuli, blau und glänzend. Dann schlüpfte sie zu ihm unter die Decke und nahm ihn in den Arm. Sein Körper war eisig, die Hand des Todes, die sich auf die Schulter der Lebenden legt. Sie schlang ein Bein um ihn und begann ihn zu wärmen. Sie spürte, wie sein Körper zitterte.

»Was ist geschehen, Jakob?«, flüsterte sie ihm zu, doch er ant-

wortete nicht. »Wer hat dich geheißen, die Kleider auszuziehen?«
Doch Jakob Fugger schwieg. Sibylla wusste nicht einmal, ob er sie gehört hatte.

KAPITEL 29 Jakob musste sich festhalten, sonst hätte es ihm die Beine unter dem Leib weggezogen. Er setzte sich auf die Schwelle eines der Häuser und versuchte sich zu sammeln. Die Schmerzen im Bauch hatten sich zwar gelegt, doch eine Verdickung war geblieben, die er ertasten konnte.
»Herr, Ihr erkältet Euch wieder!«, mahnte ihn Schwarz, der mit ihm vors Klinker Tor gegangen war, um im Januarsonnenschein die Kreditsicherheiten für den Kaiser zu besprechen.
Nach drei Wochen Bettruhe, die Jakob an den Rand des Todes geführt hatten, war der Weg hierher übertrieben weit gewesen. Manchmal hasste er seine Dickköpfigkeit. Statt sich langsam wieder zu sammeln und Kräfte aufzubauen, trieb er Schindluder mit sich selbst. Hinzu kam diese Nachricht, diese verfluchte Nachricht.
»Wir müssen nach Hause, Schwarz«, sagte er matt. »Wir müssen uns wappnen. So früh. Er hat Andeutungen gemacht, doch so früh habe ich es nicht erwartet.«
Der Schnee leuchtete in der Mittagssonne. Jakob blickte in das Strahlen, bis die Augen schmerzten. »Mit ihm ist nicht nur ein Freund gegangen. Mit seinem Tod hat die Hölle einen Schritt in diese Welt gemacht.«
»Der König ist tot, es lebe der König«, sagte Schwarz und sah zur Stadt hin. Jakob folgte seinem Blick. Auf die Entfernung hin verschwammen ihm die Menschen.
Halb Augsburg strömte aus den Toren in die Natur hinaus, versuchte dem Gestank und Dunst der Holzkohlenfeuer zu entkommen und ein wenig Sonne zu erhaschen. Sie wussten noch nichts von der Neuigkeit. Jakob hatte den Boten zum Still-

schweigen verpflichtet. Verschwitzt und mit schäumendem Pferd war er ihnen vor dem Tor entgegengeritten. Jakob hatte ihn aufgehalten und sofort die Botschaft gelesen. Der letzte Ritter war verstorben. Maximilian von Habsburg war tot. Zwischen drei und vier Uhr morgens hatte er in Wels die Augen für immer geschlossen.

»Helft mir auf, Schwarz. Ihr habt Recht.«

Der Hauptbuchhalter zog Jakob auf die Beine. Als er ihm jedoch den Arm bot, lehnte der ab.

»Ihr müsst noch viel lernen. Ich muss alleine gehen. Komme ich gebrechlich daher oder fühle mich krank, dann muss ich zu Hause bleiben. Wer sieht, dass dem Fugger elend ist, der fürchtet um sein Geld und zieht seine Gulden aus der Unternehmung, storniert Kredite oder verweigert Unterstützung.« Er hustete und streifte sich den Schnee vom Mantel. »Ihr geht neben mir, so dass Ihr eingreifen könnt, wenn mich der Schwindel erneut packt. Redet, damit ich nicht reden muss. Allein das Nicken fällt mir schwer genug. Auf jetzt. Jede Stunde ist kostbar.«

Jakob stapfte vor Schwarz her durch den ungespurten Schnee. Schwerfällig und müde fielen seine Schritte aus, und er bereute es, keine Sänfte genommen zu haben. Er fühlte sich, als wäre alles Blut aus den Gliedern gewichen und balle sich im Magen zusammen. Er fror, er zitterte, er musste gegen Tränen ankämpfen, schob Letzteres jedoch auf die schneidende Kälte und den leichten Wind, der den lockeren Schnee aufstäubte, so dass man in den Kristallschleiern einen Regenbogen erkennen konnte. Er betrachtete das kleine Wunder kopfschüttelnd. Wie verschwenderisch die Natur ihr Füllhorn ausgoss. Ohne Sinn und Verstand.

»Die Spanier werden alles daran setzen, den Thron zu erhalten«, versuchte Schwarz das Gespräch wieder in Gang zu setzen. »Dieser Karl ist zwar verschlossen und ein wenig zu sehr von sich eingenommen, doch intelligent und machthungrig.«

»Er tritt gegen den Franzosenkönig an. Franz I. wird es sich etwas kosten lassen, die Kaiserkrone zu erlangen.«
»Wen werdet Ihr unterstützen?«
Jakob blieb vor dem Stadttor stehen und sah zuerst von der hölzernen Brücke in den Graben hinunter. Der Wind kräuselte den Schnee auf der Eisfläche und wischte ihn hin und her. Er schrieb Chiffren in die Oberfläche, die wie eine Geheimschrift anmuteten. Jakob versuchte darin zu lesen, bis er ärgerlich den Kopf abwandte. Sollte er noch im Alter diesem verrückten Aberglauben verfallen?
Unsicher sah er zur Hauptrichtstatt hinüber. Dort hing ein Körper über einem Rad mit zerschlagenen und zerhauenen Knochen. Die Rabenkrähen taten sich an ihm gütlich.
»Wir werden sehen.« Jakob musste innehalten. Gleichzeitiges Reden und Laufen war ihm unmöglich geworden. »Ihr werdet mir die Kanäle nach Spanien und nach Paris offen halten. Unser Faktor aus Antwerpen soll vorfühlen, wie sich Karl unsere Zukunft denkt, und dasselbe gilt für Franz von Frankreich.«
Jakob schritt weiter aus. Er war jetzt sechzig Jahre alt und ein Greis. Er fühlte sich, als hätte die letzte Krankheit etwas in seinem Körper hinterlassen, den ersten Vorboten einer Veränderung.
»Darf ich Bedenken äußern?«, fragte Schwarz.
»Ihr sollt sie äußern. In meinem Alter glaube ich, langsam blind zu werden für die Zusammenhänge. Da tut ein zusätzliches klares Auge gut.«
Zunächst gingen sie stumm nebeneinander her. Jakob registrierte die Köpfe sehr wohl, die sich beugten, wenn er vorüberging. Nicht immer meinten sie es ehrlich, nicht immer schätzten sie ihn. In so manchem Blick lag Verachtung und Hass. Im Augenblick störte ihn das alles nicht.
»Ihr werdet abhängig von Habsburg, wenn Ihr Karl die Krone verschafft.«
»Bin ich das nicht längst? Zehntausend Bergarbeiter stehen in

meinem Sold. Alle Minen sind Habsburger Besitz, den wir ausbeuten. Ein Federstrich, und sie gehören wieder der Krone ...«
»... die nichts mit ihnen wird anfangen können!«, vollendete Schwarz den Satz. »Sie müssten auf Euer Wissen, auf Eure Hauer, auf Eure Gewerken zurückgreifen. Ansonsten käme nicht ein Gramm Silber aus den Stollen ans Tageslicht.«
Jakob lachte verhalten. Sie hatten sich inzwischen dem Goldenen Kontor genähert.
»Ihr glaubt nicht, wie viele meiner Leute liebend gern ihr Wissen einem anderen zur Verfügung stellen würden, wenn der besser zahlte.«
»Was dem Spanier zweimal unmöglich ist. Woher sollte er das Geld nehmen, wenn nicht aus Euren Kassen?«
Jakob hörte nicht recht hin. Er beobachtete die Menschen, die um ihn herum miteinander tuschelten und die Köpfe reckten.
»Schwarz. Spürt Ihr die Unruhe?«
Sein Buchhalter überragte ihn an Körpergröße. Er suchte in der Straße nach der Ursache für den Lärm in der Menge.
Jakob hörte, wie Pferde wieherten, er vernahm das Schaben einer zerbrochenen Deichsel auf dem Boden, das gedämpfte Donnern riesiger Hufe auf dem pulvrigen Schnee.
Die Menschen schrien, stoben auseinander.
»Sagt schon, Schwarz!«, rief Jakob und sah sich unruhig um.
»Weg hier!«, rief Schwarz und zog Jakob vor sich her. Er stürzte auf einen Haufen zu, den ein Kaufmann vor seinem Tor aufgeschüttet hatte. Der Eingang war verschlossen. »Los, hinter den Schneehaufen! Werft Euch hin.«
»Den Teufel werde ich tun, Schwarz!« Jakob richtete sich zu seiner ganzen Größe auf. Ein Fuhrwerk schoss genau auf ihn zu. Ein Teil der Deichsel war gebrochen und pflügte durch den Schnee.
Während sich Schwarz hinter den zusammengeschippten Schnee duckte, hob Jakob beide Arme und schrie aus Leibeskräften. Sein Pelzmantel, dunkel und weit geschnitten, ließ

ihn zur Übergröße wachsen. Die Pferde stürmten wie panisch auf ihn zu, sahen mit aufgerissenen Augen, in denen man das Weiße erblickte, das schwarze Ungetüm vor sich, erschraken ein zweites Mal. Jakob schwenkte die Arme, verfiel in einen Laufschritt und fing die Gäule ab, die wieder kehrtmachen wollten. Er ließ sich in die Zügel fallen, nicht deshalb, weil er sie endlich erwischt hatte, sondern weil ihm vor Schwäche die Beine versagten. Er riss ihre Köpfe regelrecht nach unten, nahm die Kraft aus ihrem Bäumen und Toben und vermochte sie so aufzuhalten.

Sofort griffen Hände zu, zerrten die Gäule zurück, hielten sie fest, beruhigten sie. Aus dem Augenwinkel heraus entdeckte Jakob, der sich in den Schnee gekniet hatte, wie Schwarz auf ihn zustürzte, wie er ihm aufhalf – und gleichzeitig tauchte hinter diesem ein zweites Gesicht auf. Es blieb nur einen Wimpernschlag sichtbar, doch Jakob erkannte es. Sein Widersacher aus der Faktorei, der Mann mit dem venezianischen Löwenmesser. Das Ausbrechen der Pferde war kein Zufall gewesen. Es hatte ihm gegolten.

»Es war der Teufel selbst«, sagte er zu Schwarz, das Gesicht vor Augen, als dieser ihm unter die Arme griff. »Der Teufel selbst. Riecht Ihr den Brand?«

Der Kutscher, dem die Tiere ausgekommen waren, stürzte auf sie zu, entschuldigte sich wortreich, behauptete, die Lederriemen seien durchgeschnitten worden, zeigte Lederhalterungen vor, die tatsächlich glatte Schnittflächen aufwiesen. Außerdem habe jemand den Pferden Fackeln zwischen Fell und Kummet gesteckt.

Jakob nahm die Entschuldigung ausdruckslos zur Kenntnis. Die Menschenansammlung, die sich gebildet hatte, murmelte und spöttelte hinter ihrem Rücken. Jakob suchte die Köpfe ab, ob er den darin fand, nach dem er spähte. Doch der ließ sich nicht mehr sehen.

So stolperten sie mehr als sie liefen zum Haus des Bruders.

Nachdem sie das Tor hinter sich geschlossen hatten, rief Schwarz nach einem Diener, der ihm half, Jakob Fugger nach oben zu tragen. Erschöpft und ermüdet traten sie ins Kontor ein.

»Sibylla, du?« Jakob zuckte zurück. Vor ihm, ganz in dunklen Damast gekleidet, stand Sibylla, tränenüberströmt, als habe sie auf ihn gewartet. Hatte sie von Maximilians Tod gehört? Das konnte unmöglich sein. »Warum trägst du Schwarz?«

Sibylla antwortete mit einem Schluchzen, bevor sie etwas sagen konnte.

»Sie ist ... gestorben!«, stotterte Sibylla.

Jakob, der nicht raten wollte, dem die Erschöpfung die Augen zudrückte und dem das Denken verschwamm, schüttelte nur den Kopf.

»Wer? Nun sag schon!«

»Maria ist tot. Die Weberin. Heute Nacht. Ihr Sohn hat mir die Nachricht überbracht.«

Sibylla hielt beide Hände fest um ihr Amulett geklammert und drückte es an ihre Wangen.

Jakob sah Sibylla überrascht an.

»Die Weberin hat einen Sohn?«

Sibylla presste die Lippen aufeinander und nickte.

»Ihr hattet ihn nach Venedig geschickt. Es ist lange her.«

KAPITEL 30

Die Gesichter glänzten im Widerschein des lodernden Feuers vor dem Perlach. Die Bürger lachten. Violinenklänge ließen die Beine zucken. Eine Schalmei näselte dazwischen. Die ersten drehten sich zur Melodie, ein Rufen, Schreien, Klatschen allenthalben. Die Mägde der hohen Herrschaften warfen verstohlene Blicke zu den jungen Burschen hinüber. Mitten in der Menge drehte sich Matthäus Schwarz, ganz in Rot, als wäre er eine Flamme, die sich selbstständig gemacht hatte. Um das Feuer stand, was in Augsburg Rang und

Namen besaß. Dazwischen drängten sich Dienstboten. Manche blickten stumm in die Flammen, andere schwatzten mit den Nachbarn, Dritte lösten sich aus dem Ring, um sich in die Menge der Tanzenden einzureihen. Über allem lag ein unausgesetztes Gelächter.

Eine Personensänfte wurde herangetragen und neben Conrad Peutinger abgesetzt. Der wandte nicht einmal den Kopf, als der Vorhang zurückgeschlagen wurde, damit der Insasse auch etwas sah.

»Ihr habt es geschafft, Fugger!«, bemerkte Peutinger.

»Karl ist König.« Jakobs Stimme klang rau. »Es war schwer genug. Bis heute weiß ich nicht, ob es ein Fehler war. In der Frankfurter Wahlkapelle sind die Würfel womöglich gegen die Unternehmung Jakob Fugger gefallen. Ich sehe es deutlich. Augsburg rückt an den Rand von Karls Reich. Madrid ist so viel weiter von Augsburg entfernt als Innsbruck oder Wels. Und der Spanier, er lässt sich bitten.«

»Einen Fugger lässt man nicht warten!«, lächelte Peutinger und wollte etwas hinzufügen, als Sibylla hinzutrat.

»Oh, die hohen Herrn spekulieren wieder über die Politik. Selbst an einem Tag der Freude wie diesem.« Sibylla hatte den Wortwechsel mitgehört. Doch je älter sie wurde, desto weniger interessierten sie die Schliche und Intrigen ihres Gatten. Sie suchte die Menge nach einem bestimmten Gesicht ab. Sie konnte Konrad Rehlinger nicht entdecken. »Wer von den Herren hätte Lust, sich mit mir zu drehen?«

»Zu diesen Bauernweisen? Ich bitte Euch, Sibylla.« Peutinger versuchte etwas distinguiert zu klingen, konnte sich jedoch eines Grinsens nicht erwehren. »Wenn ich Euch drehen würde, dann würdet Ihr fliegen wie bei einem Jahrmarktskarussell. Oder Ihr müsstet ein zweites Paar Schuhe mitnehmen, denn das erste würdet Ihr allein schon durchlaufen, bevor Ihr um mich herumgekommen wärt.«

»Ein wenig habt Ihr Recht!«, schmunzelte Sibylla. Sie mochte

den gutmütigen Dicken, der über seine Leibesfülle selbst nicht glücklich war, sie jedoch mit Humor nahm.
»Und meinen Freund Jakob dürft Ihr nicht fragen. Wenn er sich frisch fühlte, hätte er sich nicht in der Sänfte herbringen lassen.«
Ein Knall erschütterte den Platz. Abrupt endete die Musik, die Menschen standen still, blickten in den Himmel, in den hinein farbige Lichter platzten. Vor den Fassaden drehten sich Feuerräder und sprühten Fontänen. Das Feuerwerk begann. Ein Ah und Oh lief durch die Menge. Peutinger beugte sich zu Sibylla hinüber.
»Hat es den alten Herrn geärgert, dass der Magistrat Fest und Feuerwerke ausrichtet? Er wollte ihm den Triumph nicht gönnen! Missgünstiges Volk, diese Stadtpfleger und Ratsmitglieder. Dabei wären sie ohne Euren Gatten nichts! Nichts!«
Sibylla kicherte, weil Peutinger wie immer den Nagel auf den Kopf getroffen hatte. Sie wollte ihm antworten, wollte gerade sagen, dass es Jakob ganz recht gewesen war, dass der Magistrat sich für die Ausrichtung der Festlichkeiten verantwortlich fühlte, als in der Menge Hannes' Kopf auftauchte. Sie hatte den Webersohn einige Zeit nicht mehr gesehen. Hatte sogar gehofft, er habe die Stadt verlassen. Jetzt hielt er eine welsersche Magd im Arm und drückte sie an sich.
Die farbige Nacht dauerte einen gute Viertelstunde zwischen Glockenschlag und Glockenschlag. Zwei gewaltige Donner beendeten das Lichterspiel. Dunkelheit senkte sich erneut über den Platz vor dem Perlach, bis die Augen sich an das Licht gewöhnt hatten. Jubel brach aus, die Menschen schrien, grölten, pfiffen. Schalmeien nahmen den Jubel auf, Lauten zerzupften das Lachen in einzelne Töne, eine Trommel riss an den Beinen. Sibylla sah selbst Schwarzröcke sich drehen und jauchzen.
Wilder und wilder tollte die Menge, allen voran Hannes mit seiner Welser'schen. Er führte eine Gruppe junger Kerle an,

die sich gebärdeten wie die Teufel und mit den Mädchen über das Feuer sprangen.

Plötzlich löste sich die wilde Schar, jagte über den Platz hin wie eine Schule Kaninchen und schloss die Gruppe um Fugger ein. Sie umringten die Sänfte, hüpften zum Takt der Trommel, schlugen mit den flachen Händen auf das Dach. Sibylla wurde abgedrängt, aus dem Kreis geschoben und sah sich plötzlich Hannes gegenüber. Verschwitzt, mit geweiteten Augen und spöttischem Blick, betrachtete er sie.

»Er soll auch seinen Spaß haben, der Herr Fugger!«, grölte er. »Wir wollen ihn drehen, dass ihm schwindlig wird.«

Zwei junge Burschen nahmen die Griffe der Sänfte und schleppten sie mitsamt ihrem lebenden Inhalt fort. Sie hörte Jakob protestieren, während sie mit ihm um das Feuer tanzten. Sibylla sah nur die Hände Jakobs, die sich an die Fenstersparren klammerten. Sie wollte etwas rufen, wollte ihm beispringen, doch es gelang ihr nicht, sich aus ihrer Erstarrung zu lösen.

Peutinger fuhr wie ein Donnerwetter unter die Kerle, schrie Verwünschungen, brüllte Befehle und versuchte, hinter den Jungen herzulaufen, doch seine Leibesfülle machte ihn langsam. Zu langsam für den Willen der Spaßvögel.

Sibylla fühlte regelrecht die Schadenfreude, die Hannes trieb. Plötzlich löste sich in ihr die Verkrampfung. Sie wollte eben loslaufen, ihrem Gatten zu Hilfe eilen, da berührte sie eine Hand an der Schulter.

»Sibylla, lass sie. Sie werden ihm nichts tun.«

»Konrad!« Sibylla fuhr herum und schlang ihre Arme um den Mann, den sie bereits gesucht hatte. »Sie dürfen es nicht. Jakob wird …«

»… sie gewähren lassen müssen«, versuchte Konrad Sibylla zu beruhigen und legte ebenfalls einen Arm um sie.

So standen sie in der tobenden Menge, die lautstark die Wahl Karls zum deutschen König feierte. Hoch loderte die Flamme des Feuers auf. Reisigbündel wurden hineingeworfen, die schnell und heiß verbrannten und einen Funkenregen erzeugten, der in den Himmel stieg und als weiße Flocken wieder auf die Tanzenden herabregneten.

»Was haben wir denn da für ein trautes Paar?«

Sibylla fuhr auf, stieß sich von Konrad ab. Sie überlegte, was sie sagen sollte, was es rechtfertigte, dass sie sich mitten auf dem Platz an die Brust eines Hausfreundes geworfen hatte.

»Mir war schwindlig!«

»Schämt Ihr Euch nicht? Die Meute treibt ihren Spaß mit dem Oheim, und Ihr fallt diesem … diesem … Rehlinger um den Hals, als wärt Ihr mit ihm verheiratet! Hure!« Die Stimme, die Sibylla nur zu gut kannte, schleuderte ihr die Beleidigung entgegen.

»Ich habe mich Euch gegenüber nicht zu rechtfertigen!«, zischte Sibylla zurück, drehte sich um und holte zu einem Schlag aus. »Ihr gebt mir nicht noch einmal diesen Namen!«

Raimund fing die Hand ab, hielt sie fest und näherte ihr sein Gesicht. Sie roch seinen Atem, faulig und weinselig.

»Ich werde Euch noch ganz andere Namen geben«, sagte er und fletschte die Zähne.

Plötzlich erhielt Raimund einen Stoß von hinten, stolperte auf Sibylla zu, die nur einen Schritt zur Seite machte. Sibylla versuchte nicht, seinen Sturz aufzuhalten. Raimund schlug der Länge nach in den matschigen Schnee. Sibylla erhaschte Hannes' grinsendes Gesicht.

»Ihr seid ja betrunken, Raimund!«, spottete sie und ließ den Fuggerspross liegen, wo er war. Sie hakte sich bei Konrad unter und mischte sich unter die Tanzenden.

Sie sah, wie Diener die Sänfte wieder übernommen hatten. Jakob beugte sich heraus und gab ihnen einen Befehl. Sie wandten sich in Richtung Weinmarkt.

Sibylla blickte ihnen hinterher. Jakob war alt geworden. Seine letzten Kräfte schienen langsam verbraucht.

Konrad legte ihr eine Hand auf ihren Rücken. »Wir wollen uns

amüsieren«, flüsterte er ihr zu und drehte sie zur Tanzfläche. Sibylla ließ sich mitreißen vom Klang der Zimbeln und Pfeifen. Doch ganz konnte sie das Geschehene nicht abschütteln.
»Hannes hat ihm gedroht«, sagte sie, als sie mit Konrad über eine kleine Lohe sprang.
»Hannes ist harmlos, Ihr müsst auf Raimund aufpassen. Er ist der Wolf!«
»Raimund«, sinnierte sie und blickte in die Flammen, »Raimund ist kein Wolf. Er säuft.«

KAPITEL 31 »Er zahlt nicht. Dieser Karl hat keine Ahnung davon, wie schief die Finanzlage seines Geschlechts ist. Auf diesem Gefälle kommt man leicht ins Rutschen. Er verschleudert Glauben und Reputation. Ein Fugger muss bei gutem Willen gehalten werden, sonst schafft er nicht nur Könige, er stürzt sie auch.«
Sibylla blieb stumm.
»Maximilian hat sich hier in Augsburg so oft gezeigt, dass man ihm den Titel Bürgermeister von Augsburg angedichtet hat. Karl sollte nicht fernbleiben.«
Jakob saß in einem Lehnstuhl, eine Decke über seine Beine gebreitet, und sinnierte vor sich hin.
Sibylla hatte die Hände in den Schoß gelegt. »Darum hast du mich aus Kirchberg kommen lassen? Deine Schliche interessieren mich nicht mehr.«
»Karl, unser neuer König, hält seinen Reichstag in Worms ab. In Worms! Warum nicht in Augsburg? Er hatte es vor. Seine Berater, die alle in meinem Sold stehen, haben es ihm empfohlen. Der Spanier könnte keinen von ihnen bezahlen, geschweige denn halten!«
»Reise nach Worms, Jakob. Was hält dich?«
»Das Alter. Wir haben ihn bedient, den Spanier. Wir haben ihn zum König gemacht. Wir haben ihm den Weg zum Kaisertum

eröffnet. Wir warten auf die Tilgung seiner Schulden – und er hält seinen Reichstag zu Worms ab und erwartet, dass ich alter Mann mich der Beschwernis unterziehe, dorthin zu kommen. Er beleidigt mich. Er kennt seinen Fugger noch lange nicht.«
Raimund betrat den Raum. Er zuckte zusammen, als er Sibylla erblickte.
»Was tut sie hier?«
Jakob sah auf.
»Darf ich dich daran erinnern, dass sie meine Frau ist?«
Spöttisch verzog sich Raimunds Mund.
»Ach ja, richtig. Ich hatte es beinahe vergessen!«
Jakob hob nur zwei Finger der rechten Hand, sofort verstummte Raimund. Einen Geruch nach Wein und Frauen hatte er mitgebracht. Jakob bot ihm keinen Platz an. Es wäre auch kein Stuhl für ihn im Raum gewesen.
»Da du jetzt endlich da bist, Raimund, können wir beginnen.«
Jakob hustete und fuhr sich mit der Hand an den Bauch, als verspüre er Schmerzen.
»Fühlt Ihr Euch nicht wohl, Oheim?«
Mitleidig sah Jakob seinen Neffen an.
»Mach dir keine Hoffnung. Ich überstehe das auch noch.«
»Ihr unterstellt mir …«
»Nichts unterstelle ich. Ich stelle fest. Nicht Augsburg, sondern Worms!«
Raimund pfiff durch die Zähne.
»Seit wann wisst Ihr es?«
»Seit heute Mittag.«
»Ich werde für Euch reiten. Sofort.«
Raimund drehte sich abrupt um, wollte zur Tür.
»Bleib, Raimund. Du gehst nirgendwohin.« Jakob sah ihn kalt an. Raimund, dessen ganzer Körper Spannkraft gezeigt hatte, als würde er sich auf den Auftrag freuen, sackte in sich zusammen.
»Wer dann? Ihr selber? Aber …«
»Ihr seid zu alt! Wolltest du das sagen? Ich warte ohnehin dar-

auf, dass Ihr endlich ablebt, Oheim. Wolltest du das sagen? Ihr solltet Euch nicht mehr einmischen, Oheim. Wolltest du das sagen?«

Raimund ließ seinen Blick zwischen Sibylla und Jakob hin und her pendeln, bis er begriff, dass sie bereits mehr wusste als er. Sibylla lächelte ihn mit einem hintergründigen Blick an. Für sie war es ein Augenblick des Triumphes.

»Nein«, beteuerte er und warf Sibylla einen hasserfüllten Blick zu. »Ihr seid der Regierer.«

Raimund beugte sein Haupt. »Geht sie? Ich meine, geht meine Tante?«

Jakob schüttelte langsam den Kopf.

»Ulrich wird gehen. Der jüngere Ulrich.«

»Ulrich?« Raimund fuhr hoch. Seine Hand klatschte laut gegen die Holzverkleidung des Zimmers. »Ulrich? Er war bereits in Aachen, bei der Krönung.«

»Und hat sich dort bewährt.« Jakob blickte abwesend in den Raum. Jetzt dachte er an den Bruder. Der jüngere Ulrich glich dem Vater so sehr, dass Jakob manchmal stehen blieb und dem Jungen nachblickte, wenn sie sich am Rindermarkt über den Weg liefen. »Als hätte jemand die Zeit zurückgedreht«, hatte er einmal gemurmelt, als Sibylla und er ihn in der Armensiedlung bei der Jakober Kirche getroffen hatten. »Ich übertrage ihm auch diese wichtige Mission.«

Sibylla bemerkte, wie sehr Raimund an sich halten musste.

»Ich bin dein Nachfolger«, presste er zwischen den Zähnen hervor. »Ich bin der nächste Regierer.«

Jakob sah den Neffen mit verschleiertem Blick an. Er verweilte noch in der Erinnerung an den Bruder. Nur langsam dämmerte er hoch.

»Du warst mein Nachfolger, Raimund«, sagte er mit so selbstverständlicher Sicherheit, dass es Raimund fürs Erste die Sprache verschlug. »Ich habe längst einen anderen erwählt. Du jagst mir zu sehr hinter Nebensächlichkeiten her.«

Raimund schlug mit der flachen Hand gegen die Vertäfelung und stürmte schließlich zur Tür hinaus. »Ich bin ein Fugger und werde nicht klein beigeben!« Das Blatt schlug zu. Sibylla zuckte kurz. Raimunds Wut ließ den Raum erzittern.

Sibylla verstand jetzt, warum Jakob sie aus Kirchberg hatte kommen lassen, und ihre Verärgerung darüber schlug um in Dankbarkeit. Auch wenn sie sich längst nichts mehr zu sagen hatten, gestattete er ihr doch, an dieser Entscheidung teilzuhaben. Sie beugte sich vor und drückte ihm kurz die Hand.

»Ulrich wird die beste Wahl sein.«

Jakob schüttelte den Kopf.

»Ich habe keine Wahl. So musst du es formulieren, Sibylla. Ein eigenes Kind hätte meine Eigenschaften besessen. In den Familien meiner Brüder und Schwestern finde ich niemanden, der auch nur annähernd mit meinem Weitblick denkt.«

Sibylla senkte den Blick. Sie wollte nicht zeigen, wie sehr sie die Sätze kränkten.

»Es ist uns nicht geschenkt worden. – Anton! Was ist mit Anton?«

Jakob lächelte verhalten.

»Anton. In Rom. Er macht ebenso viele Schulden, wie er mir einbringt, vielleicht etwas mehr. Er hätte das Zeug, aber er ist zu weich, zu verzärtelt. Musik und Tanz, Literatur und Kunst mag er viel zu sehr, als dass er sich um den Handel kümmern könnte, wie der es von ihm verlangt. Eine Sippe von Schwächlingen ...«

»Jetzt übertreibst du.«

Jakob nickte.

»Du hast Recht. Ich übertreibe. Eine Sippe, die von meinem Verdienst wird leben müssen, die nächsten dreihundert, vierhundert oder fünfhundert Jahre.«

Es klopfte. Raimund streckte den Kopf durch die Tür.

Jakob musterte ihn müde.

»Was willst du noch?«

»Nachricht. Ein spanischer Grande!«

Jakob presste die Lippen aufeinander und erhob sich. Sein Gesicht wirkte wie versteinert. Seine ohnehin blasse Haut entfärbte sich eine Spur weiter.

»Die Spanier«, presste er zwischen den Zähnen hervor, »sind mir die liebsten Gäste.«

Hinter dem Georgssohn erschien ein spanischer Grande, in dessen Gesicht der Abscheu gegen dieses bürgerliche Haus, gegen seine Botschaft, gegen alle die Menschen, die keine Spanier waren, deutlich zu lesen war. Es zeugte von einer blasierten Leere, die Jakob erheiterte. Er schob Raimund einfach beiseite. Dieser schäumte vor Wut, ließ den Adeligen jedoch an sich vorbei. Zuerst sah der Spanier auf Sibylla, die ruhig sitzen blieb, als er eintrat, und auch keinerlei Veranlassung sah, den Boten zu begrüßen. Ein Heben der Augenbrauen sollte wohl andeuten, dass sie sich zu entfernen habe, schließlich stünde ein Männergespräch an.

»Sibylla, es ist nur ein Bote aus Worms. Du kannst bleiben«, sagte Jakob mit leiser Stimme und ließ sich wieder in seinen Sessel zurückgleiten. Er hatte dem Spanier nicht einmal die Hand gegeben.

»Ihr habt Nachricht von unserem Herrn, dem König?«

Sibylla spürte sofort die Spannung, die sich zwischen den beiden Männern aufbaute.

»Karl hat mich nach Augsburg geschickt, zu einem – Kaufherrn.«

»So, zu einem Kaufherrn«, murmelte Jakob, der das elegante Spanisch des Granden verstand, jedoch in seiner Heimatsprache antwortete. Dabei lächelte er so unverbindlich, dass Sibylla kurz zusammenzuckte. Der Spanier sah sich nach einer Sitzgelegenheit um, doch den einzigen Stuhl in der Stube belegte sie selbst. Er biss sich auf die Lippen. Jakob übersah seinen Blick.

»Carpe diem. Was wolltet Ihr mir mitteilen?«

Der Spanier räusperte sich.

»Der erwählte König hat seine Hoheitsgebiete im Osten an seinen Bruder, den Erzherzog Ferdinand, übergeben. Darunter das Tirol.«

Ein unverschämtes Grinsen stand ins Gesicht des Adeligen genäht.

Jakob nahm den Affront gelassen hin. Zwar konnte Sibylla nicht recht abschätzen, was es bedeutete, eines jedoch wusste sie sofort. Dieser Erzherzog Ferdinand stand nicht auf Jakobs persönlicher Lohnliste. Er besaß keine Schulden beim Hause Fugger und entzog sich damit jeglichem Druck.

»Euer Herr, König Karl, ich dachte, er kommt nach Augsburg.«

Der spanische Grande hüstelte in seinen Lederhandschuh, den er nicht ausgezogen hatte.

»Er bereitet einen Feldzug im Westen vor. Dringliche Aufgaben. Die Franzosen dürfen nicht zu übermütig werden. Ihr solltet ihm Eure Aufwartung machen.«

Jetzt lächelte Jakob.

»So, so, einen Feldzug. Nun denn, dann wünschen wir ihm dazu viel Erfolg.«

Sibylla las in Jakobs Mimik, die für andere so verschlossen erschien, wie in einem Buch. Er rechnete nach, wann Karl mit ersten Kreditforderungen bei ihm eintreffen würde. Als er den Boten hinauswinkte, öffnete der Spanier überrascht den Mund, als wollte er noch etwas sagen, doch Jakob wandte sich bereits Sibylla zu.

»Willst du mit mir zu Mittag speisen, Sibylla?«, fragte er so laut, dass dem Granden das Gesicht rot anlief. »Hast du den Spanier gehört? Ein Kaiser Maximilian hat mich aufgesucht, wenn er Geld brauchte. Jetzt soll ich einen König aufsuchen, der mir Geld schuldet? Wir sollten über die Zukunft reden, die so schnell alte Gepflogenheiten über Bord wirft, dass man als alter Mann nur staunen kann.«

Auf dem Absatz machte der Spanier kehrt.

»Raimund«, blaffte er seinen Neffen an, der noch immer an der

Tür stand. »Sorg dafür, dass kein Fugger'scher Kupferpfennig für diese Hohlschädel ausgegeben wird. Gebt dem König, was des Königs ist. Nicht mehr.«

KAPITEL 32 »Was habt ihr mit Luther gemacht?«, schrie Sibylla und wollte gegen Jakob die Hand erheben. Doch ihre Amme sprang dazwischen.

»Zügelt Euch!«

»Warum?«, fauchte Sibylla sie an. Sie deutete auf Jakob. »Er hat überall die Finger drin. Was in diesem Reich geschieht, ist über sein Schreibpult gelaufen. Er plant und zerstört und benutzt die Menschen ohne Skrupel. Ich hasse diese Person!«

Sie zerrte an Annas Hand, die ihren Arm umklammert hielt. Die Buchhalter in der Goldenen Schreibstube senkten ihre Köpfe tiefer in die Bücher. Nur Jakob blickte Sibylla neugierig an, ebenso wie Matthäus Schwarz.

»Was weißt du, was ich nicht weiß?«, fragte Jakob ruhig.

»Tu nicht so, als wäre es dir fremd!«

»Ist etwas mit diesem Mönchlein aus Wittenberg? Diesem Bergwerkersöhnchen?«

»Rede nicht so von ihm«, zischte Sibylla. »Nenn ihn beim Namen. Martinus Luther. Er wird dich das Fürchten lehren.«

Jakob seufzte, stieß seine Feder ins Tintenfaß zurück und streute Sand auf das Geschriebene.

»Er beginnt bereits damit. St. Moritz. St. Anna. Sie alle horchen mit spitzen Ohren auf seine Stimme. Aber sag, was soll mit dem Mönch sein? Hat er nicht erst in Worms seinen Mut bewiesen und hat gegen den Kaiser standhaft seinen Glauben vertreten?«

»Was mit ihm sein soll? Was mit ihm ist? Er ist verschwunden! Gefangen genommen und an einen unbekannten Ort verschleppt worden, getötet worden, verstümmelt worden. Ich habe keine Ahnung! Du sollst es mir sagen, Jakob.«

»Ich weiß nichts davon«, versicherte Jakob und sah zu Schwarz hinüber. Der zuckte mit den Schultern.
»Es sind keine Nachrichten eingegangen, Fugger«, versicherte der Hauptbuchhalter.
»Ich bewundere Menschen, die ihres Glaubens wegen den Tod wählen. Doch er ist damit verbranntes Fleisch. Er wusste es«, erklärte Jakob nüchtern.
Sibylla schluchzte auf.
»Wenn du wenigstens zu deinen Taten stehen würdest. Du behandelst die Kirche wie eine Hure, und den ersten, der dich verdammt und dem die Leute zuhören, lässt du verschwinden.« Sie stürzte zum Fenster und riss es auf. »Siehst du denn nicht, wie es dort draußen aussieht? Ganze Familien verhungern, weil du ihnen das Brot nimmst. Siechtum und Tod sind ihre ständigen Begleiter.«
»Niemand muss hungern, wenn er arbeitet«, zischte Jakob. »Für unverschuldet in Not Geratene gibt es die Armenstiftung. Was soll ich noch tun? Das Geld auf die Straße werfen, damit das Gesindel es aufsammeln und ins nächste Wirtshaus tragen kann? Wie denkst du dir das?«
Sibylla sah Jakob und Schwarz an. In beiden Gesichtern las sie diese Mitleidslosigkeit, die Almosen mit Wohltat verwechselte. Sie drehte sich um und verließ das Goldene Kontor. Hinter sich schlug sie die Tür zu, weil sie die Blicke nicht ertrug, die Schwarz und Jakob miteinander wechselten. Sie konnte sie nicht deuten, konnte ihnen nicht entnehmen, ob Jakob etwas wusste. Doch er hatte überall seine Finger im Spiel, also auch bei Luther.
»Du bist an seinem Tod schuld. Du bist an allem schuld«, flüsterte Sibylla, obwohl Jakob sie nicht hören konnte. Gelächter drang hinter der geschlossenen Tür hervor, als hätte jemand einen besonders gelungenen Spaß erzählt.
Sie rannte die Treppen hinab und auf die Straße hinaus. Sie wollte zurück in ihre Stube, wollte sich aufs Sofa werfen. Doch eine Hand griff nach ihr und hielt sie fest. Sie sah nur eine Kut-

te und eine Kapuze. Ein spitzer Schrei entfuhr ihr. Sibylla zerrte an ihrem Arm, doch der Fremde hielt sie fest. Eben wollte sie ein zweites Mal um Hilfe rufen, als der Unbekannte seine Kapuze zurückschlug.

»Fuggerin. Bei diesem Temperament möchte man sich in Euer Schlafgemach wünschen.«

»Hannes!«, zischte Sibylla. »Was erlaubst du dir?«

»Den einzigen Luxus, den sich unsereiner leisten kann. Den Glauben an Gott!«, spottete er. Jetzt erst sah Sibylla, dass eine Horde von Bettlern das Tor zur Schreibstube belagerte. Dutzende leerer, schmutziger Hände reckten sich ihr entgegen. Die Gesichter, vom Hunger gezeichnet, strahlten eine verzweifelte Entschlossenheit aus. »Luther. Wir haben seinen Namen vernommen wie Ihr auch, Sibylla. Seine Reden. Seine Ideen«, flüsterte er.

»Was wollt Ihr von mir?« Sie riss sich endlich los. Ein Murren lief durch die Bettlerschar.

»Wer in der Lage ist, kistenweise Gold nach Worms und Frankfurt zu schaffen, wer in Koblenz dem Kaiser Tausende von Gulden vor die Füße legen kann, der kann unseren Hunger stillen. Wir sind viele, und jeden Tag werden es mehr. Wir werden nicht von hier weichen, Fuggerin.«

Sibylla sah die Straße hinauf und hinunter. Im Kopf überschlug sie die Zahl: fünfzig, vielleicht auch sechzig halb verhungerte Gestalten.

»Jakob wird die Gasse räumen lassen.«

»Er soll Geld auf die Straße werfen lassen. Wir hungern.«

»Alles wird er tun, Hannes, alles, nur das nicht. Siehst du denn nicht ein, dass dein Widerstand gegen Jakob Fugger zum Scheitern verurteilt ist? Seit Jahren versuchst du, ihm zu schaden – und es war nur dein Schaden.«

Hannes griff erneut nach Sibyllas Arm und drückte zu.

»Wie gerne hätte ich ihm geschadet – doch es hat sich nicht ergeben.«

»Lüg nicht. Es nützt nicht, den Frommen zu spielen und als Giftmischer zu arbeiten«, spie sie die Worte aus dem Mund.

»Ich bin kein Giftmischer.«

»Und der Fingerhut, die Tollkirschen, die Destillierapparate? Wozu sollte das gut sein? Das sind keine Spielzeuge, Hannes. Du hast mehrfach versucht, Jakob zu vergiften.«

Die Verblüffung stand Hannes ins Gesicht geschrieben. Sein Griff lockerte sich, und Sibylla riss sich los.

»Ich habe für Doktor Occo gearbeitet. Das stimmt. Ich habe ihm für die Reinigung der Wasserleitungen Gift gemischt, um die Krankheitsmiasmen abzutöten, wie er mir befohlen hat. Ich habe niemanden zu vergiften versucht!« Seine Stimme war mit jedem Wort lauter geworden. Zuletzt überschlug sie sich. »Wir haben die Flüssigkeit nachts in das Wasser gekippt, damit niemand Schaden nimmt.«

Verächtlich musterte Sibylla ihn.

»Du hast noch nicht einmal den Mut, dein Vergehen zuzugeben.«

Sie drehte sich um und schritt mit erhobenem Haupt durch die Bettlergemeinde hindurch, die ihr bereitwillig Platz machte.

»Wir werden ihn zwingen!«, rief Hannes hinter ihr her. »Wir wehren uns.«

Sibylla drehte sich zu ihm um. Den Rock gerafft in der Hand, damit er nicht schmutzig wurde.

»Nichts werdet ihr mehr. Sie haben Luther verschleppt oder getötet.«

Eine Stille breitete sich aus, in der sogar das Tropfen aus den Ablaufrinnen der Dachtraufen zu hören war. Sibylla wandte sich wieder ihrem Nachhauseweg zu. Hinter ihr brach plötzlich ein Geschrei los. Stimmen redeten wirr durcheinander. Fäuste schlugen gegen die Holzwände der Tore, Flüche formten sich und brachen sich an den Wänden. Aufruhr ergriff die Gruppe. Sibylla schloss kurz die Augen. Warum hatte sie das gesagt? Die Bettler hatten sich zusammengefunden, vielleicht hätten sie in täglicher Fron vor der Goldenen Schreibstube einen gemeinsamen Weg entdeckt gegen Fugger und Konsorten. Jetzt hatte sie alles mit einem Wort zerschlagen und sie ihrer Hoffnungen beraubt. Schuldgefühle keimten in ihr.

Im Grund genommen war sie wie Jakob, der glaubte, sein Seelenheil mit Schenkungen an die Kirche zu erhalten. Sie blickte zu Boden, weil sie den Menschen, denen sie auf ihrem Weg begegnete, nicht mehr in die Augen sehen konnte.

Auch Hannes' Worte verwirrten sie. Sie hatten ehrlich geklungen, und Sibylla glaubte ihm. Er mochte Jakob hassen, mochte die Fäuste sprechen lassen, Jakob beschimpfen und bespucken, ihn bedrohen. Aber so etwas Kaltblütiges wie ein Giftanschlag, noch dazu ausgeführt beim Bischof? Das passte nicht.

Sie zog die Brauen zusammen. Wenn aber nicht Hannes die Giftanschläge verursacht hatte, wer dann? Wer hatte Zugang zu Jakobs Essen, wer war mit bei Bischof von Stadion gewesen? Sie verhielt den Schritt, weil ihr ein wundersamer Gedanke kam. Es gab nur eine Person, die neben Hannes so viel Wut gegen Jakob in sich angestaut hatte, um ihm den Tod zu wünschen: Raimund. Ihm war es zuzutrauen, dass er die Heimtücke besaß, den Regierer zu vergiften. Und noch etwas fiel ihr ein – und im gleichen Moment überzog sie eine Gänsehaut. Der Anschlag mit der vergifteten Grütze. Er konnte nur Sibylla gegolten haben – niemand sonst hätte von der Speise gegessen. Raimund hätte als einer der wenigen die Gelegenheit gehabt, die Grütze zu präparieren. Sie hatte seit jeher die falsche Person verdächtigt. Jetzt bedauerte sie die harten Worte, die sie Hannes gegenüber verwendet hatte.

Doch Raimund der Taten zu beschuldigen, das vermochte sie nicht. Das ging über ihre Kraft.

Sie lief los und hätte beinahe die Kutsche nicht bemerkt, die vor ihr hielt.

»Sibylla!« Sibylla sah auf und begegnete Konrads Augen. »Steig ein.«

Sibylla sah sich um. Eine Fuggerin lief nicht unbemerkt durch die Straßen. Sie wurde beobachtet, wurde taxiert. Ihre Mimik, ihr Aussehen, ihre Kleidung, all das war Gespräch für Tage, wenn sie sich sehen ließ. Konrad blies Luft durch die Nase, was ein Lachen andeuten sollte.

»Willst du zu Hause sitzen, während der Gatte Weltpolitik treibt und Ungarn in die Knie zwingt oder den Spanier Karl an seine Verpflichtungen erinnert?« Er mimte ein Gähnen. »Was für ein Leben!«

»Du hast es einfach. Du bist Witwer.« Sie stockte und sah ihn an. In seinen Augen leuchtete die Zärtlichkeit, die sie in Jakobs Augen seit Jahren vergeblich suchte. Sie griff nach ihrem Amulett. Es fühlte sich warm an. »Fahr mich nach Hause«, sagte sie leise. »Und dann weiter, Konrad, weiter nach Kirchheim oder Babenhausen. Raus aus dieser Stadt, weg von Jakob. Weg von dieser Familie.«

Konrad stieg aus und half Sibylla in den Wagen. Als sich der Verschlag schloss und sie im Halbdämmer saßen, ergriff Konrad ihre Hand und führte sie an seine Lippen.

»Ihr seid ein wunderbares Geschöpf, Sibylla. Jakob hat Euch nicht verdient.«

Ein Gefühl befiel sie, als würde Anna ihr die Feuchtigkeit eines nassen Schwamms den Rücken hinablaufen lassen. Warum hatte sie Konrad damals verstoßen? Und wofür?

KAPITEL 33

Augsburg hatte sich verändert, seit Sibylla vor einem Jahr nach Kirchberg hinausgezogen war, weil Jakob und sie sich nichts mehr zu sagen hatten. Sie waren zwar weiter miteinander verheiratet, und daran würde sich auch nichts ändern, doch ihr Herz schlug für Konrad.

Sibylla stieg aus dem Wagen, streckte ihre Glieder, die ganz steif waren von der langen Fahrt von Kirchberg hierher. Sie spähte die Stadtmauer hoch, doch das Tor schien unbewacht.

Eine ungewohnte Stille empfing sie. Die Angst war hörbar geworden. Selbst das Rot der Ziegelmauern war von einer krankhaften Blässe übertüncht, und die Holzbalken der Wehrumgänge faulten. Manche Abdeckung war beschädigt und drohte einzustürzen. Anna hatte Recht gehabt. Sie hatte hier nichts verloren. Was ging Jakob sie noch an, solange Konrad in ihrer Nähe war?

»Fuggerin!« Die Augen der Torwache waren weit aufgerissen. »Bleibt vor der Stadt! Bitte. Die Pest. Sie wütet und das hitzige Fieber. Wenn Ihr Euch ansteckt ...« Er beendete seinen Satz nicht.

Lange und oft hatte Sibylla diesen Moment mit Anna durchgesprochen. Auch wenn sie Konrad liebte, auch wenn sie zu ihm gezogen war und Jakob verlassen hatte, er war ihr Ehegatte und brauchte ihre Hilfe.

»Lasst mich in die Stadt, ich muss zu meinem Mann.«

»Der sich aus Furcht seit Tagen nicht aus dem Kontor wagt«, setzte der Soldat mürrisch hinzu. »Nun, ich kann nicht verhindern, dass Ihr den Tod wählt. Aber sagt nicht an der Himmelspforte, ich hätte Euch nicht gewarnt.«

Sibylla nickte abwesend. Während sie in die Kutsche stieg und darauf wartete, dass das Tor geöffnet wurde, dachte sie über ihren Entschluss nach.

Raimund war in Kirchheim aufgetaucht. Ohne sich vorher anzukündigen, war er in der Stube erschienen. Konrad hatte tags zuvor das Anwesen verlassen, was Raimund sichtbar geärgert hatte. Jakobs Neffe hätte sie beide gern in flagranti erwischt, ihr den Ehebruch unter die Nase gerieben, es Jakob weitererzählt. Doch diesen interessierten ihre Vergnügungen schon lange nicht mehr, und zurzeit hatte er andere Sorgen.

Man habe eine Geschwulst an seinem Nabel entdeckt, hatte Raimund verkündet und spöttisch hinzugesetzt, dass der Regierer unpässlich sei und ihn, Raimund, wieder hervorgekramt habe, um die Geschäfte zu übernehmen.

»Bis Anton aus Rom zurück ist«, hatte sie spitz geantwortet. »Ihr werdet die Nachfolge niemals antreten. Dafür werde ich sorgen.«

Wovon Raimund nichts wusste, war die Korrespondenz zwischen Jakob und ihr. Die Briefe, die zwischen ihnen seit Jahr und Tag hin- und hergingen, in denen sie Jakob gestanden hatte, was sie für Konrad empfand. Und Jakob, das musste sie ihm zugestehen, hatte das Herz eines Kosmopoliten, nicht das engstirnige Denken des Reichsstädters Raimund. Er schrieb warm und einfühlsam, nicht geschäftlich klar wie in seiner sonstigen Korrespondenz. Kein Vorwurf wegen ihrer Abwesenheit, keine Bitte, sich um ihn zu kümmern, keine flammende Verdammung ihres Liebhabers. Jakob hatte ihr seit ihrer Flucht seine verletzte Seele nicht vorgehalten oder sie vor ihr ausgebreitet. In einem Brief hatte er ihr sogar mitgeteilt, wie vortrefflich Anton in Rom nach dem Tod des Papstes im Sinne der Unternehmung gehandelt hatte. Er habe ihm deshalb seine Schulden bezahlt. Raimund sei ihm dagegen zu jähzornig und daher wenig geeignet, als neuer Regierer die Geschäfte zu führen. Anton hieß Jakobs Wahl demnach, nicht Raimund.

Für diesen Großmut war sie ihm dankbar und wollte ihm in den letzten Stunden seines Lebens nahe sein.

Gekommen war sie nicht wegen des Testaments, das Jakob angeblich verfasst und in dem er auch sie bedacht hatte. Gekommen war sie, um Jakob zu helfen. Anna hatte von diesem Geschwür gewusst, von dem Raimund gesprochen hatte. Sie hatte ihr auch mitgeteilt, dass Jakob Schmerzen litt und seinem Arzt Occo verboten habe, ihn zu operieren. Sibylla wusste warum. Ulrichs qualvolles Sterben stand ihm vor Augen. Wochen hatte er damals dazu gebraucht, die Bilder aus seinem Kopf zu verbannen, und manchmal war er mitten in der Nacht hochgeschreckt, weil sie in ihm übermächtig wurden.

Jetzt stand sie hier vor den Toren Augsburgs und erwartete den

Tod. Er schreckte sie nicht. Allenthalben starben die Menschen um sie her, alte wie junge. Mit einer flüchtigen Schnelligkeit fielen sie derzeit ins Grab, die keinem Gott entsprungen sein konnte. Dabei hätte man viele retten können, wenn die Kirche ihrer Seelsorge nachgekommen wäre und Armut nicht nur gepredigt, sondern auch gelebt hätte. Was hätte man den Menschen mit all den Schätzen Gutes tun können, die in den Kirchen verwahrt wurden, die auf Jakobs geheimen Konten ruhten, die für den Kauf von Privilegien und Pfründen ausgegeben wurden. Niemand hätte zu hungern brauchen. Sie bat Gott inständig darum, all die Frevler in ihren schwarzen Kutten in einem Jenseits dafür bezahlen zu lassen. Ohne Ausnahme und mit derselben Gnadenlosigkeit, die sie zu Lebzeiten hatten walten lassen. Auch wenn Sibylla ihren Zorn und die Verwünschung sofort bereute, blieb ein kleiner Schimmer Hoffnung auf Gerechtigkeit zurück.

Die Kutsche ruckte an und donnerte über die Brücke, überquerte den Graben und durchfuhr die Mundöffnung des Stadttors. Was sie erwartete, griff ihr an die Kehle.

Sofort umfing sie ein Geruch nach verwesendem Fleisch, nach Fäkalien und Tod, der ihr die Luft abschnürte. Erst auf den zweiten Blick gewahrte sie die Leichname, die an den Häuserwänden aufgereiht lagen und die niemand wegräumte. Gen Weinstadel hin verbesserte sich die Luft, dafür herrschte eine beängstigende Stille. Keinem Menschen begegnete sie auf der Straße. Sie hielt den Kopf aus dem Verschlag, spürte die gespenstische Ruhe beinahe körperlich. Die Pferde zogen unruhig, als belastete sie ebenfalls das Schweigen, das in den Gassen lag wie eine zähe Masse. Sie wollte den Schwager veranlassen, bis zum Weinmarkt zu fahren, als sie bemerkte, dass die Pferde ohne Kutscher weiterliefen. Der Rossführer hatte sie offenbar verlassen, war abgesprungen. Sie hatte nicht bemerkt, dass er das Weite gesucht hatte.

Sibylla versuchte, die Pferde zum Halten zu veranlassen, indem sie ihnen gut zuredete, doch die Tiere zogen unruhig weiter die Straße vor St. Anna entlang, bis sie das Rückgebäude des Ulrich-Hauses erreichten.

Alles lag wie tot. Wo vor wenigen Wochen noch reges Treiben geherrscht hatte, breitete sich jetzt eine bedrückende Lautlosigkeit aus.

Sibylla öffnete den Verschlag, der gegen den Wagen krachte und die Pferde aufscheuchte. Geistesgegenwärtig sprang sie aus dem Wagen, bevor die Gäule sich aufbäumten, an ihren Geschirren rissen und mit höllischem Lärmen davonstürmten. Sie machte sich keine Gedanken darüber. Schließlich würden die Pferde niemanden überfahren, denn die Gasse lag leer vor ihr.

Langsam ging sie auf das Tor zu, klopfte.

»Macht auf. Ich bin's, Sibylla Fugger.« Niemand reagierte. Sie hörte keine Schritte, vernahm keine Stimme. War Jakob etwa …? Sie wagte den Gedanken nicht zu Ende zu denken, griff nach ihrer Münze, die sie für die Fahrt hierher umgebunden hatte, und hielt sich daran fest.

Noch einmal riss sie am Klingelzug, einmal, zweimal, dreimal. In ihren Ohren schmerzte der schrille Klang bereits. Wie musste er sich erst innerhalb der Hausmauern anhören!

Plötzlich setzte ein Schlurfen ein. Also lebte doch noch einer der Lakaien. Sie schlug mit den Fäusten gegen das Tor. »Aufmachen. Ich bin's. Ich muss zu Jakob. Unbedingt.«

Das Schlurfen hatte aufgehört. Jetzt musste der Unbekannte direkt hinter dem Tor stehen. Sie legte das Ohr ans Holz, um zu hören, was dahinter geschah, doch nichts regte sich mehr.

»Du hirnverbrannter Idiot von einem armseligen Menschen!«, schrie sie außer sich vor Zorn. »Öffne!«

Nichts geschah. Als wäre der Mensch hinter dem Tor zu Stein erstarrt. Sibylla überlegte, ob dies tatsächlich geschehen konnte, zu Stein erstarren? Manchmal kamen ihr die Menschen vor wie Steinmenschen, wenn sie langsam von Begriff, träge und zäh handelten, während andere wieder flink und gedankenfrei herumliefen.

»Öffne endlich!«, herrschte sie den Kerl im Inneren der Mauer an.

Das Geräusch hinter ihr ließ sie herumfahren. Keine zwei Armlängen von ihr entfernt stand ein Mann, eigentlich ein Jüngling, doch die Krankheit hatte ihn entstellt und den Burschen schnell erwachsen gemacht.

»Weg, weg, geh weg!«, schrie Sibylla panisch, und mit jedem Wort überschlug sich ihre Stimme mehr.

»Er wird nicht aufmachen!«, sagte der Kerl.

Seine Tonlage klang Sibylla vertraut. Doch sie konnte das entstellte Gesicht nicht wiedererkennen.

»Wer bist du?«, flüsterte Sibylla und presste sich gegen das Tor. Mit ihrer flachen Hand schlug sie fortdauernd gegen die Holzbohlen des Tores. Doch dahinter rührte sich nichts.

Das Gesicht war von den abheilenden Flecken großer Pockennarben bedeckt. Vertrocknetes und verkrustetes Blut klebte ihm zwischen den einzelnen Narbenkratern. Der Kerl verströmte einen Geruch, der Sibylla Übelkeit verursachte. Es waren die letzten Auswirkungen der Krankheit.

»Du hast nicht die Pest!«, stellte Sibylla fest.

»Sehr richtig, meine Krankheit ist noch heimtückischer.«

»Pocken«, entfuhr es Sibylla unwillkürlich. Sie wollte zurückweichen, doch das Tor in ihrem Rücken blieb verschlossen.

»Man verfault bei lebendigem Leib«, grinste sie der Kerl frech an.

Der Körper des Fremden legte dafür ein beredtes Zeugnis ab. Die Stellen, die nicht von Narben durchsetzt waren und gerade abheilten, bedeckte eine breiige Flüssigkeit, die aus den Wunden ablief, bis sich ein dunkler Schorf gebildet hatte. Selbst die sichtbaren Unterarme, der Halsausschnitt und die unter der dünnen Hose sichtbaren Knie waren von Narben bedeckt.

Sibyllas Blick blieb an dem Messer hängen, das an seiner Seite herabbaumelte. Sie kannte es. Langsam dämmerten ihr die Zusammenhänge. Sibylla musterte das Gesicht noch einmal genau.

»Hannes?«

»Dass Ihr mich erkennt!« Er lachte trocken. »Euer Gatte«, er deutete zu den Fenstern hinauf, »Euer Gatte hält mich für den Teufel.« Er sah an sich herunter, betrachtete seine Arme und Hände. »Manchmal glaube ich beinahe, er hat Recht.«

»Was machst du hier, Hannes?« Sibylla fühlte sich unwohl. Sie war dem Kerl ausgeliefert, der sich ihr langsam näherte. »Bleib, wo du bist!«

»Ihr habt den Odem des Todes eingeatmet, als Ihr die Brücke überschritten habt. Doch Ihr könnt beruhigt sein. Ich will von Euch nichts. Ihr habt die Mutter versorgt, besser, als ich es hätte tun können. Und ...«, er senkte die Stimme zu einem heiseren Flüstern ab, »... Ihr habt mich in Venedig unterstützt und wohl auch gerettet. Auch wenn Ihr mich zurückgeholt habt! Dafür bin ich Euch dankbar.«

Hinter dem Tor scharrte es.

»Ich höre, Ihr seid nicht allein, Fuggerin. Wer steht bei Euch? Sagt. Wer? Der Teufel? Der Satan und Belzebub höchstpersönlich? Dieses offene Fleisch, das uns die Krankheit hinter die Mauern schleppen will? Weg mit Euch, weg. Fugger will niemanden sehen. Auch Euch nicht, Herrin. Niemanden.«

Sibylla stachen die Worte des Lakaien in die Brust. Hannes jedoch lachte so berstend laut, dass sie zusammenzuckte.

»Ihr hört es. Wenn der Tod vor der Tür lauert, gelten keine Familienbande mehr. Er schließt Euch aus, wie er alle aus seinem Herzen ausgeschlossen hat.« Hannes redete sich in Rage. »Mit einem Herzen aus Stein!«, brüllte er. Die Stimme wurde von den Wänden zurückgeworfen, und das Echo pflanzte sich in die Gasse hinein fort. Fensterläden schlugen zu, als wolle man die Wahrheit aus den Zimmern aussperren.

»Du bist ungerecht, Hannes. Jeder Mensch hat Angst vor dem

Tod. Niemand – und sei er noch so überzeugt – geht mit heiterem Sinn.«
Sie versuchte zu verbergen, dass die Worte des Torwächters sie tief verletzt hatten. Sie zerbiss ihre Lippen, bis ein metallener Geschmack auf ihrer Zunge lag. Sie blutete. Ihre Seele blutete.
»Was wollt Ihr jetzt unternehmen, Fuggerin?«, fragte Hannes.
»Jakob!«, schrie Sibylla zur Antwort. »Jakob!«, mit einer schrillen, sich überschlagenden Stimme, die nutzlos zwischen den Fassaden verhallte.
»Er hört Euch nicht. Er kann und will niemanden mehr hören.« Wieder trat er einen Schritt näher, und Sibylla roch seinen fauligen Atem. Sie drückte sich enger an die Bohlen des Tors und sah sich gleichzeitig nach einer Fluchtmöglichkeit um. »Wisst Ihr, woran mich das erinnert? Wenn eine Ratte krank ist oder den Tod nahen fühlt, zieht sie sich in einen einsamen Winkel zurück, um dort allein zu sterben. So kommt es mir vor.«
»Nimm das zurück«, fauchte Sibylla. »Jakob Fugger mit einer Ratte zu vergleichen.«
Hannes schnaufte. Sie konnte nicht unterscheiden, ob er auf ihre Verteidigung missmutig reagierte oder sich das Lachen verbiss.
»In Venedig habe ich gelernt, dass dort, wo die Ratten sind, der Tod nicht weit ist. Sie sind die Vorboten der Pest. Wenn sie aus den Löchern krochen, wenn sich die Kranken zum Sterben zurückzogen, dann war Vorsicht geboten, dann konnte es sein, dass die Hand des Sensenmannes nach den Arbeitern im Arsenale griff und den einen oder anderen festhielt. Das hat mich abgehärtet. Seht mich an. Ich habe die Pest überlebt und jetzt die Pocken überwunden.«
Er hielt ihr den fleischig verwundeten Unterarm vor die Nase, und Sibylla wandte den Kopf ab.
»Du bist ein Scheusal. Ohne dich hätte man mich längst eingelassen.«
»Träumt nicht. Jakob ist sich selbst der Nächste.«

Waren die Briefe Jakobs nichts weiter als eine Lüge gewesen? Oder ängstigte sich der König der Kaufleute tatsächlich nur vor dem dunklen Nichts, das man den Tod nannte? Er verstieß sie – und sie wusste nicht warum. Bis ihr ein Gedanke heiß durch den Kopf fuhr: Raimund. Er schirmte Jakob ab. Er ließ sie nicht zu ihm vor. Er … er … er …

»Hilf mir, das Gespann einzufangen«, sagte Sibylla leise. »Bitte.«

»Ich kann auf ihn warten. Er entkommt mir nicht«, sagte Hannes und stapfte in Richtung der Gäule davon.

Sibylla schlug mit der Faust gegen das Tor, bis die Handballen blutig waren. Das Einzige, was sie vernahm, war Hannes' Lachen, dessen Echo sich in der Gasse brach.

KAPITEL 34

Nur wer wusste, was geschehen würde, sah die Menschen in Richtung Rathaus strömen. Manche gingen langsam, bedächtig, als hätten sie alle Zeit der Welt, andere wieder rannten beinahe und blickten sich verstohlen um. Die Menge vor dem Perlach wuchs mit jedem Vorrücken des Zeigers. Aus allen Richtungen kamen sie, aus jeder Gasse: den Berg hinauf von der Unterstadt, vom Brotmarkt, vom Rindermarkt, aus der Domstadt. In Gruppen standen sie zusammen. Immer wieder fiel der Name Johann Schillings, eines Barfüßermönchs. Der hatte die reine Lehre Luthers vom Altar herunter gepredigt. Seine Reden wider die kirchliche Hierarchie, wider den Papst und die Kardinäle, sein Hass gegen die Reichen traf auf offene Ohren bei den Handwerkern und Mittellosen. Schillings Ordensgeneral hatte ihm verboten, öffentlich zu sprechen, und ihn aus der Stadt gedrängt, unterstützt vom Rat und von Jakob. Doch die Anhänger der neuen Lehre wollten sich nichts mehr gefallen lassen. Die Zeit, sich zu ducken, war vorbei. Jetzt hob man den Kopf und spuckte den Vertretern des verrotteten Kirchenstaats ins Gesicht.

Sibylla fühlte bei dem Gedanken ihre Wangen glühen. Sie hatte sich zum Rindermarkt tragen lassen. Ihre Augen suchten die Menge ab.

»Sucht Ihr nach mir?«

Sibylla, die sich aus ihrer Sänfte herausgelehnt hatte, stieß ihren Kopf gegen die hölzerne Fassung, als sie sich dem Sprecher zuwandte.

»Musst du mich so erschrecken, Hannes?«

»Bald wird der Schrecken allen in den Gliedern sitzen. Die Handwerker in der Stadt werden losschlagen und sich mit den Bauern verbünden!«, flüsterte Hannes. »In Memmingen, Ulm, Treuchtlingen, Laupheim, Baldingen, überall rotten sich die Bauern zusammen, um im Namen des neuen Glaubens der Willkür der Fürsten und ihrer Handlanger, der Kaufherren, ein Ende zu setzen. In Augsburg müssen wir ein Signal setzen. Wenn die Flut in Augsburg zuerst losbricht, wird sie das gesamte Reich überschwemmen.«

»Vergiss nicht, es geht nur um Johann Schilling, einen Barfüßermönch. Und vielleicht um Johann Speiser, den Prädikanten meines geneigten Gatten aus St. Moritz.«

»Selbst ein Fugger darf so nicht mehr handeln. Er ist kein Monarch. Er hat Speiser einfach hinausgeworfen. Als könne man mit Vertretern des Glaubens verfahren wie mit Buchhaltern.«

Sibylla musste schmunzeln.

»Sind sie denn nichts anderes? Sie zählen ihre Einkünfte und Pfründen, vergewissern sich, dass sie genügend fürs Diesseits angehäuft haben, und kümmern sich ansonsten einen Kehricht um die Belange der Menschen.«

»Die Handwerker wollen mitreden und mitbestimmen. Sie wollen Jakobs Joch abschütteln. Wir werden den Fall des Mönchs zum Anlass nehmen, weitere Forderungen zu stellen.«

Sibylla dachte daran, wie vor wenigen Tagen 1800 Menschen auf dem Platz erschienen waren und laut gefordert hatten, den Prediger des Barfüßerklosters wieder einzusetzen.

An ihnen vorbei drängte ein Haufe von zwölf Mannen in Rüstung, mit Spießen und Hellebarden.
»Welche Forderungen?«, fragte sie überrascht. »Waffen? Harnische? Sieh dich vor. Der Rat hat Söldner anwerben lassen.«
»Sollen sie nur kommen«, antwortete Hannes. Als er ganz in ihr Gesichtsfeld trat, sah sie, dass auch er unter seinem Wams einen Lederharnisch trug. »Heute gilt's!«
»Ihr seid verrückt. Ihr seid alle verrückt!«
Vom Rathaus her lärmten die Menschen. Sibylla vernahm Tumult. Die Menge stimmte einen Gesang an, der ihr nur allzu bekannt war. In den letzten Jahren hatte sie ihn häufiger vor dem Haus am Weinmarkt gehört, vor allem des Nachts, wenn man den Sänger nicht erkennen konnte.
»Wer den Salamanca finge
Und Jakob Fugger hinge,
Zerbräche der großen Hansen List.
So würde Ferdinandus größer, denn er ist.«
Hannes lachte, als er das Lied hörte, und begann mitzusummen.
Sibylla dachte an Gabriel Salamanca, Graf von Ortenburg, den Finanzminister Ferdinands, des Königsbruders. Wie würde der reagieren, wenn ihm diese Spottverse vor der Haustüre gesungen würden? Vermutlich würde er die Rädelsführer …
Ihre Gedanken wurden unterbrochen.
»Kommst du, Hannes?«, fragte eine Gestalt, die eher der Hölle entstiegen zu sein schien als der Augsburger Bürgerschaft, so dunkel wucherte ihm der Bart im Gesicht. Über seinen schwarzen Augen warfen sich sorgenvoll Falten auf. Hinter ihm sammelten sich gut fünfzehn Mann.
»Wer ist das? Die Fuggerin?«, fragten die hinter ihm Stehenden.
Hannes sah geradeaus.
»Ihr braucht Euch keine Sorgen zu machen, Fuggerin. Ihr steht unter meinem Schutz. Niemand wird Euch ein Haar krümmen.«

Sibylla sah ihn spöttisch an.
»Hast du darauf Einfluss, Hannes?«
»Wir sehen uns, Fuggerin. Entweder in den nächsten Tagen beim Wein, um den Sieg über die Monopolisten zu feiern, oder in der Hölle, wohin Ihr ebenso sicher gelangen werdet wie ich.«
»Luther weiß nichts von einer Hölle. Solche Ängste schürt nur der alte Glaube.«
»Es wäre zu hoffen, Fuggerin. Aber ist sich Luther sicher? Ihr tragt doch auch Euer Amulett, obwohl die Kirche, ob nun der alten oder der neuen Lehre verpflichtet, nichts von diesem Aberglauben weiß.«
Er lachte. Einer der Männer, die neben ihm gestanden hatten, drückte ihm einen Spieß in die Hand, dann zog er mit seinen Kameraden davon, ohne sich umzuwenden.
So jung, dachte Sibylla. Nur mit jungen Köpfen kann man solch eine Umwälzung vorantreiben. Sie sind so verführbar, so leichtgläubig. Sie wollen alles am besten jetzt verändert wissen, anstatt den Jahren zu vertrauen. Sie holte tief Luft. Trotzdem fühlte sie eine Erregung wie damals, als sie das Amulett aus dem Elsternnest geholt hatte. Hoch über die Köpfe aller war sie geklettert, ohne einen Gedanken an die Gefahr, ohne Furcht, einzig ihrer momentanen Eingebung folgend. Vermutlich veränderte man nur so die Welt: mit eisernem Willen, ohne lange über die Folgen nachzudenken.
»Tragt mich auf den Platz«, befahl sie den beiden Lakaien am Kopf- und Fußende.
Die Menge skandierte jetzt das Lied lautstark, schrie es den Geschlechtern entgegen.
Als sie am Tor des Goldenen Kontors vorübergetragen wurde, öffnete sich dessen Flügel, und eine Kutsche preschte heraus und bog auf den Weg nach St. Anna und zum Gögginger Tor ein. Sibylla erkannte Jakob, der im Verschlag saß. Kurz kreuzten sich ihre Augen. Seine grauen Pupillen blieben einen

Moment lang an ihr hängen, dann wurde das Tuch vorgezogen, und Jakobs Gesicht verschwand. Sie hatten sich erkannt, und in einem einzigen Wimpernschlag ihre gegensätzlichen Standpunkte ausgetauscht. Jakob Fugger floh aus der Stadt, anstatt sich den Forderungen zu stellen. Sibylla vermutete, dass er sich nach Babenhausen zurückzog. Das Schloss war befestigt und konnte einem Ansturm einige Zeit widerstehen.

Die Sänftenträger ließen ihr keine Zeit, über die Umstände nachzudenken. Dicht drängten sich die Menschen in den Zugängen des Platzes. Eine wilde Freude keimte in ihr, obwohl sie wusste, dass die Männer, die sich vor der Geschlechterstube und dem Rathaus versammelten, auch gegen Jakob schrien. Doch sie gönnte ihm diese Niederlage. Wenn sie hörte, wie er gegen die Anhänger Bruder Martins vorging, musste sie den Aufständischen Beifall klatschen.

Sie schloss die Augen, als sie auf den Platz blicken konnte, und hörte nur die Stimmen, die den Spruch skandierten, ihn durcheinander schrien, Forderungen formulierten. Mit einem Mal wurde es still. Sibylla vernahm Hannes' Stimme. Er plädierte für die Beibehaltung des Barfüßers als Prediger. Lautstark wurde jeder seiner Sätze mit Beifall untermalt. Je weiter die Rede Binternagels voranschritt, desto ausgelassener wurde die Stimmung in der Menge. Die Männer hielten sich an den Schultern, klopften sich gegenseitig und beifällig auf den Rücken. Andere stießen ihre Speerschäfte auf die Pflasterung, bis ein eigenartig harter Trommelschlag über den Platz schallte. In die entstehenden Lücken hinein forderte Hannes Zugeständnisse vom Rat, forderten er und zwei weitere Redner Reformen, wie dass der Mönch weiter evangelisch reden und Gottes Wort wohl verkünden dürfe. Gleichzeitig wünschten sie die Zurückdrängung von Unternehmungen wie der Fugger und Welser in Augsburg. Niemals mehr, so schrie Hannes in die Menge und heischte nach Beifall, dürften Monopolisten über das Wohl und Wehe der Menschen herrschen. Sie forderten einen Zug zum Goldenen Kontor, um Jakob daraus hervorzulocken und ihm einen Schwur abzuzwingen. Die Menge wusste nicht, dass ihr Hauptgegner die Stadt längst durch das Gögginger Tor verlassen hatte.

Sibylla versuchte, zwischen den rhythmischen Gesängen, dem Schreien und Trommeln, etwas von der Rede der Wortführer zu erhaschen, doch ein seltsames Klirren und Scheppern mischte sich unter die gebrüllten Forderungen.

Auf dem Balkon des Rathauses hatten sich die Ratsherren versammelt. Aus den Fenstern der Geschlechterstube streckten die wichtigsten Vertreter der Bürgerfamilien ihre Köpfe. Was jetzt geschah, hüllte sich in den Dunst von Gewalt und Aggression. Sibyllas erste Erregung hatte sich verflüchtigt und einem Hunger nach Ruhe Platz gemacht. Sie klopfte gegen ihren Verschlag, und die Lakaien hoben die Sänfte an. Bei den Umstehenden entzündete die Tatsache Unmut, dass sie sich rückwärts aus der Menge hinausschieben ließ.

Ihre Ohren schmerzten des Lärms wegen. Sie wollte nach Hause. In raschem Laufschritt ließ sie sich in Richtung Weinmarkt tragen. Doch bereits nach wenigen Metern stockten die Träger und setzten die Sänfte ab. Verärgert blickte Sibylla nach draußen. Vor ihr stand eine Phalanx geharnischter Stadtschergen und Landsknechte mit gezogenen Schwertern, die gegen den Platz vor dem Perlach vorrückten.

»Niemand darf den Platz verlassen«, schnarrte eine Stimme.

»Wer sagt das?«, warf Sibylla ein. »Ich glaube nicht, dass das für die Jakob Fuggerin gilt!« Ihre Stimme klang selbst für ihre Ohren ungewöhnlich schrill. Sie hatte Angst. Sogleich begriff sie, was die Soldaten zu bedeuten hatten. Das Klirren der Waffen bei jedem ihrer Schritte hatte sie vernommen. Die Männer rückten gegen die Aufständischen vor.

»Lasst sie passieren!«, hörte sie im Hintergrund eine Stimme rufen, erkannte jedoch nicht, um wen es sich handelte.

»Lasst die Jakob Fuggerin passieren!«, wurde der Befehl weitergegeben.
Sibylla fiel in den Sitz zurück. Erst jetzt bemerkte sie, dass sie völlig verschwitzt war und ihr das Wasser den Rücken hinablief.
Das rhythmische Stampfen der Stiefel dröhnte in ihren Ohren und vermischte sich mit den Warnrufen und dem Geschrei derjenigen, die der anrückenden Soldaten ansichtig wurden.
Sibylla bellte einen Befehl aus ihrem Verschlag, und die Träger hoben sie auf und liefen mit ihrer Last hinüber zum Kunigsberger Haus am Weinmarkt.
Sie hastete die Treppen hinauf, warf sich auf das Sofa, auf dem Anna einer Stickerei nachging, und begann hemmungslos zu weinen. Sie fühlte die tröstenden Hände ihrer alten Amme den Rücken entlangstreichen.

KAPITEL 35 Blicklos sah Sibylla zu den Hexenlöchern hinüber. In den halb mannshohen Käfigen waren die Anführer des Aufstands eingesperrt, die diesen Morgen noch gehängt werden sollten. Sie knieten an den Gitterstäben, riefen den Passanten ihre Wünsche zu.
Sie wollte Hannes beistehen, ihm war jedoch nicht mehr zu helfen. Verloren hielt sie einen Beutel mit Brot und Schinken in Händen. Seine Henkersmahlzeit.
Aus dem Hintergrund drängte ein zerlumptes Wesen, stieß die anderen beiseite, eroberte sich einen Platz.
»Sibylla! Bitte.«
Sibylla verglich das Bild des Mannes, den sie vor sich sah, mit dem des Kindes, das sie offenen Mundes angestarrt hatte. Er war gealtert. Reif hin zum Tode.
»Legt ein Wort für mich ein, bei ihm. Ein Wort.«
Sie schloss die Augen. Was sollte sie für ein Wort einlegen? Wusste er nicht, dass Jakob sich das Gesicht verhüllt hatte, als

er, aus Babenhausen zurückgekehrt, die Prozesse beobachtet und ihn, Hannes, gesehen hatte?
»Ein Teufel in Gestalt eines Menschen«, hatte Jakob geflüstert und nachher dem Richter und Ratsherrn Artzt bedeutet, er solle einen Priester hinzuziehen und selbst während der Verhöre und Verhandlungen immerfort beten lassen. Nur so könne er einer möglichen Verfluchung entgehen.
Jakob selbst war den Verhandlungen ferngeblieben, obwohl der Aufstand sich vornehmlich gegen ihn gerichtet hatte.
»Ich kann dir nicht mehr helfen, Hannes«, flüsterte sie vor sich hin.
Dennoch wurde sie von der elenden Gestalt wie magisch angezogen. Der Sohn der Binternagel streckte seine Hand nach ihr aus. Abgemagert war er. Seine Arme und Hände zeigten Spuren von Folter. Sein Kopf war kahl rasiert, nur der Bart wucherte unkontrolliert. Er starrte vor Schmutz. Aus den Käfigen stieg ein übler Geruch nach Fäkalien und Blut auf. In ihrem Dasein war es ihr nicht vergönnt gewesen, eine Mutterschaft zu erleben. Jetzt stach es ihr ins Herz, dass der Junge, der nicht einmal dreißig Jahre zählte, in weniger als einer Stunde dem Tod überantwortet wurde. Sie umfasste den Beutel fester.
Hannes versuchte, mit den Fingerspitzen ihr Kleid zu berühren, doch sie hielt Abstand. Zu oft hatte sie davon gehört, dass Delinquenten angesichts des Todes ihre Ehegatten oder Gegner, die ihnen die Hand zum Frieden reichten, verletzten oder sogar mit in den Tod nahmen. Sie hatten nichts mehr zu verlieren, konnten an ihrer Rache nur noch gewinnen.
Angst und der Wille, Hannes etwas Gutes zu tun in der letzten Stunde, hielten sich die Waage.
»Geht zu ihm«, bettelte er Sibylla an und versuchte seinen Kopf durch die Stäbe zu zwängen, was ihn zu einer grotesken Fratze verzerrte. »Erzählt ihm von Mutter, von seiner Schuld uns gegenüber. Sagt es ihm.«
Sibylla zerriss es das Herz. Die Körper steckten in Sackleinen.

Auch das war von Jakobs Weberheerscharen gewoben worden. Das ganze Leben, so schien ihr plötzlich, war ein einziges, fein gewebtes Leinenstück. Erst am Ende seines Daseins erkannte man, ob man darin Kett- oder Schussfaden hatte spielen müssen.

»Jakob interessiert sich nicht für dein Schicksal, Hannes«, war alles, was sie herausbrachte. »Hier, nimm. Ein letztes ...«

Hinter sich hörte sie das Schlagen der Karrenräder. Die Verurteilten wurden abgeholt, um vor dem Gögginger Tor gerichtet zu werden. Auch das Vaterunser vernahm sie, auf Latein und im Singsang der Benediktiner.

»Lauft. Ihr könnt es schaffen. Fugger ist mächtig genug. Ihm wird es gelingen, mich vom Galgen zu schneiden, bevor die Schlinge sich zuzieht.«

Hannes kreischte wie die anderen, nachdem sie die monotone Melodie der Karren vernommen hatten.

Hatte es einen Wert, Hannes jetzt zu erzählen, wie Jakob mit Johannes Zink verfahren war, seinem langjährigen Faktor und Freund aus Rom, nur weil dieser in die eigene Tasche gewirtschaftet und verloren hatte?

Als der todkranke Faktor Jakob am Sterbebett angefleht hatte, seinem Herrn Leib und Gut übergeben zu dürfen, hatte der Fugger unnachsichtig abgelehnt. Er werde sich seine Schulden nicht aufladen, hatte er Zink beschieden, sondern sich an seinen Nachkommen schadlos halten.

Solch einem Menschen trug man kein Gnadengesuch an. Doch Hannes diesen Umstand jetzt zu erklären, dafür reichte die Zeit nicht.

Für einen Augenblick war sie unvorsichtig, als sie Hannes den Beutel mit Nahrung reichte. Ihr Kleid wehte ans Gitter. Hannes packte zu. Brot und Schinken fielen in den Schmutz. Sie wurde zu Boden gerissen.

»Wenn Ihr mir nicht helfen wollt«, brüllte er, »werde ich Euch helfen!«

Sibylla wollte schreien, doch der erste Schreck lähmte ihre Kehle. Verzweifelt versuchte sie, sich seiner Hand zu entziehen, doch er zog sie unerbittlich näher. Nicht einmal ausziehen konnte sie den Rock, da er mit der Bluse zu einem Stück vernäht war. Endlich entrang sich ihrer Kehle ein schrilles Kreischen.

Damit gewann sie die Aufmerksamkeit der anderen Delinquenten. Plötzlich griff nicht nur eine Hand nach ihr, sondern zwei, drei und mehr. Sie wurde zu Boden gerissen und ans Gitter gezerrt. Sie keuchte. Die ersten Hände fassten ihre Schenkel. Dann war ein Schatten über ihr. Sie hörte das Zischen eines Schwertes, ein Stöhnen, und sie fühlte, wie die Hände losließen. Ohne darauf zu achten, was geschehen war, robbte sie von den Gittern weg.

Der Stadtscherge bückte sich nach ihr, griff ihr unter die Arme.

»Ihr solltet Euch nicht hier sehen lassen, Fuggerin«, sagte er. »Das ist kein Ort für eine Frau.«

Sibylla nickte und strich sich den Schmutz vom Kleid. Dabei glitt ihre Hand über eine Wölbung. Erschreckt fuhr sie zurück und starrte an, was sie berührt hatte.

»Entschuldigt!«, rief der Stadtscherge, der ihrem entsetzten Blick gefolgt war. Von ihrem Rock pflückte er eine abgeschlagene Hand, die sich im Stoff verkrampft hatte. Mit einer lässigen Bewegung warf er sie dem Delinquenten durch das Gitter zu.

Sibylla taumelte rückwärts, drehte sich um und lief die Rathaustreppe hinauf. Erst auf halber Höhe kam sie zum Stehen. Ihr war schlecht.

Die Hand, die sich ihr zur Hilfe entgegengestreckt hatte, die Hand, die sich an ihr vergriffen hatte, war abgetrennt worden. Sie musste schlucken und kämpfte gegen ein würgendes Gefühl. Gott sei Dank hatte sie nichts gegessen. Sie lehnte sich gegen die Mauer und atmete tief ein. Sibylla wagte es nicht, zu den Hexenlöchern hinabzuschauen. Was, wenn sich Hannes'

Armstumpf aus dem Gitter streckte oder sich gegen sie emporreckte? Sie hätte es nicht ertragen.
Langsam, als müsste sie die Last jedes einzelnen Delinquenten hinauf in die Oberstadt tragen, wo die Verantwortlichen für diese Unruhen wohnten, allen voran Jakob, schleppte sie sich die Stufen empor.
Oben empfing sie ein Lärmen und Schlagen. Ihr gelang es nicht, die Straße zu überqueren. Buntgekleidete Soldaten und Berittene zogen an ihr vorüber. Schalmeien klangen, in Hörner wurde gestoßen, Trommeln wummerten tief.
Während an der Unterseite des Rathauses die Gefangenen in die Karren gezerrt wurden, ritt auf der über dem Lech gelegenen Hochterrasse vor dem Rathaus Ferdinand von Aragon, der Bruder des deutschen Königs, in die Stadt ein.
Seine Begleitung veranstaltete einen Lärm, als wollte er den Krieg in die Stadt bitten, so dass die Fenster an den Gebäuden aufgestoßen wurden und halb Augsburg an den Fenstern hing, um den Grund für das Lärmen zu erfahren. Sibylla hielt sich die Ohren zu. Der Zug, der durch die Panzerungen und Harnische der Soldateska das Gepräge eines Lindwurms erhielt, kroch auf den Salzstadel zu. Wollte Ferdinand etwa bei Jakob unterkommen? Unmöglich. Jakob war schwer krank. Rasch hob Sibylla ihr Kleid an und eilte hinter den Männern her.
Beinahe wäre sie gestolpert. Denn plötzlich verstummte der Lärm und machte einer beängstigenden Stille Platz. Schwerter wurden gezogen und präsentiert. Die Trompeter senkten ihre Instrumente. Die Trommler verhielten den Schlag. Als die Gruppe an Jakobs Anwesen vorüberzog, senkten die meisten den Kopf, allen voran Ferdinand, der auf seinem Pferd ritt, das Schwert am ausgestreckten Arm gen Boden weisen ließ und den Blick auf die Hufe seines Pferdes gerichtet hielt.
Ihr war dieses Brimborium zuwider. Dennoch verspürte sie Tränen in den Augenwinkeln zusammenlaufen. Ferdinand,

König von Aragon und Statthalter in Deutschland, erwies dem todkranken König der Kaufleute seinen Respekt.
Sibylla wandte sich nicht dem Kunigsberger Haus zu. Jakob wollte sie nicht mehr bei sich haben. Er gestattete nur noch wenigen, ihn zu besuchen, Raimund, Anton, einem Prädikanten.
Sibylla ging die Straße hinunter, hinter Ferdinands Mannschaft her, bis zu Konrads Haus.
Sie hatte sich von allem losgesagt. Auch Hannes' Hinrichtung wollte sie nicht verfolgen. Sie hatte keine Kinder besessen, also würde sie niemanden vermissen. Der Weltenlauf hatte es so gewollt, warum sollte sie sich unnötige Schmerzen zufügen?

KAPITEL 36 Anna betrat das Sterbezimmer. Ein absurdes Arrangement empfing sie. Jakob lag ausgestreckt auf seinem Bett, den Rücken hochgelagert. Seine Lippen spröde und rissig und leicht geöffnet. Er atmete schwer durch den Mund. Neben ihm saß Nachtigall, ein Prediger. Mit seiner halblauten angenehmen Stimme las er aus der Bibel vor, doch so, dass sie nur einzelne Wörter wiedererkannte. Hinter Nachtigall stand Schwarz, der ein Schreibbrett in der Hand hielt und Jakobs Anweisungen lauschte, die er in großen Abständen hervorkeuchte. Jeder Begriff wurde notiert und sofort von Raimund und dem Hauptbuchhalter bewertet. Anton begegnete sie unter dem Türsturz. Blass war er und mager. Ganz das Gegenteil der Person, die aus Rom in Eilstafetten angereist war.
Sie trat auf einen Wink an Jakob Fuggers Bett.
»Herr, Ihr habt mich rufen lassen?«
Jakob reagierte zuerst nicht. Seine Augenlider waren tief in die Höhlen gesunken. Die Wangenknochen traten hervor. Seine Haut wirkte pergamenten und schien völlig vertrocknet zu sein. Eine Hand hatte er auf den Bauch gelegt, die andere lag wie nutzlos neben ihm.

Anna wollte bereits wieder gehen, als der Regierer des Hauses Fugger die Augen aufschlug und ein verzagtes Lächeln wagte. »Sie führen meine Befehle noch aus«, stellte er fest und zwang sich zu lächeln. Seine Stimme klang brüchig und wie von fern her in das Zimmer gesprochen. »Danke.«
Jakob schlief ein, als müsse er nach den wenigen Sätzen wieder Kraft sammeln.
Anna ergriff die Hand, die neben dem Laken lag, und drückte sie.
»Einen Gruß von Eurer Frau soll ich ausrichten. Sie wünscht Euch …«
»Erwähnt den Namen dieses Menschs nicht!«, zischte Raimund und wollte sie vom Bettrand scheuchen. »Verschwindet!«
»Nein!«, widersprach Jakob Fugger matt. Seine Zunge, ein trockener Klumpen Fleisch, erschien kurz zwischen den Lippen. »Ihr bleibt! Grüßt mir Sibylla zurück. Sie soll mich in Erinnerung behalten, wie ich war: stark, erfolgreich, arrogant. Sagt ihr …«, Jakob stockte, als müsse er sich die Worte erst zurechtlegen, dann schluckte er hart, »… sagt ihr, ich habe sie immer in meinem Herzen behalten. Sie war mir eine treue Gattin und wundervolle Geliebte.« Jakob räusperte sich, was wie das Rascheln trockenen Papiers klang. »Sagt ihr auch, ich habe sie in meinem Testament bedacht und es nach ihren Wünschen geändert.«
Raimund fluchte so deutlich, dass Nachtigall sich zu ihm umdrehte und ein Kreuz schlug.
»Vergeht Euch nicht!«, beschwor Anna.
Da Jakob still blieb, begann Nachtigall wieder zu lesen. Ein Kapitel aus dem Neuen Testament – und wenn Anna recht hörte, dann las er in der Sprache des Volkes. Kein Latein. Keine Liturgiesprache. Sie verfiel ins Grübeln, weil sich Jakob Fugger so vehement gegen alle Neuerungen gewehrt hatte. Auf seinen Willen hin hatte der Rat die Rädelsführer des Aufstands gegen die alte Kirche hinrichten lassen. Er hatte den Roten Freimann,

den Henker, bezahlt. Er hatte das Podium und den Galgen auf eigene Kosten aufstellen lassen.

»Ungarn – ich darf noch nicht sterben – alles ist im Umbruch«, vernahm sie vom Bett her.

Jakob Fugger war erneut erwacht. Seine Lippen zitterten. Sein Körper war beinahe bis zum Skelett abgemagert. Er presste den Arm gegen seinen Unterleib. Erst jetzt sah Anna, dass sich das Bettuch über dem Bauch wölbte. Darunter, das wusste sie von der Dienerschaft, die den Herrn wusch, lag eine Verwachsung, eine Wucherung, so groß wie vier Fäuste. Sie bereitete dem Herrn seit Jahren Schmerzen und schien im letzten halben Jahr enorm gewachsen zu sein.

»Anna? Bist du das?«

Die Amme Sibyllas legte sich ein Lächeln über die Lippen und trat näher.

»Ihr wünscht, Herr Fugger?«

»Bleib«, sagte er nur und schluckte mühsam. »Es wird finster. Als würde mir ein großer Starker eine Decke über die Augen legen.«

Jakob Fugger atmete hörbar mühsam. Seine Stimme sank zu einem kaum wahrnehmbaren Flüstern herab. Othmar Nachtigall sah nur kurz zu Jakob herüber und begann wieder in einem singenden Tonfall das Evangelium zu lesen. Anna war es, als wäre er selbst neugierig auf den neuen Text, den Martin Luther ins Deutsche übertragen hatte.

»Wie lange dauert das denn noch? Seit zwei Tagen sitzen wir hier. Das konnte doch niemand wissen, dass der Alte ein so zähes Herz hat.«

Wütend stapfte Raimund hinaus und hätte beinahe noch die Tür hinter sich zugeschlagen. Kurz bevor sie gegen den Rahmen donnerte, fing er sie ab. Anna konnte über den Georgssohn nur den Kopf schütteln.

»Er kann nicht anders«, sagte Anton. »Im Grunde trauert er ebenso über Jakobs Hinscheiden wie ich.«

»Er wird weniger davon profitieren. Ihr seid sein Nachfolger. Wenn er die Augen schließt, wird der neue Regierer des Hauses Fugger Anton heißen«, sagte Schwarz.
»Ihr wisst mehr als ich.«
»Ja, Anton, manchmal ist das so.«
Jakob erwachte erneut. Anna hörte es an der Unregelmäßigkeit seines Atems. Sie feuchtete ein Tuch in einer Schale mit Wasser an und drückte es dem Herrn an die Lippen. Wenige Tropfen Flüssigkeit sickerten in den Mund. Jakob lächelte ein hartes Lächeln. Selbst vor dem Tod gönnte ihm die Natur nur eine spärliche Dankbarkeit.
»Vergelt's Gott«, flüsterte er. Doch die Köpfe beugten sich bei jedem Wort weiter über seinen Mund, denn Jakobs Stimme, die einmal über ganz Europa hinweggeschallt hatte, sank zu einem tonlosen Hauchen herab.
»Wie wird es weitergehen?«, fragte Anton beiläufig, während Nachtigall seine Lektüre fortsetzte.
Jakob stieß Luft aus der Nase, was Anna als eine Art Lachen deutete.
»Wie seit Tausenden von Jahren. Ein Mann stirbt, ein anderer nimmt seinen Platz ein«, sagte Anton. »Die Geschichte kennt kein Verweilen. Wir stehen hier auf der Erde nicht, um Zeugnis zu hinterlassen, sondern um zu dem Staub zu zerfallen, auf dem andere einherschreiten werden. Dem Oheim ist dieser Gedanke vertraut. Wir haben oft darüber gesprochen.«
Anna war den Worten Antons gefolgt. Als sie sich wieder Jakob zuwandte, sah sie nur mehr die sich senkende Brust, die sich nicht wieder hob. Jakob Fugger war entschlafen. Auf seinem Gesicht zeichnete sich weder Freude ab über den Gang ins Jenseits noch der Schmerz des Abschiednehmens.
»Er ist dem Tod entgegengetreten wie dem Leben. Nütze die Zeit.«
Anton sagte dies. Anna nahm aus ihrem Rock zwei kupferne Münzen und legte sie dem Toten auf die Augen. Sibylla hatte

sie darum gebeten. Sie stammten aus ihrem Brautschatz. Dann griff sie nach einer Bandage, die auf dem Tischchen neben dem Sterbebett zurechtgelegt worden war, und band ihm das Kinn hoch, das herabfiel und den Mund klaffen ließ.

»Könnt Ihr Euch vorstellen, dass Jakob verfügt hat, nicht in St. Anna beigesetzt zu werden?«, flüsterte Anton ihr zu und bekreuzigte sich. »Es wird mein erster Akt des Ungehorsams gegen den Oheim sein.«

Anna nahm die zweite Hand Jakobs und legte sie ihm über die Hand, die gegen seinen Bauch gedrückt hatte. Dann holte sie Sibyllas Rosenkranz aus ihrer Rocktasche und schlang ihn um die Hände, damit sie fixiert waren.

»Er war zu Lebzeiten kein einfacher Mensch«, sagte sie. »Warum sollte er sich nach seinem Tod ändern?«

Beide standen an seinem Fußende und beteten. Nachtigall legte das Neue Testament beiseite und erhob sich. Er bekreuzigte sich rasch und verließ den Raum, als hätte er Angst davor, die Seele des Verstorbenen ins Jenseits begleiten zu müssen.

KAPITEL 37 »Wo ist dieses Mensch? Hinaus mit ihr. Ich will sie nicht mehr sehen!«

Sibylla hatte ihre Kutsche direkt vor dem Kunigsberger Haus halten lassen. Bis zu ihr dröhnte Raimunds Stimme. Er konnte es nicht verwinden, nicht Regierer des Hauses Fugger geworden zu sein.

Anton hatte sie aufgehalten. Jetzt streckte er den Kopf in den Verschlag, begrüßte Konrad mit einem Kopfnicken, der neben ihr saß, übersah Anna, die sich ihr gegenüber in einen Notsitz zwängte, und wandte sich an sie.

»Er wird sich beruhigen.«

»Niemals, Anton. Er sollte mit dem Trinken aufhören. Es zerstört.« Sie lächelte schwach. »Ich werde nicht mehr in dieses Haus zurückkehren.«

Anton nickte. Sie bemerkte, wie schwer es ihm fiel, über die Dinge zu reden, die nach dem Tod Jakobs geschehen waren. Raimund hatte sie regelrecht aus dem Haus geworfen. Wutausbrüche, Tobsuchtsanfälle hatte er bekommen, wenn sie sich begegnet waren, hatte ihr mit Schlägen gedroht und sie tatsächlich bedroht. Wenn es nach Raimund gegangen wäre, hätte er ihr auch die in Jakobs Testament zugestandenen Habseligkeiten verweigert, doch gegen Anton konnte er sich nicht durchsetzen.

»Das Silberbesteck …«, begann er und verlor sich in einem Hüsteln, »… das Jakob Euch vermacht hat … im Testament … wir würden es gern …«

Sie half ihm nicht, obwohl sie wusste, dass er es gern zurückkaufen würde. Wie alle Fugger hing auch er an den Dingen, als wären sie ein Anker in dieser Welt und der Garant dafür, sich nicht davon lossagen zu müssen. Sibylla legte nur den Kopf schief und säuselte ein »Ja?«, das Anton erst einmal schlucken ließ.

»Wir kaufen es zurück. Zu einem anständigen Preis, wenn Ihr nichts dagegen habt.«

Jetzt war es gesagt.

»Wenn er sich beruhigt hat«, lächelte Sibylla unverbindlich. »Man muss ja um sein Leben fürchten, nur weil Raimund glaubt, die Welt müsste sich in der Art und Weise drehen, wie er es für richtig hält. Wirkt auf ihn ein, Anton, dann reden wir darüber.«

Sie lehnte sich zurück, doch Anton dachte nicht daran, seinen Kopf aus der Öffnung zu entfernen.

»Noch eines, Tante.« Wieder hüstelte er.

Wie sollte ein Jüngling wie er diese Unternehmung leiten, dachte Sibylla. Wer so viel Skrupel hatte, die einfachsten Dinge vorzubringen, dem musste die Zeit das Ruder aus der Hand schlagen. Die Wogen gingen gegenwärtig hoch. Es brauchte eine starke Hand, um das Handelsschiff der Unternehmung

Jakob Fugger und Gebrüder Söhne gegen die Stürme der Geschichte zu leiten.

»Was?«

Sibylla reagierte ungeduldig.

»Ihr kehrt nicht wieder zurück?«

»In dieses Haus, wo ich Gefahr laufe, von einem verrückten Brudersohn meines verstorbenen Mannes erschlagen zu werden? Anton! Was denkt Ihr Euch eigentlich? Christliche Nächstenliebe, das bedenkt, Anton, beginnt im Kopf der Menschen und endet in deren Herzen. Raimunds Herz ist aus Stein. Es ist nicht damit getan, zu Jakobs Tod unzählige Messen lesen und ein ganzes Heer an Kerzen entzünden zu lassen. Jetzt darf ich Euch bitten.«

Sie lächelte wieder. Konrad neben ihr nahm ihre Hand. Bislang hatte er sich nicht in die Auseinandersetzung eingemischt. Sibylla schätzte es, denn mit den grünen Köpfen der neuen Unternehmung wurde sie selbst fertig.

»Hoh!«, rief er jetzt, und die Pferde ruckten an.

Anton, der sich auf dem Trittbrett noch einige Meter mitziehen ließ, schaute Sibylla zweifelnd an.

»Damit sind wir geschiedene Leute, Tante.«

»Ihr sagt es«, antwortete sie so leise, dass nur Konrad es gegen den Räderschlag vernehmen konnte. »Wir waren es immer schon.«

Antons Kopf verschwand aus der Öffnung. Wie eine Mahnung, dass die Zeit der Dunkelheit endete und eine neue Zeit des Lichts begann, fiel die Tageshelligkeit herein.

»Wohin?«, fragte Sibylla.

»Nach Igling am Lechfeld!«

Sie nickte und blickte Anna in die Augen.

»Jetzt müssen wir wieder umdenken, Anna. Ein neues Zuhause.«

Anna blieb stumm. Sie saß gegen die Fahrtrichtung. Sibylla wusste, wie sehr Anna dieser Umzug schmerzte. In ihrem

Alter wurde sie aus einem Haus vertrieben, das sie mit unzähligen Geschichten verband. Sibylla selbst tat es weh, das Erbhaus ihrer Mutter zu verlassen. Den Garten dahinter, die hohen Bäume, in denen sie als Kind geklettert war. Sie griff an ihren Hals, doch das Amulett tröstete sie nicht. Wie eine eisige Erinnerung an das Vergangene hing es zwischen ihren Brüsten.
Sie fuhr Konrad mit den Fingerspitzen übers Gesicht, verhielt auf der Nase und streichelte ihm über die Lippen. Er schloss die Augen und genoss die Berührungen. Sibylla versuchte sich daran zu erinnern, ob sie das je mit Jakob gemacht hatte, wusste es jedoch nicht mehr. Jakob, der Geldkönig, Jakob, der Reiche, Jakob, der unumstrittene Bankier des spanischen Königs, der alle in die Knie zwang, die sich ihm entgegenstellten, was war er für ein armseliger Mensch gewesen gegen Konrad. Auch er hatte Erfolg in geschäftlichen Dingen, hatte das Amt des städtischen Siegelbewahrers inne und bewarb sich für das Amt des Einnehmers und war dennoch begabt mit Gefühl und Zuneigung für sie und ihr deshalb wertvoll in ihrer Einsamkeit.
Sie fühlte ein Beben in ihrem Körper, das stärker war als bei den Jugendspielen, bei denen sie Hagebutten aufgerissen und sich die Flocken in den Kleiderkragen gestreut hatten. Gejuckt hatte es sie, bis sie es nicht mehr ausgehalten und Konrad gebeten hatte, mit der Hand den Rücken hinabzugreifen und sie dort zu kratzen.
Die Kutsche ratterte aus dem Tor der Stadt hinaus auf freies Feld. Eine trockene Winterluft schlug ihnen entgegen, die nach Schnee und Eis roch und unter die sich die ersten Duftschwaden aufbrechender, tauender Erde mischten. Sibylla sog diesen Geruch in ihre Lungen. Es kitzelte ihr in der Nase.
Der Wagen schaukelte. Konrad hatte den Schwager gebeten, langsam zu fahren, sie hätten es nicht eilig. Während hinter ihnen in dunklen Ratsstuben vom Stadtschreiber Conrad Peutinger, vom Bürgermeister Ulrich Artzt und dem alten Ulrich

Rehlinger ihr Erbstreit mit Raimund und Anton und Hieronymus Fugger beigelegt wurde, fühlte sie ein neues Leben aufbrechen, als würde die Eisschale Jakob Fugger, die sie die letzten siebenundzwanzig Jahre gefangen gehalten hatte, bersten und sie endlich in das Leben entlassen, das sie sich gewünscht hatte.

Sibylla drückte sich an Konrad. Der gab ihr einen Kuss auf die Wange, und als er feststellte, dass Anna, die ihnen gegenüber saß, eingeschlafen war, küsste er sie auf den Mund und drückte seinen Kopf gegen ihre Brust. Seine Finger verhakten sich in der Kette ihres Amuletts. Spielerisch ließ er es durch seine Finger gleiten, öffnete den Verschluss und zog es zwischen ihren Körpern hervor und ließ es zu Boden fallen.

»Du musst mir versprechen, das Schmuckstück wegzulegen, wenn wir uns nahe sind«, sagte er sanft. »Es erschreckt mich. Zu viel Unheil hat es gesehen.«

Sibylla musste kichern und fühlte sich so weit von ihrer Vergangenheit entfernt, dass Jakobs Bild bereits in ihr zu verblassen begann.

EPILOG 1526 Der Altarraum hatte sich in eine samtene Dämmerung gehüllt, die er sich umlegte wie einen Schal. Der Mesner betrat den Raum, einen brennenden Docht in der Hand, und entzündete vier Kerzen, was nichts an der matten Helligkeit änderte, sondern sie nur verspielte und wie in Erregung zittern ließ.

Für einen langen Augenblick glaubte sie sich allein in dieser Kirche, verlassen von allen, dem Jugendfreund, den Trauzeugen, dem Geistlichen. Schwerelos stand sie zwischen den Mauern, inmitten des Kirchenschiffs. Die Umgebung verschwamm hinter einem Schleier von Tränen, die sich ihr aus den Augenwinkeln stahlen, ohne dass sie darauf vorbereitet war. Ein Seufzer löste sich in ihr. Sibyllas Lippen zitterten, als der Priester durch die Halle der Kirche auf sie zu schritt. Seine Stola hing ihm wie erstarrt vor der Brust, die dunkle Soutane ließ ihn über den Boden schweben, und der Chorrock wehte im Wind der Erscheinung.

Konrad griff ihre Hand und drückte sie. Langsam spürte sie wieder Boden unter ihren Füßen, fühlte die beißende Kälte des Altarraums, sah die hellen Atemfahnen. Anna hörte sie hinter sich schnaufen. Sie war ihre Trauzeugin, Konrad hatte einen seiner Söhne gebeten.

Vor ihr, auf dem Altar, direkt neben den Ringen, die etwas verloren in einem silbernen Schälchen auf sie harrten, lag eine Rose. Konrad hatte sie dort abgelegt. Sie war von einer dicken

Eisschicht umgeben, innen jedoch frisch und rot. Der schnelle Frost im Herbst hatte sie eingefroren und seither beschützt. Durch die Wärme der Kerzen taute sie langsam auf. Das schmelzende Wasser verursachte auf dem hellen Damast der Altardecke einen dunklen Fleck.

»Die Rose wird welken«, sagte sie und lehnte ihren Kopf an seine Schulter.

»Nein, Sibylla, sie wird erst erblühen, bevor sie welkt.«

Konrad lächelte sie von der Seite her an.

Der Priester trat an sie heran. Im Gegensatz zu Konrad, dem ein seliges Lächeln ins Gesicht geschrieben war, musterte sie der Geistliche ernst. Sibylla kannte ihn nicht, wusste nur, dass er mit der lutherischen Kritik an der katholischen Kirche sympathisierte.

Er begrüßte sie mit Handschlag, lächelte Sibylla gequält zu und bat dann Konrad beiseite, indem er ihn am Unterarm nahm und mit sich zog. Sibylla blieb stehen. Er überragte Konrad um Haupteslänge. Sie sah, wie er sich zu Konrad herabbeugte. Die Akustik der Kirche trug ihr ungewollt das Gespräch zu.

»Findet Ihr nicht, dass Ihr etwas früh den neuen Bund der Ehe eingehen wollt? Die Trauerzeit ist nicht vorbei. Gerade einmal die dreißig Tage, die von der Kirche vorgeschrieben sind …«

Konrad fuhr zurück und wandte sich brüsk zu Sibylla um.

»Komm her, meine Taube«, lockte er freundlich. »Unser Geistlicher glaubt, es sei zu früh, weil der Tod deines Gatten zu nahe liegt.«

»Versteht mich nicht falsch«, versuchte der Geistliche ihn zu beruhigen.

»Oh, ich verstehe Euch richtig«, warf Sibylla ein, die so nahe an den Geistlichen herangetreten war, dass sie ihn beinahe berührte. Unwillkürlich wich der Priester einen Schritt zurück, doch Sibylla folgte ihm sofort und trieb ihn so gegen den Altar. Er roch nach Frau und Wein und Weihrauch. »Doch sollten wir die tatsächliche Trauerzeit mit einbeziehen, glaubt Ihr nicht?

Jakob Fuggers Anweisungen hielten mich von ihm fern. Er hat mich nicht mehr gebraucht, weder in guten noch in schlechten Tagen. Unsere Trennung begann demnach weit vor seinem Tod. Seither trauere ich. Länger als drei Monate, länger als ein Jahr, glaubt mir. Mein Leben hindurch, ohne dass ich es wusste.«
Sie senkte den Kopf. Sicher glaubte der Geistliche, sie schäme sich ihrer Aussage.
Der Geistliche hatte verstanden. Er begann die Eingangsformeln zu murmeln. Das Deutsch der neuen Trauungsliturgie wirkte zuerst ungewohnt, begann jedoch bald zu plätschern, und Sibylla überließ sich der monotonen Melodie. Konrad hielt weiter ihre Hand. Sibylla spürte, wie ihre Handflächen feucht wurden, während seine trocken blieb, als wäre es das Selbstverständlichste in dieser Zeit, von einem Priester getraut zu werden, der den neuen Ideen Luthers anhing. Für einen Moment ertappte sie sich dabei, wie sie bei Jakob um Verzeihung bat, dass sie ihn ungerechterweise für das Verschwinden Bruder Martins verantwortlich gemacht hatte.
Die Zeremonie nahm sie nicht wahr. Sie hörte sich reden, hörte sich Eidesformeln nachsprechen, hörte ihre Zeugin murmeln, hörte Konrads ruhige Stimme, streckte wie von selbst ihre Hand aus, um seinen Ring zu empfangen, fingerte den ihren an seine Hand und spürte überrascht seine Lippen auf den ihren ruhen. Sie nahm wahr, dass der Priester ihr zulächelte, ihr die Hand drückte und sich zusammen mit dem Mesner und einem Ministranten, den sie erst jetzt bemerkte, umdrehte und die Halle entlang davonging.
Sie war erneut verheiratet. Unwirklich erschienen ihr die siebenundzwanzig Jahre davor. Sie hatte diese Zeit verloren, weggeworfen, in der sie einem Hirngespinst nachgejagt war – und jetzt glaubte sie zu träumen. Sie tastete nach ihrem Amulett, das sie extra für diesen Tag umgebunden hatte und das kühl zwischen ihren Brüsten lag. Konrad hatte Recht behalten. Es war ein falscher Glücksbringer gewesen. Ein Unglücksbringer.

»Elsternkind«, flüsterte sie.
Konrad hatte sie von der Seite angesehen, jetzt griff er mit beiden Händen um ihren Hals und nahm ihr das Amulett ab.
»Du wirst es nicht brauchen«, sagte er, ging mit ihr hinter dem Priester her und ließ es in den Opferstock gleiten.
Sibylla fühlte sich mit einem Mal bloß. Sie fröstelte. Ein Schauer überlief sie, der ihr die Schultern zucken ließ. Es war ein neuer Weg, den sie beschritt. Sie sah nach vorne. Der Geistliche öffnete eben die Pforte, und eine Schneehelligkeit flutete in das Innere der Kirche. Zum Licht, dachte sie nur.
Konrad wollte sie aus der Kirche führen, doch Sibylla hielt inne. Plötzlich drehte sie sich um und rannte mit gerafftem Rock zum Altar zurück.
»Sibylla, was ist los?«, rief Konrad hinter ihr her.
Sibylla achtete nicht darauf. Sie hörte, dass er ihr gemessenen Schritts nachfolgte. Stumm betrachtete sie das Schauspiel, das sich ihr bot. Konrad trat hinter sie und legte eine Hand auf ihre Schulter.
Auf dem Altar lag die Eisblume. Aufgetaut. Tatsächlich begann die Rose aufzugehen. Die Blüte öffnete sich eben, die Blätter rollten sich nach außen, und erst als die letzten Wassertropfen vom Laken aufgesogen waren, begann die Rose zu zerfallen. Ohne ersichtlichen Grund brachen die samtenen Kelchblätter ab und rollten beiseite. Zurück blieb der grüne Stempel.
Als hätte die Blüte sich für diesen Moment einen Rest ihres Duftes bewahrt, umgab sie ein intensiver Geruch.
Sie streckte ihre Hand aus – und Konrad Rehlinger ergriff sie.
»Ein neuer Frühling duftet herein«, sagte Sibylla und schloss die Augen, um sich ganz diesem Gedanken zu überlassen.

Sibylla Fugger-Artzt lebte noch 20 Jahre glücklich mit Konrad Rehlinger, dem Vertreter eines der bedeutendsten Augsburger Geschlechter, zusammen, bevor sie 1546 verstarb. Den Kontakt zu ihrer Fugger'schen Verwandtschaft brach sie gänzlich ab.

Sibyllas Hochzeitsbild mit Jakob Fugger von Thomas Burgkmair blieb zwar in ihrem Besitz, besonders wertgeschätzt hat sie es vermutlich nicht, denn es wurde nicht gekennzeichnet, so dass es im 16. Jahrhundert unter den falschen Personenzuschreibungen G. Höfft und G. L. verkauft werden konnte. Selbst die Bettstatt, in der sie mit ihrem Mann 27 Jahre lang gelegen hatte, veräußerte Sibylla Rehlinger noch zu Lebzeiten an die Fugger-Neffen.

In ihrem 1540 abgefassten Testament findet sich entgegen damaliger Gepflogenheiten kein Hinweis auf ihre erste Ehe mit Jakob Fugger.

Als Mitglied der zum Protestantismus gewechselten Rehlinger-Familie wurde sie wie ihr vormaliger Gatte Jakob Fugger in St. Anna beigesetzt. Doch kein Epitaph, keine Inschrift findet sich dort, die an die Gattin des reichsten Mannes der damaligen Welt erinnert.

Ihr Griff nach den Sternen blieb ein Griff ins Nichts.

DANKSAGUNG Dies ist ein Roman, und ein Roman lebt von der Erfindung. Dennoch basiert er auf nachprüfbaren Geschehnissen und Handlungen. Ich habe versucht, den historischen Hintergrund so genau wie möglich zu erfassen und zu verarbeiten. Geholfen haben dabei wie immer eine Vielzahl von Menschen. Ich kann nicht alle aufzählen, das würde ein eigenes Buch füllen. Dennoch möchte ich die für mich wichtigsten Personen erwähnen:

Zu tiefstem Dank verpflichtet bin ich meiner Frau Ingrid, die mir immer Zuspruch, Seelentröstung, Kritikerin und Diskussionspartnerin war und mich mit wertvollen Gedanken sowie dem Brot des Schriftstellers versorgte, nämlich der Zeit, ungestört zu arbeiten.
Wieder schulde ich großen Dank meinem Agenten, Roman Hocke, der das Projekt ins Leben rief, an mich glaubte und mir jederzeit Unterstützung war.
Meine Lektorin Christiane Düring redigierte meine Arbeit mit Einfühlungsvermögen, Herz und Verstand. Dafür kann ich nicht genug Danke sagen.
Wichtig war mir die Unterstützung von Graf von Hundt, der mir wertvolle Materialien überließ und mir Zugang zum Fugger-Archiv gewährte. Ein Dankeschön an die Fugger'schen Stiftungen für ihre Unterstützung.
Ebenso Dank schulde ich meinen Kindern, die ihren Vater

während der Zeit des Schreibens ertragen und sich meine nervtötenden Vorträge über Jakob Fugger und seine Frau Sibylla anhören mussten.
Dank auch an meinen Bruder Gerhard, der sich erste Entwürfe durchgesehen hat, und an Uta Fuchs-Prestele, die sich Kapitelentwürfe geduldig angehört und mir mit ihrem schriftstellerischen Gespür wertvolle Ratschläge gegeben hat.
Zuletzt vielen Dank allen, die durch ihre Hinweise, Rücksichtnahmen, Geschichten, Recherchen und oft allein durch ihre Anwesenheit wissentlich und unwissentlich an der Entstehung dieses Buches ihren Anteil hatten.